U0613920

李昭安 編

篤齋藏清代百家書札

篤齋自署

國家圖書館出版社

圖書在版編目（CIP）數據

篤齋藏清代百家書札 / 李昭安編. -- 北京：國家圖書館出版社, 2019.4
ISBN 978-7-5013-6712-2

Ⅰ.①篤… Ⅱ.①李… Ⅲ.①書信集—中國—清代
Ⅳ.①I264.9

中國版本圖書館CIP數據核字（2019）第051009號

國家圖書館出版社
官方微信

書　　名　篤齋藏清代百家書札
著　　者　李昭安　編
責任編輯　南江濤　徐晨光
封面設計　徐新狀

出　　版　國家圖書館出版社（100034 北京市西城區文津街7號）
（原書目文獻出版社　北京圖書館出版社）
發　　行　（010）66114536　66126153　66151313　66175620
66121706（傳真）　66126156（門市部）
E-mail　nlcpress@nlc.cn（郵購）
Website　www.nlcpress.com→投稿中心
經　　銷　新華書店
印　　裝　北京金康利印刷有限公司
版　　次　2019年4月第1版　2019年4月第1次印刷

開　　本　889×1194（毫米）　1/16
印　　張　26
印　　數　1000

書　　號　ISBN 978-7-5013-6712-2
定　　價　398.00圓

序

姑蘇吴趨坊西、景德路北，有篤齋先生居焉。此地固闤闠輻輳之區，風物清嘉，人文藴厚，似又卓越於尋常坊肆。其宅北五巷横亘，案諸方志，則歷代高明賢達，營構爽塏於斯，又不知凡幾哉。先生幽棲於此，真得其所哉，地靈人傑，良有以也。

篤齋小築於深巷，出則得市廛陸離之便，入則無俗世紛攘之擾，衡宇蕉覆，芸窗苔映，門雖設而常關也。不速之客，雖叩鋪首之環，屢發錚鏦之音，久寂未啓者，則先生方扃户崇樓，正襟危坐閲其所藏矣，其默誦注釋，丹砂雌黄，不輕易於手口，目不窺園，曾無虚日，竟不知客至，晷刻轉移，尤不察其景昃矣。所謂簡牘勞形，昔者劉夢得或以爲苦，故於《陋室銘》中特爲拈出而力避哉，獨篤齋引爲至樂者，何耶？

先生嘗謂曰：欲與古會，非藉於典史、書函不辦也，又且涵括簡牘、涉獵筆札、賞析詩稿、通讀日誌，浸淫復久，自然得馳騁古今之趣，跟經躪史，旁通無滯，由是濡沫文藝，博洽見聞，不亦快哉樂也。

以是篤齋内鄴架横呈、箱篋羅列者，獨以前賢尺牘簡札爲最，先生固有收藏故紙之癖，且含敬惜字紙之德。於焉藏篋，非所以務財；縱居奇貨，豈倍值致金。每爲條陳考證，從中辨析大義，或發其幽微，知其人所不知；或妙得書札者生涯旨趣，平素交遊，好惡嗜舍，情致品性，此皆可自一札一牘中獲取矣。譬如余素喜鄭大鶴，然則每以不獲縱觀其文翰爲憾，一日在篤齋處言及，先生略作沉吟，遂悄然去至後室，未幾而返，則數十葉大鶴山人與雙忽雷館主人信札赫然奉出矣，於吾而言，不啻如入寶山，輾轉摩挲，激歎連連，於先生，不過舉手探囊之勞也。方是時也，一旦茅塞頓開，懸疑遽解，則欣然撫掌，申張會心之慨，寄嘯樓頭，不亦快哉樂也。

至於偶逢可譚之士，晨夕過訪，於篤齋中攤書讎校，並擇其藏究細味玩，將古今人物平章品評，慷慨指摘、由衷臧否，雖論有偏頗，識非高遠，貴在真率豁達耳。而篤齋先生常作側聆狀，持默少語，間或莞爾，然至是非曲直必欲一辯時，絶無鄉願腹誹之態，快語交加，瞬間判若兩人，繼而相與大笑，仿若逾越虎溪，不亦快哉樂也。

篤齋既積數十年搜覓之力，披檢澄清，去僞存真，終至集腋成裘，不經意間蔚然大觀矣。遂漸有聞者紛至遝來，不云户限爲穿，亦不免志趣不投者推之莫去，若二三子相對無語、鎮日枯坐，賓主皆索然寡味哉。先生遂欲選其齋中可讀可賞者，結集影印，以嘉惠同好。前聞有國家圖書館出版社已將篤齋所藏清代名人家書付梓；今則又將笥笈中遺葉殘箋，純粹入矩，踳駁出規，曰《篤齋藏清代百家書札》，縹帙緗囊，將一總成集。正翹盼間，戊末亥初，江南冬雨連旬，余忽見召於篤齋，賜示此册之規模版式，遂急趨往觀，則見遑遑巨製，自清初查二瞻士標始，依次有何義門焯、黄小松易、姚惜抱鼐、錢梅溪泳、武虚谷億，乃至陳曼公、林少穆、陶雲汀、翁松禪、左季高、俞曲園、李越縵、王仲弢、趙撝叔、吴愙齋、戴子高、葉鞠裳、鄭大鶴等。有清近三百年壇坫耆宿、藝林翹楚、廟堂幹臣，皆雲匯於此集，粗略拜閲，已覺山陰道上應接不暇，若沉潛細審，必更似琅寰開啓俯拾琪琚矣。至於閥閲世家克紹風雅、履踐清操、模範潔行，亦約略管窺豹斑，如蘇臺潘氏一門，則有潘文恭公世恩至潘文勤公祖蔭；湘鄉曾文正公國藩至曾惠敏公紀澤，其間父子兄弟、叔侄祖孫之輩，不一而足，尤見篤齋所藏體系賅備，而詫其淹博宏富若此也。況復尺素華美，則見玉版金花，青赤縹紅，雕版拱飣，鏤印文章，觀賞競日屢發嘖嘖讚歎矣。

余與篤齋先生初僅神交矣，至辛卯間始識荆，白駒過隙忽忽八年矣。與先生之誼，不敢云深同管鮑，義重雷陳，而文友德鄰，恐無二辭。蓋余乙未築巢雲松館於吴趨閶門内天庫前，乃與篤齋結芳鄰焉，所以相宅於此者，亦便訪戴攀嵇，佳日相呼耳，似當日赴召覽其尺牘百通，得無奇文共賞之樂乎。

先生終日晏晏嘻嘻，其性詼噱，與之盍簪共話，每有解頤之論，令舉座軒渠一笑之餘，恍然悟其諷喻，似有深致存焉。其更淹通吴地典實，熟諳逸事，興之所至侃侃娓娓，使聞者更有所得。葛稚川《抱朴子》云：『志合者，不以山海爲遠；道乖者，不以咫尺爲近。故有跋涉而遊集，亦或密邇而不接。』余謂與篤齋交，若彼此志合，亦稱幸也。

蘇舜欽《答韓持國書》言其移家居蘇，有云：『伏臘稍充足，居室稍寬，又無終日應接奔走之勞，耳目清曠，不設機關以待人，心安閒而體舒放，三商而眠，高春而起，靜院明窗之下，羅列圖史琴尊，以自愉悦，逾月不跡公門，有興則泛小舟出盤閶，吟嘯覽古於江山之間，渚茶野釀，足以消憂，蓴鱸稻蟹，足以適口……』以此類擬灑脱安逸之篤齋先生，孰幾近乎。

『篤齋』之所以擇『篤』額其齋者，何耶？《禮·儒行》云：『篤行而不倦。』《易·大畜》云：『剛健篤實，輝光日新。』揣度用意，雖不中，亦不遠矣，他日當請益出處以證之。

贅語蕪雜，未切肯綮，聊作是集之弁言，以勉承篤齋之雅命。至於個中尺牘之奇辭奥義，當俟學養豐瞻者解析貫達，非腹笥苟簡者敢落言筌哉。

戊戌冬諸文進於一峰堂

目録

目録

查士標 致 東玉

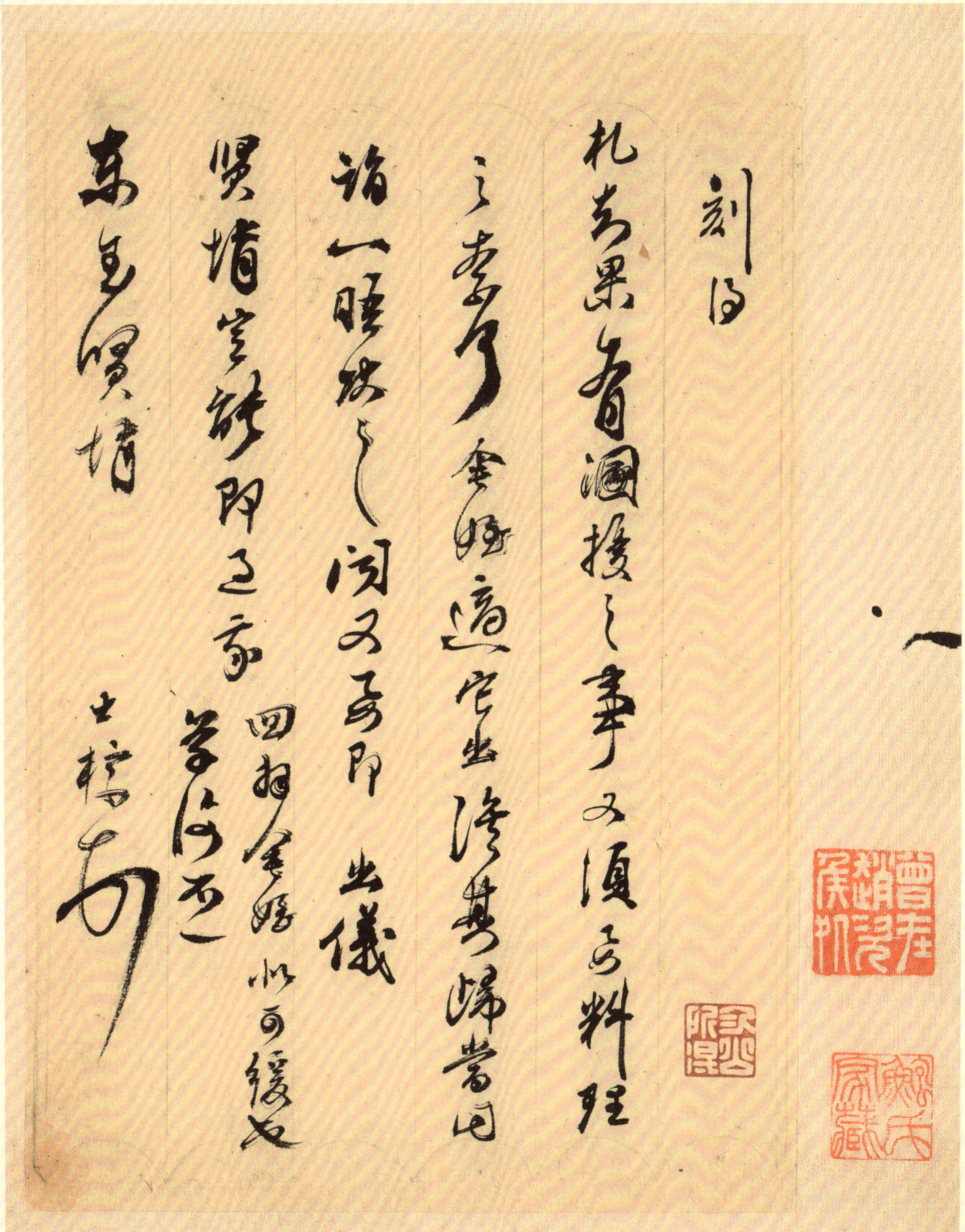

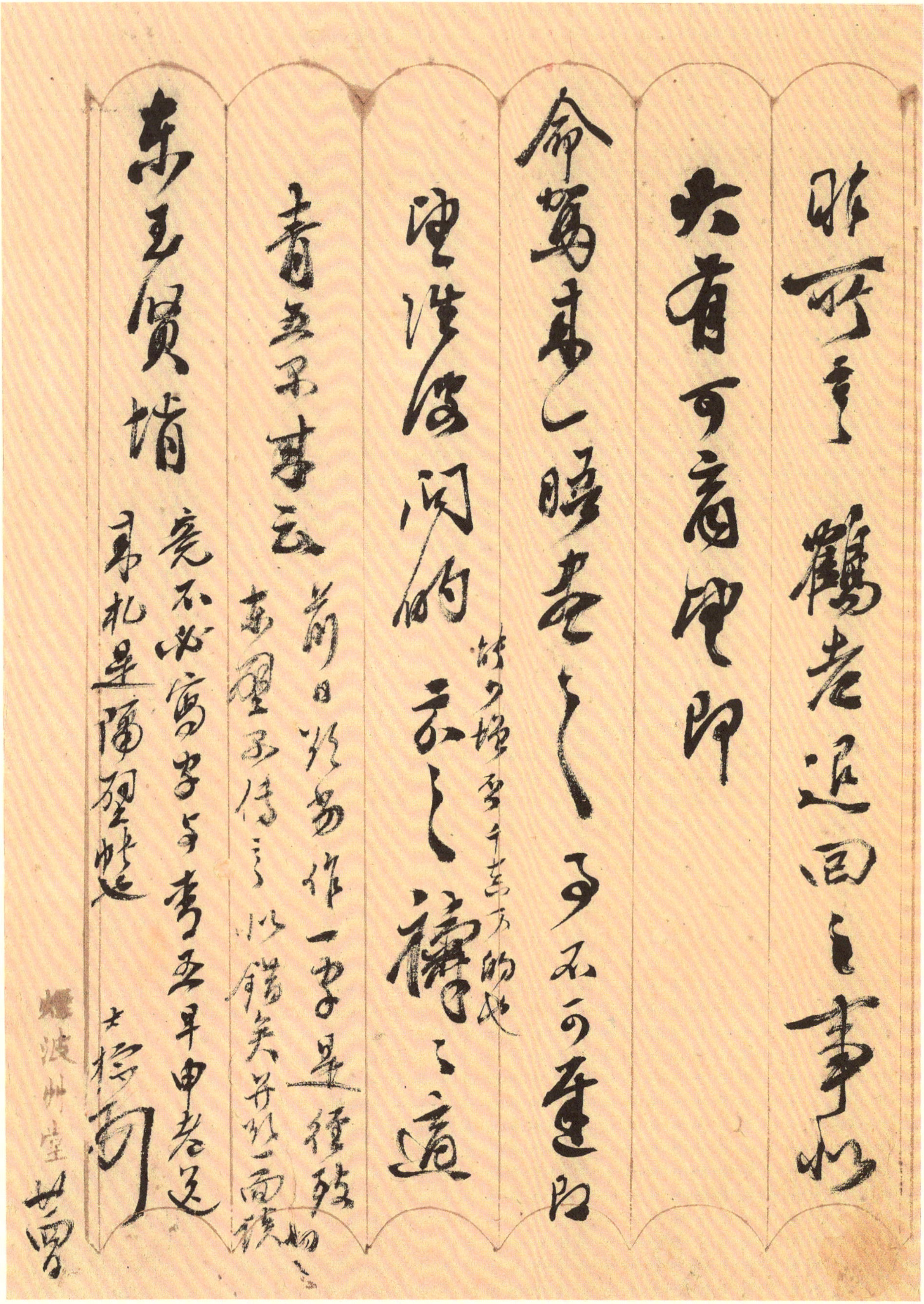

昨所言 鶴老退回之事，如
大有可商，理即
命駕來，已晤老之，予不可違以
理准修閱的示之，請之遺
此乃增至于東天的也
青兄弟事云 前日欲另作一字是經發
東翁子傳之以錯矣，前欲一面談也
竟不必寫字與青兄弟申老送
東玉賢婿 士標白
本札是陽翟嫂

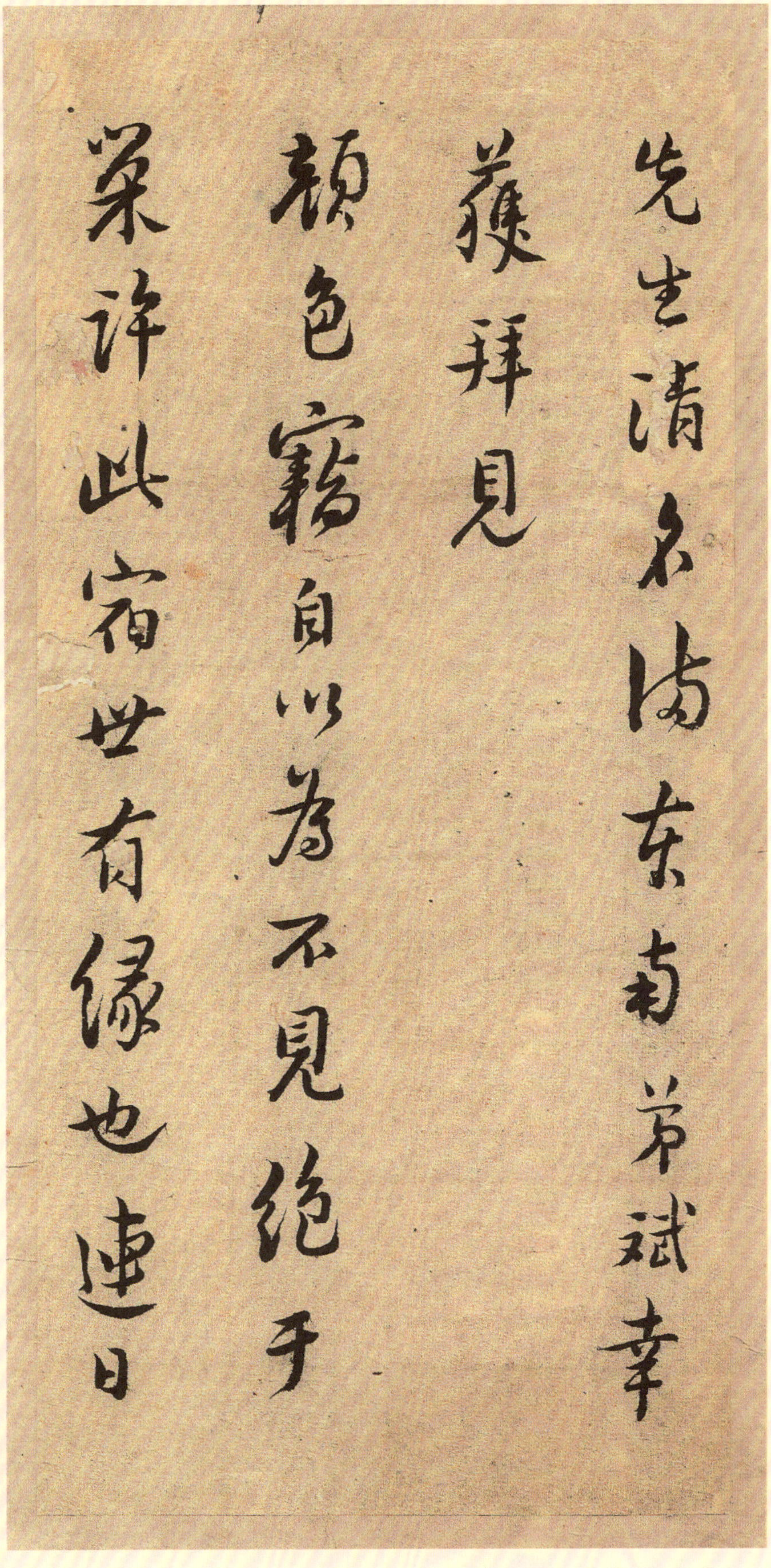
先生清名滿東南弟斌幸
獲拜見
顏色竊自以為不見絕于
菜許此宿世有緣也連日

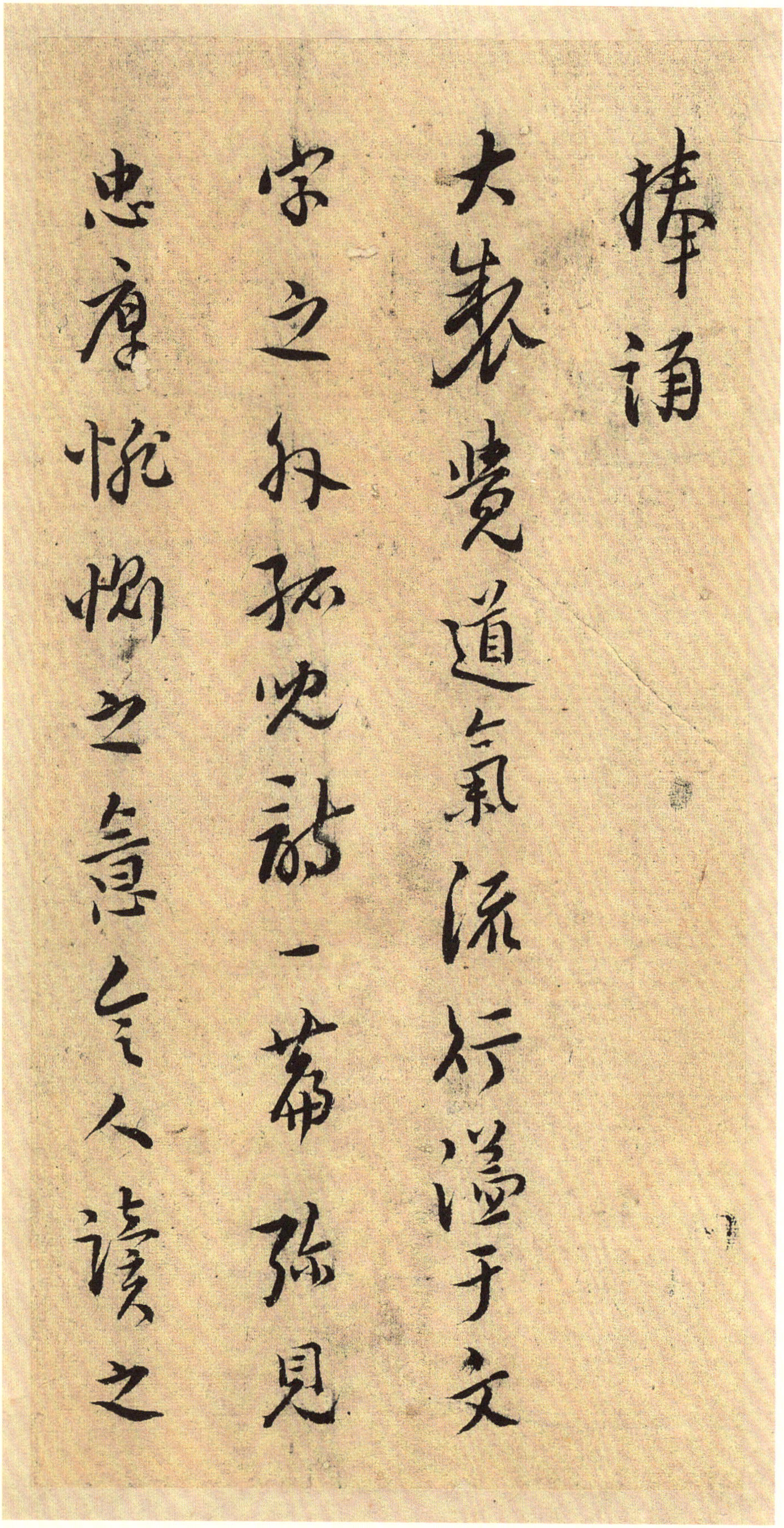

捧誦
大製覺道氣流行溢于文
字之外孤史論一篇殊見
忠厚惻怛之意令人讀之

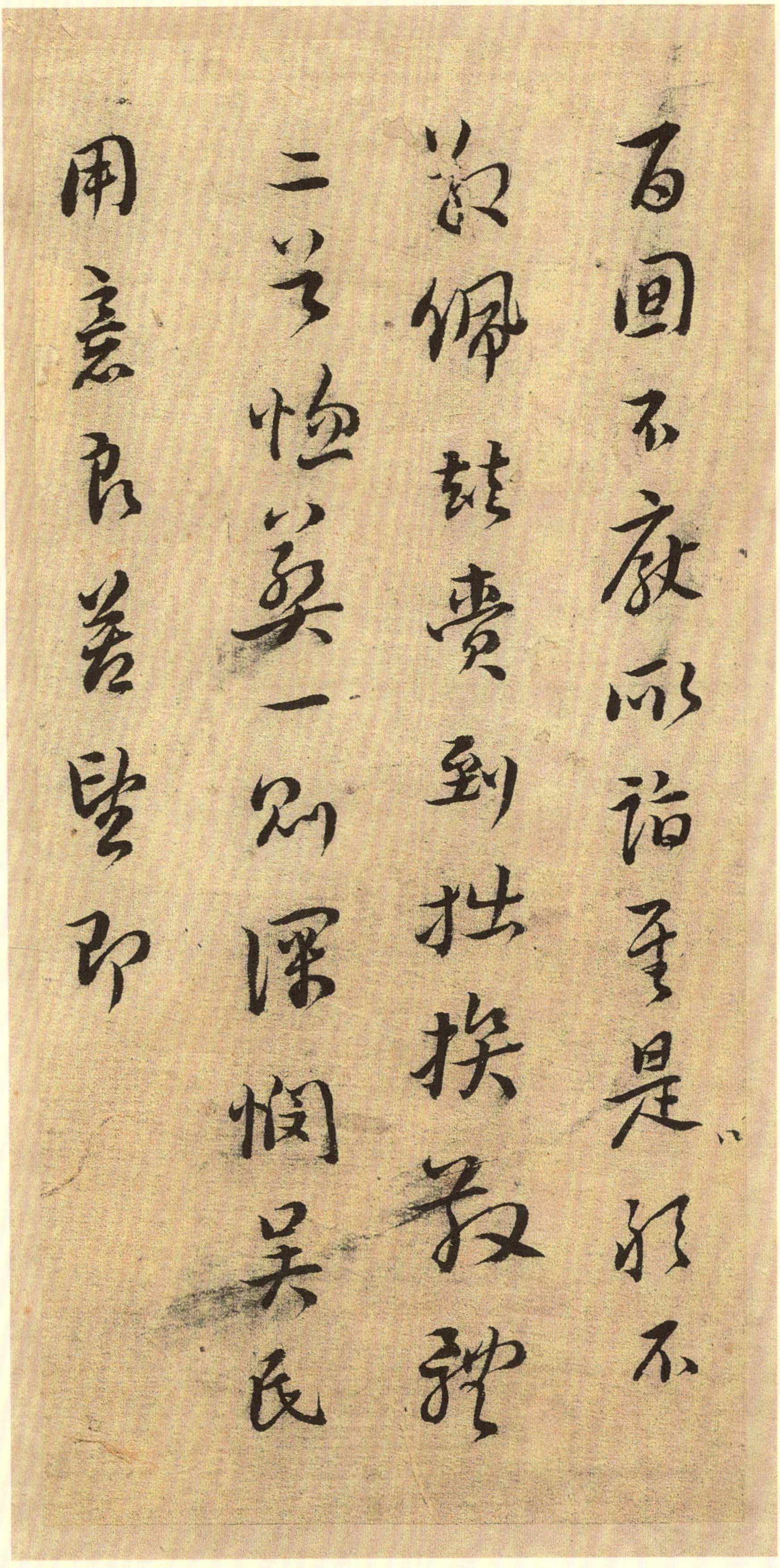

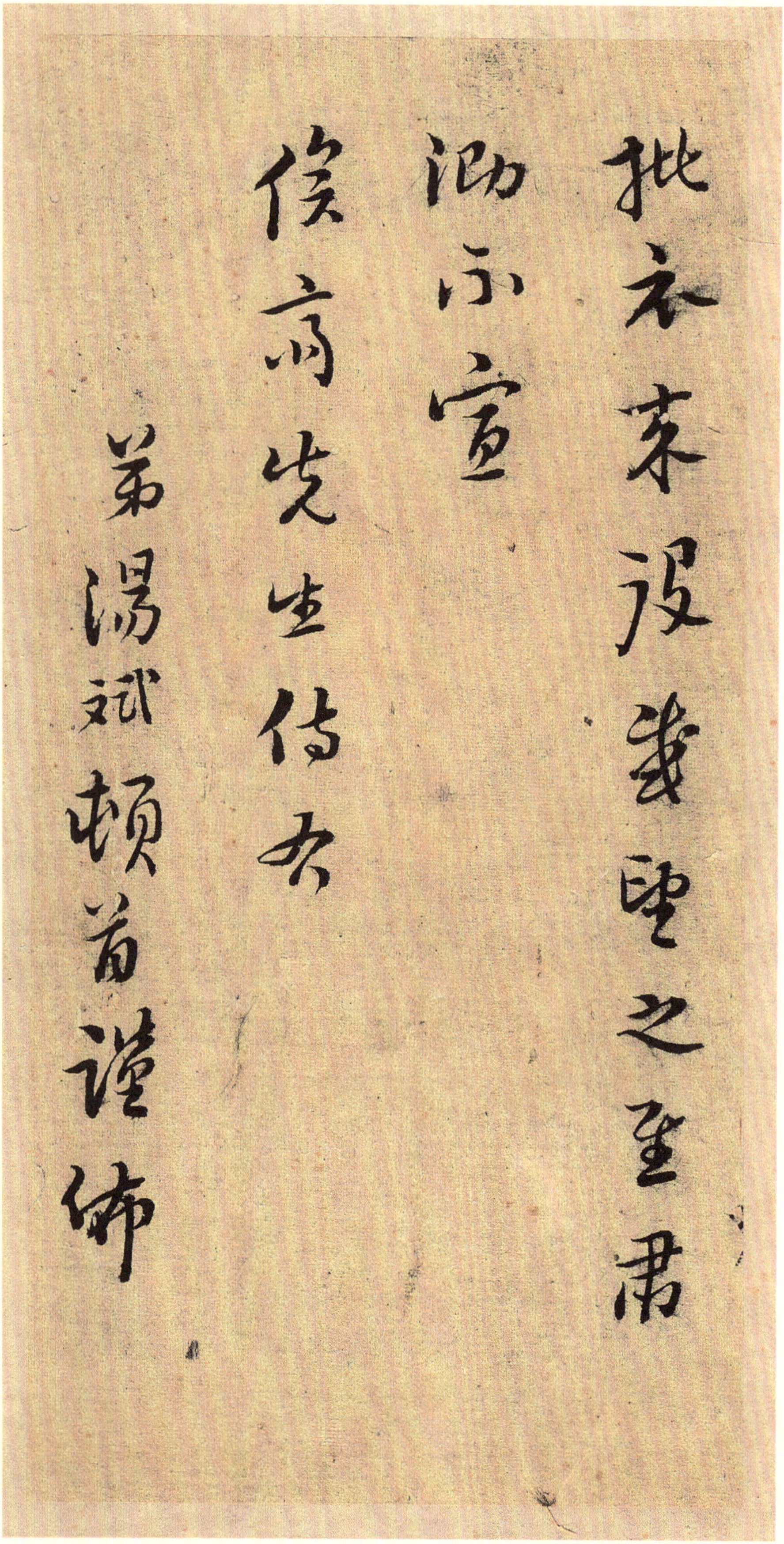

批示來役，冀望之至。肅泐不宣。

俟齋先生侍史

弟湯斌頓首謹佈

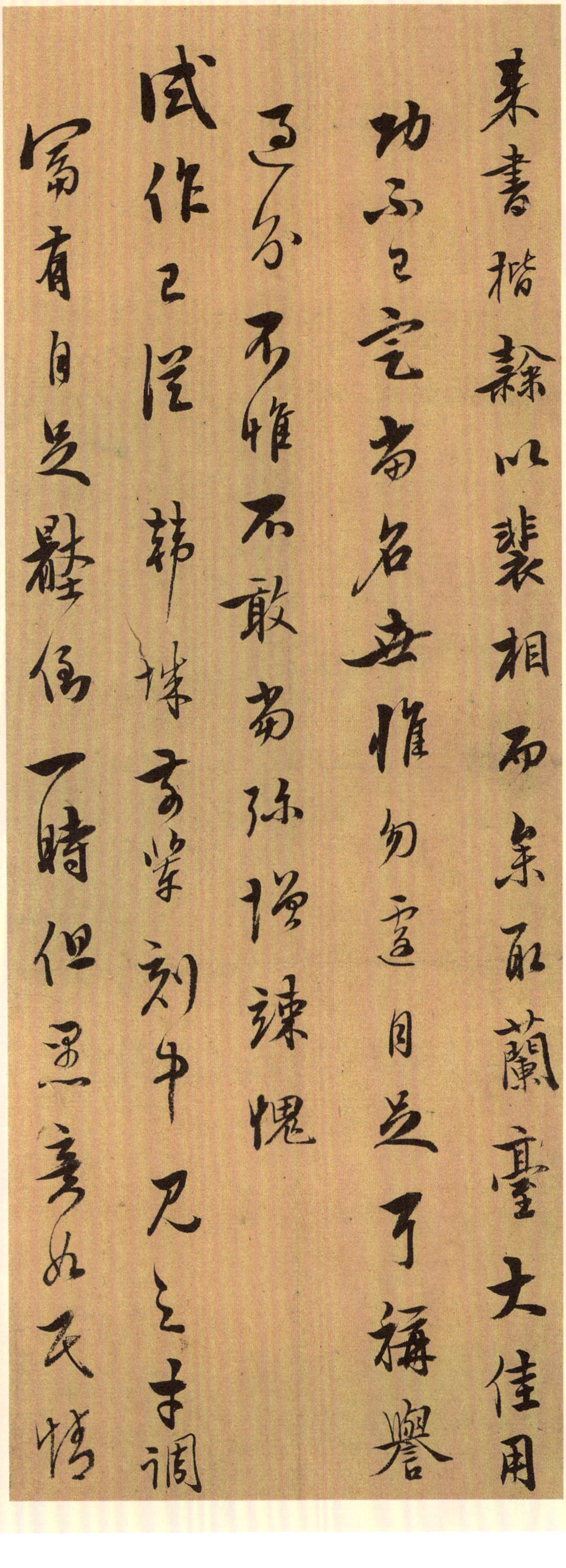
來書楷繇以棐相而集取蘭臺大佳用
功不已定當名世惟勿遽自足于稱譽
過分不惟不敢當殊增竦愧
試作已從韓株索棐刻中尺之手調
寫有自足體係一時但恐意如民情

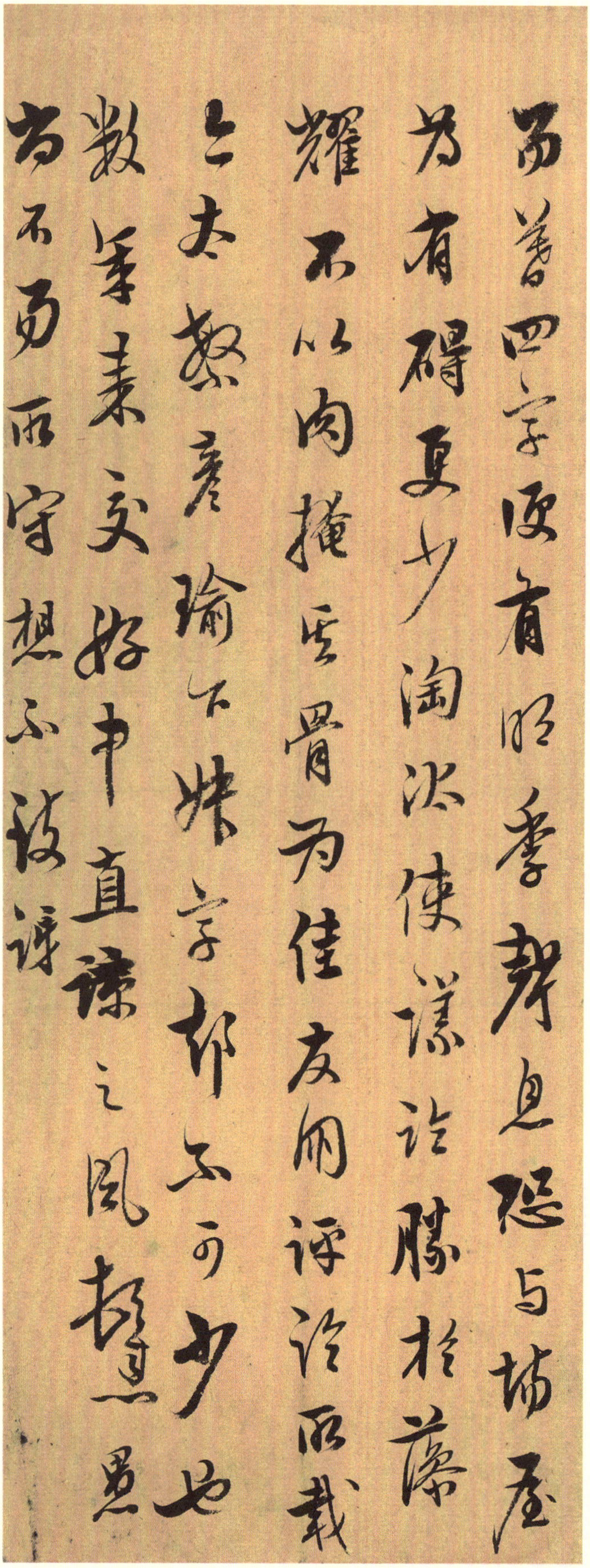

何焯 致 師洛

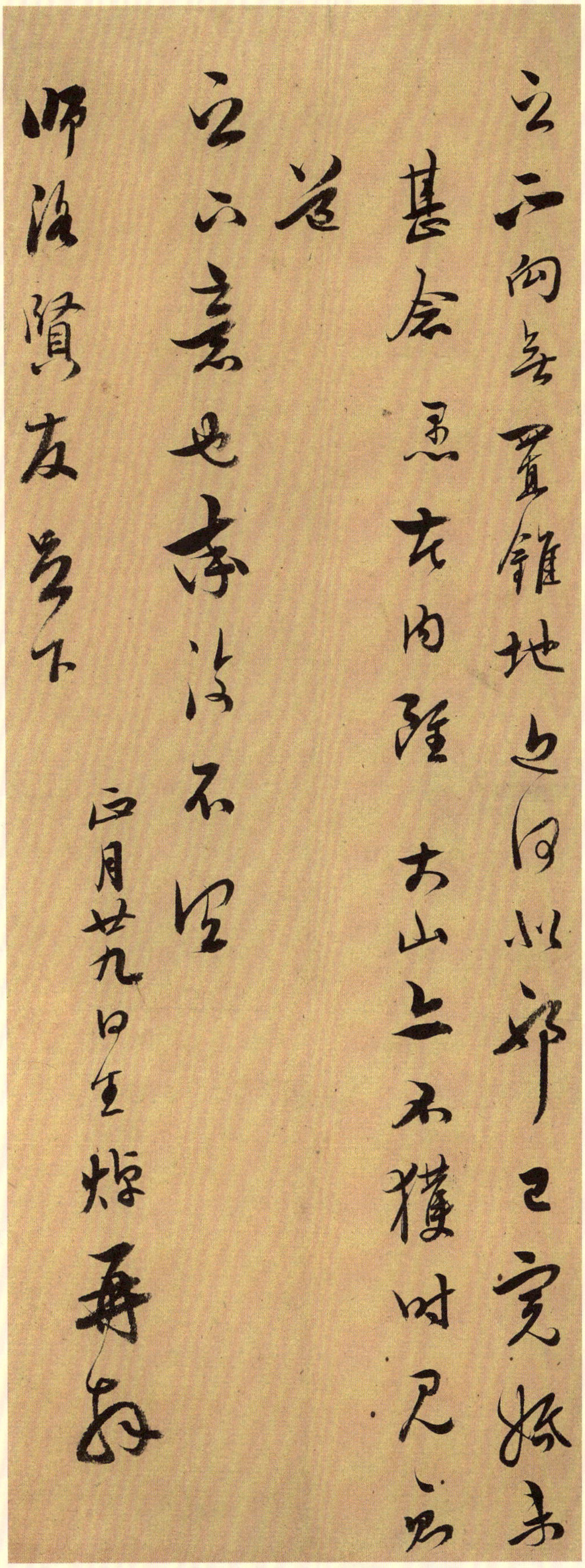

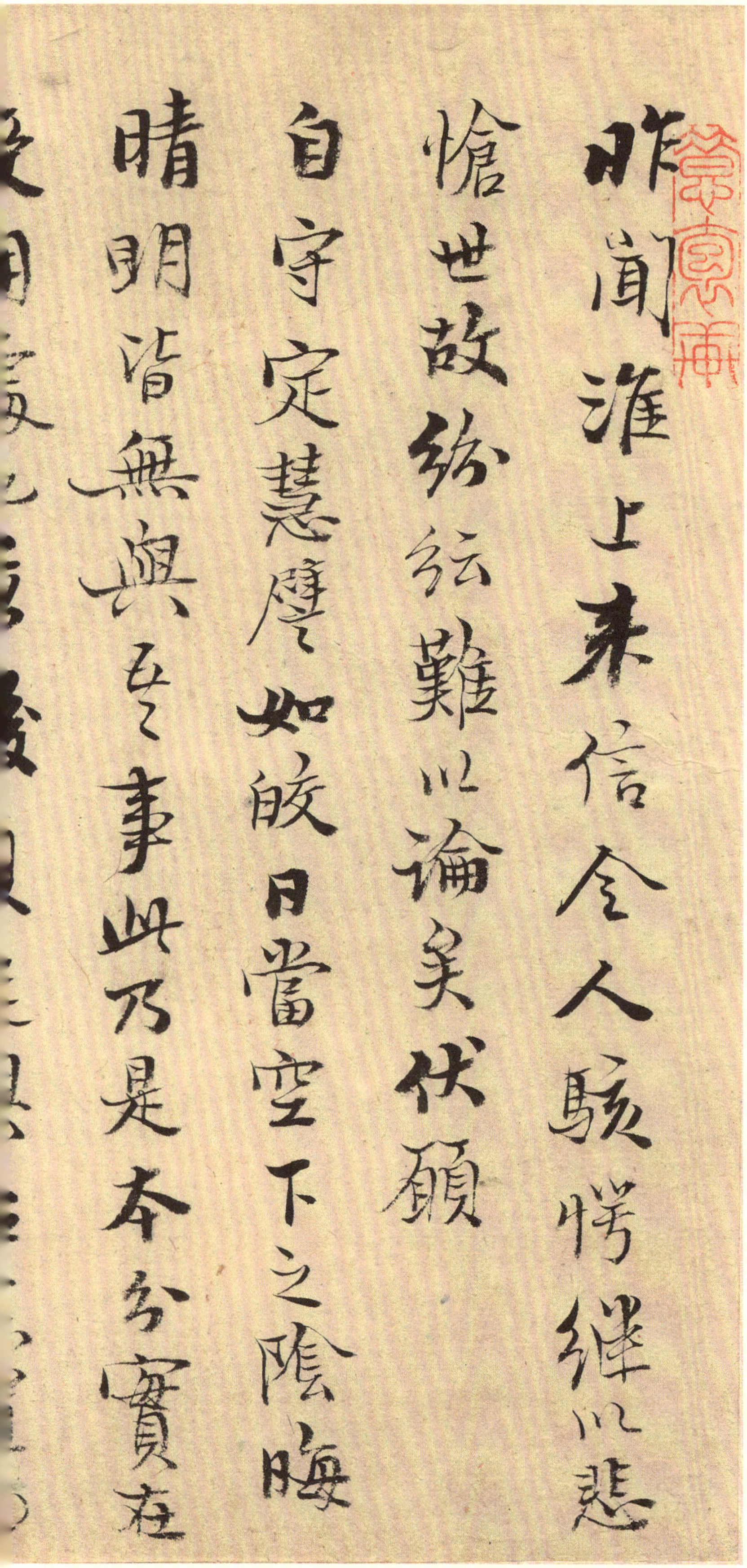

昨聞淮上來信，令人駭愕，繼以悲愴。世故紛紜，難以論矣。伏願自守定慧，譬如皎日當空，下之陰晦晴明，皆無與吾事，此乃是本分實在

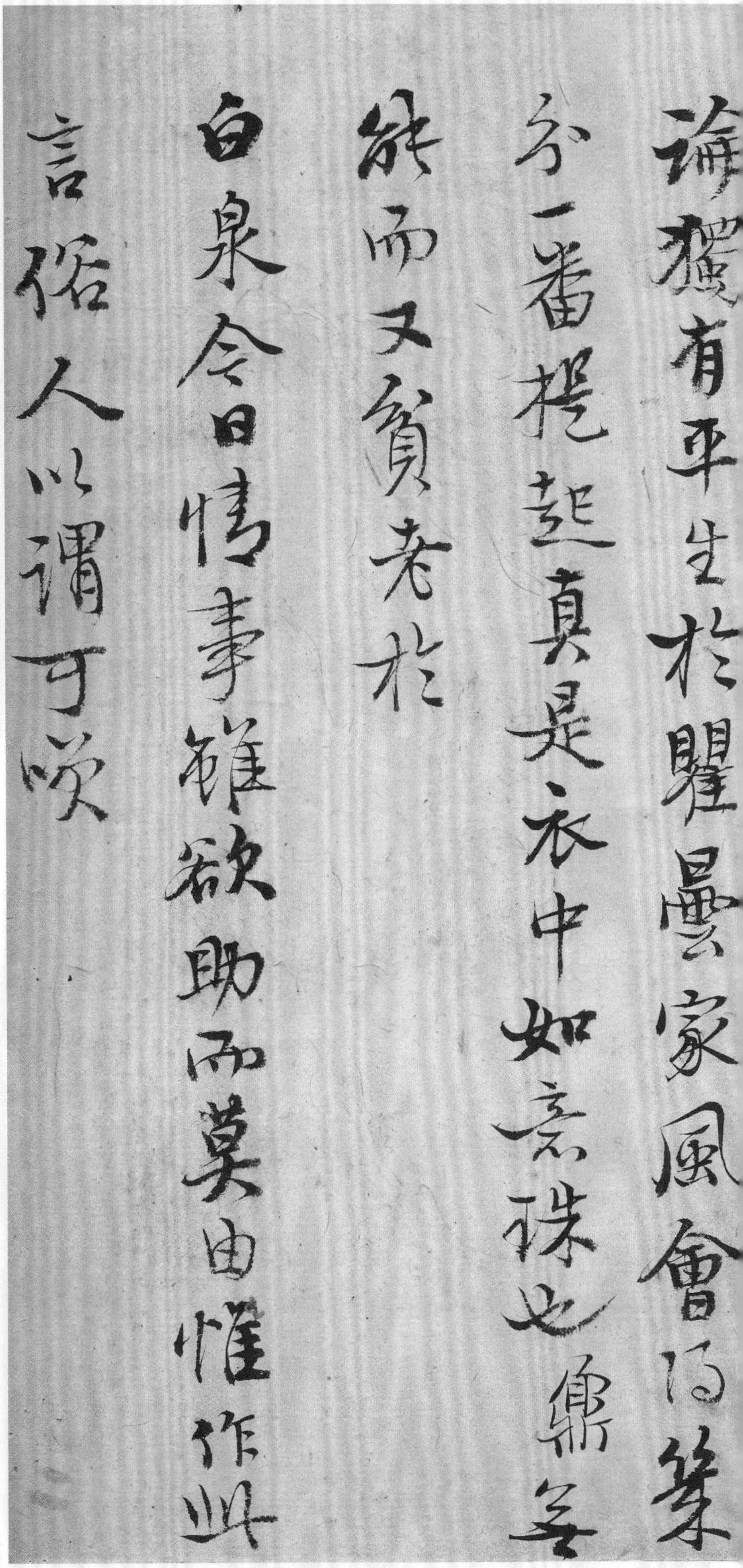
論撰有平生於瞿曇家風會得幾
分一番提起真是衣中如意珠也鼐年
衰而又貧老於
白泉令日情事雖欲助而莫由惟作此
言俗人以謂可笑

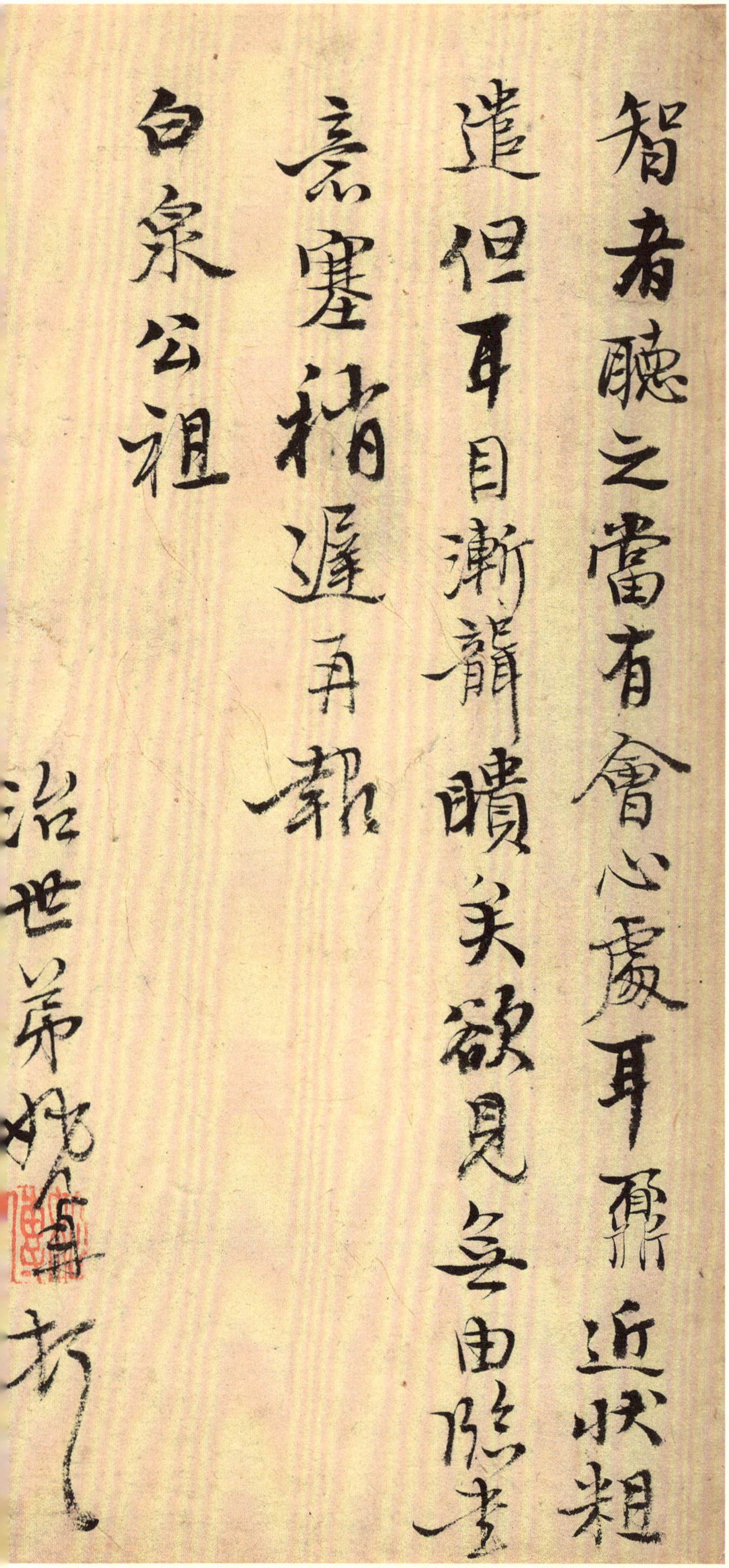

智者聽之當有會心處耳。承 近狀粗遣，但耳目漸聾瞶矣，欲見無由，臨書意塞。稍遲再報

白泉公祖

治世弟姚鼐頓首

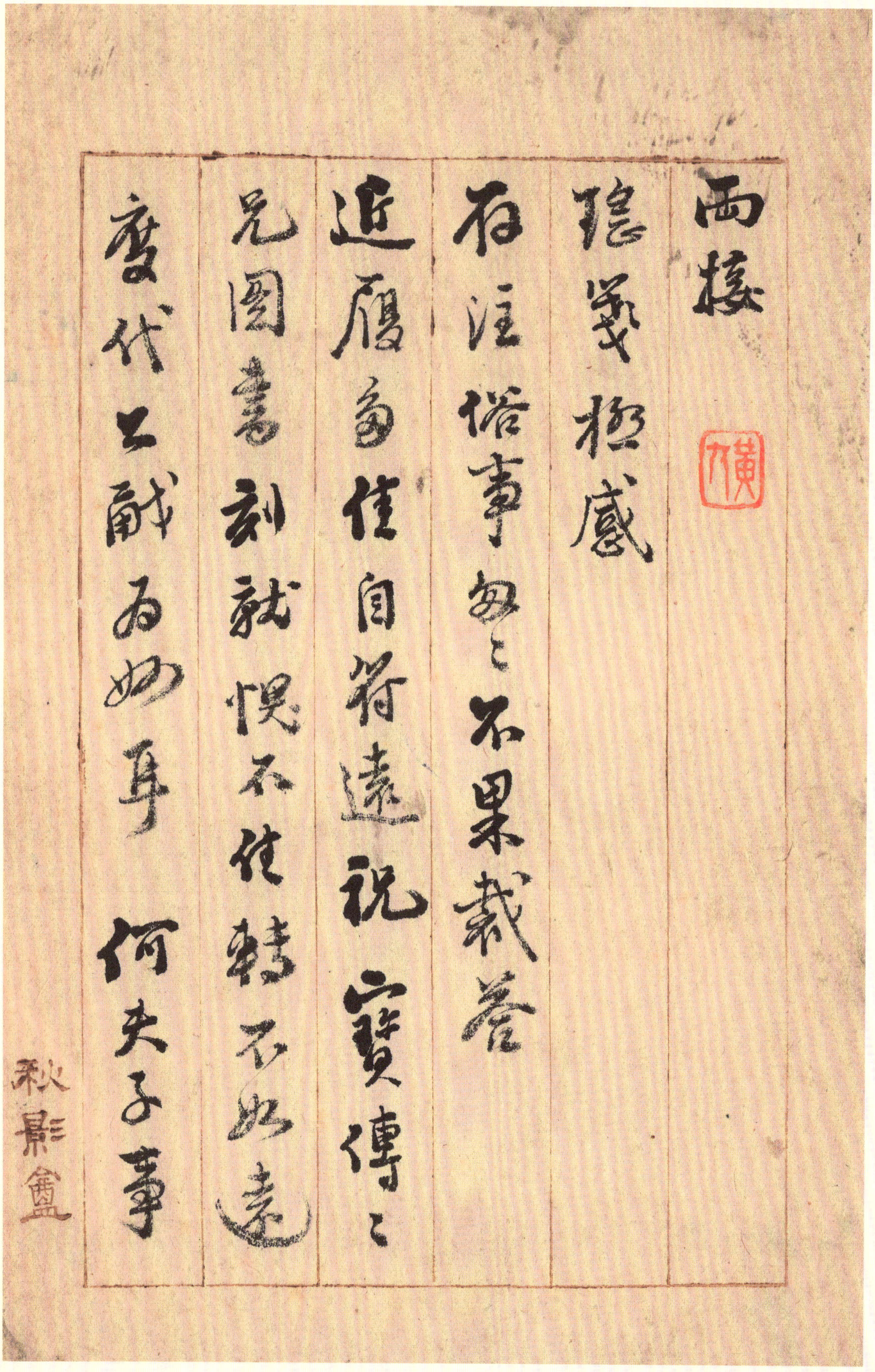

西樓
瑤箋極感
存注，拓事屢屢不果，裁荅
遲遲。顧翁佳，自符遠祝。寶傳傳
兄圖書刻就，惧不佳，轉不如遠
處代之，獻為妙耳。何夫子事

秋影盦

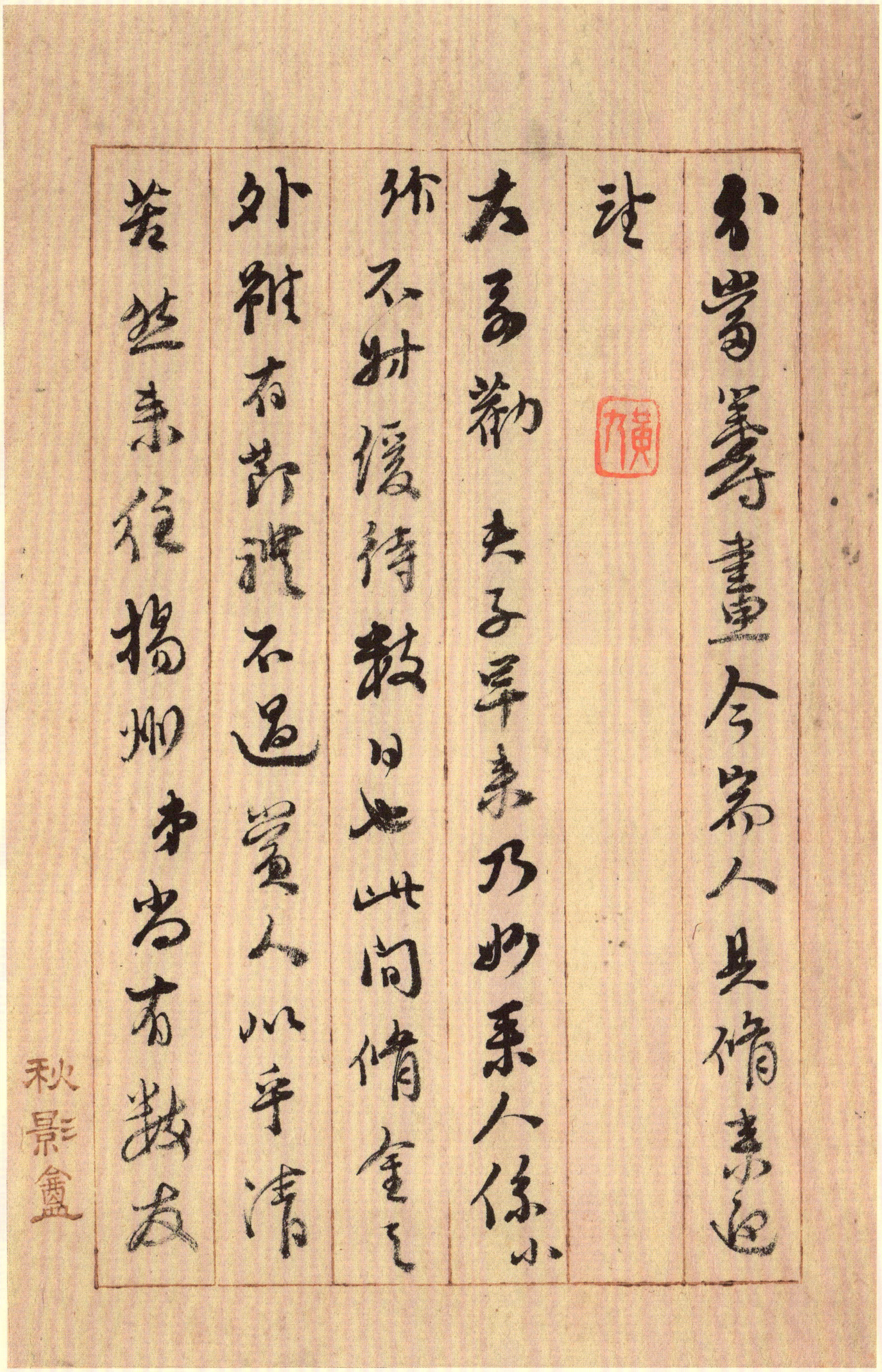
弟當籌畫今寄人具備來迎
詮
大哥勸 夫子早來乃妙乘人係小
价不耐緩待教日也此間倩金之
外雖有節禮不過賞人以平清
若然來往搨帖亦尚有數友

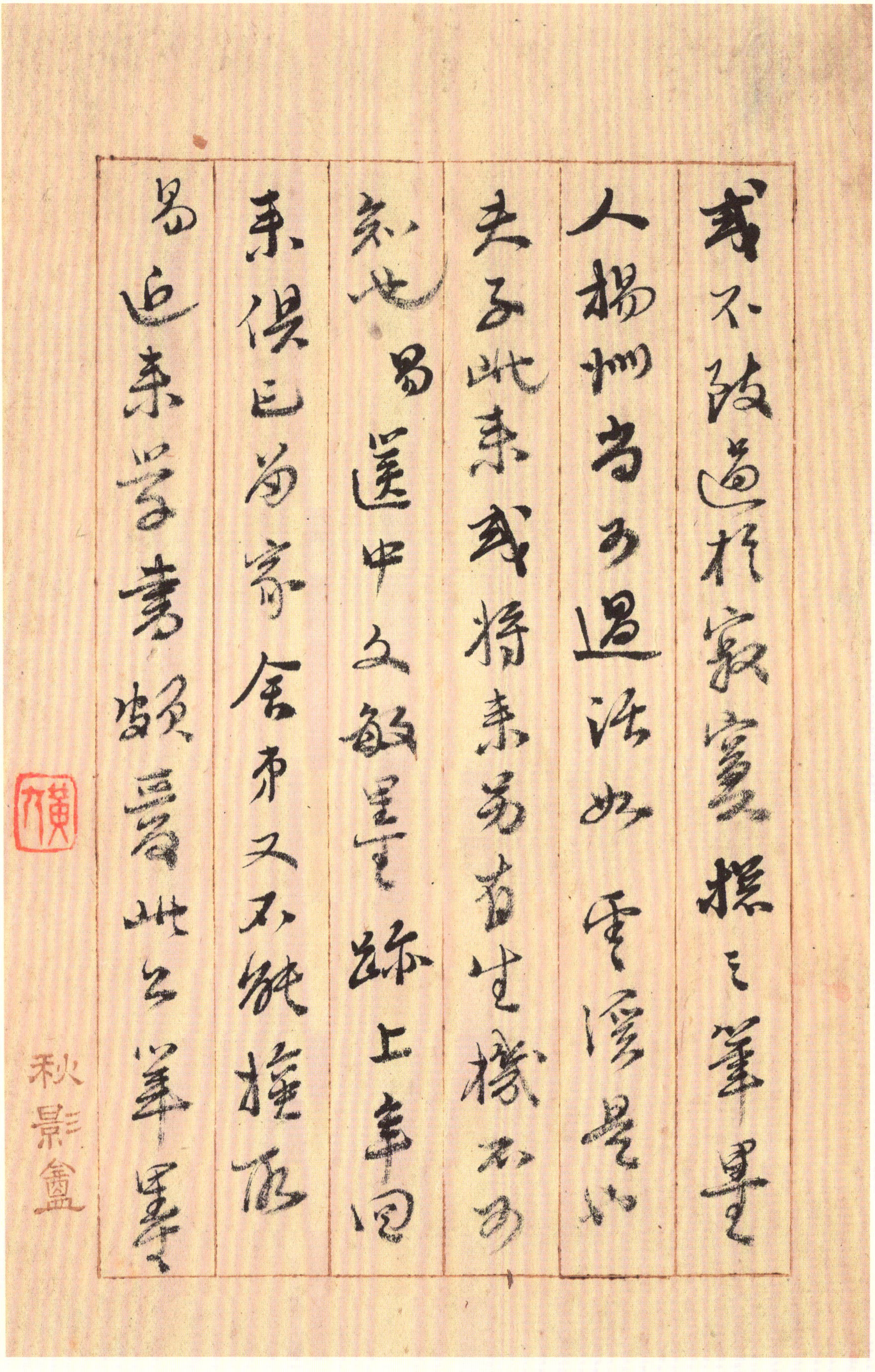
我不能追於寂寞，據之筆墨
人楊州爲可過活，如雲溪是必
去了，此來我將來爲古生機不可
知也。易 選中文敏墨迹上年回
來俱已留寄舍弟，又不能檢取
易近來學書頗覺此公筆墨
秋影盦

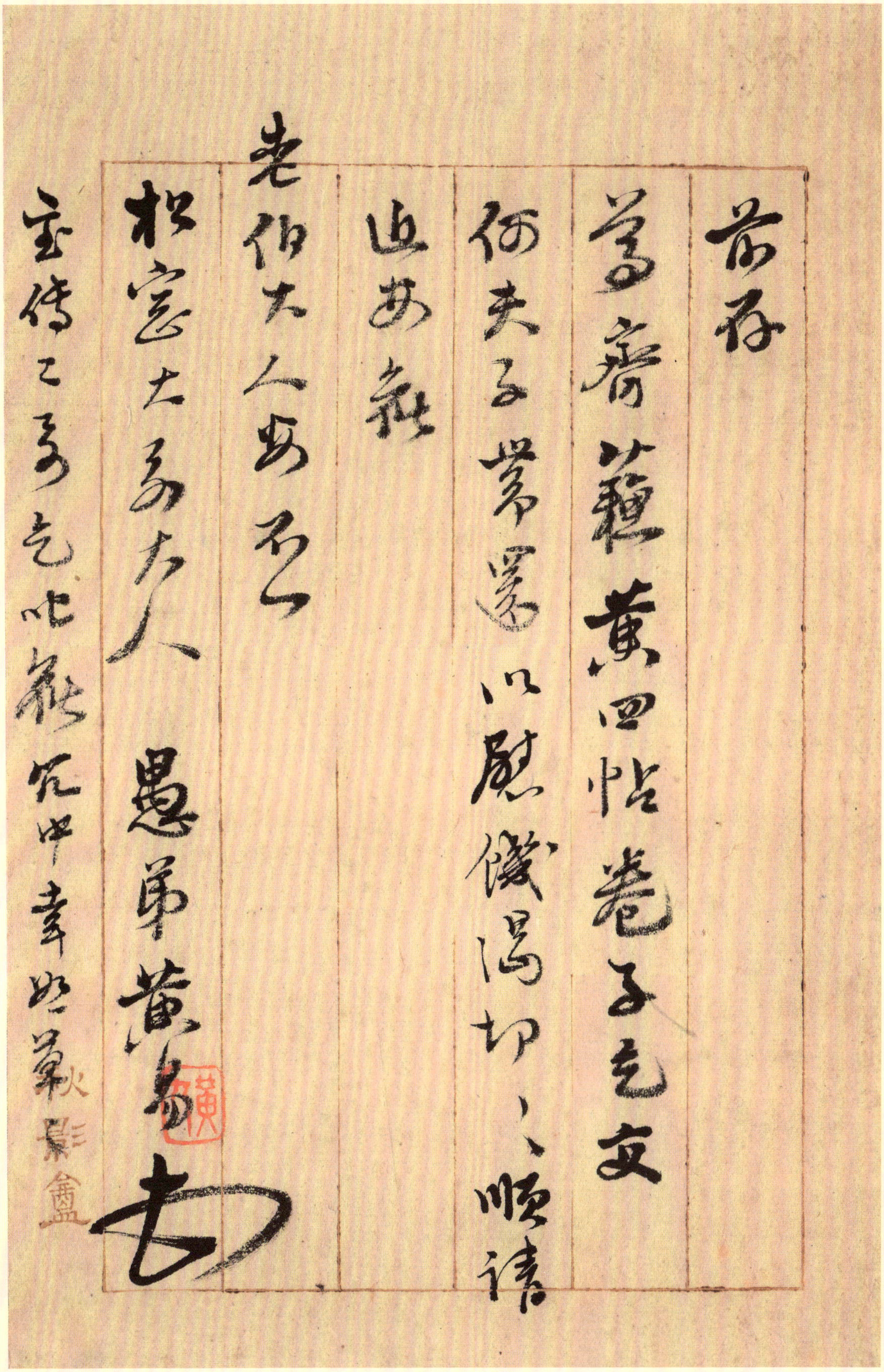
前存
篤齋藏黃四帖卷子乞交
何夫子常置以慰饑渴切切順請
近安統
老伯大人安不一
松窗大哥大人 愚弟黃易頓首
玉侍之子乞此統完中幸照第

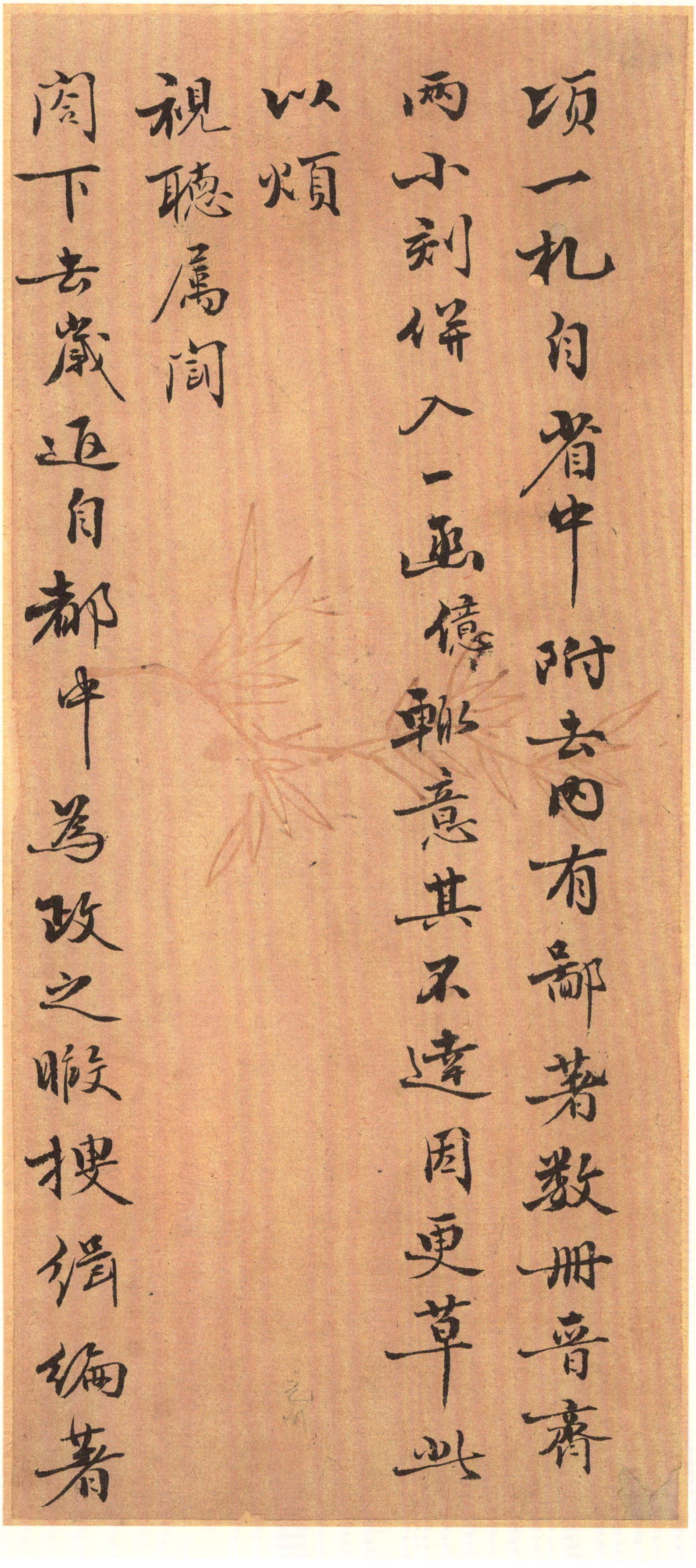
頃一札自省中附去內有鄙著數册晉齋
兩小刻併入一函億輒意其不遠因更草此
以煩
視聽屬間
閣下去歲返自都中為政之暇搜緝編著

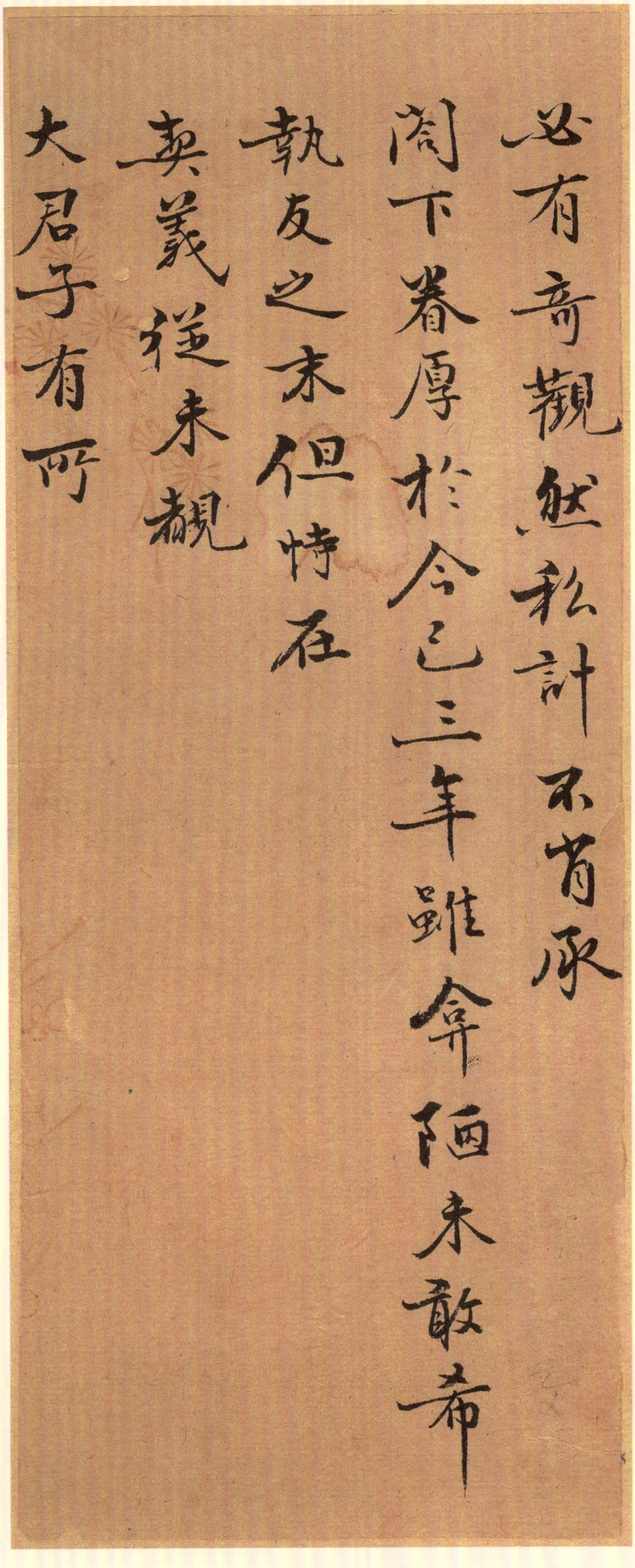
必有奇覯然私計不肖承
閣下眷厚於今已三年雖貧陋未敢希
執友之末但恃在
契義從來覯
大君子有所

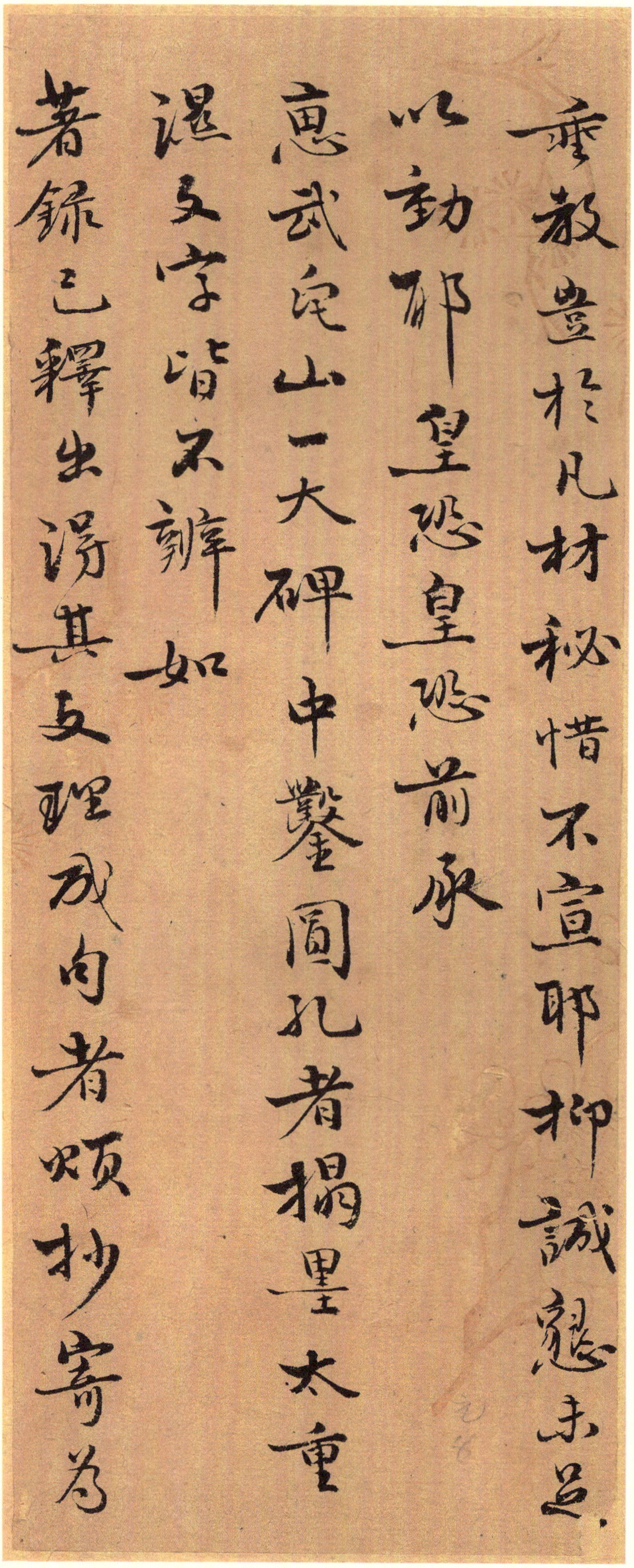
垂教豈於凡材秘惜不宣耶抑誠懇未足
以動耶皇恐皇恐前承
惠武宅山一大碑中鑿圓孔者搨墨太重
漫文字皆不辨如
著録已釋出得其文理成句者頗抄寄為

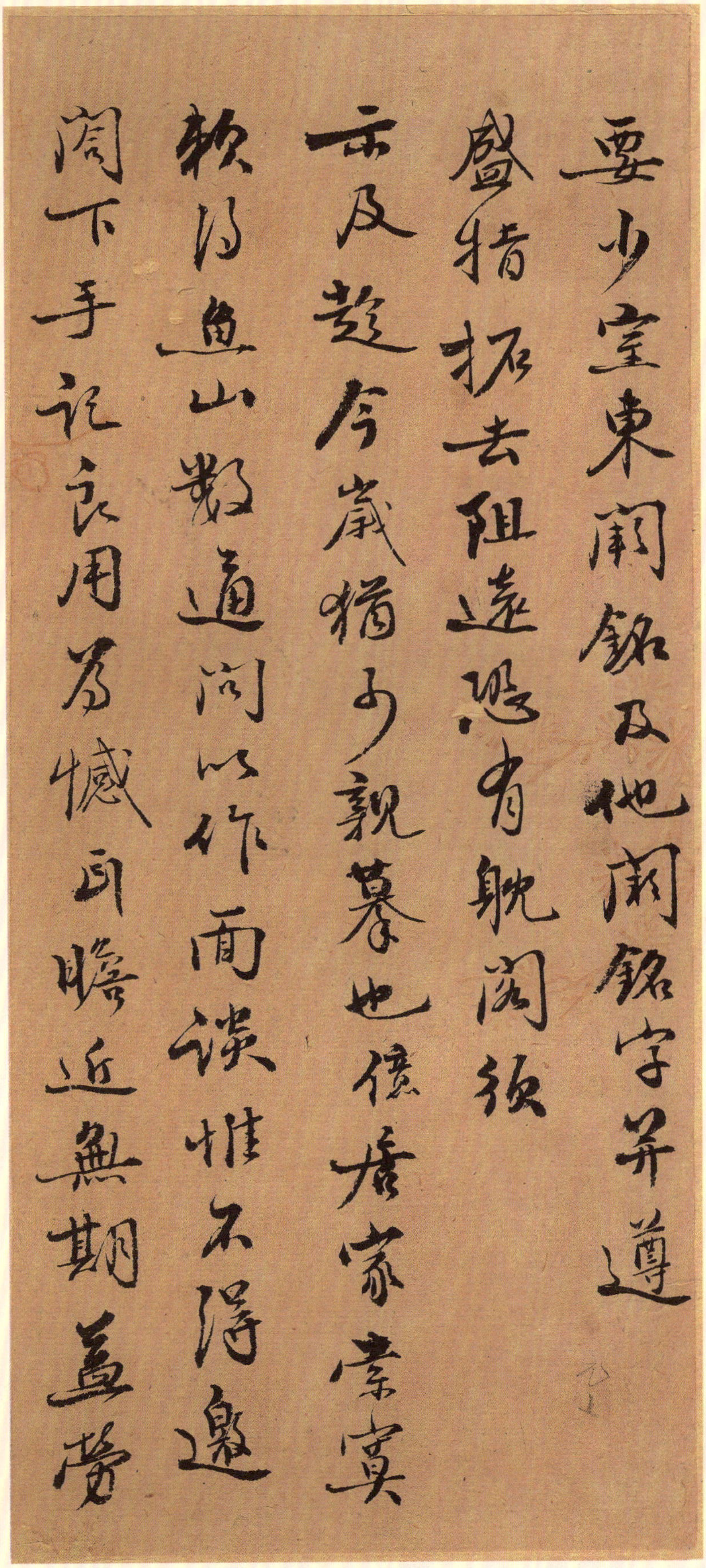

要少室東閣銘及他閣銘字并遵
盛指招去阻遠恐有耽閣須
示及趙今歲猶步親墓也億眷家索寞
賴得魚山數通閣以作面談惟不得邊
閣下手記良用為憾耳瞻近無期益勞

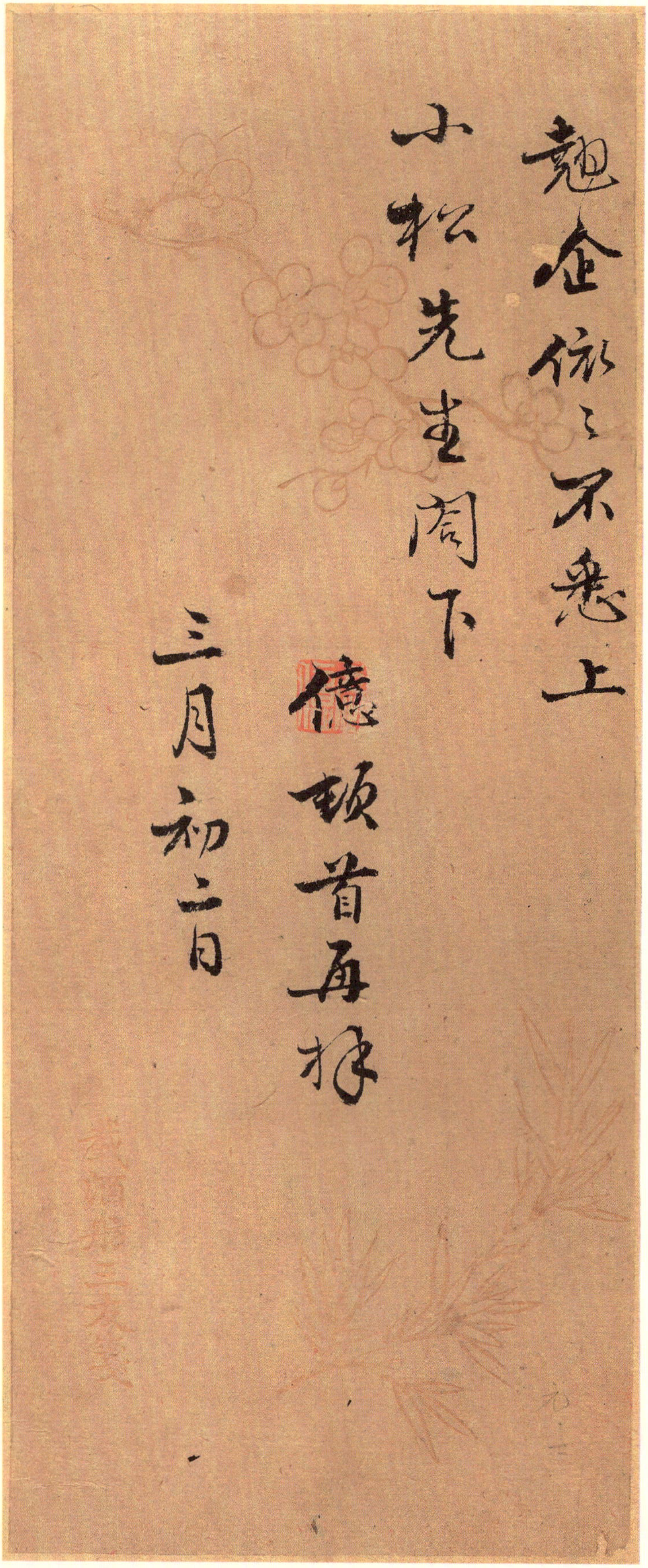
翹企依依不悉上
小松先生閣下
億頓首再拜
三月初二日

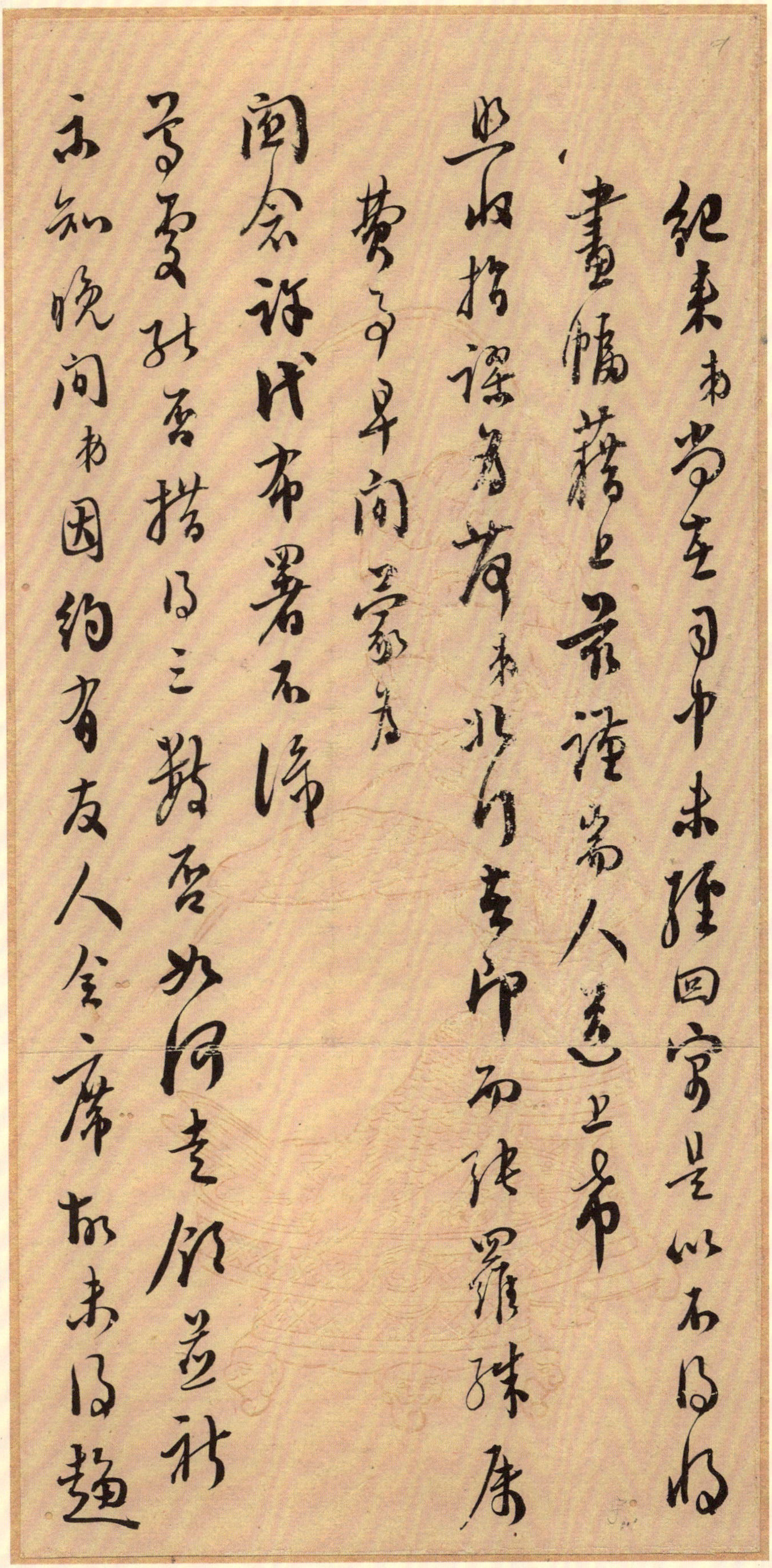

紀來而常在目中，未能回寄，是以不得
畫幅藉上。前謹為人送上帚
與收拾，深為荷。來兆何甚印而任羅耕康
費了早間，出家為
閣令許代為署名不備
高變於吾措得三數，吾如何去領並補
承知晚間而因約有友人會齋，故未得趨

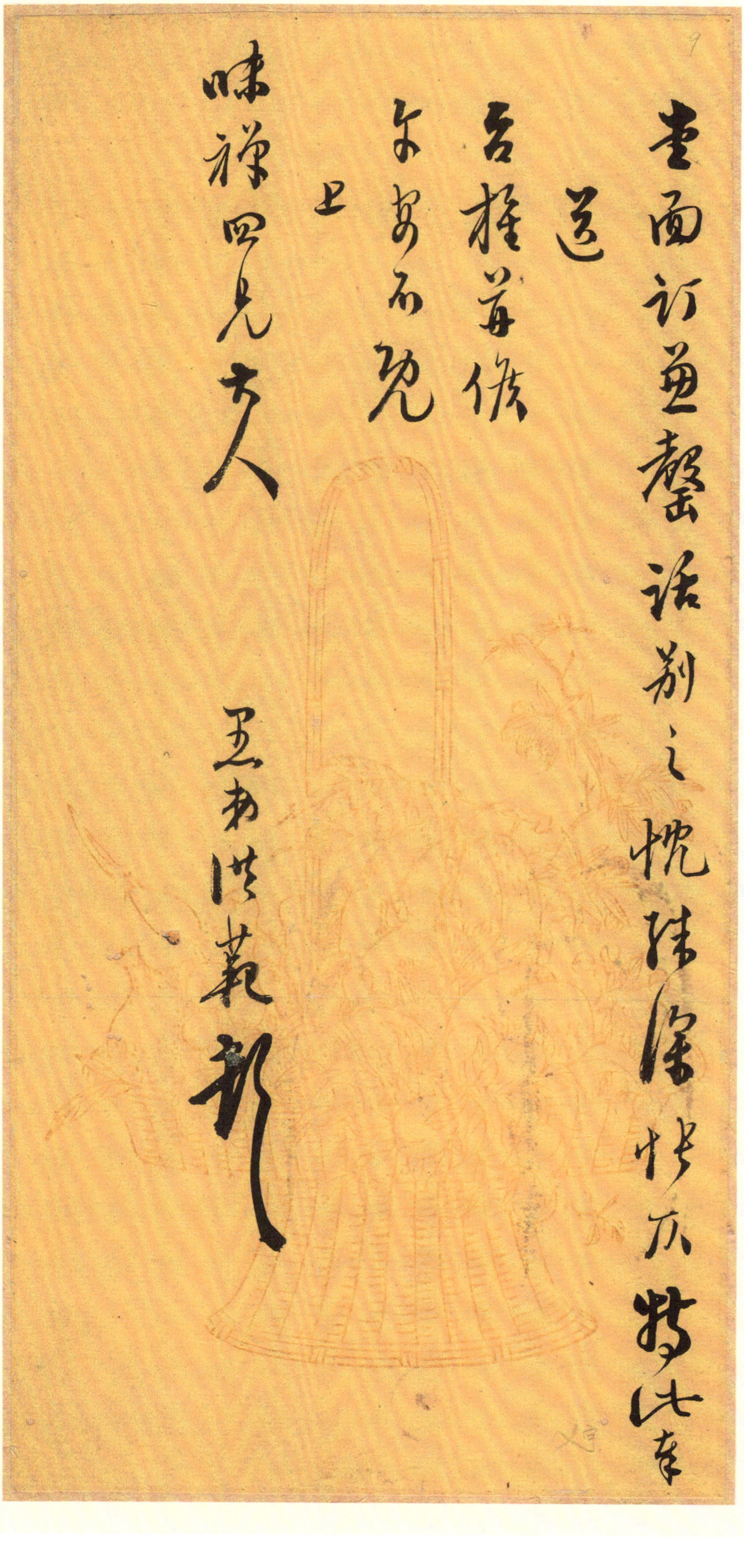

書面訂茲謦話別之忱，殊深悵仄，特此奉達。台程善候，年安不既。上
味禪四兄大人
愚弟洪範頓

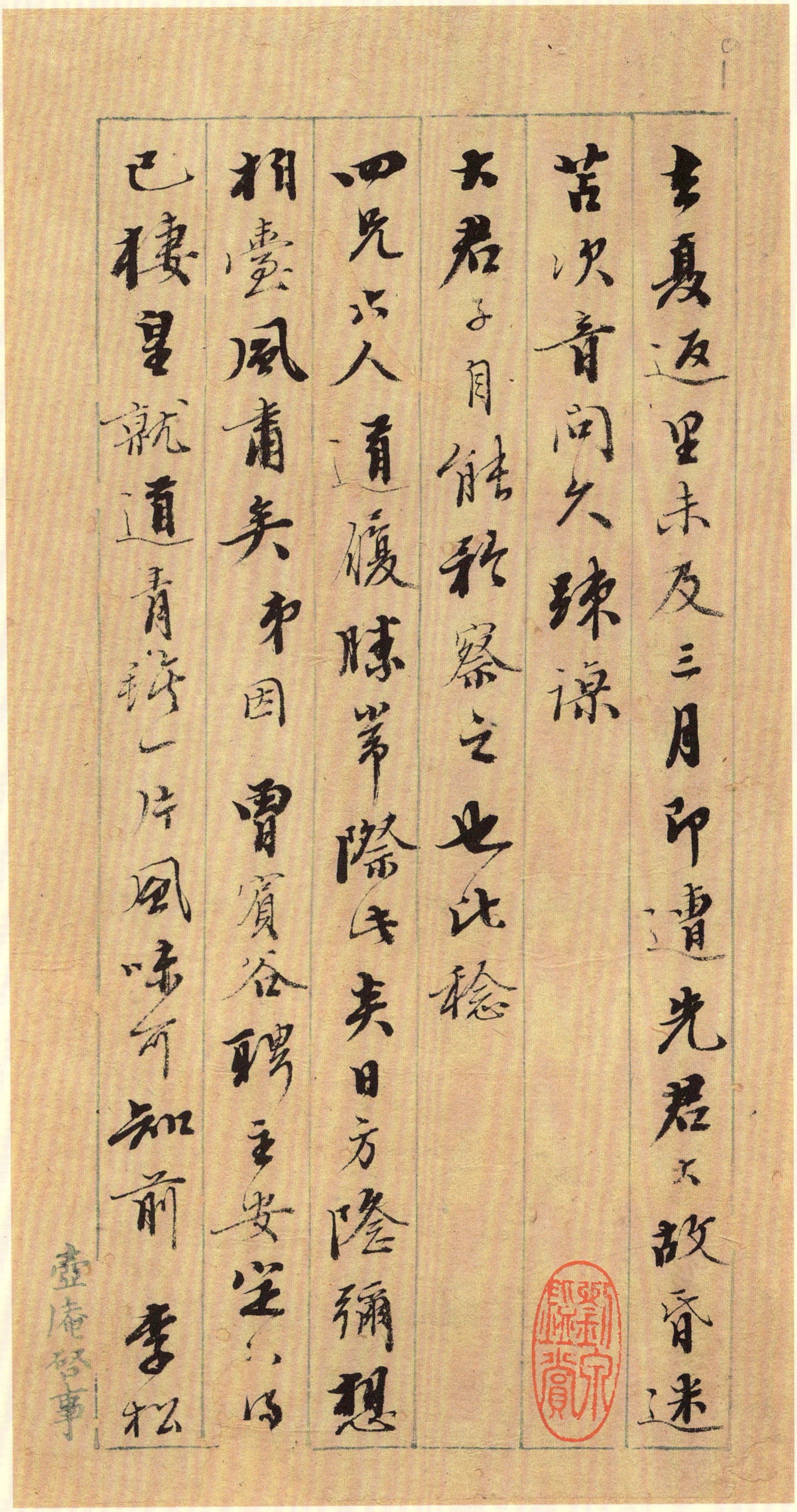
去夏返里，未及三月，即遭先君大故，昏迷苦次，音問久疏。謹
大君子自能矜察之也。比稔
四兄大人道履勝常，際茲夫日方隆，彌想
相臺風肅矣。弟因曾賓谷聘主安定之席，已棲星號，道青蹊一片，風味可知。前李松
壺庵啓事

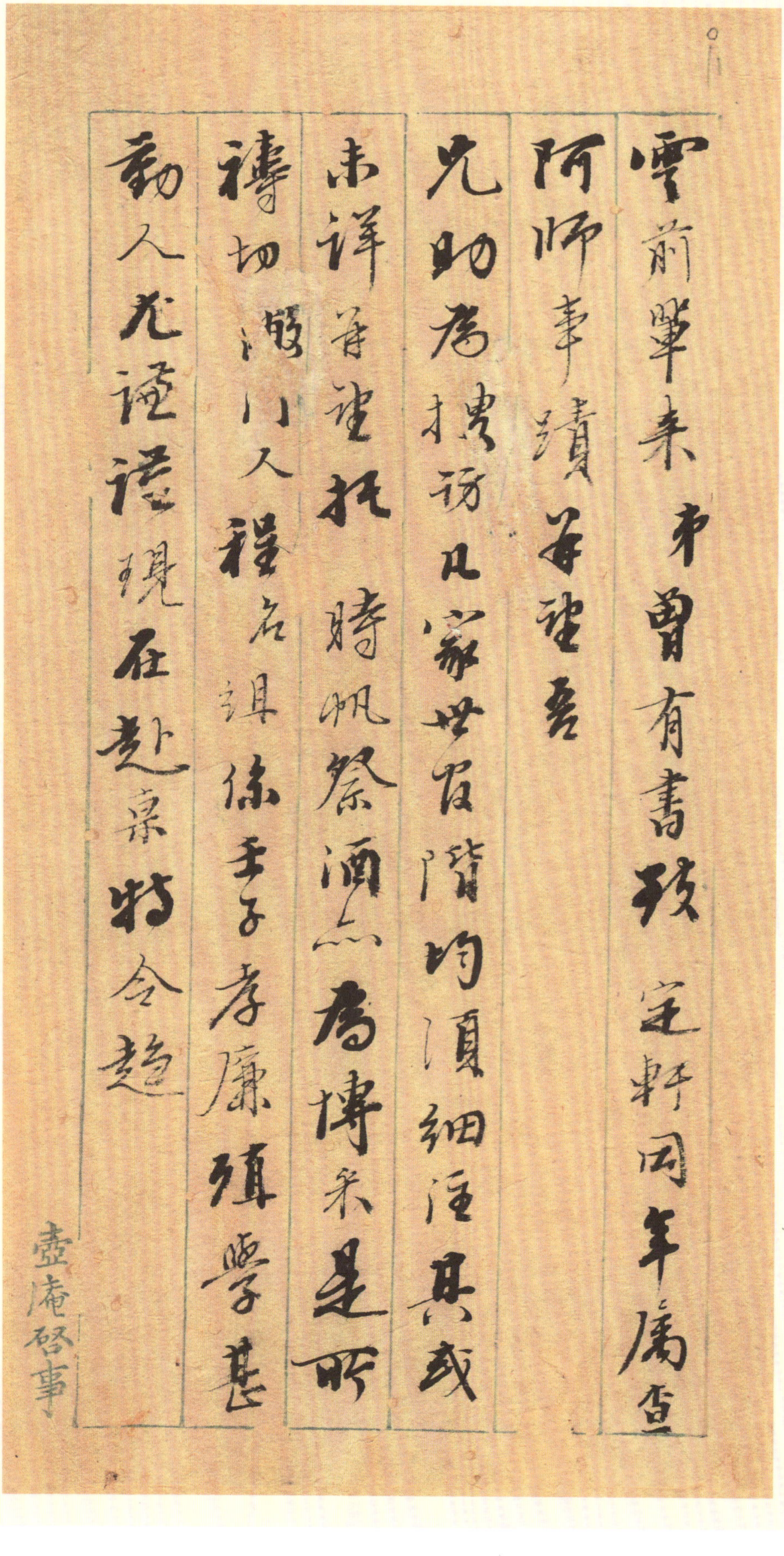
雲前輩來 弟曾有書致 定軒同年處查
阿師事蹟 並望
九翁爲搜訪凡家世宦蹟均須細注其或
未詳並望託 時帆祭酒爲博采是所
禱切 [illegible]門人程名鎮係壬子孝廉殖學甚
勤人尤謹謹現在赴京特令趨
壺庵啓事

吳錫麒 致 九山

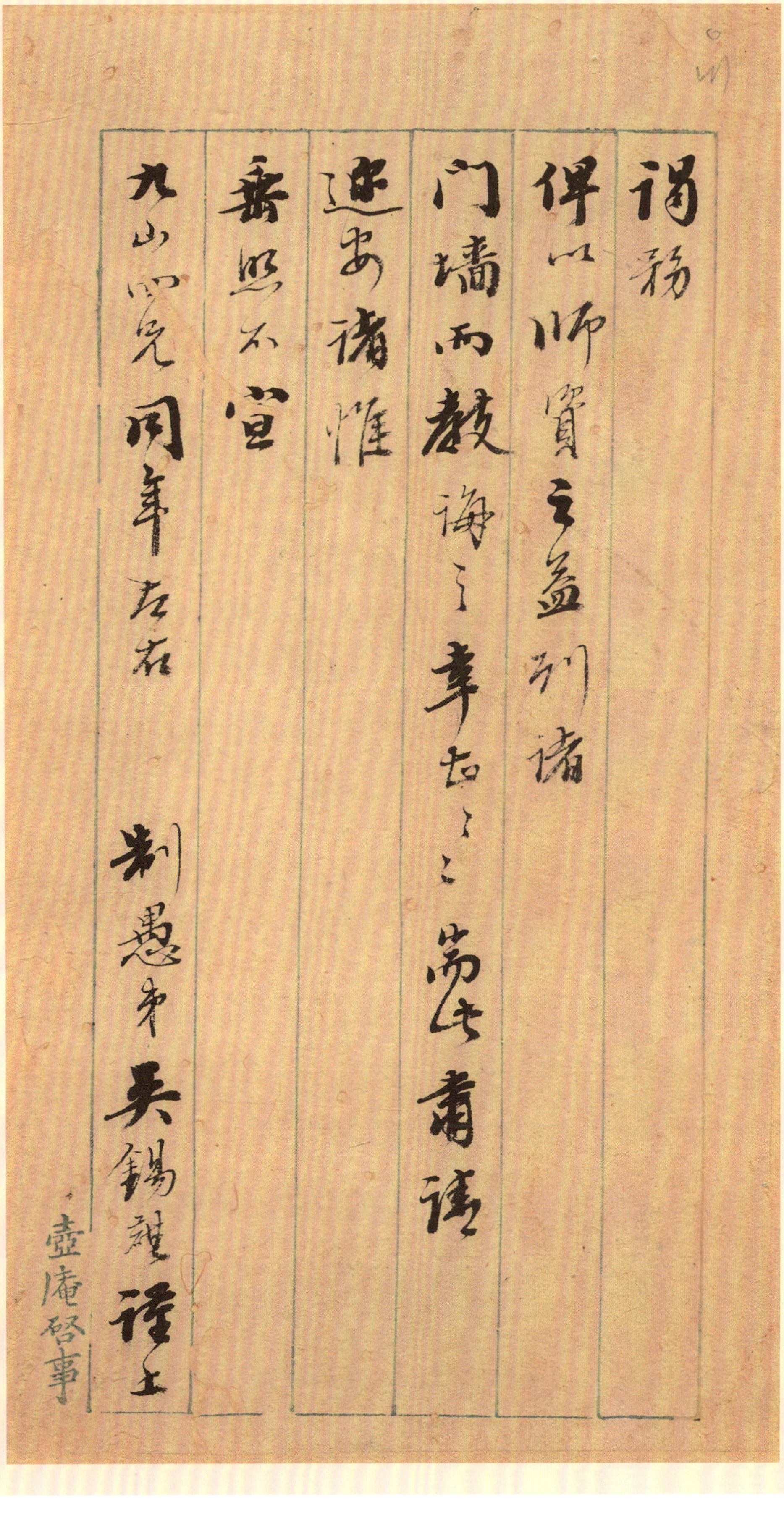

謁務
俾以師資之益，列諸
門墻，而教誨之，幸甚幸甚。專此肅請
道安。諸惟
垂照不宣
九山四兄同年左右
制愚弟吳錫麒謹上

壺庵啓事

王芑孫 致 鐵君

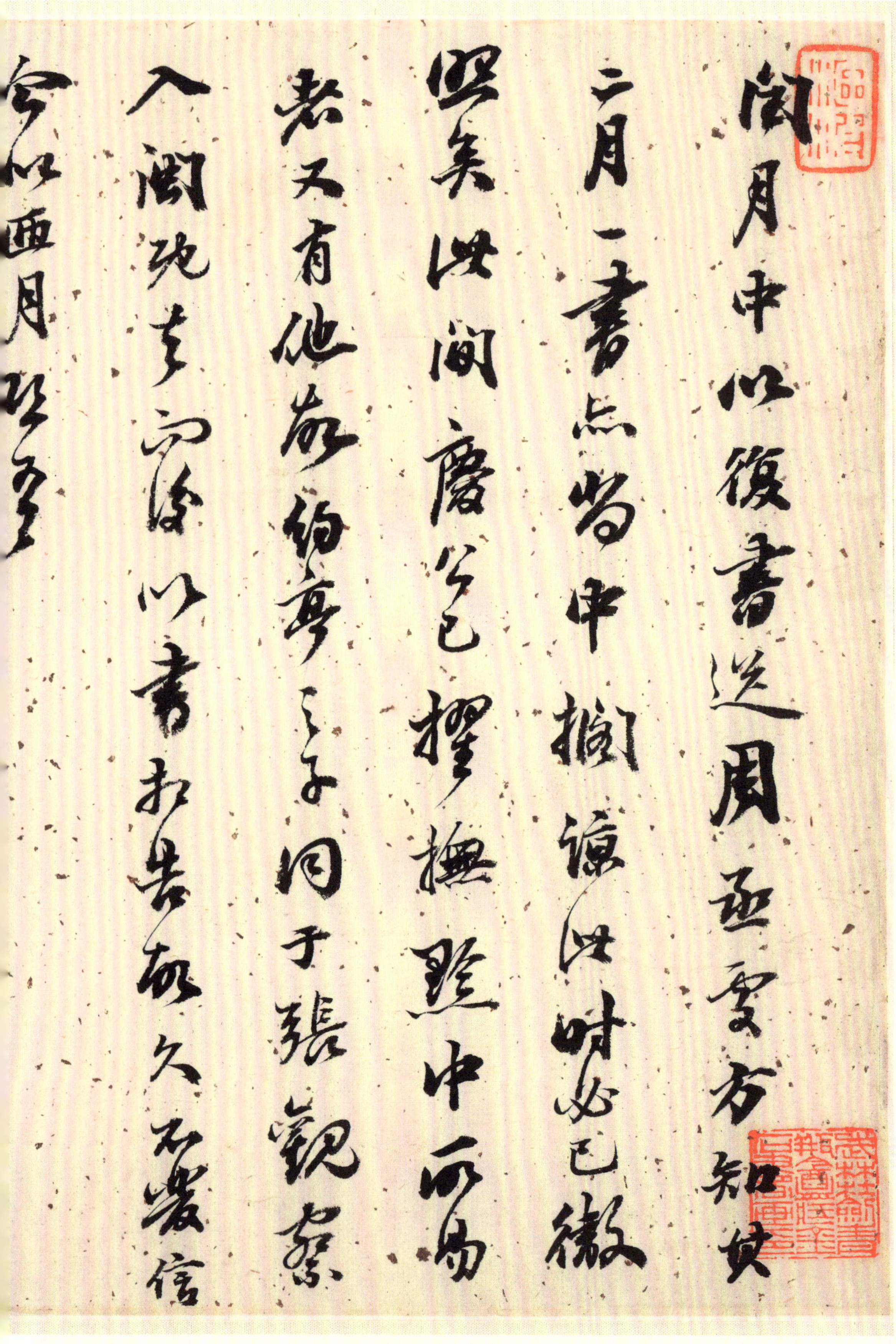

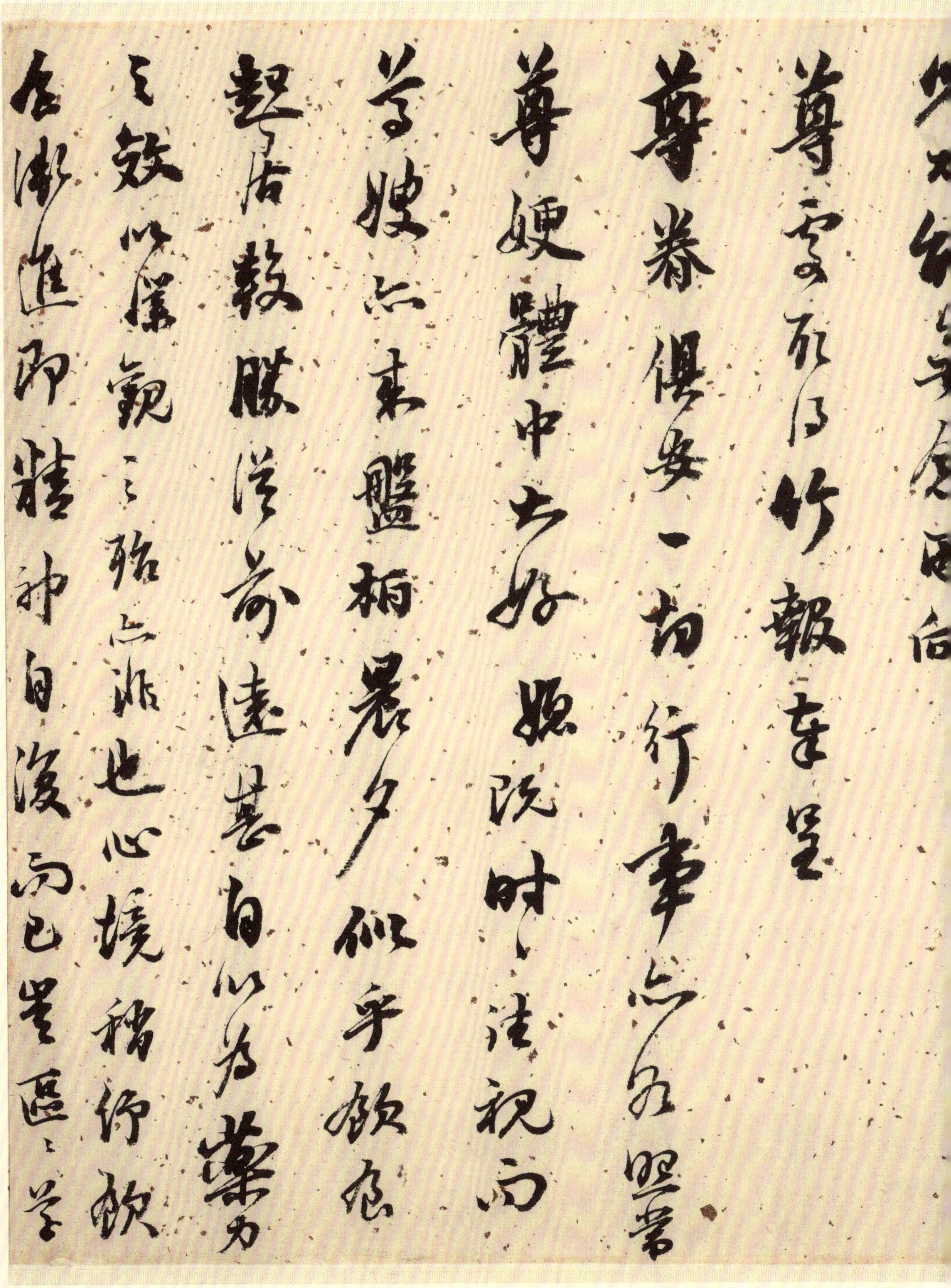

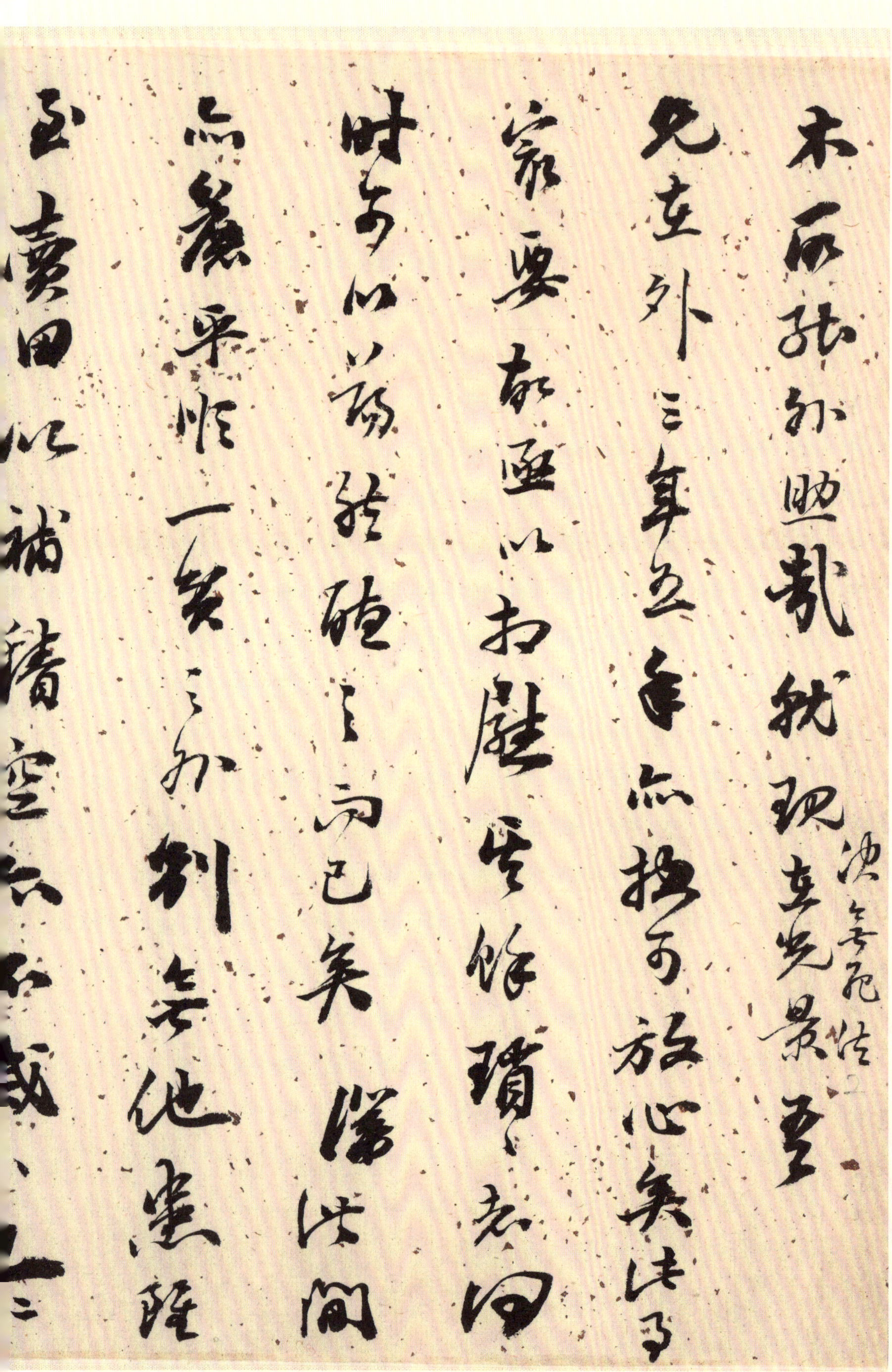

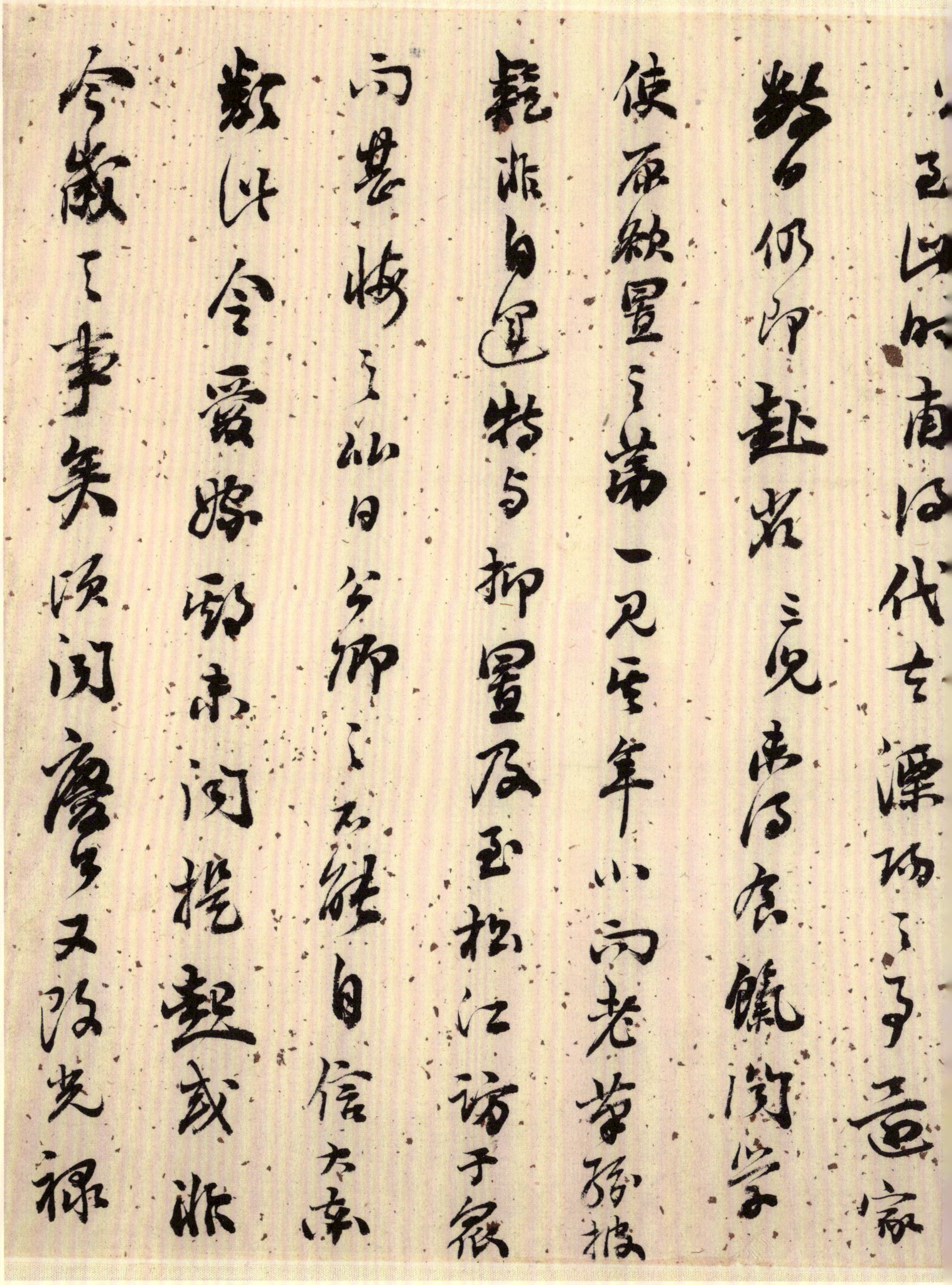

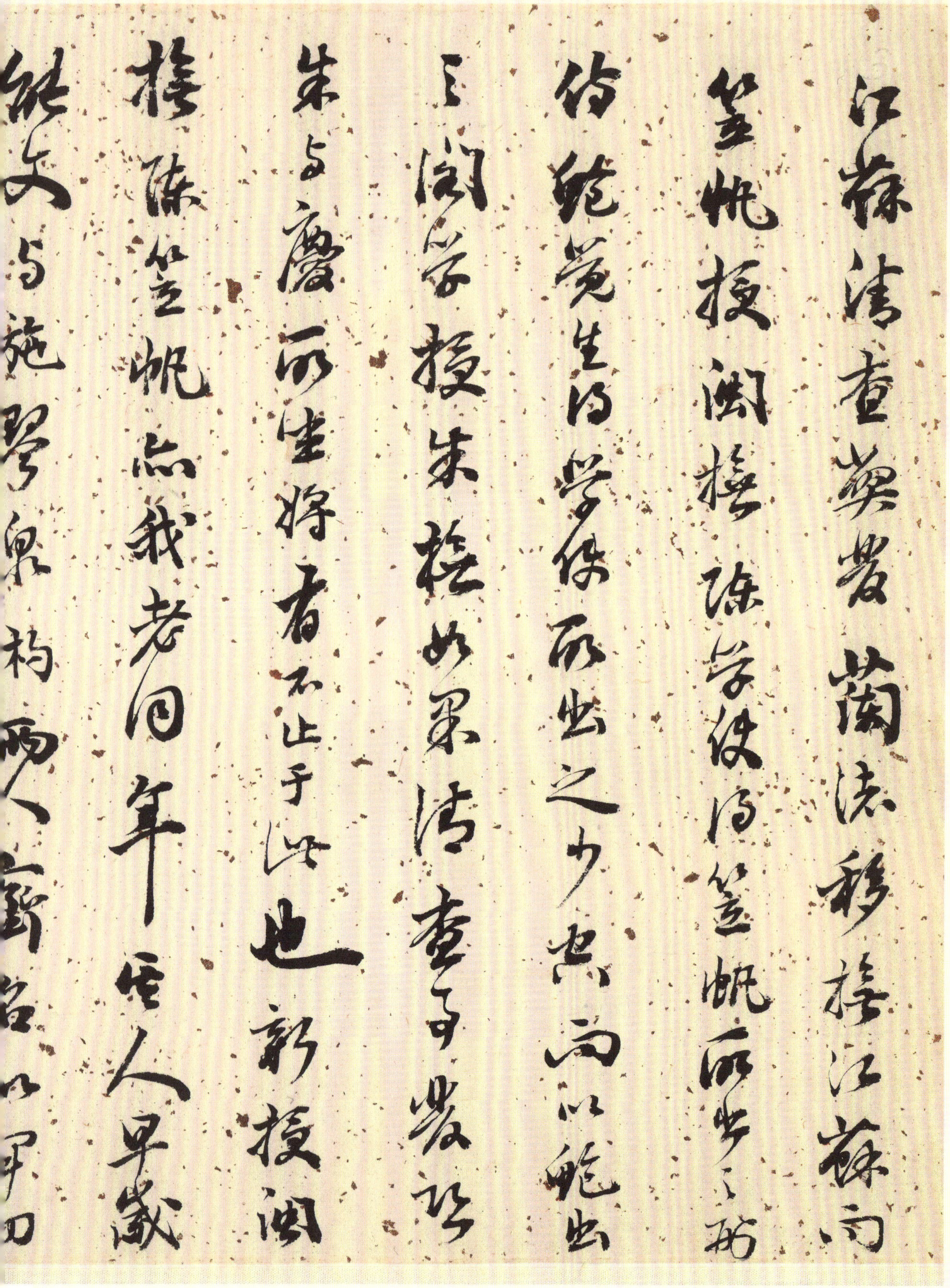

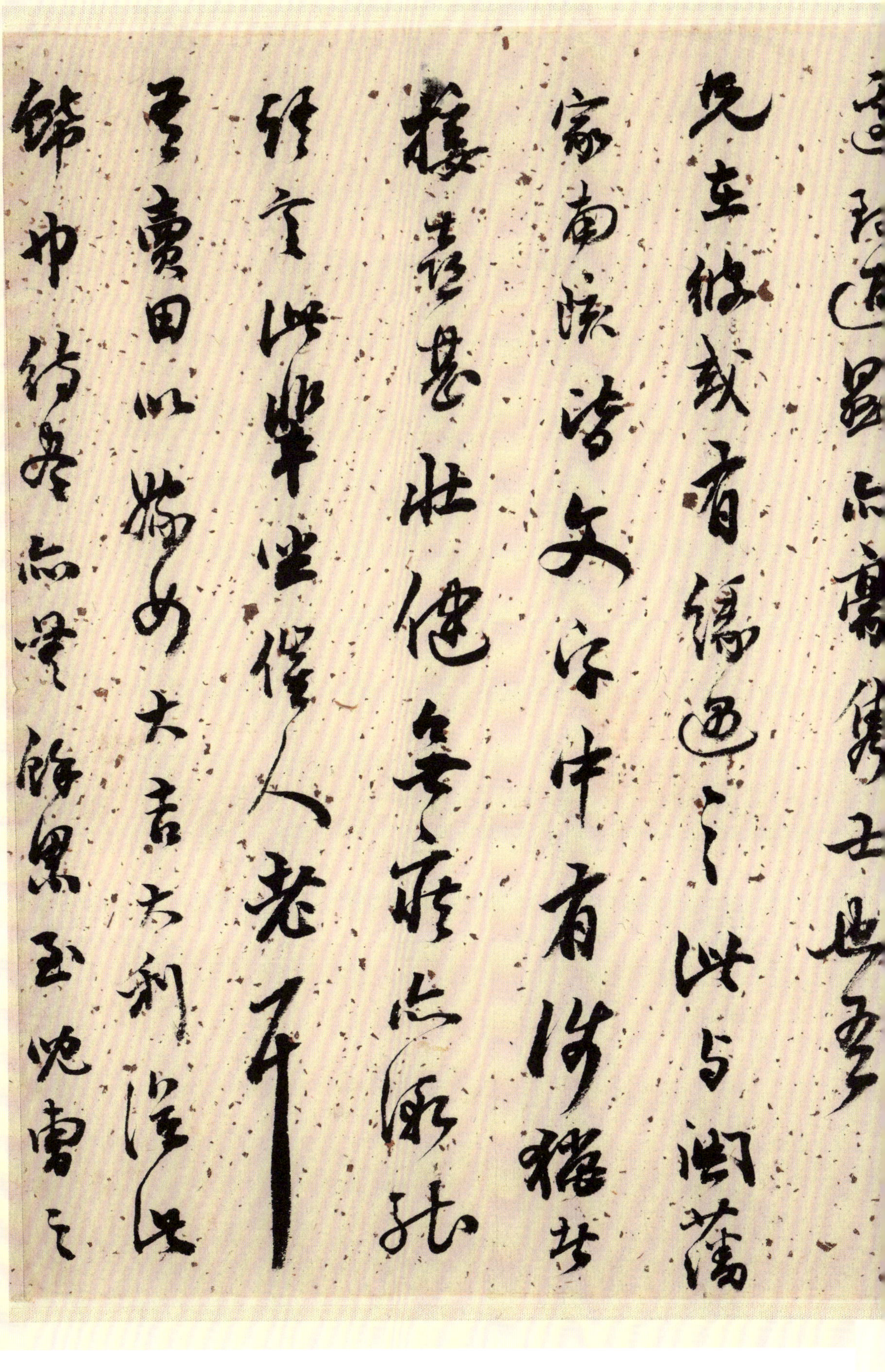

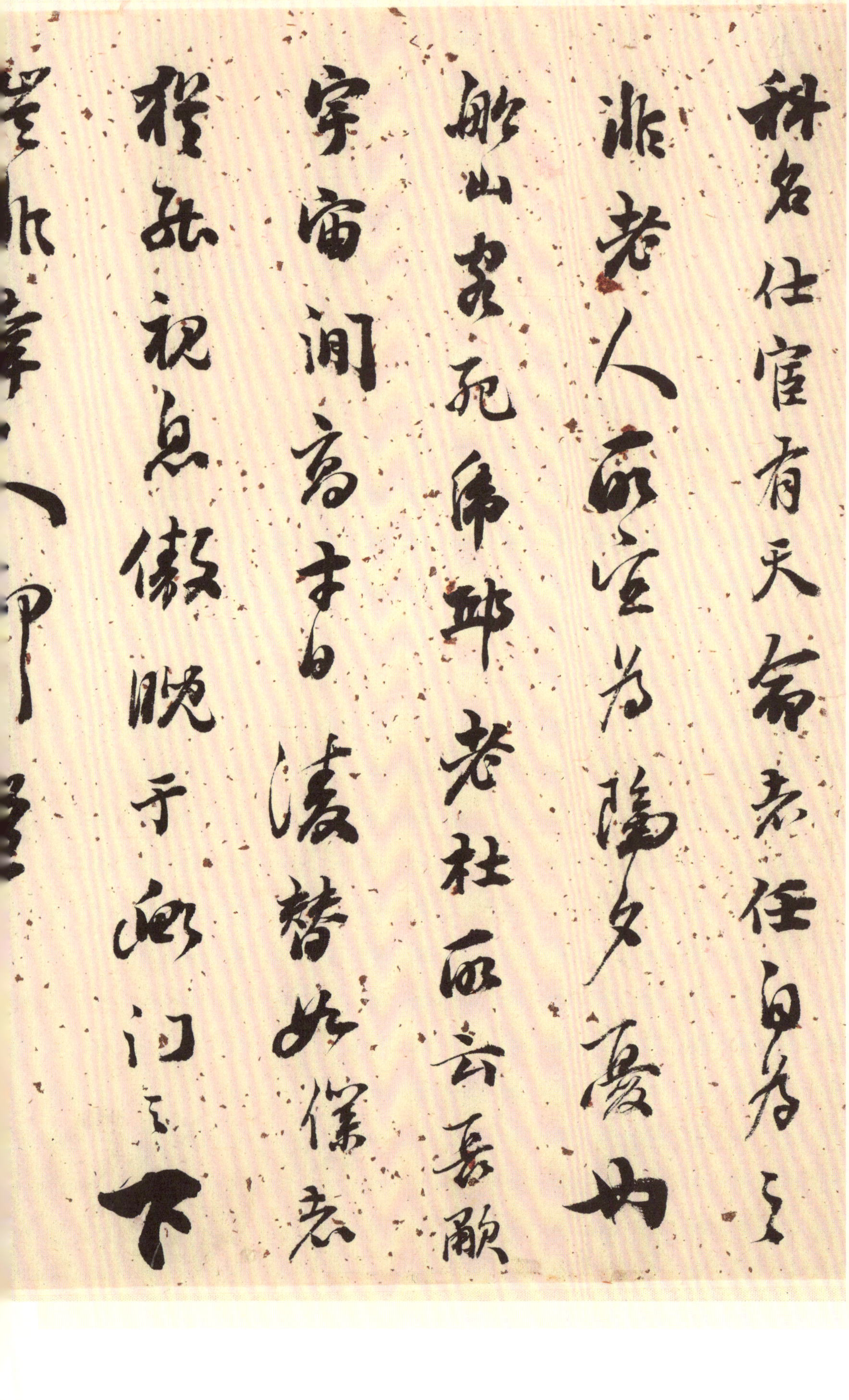

科名仕宦有天命焉任自爲之
非老人所宜爲陽多憂也
船山竟死歸耶老杜所云長歌
宇宙間高才凌替如僕者
[illegible][illegible]視息儌倖于鄉門門下

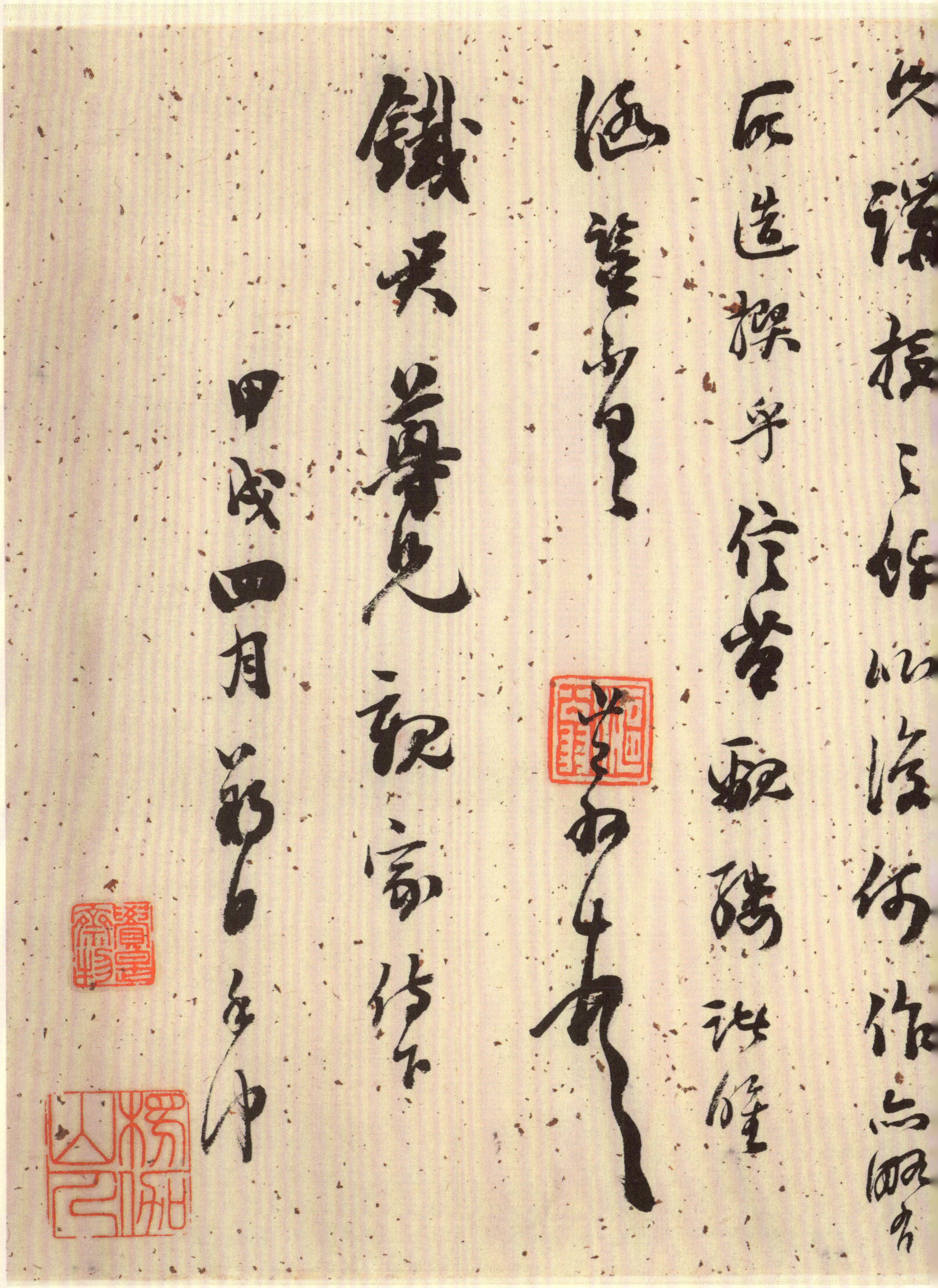

……何謹上
鐵君尊兄親家侍下
甲戌四月芑孫手

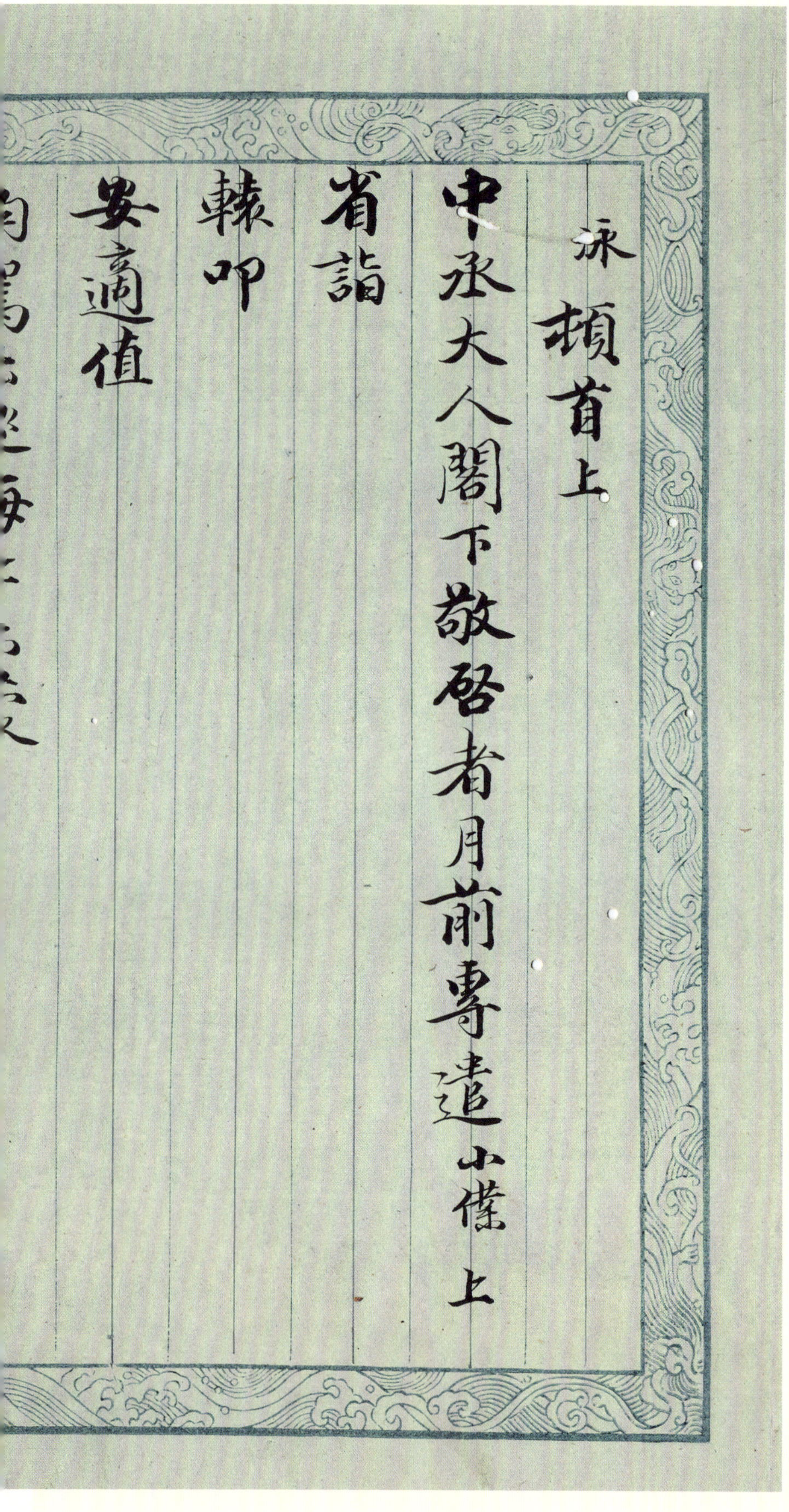
泳頓首上
中丞大人閣下敬啓者月前專遣小价上
省詣
轅叩
安適值

示禁之葉葉至今未見務求 抄示以便上石此
常昭兩邑牙戶小民所感
恩不盡者也聞
大人新立公田積穀一事真所謂思患預防
有利無害是不特勝于常平社倉而實有

詒晉齋仿古製

合于古者井田之法可否求
大人再分付各州縣照例行之在鄉村富户之
能踴躍爭先既無勸捐賑卹之煩而省吏役
虗糜之費不遇歉歲日積日多百姓沾恩上下蒙
福是萬世之良法也泳春時在蕪湖晤

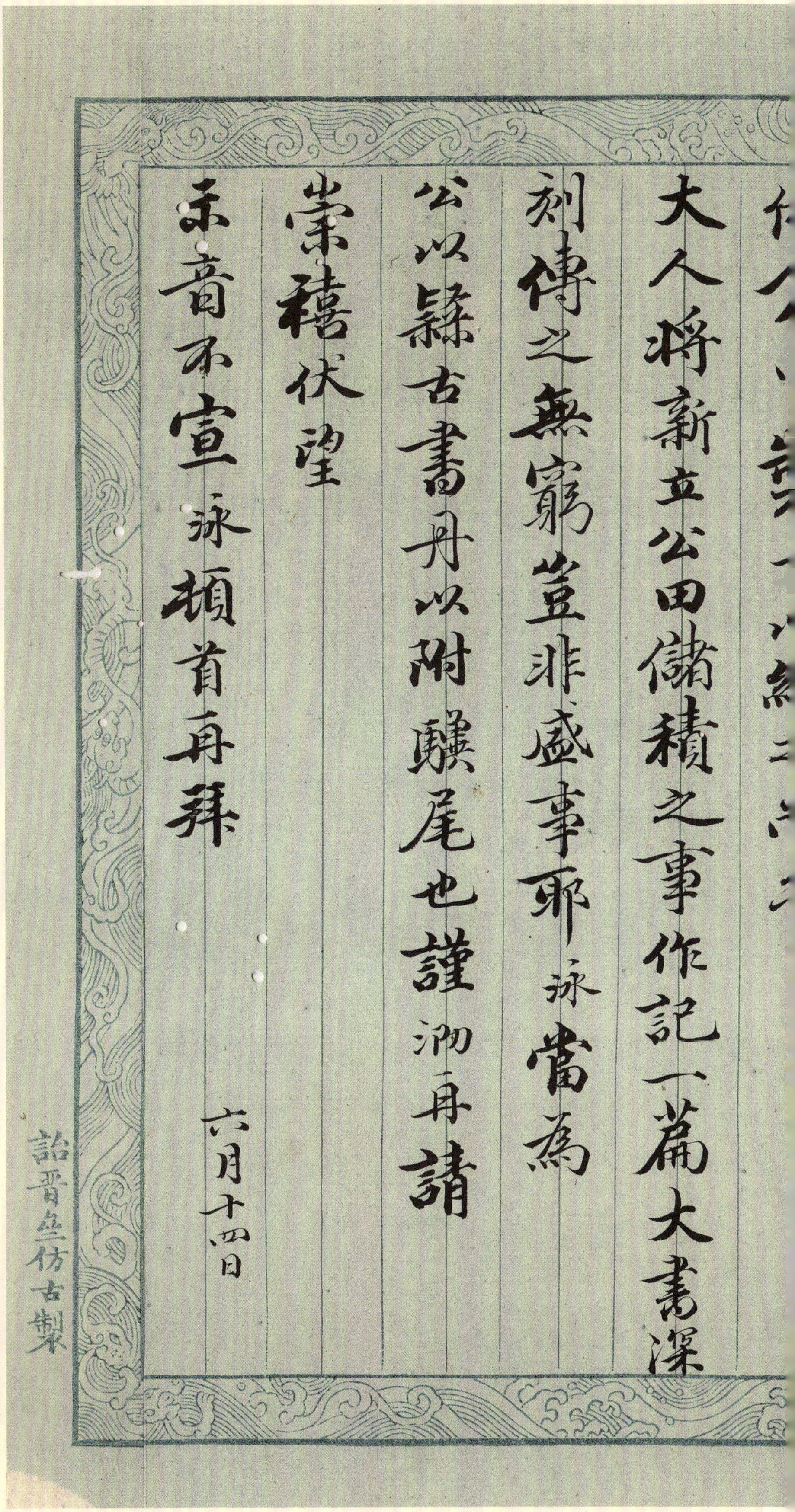
[illegible]
大人將新立公田儲積之事作記一篇大書深
刻傳之無窮豈非盛事耶泳當為
公以隸古書丹以附驥尾也謹泐再請
崇禧伏望
示音不宣泳頓首再拜
六月十四日

詒晉齋仿古製

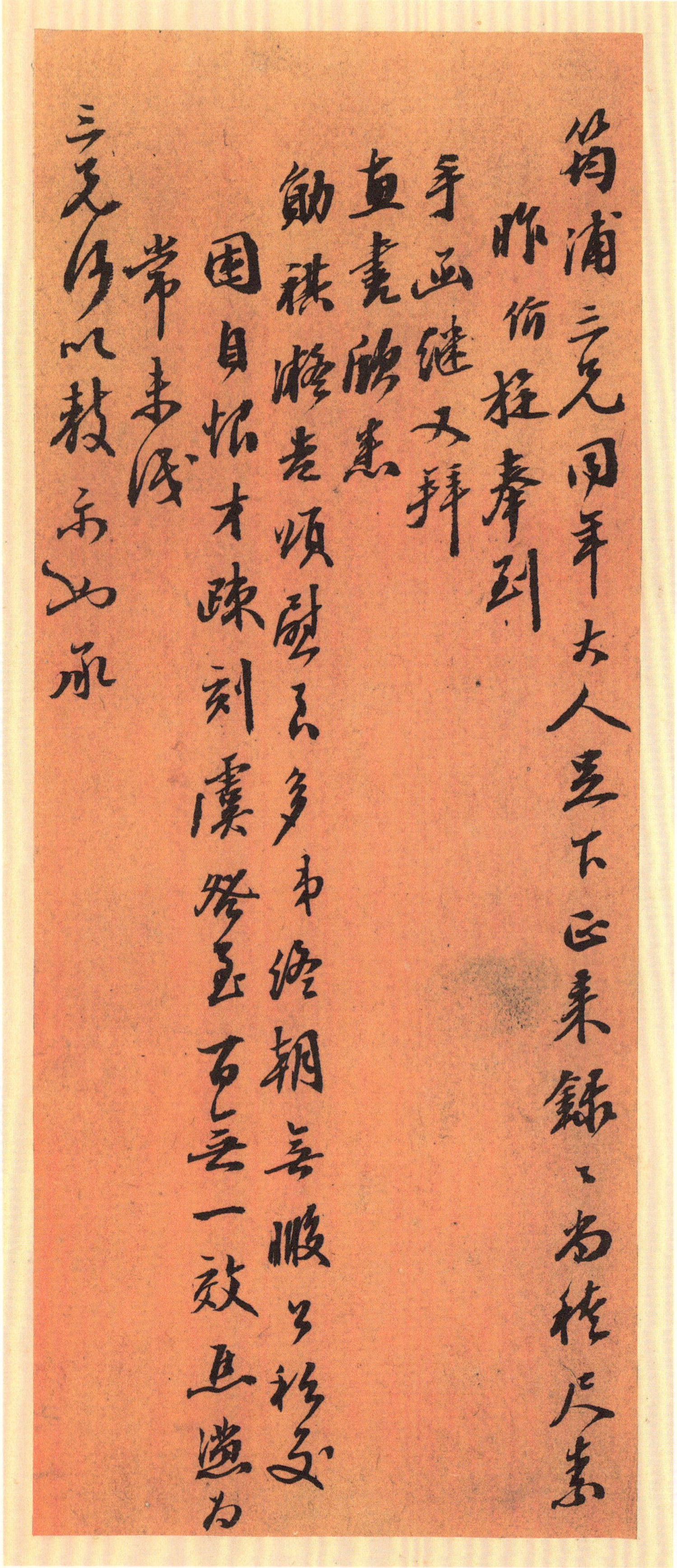

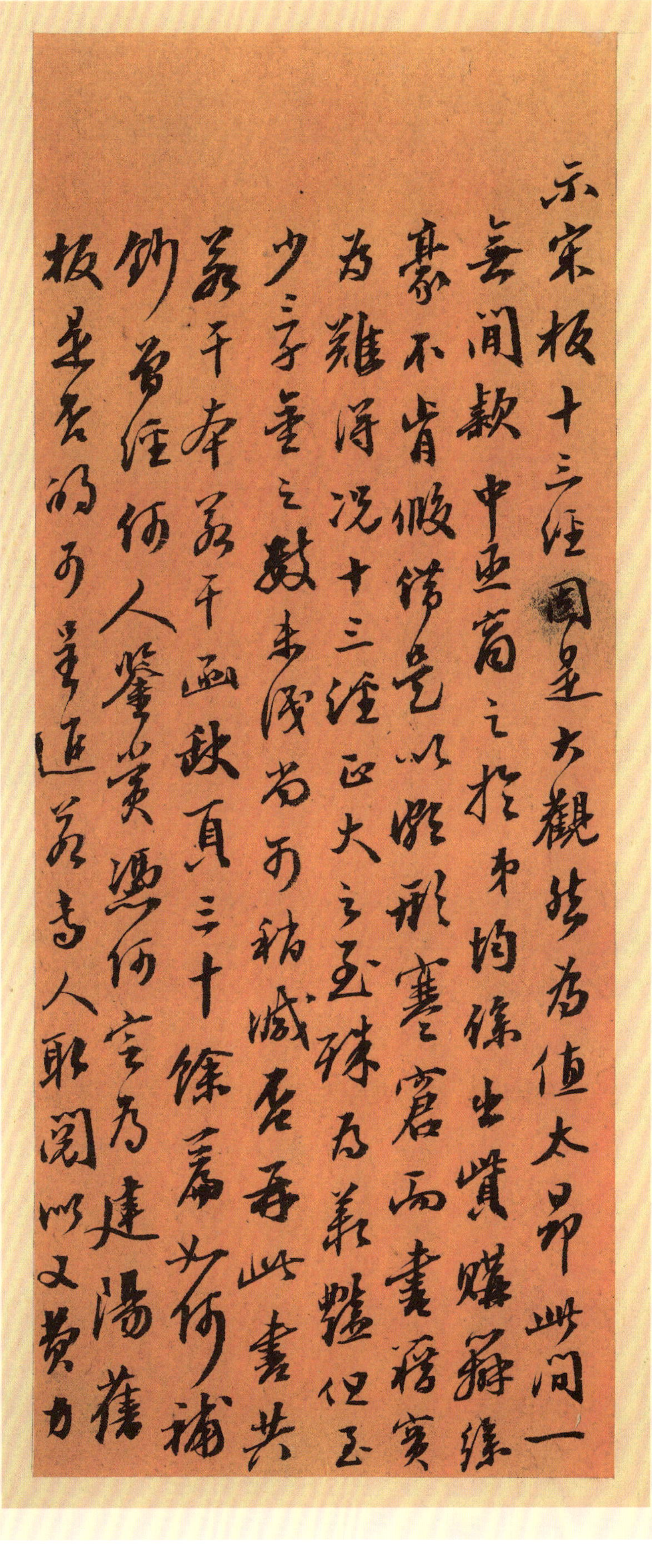
示宋板十三經固是大觀，然爲值太昂，此间一
無间款，中函首之於中，均係出貲購辦，係
豪不肯假借，豈以誑形寒窘而靠籍實
爲難得，況十三經正大之至，殊爲義類，但正
少三字，全之數，未諳尚可補識否，再此書共
若干本，若干函，缺頁三十餘篇，如何補
鈔，曾經何人鑒賞，憑何定爲建陽舊
板，是否的可，無庸逐葉寓人，取閱以文費力

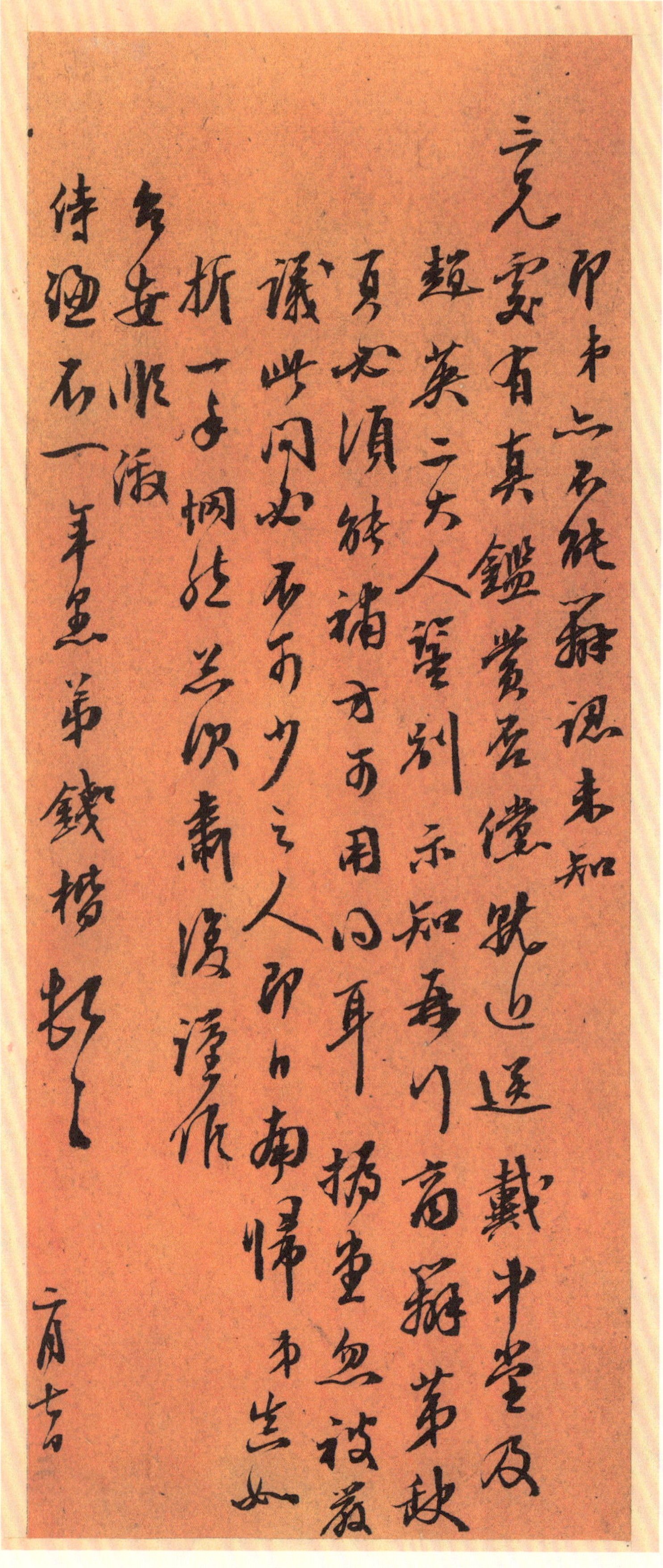

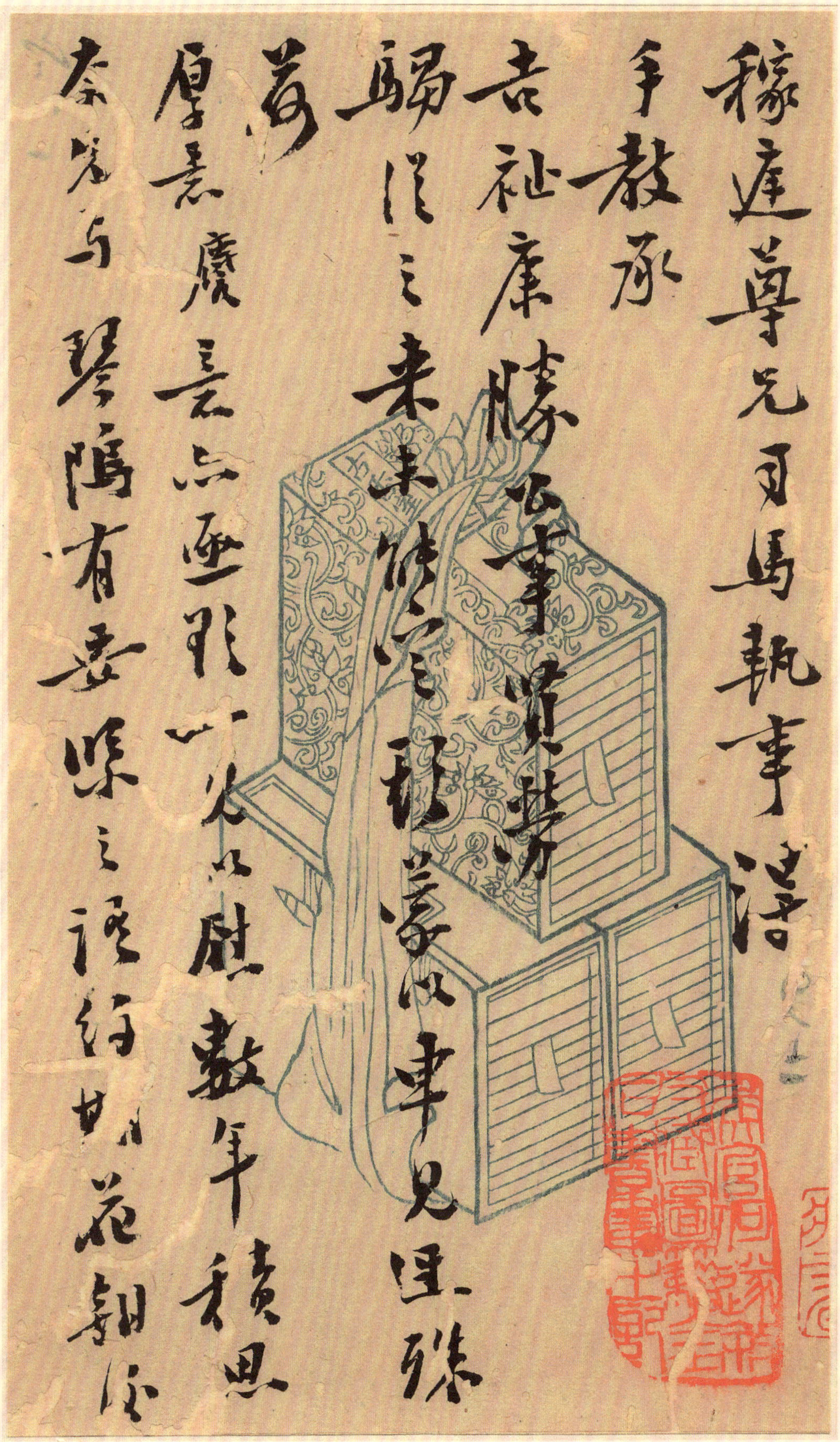

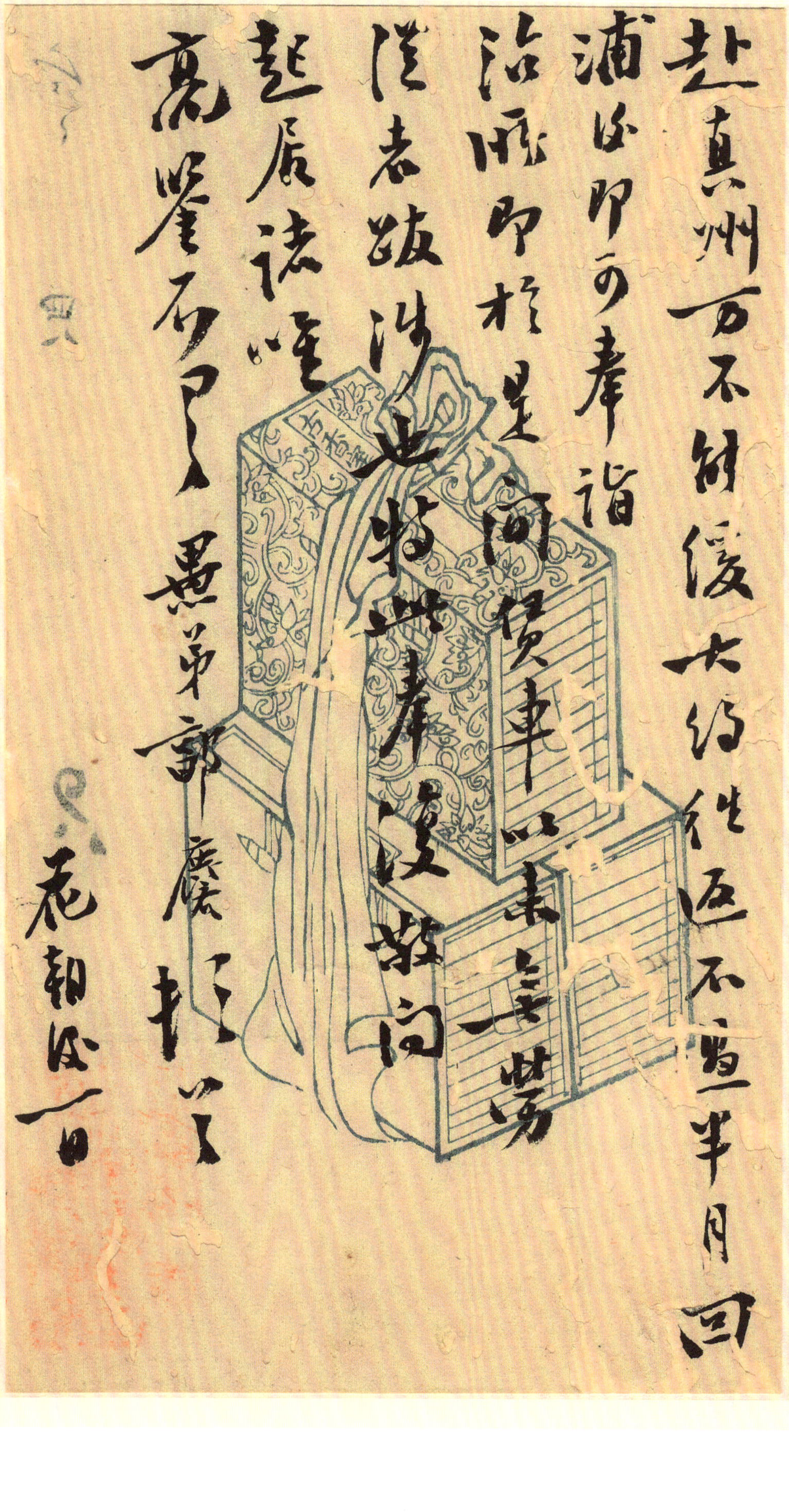

赴真州，方不能復去，約往返不過半月回
浦。所印之本皆
治歷印校，是問價單以來，幸一勞
從者跋涉也。特此奉復，敬問
起居，諸惟
亮鑒不一。愚弟郭麐頓首
花朝後一日

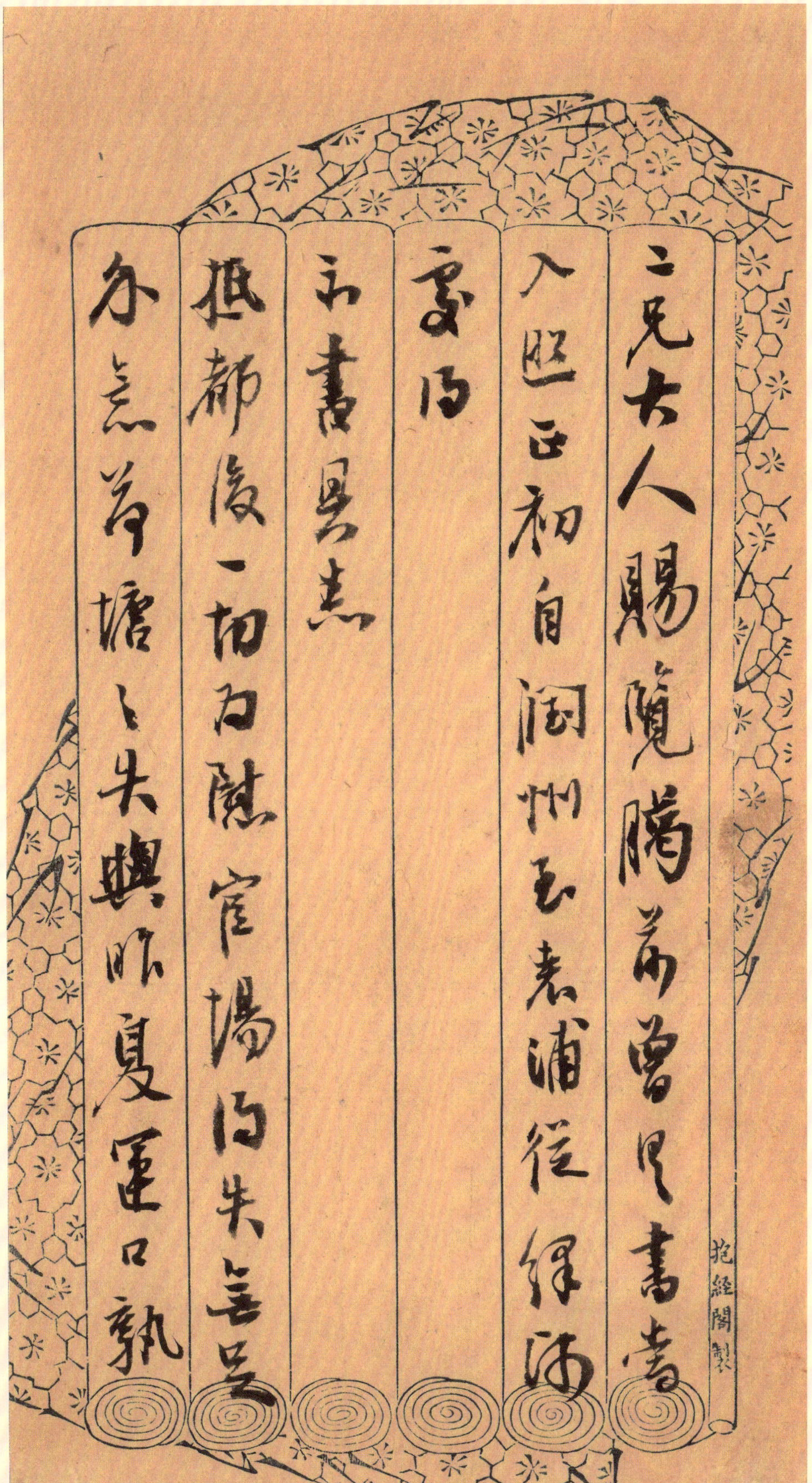
二兄大人賜覽騰前曾見書寄
入照正初自湖州至青浦從綠河
處乃
示書具悉
抵都後一切乃附官場內失無足
外氣第塘々失興眠夏運口熟

抱經閣製

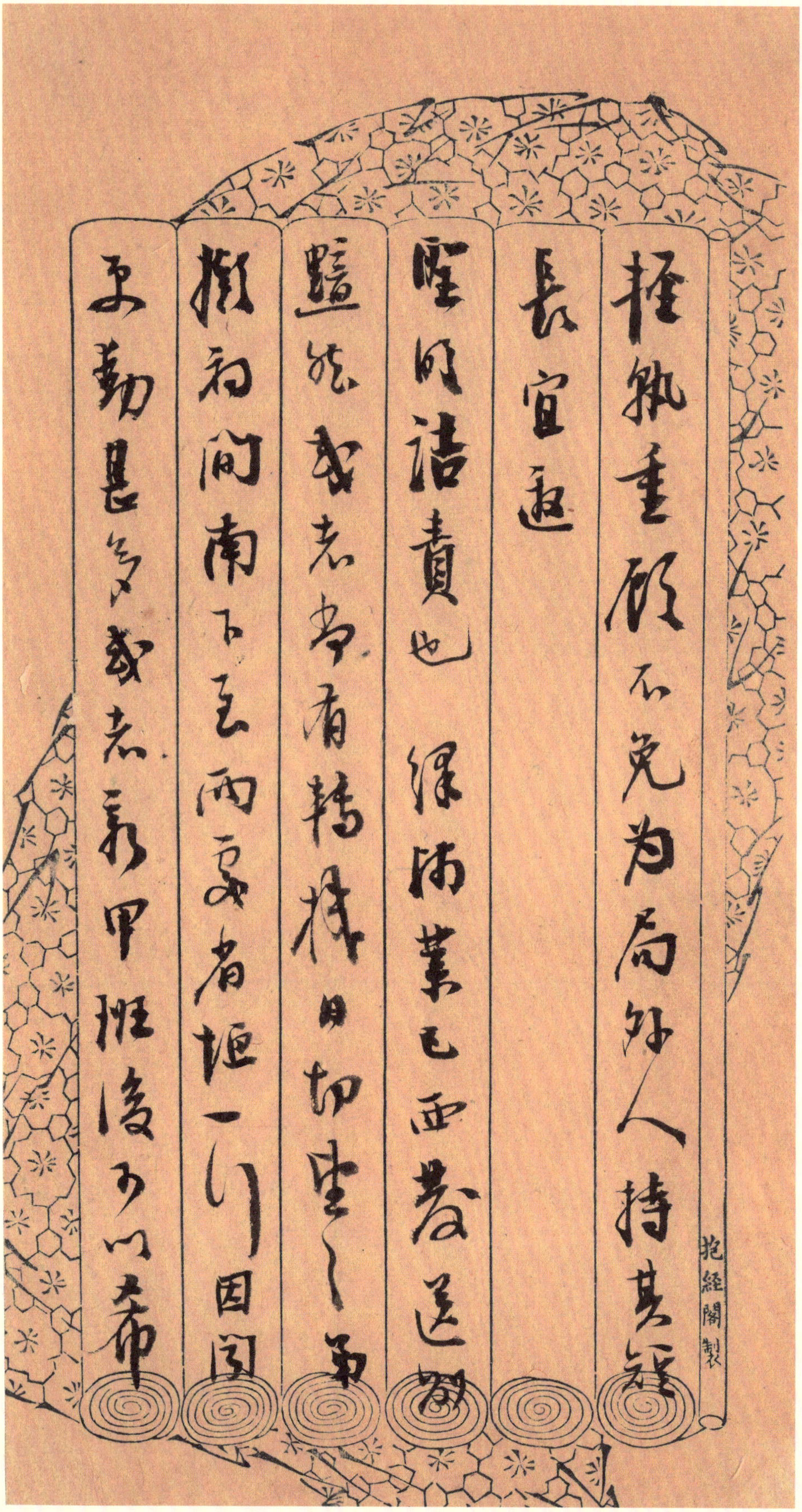
抱經閣製

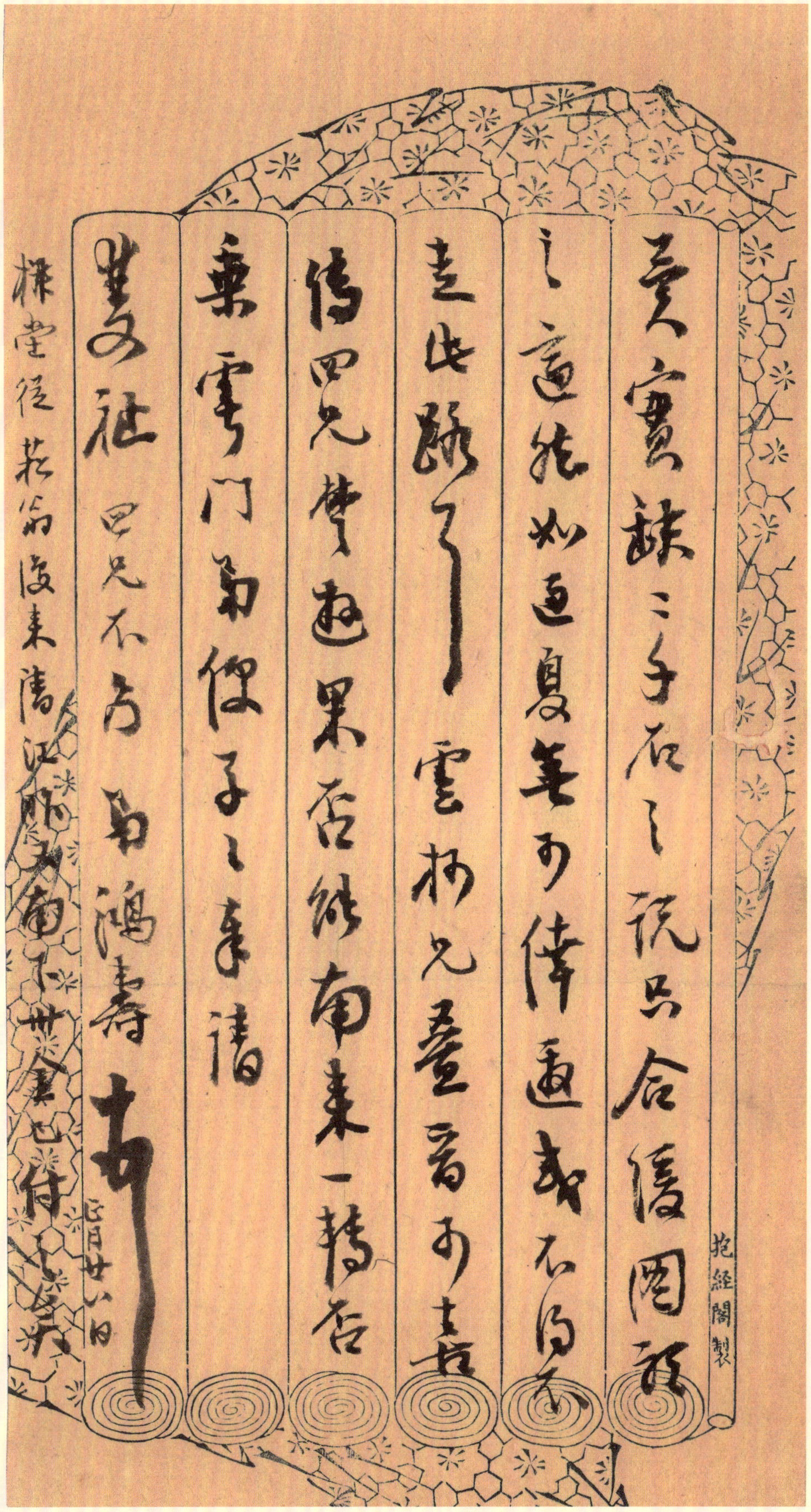
抱經閣製

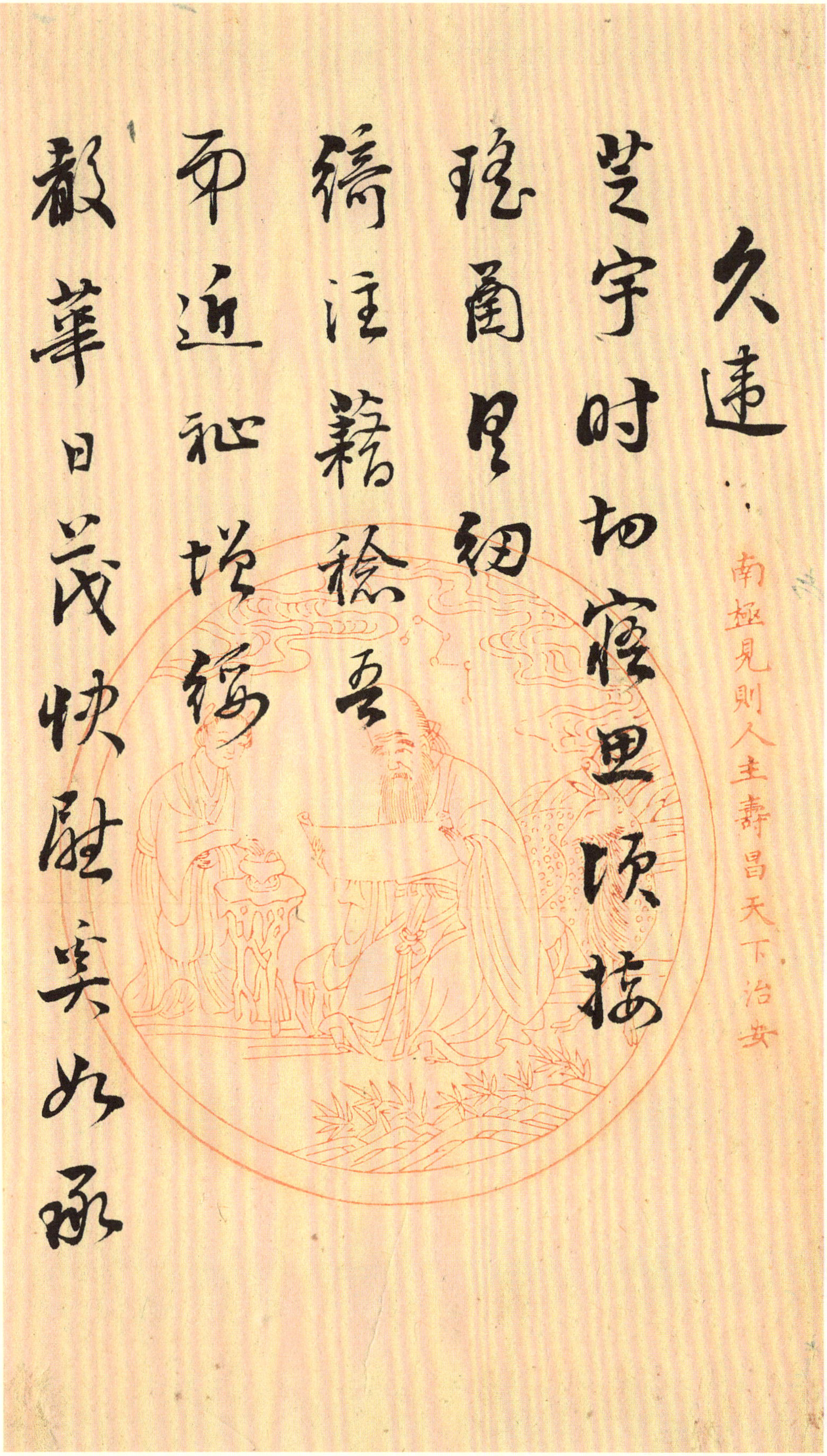

久違
芝宇时切寤思頃接
瑤函具細
綺注藉稔吾
兄近祉增綏
敷華日茂快慰奚如承

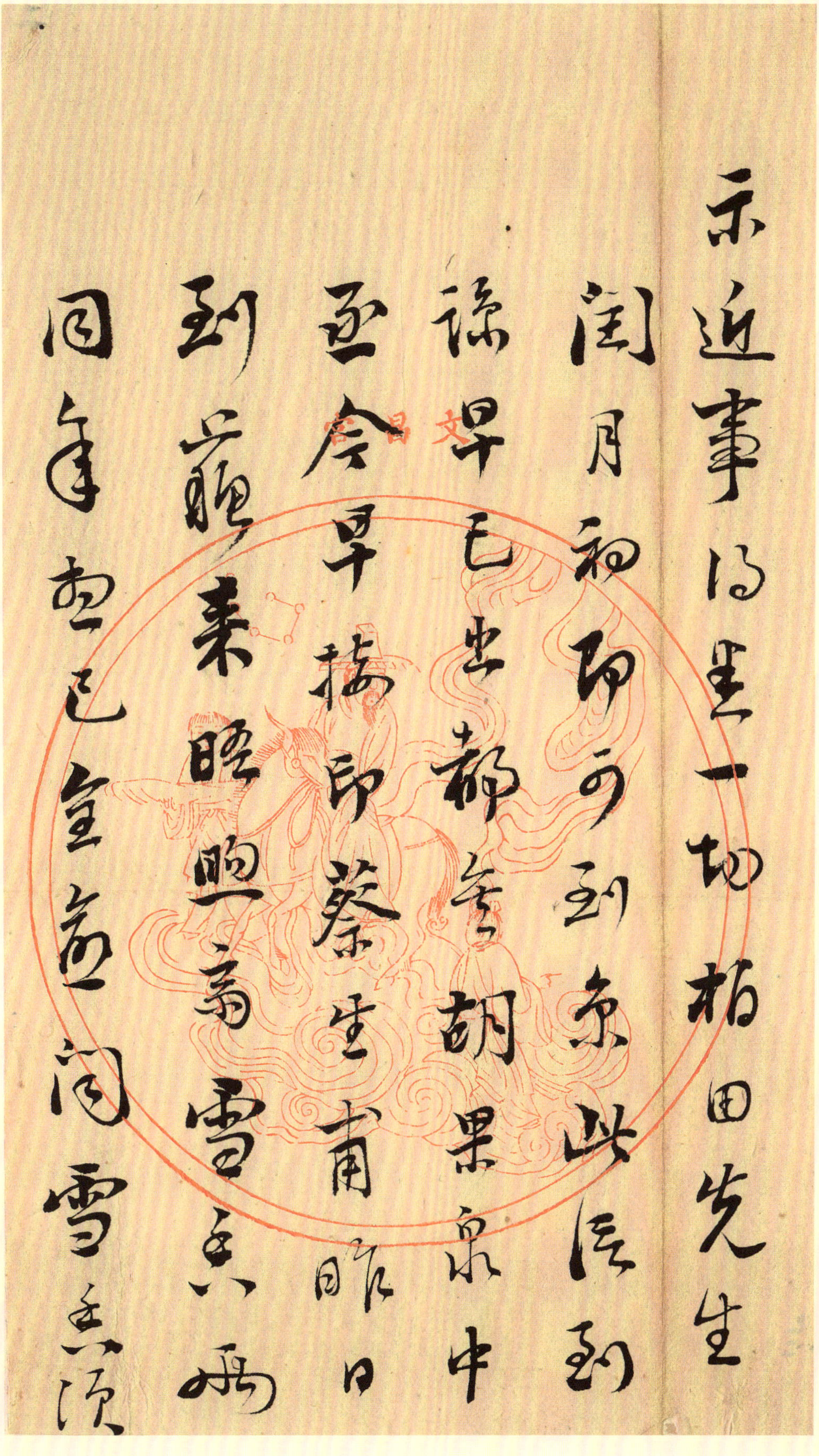

示近事均是一切柏田先生
闰月初即可到京此後到
諒早已出都無胡果泉中
丞今早接印蔡生甫昨日
到蘇聽來照例爲雪兵兩
同年無已全爲通問雪兵須

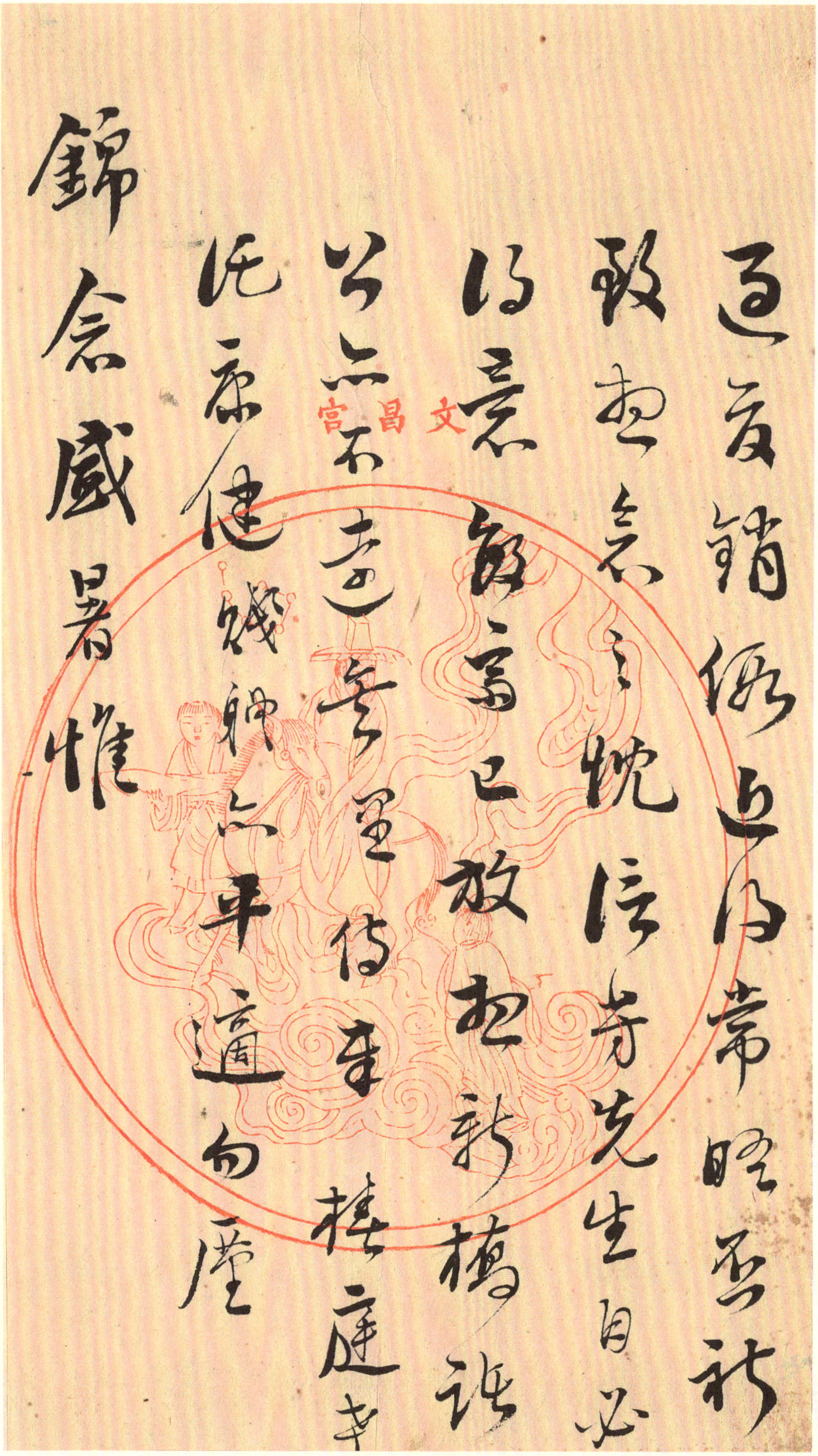
文昌宮

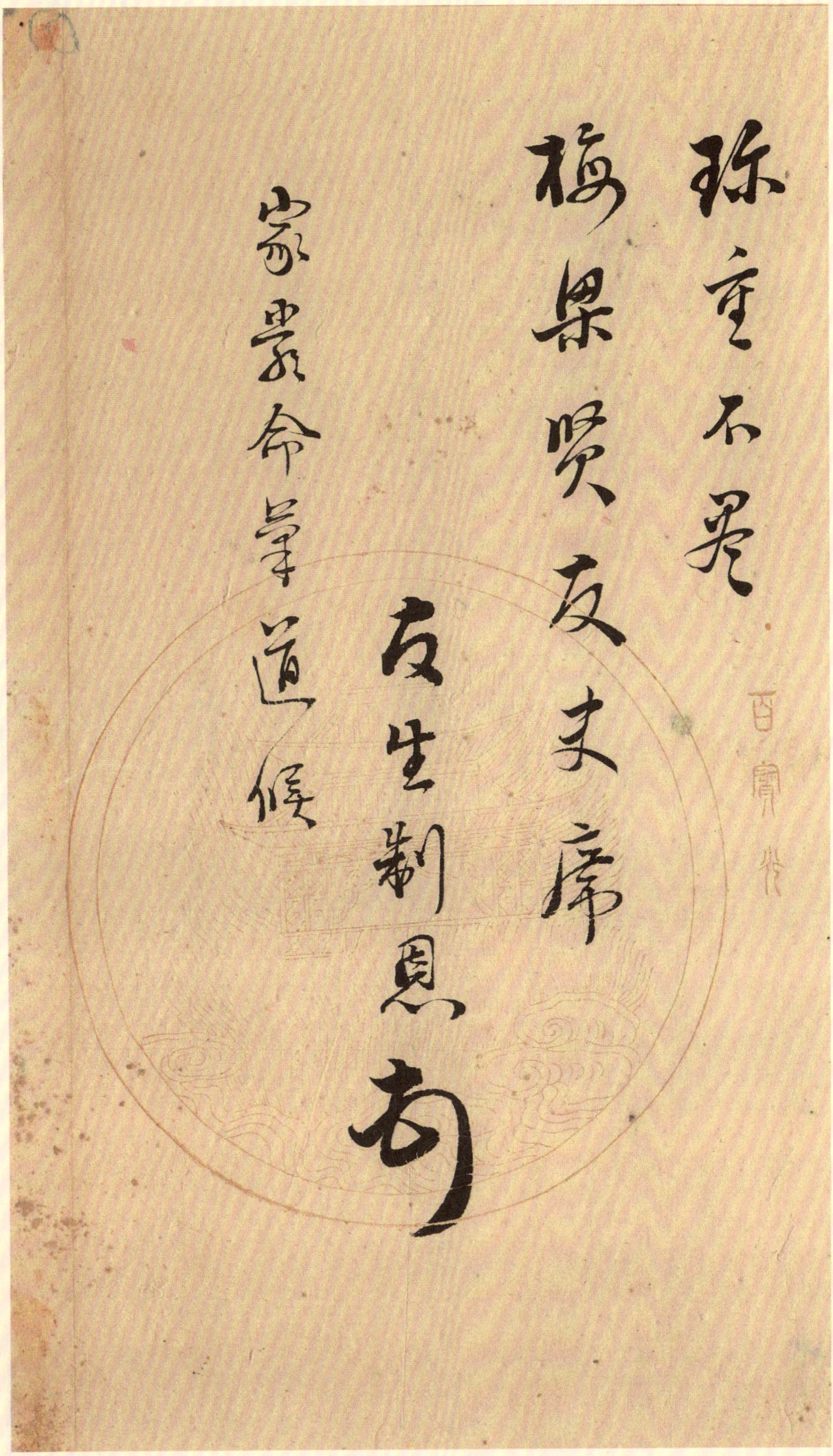

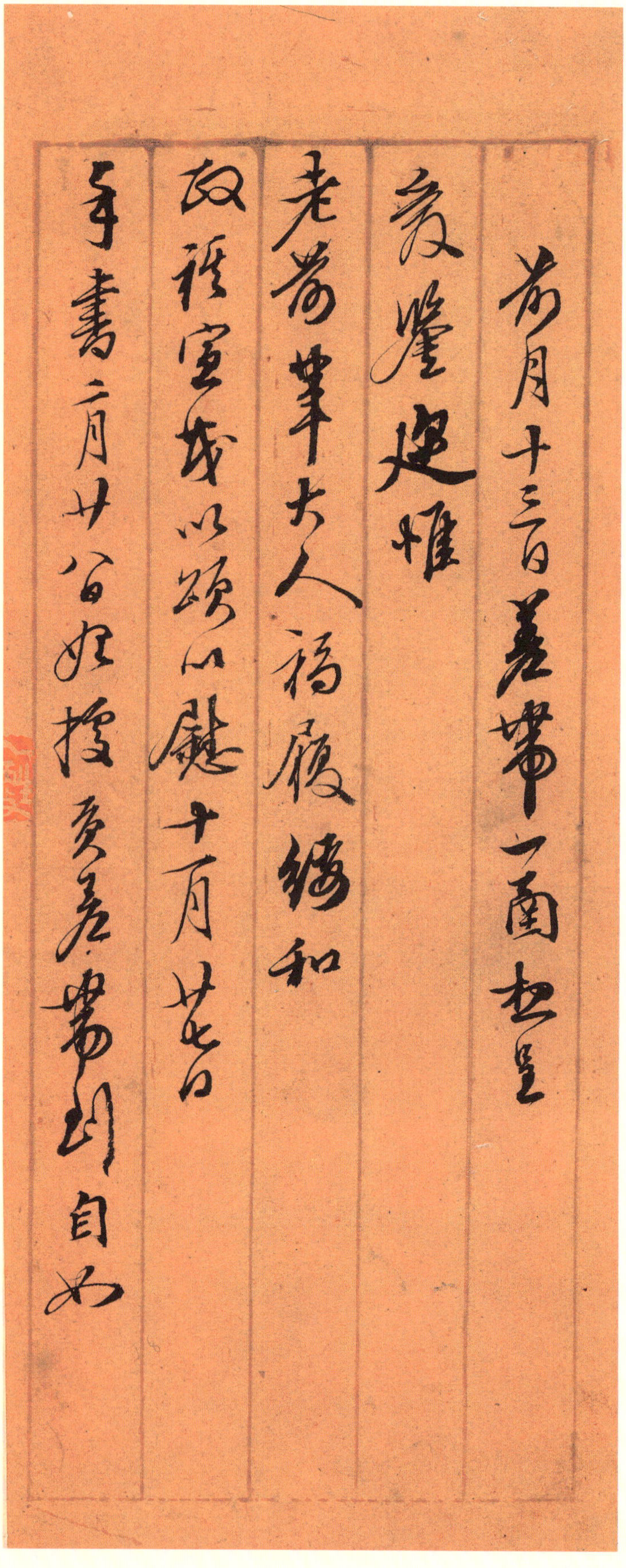

前月十三日差帶一函想呈
愛鑒，逮惟
老前輩大人福履綏和，
敬頌寅安，以頌以攄。十月廿日
手書，二月廿八日姪接及委帶到自如

吴榮光
致
楚香

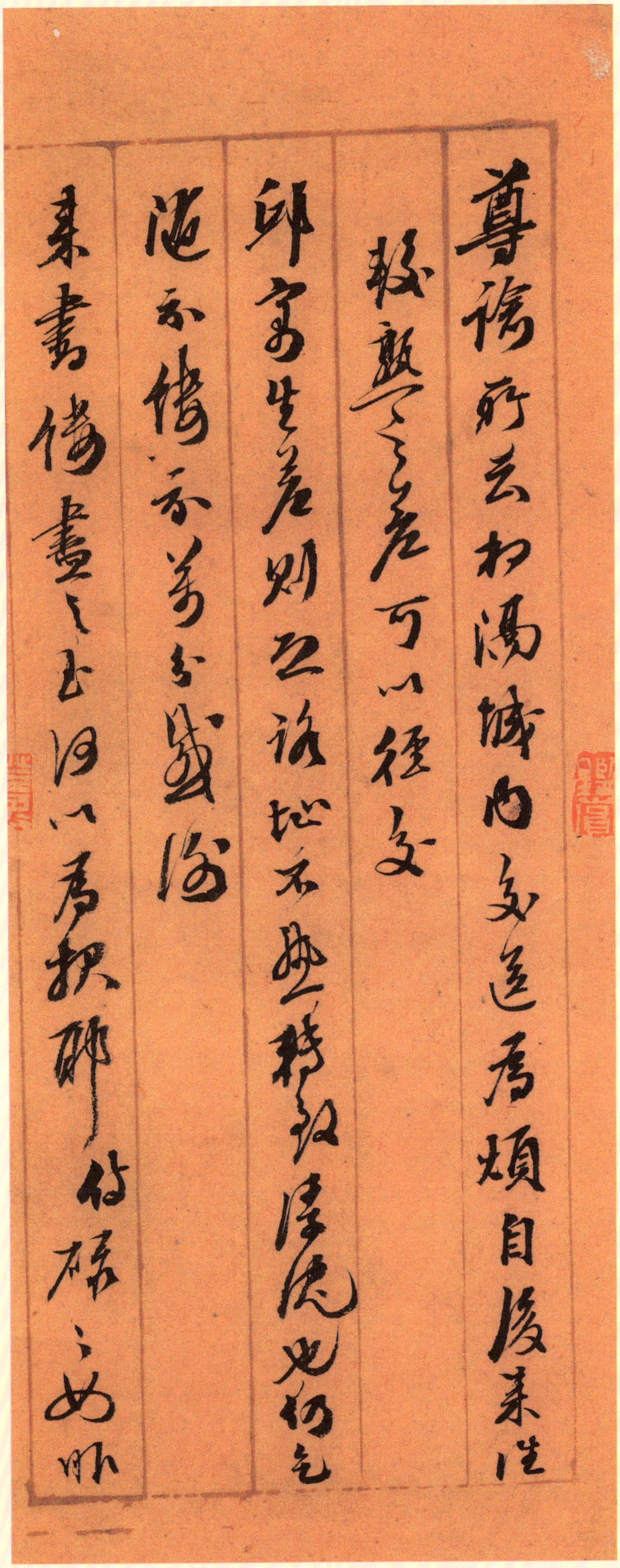

吴榮光 致 楚香

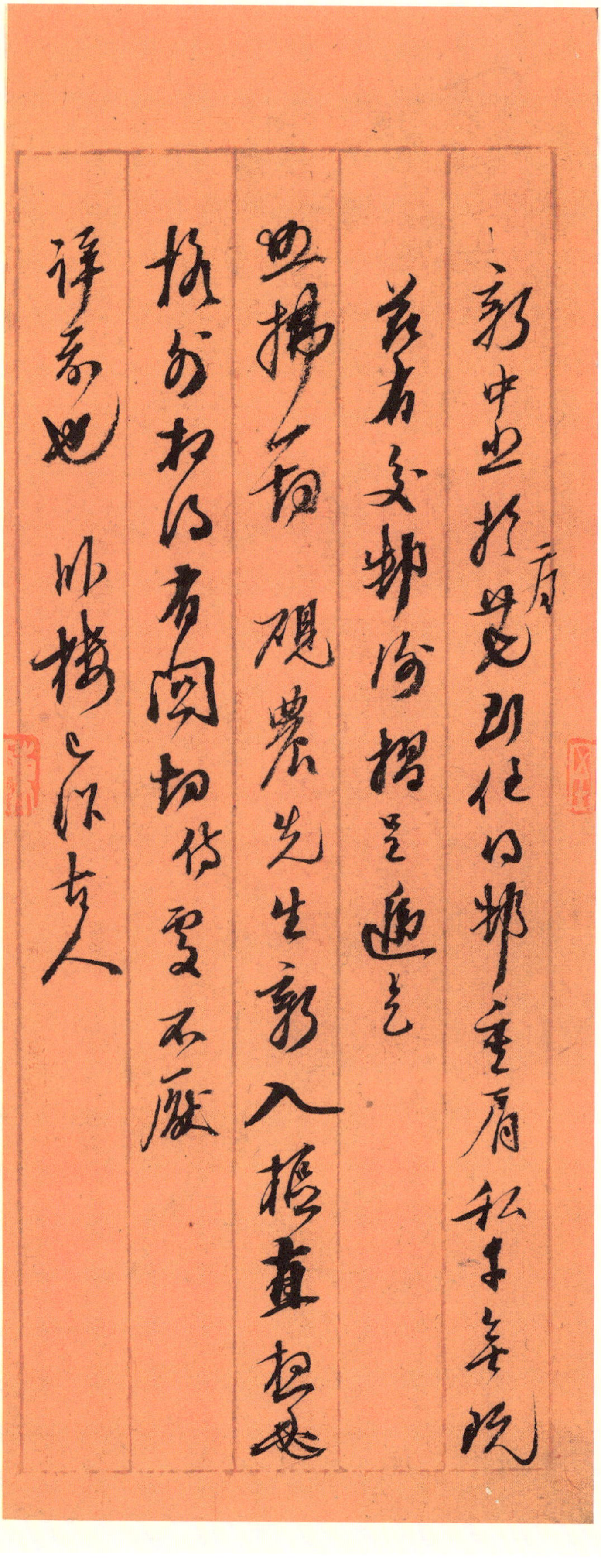

吳榮光 致 楚香

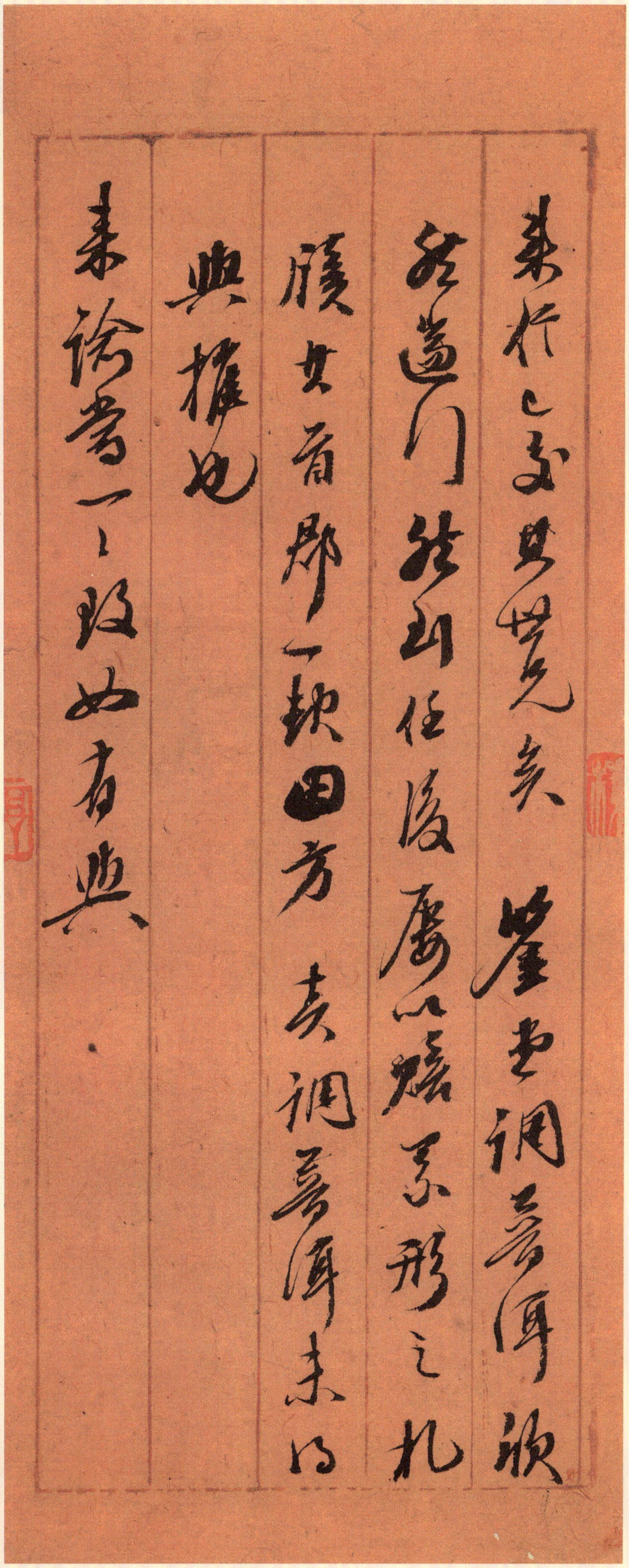

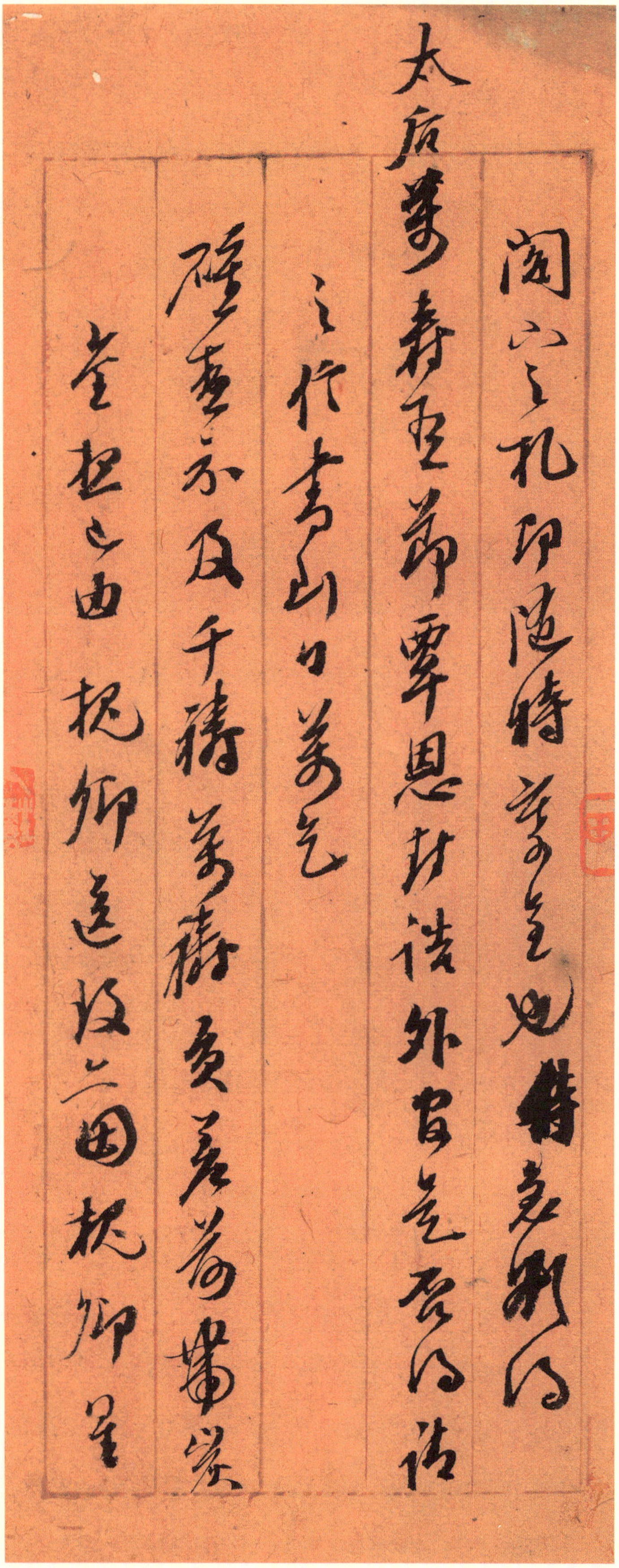

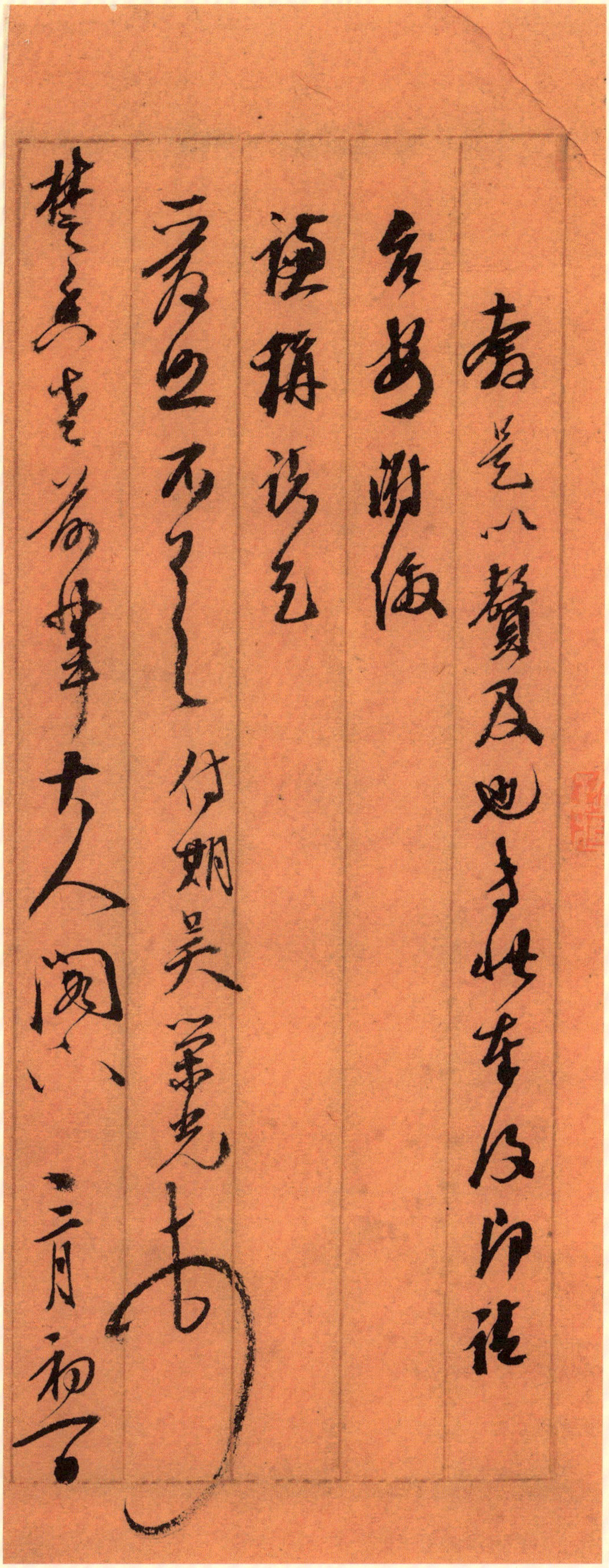
壽芝八幅及地志板及印譜
台安謝復
領稱謝之
二方通不必之 付朔吴榮光頓首
楚香世弟年大人閣下 二月初四

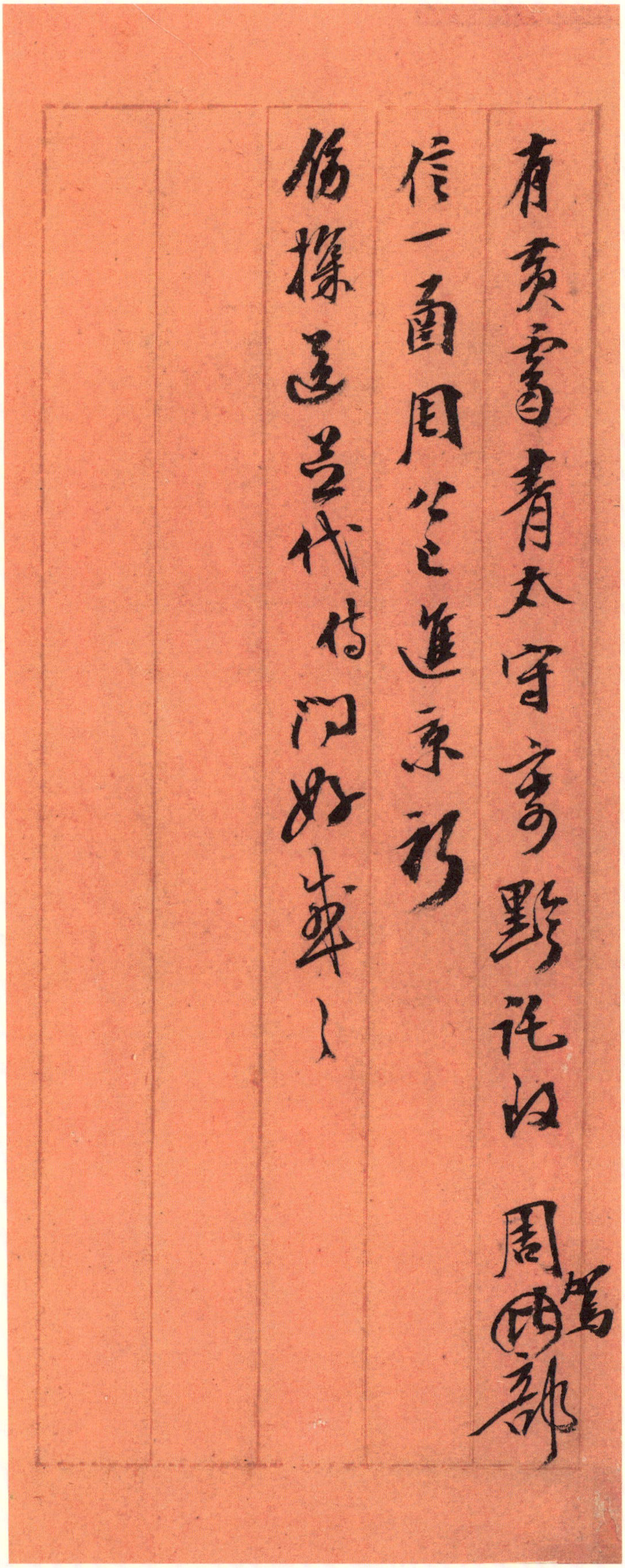
有黄雲青太守寄覧託致周雨篤郎
信一函周筲進京祈
俯揆送並代付洵好幸幸

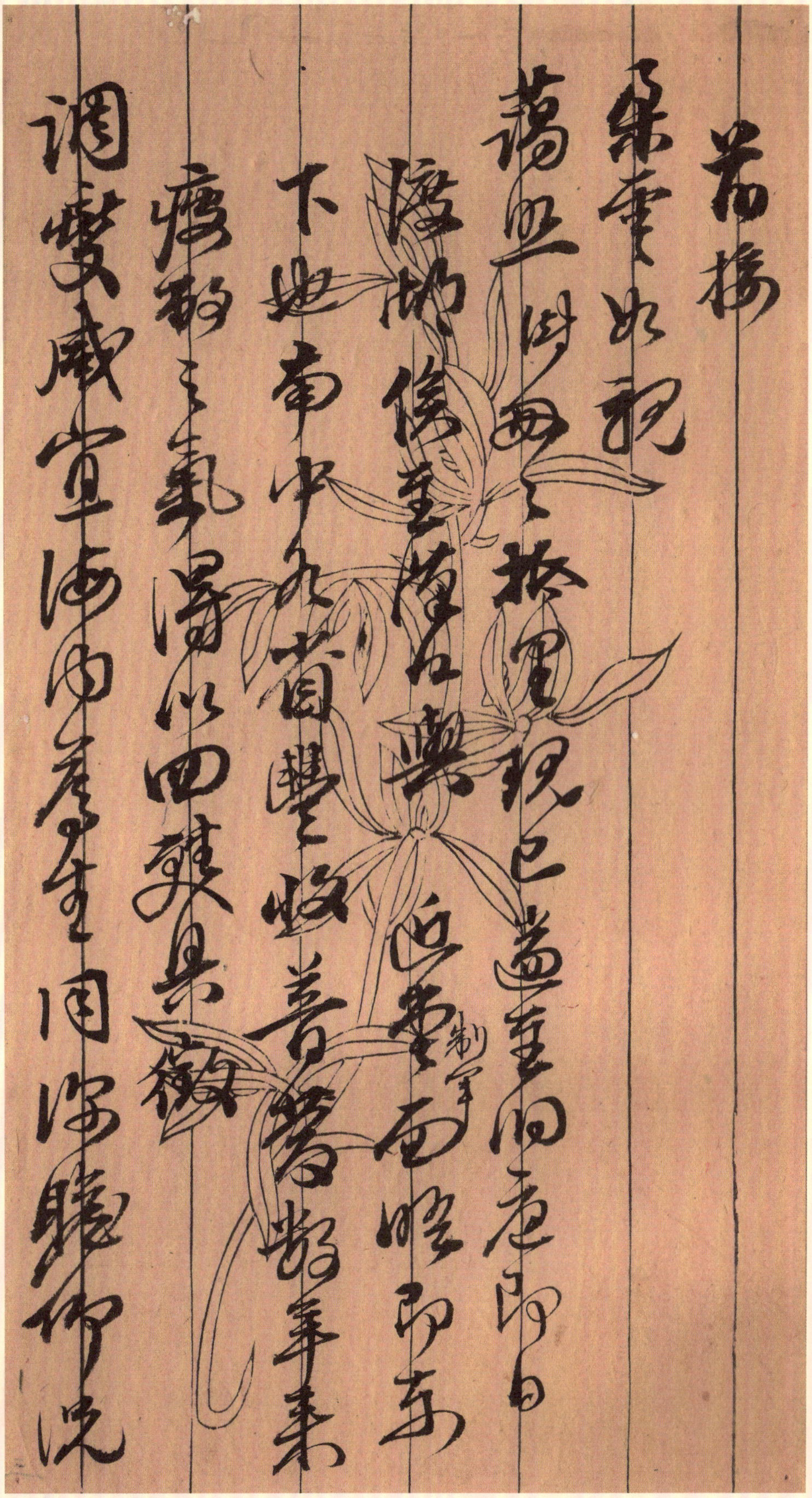

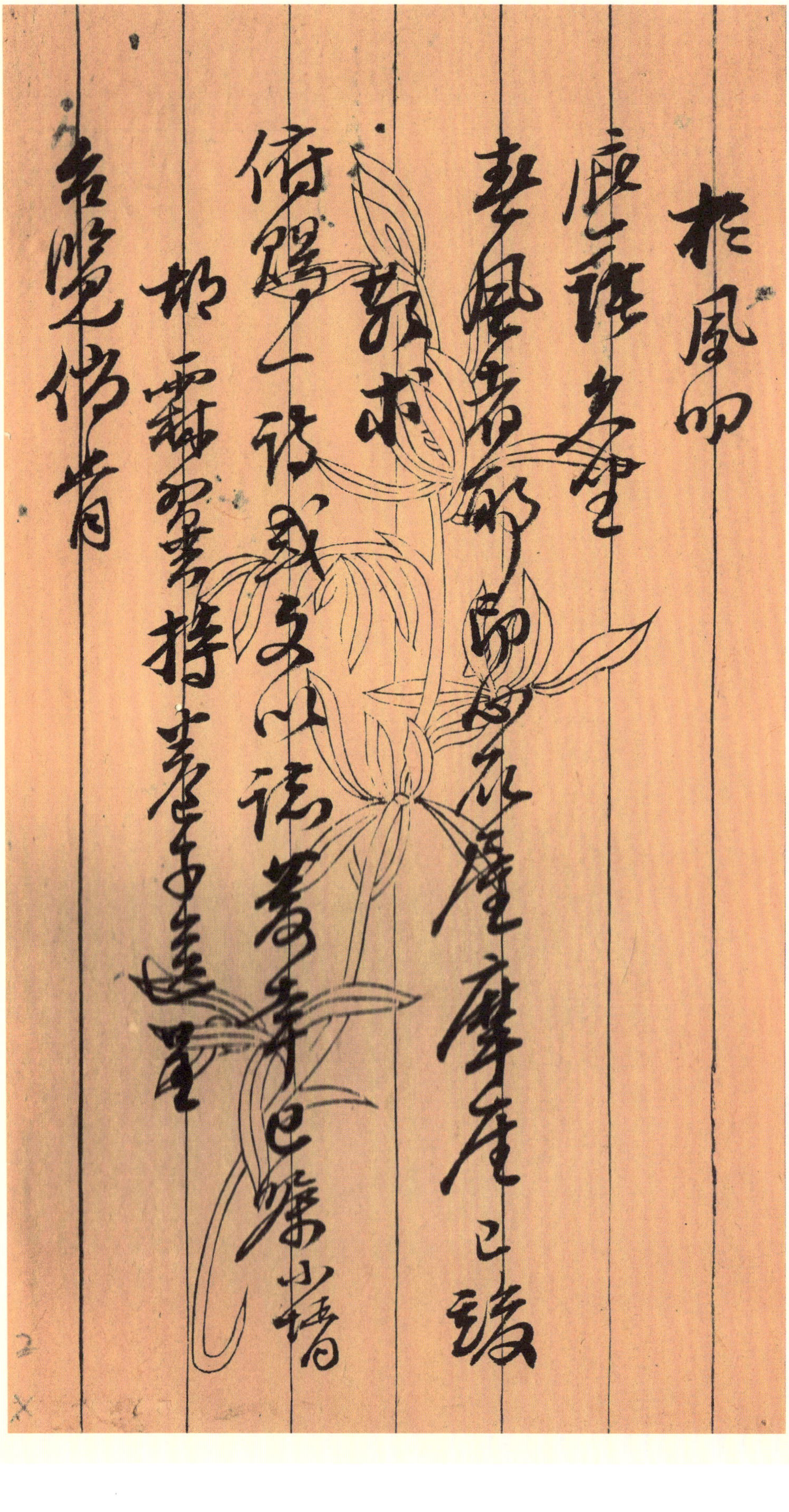

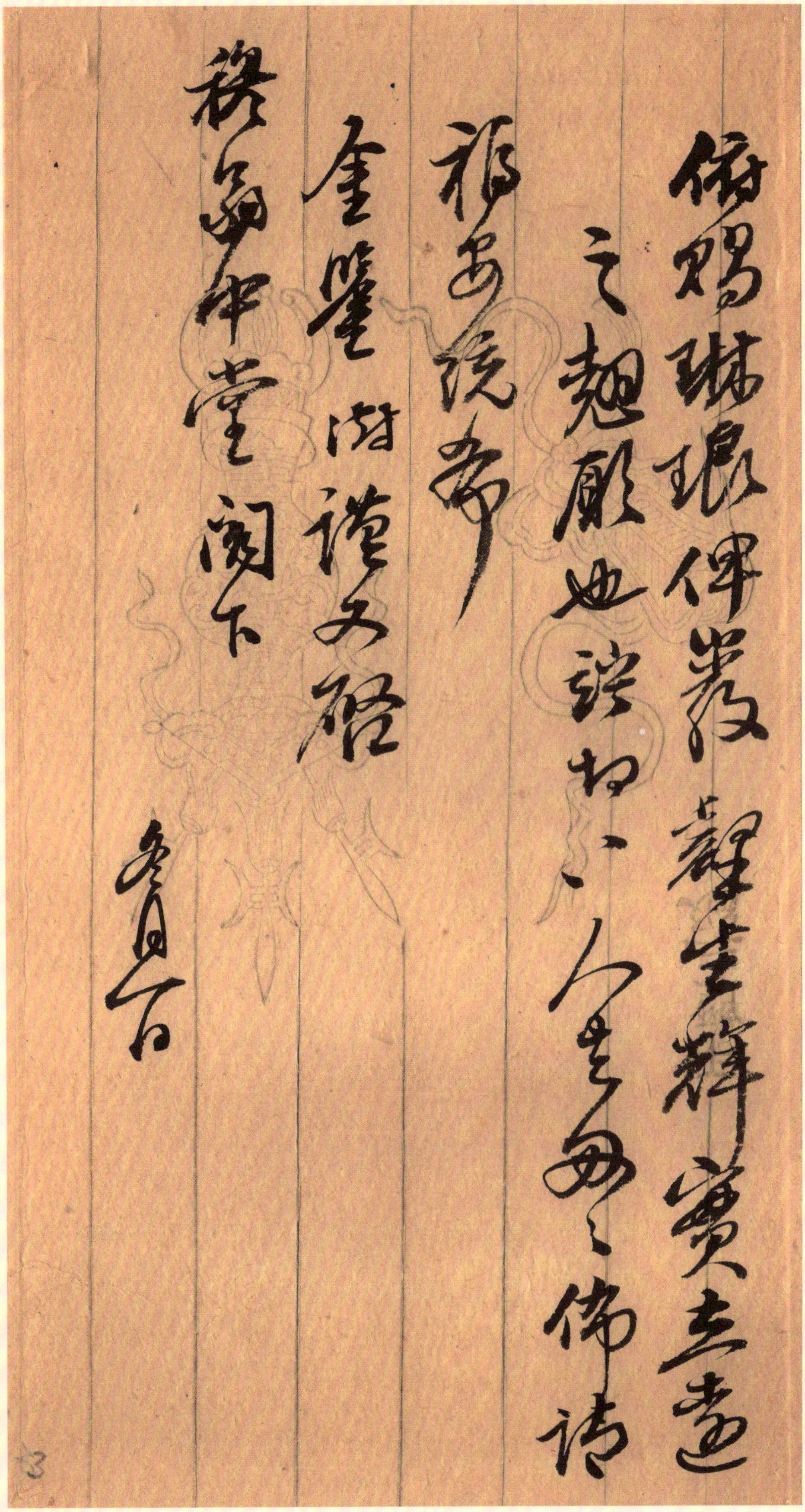
俯賜琳琅，伴歲 韶生輝，寔去畫之趣嚴也。謝〻。今冬無每〻佛請
福安諸希
金鑒。謝謹文啓
穆翁仁堂閣下
澍白

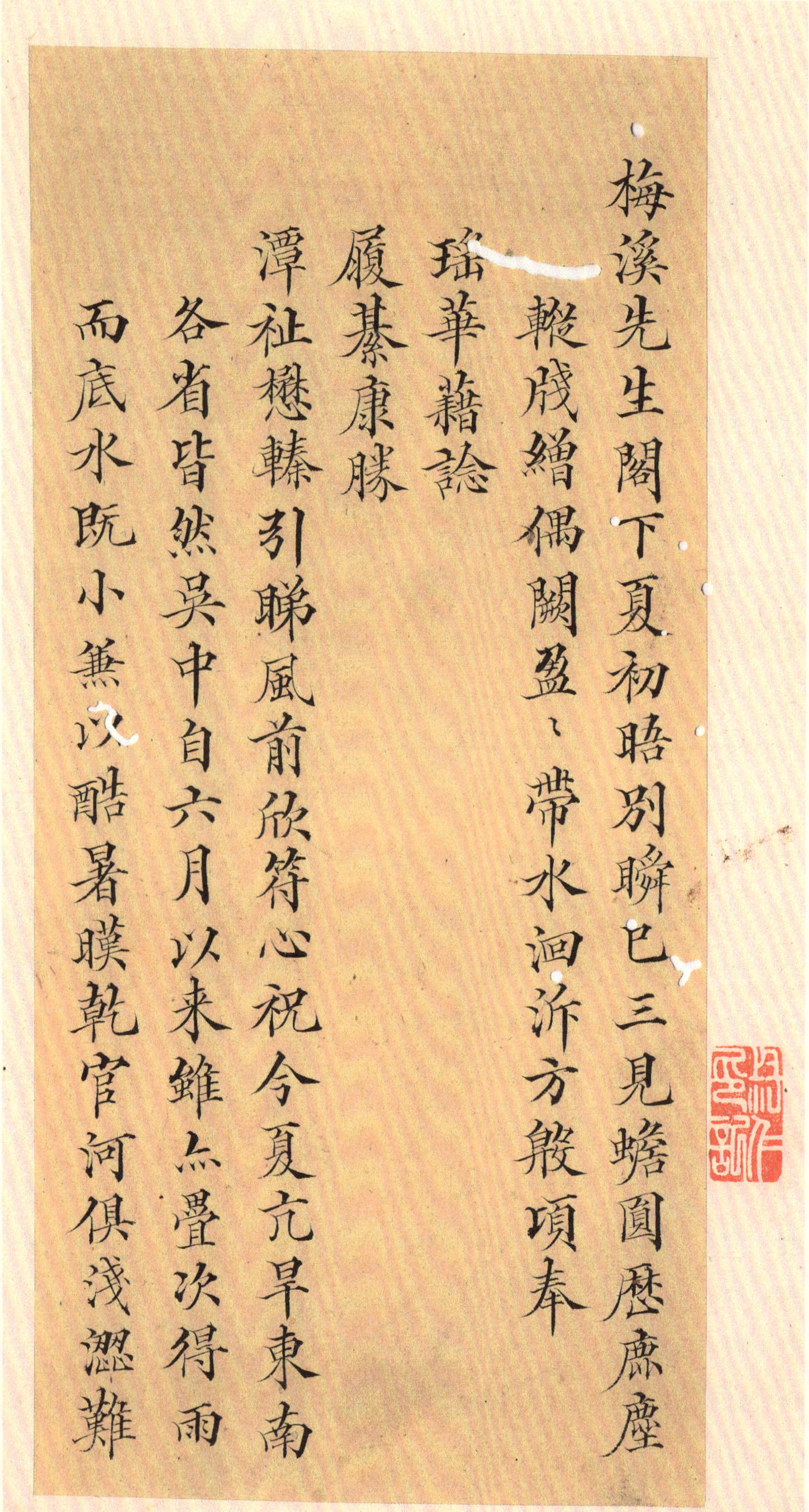

梅溪先生閣下夏初晤別瞬已三見蟾圓歷麃塵
輶戕繒偶闕盈〻帶水洄泝方殷頃奉
瑤華藉諗
履綦康勝
潭祉懋臻引睇風前欣符心祝今夏亢旱東南
各省皆然吳中自六月以來雖亦疊次得雨
而底水既小兼以酷暑暵乾官河俱淺澀難

行港汊更成涸轍農田艱於車戽即已種者
亦將有枯槁之虞承
示水道亟須開濬情形實為此間要務即如昭
文之白茆河若仍聽其壅塞則上年蛟水與
今年之旱該處皆首受其害今聞該處之民
不知有旱明效可覩矣惟是開濬首需籌費
而官為督辦者祇能從事於幹河大支若浜

港則須就各鄉情形善為勸導果皆各濬田頭
即已可期集事矣常熟山田多於昭文數倍
而濬河之舉人人憚於捐貲如福山港已成
平陸疊飭該縣勸捐據云揔無肯應者不識
此事果可成否
閣下必悉其詳尚希有以
教之專此泐復順候

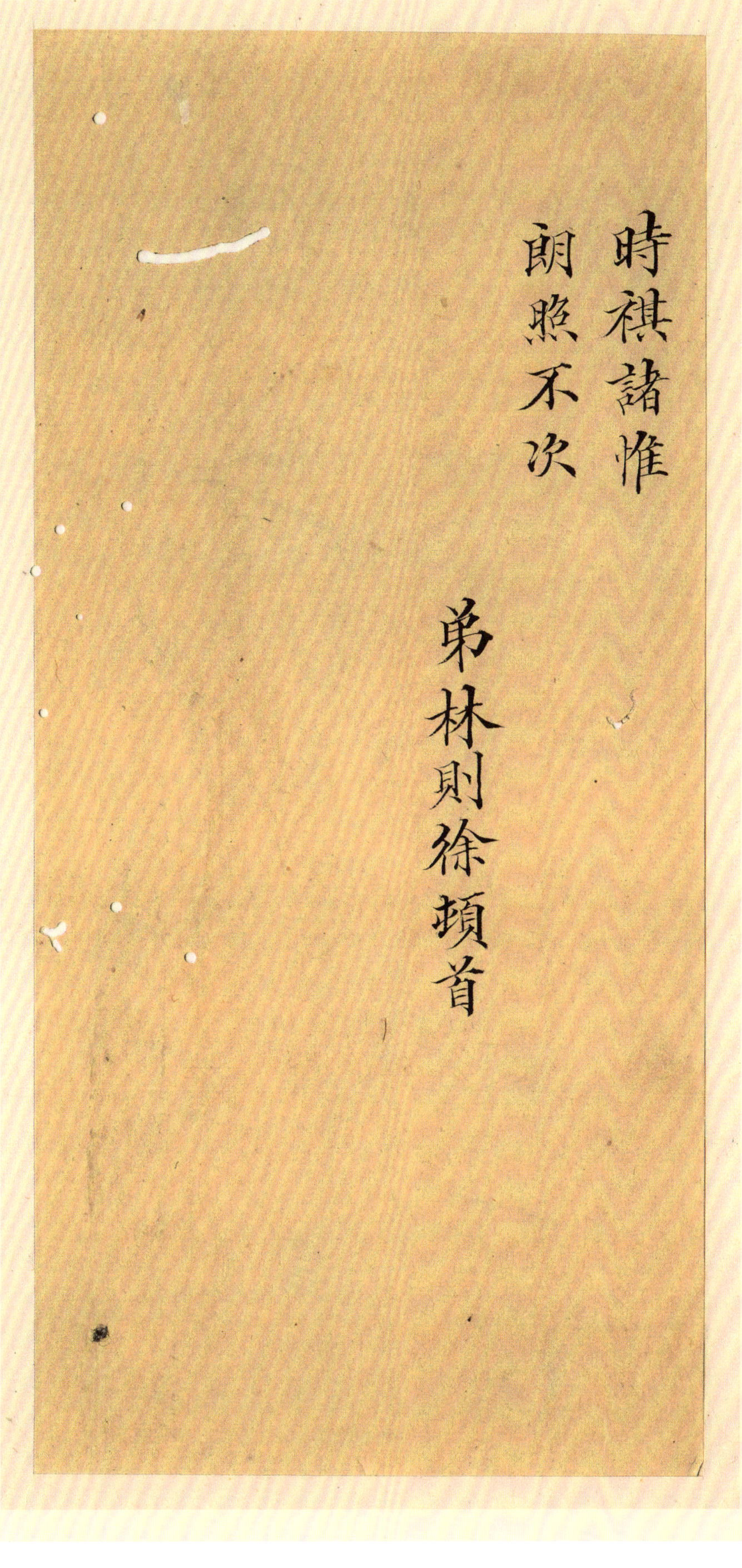

時祺諸惟
朗照不次

弟林則徐頓首

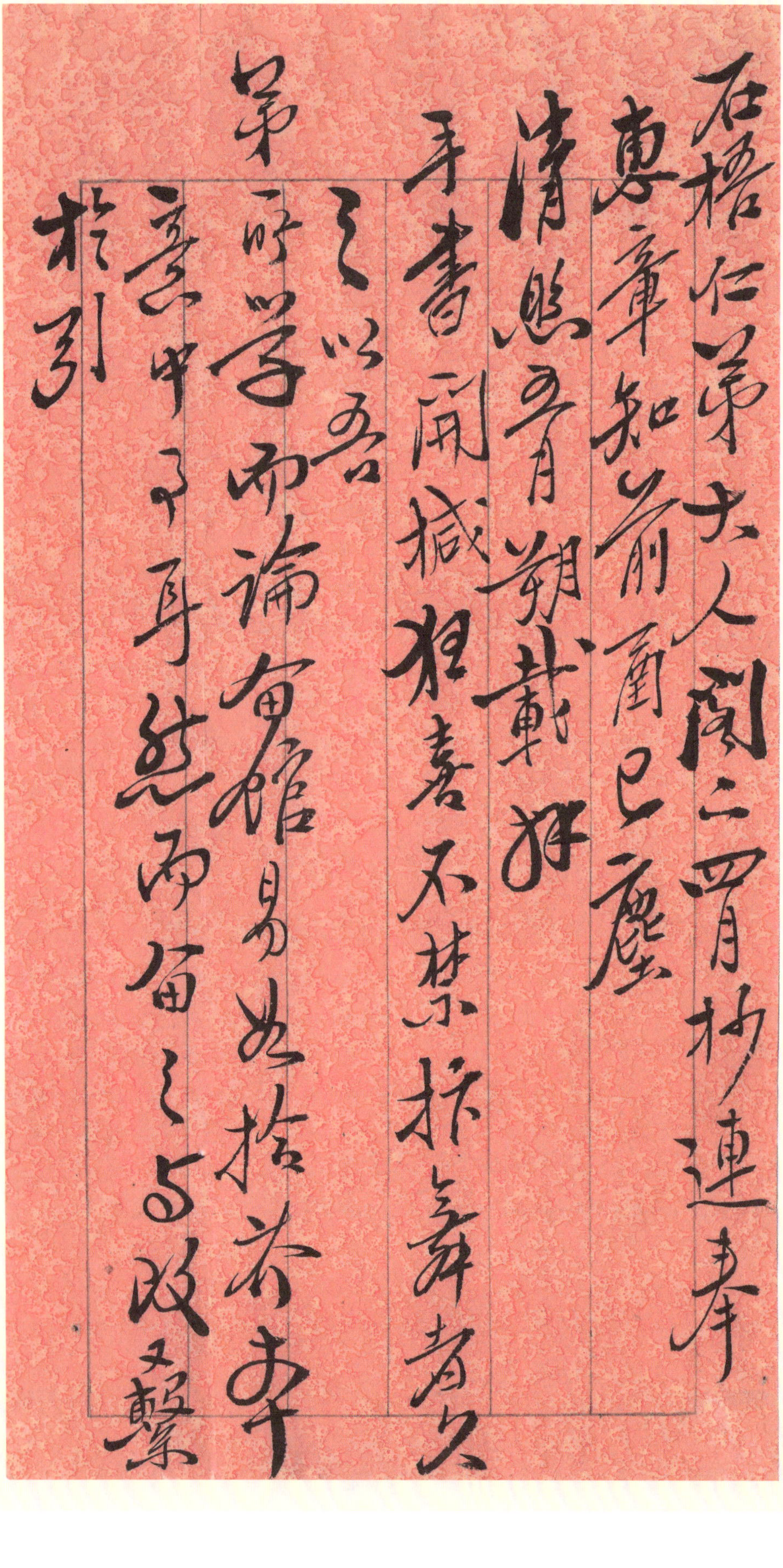

石梧仁弟大人閣下：四月杪連奉
惠章，知前函已塵
清照。五月朔，載拜
手書，開緘狂喜，不禁拜舞者久
之。以吾
弟所學而論，留館易如拾芥耳
意中事耳，然而留之與改又繫
於引

見一時雖登進之路各有定然於
相去亦大相逕庭矣此
要路翱翔前程正遠當不負文
章經濟也賀之小堂又來唐
昌時尚未登第耶吾
弟歸首之之舉蒙擢何時閱考畢
將來合得一季路進入考是以
凡告假者將以封印以前為歟則

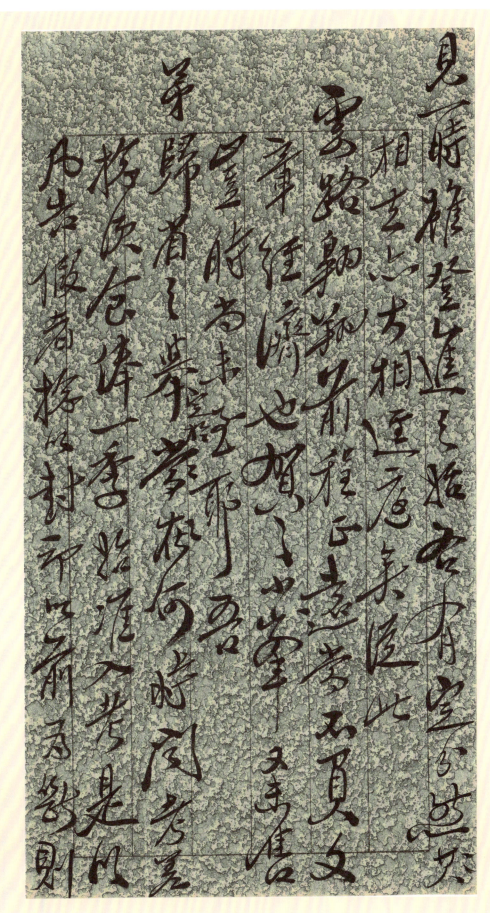

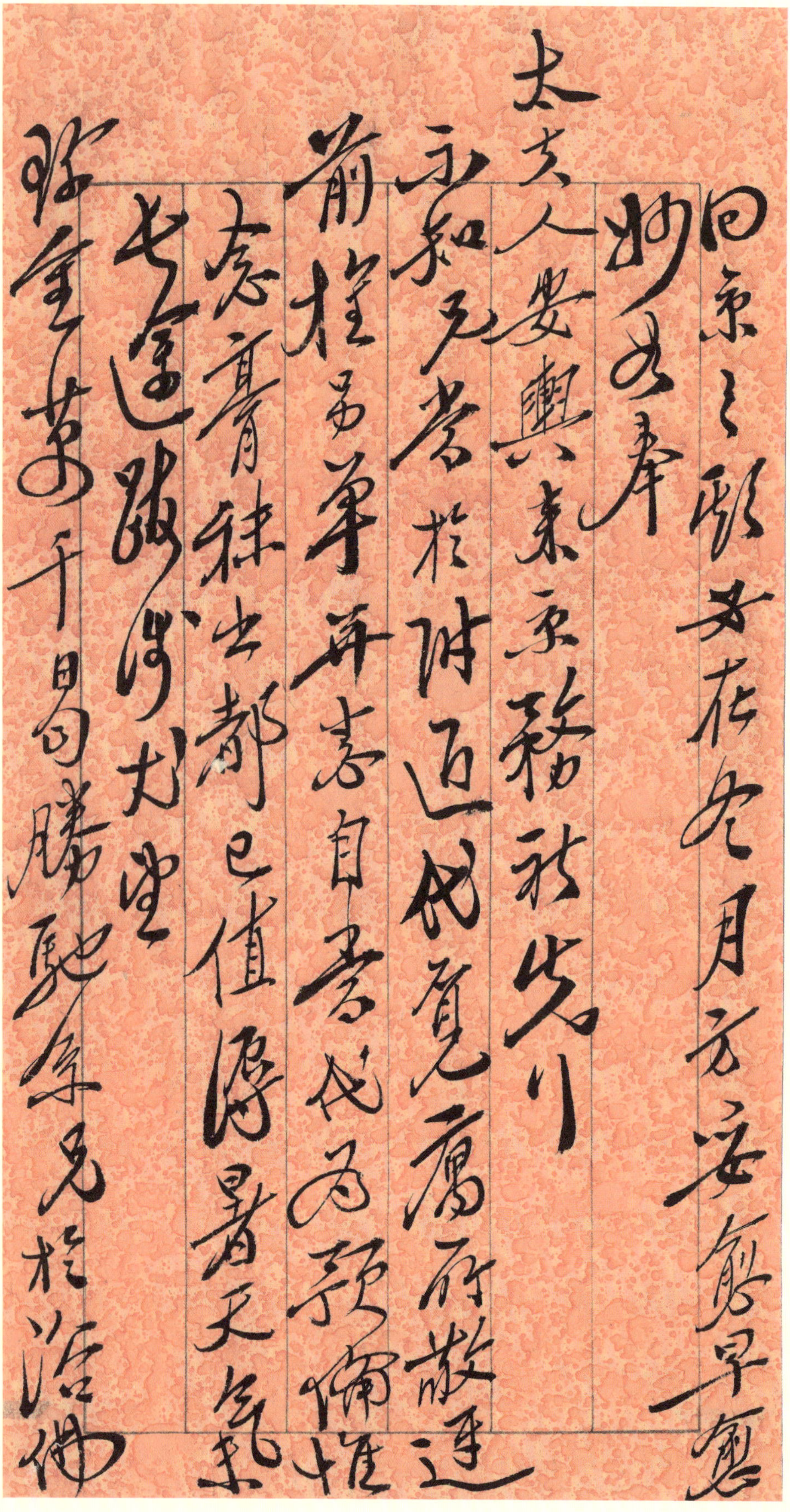

回京之節安在先月方安愈早惠
妙書奉
太夫人安輿來京務祈先行
示知兄當於附近代覓寓所敬迓
前旌弟輩再壽自當代為預備惟
念齋祿出都已值溽暑天氣未
長途跋涉尤望
珍重弟華于日前勝馳齊兄於涪佛

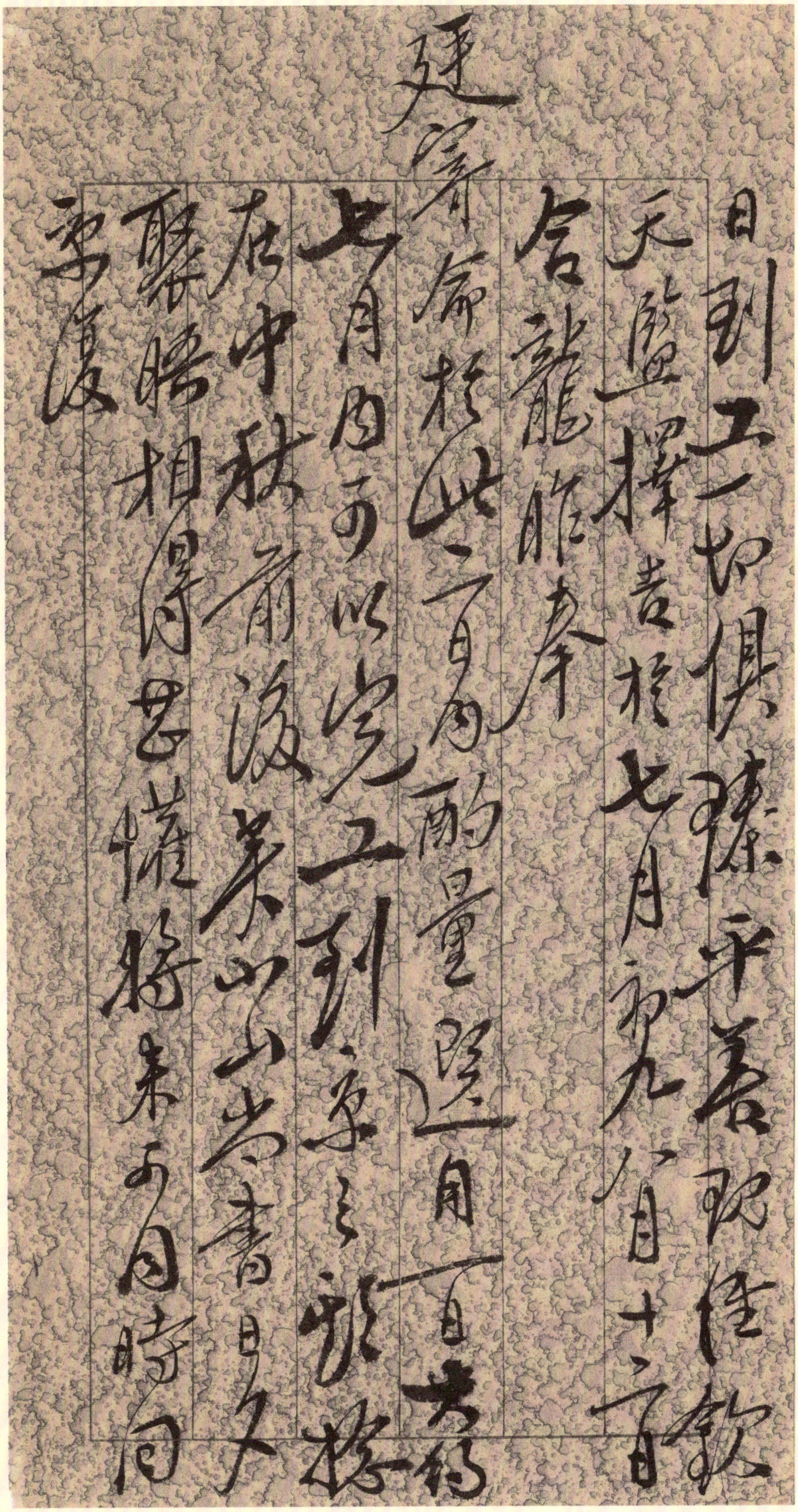
日到工一切俱臻平善殊堪欽
天監擇吉於七月初九八月十六日
合龍昨奉
廷寄命於興工之日酌量遴員一員大約
七月內可以完工到京之說總
在中秋前後兼以此尚書日久
聚晤相得甚懽將來可同時同
寧復

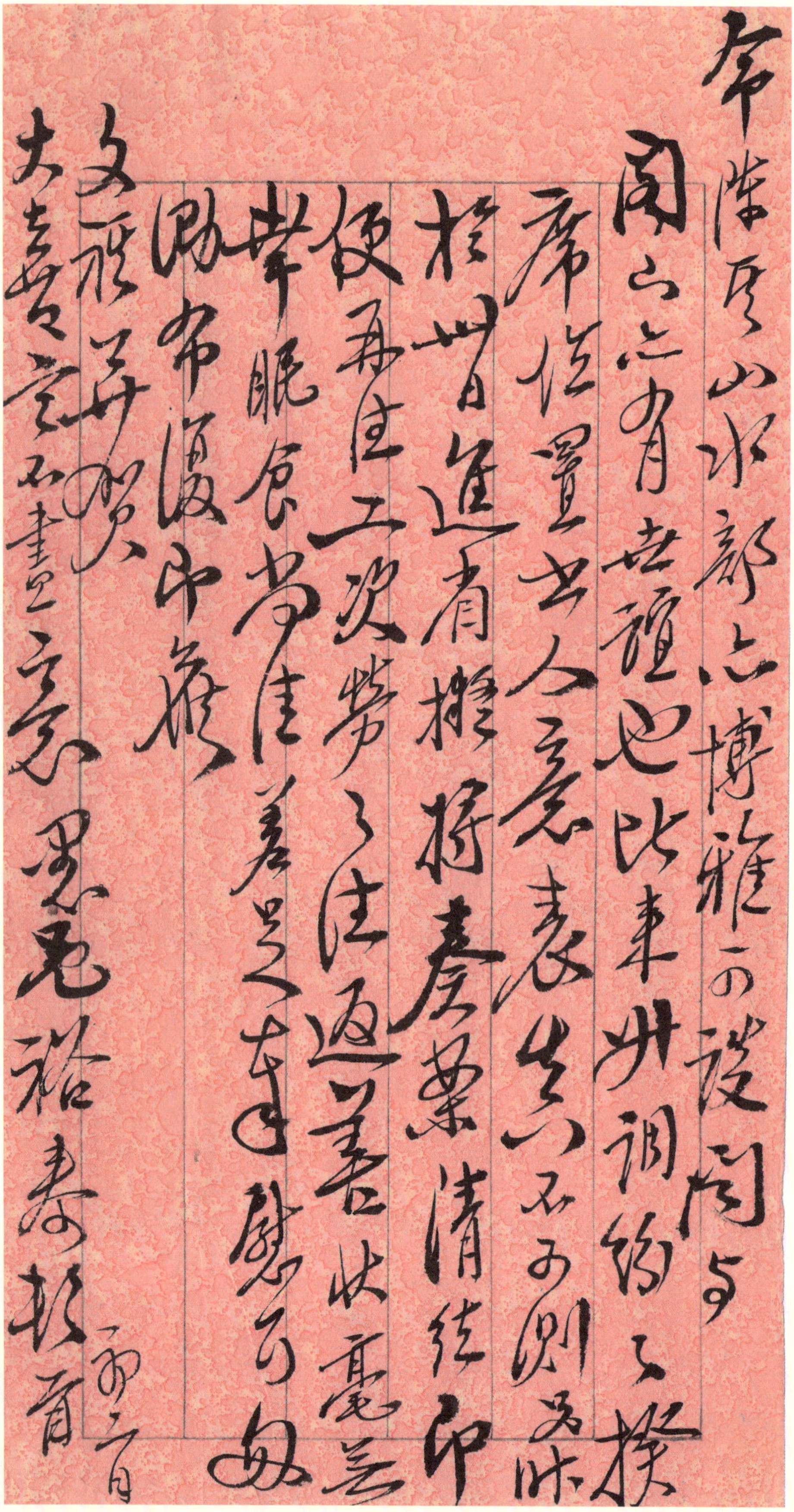

徐繼畬 致 海如

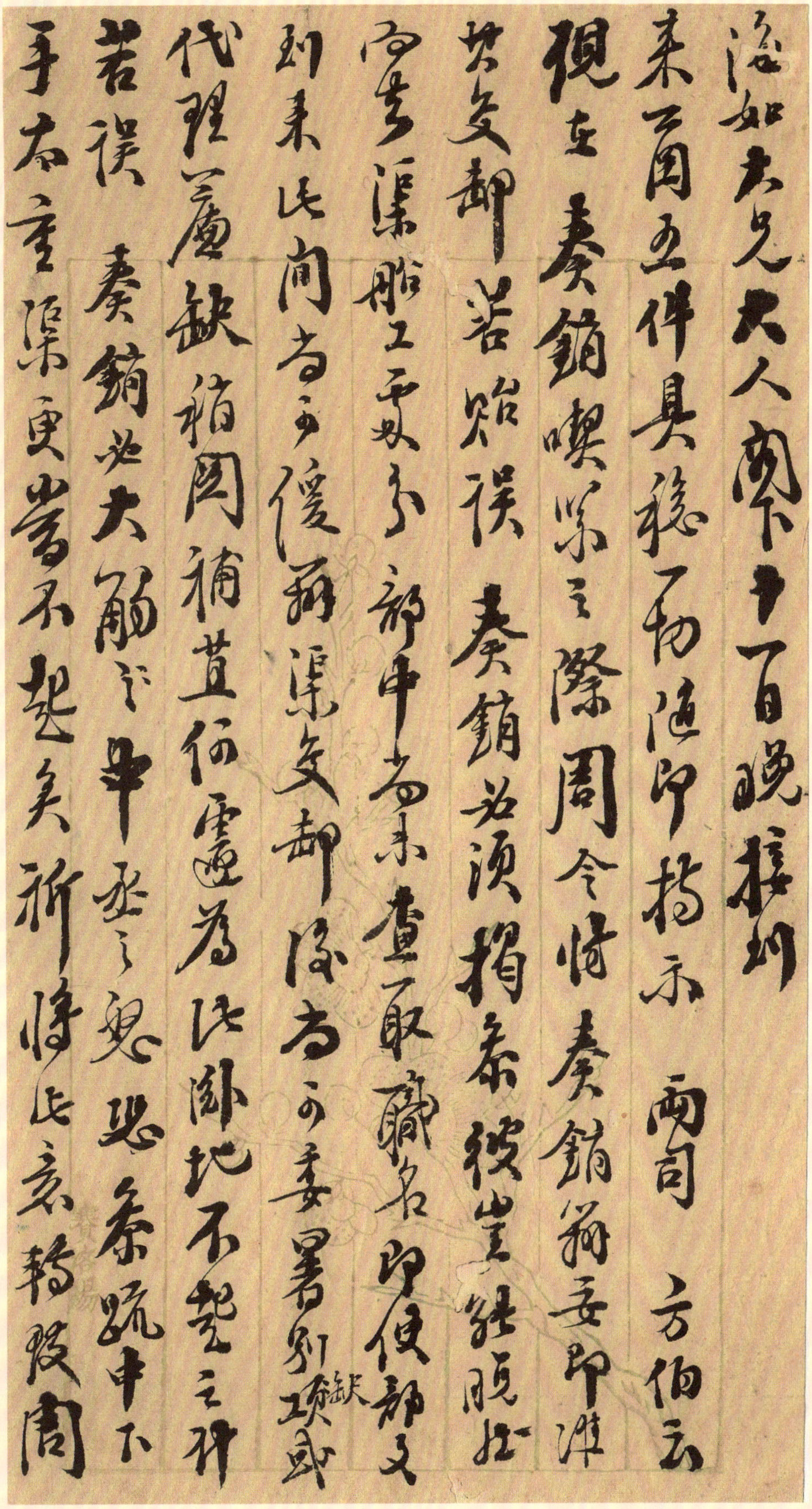

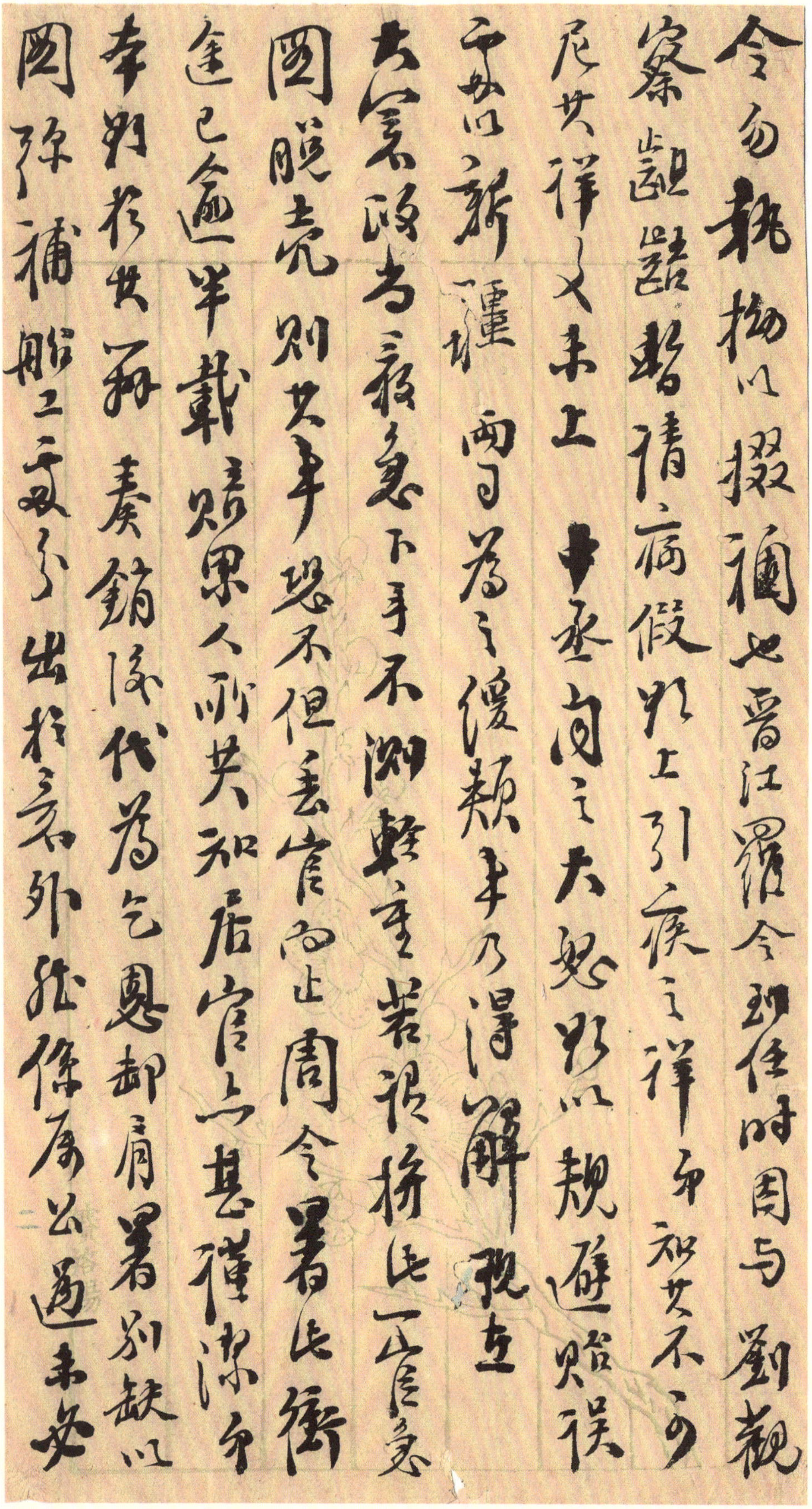
令兄梯翁以掇補也。晉江羅令到任時因與劉觀
察齟齬，藉請病假赴上，引疾之詳，本祇其不多
見其詳文未上。中丞閱之大怒，赴以觀避賠誤
示安以新運垣，而司爲之緩頰，羅乃得解。現在
大家認爲故意下手，不測輕重，若很扮此一官矣
圖脫亮則其事恐不但丟官而止。周令署長樂
途已逾半載，賠累人所共知，居官亦甚謹潔，本
年到省，其稍奏銷後，代爲乞恩，却肩署別缺，以
圖彌補。船工一項，了出於意外，然係屬公過，未必

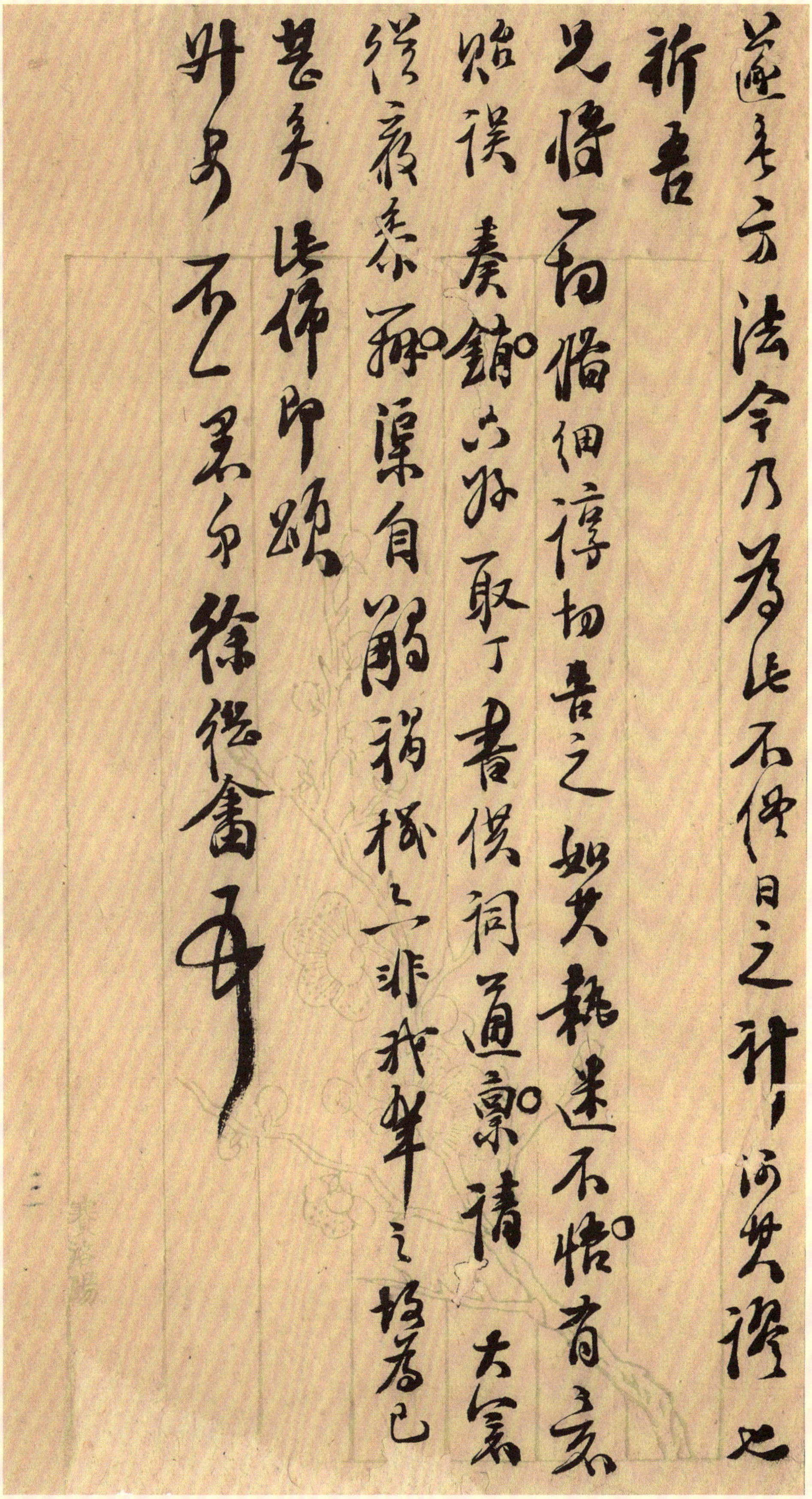

遵矣方法令乃為此不便日之計，何其謬也。祈吾
兄將百姓細情切告之。如其執迷不悟，有言
賠誤奏銷。六案取丁書供詞遍稟請大宗
從嚴參辦。源自飭稍稍搖之，非我輩之攻為已
甚矣。此佈，即頌
升安，不一。愚弟徐繼畬頓首

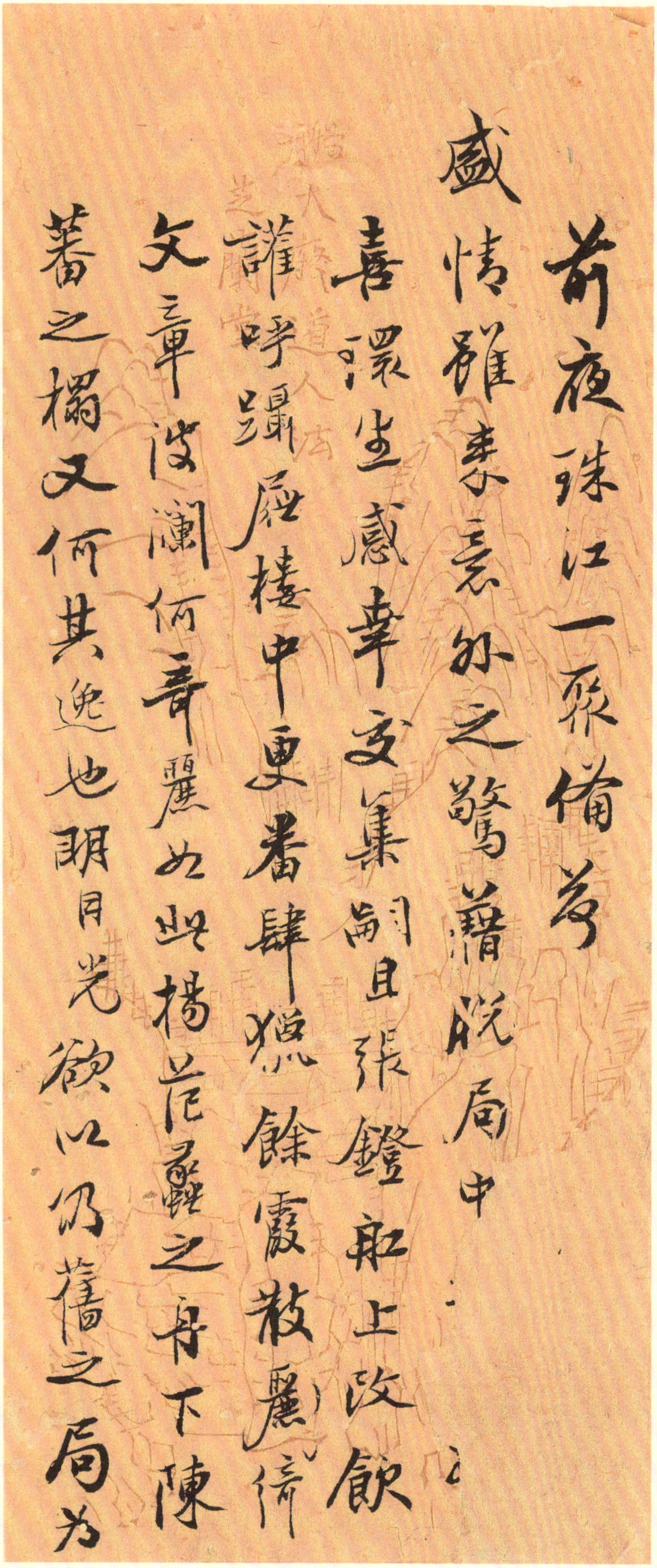
前夜珠江一聚備荷
盛情雖素衷外之驚譬悅局中
喜環生感幸交集嗣且張鐙舡上浹飲
讙呼躡屐樓中更番肆獵餘霞散麗倚
文章波瀾何奇麗如此揚芘蘺之舟下陳
著之櫥又何其逸也明月光欲以仍舊之局為

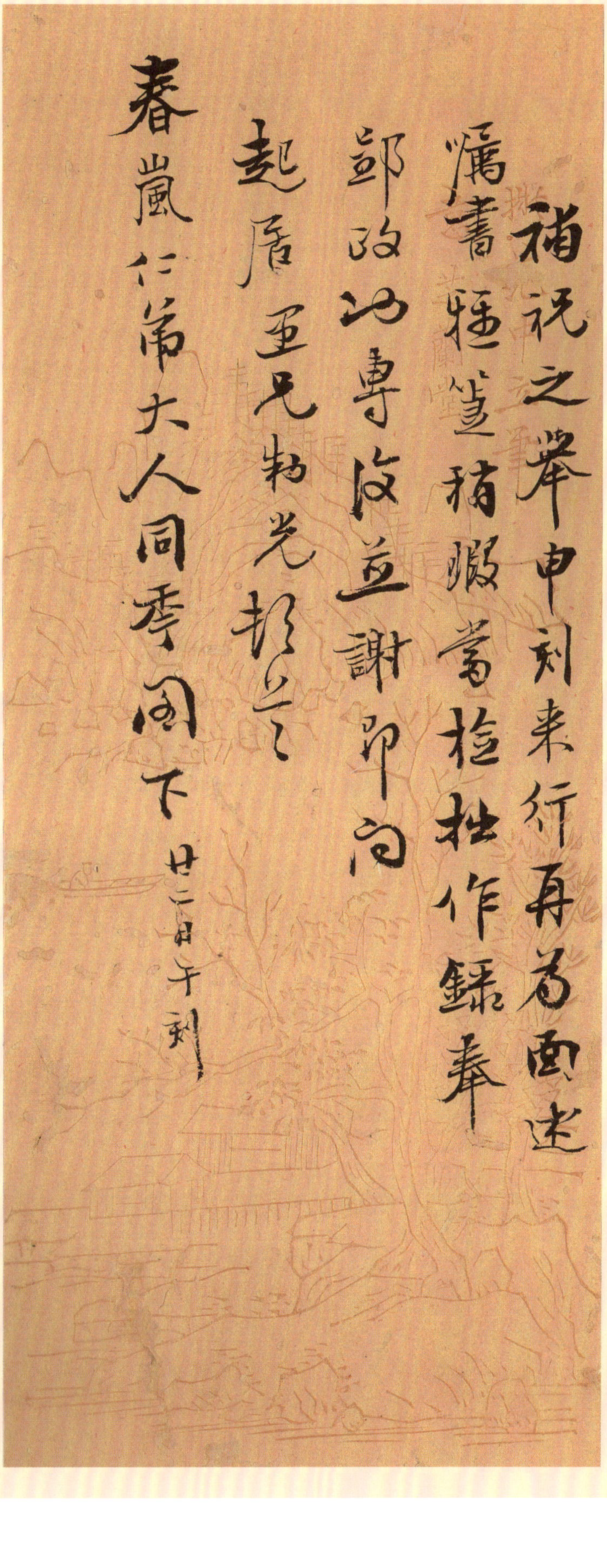

補祝之舉申刻來行再爲面述
屬書楹箋精緻當檢拙作錄奉
郎政此專復並謝即問
起居至兄趙光頓首
春嵐仁弟大人同年閣下 廿二日午刻

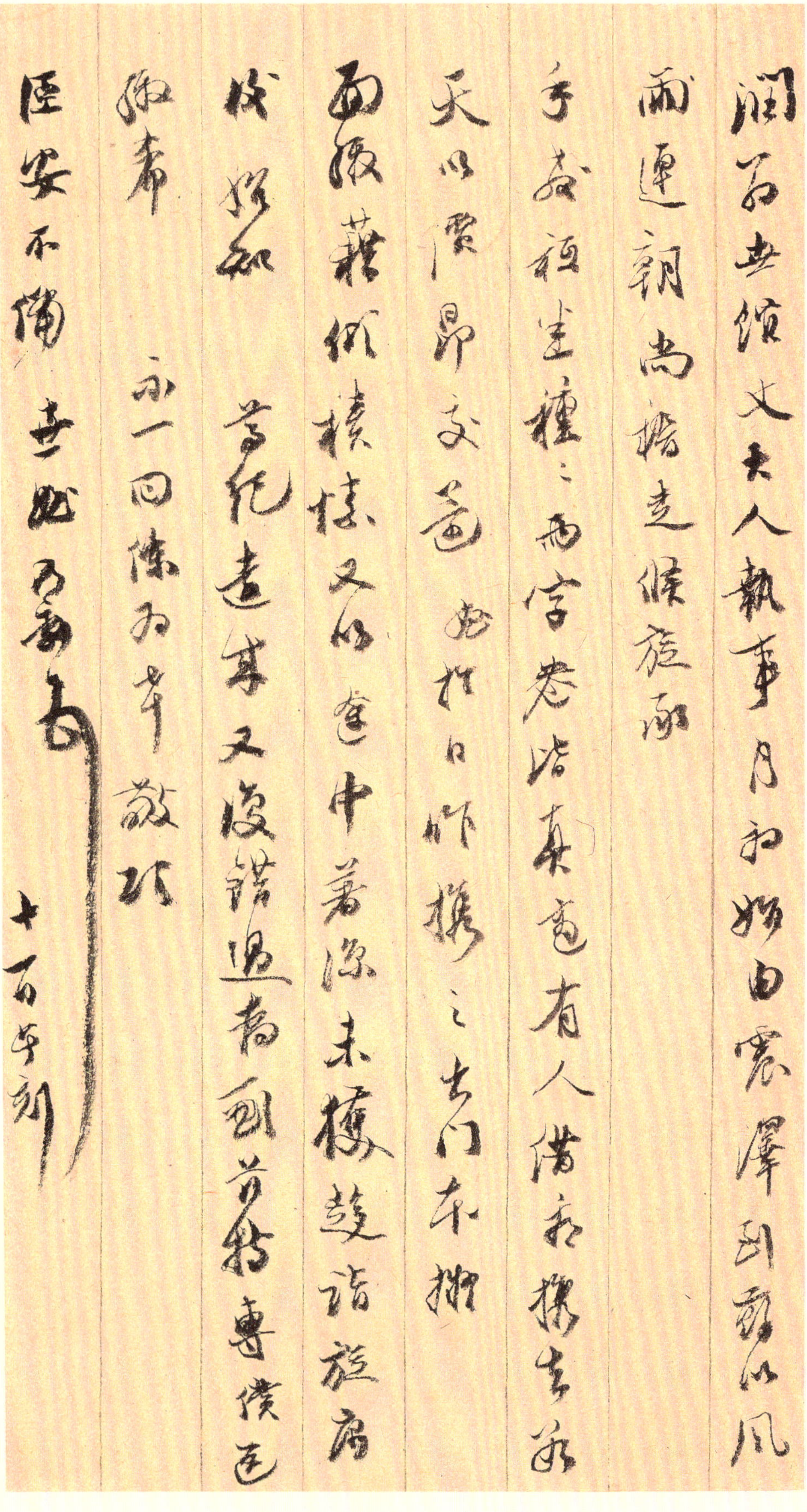
潤翁世伯文大人執事：月初奉由雲翠到蘇，已風雨連朝，尚擬走候，旋承
手教，祇悉種種。而官卷諸桑毫有人借去，據云須
天以後即交來。然於日昨據云之去門未謝
面復，茲擬續續，又於途中著除，未獲趁詣旋寓
啟。婚姻 茶托走尋，又復錯過，為創前我專僕送
瑞希 示一回條為幸。敬頌
近安，不備。世姪乃釗頓首
十一日午刻

許乃釗 致 順翁

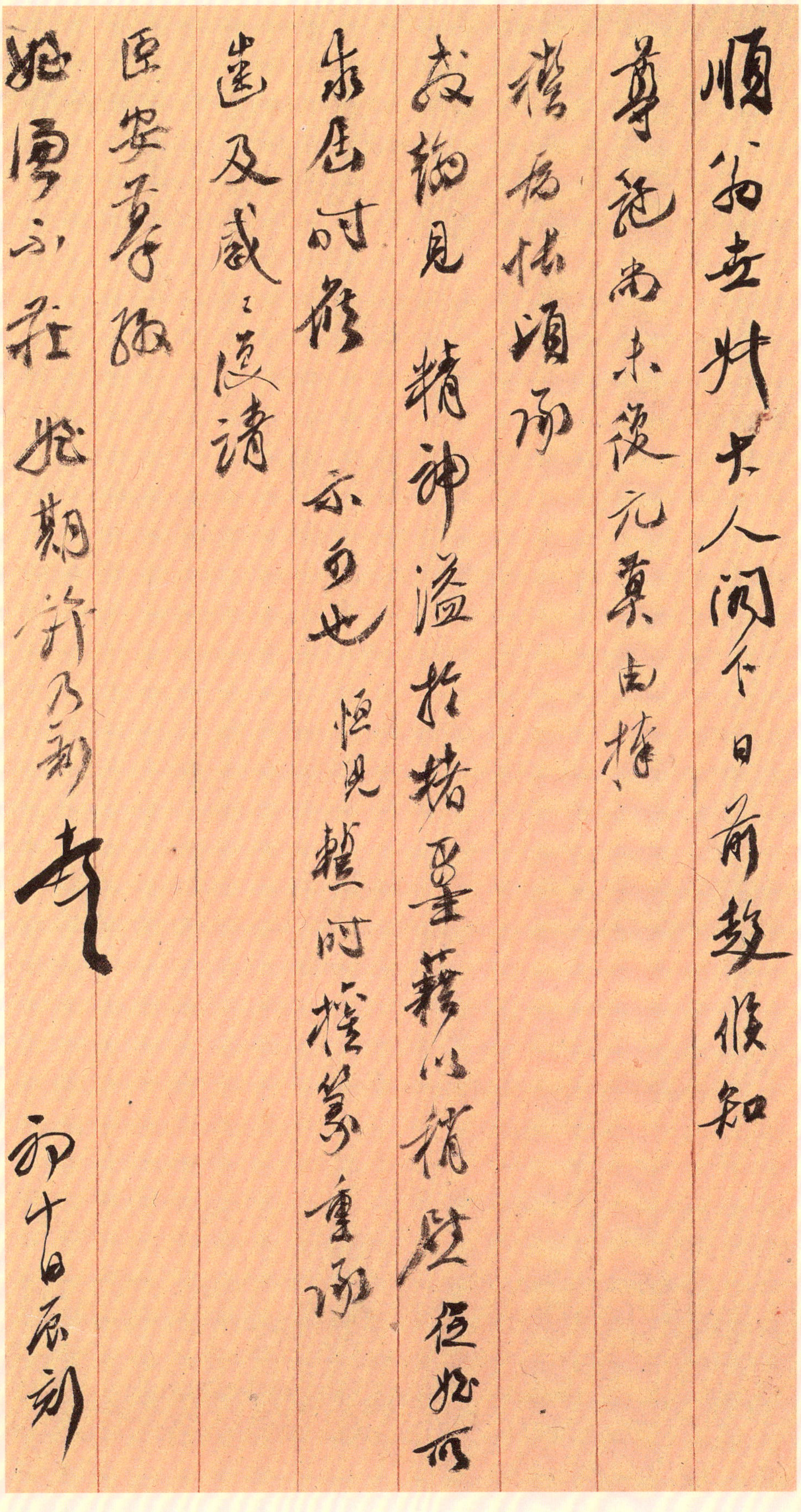

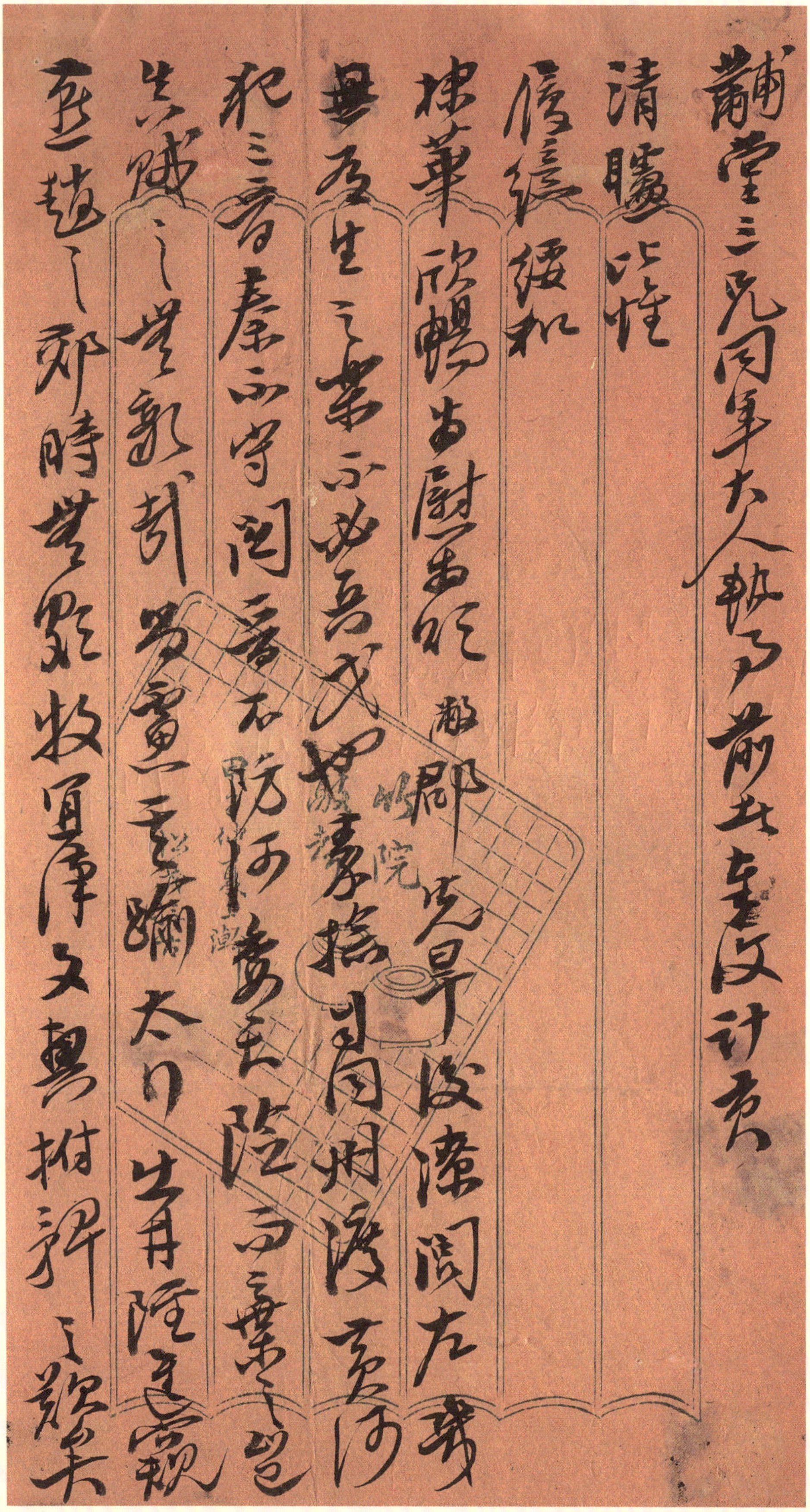

王柏心 致 黼堂

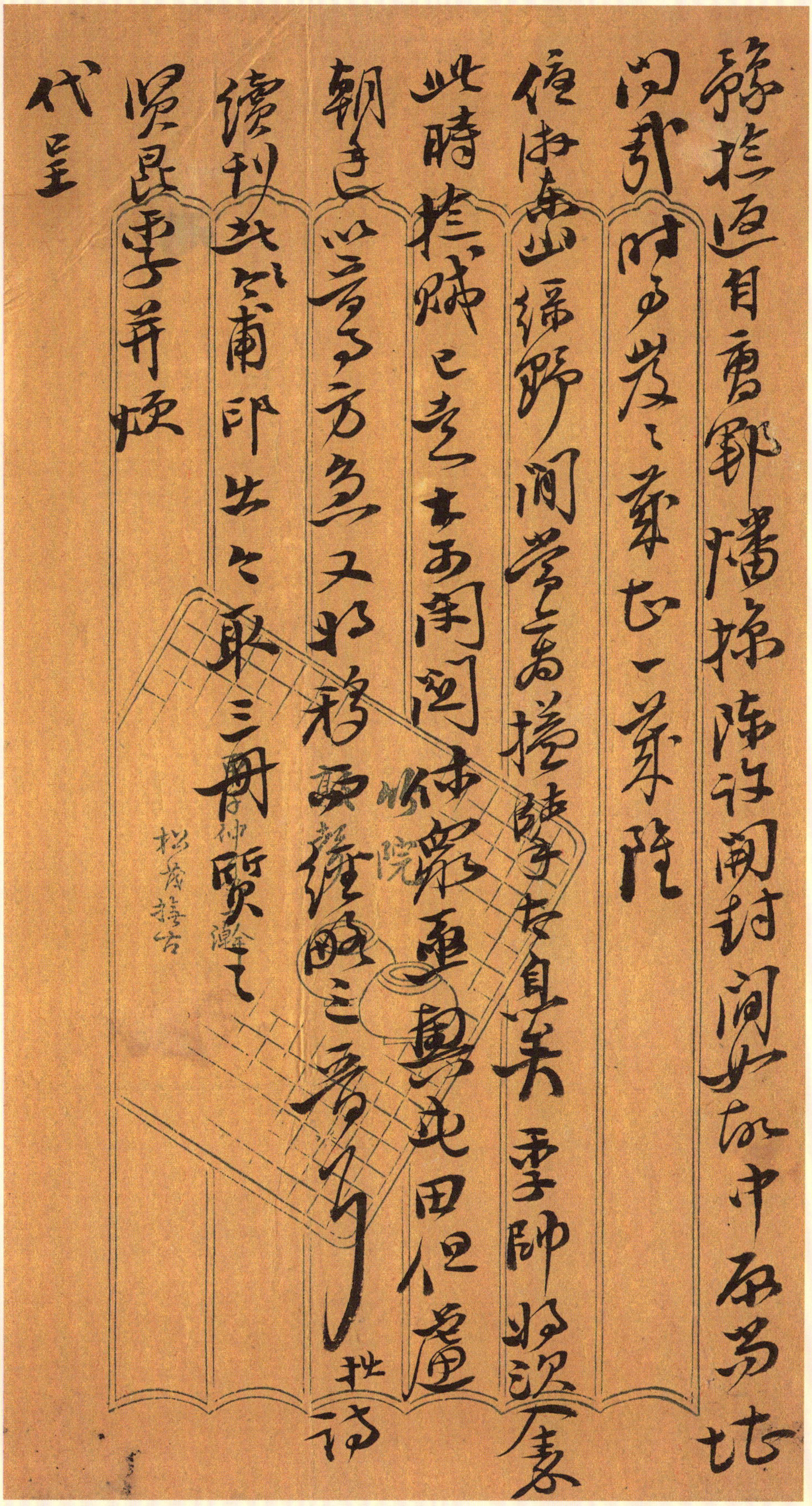

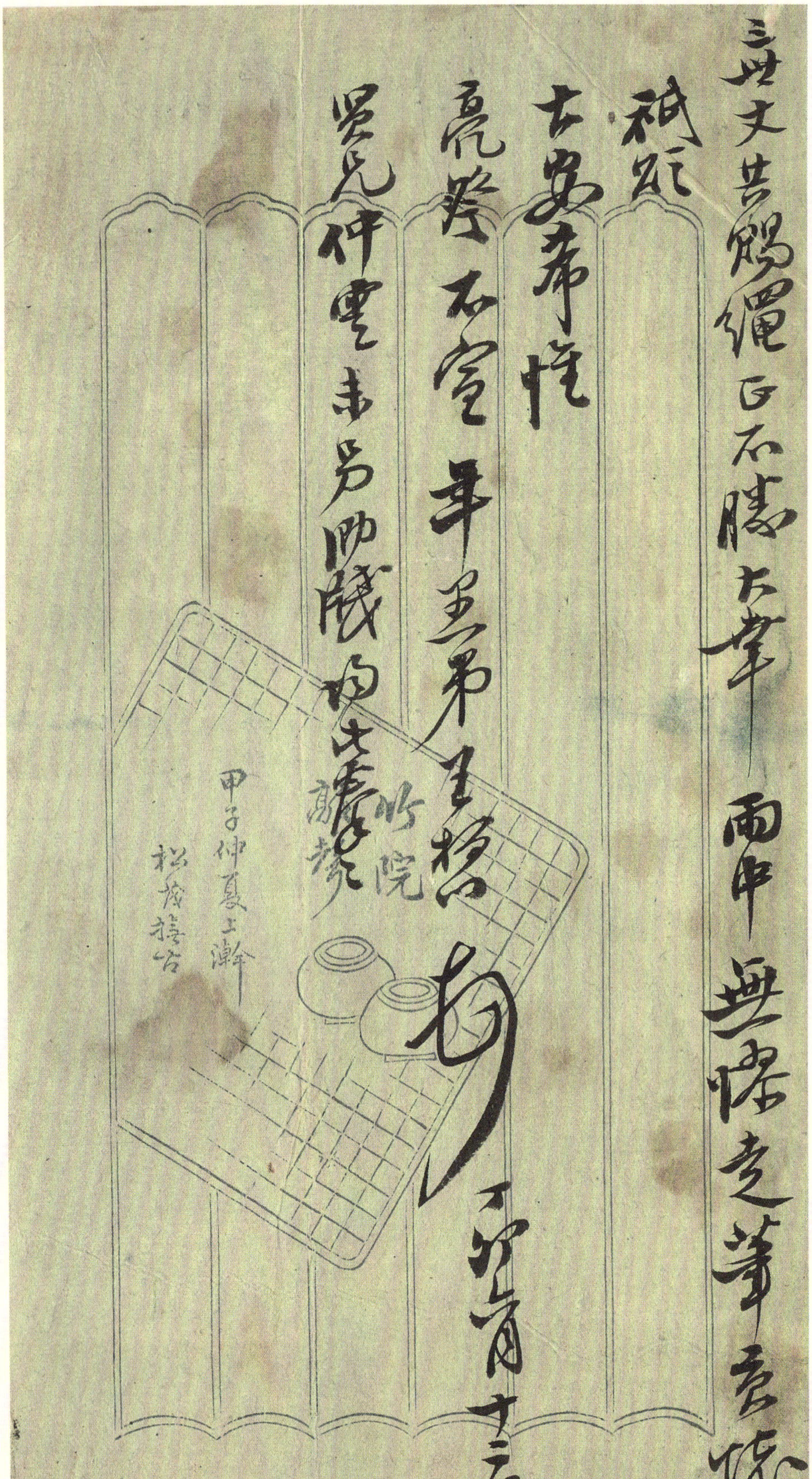

三世丈昔賜繩正不勝大幸。兩年無暇走筆奉候，
祇頌
大安，希恕
亮察。不宣。年愚弟王柏心頓首。丁卯月十二日
愚兄仲雲未易晤識為世講

崇恩 致 意香

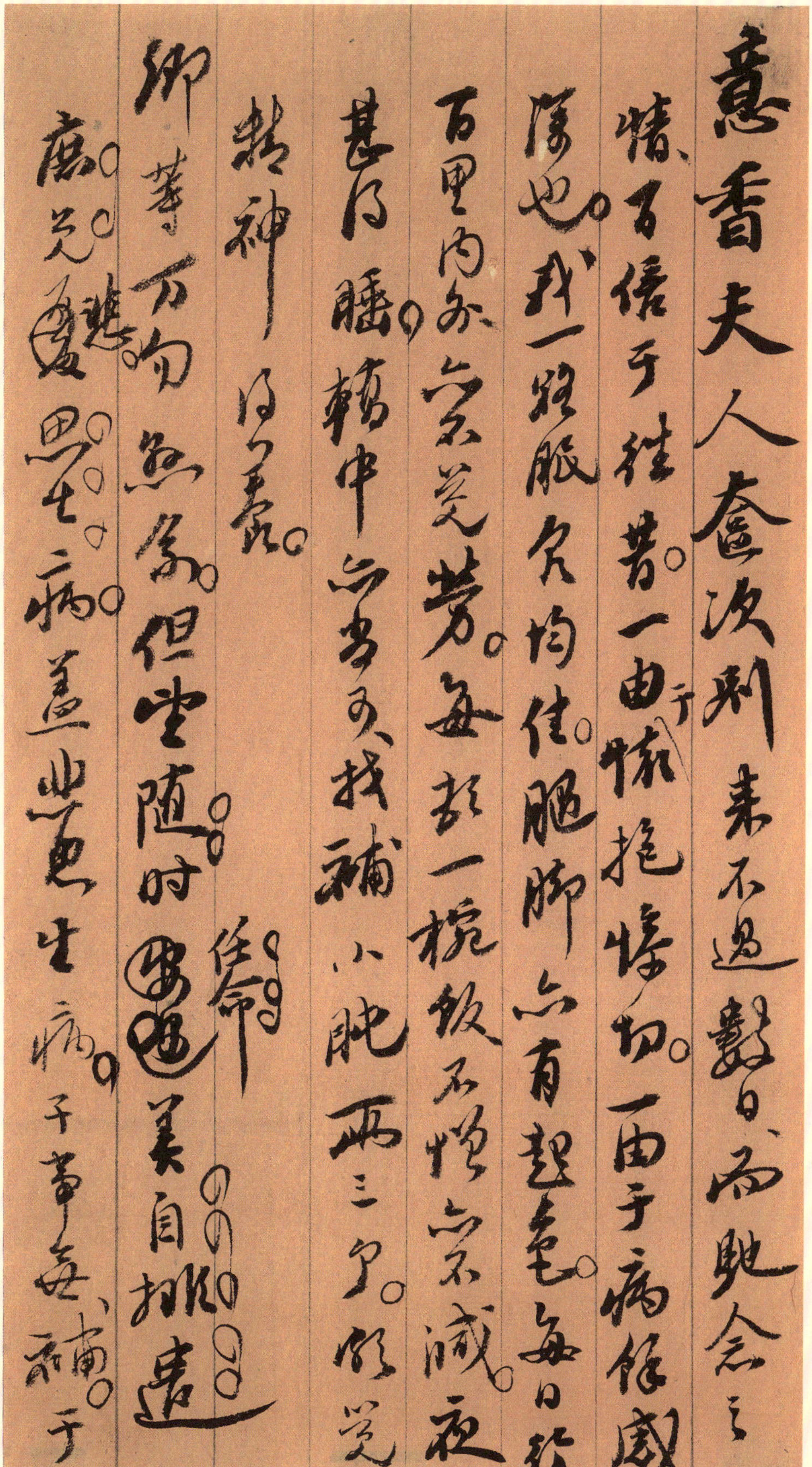

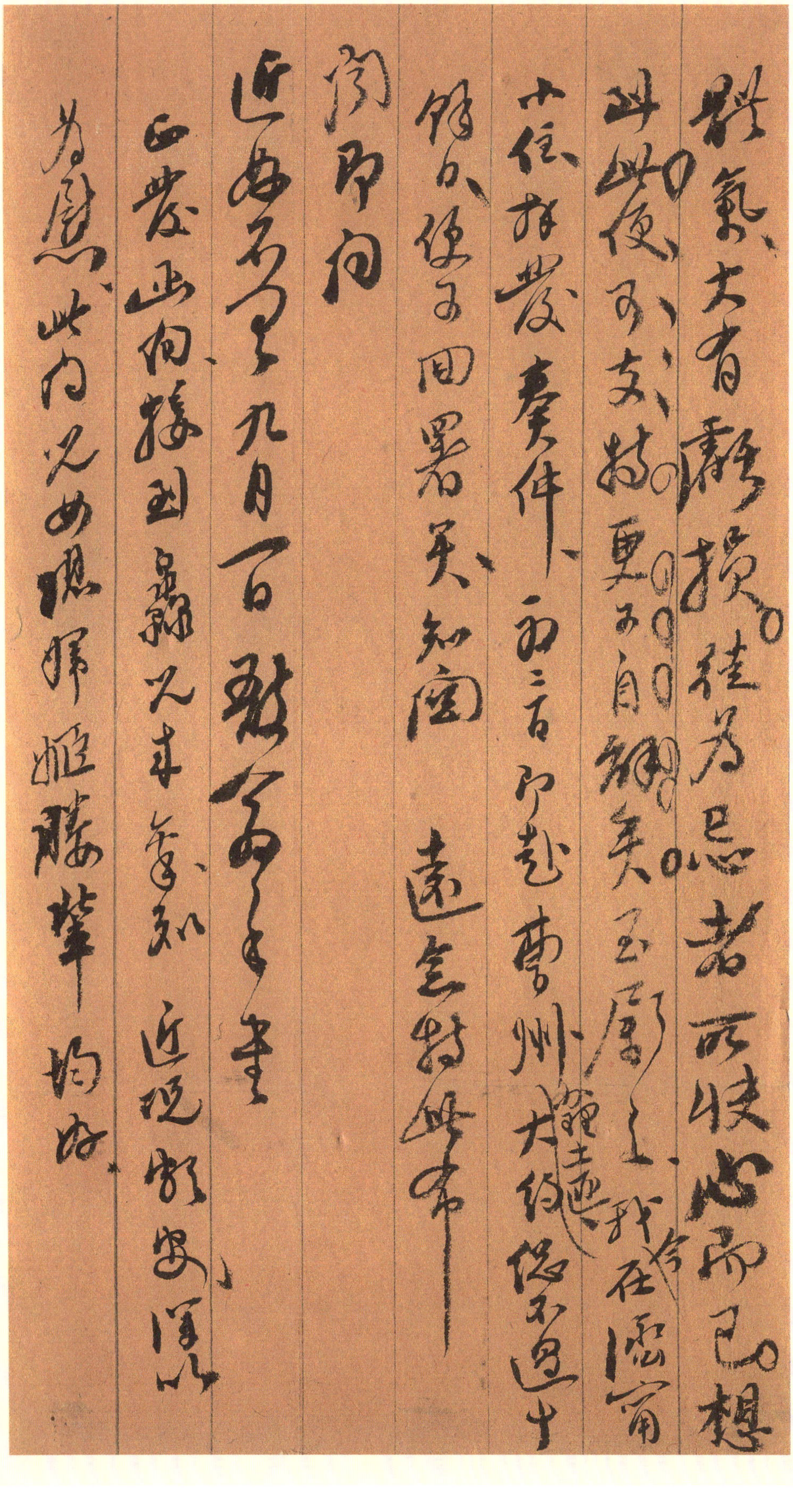

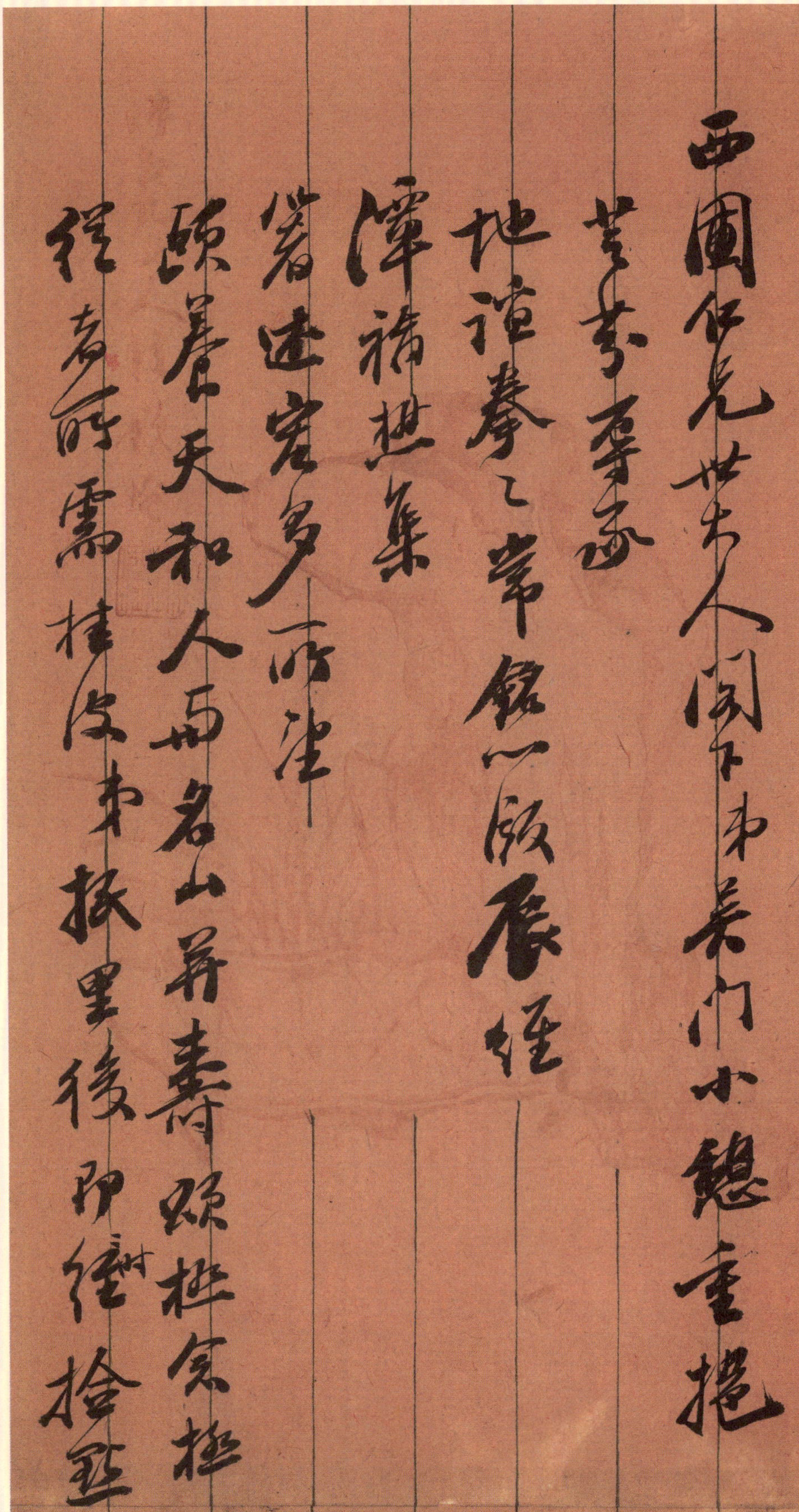
西圃仁兄世大人閣下：來晨門下懇重擡
芝芬尊函
地謹奉之，常餘以頌展經
譯補桃集
嘗述宦多人所准
頤養天和，人而名山舞壽，頤擬冕極
經去所需，桂從來按里後即繼拾豎

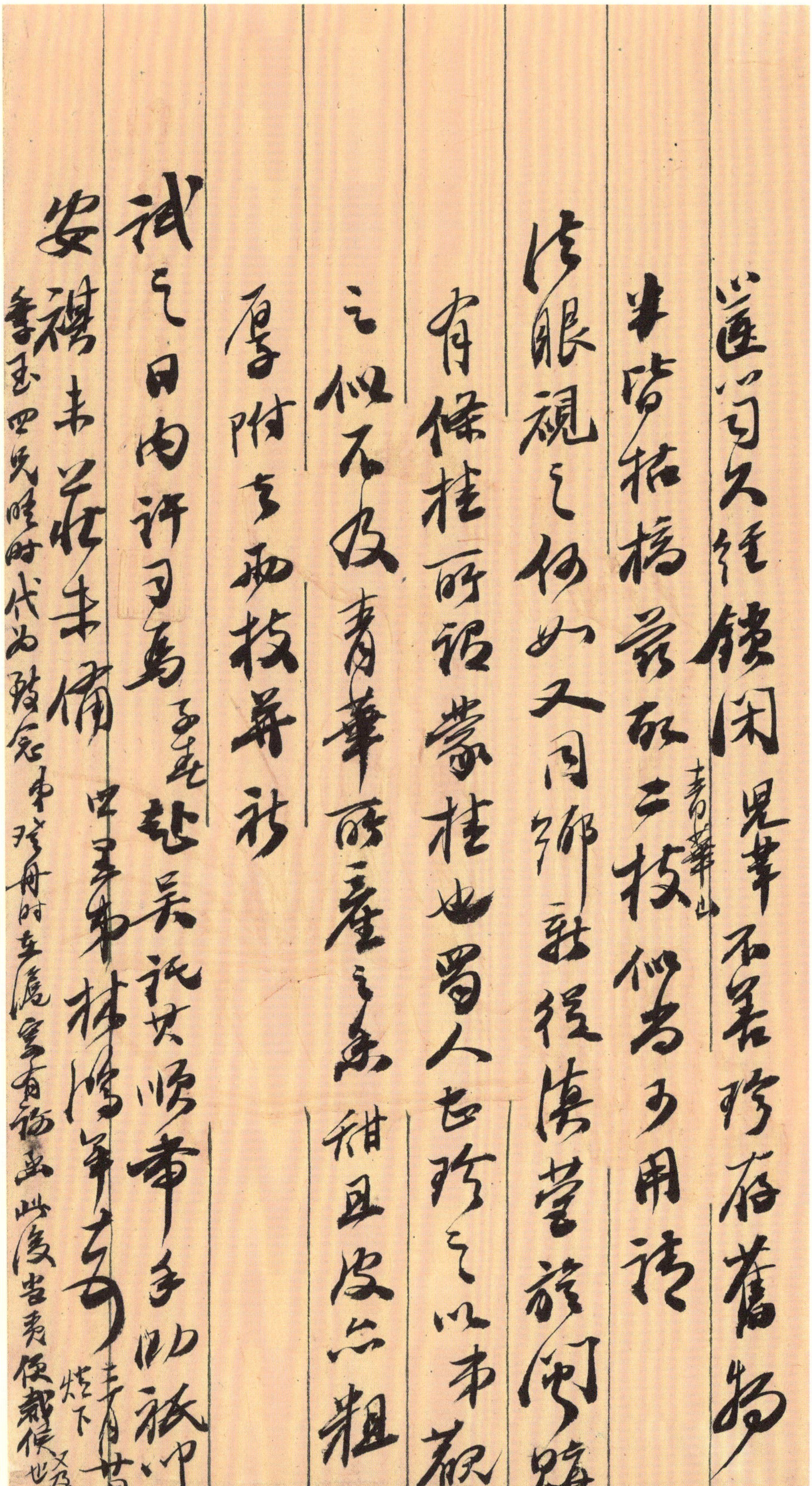

違問久經 鏡閑兄輩不甚珍存舊物
山谷枯稿叢敗二枝青華山似尚可用請
法眼視之何如又同鄉新從漢營旅閩賭
有條桂所謂蒙桂也蜀人甚珍之以未觀
之似不及青華所產之桑甜且皮亦粗
厚附去兩枝尋新
試之日內許可焉否甚悉吳莊女順奉手助祇叩
安禩未莊未備 四弟林鴻年頓首 正月廿日
炷下
季玉四兄旺时代為致意事珍舟时幸處宣有語亞此後岩秀便載候也又及

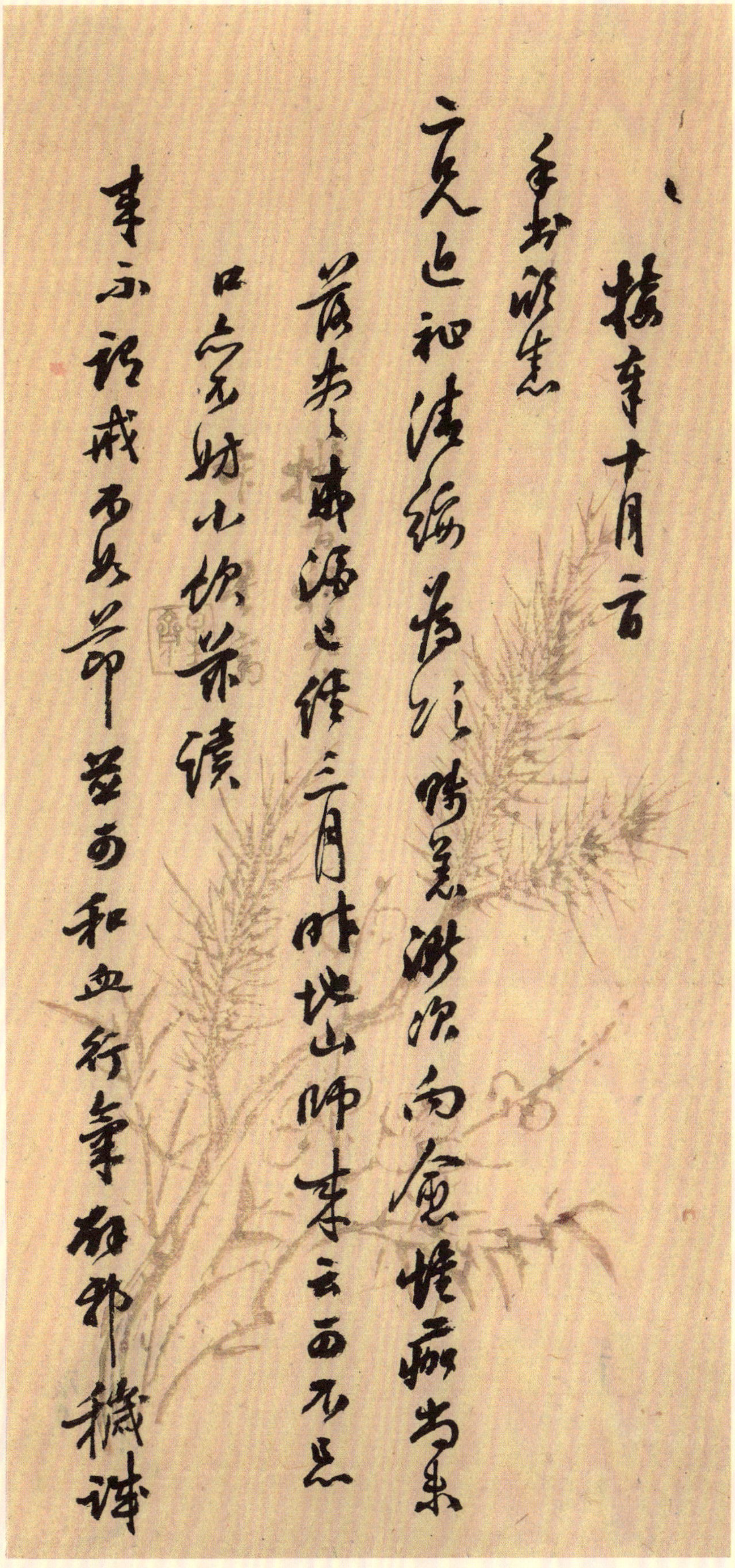
接奉十月[illegible]
手書敬悉
兄近[illegible]法[illegible]養之時見漸次而愈惟[illegible]出來
[illegible][illegible][illegible][illegible]之[illegible]二月昨[illegible]山師來云西[illegible][illegible]
口[illegible]財小[illegible]茶[illegible]
弟亦[illegible][illegible][illegible][illegible]節[illegible]而和血行氣[illegible][illegible][illegible][illegible]

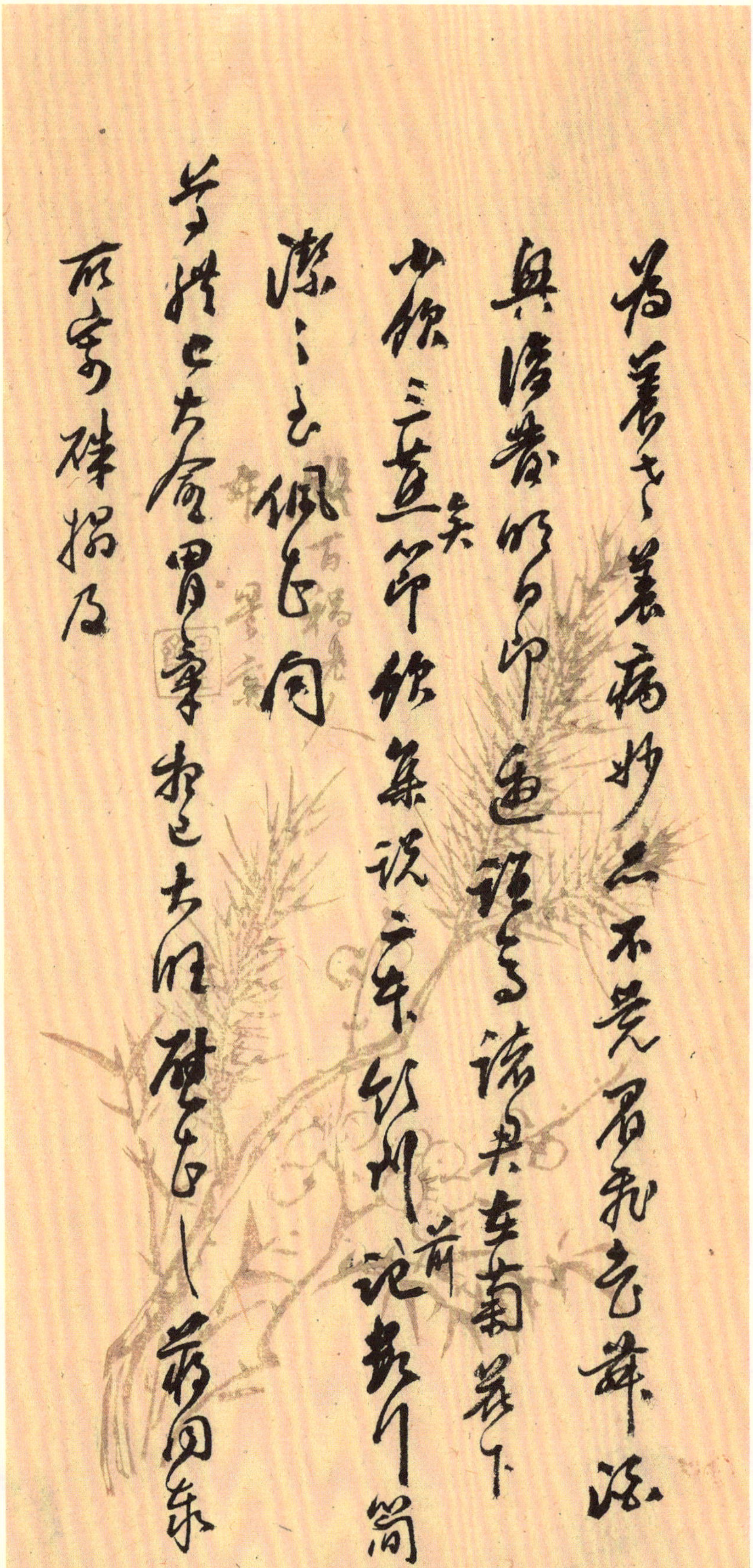

潘曾瑩 致 二兄

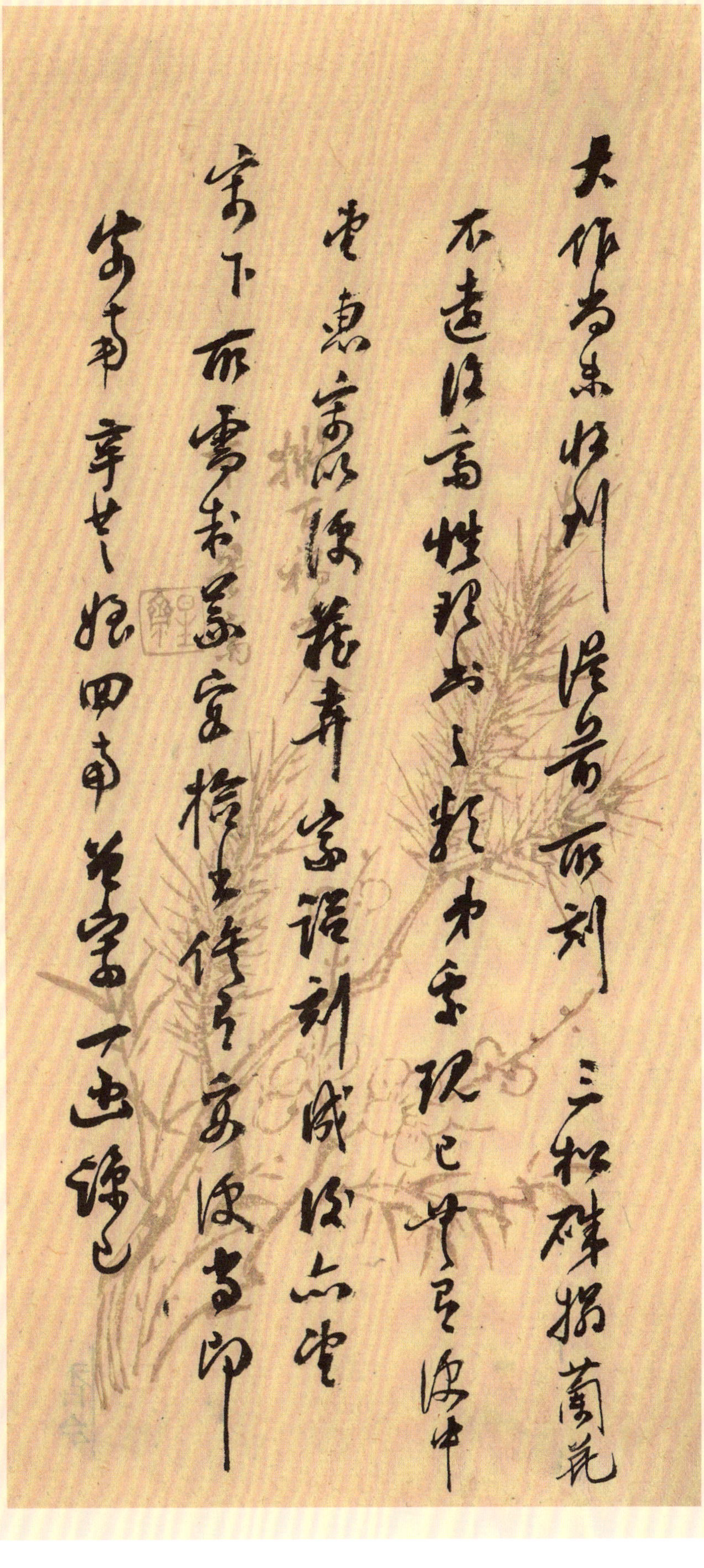

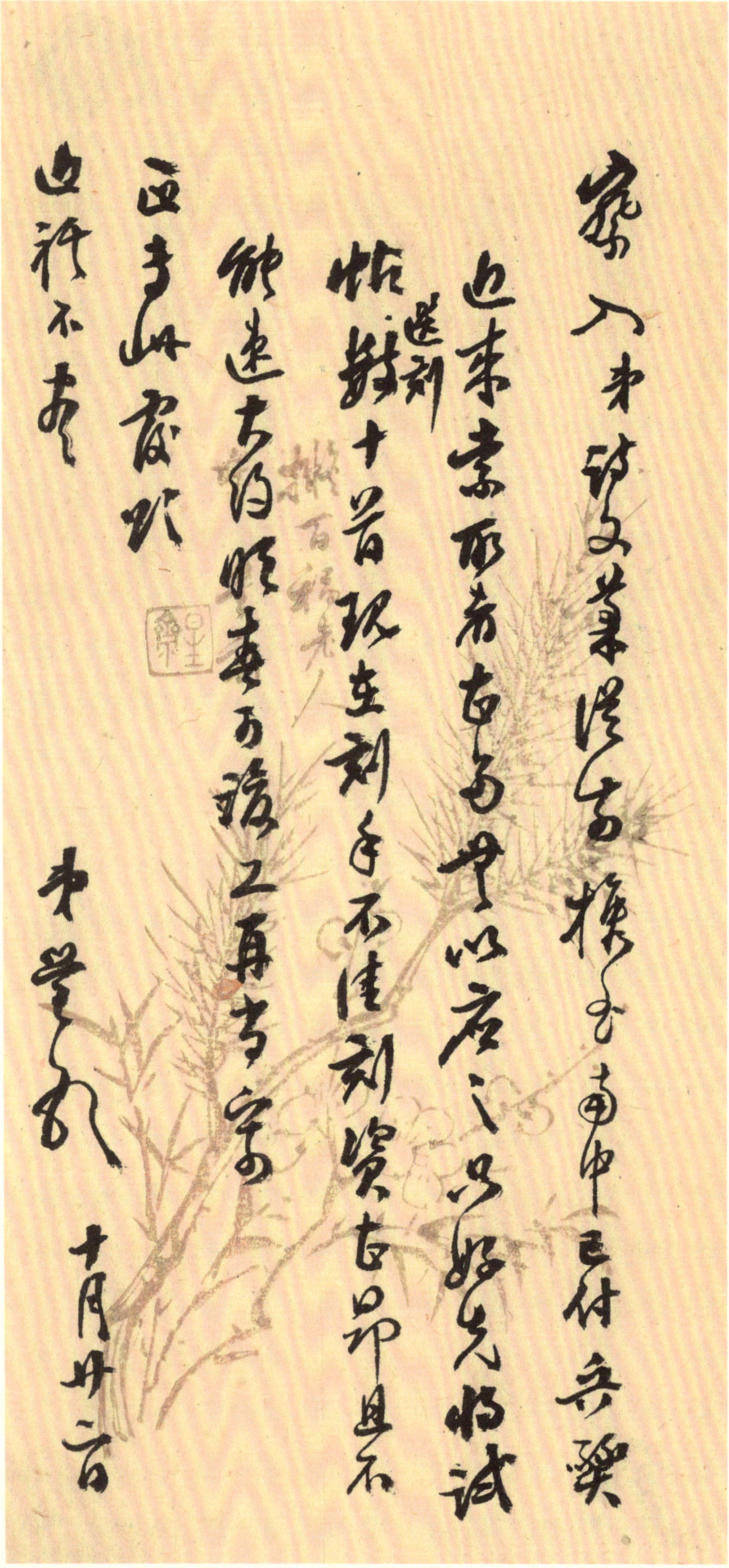

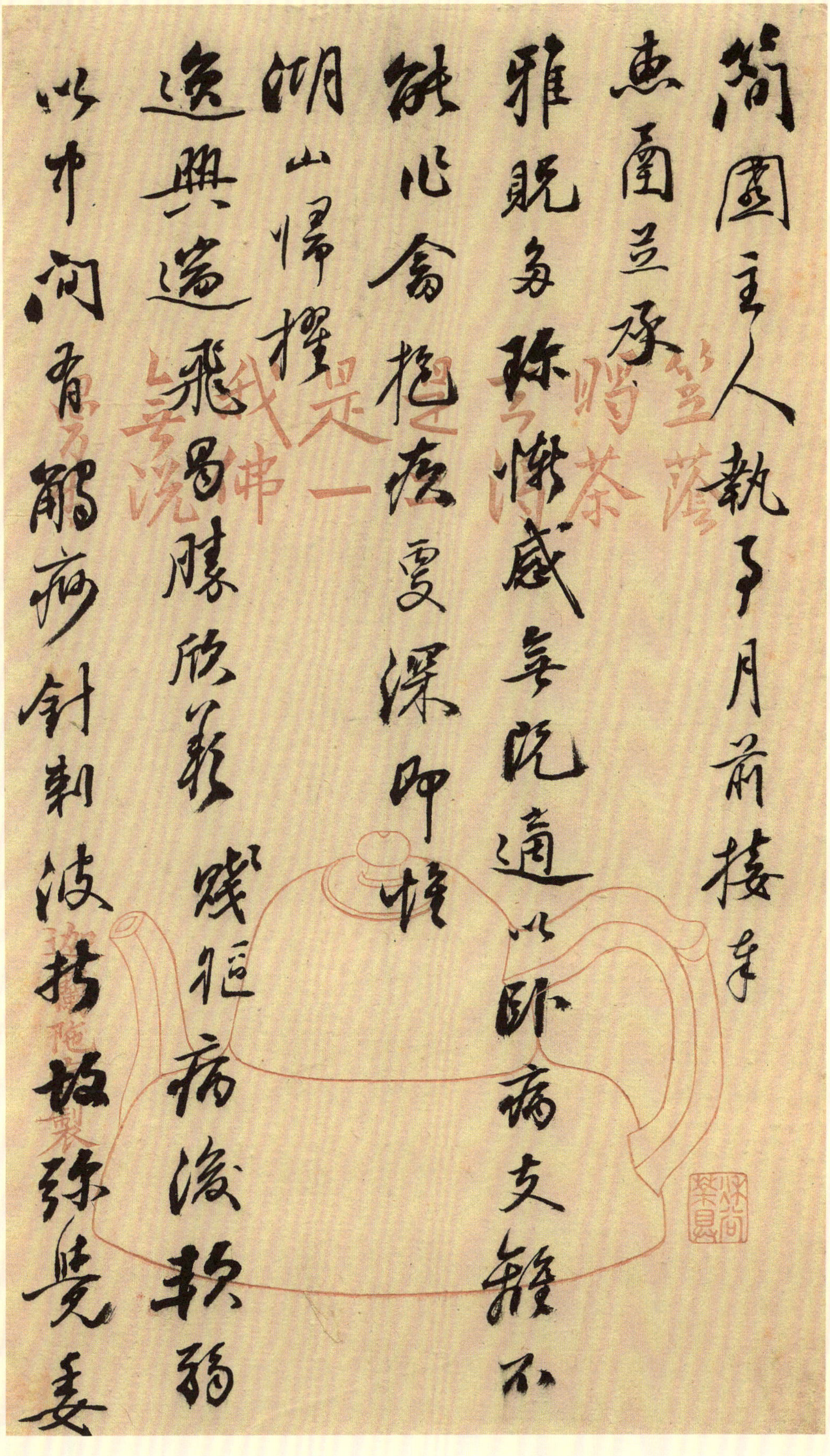

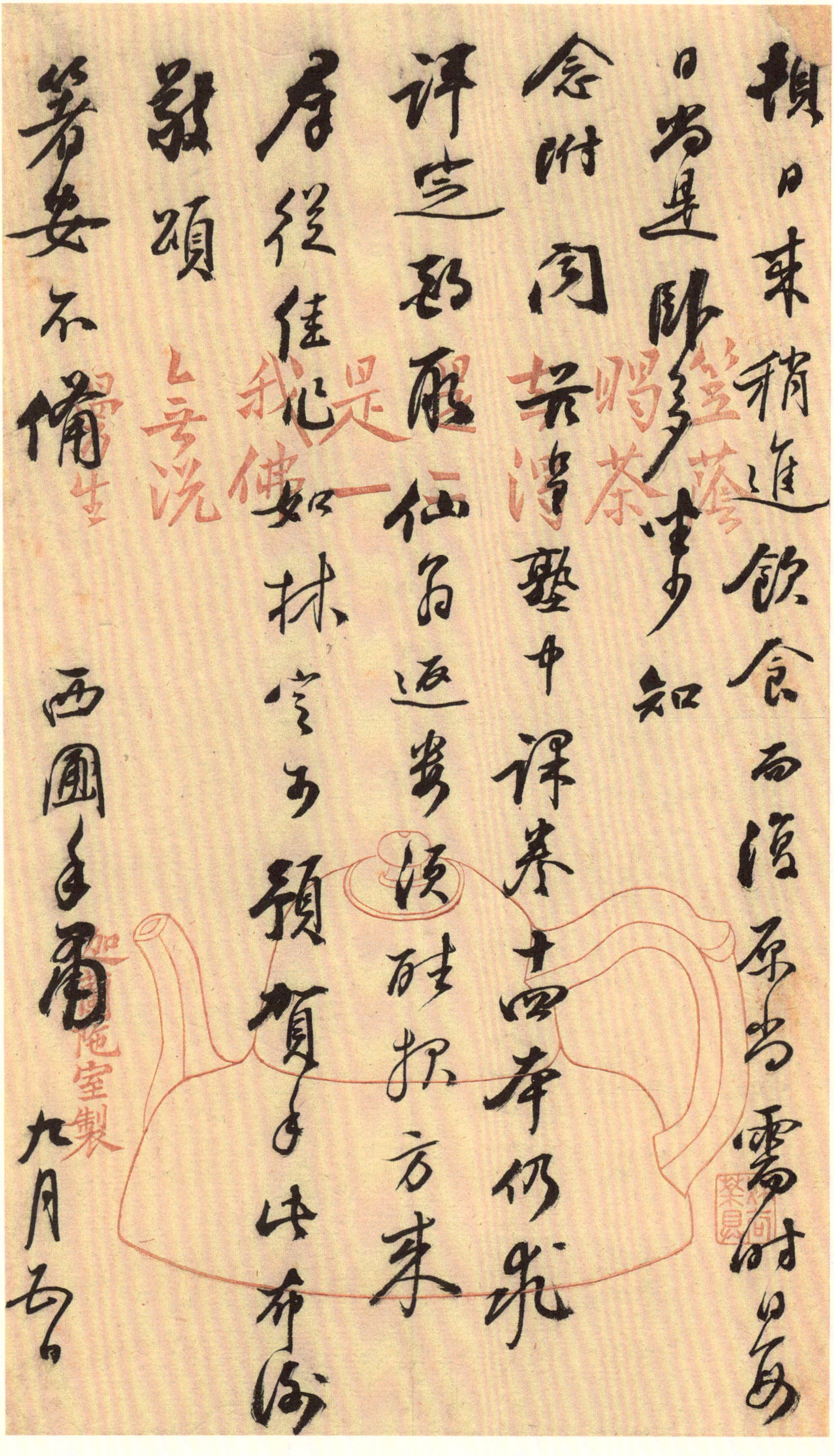

損日來稍進飲食，而須原尚需時日。爲日尚是臥多坐少。知念附聞。吾淵塾中課卷十四本仍乞評定。勁雁仙翁返省，須趁採方來居，從佳兆如林，定可預賀耳。此布候，敬頌箸安不備。西圃手肅　九月五日

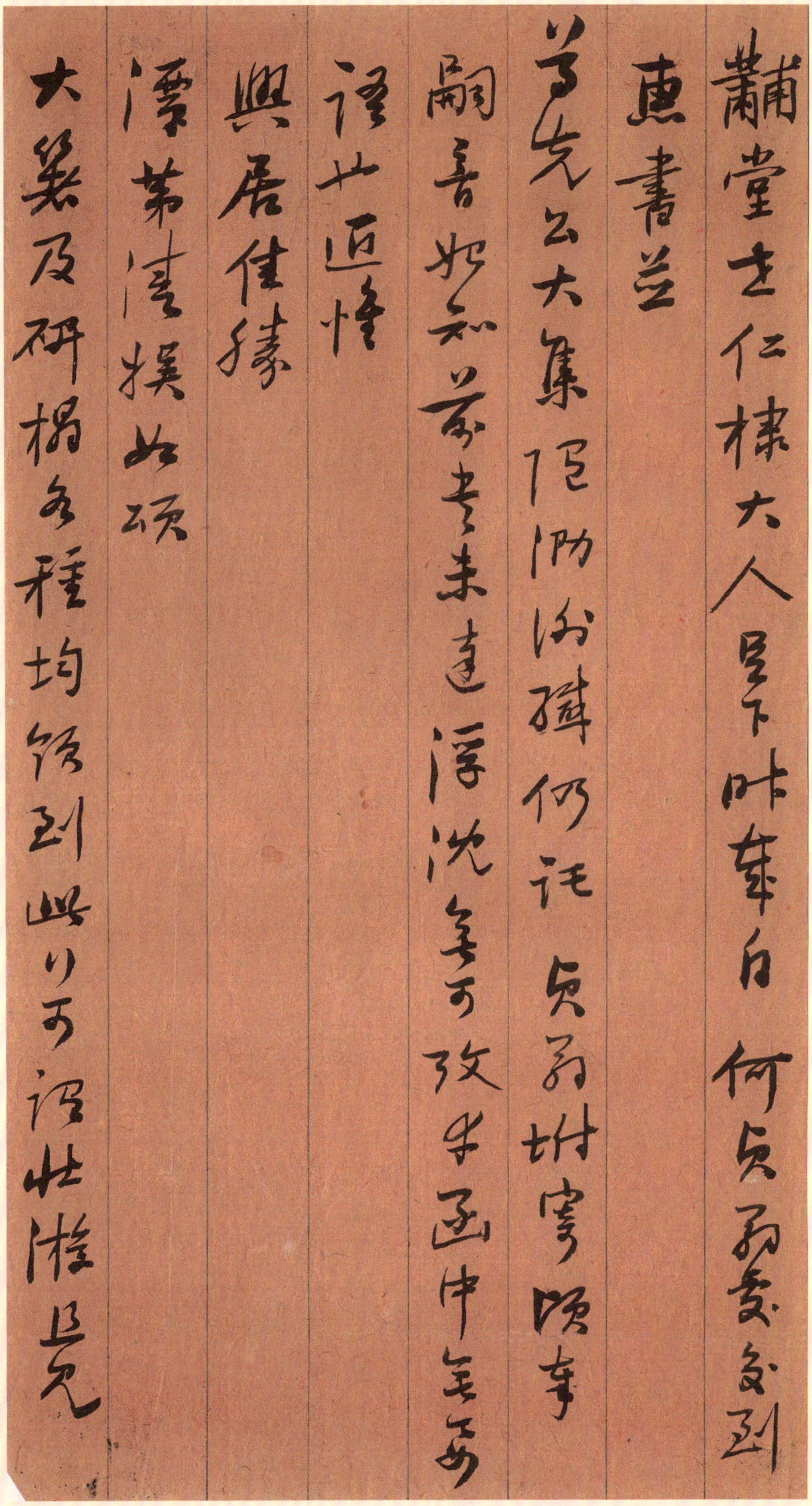

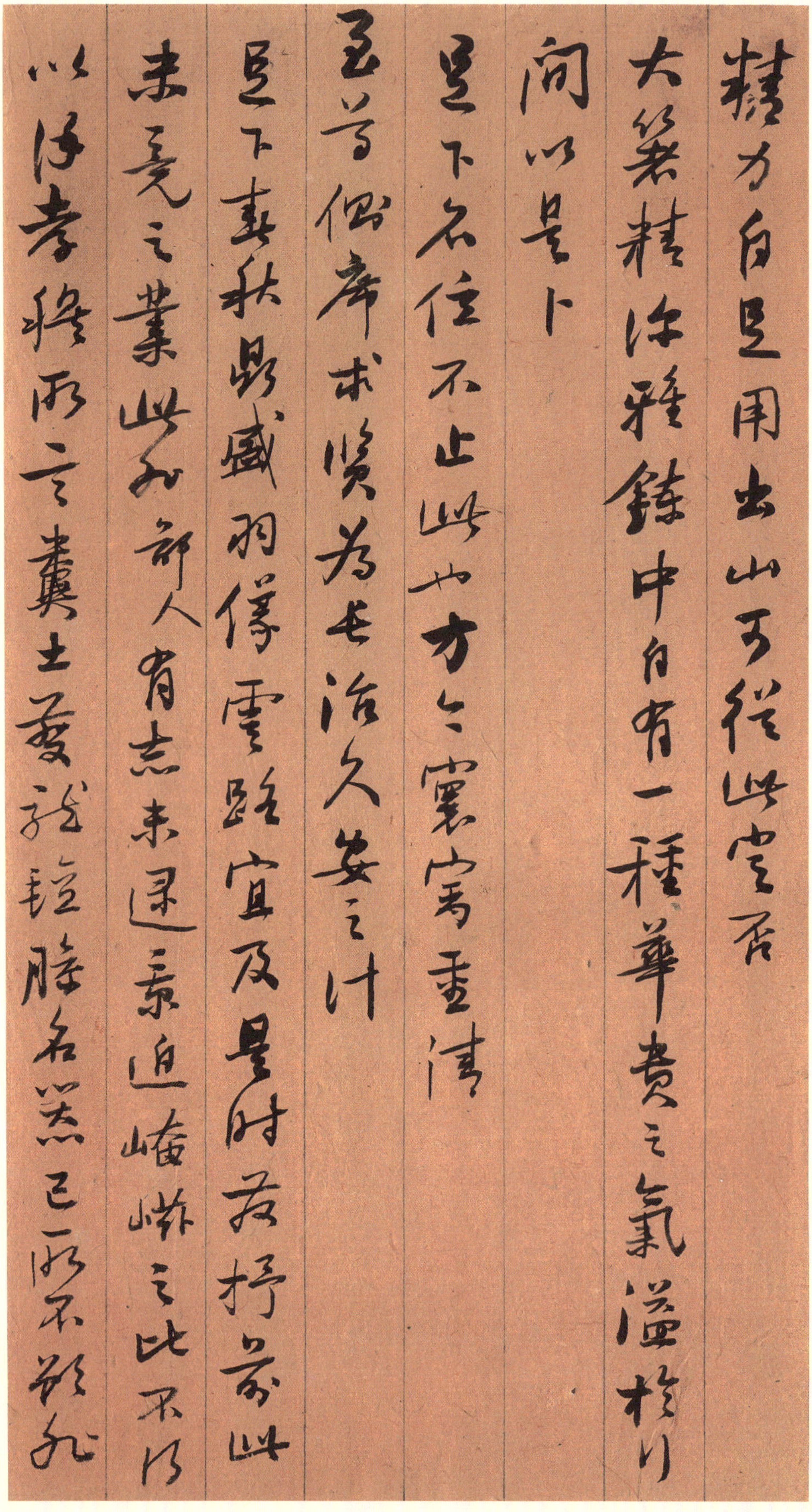
精力白足用出山可從此定居
大箸精汰雅錄中自有一種華貴之氣溢楮行
間以足下
足下名位不止此也方今寰宇重清
至尊側席求賢為長治久安之計
足下春秋鼎盛羽儀雲路宜及是時發抒蘊此
未竟之業此亦鄙人有志未逮承追嶮巇之比不同
以繹孝穆兩文囊土愛誠縷縷勝名無已兩希莫能

馮桂芬
致
黼堂

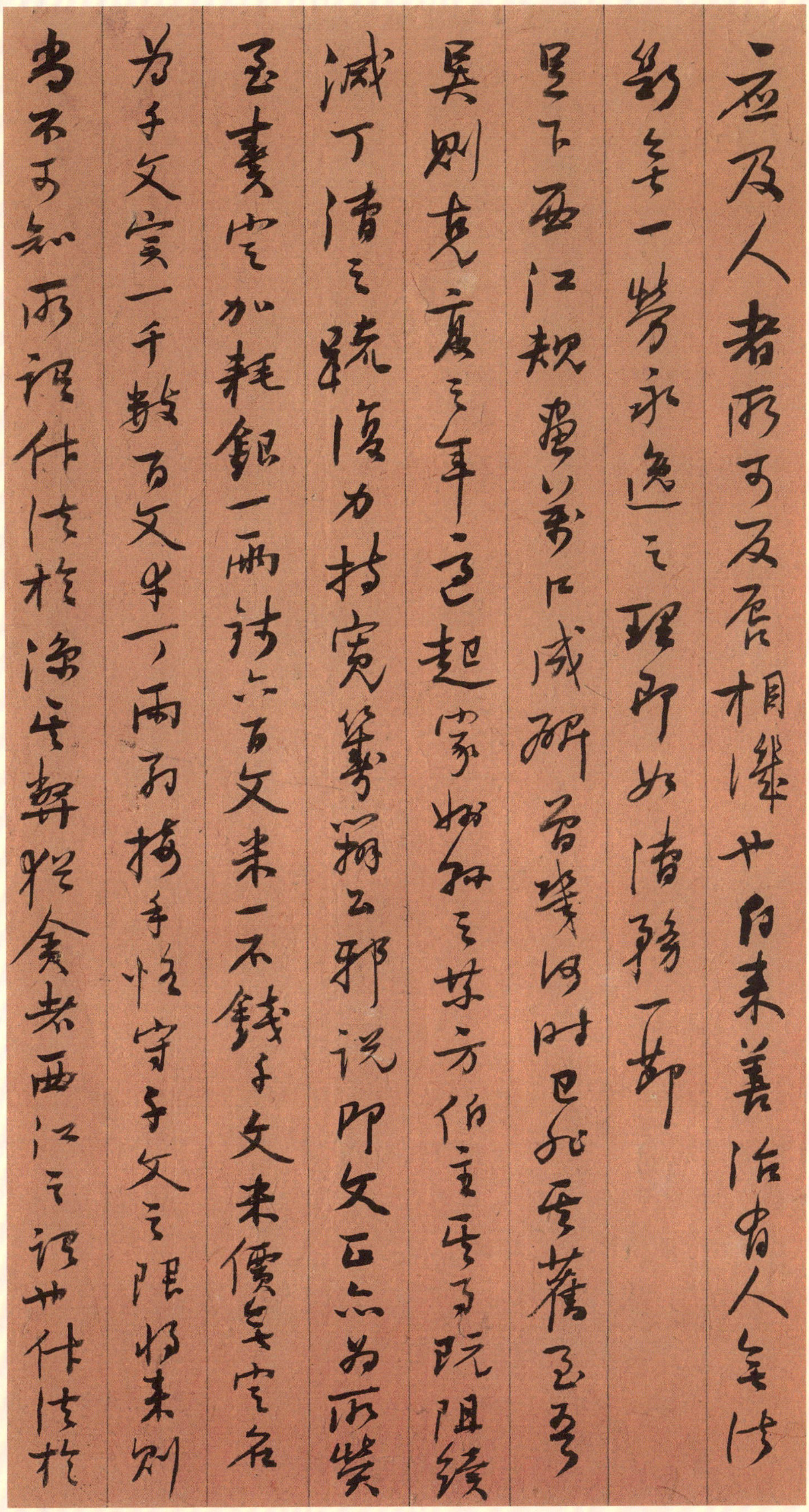
應及人者所可及唐相繼也自來善治者人無法
然無一勞永逸之理即如清務一節
足下西江規畫以成所屬後時已非舊章事
矣則竟夜之年一邑起家如和之某方伯主張事既阻撓
減丁漕之疏復力持寬節彌正邪說即文正亦爲所裝
至責定加耗銀一兩錢六百文未一不錢千文來價無定名
爲千文實一千數百文半丁兩取摘手性守千文之限將來則
嵩不可知所謂仟法於漆無與糧食者西江之謂也仟法於

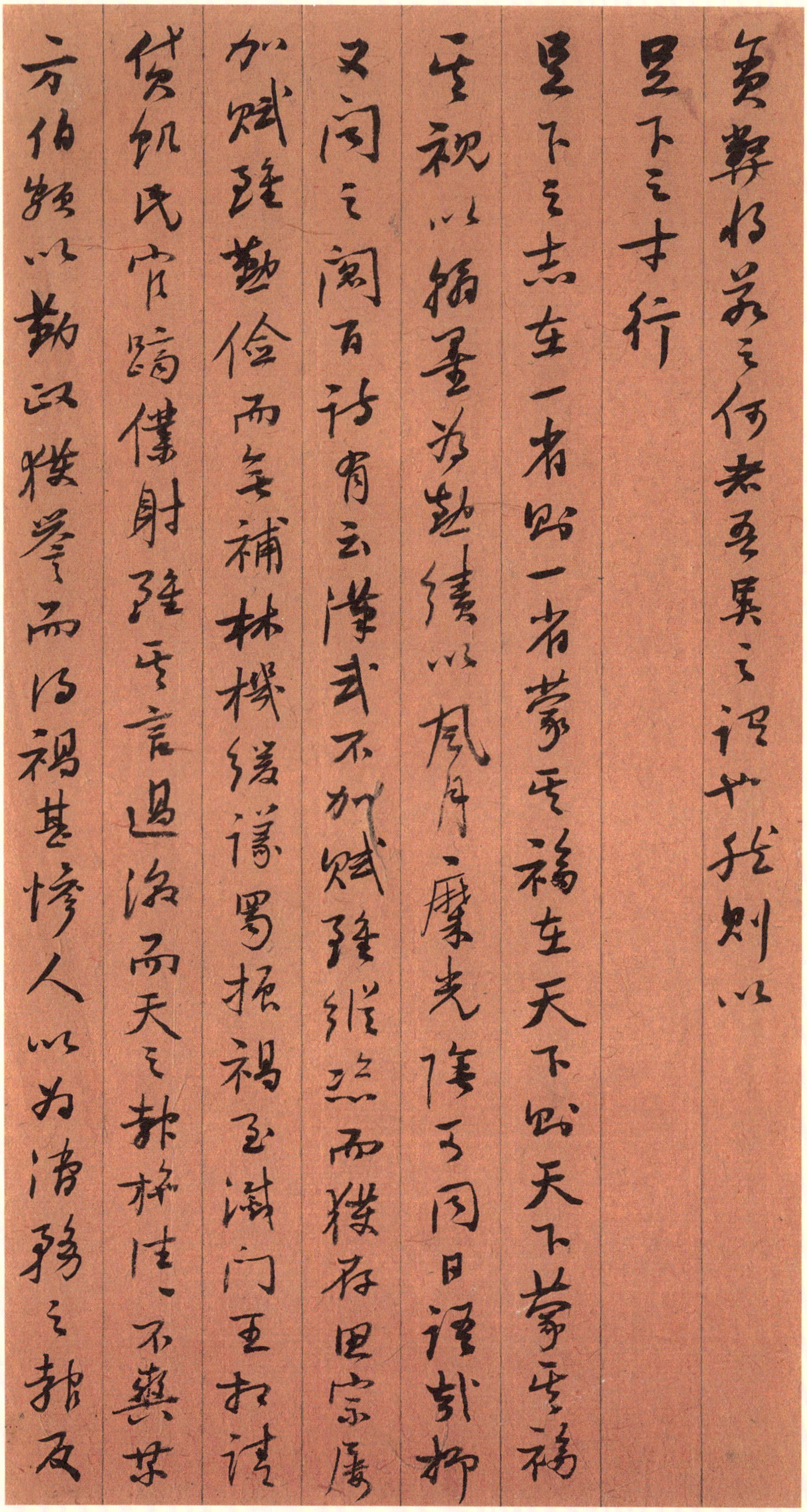
氣數得失之何者吾輩之設也然則以
足下之才行
足下之志在一省則一省蒙其福在天下則天下蒙其福
豈視以翰墨為勤績以風月、麋光修可同日語哉耶
又聞之閻百詩有云漢武不加賦雖縱恣而猶存田宗廣
加賦雖勤儉而無補林機緩議罵振禍至滅門王和靖
貸飢民官躋僕射雖其言過激而天之報施往往不爽某
方伯獨以勤政樸學而得禍甚慘人以為清務之報反

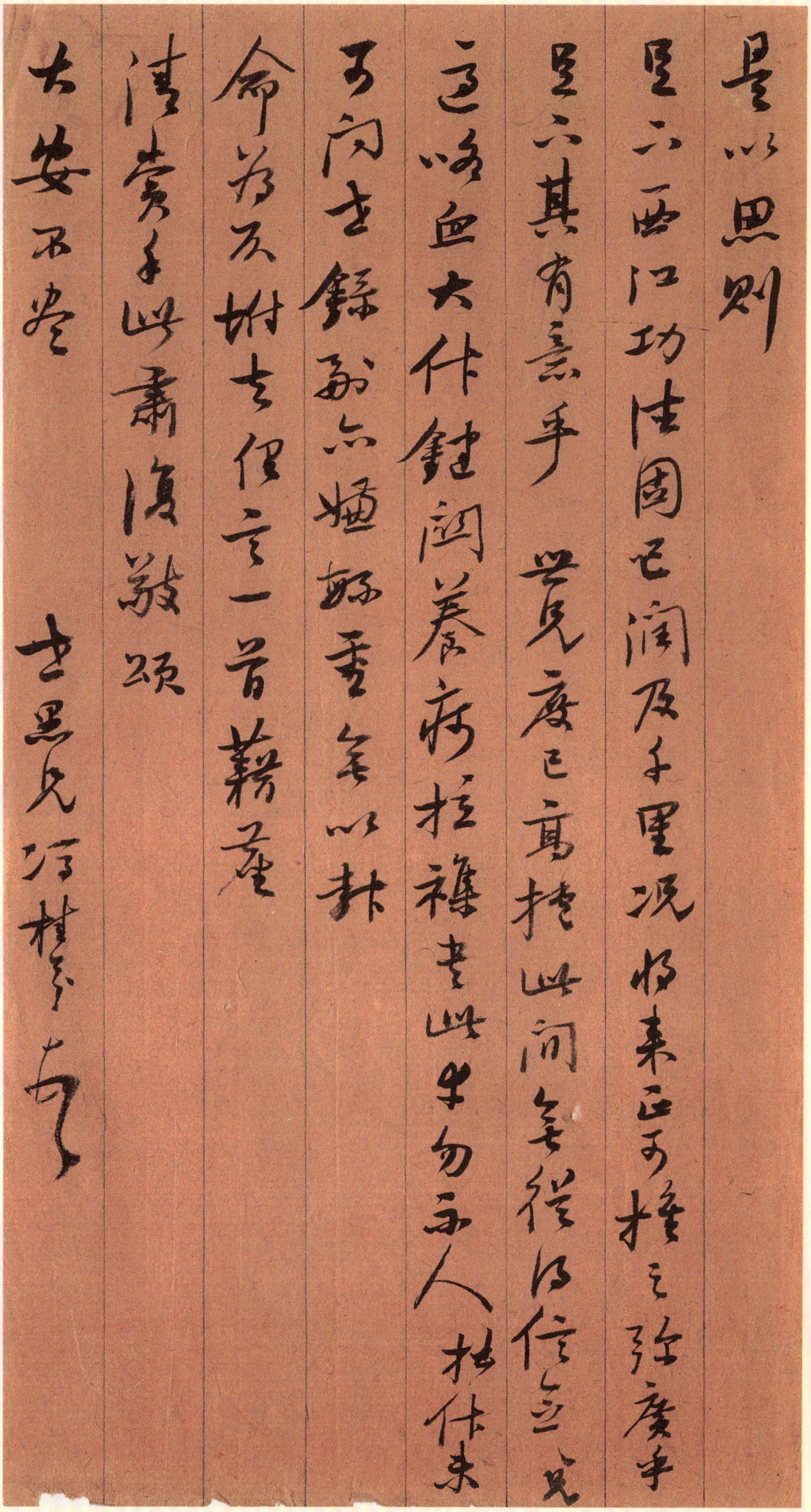

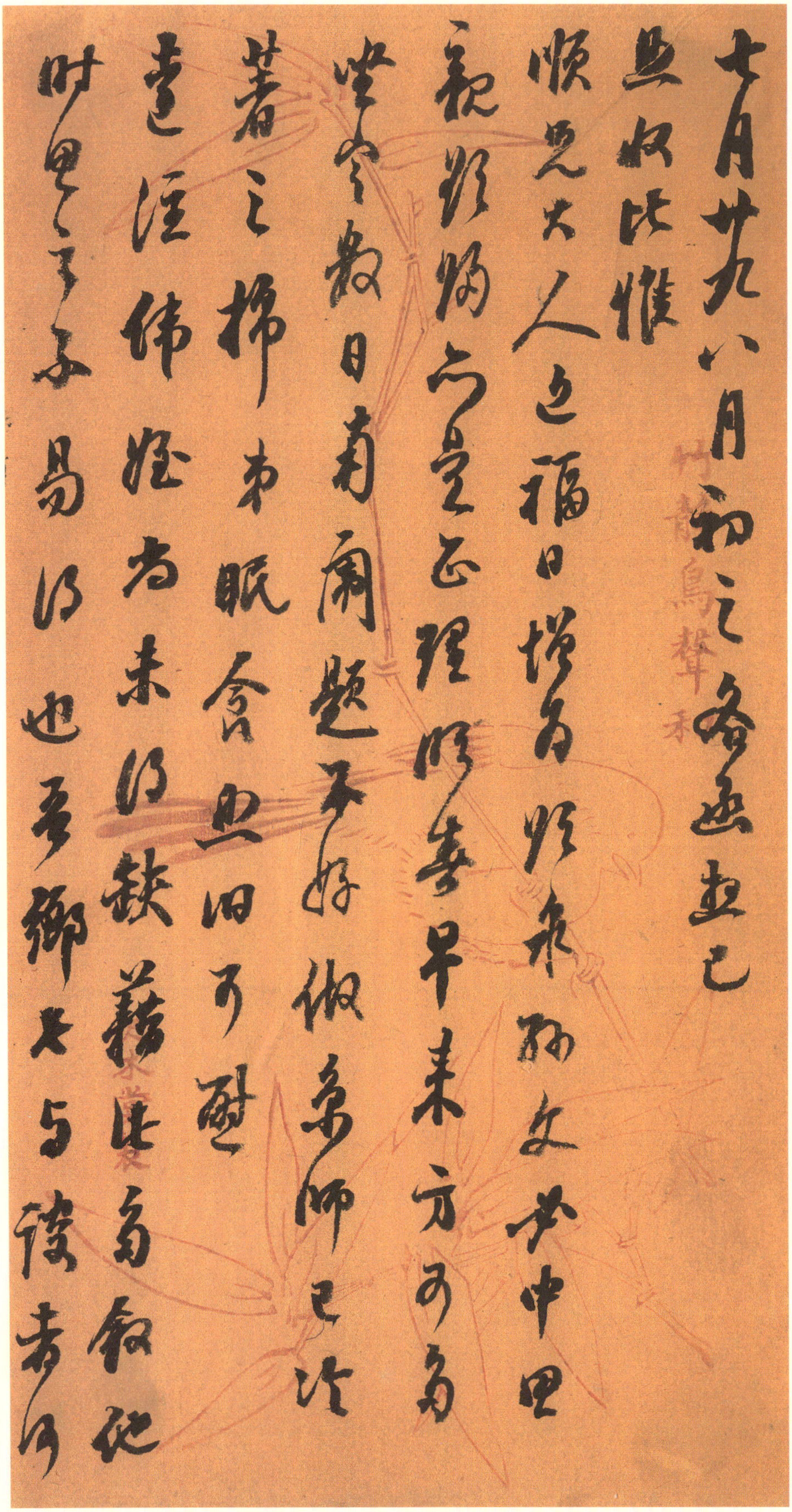

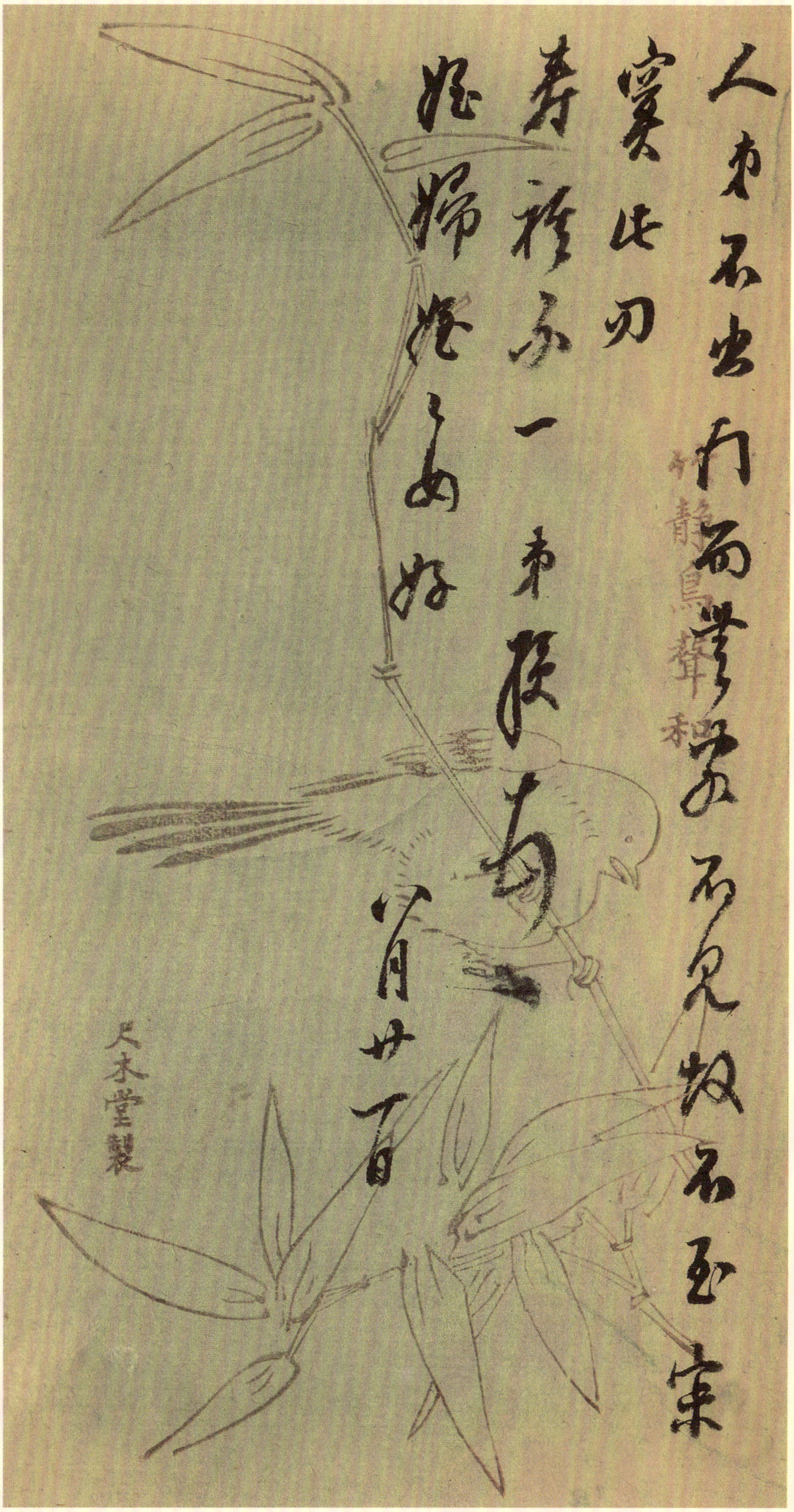
人來不出行而叢蔓不見故石至宋
實此刃
壽禄不一來後為
姪歸後必好
八月廿日

竹靜鳥聲和
尺木堂製

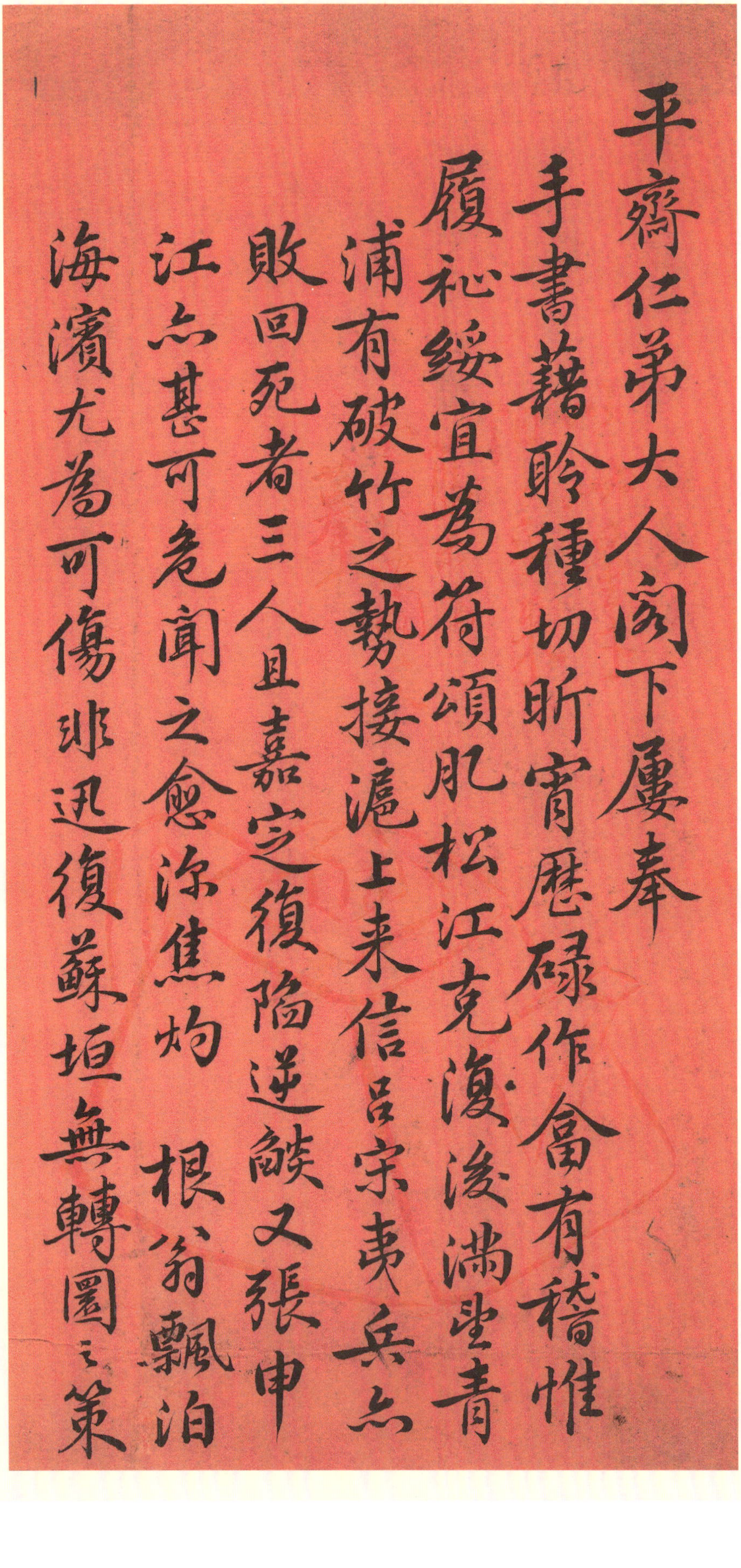

平齋仁弟大人閣下屢奉
手書藉聆種切昕宵歷碌作答有稽惟
履祉綏宜爲符頌忱松江克復後滿望青
浦有破竹之勢接滬上来信吕宋夷兵亦
敗回死者三人且嘉定復陷逆燄又張申
江亦甚可危聞之愈深焦灼　根翁飄泊
海濱尤為可傷非迅復蘇垣無轉圜之策

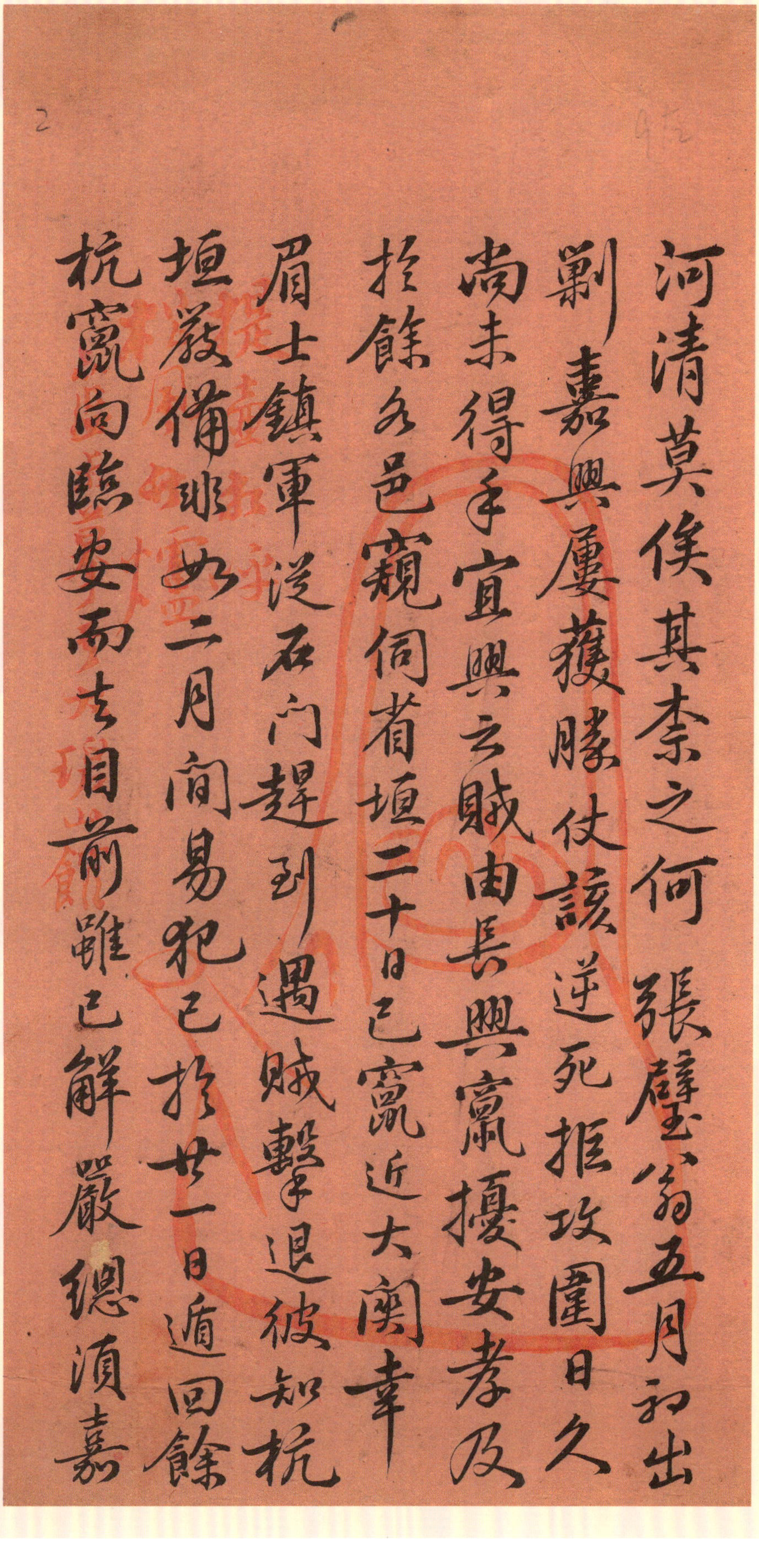
河清莫俟其柰之何　張璧翁五月初出
劉嘉興屢獲勝仗該逆死拒攻圍日久
尚未得手宜興之賊由長興竄擾安孝及
於餘各邑窺伺省垣二十日已竄近大關幸
眉士鎮軍從石門趕到遇賊擊退彼知杭
垣嚴備非如二月間易犯已於廿一日遁回餘
杭竄向臨安而去目前雖已解嚴總須嘉

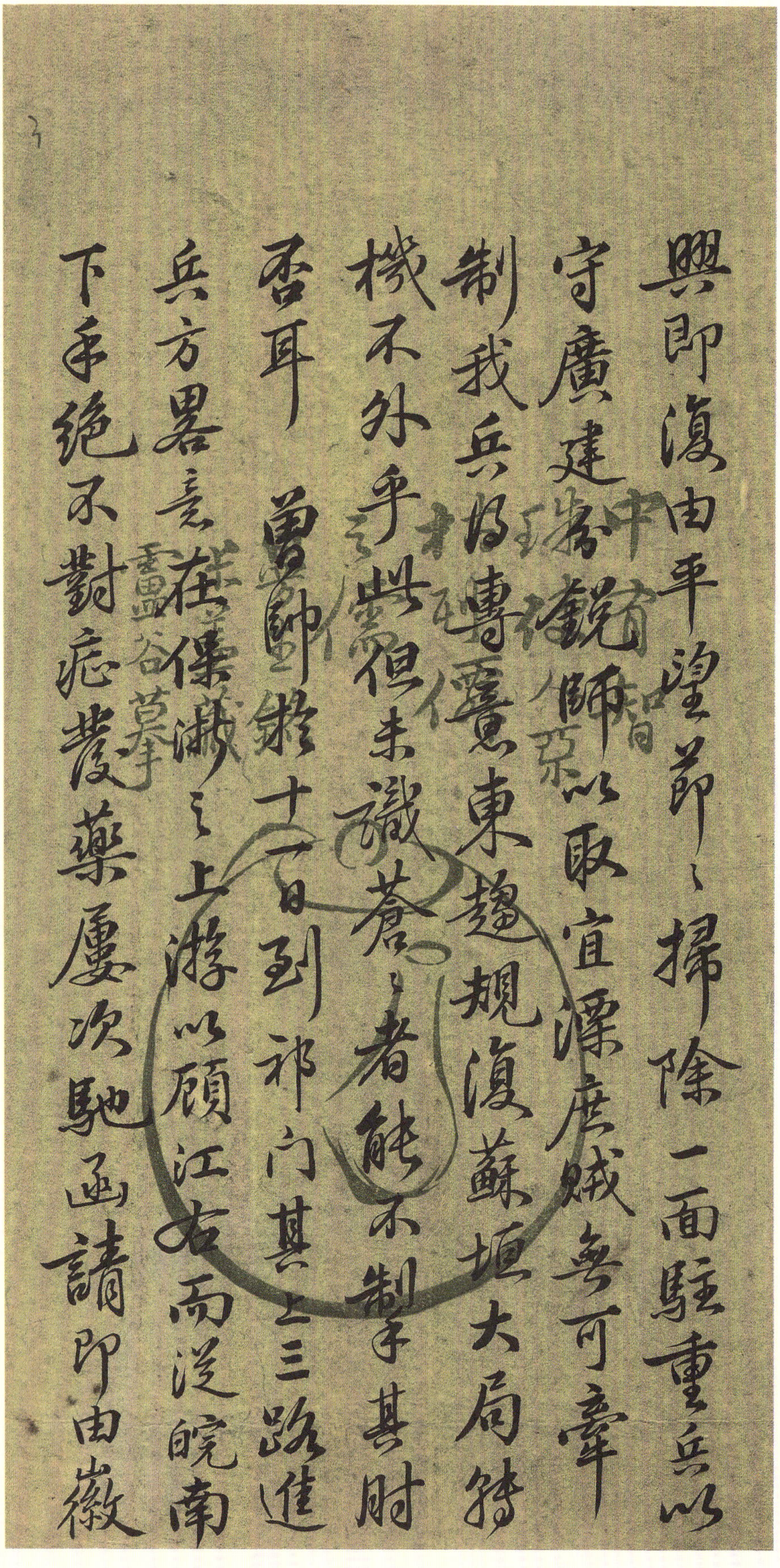

興即復由平望節節掃除一面駐重兵以
守廣建各銳師以取宜溧庶賊無可牽
制我兵得專意東趨規復蘇垣大局轉
機不外乎此但未識蒼蒼者能不制其肘
否耳　曾帥於十一日到祁門其上三路進
兵方畧意在保浙之上游以顧江右而從皖南
下手絕不對症發藥屢次馳函請即由徽

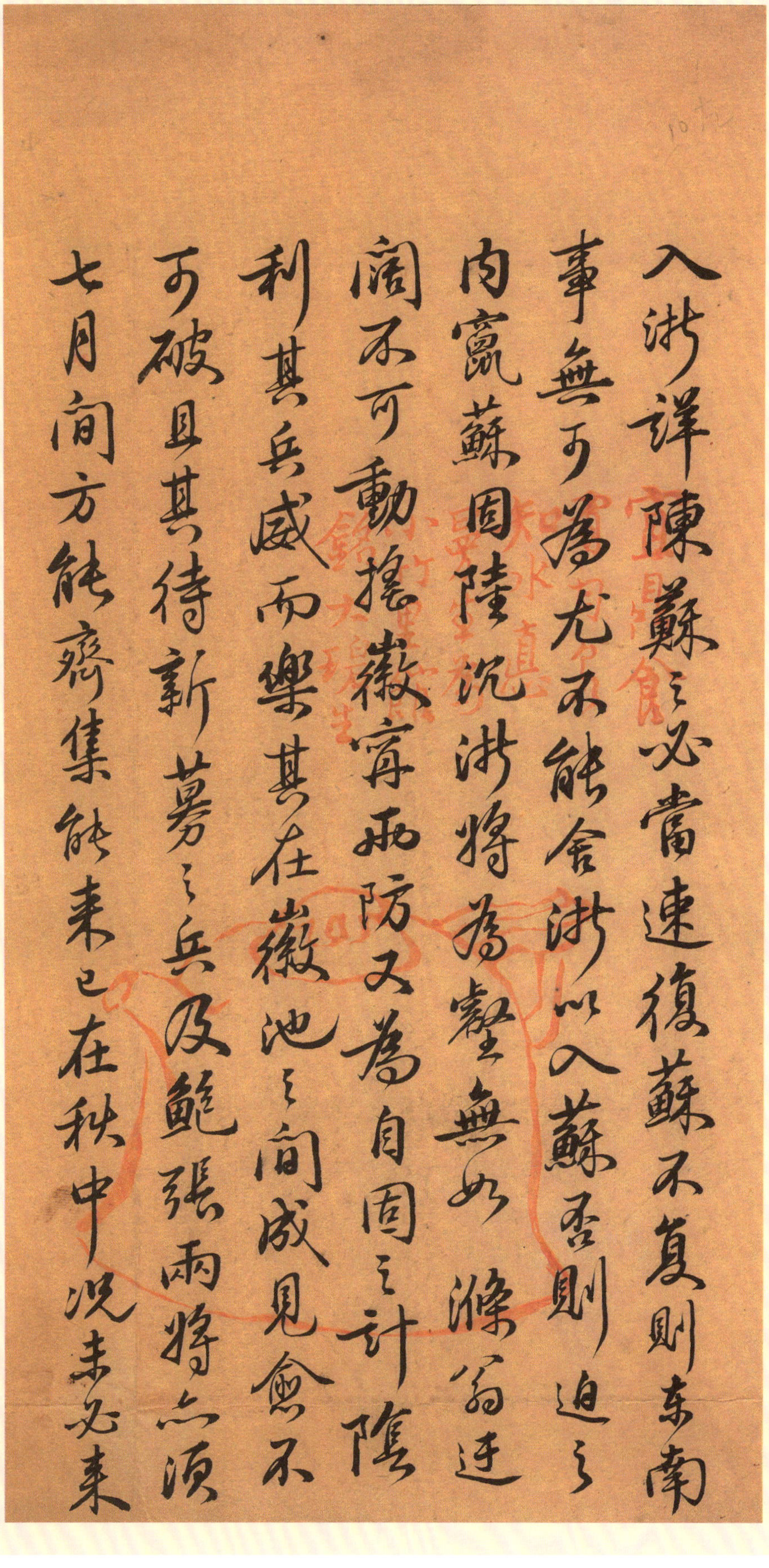

入浙詳陳蘇〻必當速復蘇不復則東南
事無可為尤不能舍浙以入蘇否則迫〻
內竄蘇固陸沉浙將為壑無如滌翁迂
闊不可動搖徽寧兩防又為自固之計隂
利其兵威而樂其在徽池〻間成見愈不
可破且其待新募〻兵及鮑張兩將亦須
七月間方能齊集能來已在秋中況未必來

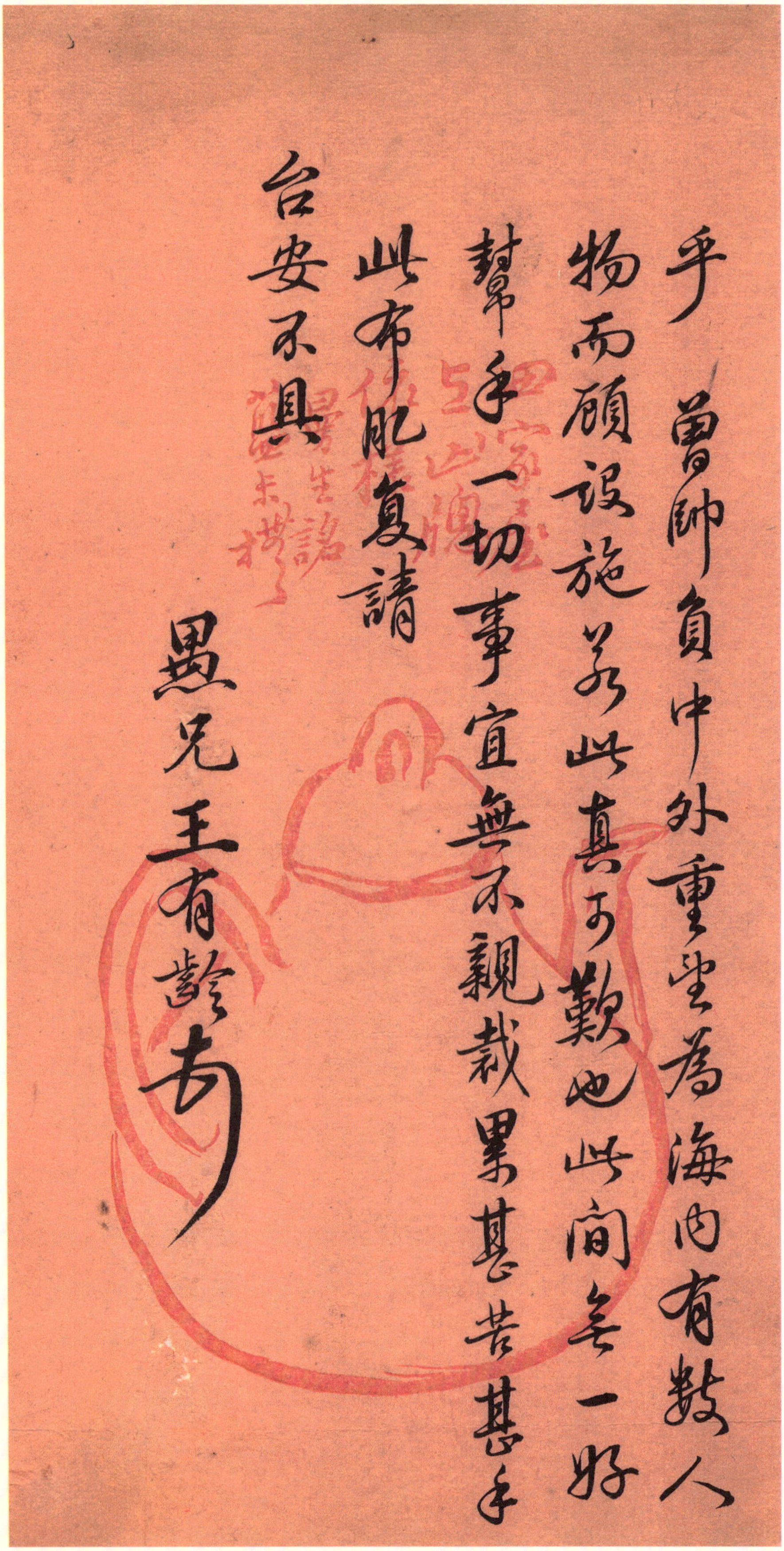
乎
曾帥負中外重望爲海內有數人
物而願設施若此真可歎也此間無一好
幫手一切事宜無不親裁累甚苦甚手
此布肊復請
台安不具
愚兄王有齡頓首

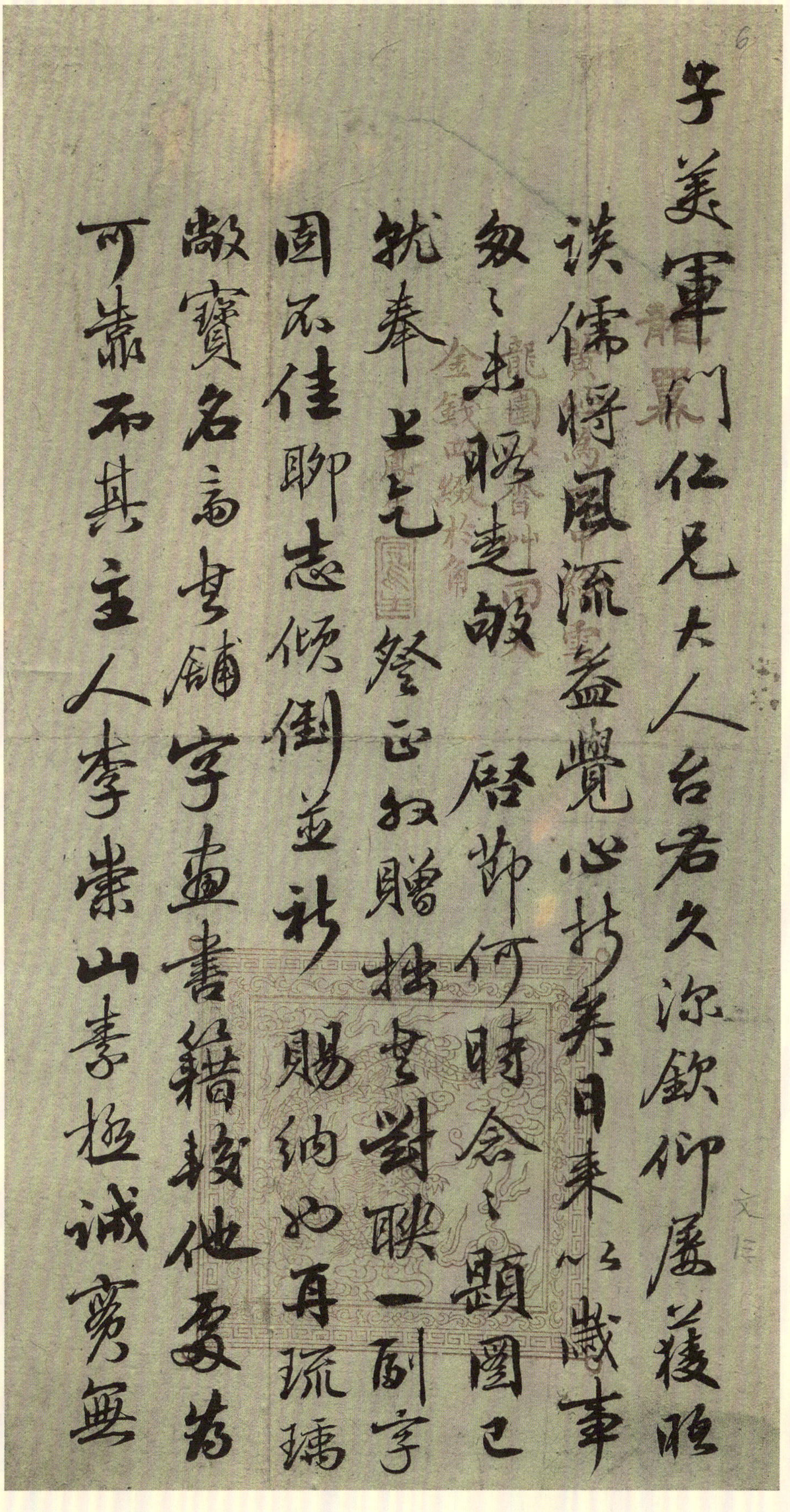
子美軍門仁兄大人台右：久深欽仰，屢獲晤談，儒將風流，益覺心折矣。日來以歲事匆匆，未暇走晤。啟節何時，念念。題圖已就，奉上，乞登正。叔贈拙書對聯一副，字固不佳，聊志傾倒，並祈賜納。如再琉璃廠寶名齋書鋪字畫書籍，較他處為可靠，而其主人李崇山壽極誠實無

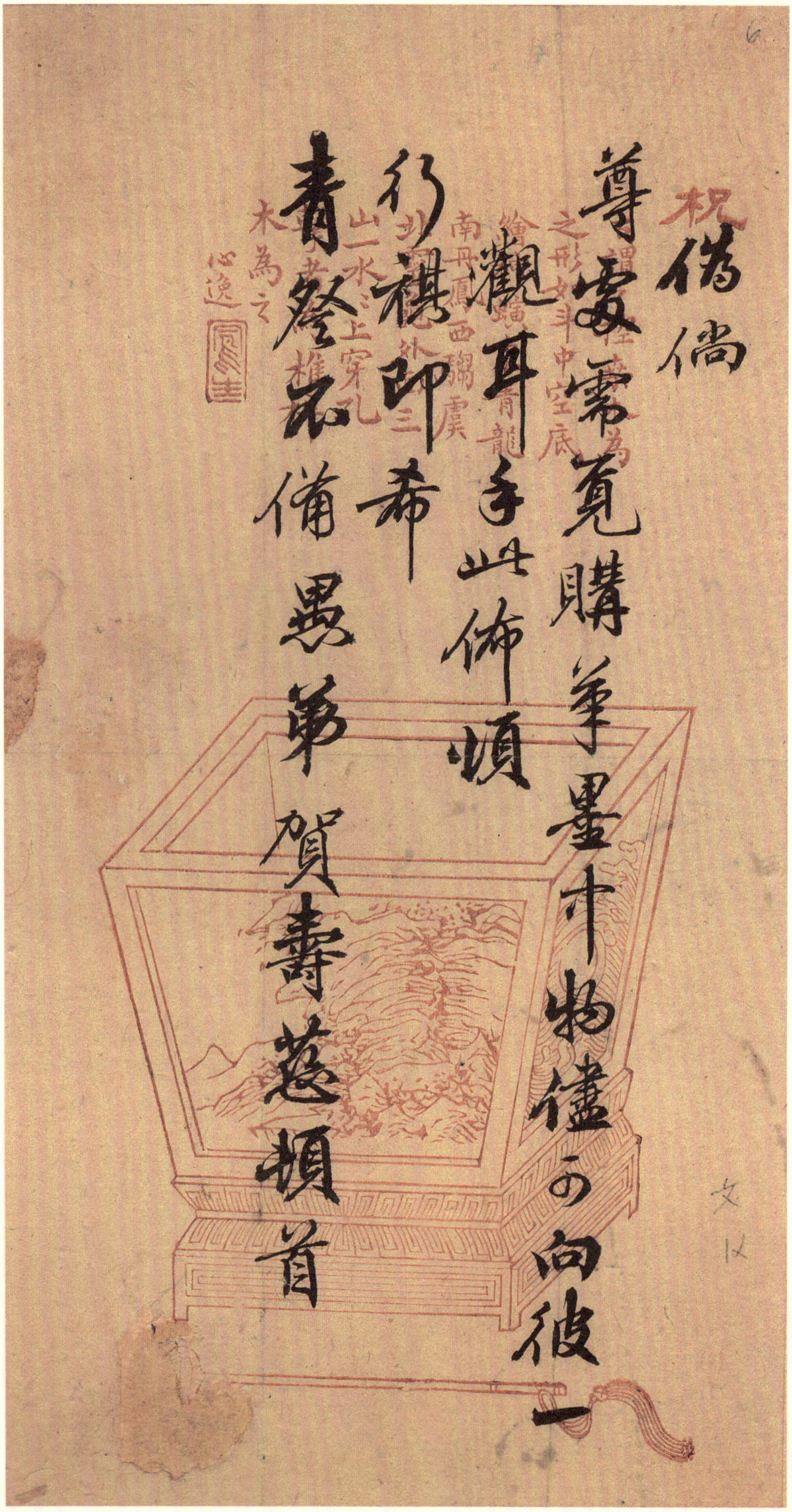

倘倘尊處需覓購筆墨什物儘可向彼一觀耳手此佈頌行祺即希青照不備愚弟賀壽慈頓首

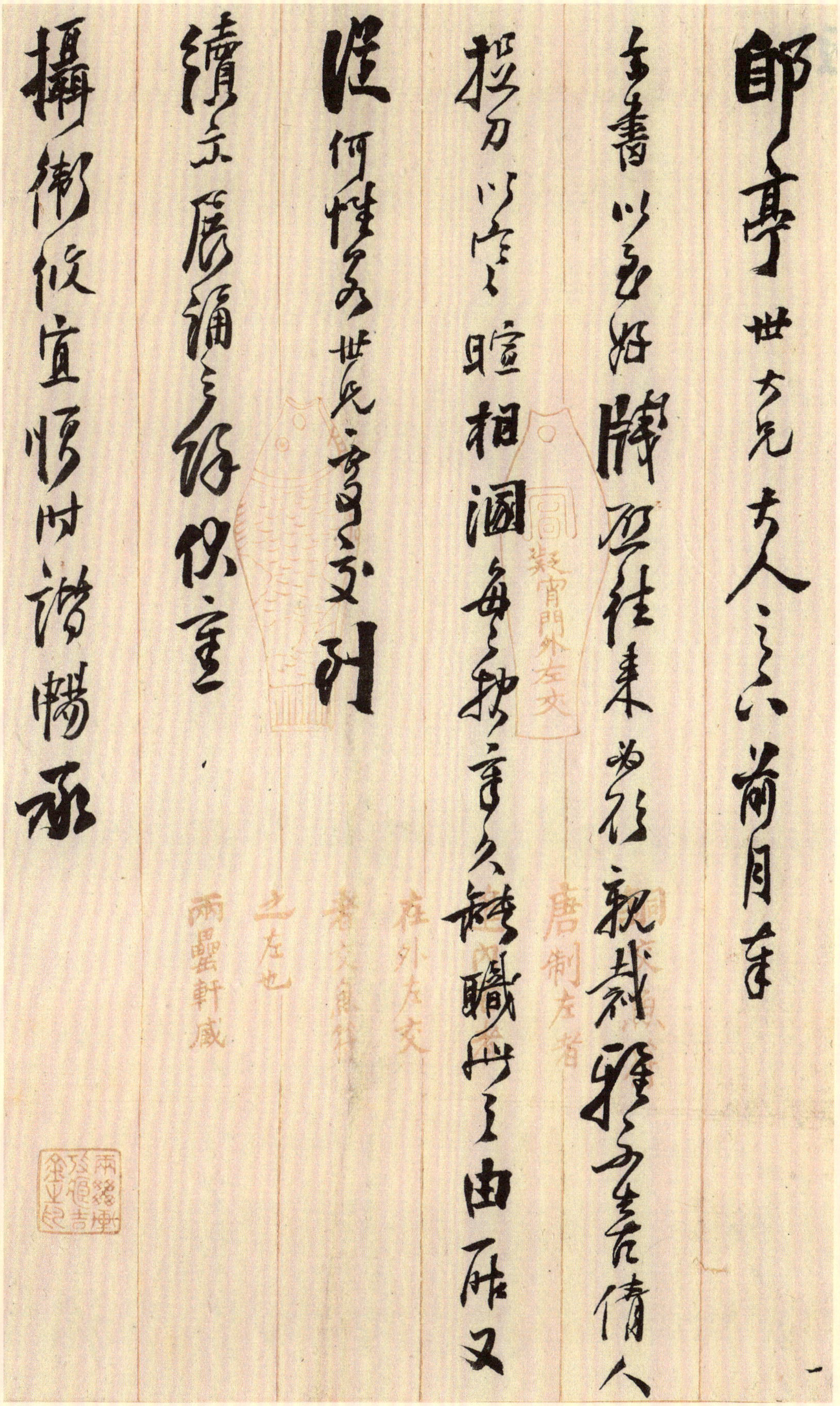
郎亭世大兄大人左右前月奉

兩罍軒藏

吴雲 致 郎亭

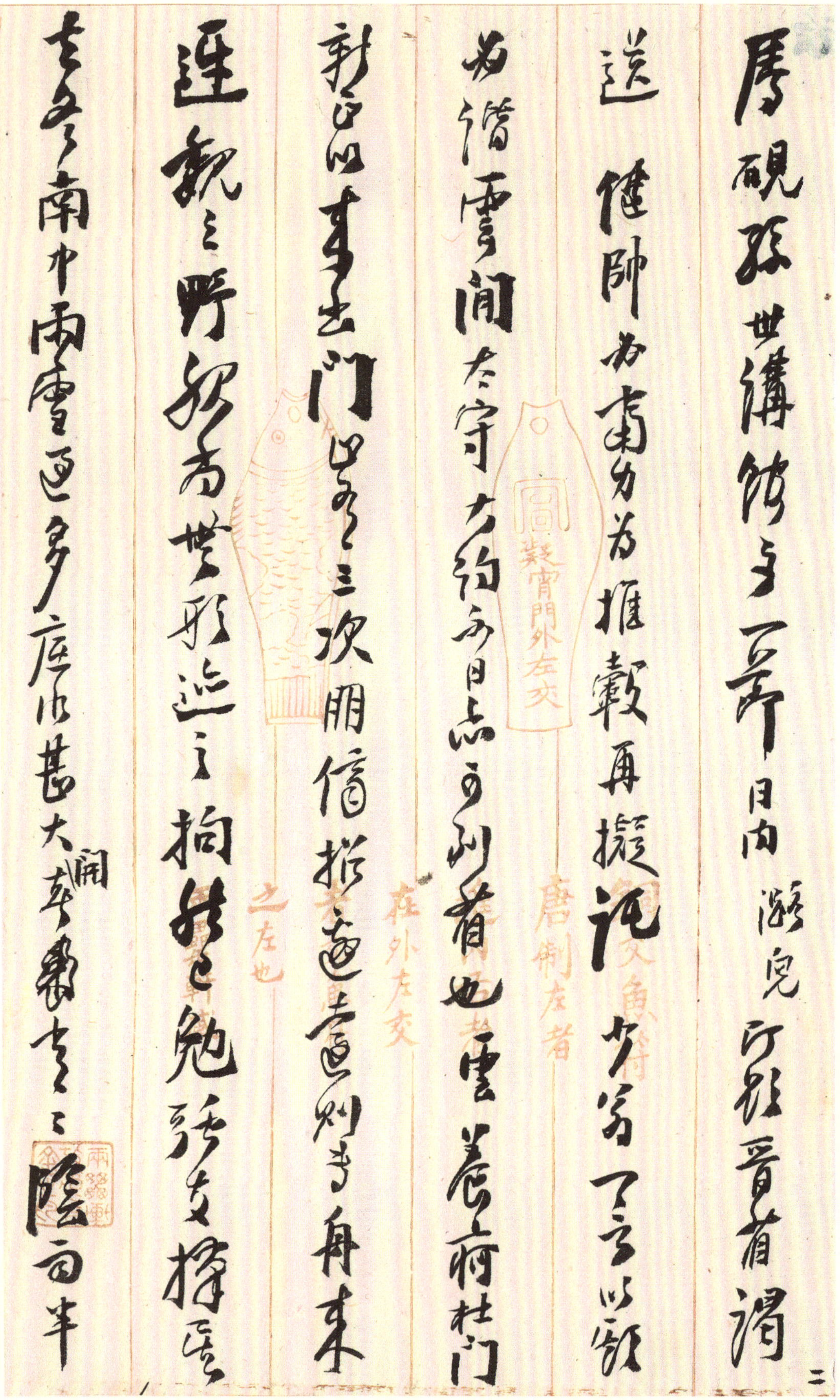

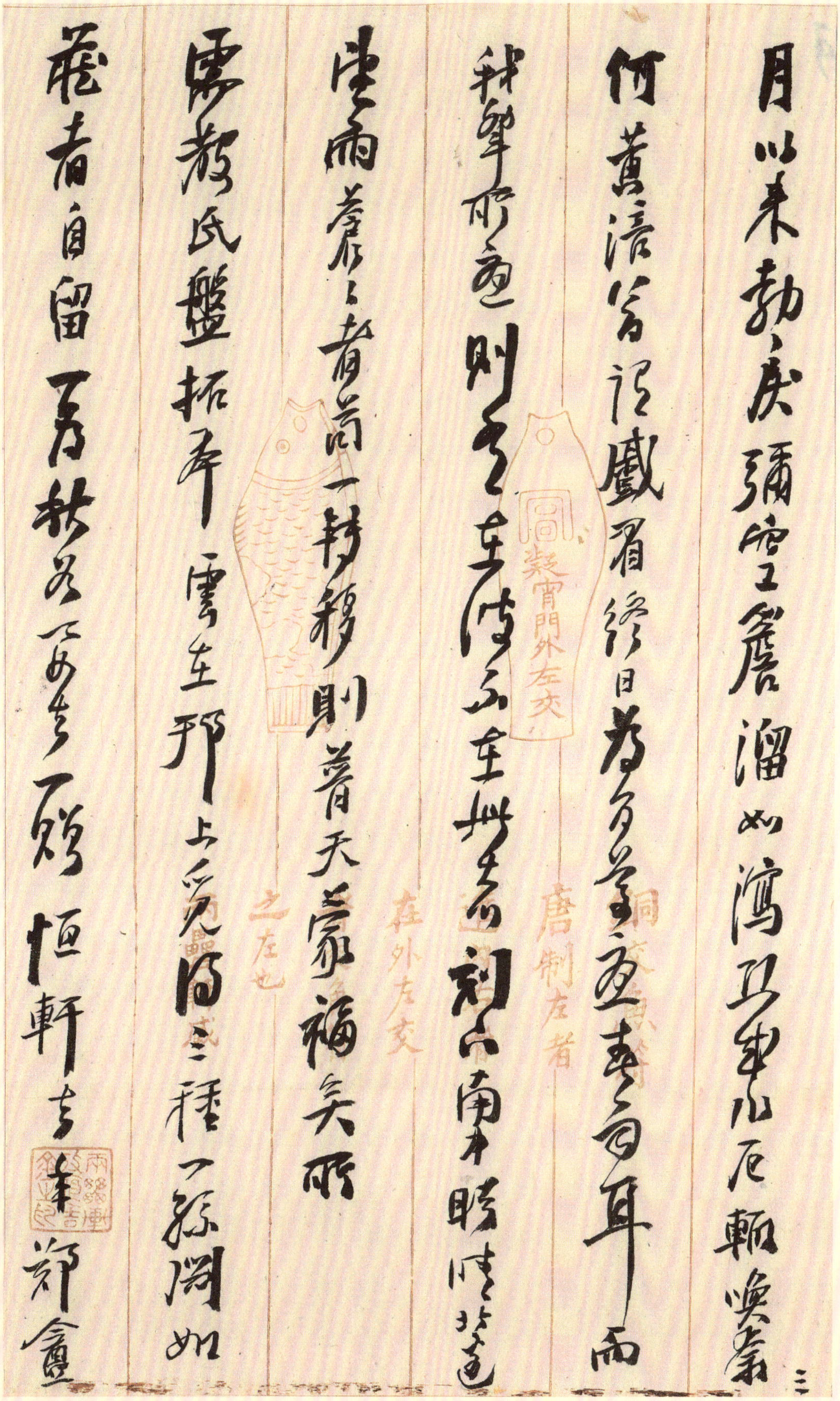

月以來動處彌望簷溜如瀉且無片瓦輒渙奈
何蕒清暑說戲眉終日爲之草草直甚自有耳而
秋成可望則去年被水各年無不成到今南北晴陰北道
淺雨蘇蘇者尚一轉移則普天蒙福矣所
需敦氏盤拓本雲在耶上虞有三種孫同如
藏者自留可爲秋後下手頌 恒軒老弟 鄭盦

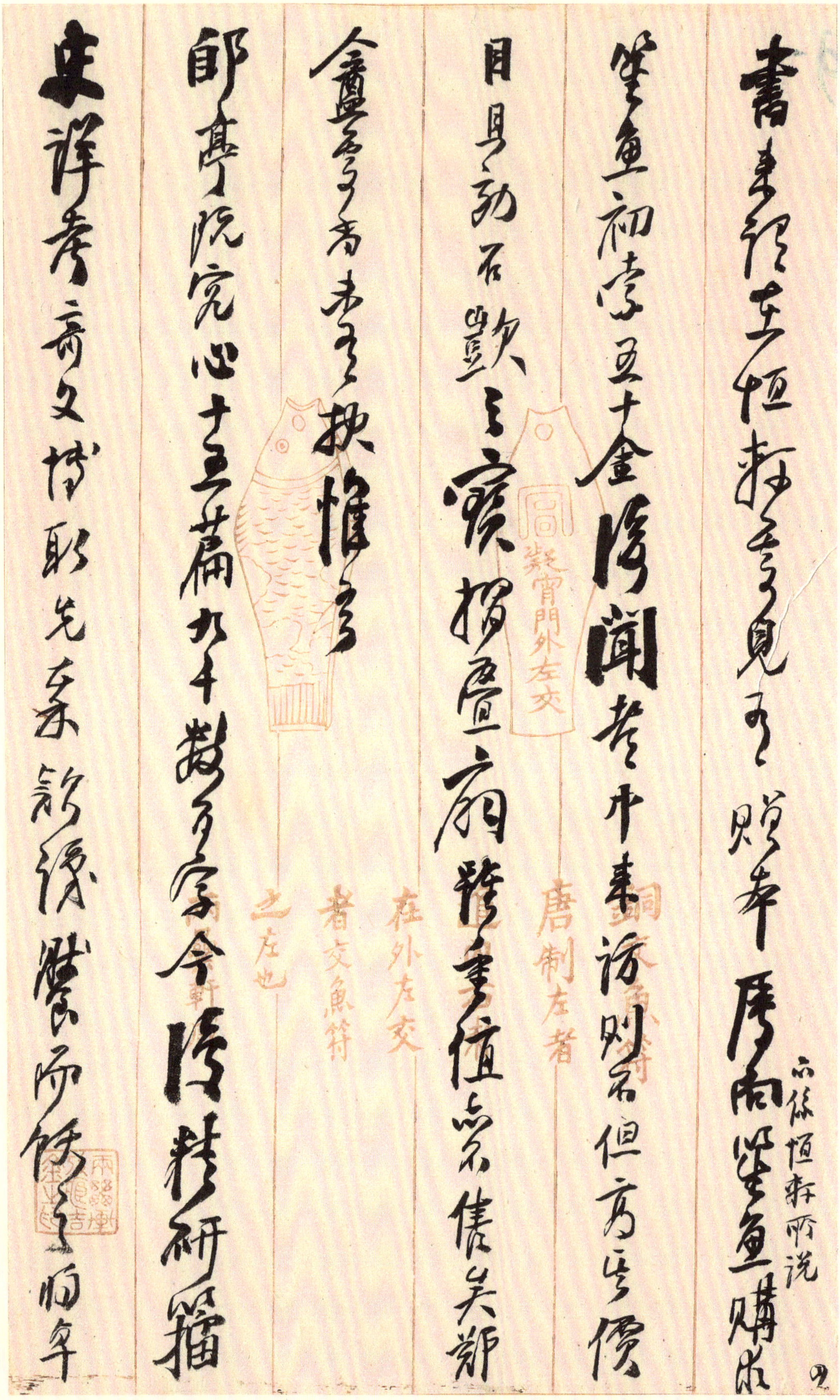

書來得悉恒軒處見示照本唐魚符購求（亦係恒軒所説）
魚符初亦五十金，後聞老弟來訪則否，但高其價
目，足動不歎。寶撝盦扇，雙魚值亦隽矣。鄭
盦處多有之，未可换，惟吾
郇亭既究心十五萬九千數百字，今後精研籀
史，祥考商文，博聘先秦，欲續黴所缺之，將年

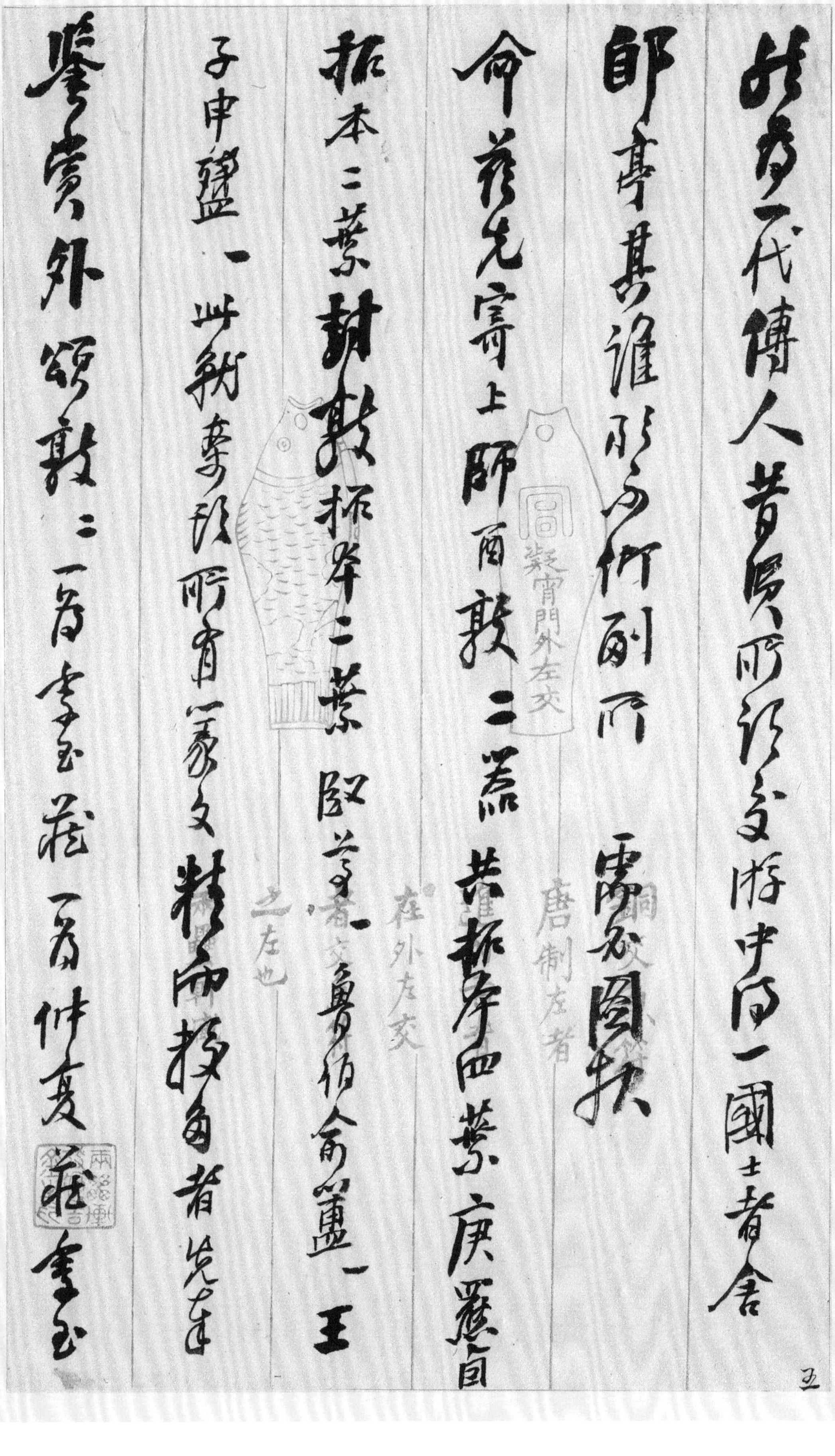
此爲一代傳人昔賢所謂交游中第一國士者舍
郎亭其誰彼所何副所需魚符
命繕先寄上師酉敦二篇昔拓本四葉庚羆卣
拓本二葉封敦拓本二葉 賢者文爲貴備全分盧一王
子申璽一 此新舉所有一豪文精而拔者 先生
鑒賞外頌敦二一角季玉簽一角仲友簽 季玉

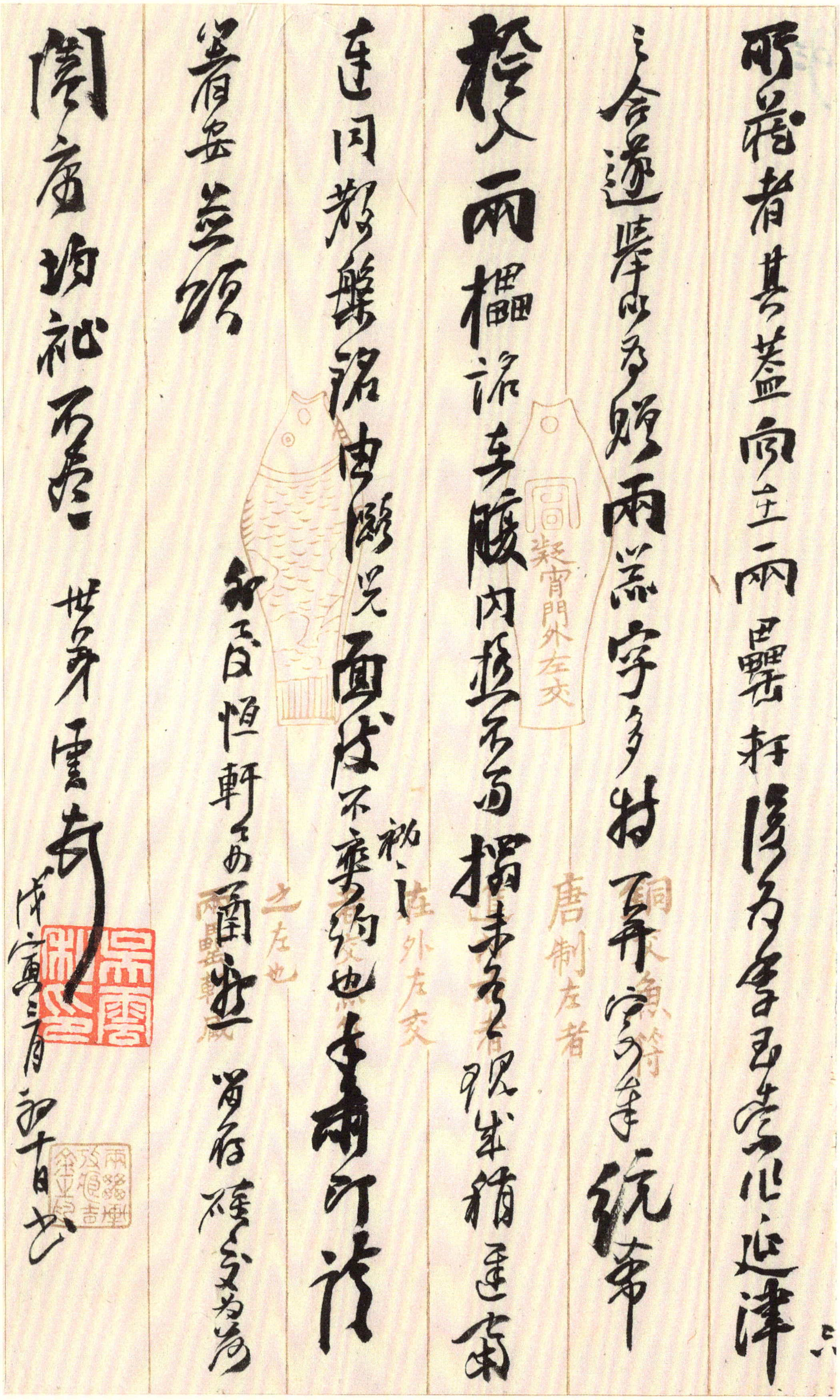
所藏者其蓋亦有二兩罍軒後爲季玉先生延津
之合遂舉以爲贈兩器字多於彝字之半統希
擡入兩櫑諸去腹內拓本寄上搨本乞者覓裝精華審
連同敦盤銘中魚兄面發不爽約也手肅即請
箸安並頌
閤府均祉不盡 世弟雲頓首
和之段恆軒之所藏也 前存[illegible]爲
戊寅三月初十日也

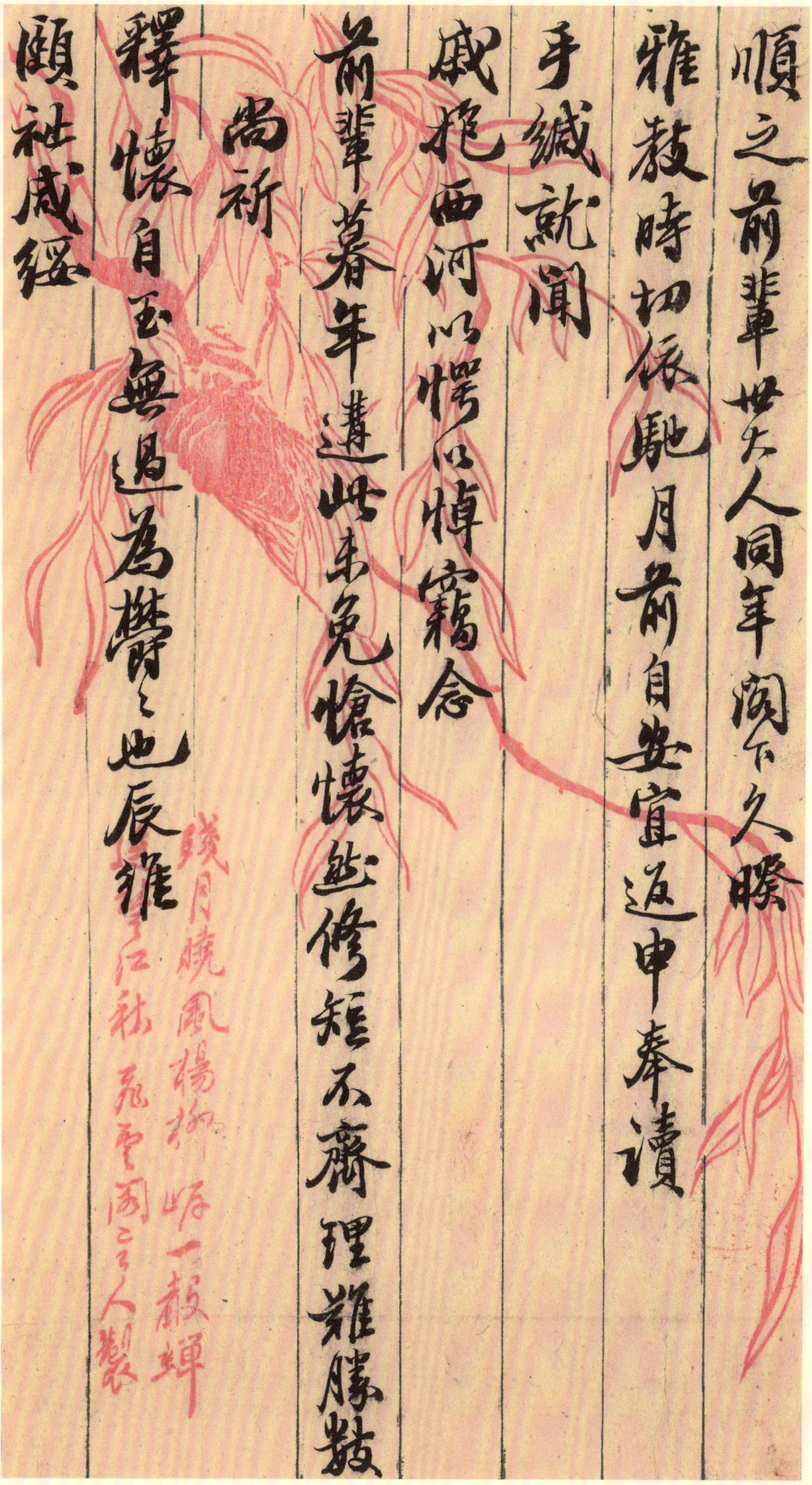

順之前輩世大人同年閣下：久睽
雅教，時切依馳。月前自安宜返申，奉讀
手緘，就聞
戚抱西河，以愕以悼，竊念
前輩暮年遘此，未免愴懷。然修短不齊，理難勝數，
尚祈
釋懷自玉，無過為鬱鬱也。辰維
頤祉咸綏

◎篤齋藏清代百家書札

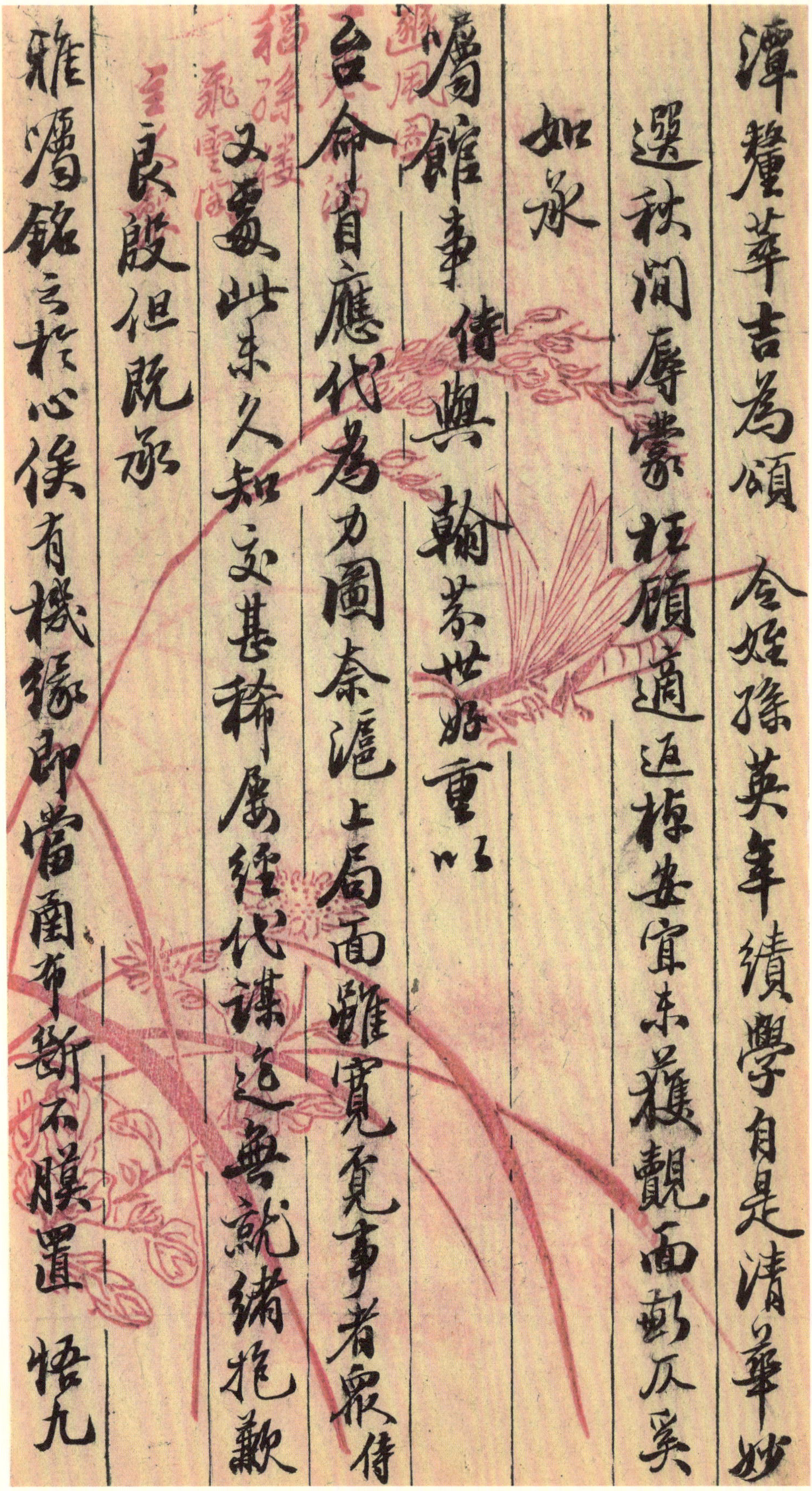
潭釐華吉為頌 令姪孫英年績學自是清華妙
選秋間辱叢 枉顧適返棹安宜未獲覿面歉仄奚
如承
屬館事 侍與 翰蓀世好重以
台命自應代為力圖奈滬上局面雖寬覓事者衆侍
又客此未久知交甚稀屢經代謀迄無就緒抱歉
至良殷但既承
雅囑銘之於心俟有機緣即當圖布斷不膜置 悟九

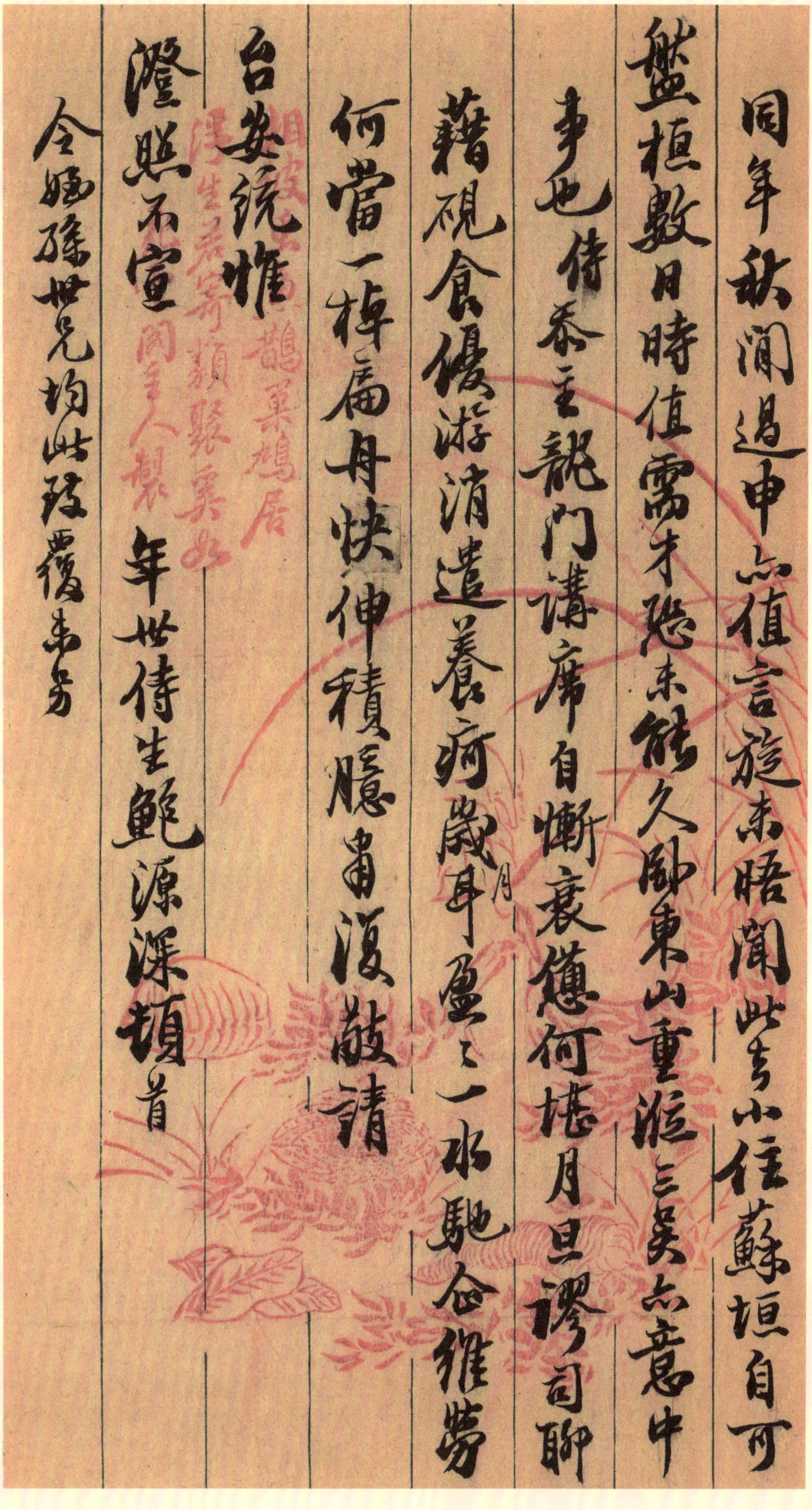

同年秋闈遇申亦值言旋未晤聞此亦小住蘇垣自可
盤桓數日時值需才孔亟未能久卧東山重涖三吳亦意中
事也侍忝主龍門講席自慚衰憊何堪月旦謬司聊
藉硯食優游消遣養疴歲月再盈ゝ一水馳企維勞
何當一棹扁舟快伸積愫曷復敬請
台安統惟
澄照不宣　年世侍生鮑源深頓首
令嬡孫世兄均此致覆弟另

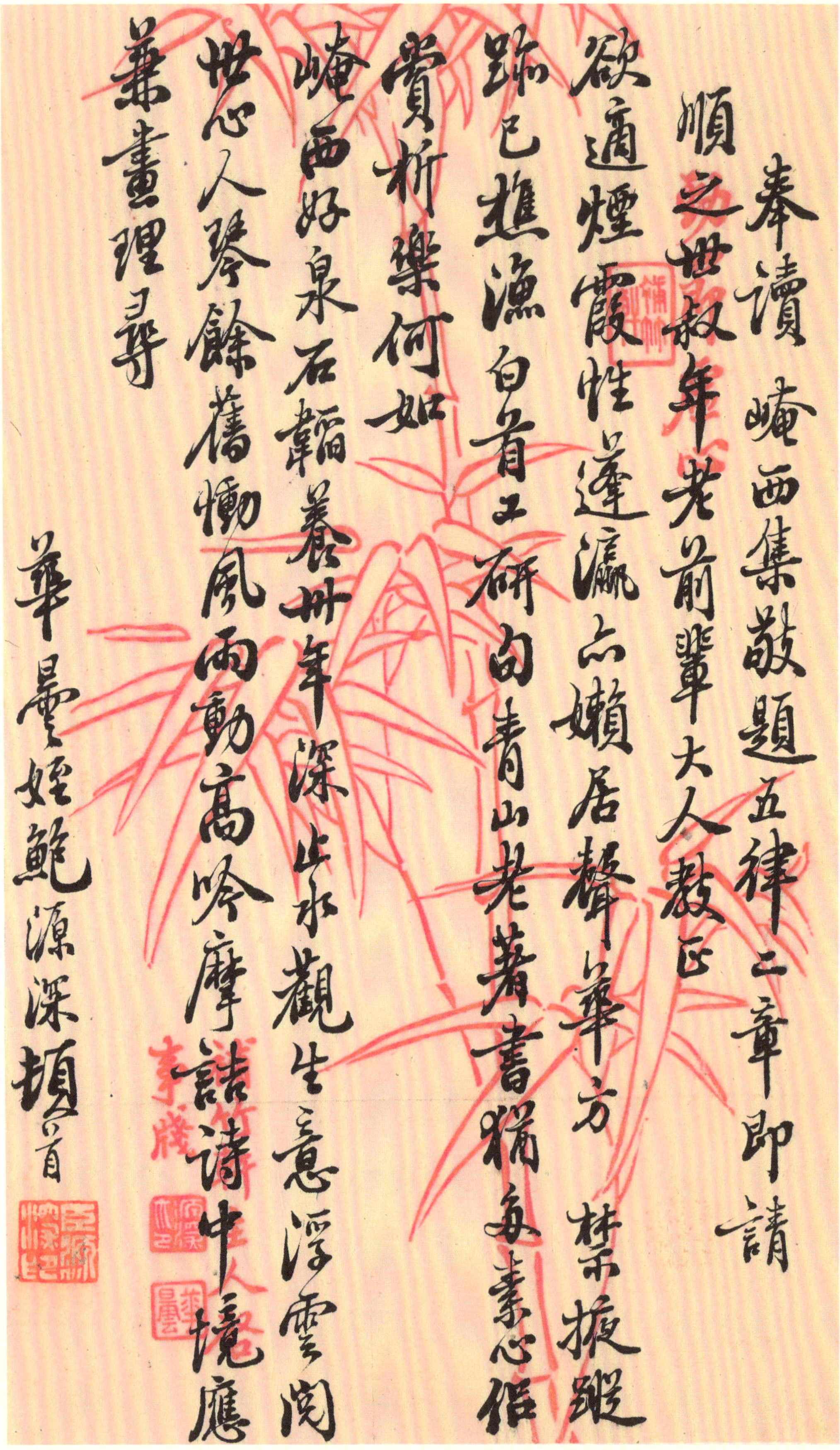
奉讀崦西集敬題五律二章即請
順之世叔年老前輩大人教正
欲適煙霞性蓬瀛亦懶居聲華方禁掖蹤
跡已樵漁白首工研句青山老著書猶多素心侶
賞析樂何如
崦西好泉石韜養卅年深止水觀生意浮雲閱
世心人琴餘舊慟風雨動高吟摩詰詩中境應
兼畫理尋
華曇姪鮑源深頓首

曾國藩

致

潤翁

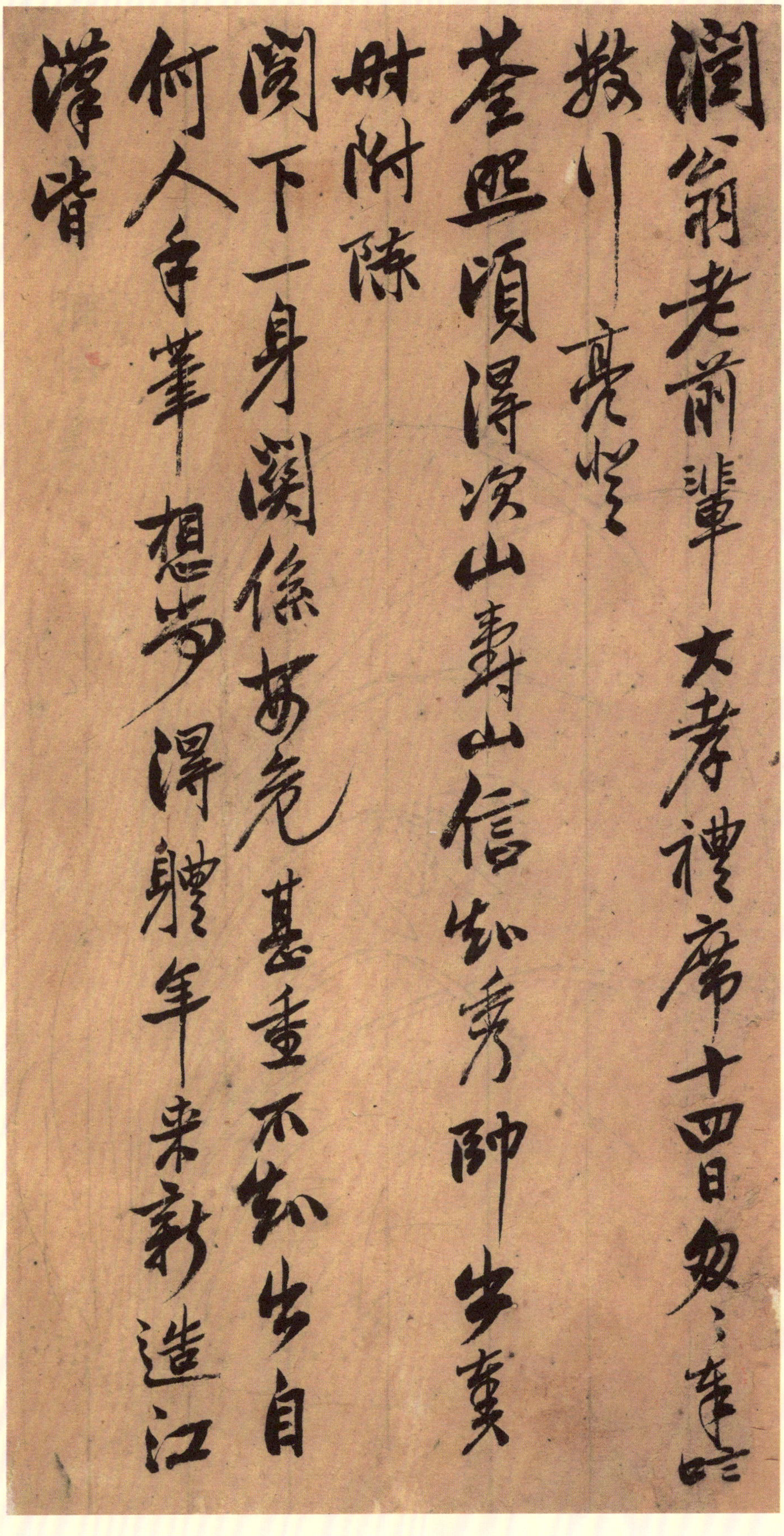

潤翁老前輩大孝禮席：十四日匆匆肅啓
數行，亮悉。
茲匝頃得沅山壽山信，知秀師失事，
冊附陳。
閣下一身關係安危甚重，不知出自
何人手筆，想為得體。年來新造江
漢，皆

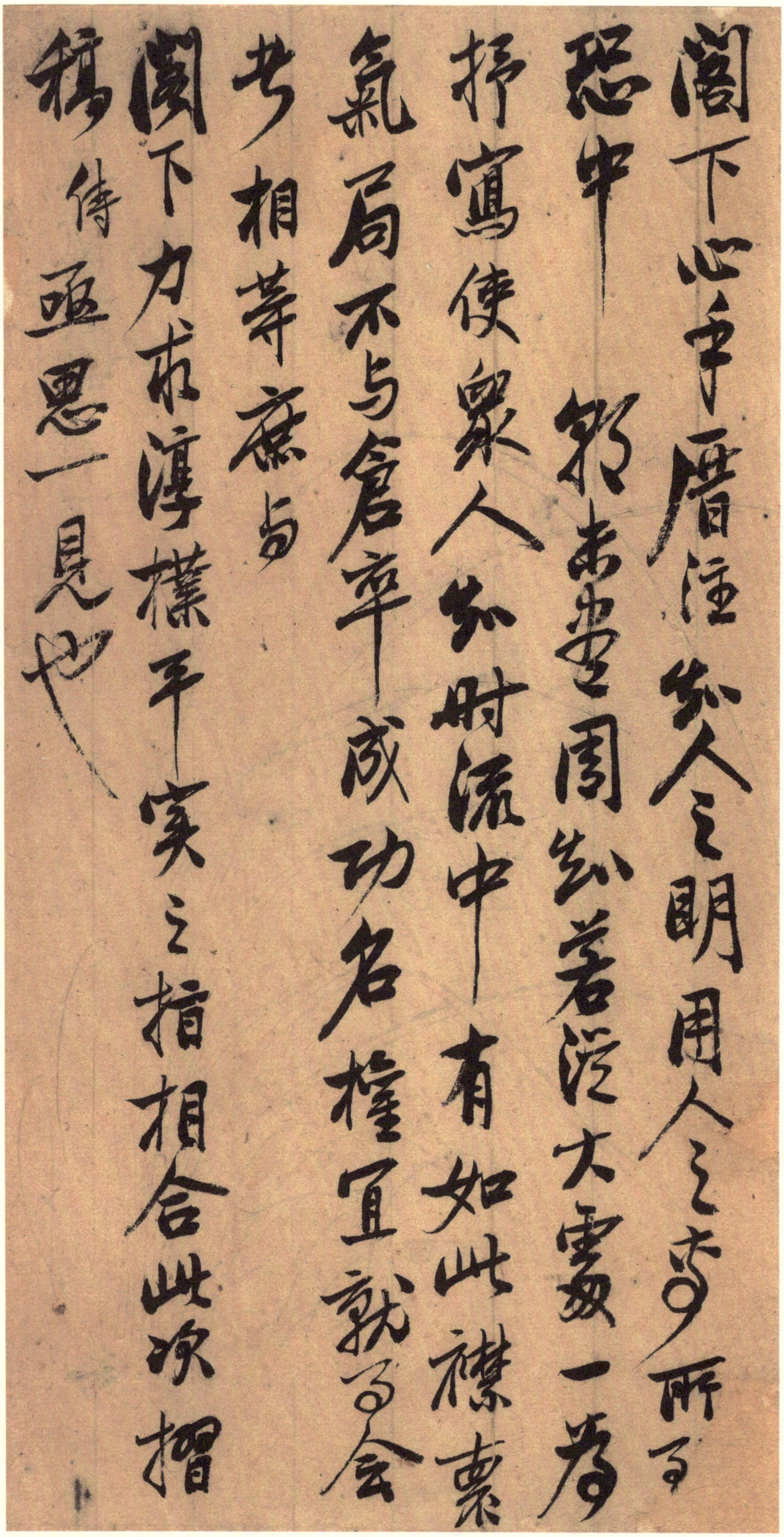

閣下心手曆注於人之明用人之專所爲
悉中。鄙未曾周知若從大處一著
抒寫使衆人於時流中有如此襟懷
氣局不與倉卒成功名權宜就了會
者相等應與
閣下力求渟樸平實之指相合此次摺
稿待亟思一見也

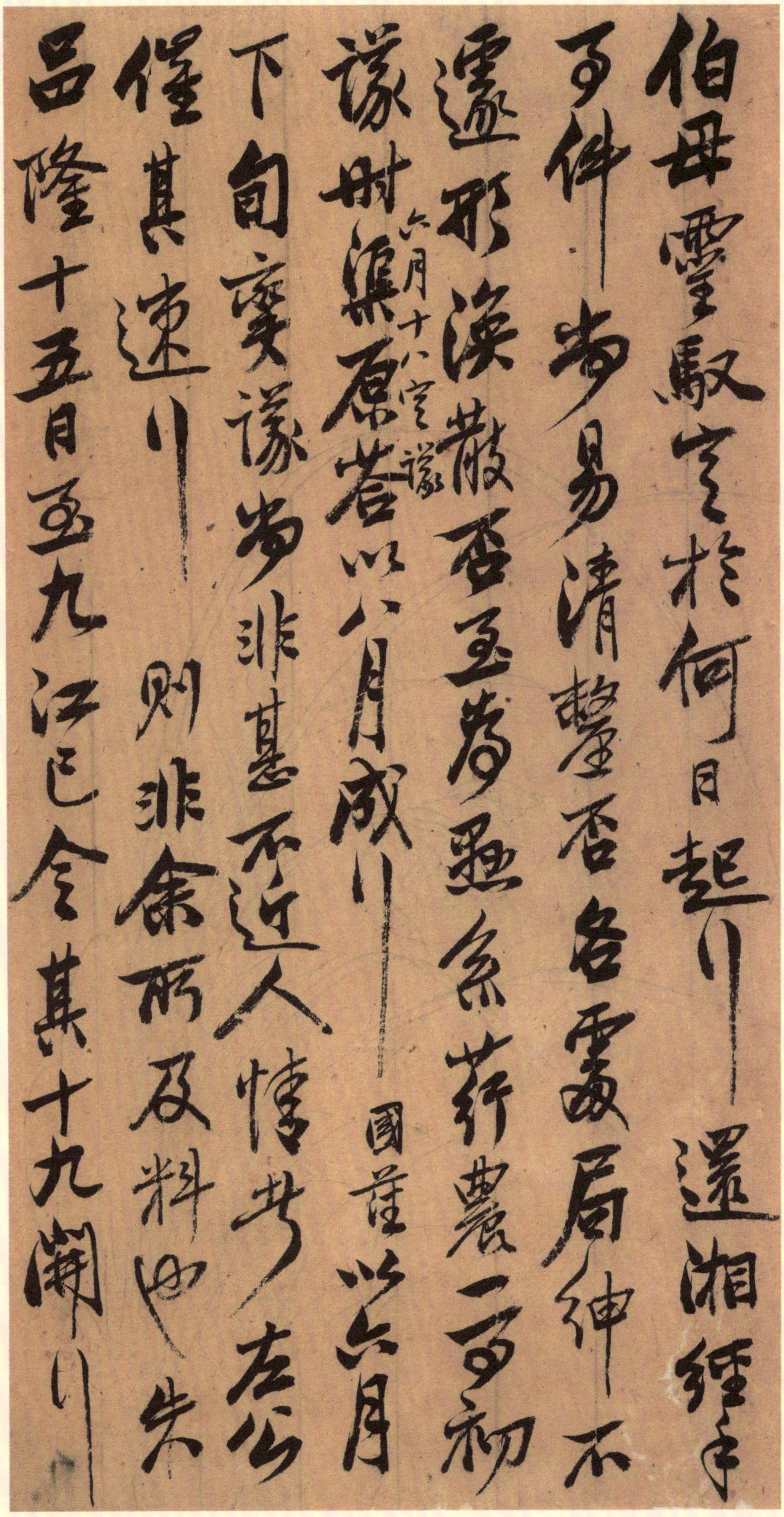
伯母靈馭定於何日起行 還湘經手
事件一切易清楚否各處局紳不
遽形渙散否至營務系蕉農一手初
議附渠原眷以六月成行 六月十八定議 國藩以六月
下旬定議出非甚不近人情此左公
催其速行 則非余所及料也 朱
品隆十五日至九江已令其十九開行

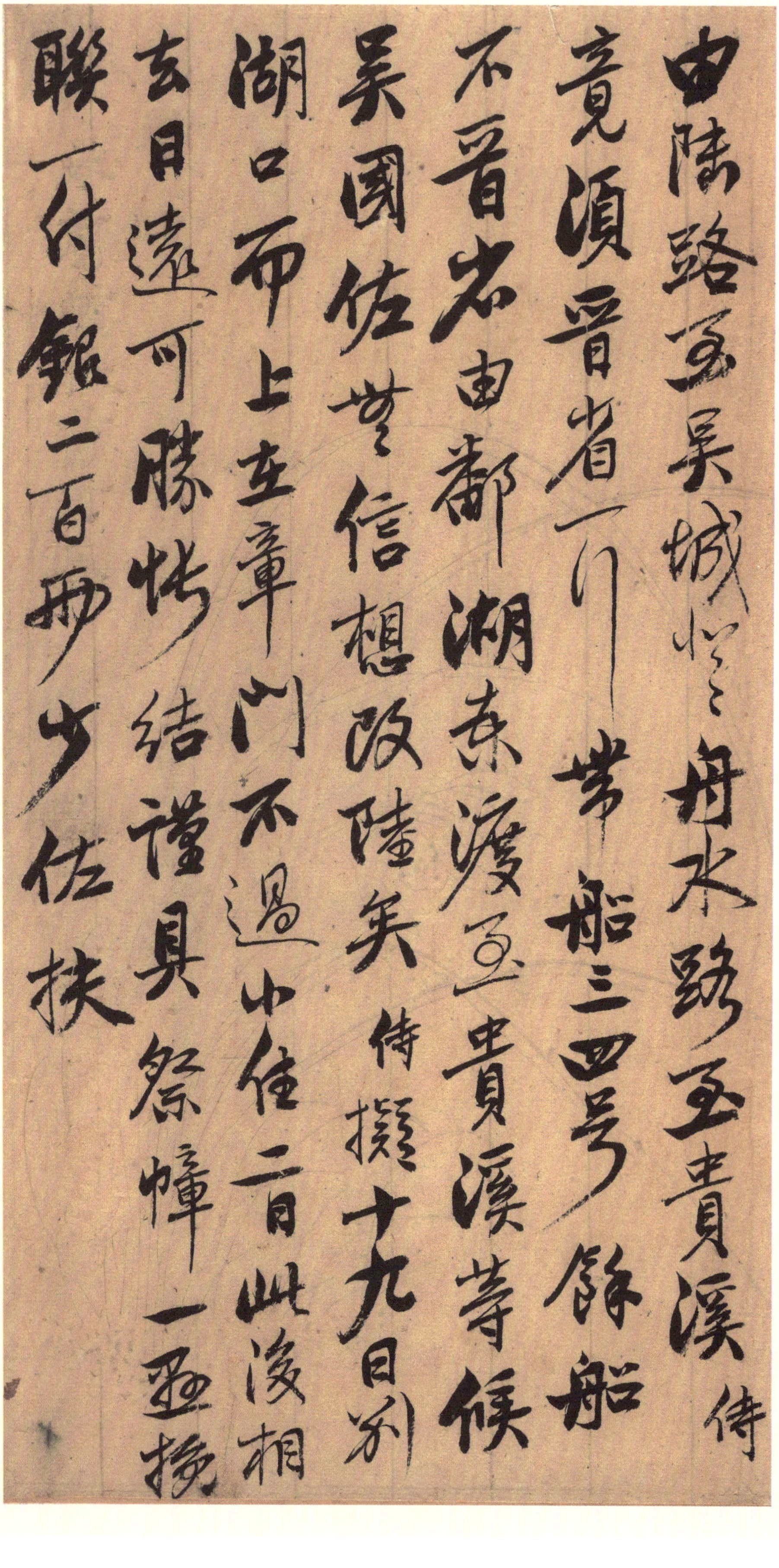

由陸路至吳城以舟水路至貴溪侍竟須晉省一行帶船三四號餘船不晉省由鄱湖渡至貴溪等候吳國佐等信想改陸矣侍擬十九日別湖口而上至章門不過小住二日此後相去日遠可勝悵結謹具祭幛一懸挽聯一付銀二百兩少佐扶

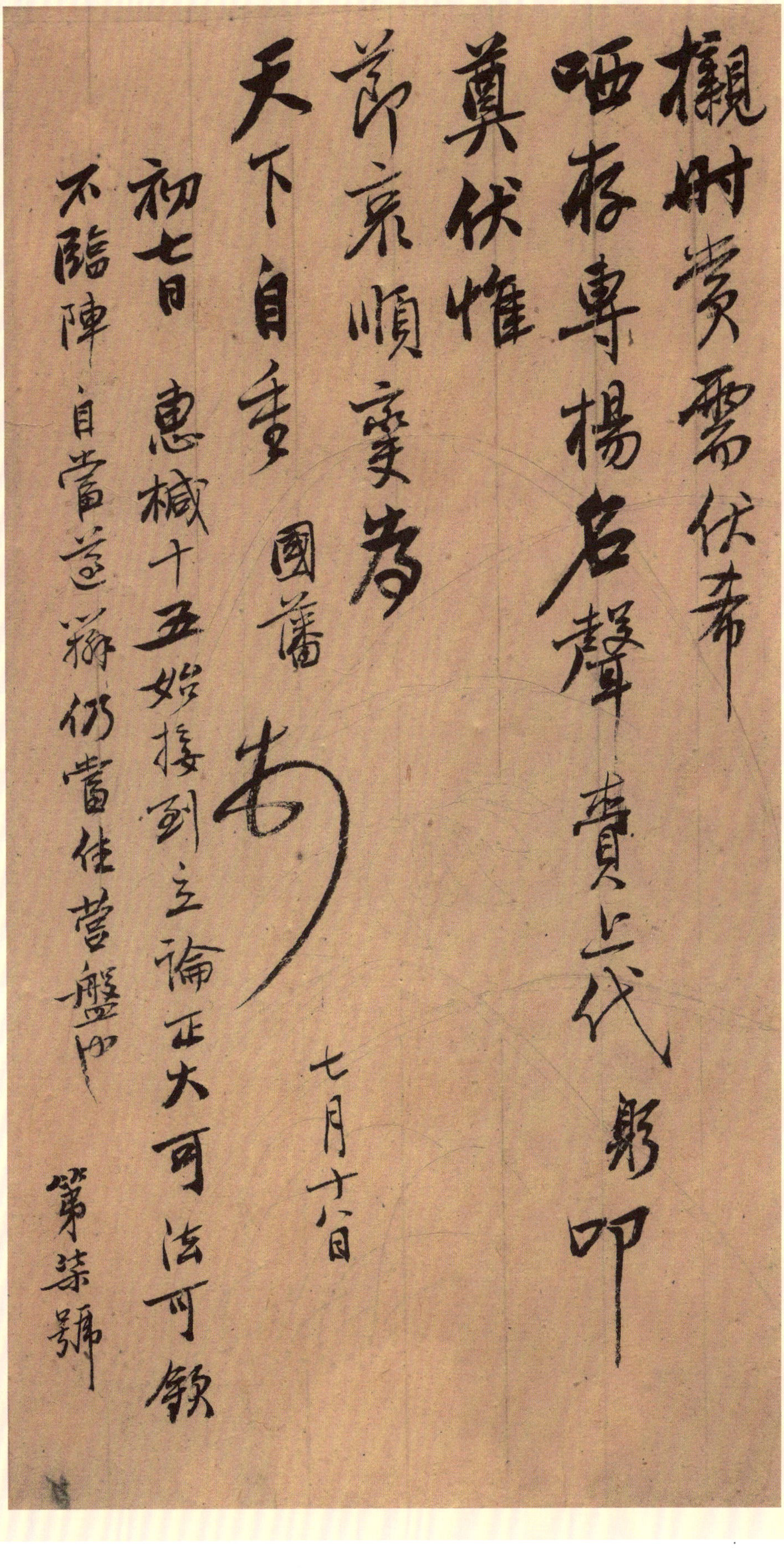
櫬附賞需伏希
哂存專楊名聲 貴上代躬叩
奠伏惟
節哀順變為
天下自重 國藩 頓首
七月十六日
初七日 惠緘十五始接到立論正大可法可欽
不臨陣自當避難仍當住營盤
弟棠歸

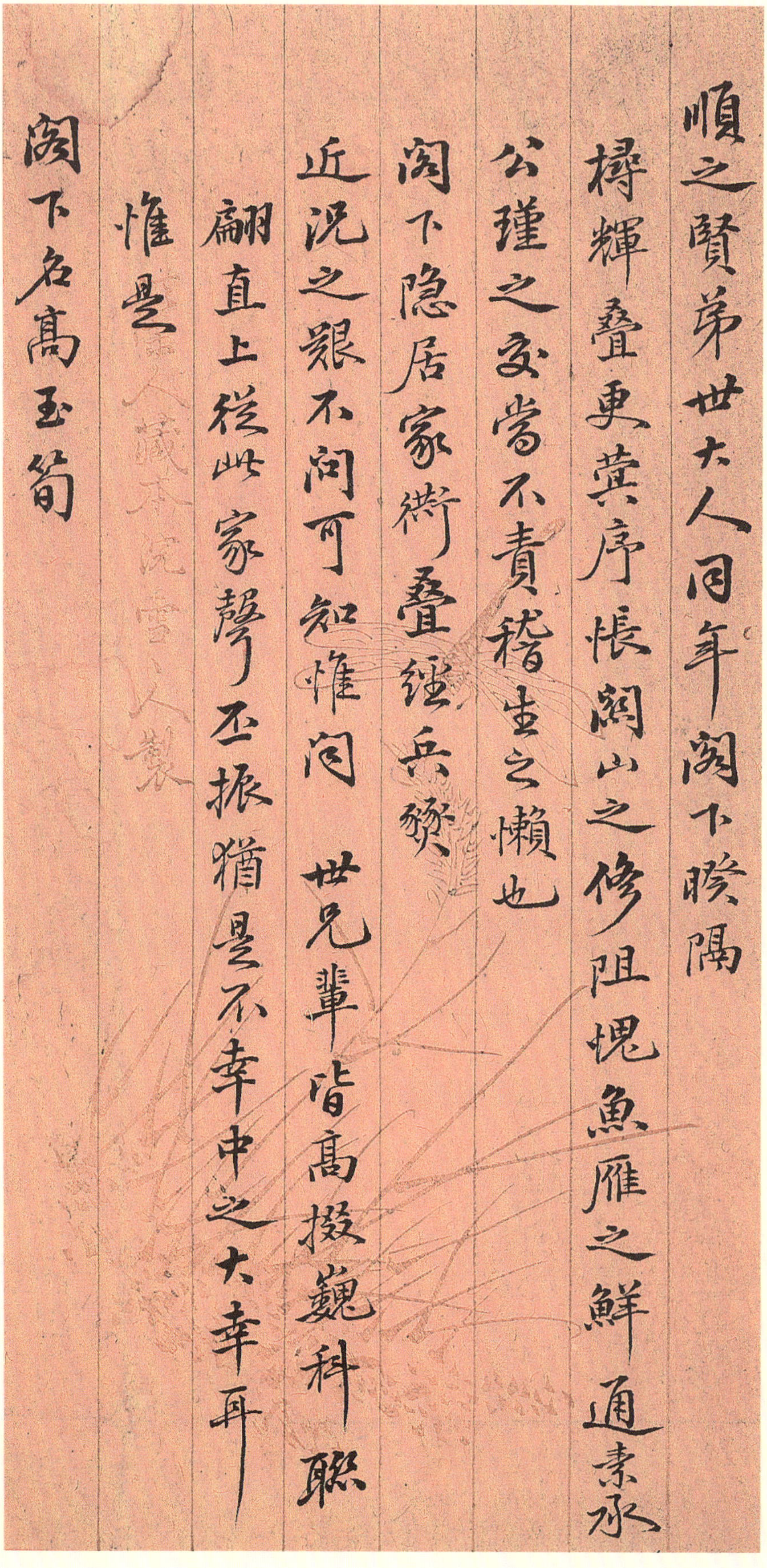

順之賢弟世大人同年閣下睽隔
擣輝疊更蓂序悵關山之修阻愧魚雁之鮮通素承
公瑾之交嘗不責稽生之懶也
閣下隱居家衖疊經兵燹
近況之艱不問可知惟閣 世兄輩皆高掇巍科聯
翩直上從此家聲丕振猶是不幸中之大幸耳
惟是
閣下名高玉筍

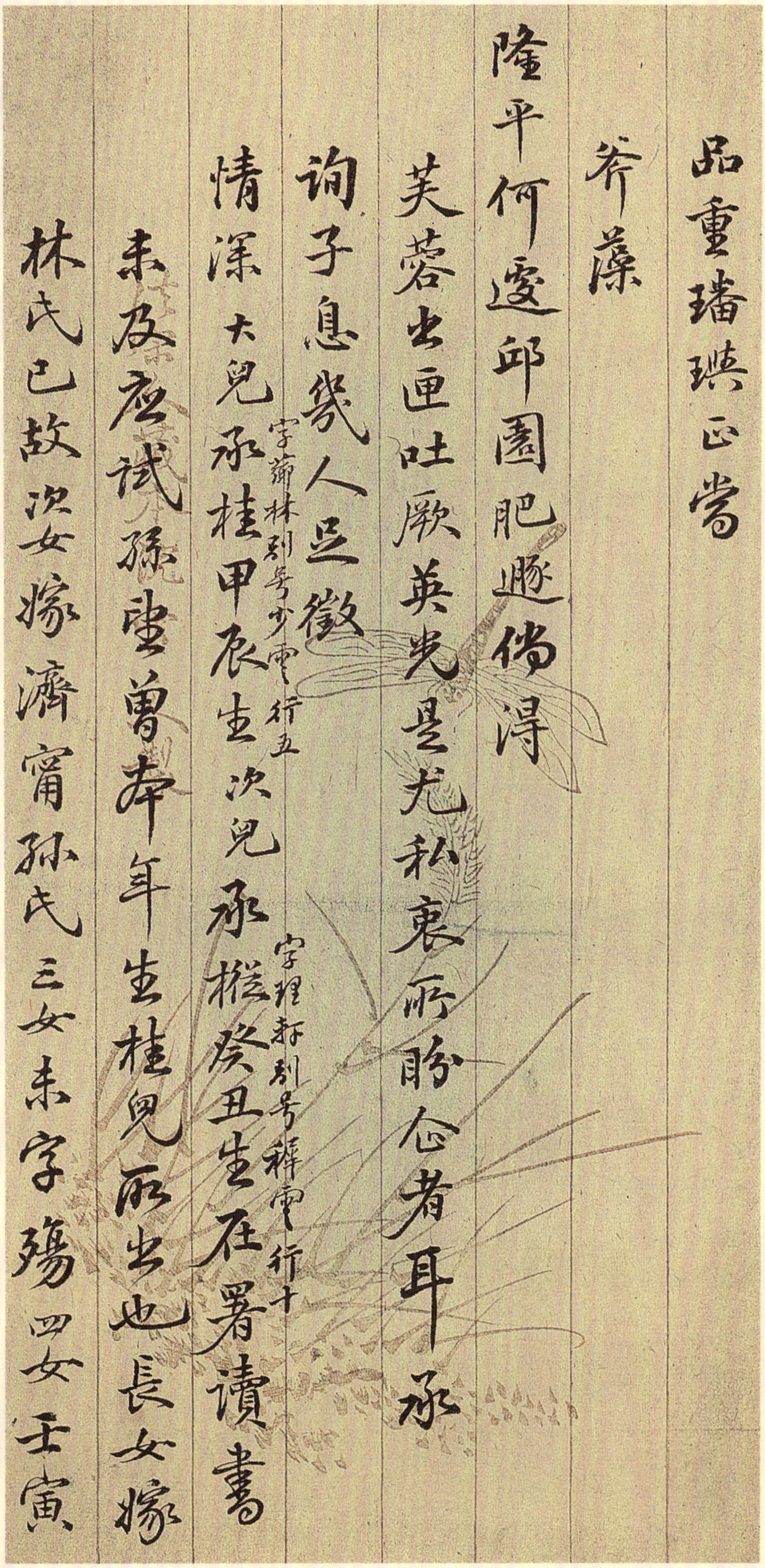

品重璠璵正當
斧藻
隆平何邃邱園肥遯備得
芙蓉出匣吐厥英光是尤私衷所盼念者耳承
詢子息幾人足徵
情深　大兒承桂字薊林别号步雲 行五甲辰生　次兒承樾字理軒别号韡雲 行十癸丑生在署讀書
未及應試孫璧曾本年生桂兒所出也長女嫁
林氏已故次女嫁濟甯孫氏三女未字殤四女壬寅

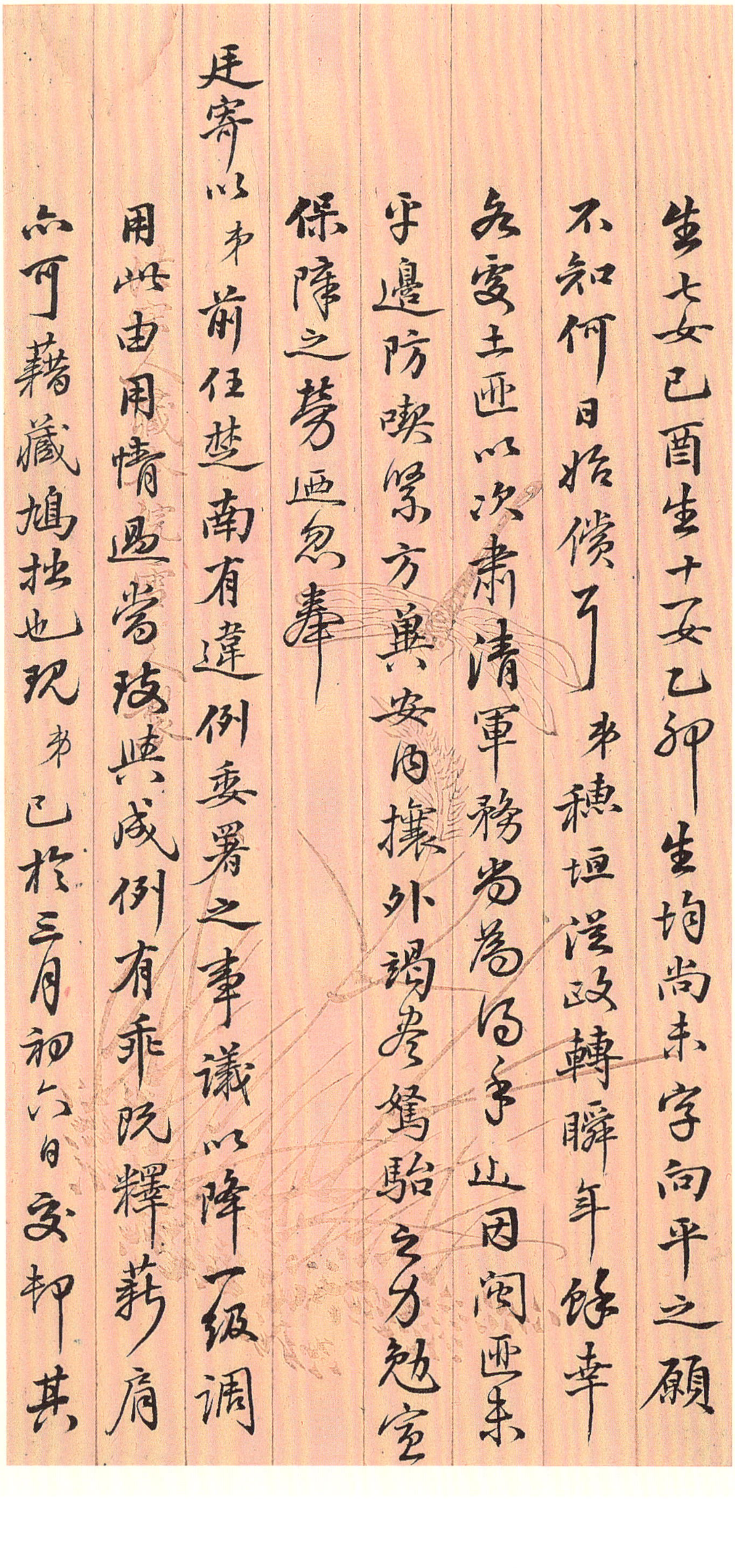
生七女己酉生十女乙卯生均尚未字向平之願
不知何日始償了 弟穗垣從政轉瞬年餘幸
無變土匪以次肅清軍務尚為得手近因閩匪未
平邊防喫緊方與安內攘外竭盡駑駘之力勉宣
保障之勞匪忽奉
廷寄以弟前任楚南有違例委署之事議以降一級調
用此由用情過當致與成例有乖既釋藉肩
亦可藉藏鳩拙也現弟已於三月初六日交卸其

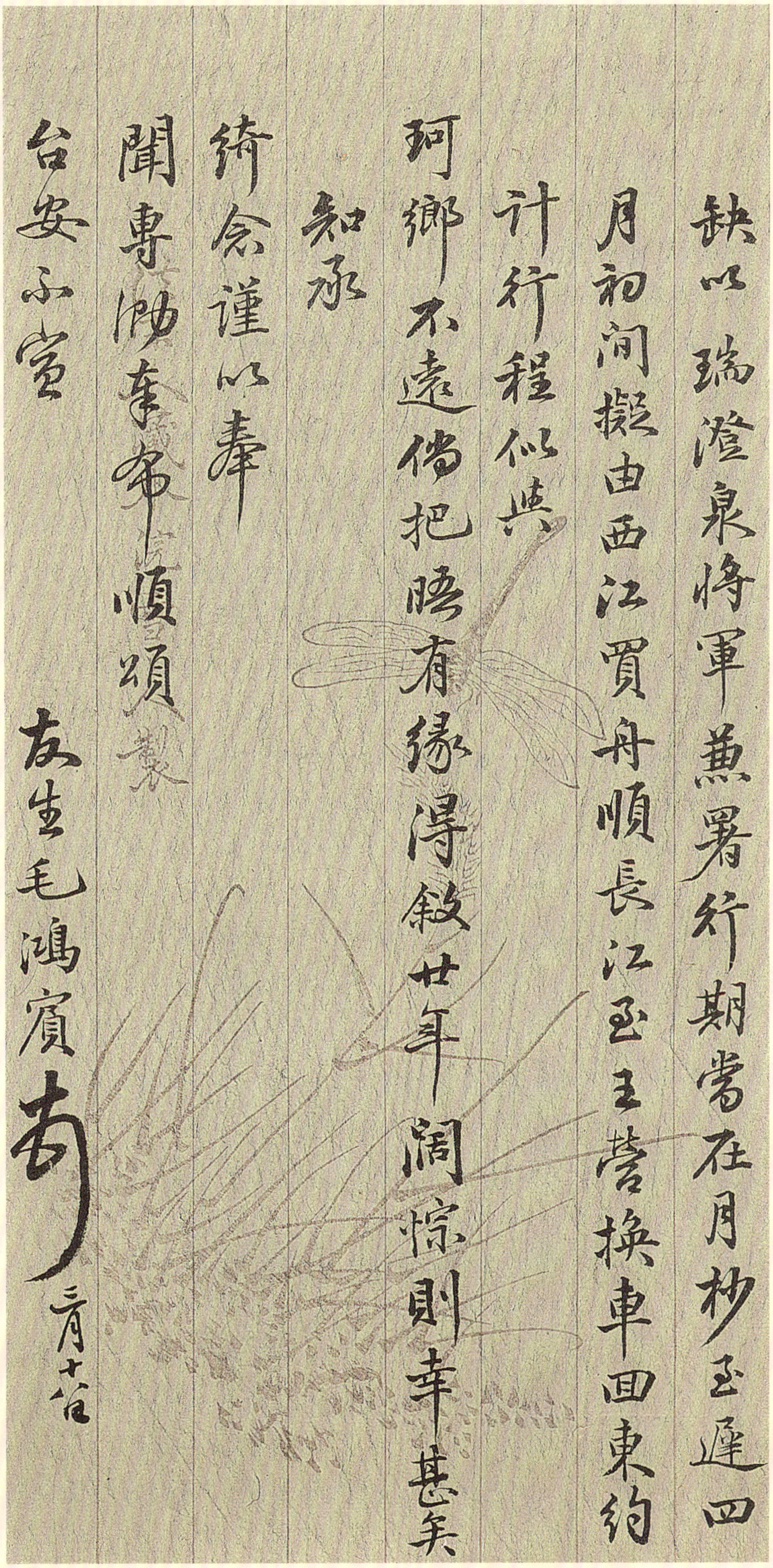

鈇以瑞澄泉將軍兼署行期當在月杪至遲四月初間擬由西江買舟順長江至王營換車回東約計行程似與珂鄉不遠倘把晤有緣得敘廿年闊悰則幸甚矣知承綺念謹以奉聞專此奉布順頌台安不宣

友生毛鴻賓頓

三月十六日

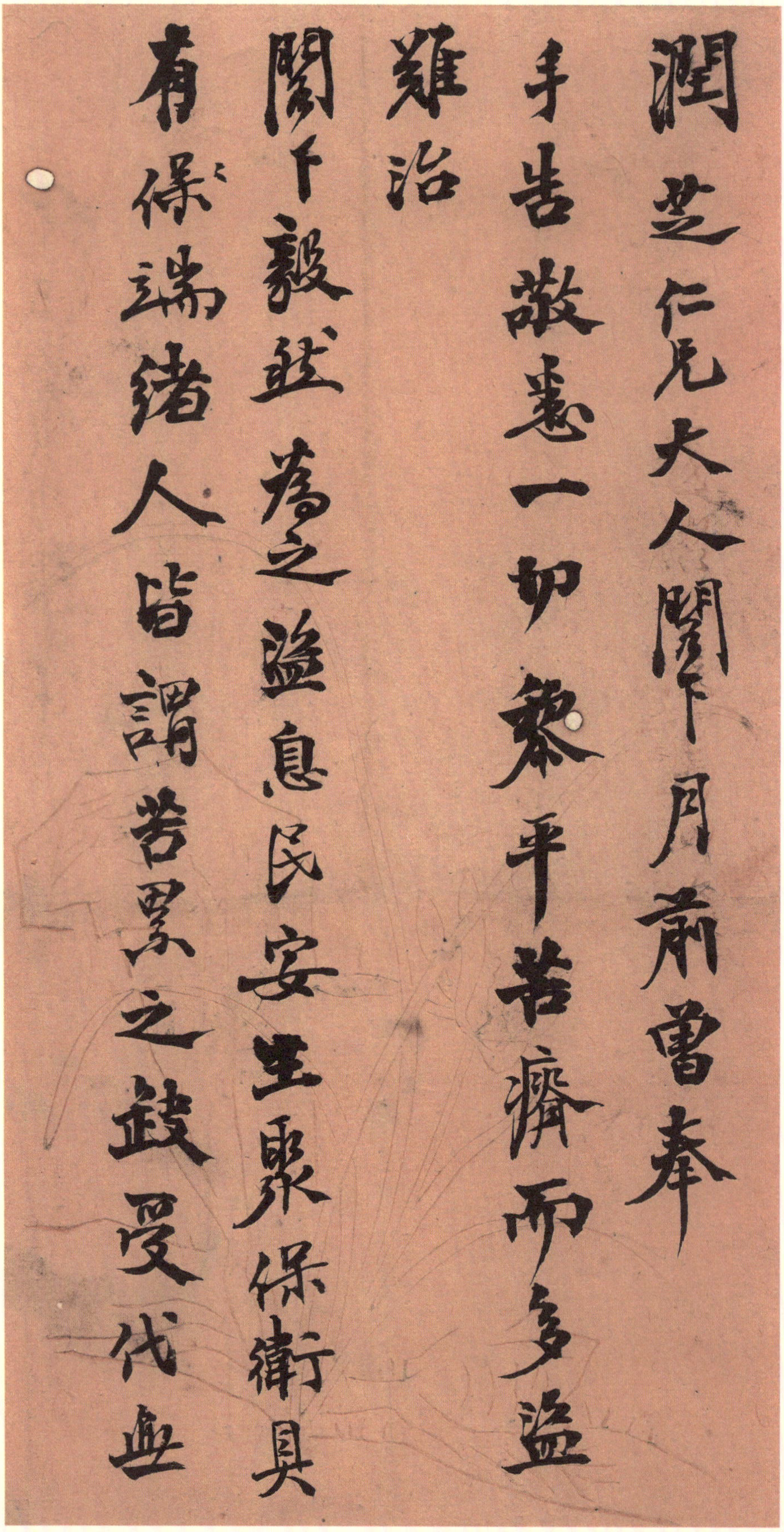

潤
芝仁兄大人閣下月前曾奉
手告繳悉一切黎平苗瘠而多盜
難治
閣下毅然為之盜息民安生聚保衛具
有條端緒人皆謂苦累之餘受代無

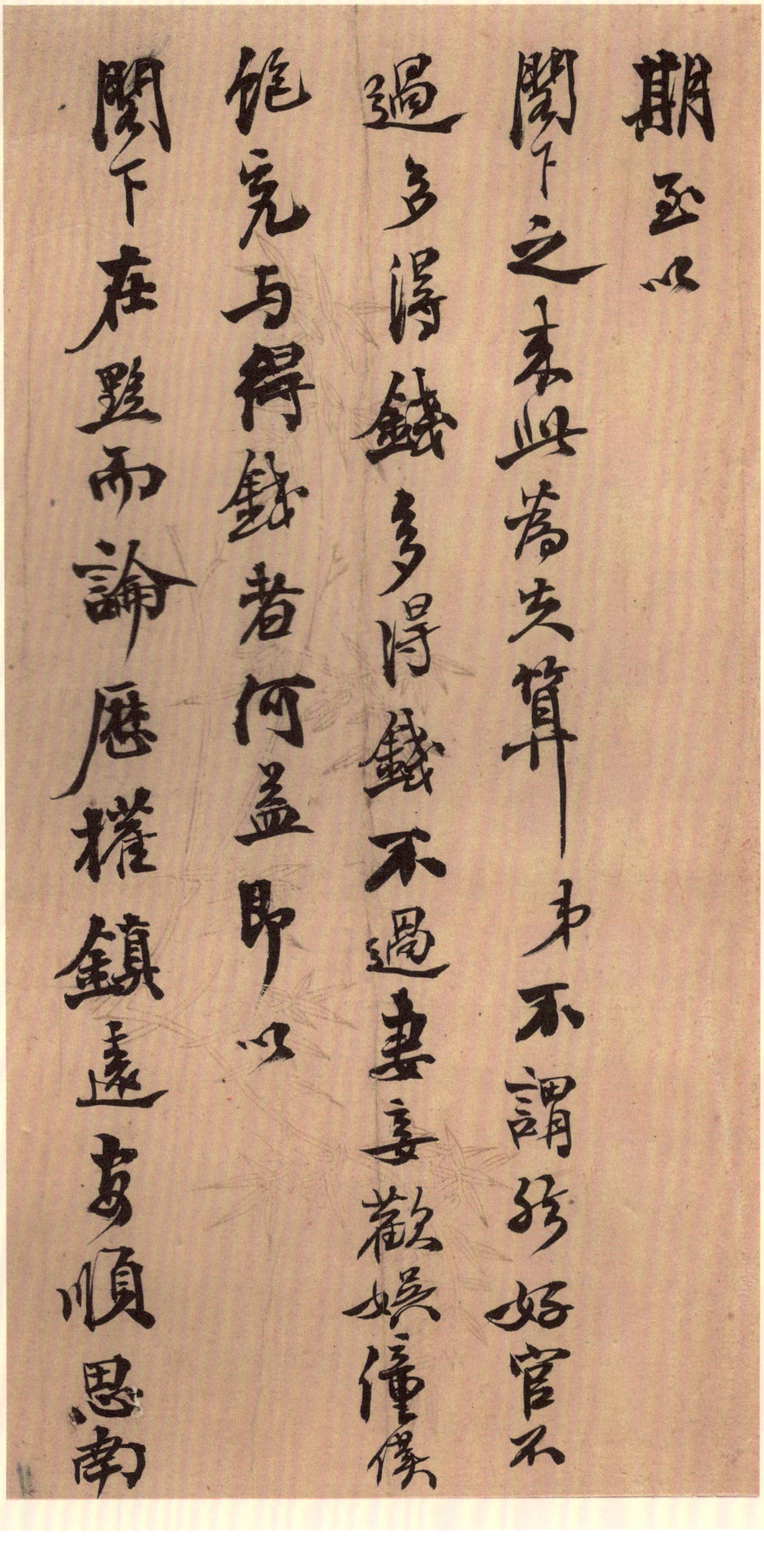
期丞以
閣下之才與為先算亦不謂能好官不
過多得錢多得錢不過妻妾歡娛僮僕
飽完與得錢者何益即以
閣下在黔而論歷權鎮遠安順思南

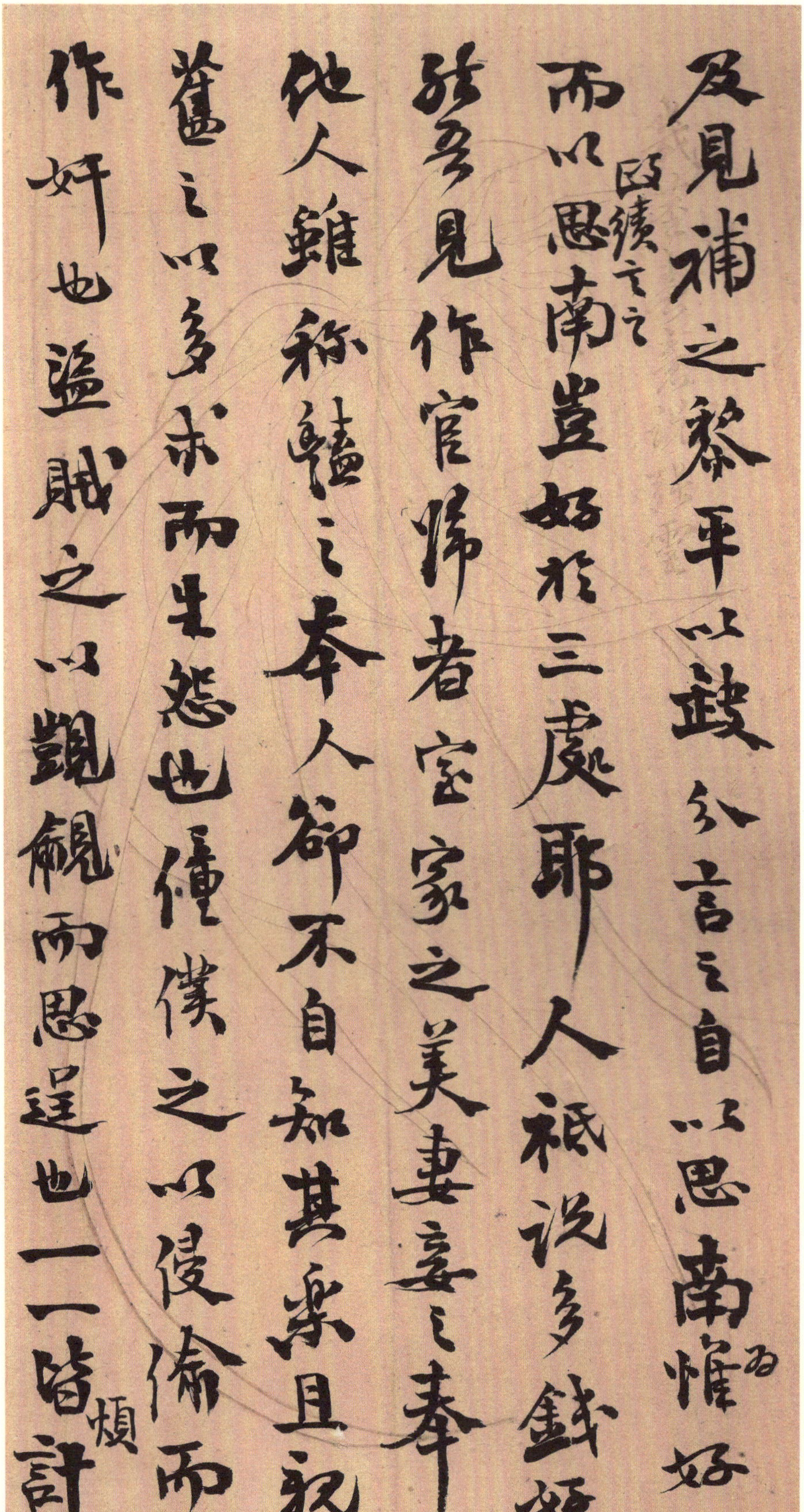
及見補之黎平以政公言之自以恩南為惟好
而以恩南豈好於三處耶人祗說多錢好因續言之
諸公見作官歸者室家之美妻妾之奉
他人雖稱豔之本人卻不自知其樂且視
舊之以多求而生怨也僮僕之以侵偷而
作奸也盜賊之以覬覦而思逞也一一皆煩計

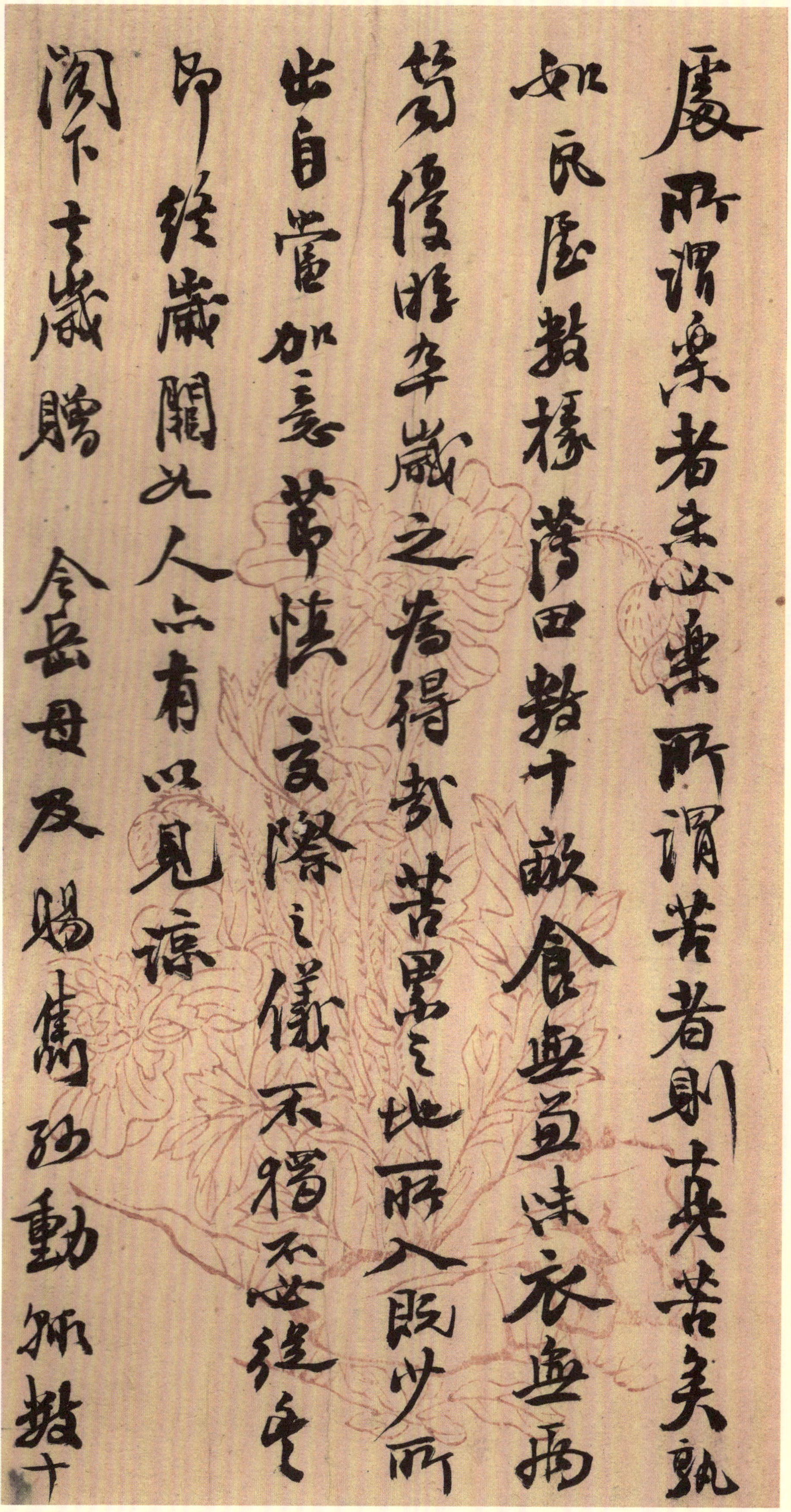
處所謂樂者未必樂所謂苦者則真苦矣孰
如良屋數椽薄田數十畝食無鹽味衣無褐
篤僕非卒歲之為得哉苦累之地所入既少所
出自當加意節撙交際之儀不獨不必從乞
即終歲閉門人亦有以見諒
閣下十歲贈 令岳母及賜雋弦勤撫數十

金贈鄙人六千數金誼雖優厚其實亦殊可
不必少受所患不在無錢事畜之資些尚
不爲優裕即如弟若去歲館穀之餘腆脩洵
舍之已有若則每歲可得二百有餘之租而家私在外
尚能買田百數十千之田亦何所遠辱
故人之賜而乃
拳拳不已耶如此之法自知然無多然亦不謂之

當矣粵事敗壞至此出於意外亦本在意中
桂林中外援甚亟而的許已來未聞有捷甲
急趨者辰下未知何如吾鄉南境形勝得
在上游推祝天心悔禍庶可無魯女之歎
耳敝處近通衢無寸地之阻民風素脆弱
不堪設想亦惟其如此反可省無數計較耳也

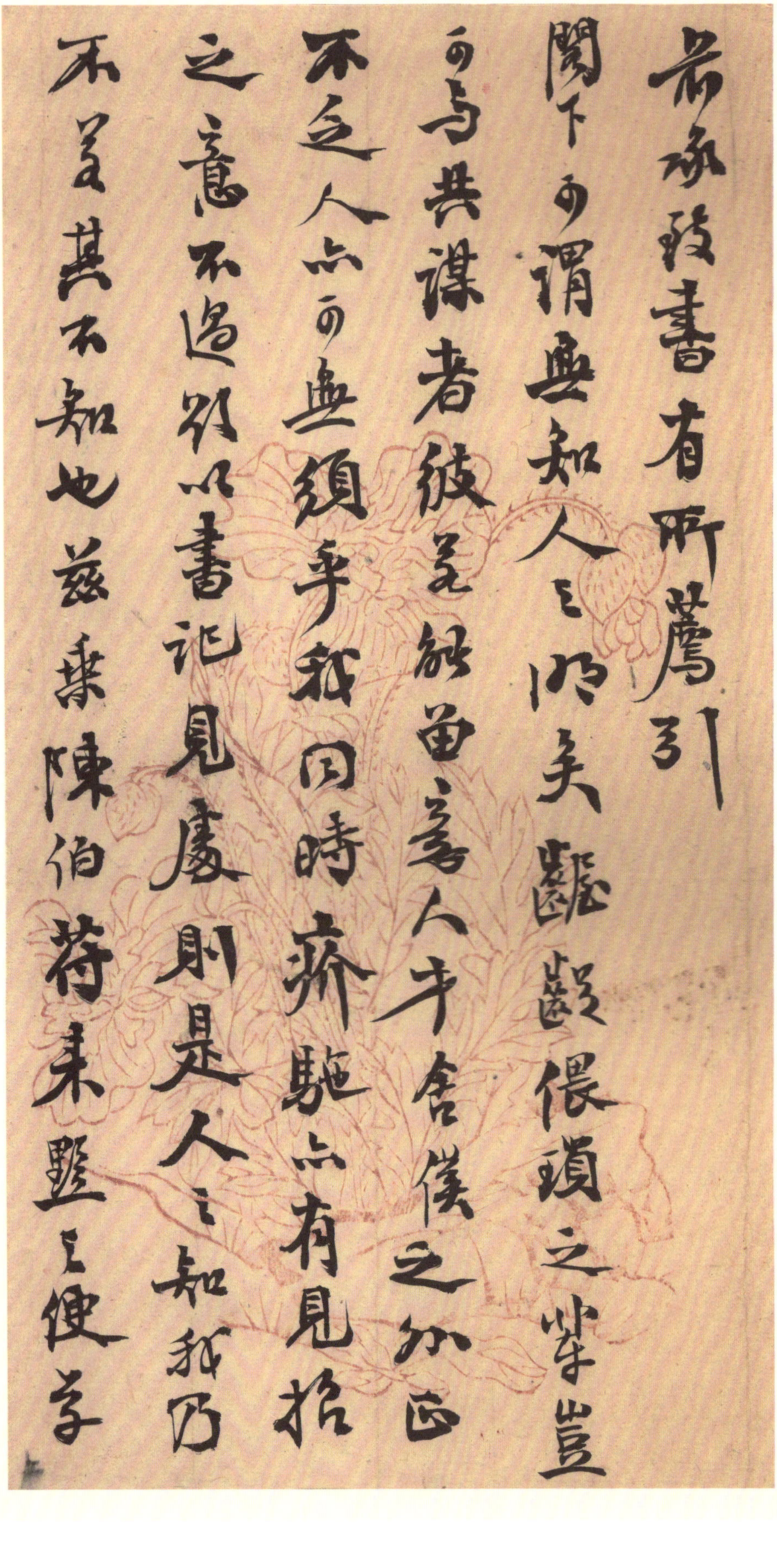
前承致書有所薦引
閣下可謂無知人之明矣雖齷齪猥瑣之輩豈
可與共謀者彼果能留意人才舍僕之外正
不乏人亦可無須乎我同時齊驅亦有見招
之意不過欲以書託見處則是人人知我乃
不足其不知也茲乘陳伯符來豎之便手

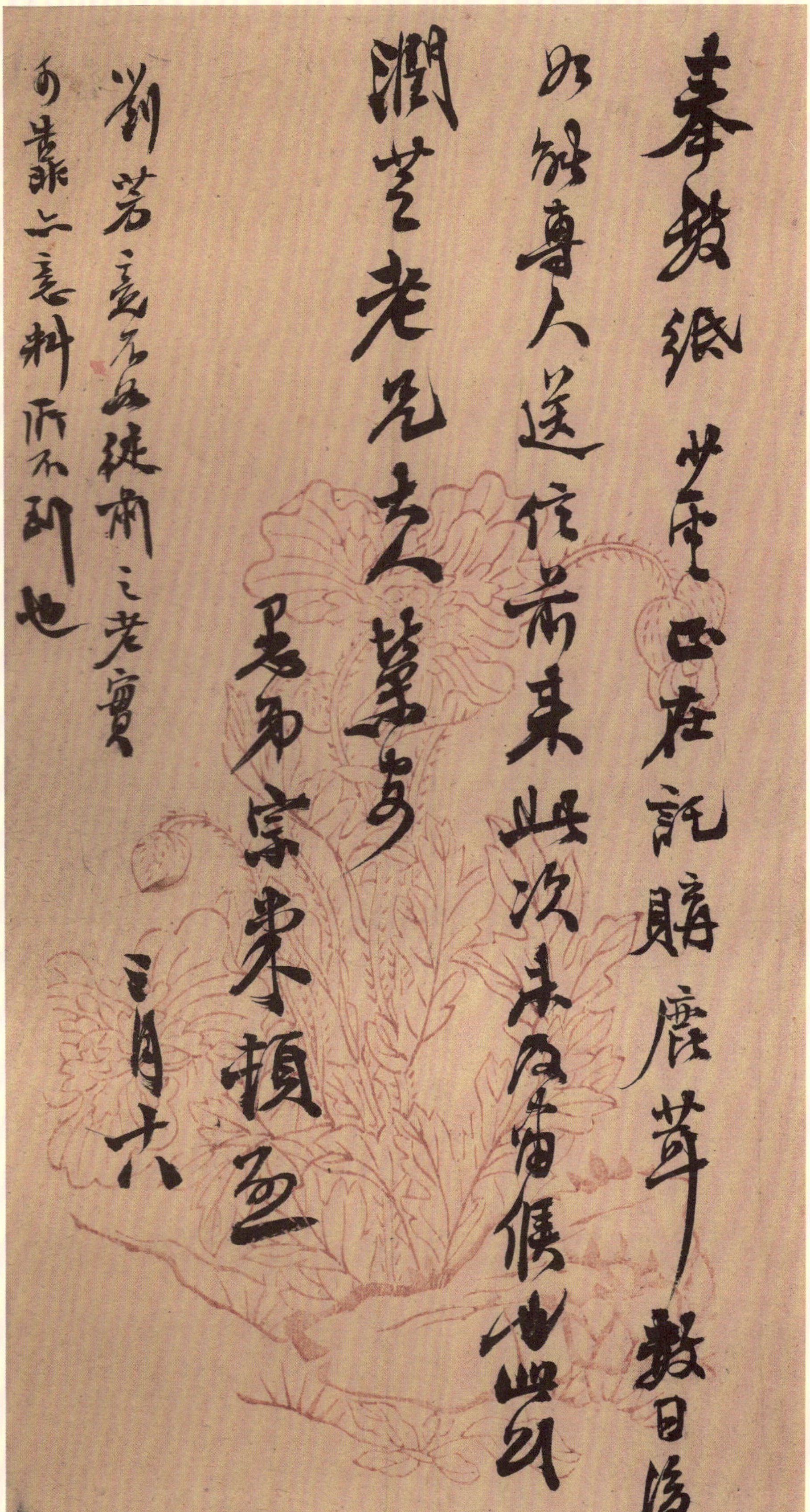

奉教牋 少荃已在託購鹿茸 數日後必能專人送信前來 此次未及肅候也此頌

潤芝老兄大人箋安

弟宗棠頓首

三月六

劉芳芳竟不如徒弟之老實可靠亦意料所不到也

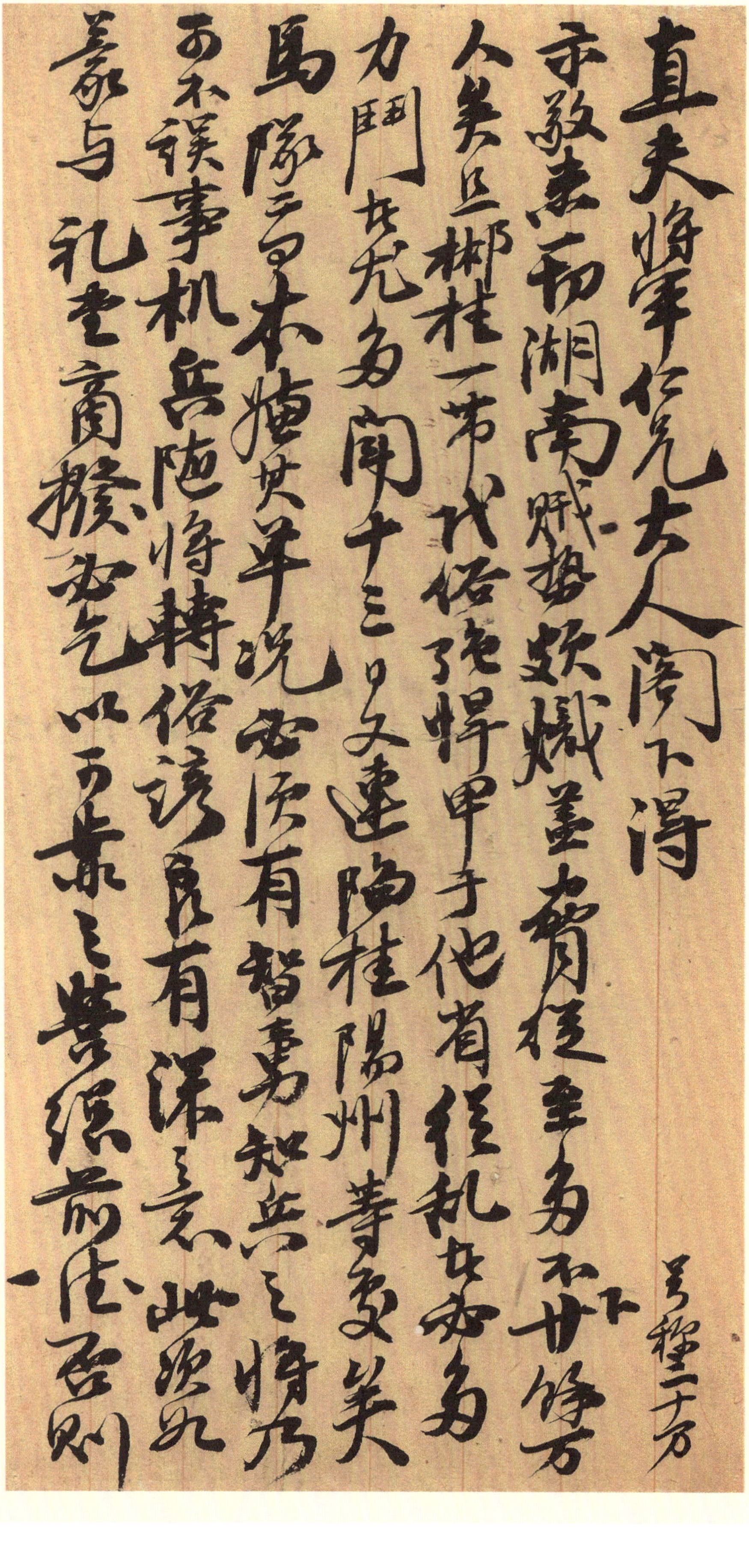
直夫將軍仁兄大人閣下：得
手教，來示湖南賊勢妖熾，蔓延擾卒多不下廿餘萬號稱二十万
人矣。且郴桂一帶，代俗強悍，甲于他省，往亂無不多
力鬥。茲先多聞十三日又連陷桂陽州等處矣。
馬隊三百本猶其單說，必須有智勇知兵之將乃
可不誤事機。兵隨將轉，俗諺良有深意。此須兄
毅與 禮堂商撥，必先以一二策之，然後前往，否則

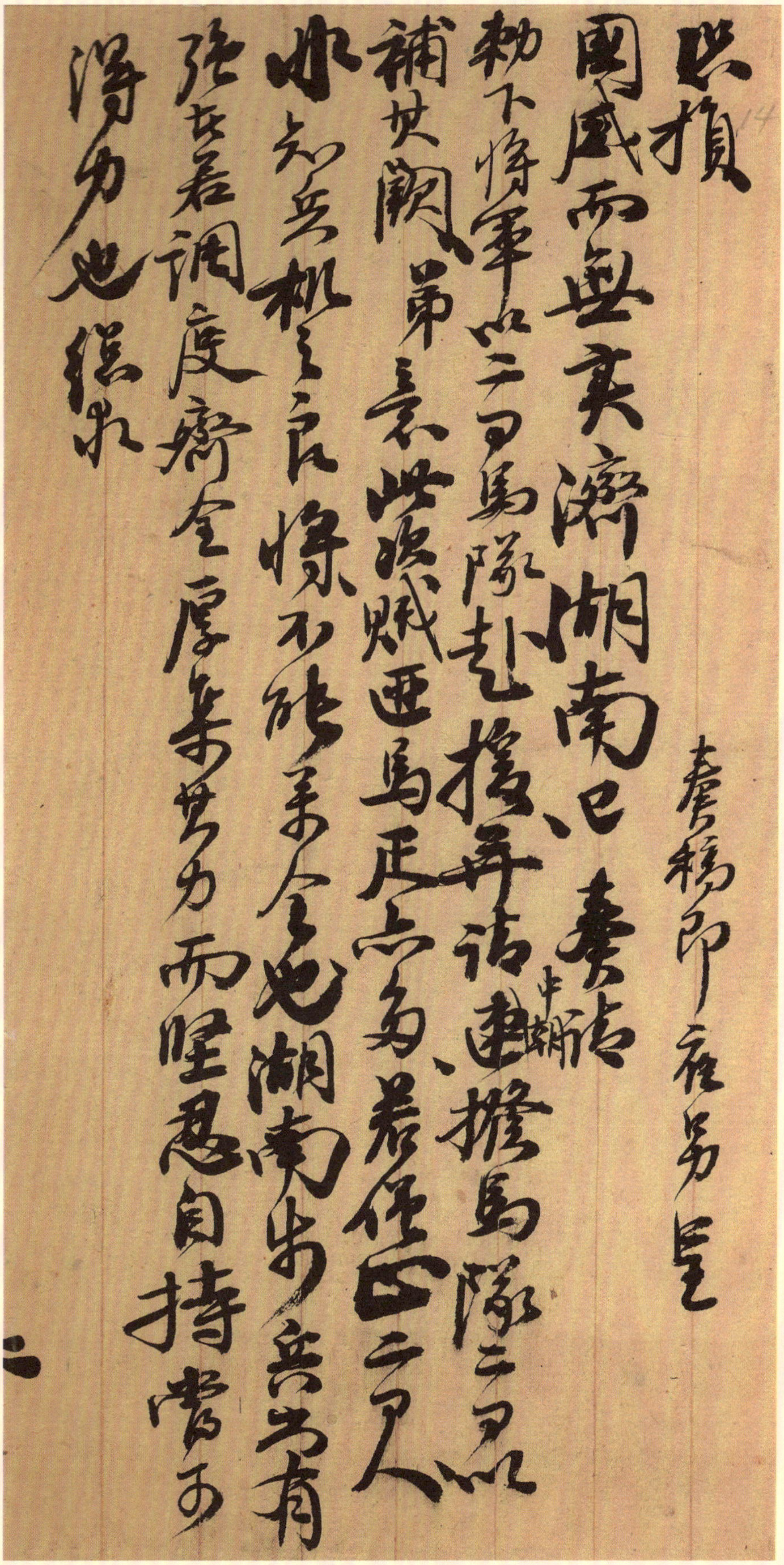
以損
國威而無實濟。湖南已奏請
勅下將軍以二百馬隊赴援，並請速撥馬隊二百以
補其闕。第恐此次賊匪馬步兵多，若僅以二百人
非知兵機之良將不能了。今之湖南步兵只有
張君調度齊全，厚集其力而堅忍自持，嘗不
得力也。縷泐
奉稿即在弟呈

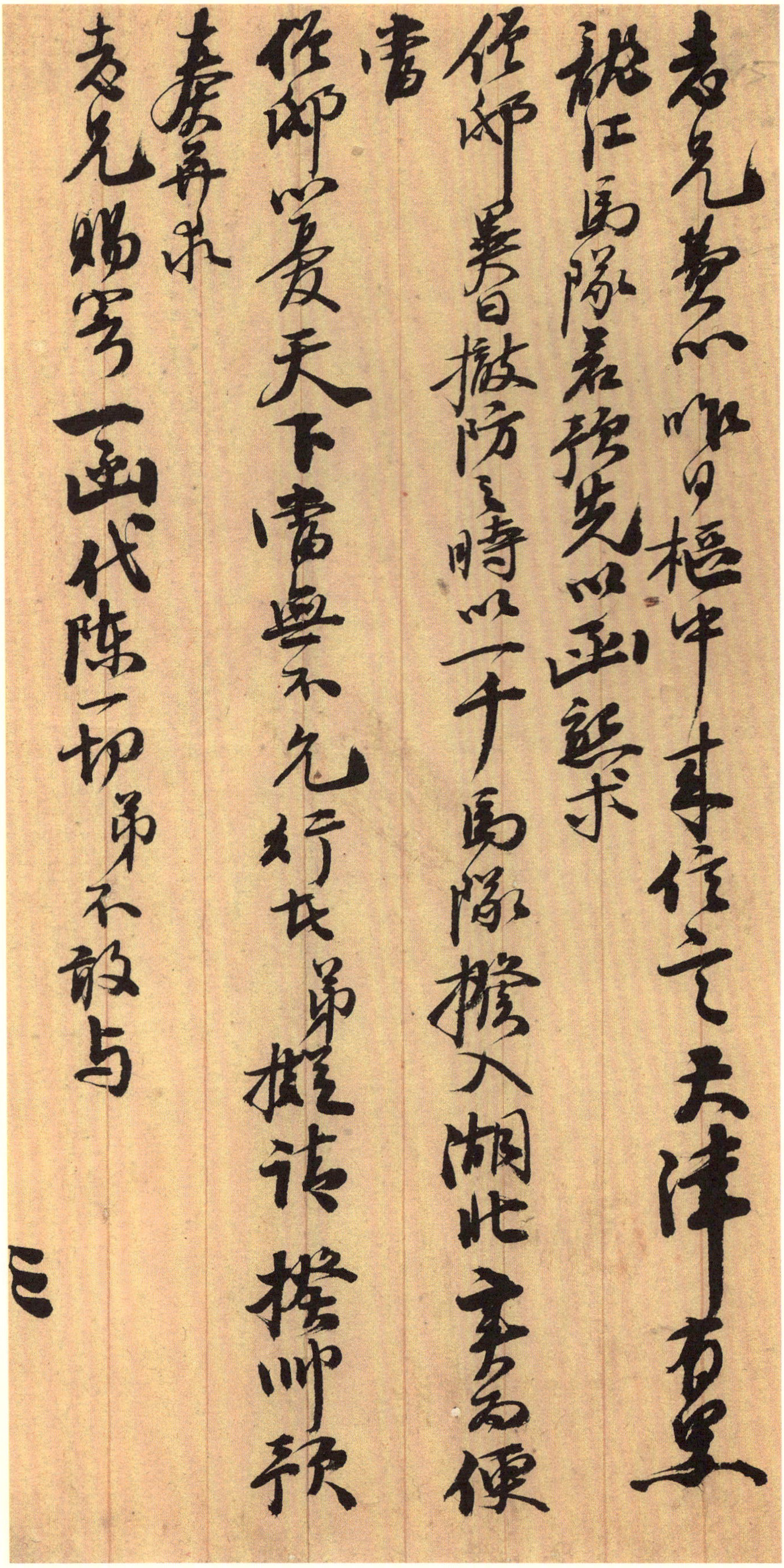

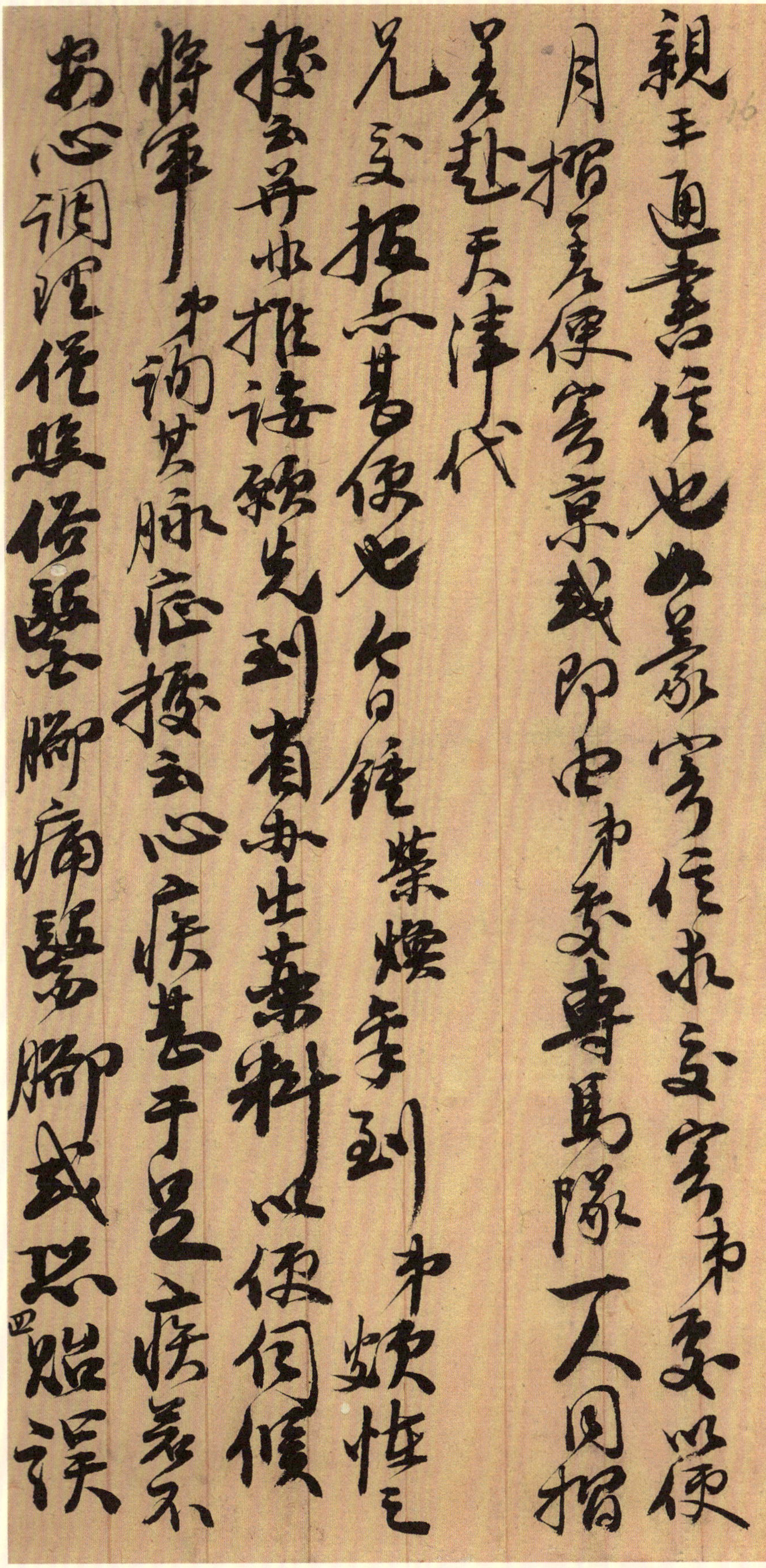

胡林翼致直夫

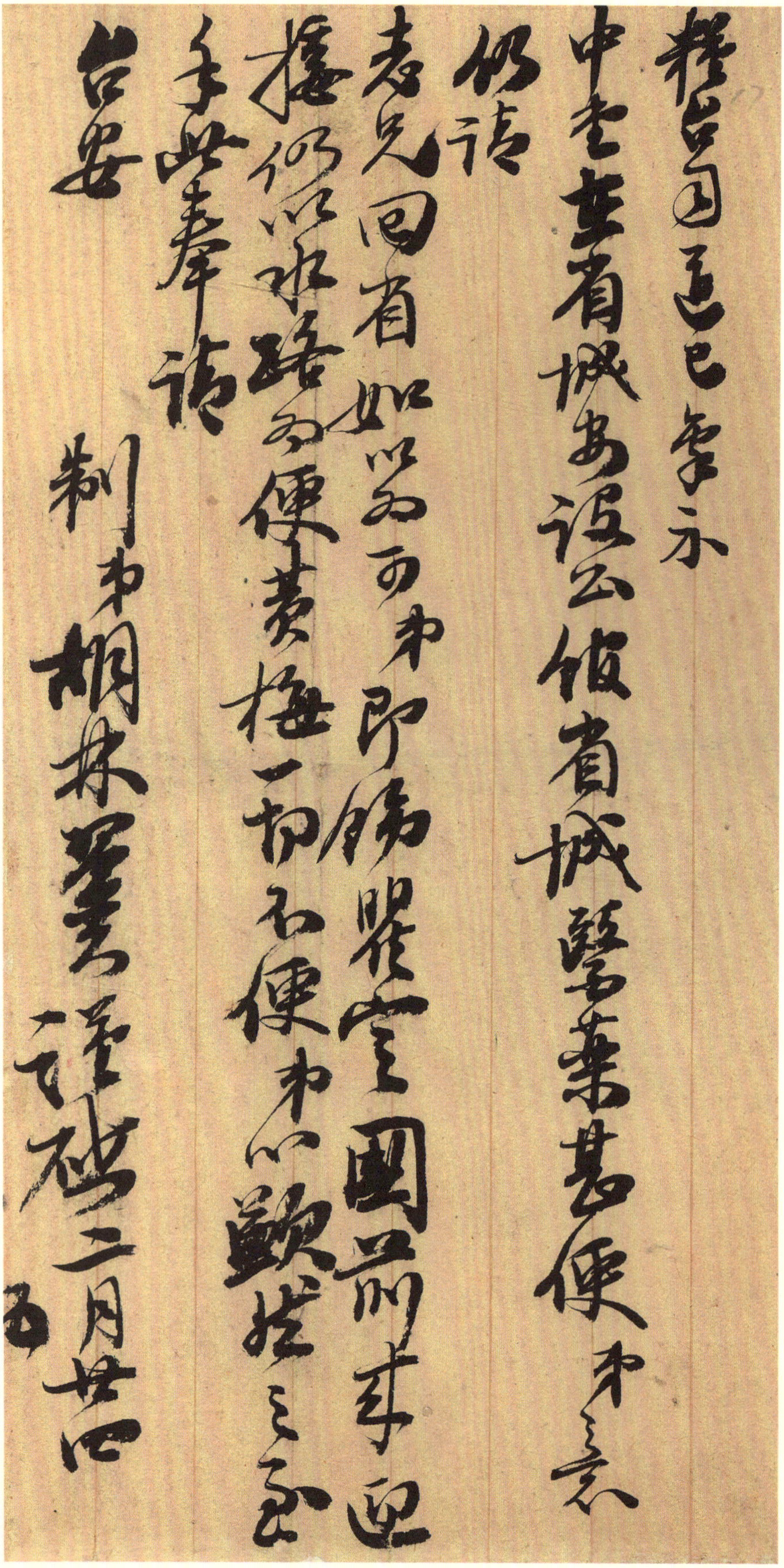

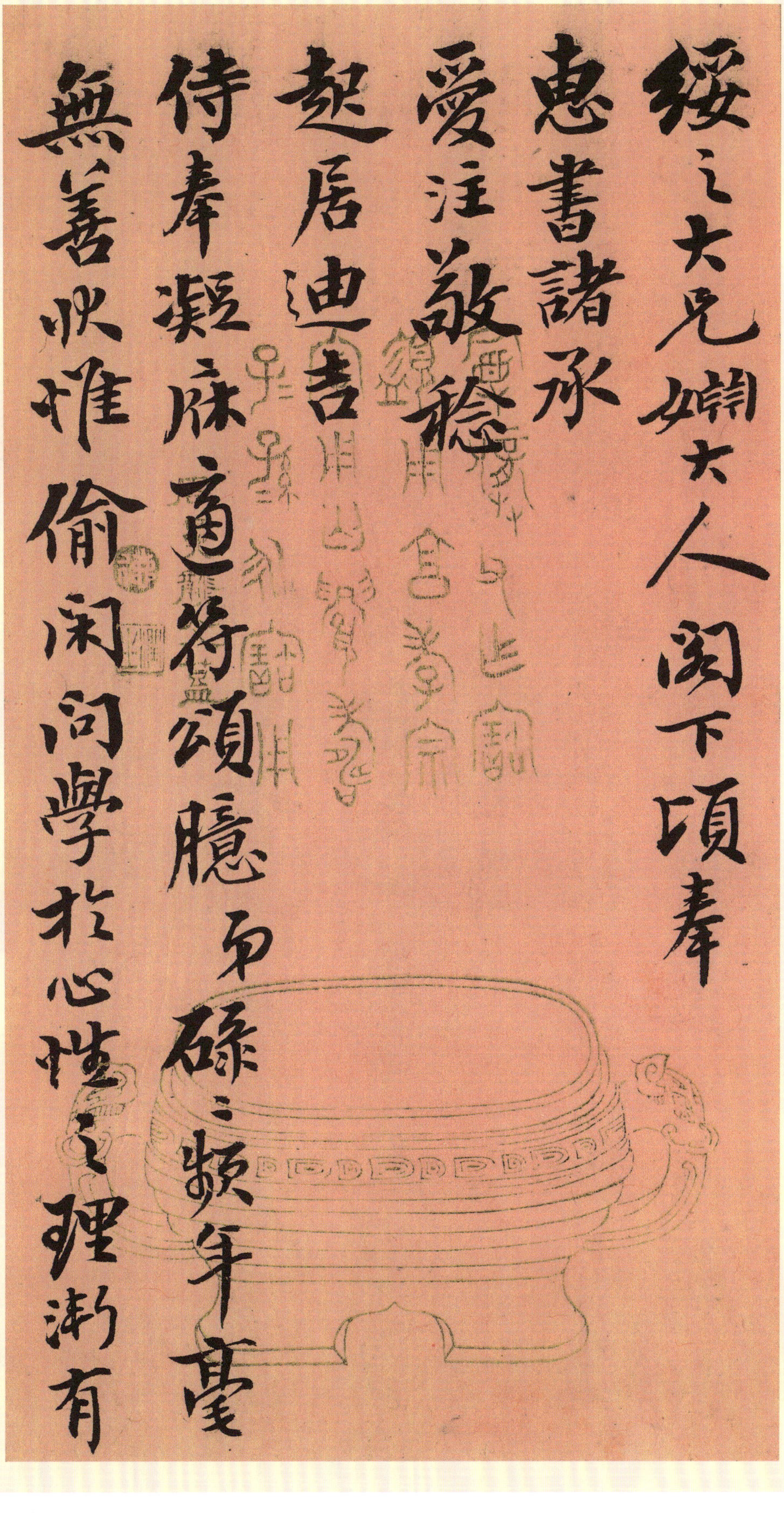

綏〻大兄姻大人閣下頌奉
惠書諸承
愛注敬稔
起居迪吉
侍奉凝庥適符頌臆而碌〻頻年虛
無善狀惟偷閑問學於心性之理漸有

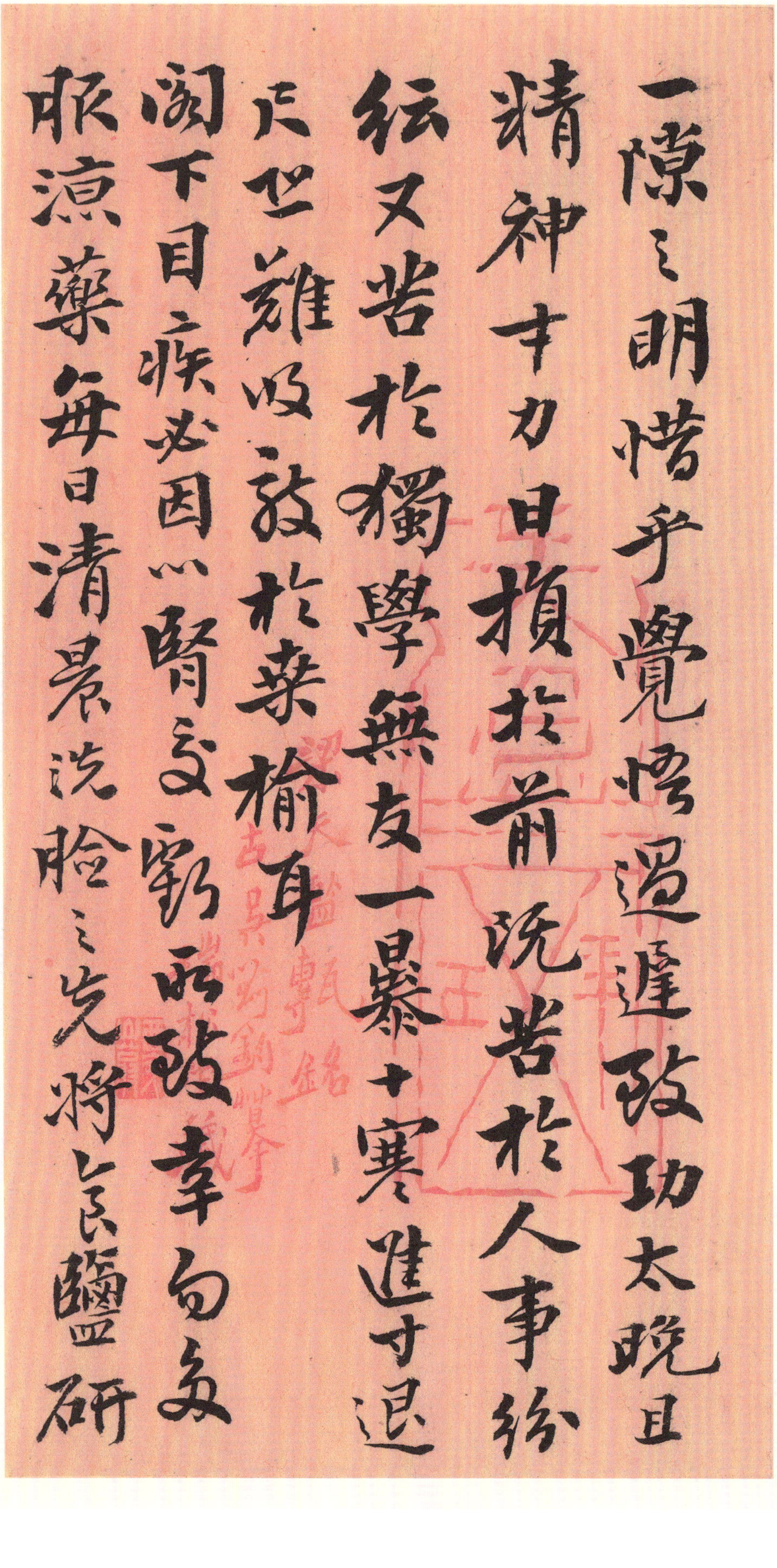
一隙之明惜乎覺悟過遲致功太晚且
精神未力日損於前況苦於人事紛
紜又苦於獨學無友一暴十寒進寸退
尺也雖收斂於桑榆耳
閣下目疾必因以腎虧所致幸勿多
服涼藥每日清晨洗臉之先將食鹽研

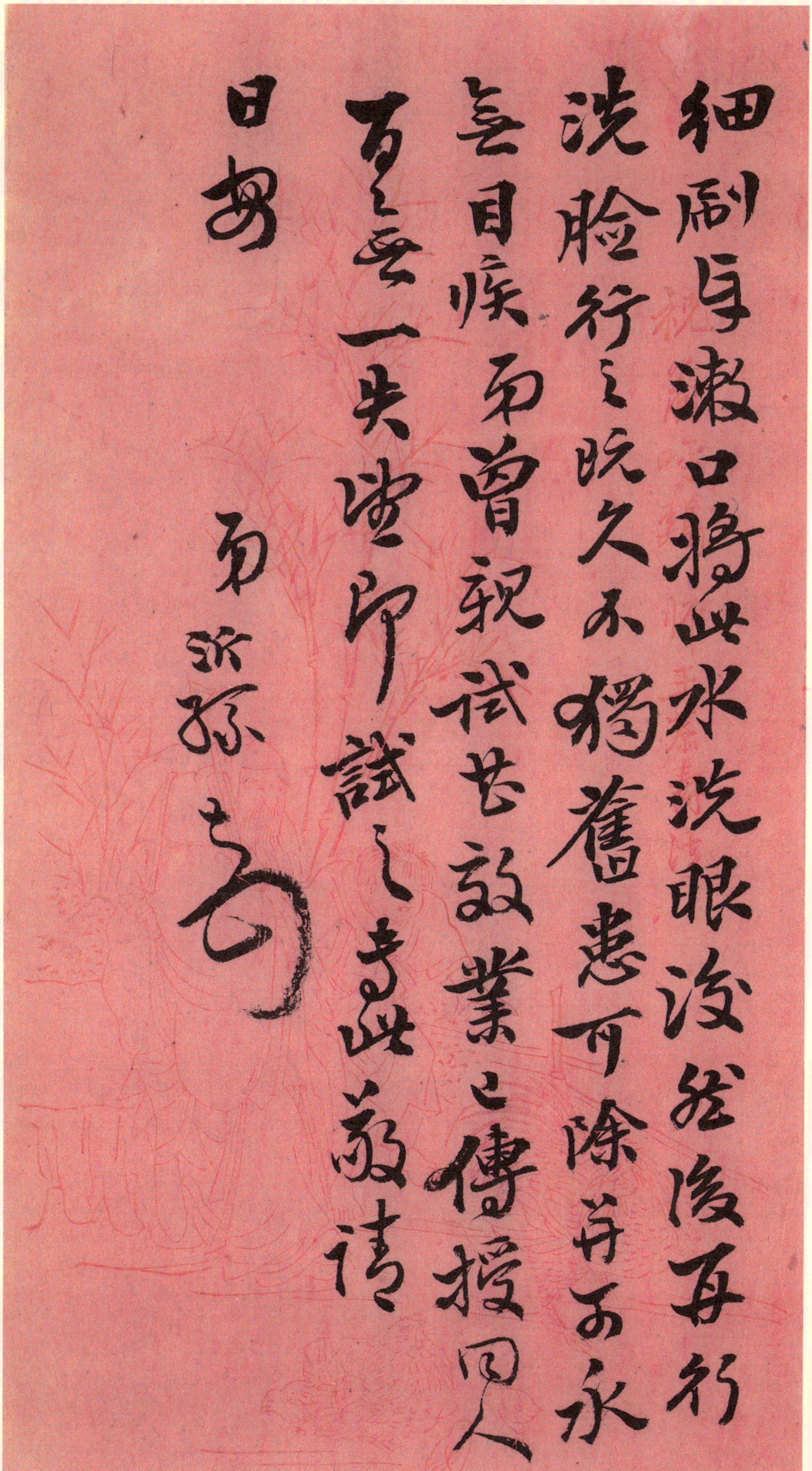
細刷牙漱口將此水洗眼洗後再行
洗臉行之既久不獨舊患可除并可永
無目疾弟曾親試甚效業已傳授同人
百無一失望即試之幸此敬請
日安
弟沂孫頓首

楊沂孫 致 綏之

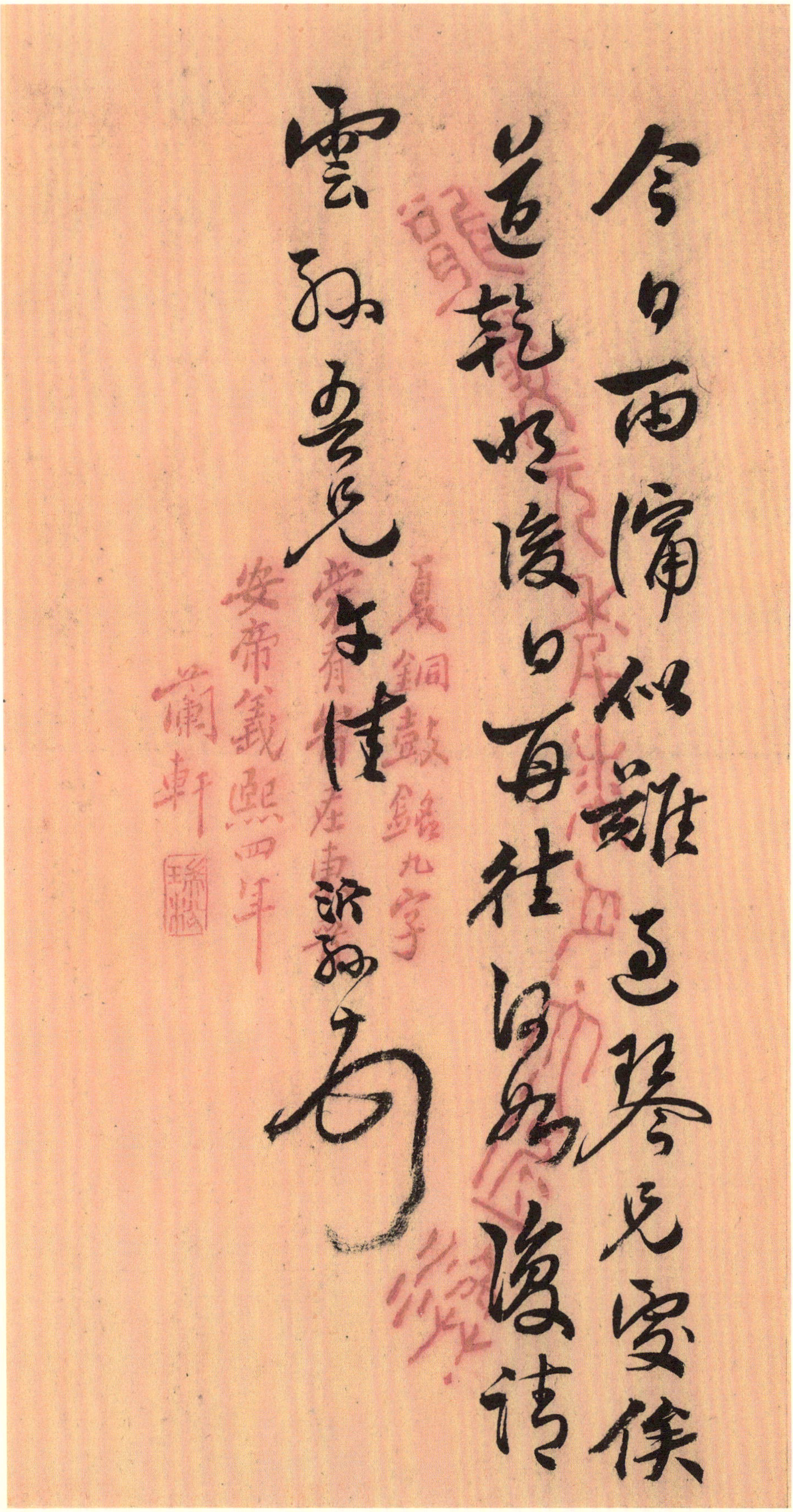

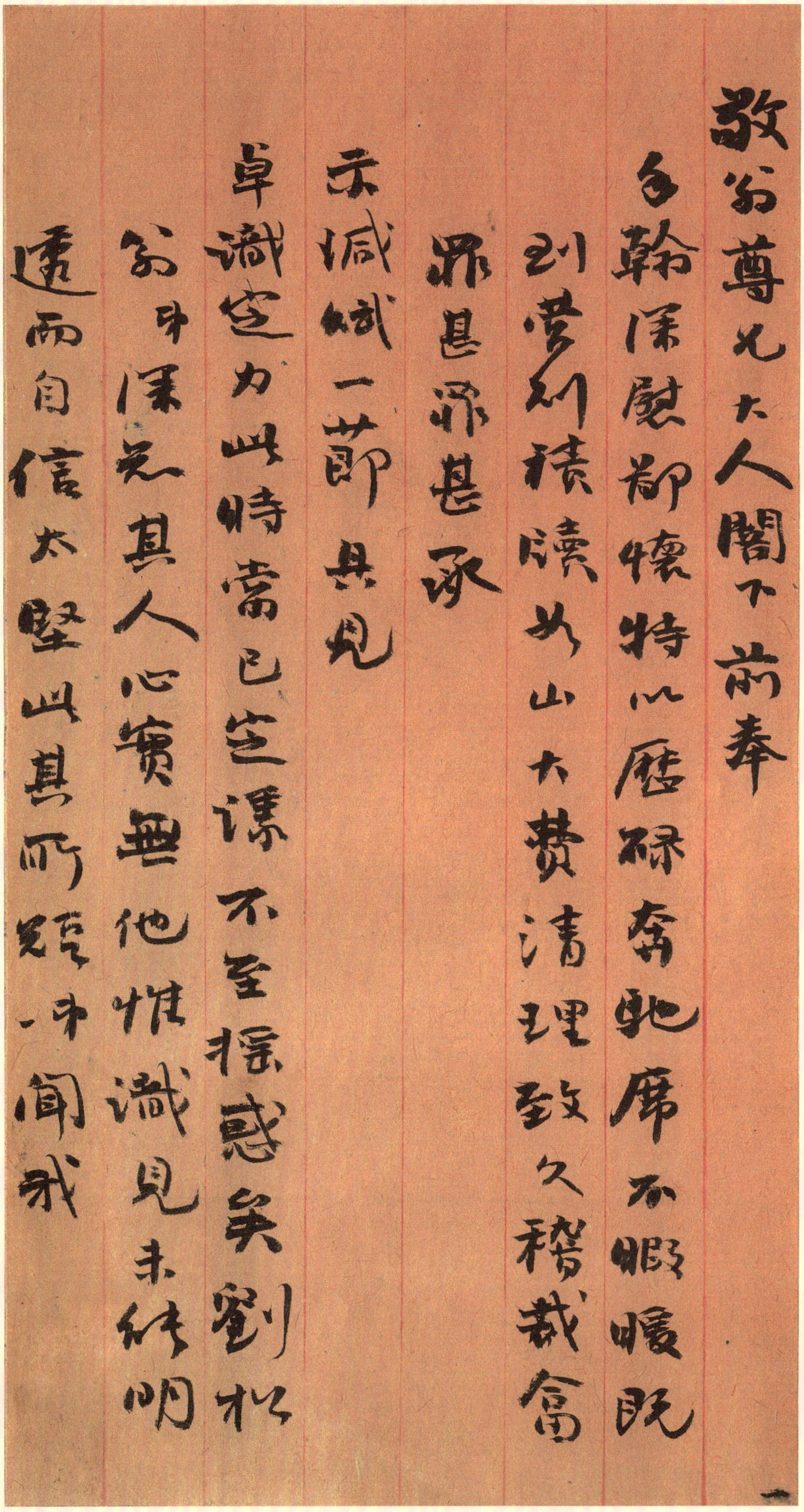
敬翁尊兄大人閣下前奉
手翰猥辱鄉懷特以歷碌奔馳席不暇暖既
到營料積牘如山大費清理致久稽裁答
兼甚歉甚承
示減賦一節具見
卓識定力此時當已定謀不至搖惑矣劉松
翁中保兄其人心實無他惟識見未能明
遠而自信太堅此其所短耳聞我

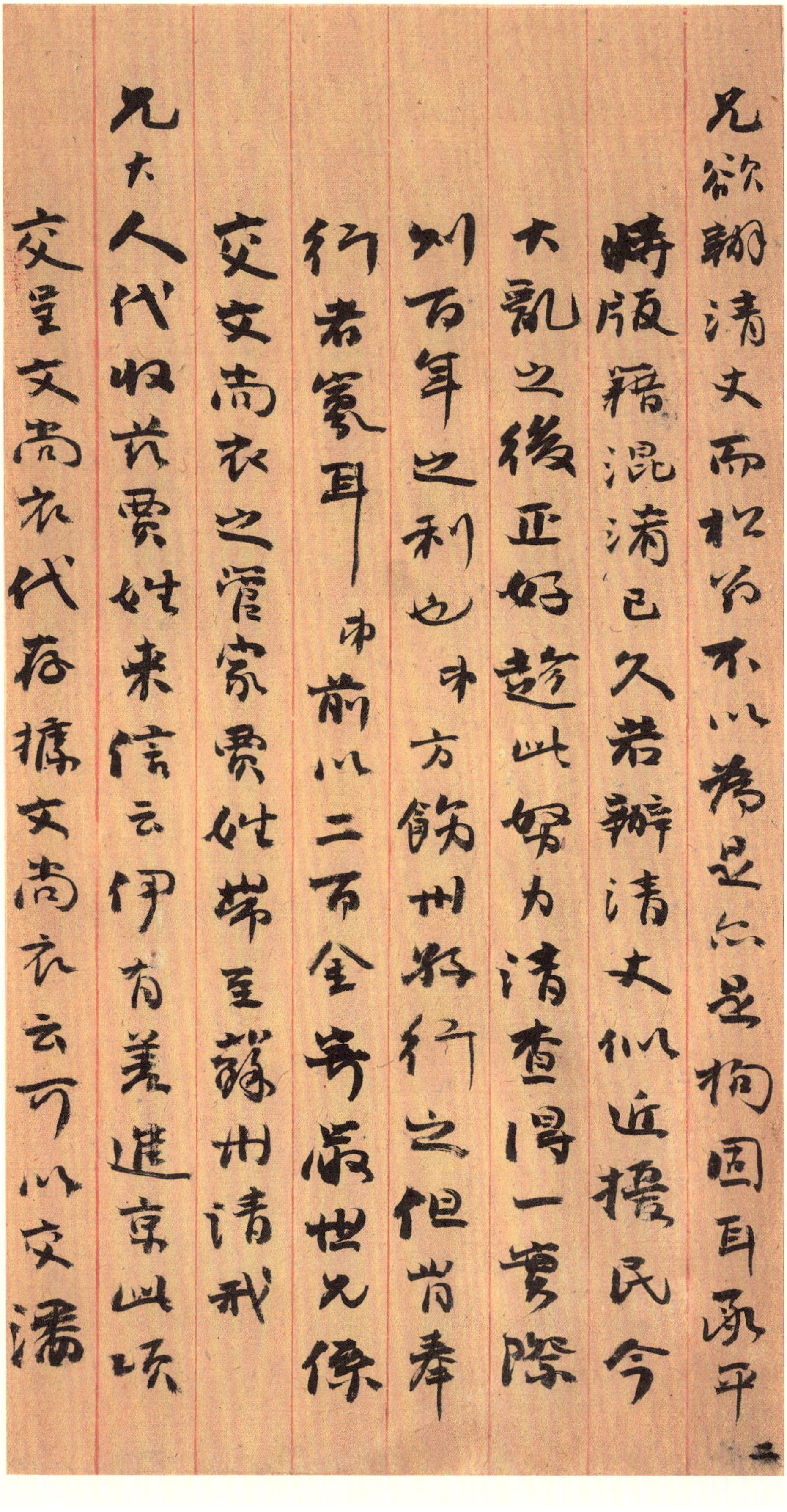

兄欲翻清文而松筠不以為是，仁兄拘固耳。承平
時版籍混淆已久，若辨清文似近擾民，今
大亂之後正好趁此努力清查，得一實際
則百年之利也。弟方飭州牧行之，但肯奉
行者寥寥耳。弟前以二百金寄嚴世兄，係
交文尚衣之管家費姓帶至蘇州，請我
兄大人代收。茲費姓來信云伊有差進京，此項
交呈文尚衣代存，據文尚衣云可以交濡
二

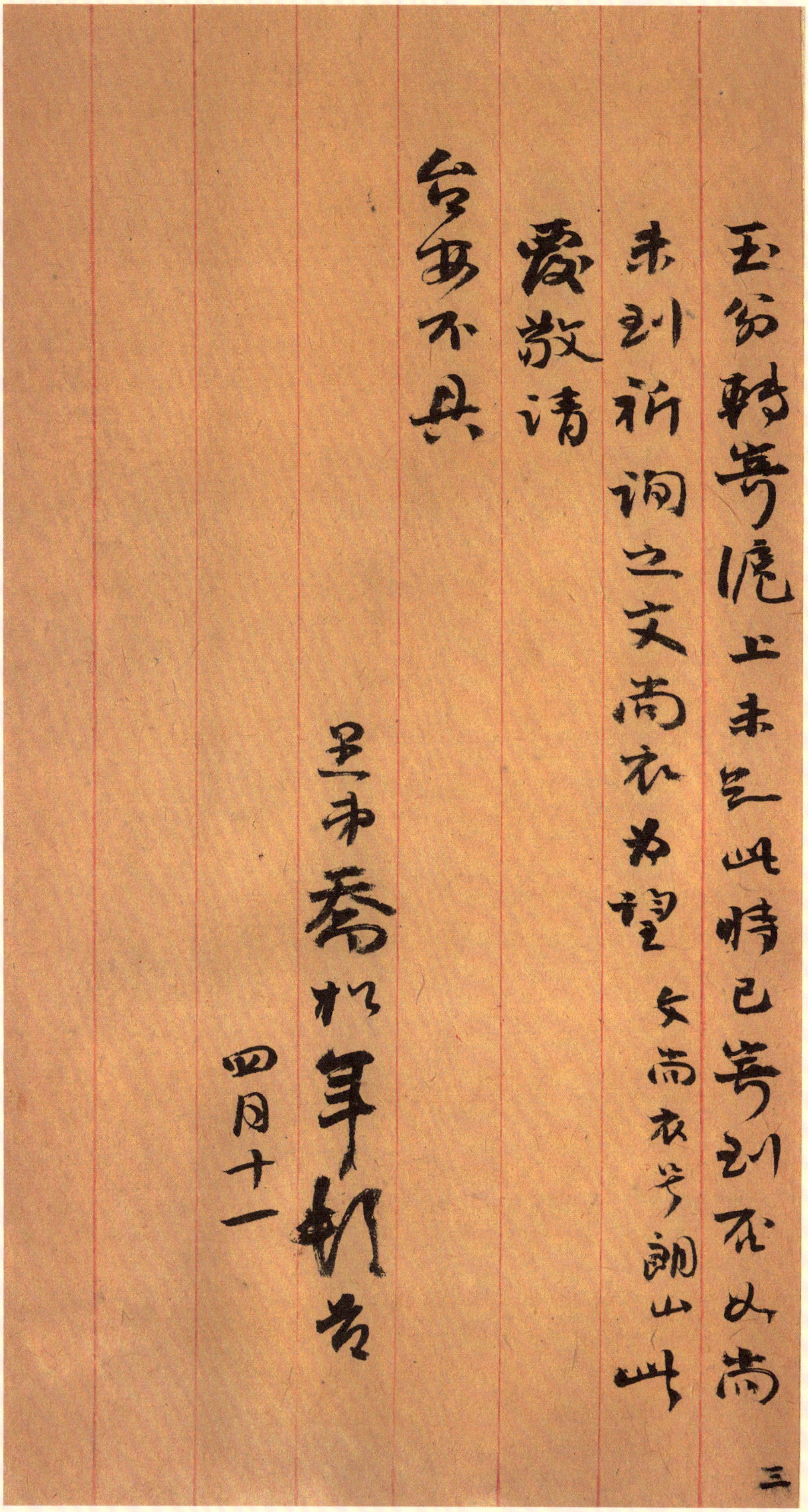
玉翁轉寄處上未至此特已寄到否如尚
未到祈詢之文尚衣為望 文尚衣号朗山 此
覆敬請
台安不具
呈弟香松年頓首
四月十一
三

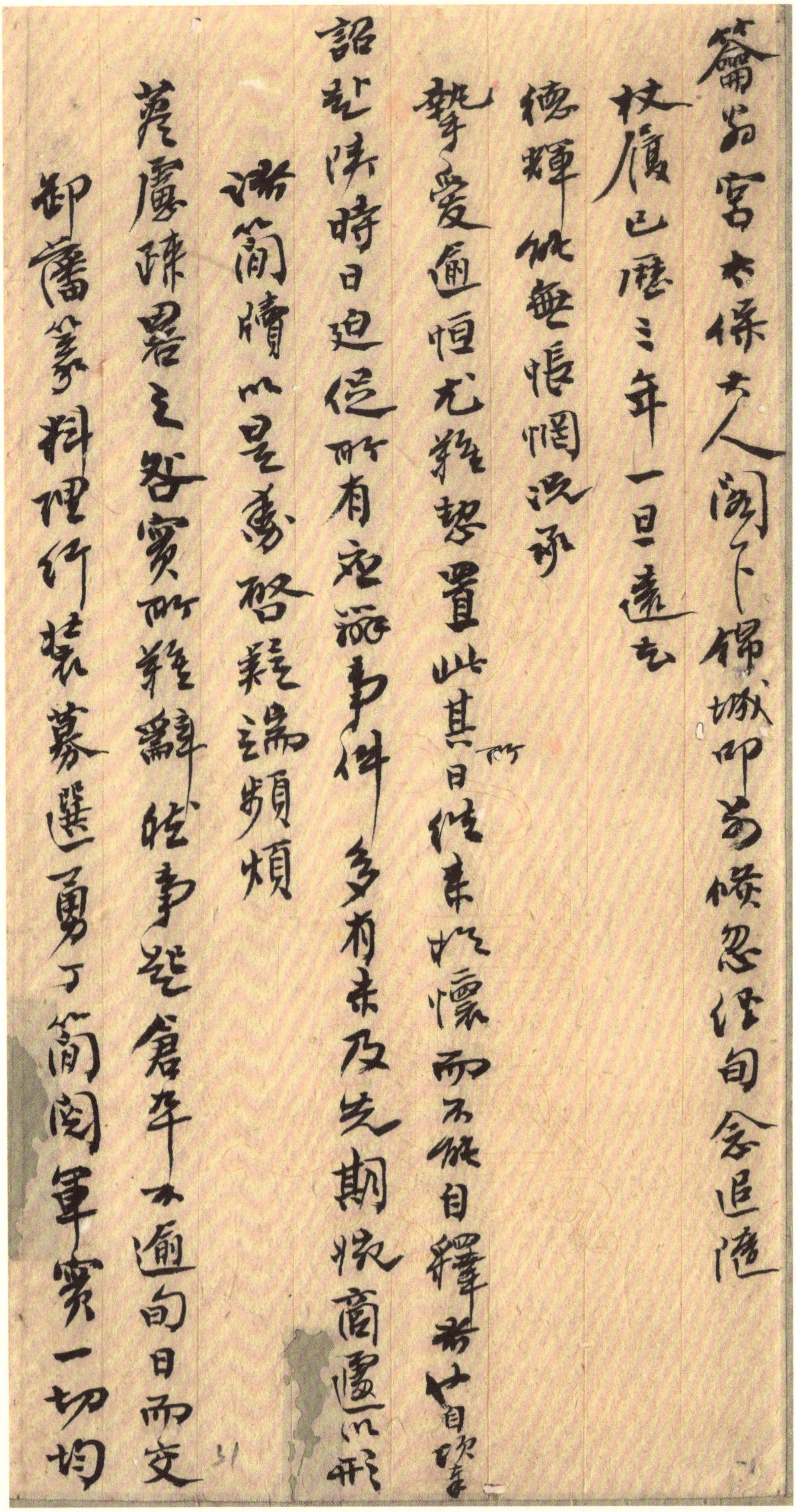
籥翁宮太保大人閣下：歸城即當候，忽經旬，念追隨
杖履已歷三年，一旦遠去
德輝，能無悵惘。況承
摯愛逾恒，尤難恝置。此其所日往來於懷而不能自釋者也。自奉
詔赴陝，時日迫促，所有應辦事件，多有未及先期揆商，遽以形
諸簡牘，以是屢啓疑端，頻煩
藎廑，疏畧之咎，實所難辭。惟事起倉卒，不逾旬日而交
卸藩篆，料理行裝，募選勇丁，簡閱軍實，一切均

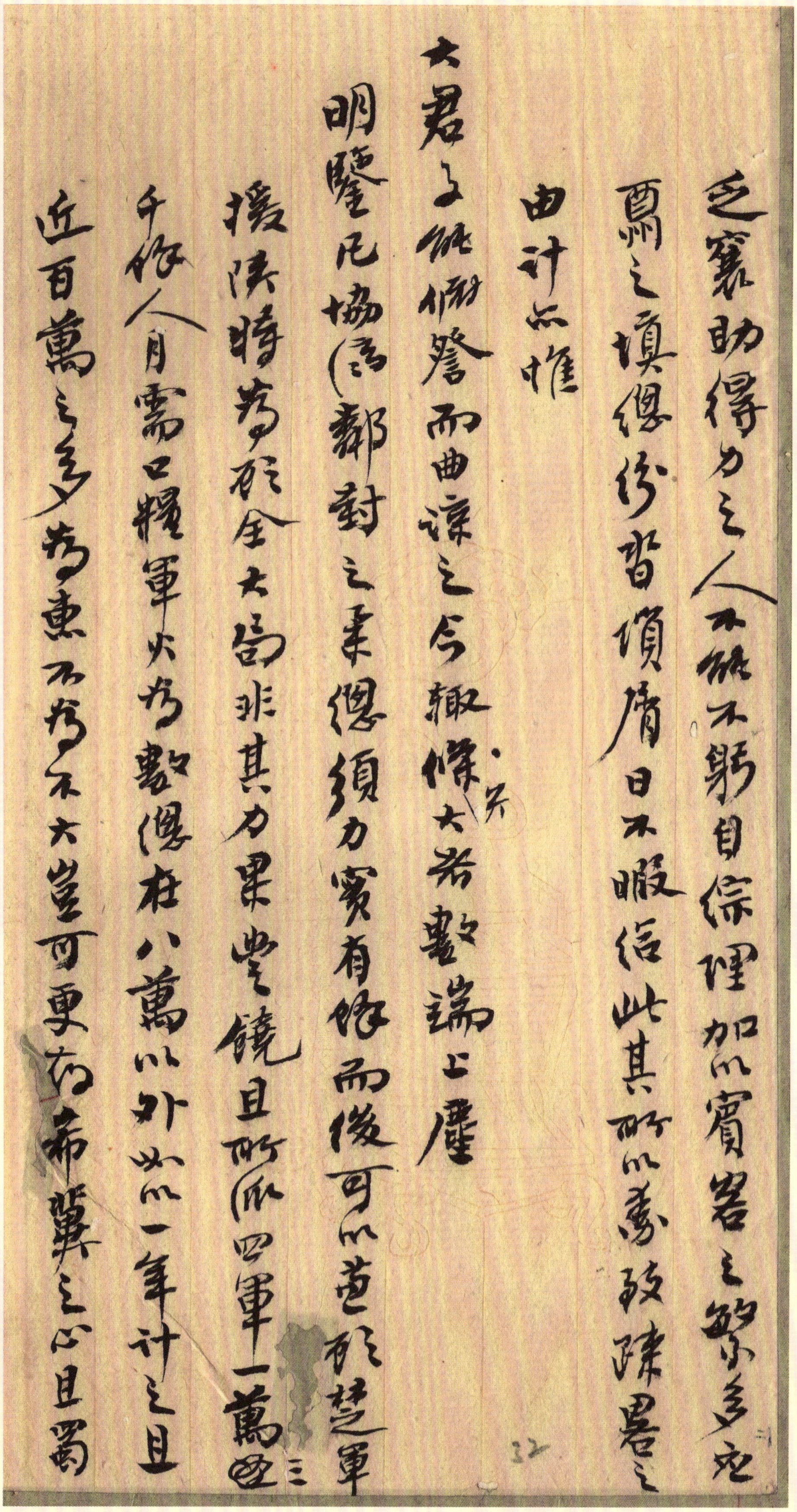

之襄助得力之人不能不躬自綜理加以賓客之繁多而
關之填偬紛沓瑣屑日不暇給此其所以易致疏略之
由計亦惟
大君子能俯察而曲諒之今輒條其大略數端上塵
明鑒凡協濟鄰封之款總須力實有餘而後可以施於楚軍
援陝將勇於全大局非其力果豐饒且所派四軍一萬四
千餘人月需口糧軍火為數總在八萬以外以一年計之且
近百萬之多為患不為不大豈可更存希冀之心且蜀

省捐輸已難再索萬一，津貼未能加撥，釐金又或短絀，即此每月八萬之餉亦有不能接濟之時。蒙前諭密籌，所歷咸陽，其於物產出入之源、籌款盈虛之數亦既洞澈，茲蒙德圖悉情形，豈一旦離蜀赴秦，遽有歧視前茲。請撥兩月之餉，本屬漢郡解圍、逆匪敗竄之後，急於跟蹤追剿，以期參數殲除萬一，或以乏餉停軍，不能尾躡其後，則時會可惜，況所且有須然之業，且由、鄉抵漢，計程近二千里，往返稍或濡滯，即在兩月內外，所為預籌早

計以免延誤事機

宮太保疑其以蜀餉資秦軍而楚軍欠餉仍將索之於蜀也

果以此居心即與市儈何異自顧平生行誼雖碌碌無所

短長而於取與之節硜硜自守頗見信於友朋豈今日任職

服官反至貪乖素守況蜀軍既資蜀餉秦軍須用秦

饟前在籓司任內曾經剖晰具詳界畫已極分明一旦

自食其言何以取信於世此又情事之顯然者也至於周曾

各軍用防川境以固籓籬自係方今要著現值秦地糜

嫻精華猶竭，業已無可搜採。甘肅著名瘠苦，必非賊所
垂涎之區，則誤逆之圖犯蜀，固自在意計之中。蓉方
資蜀軍蜀餉以戡秦亂，豈得置蜀事於不顧。然將來
率師援秦，反致逼賊入蜀，將何以對三巴父老。且蜀省頻
年苦戰，始保完善之區，一旦復遭蹂躪，即婦人孺子皆
將指斥而唾罵之。準諸人情，諒皆出此。前摺謂調周營
而軍會剿，以通驛路。如慶誤逆敗而東竄，則蕭、何各
軍務於邊之追躡，而[illegible]一股非得周營會剿，勢難冀

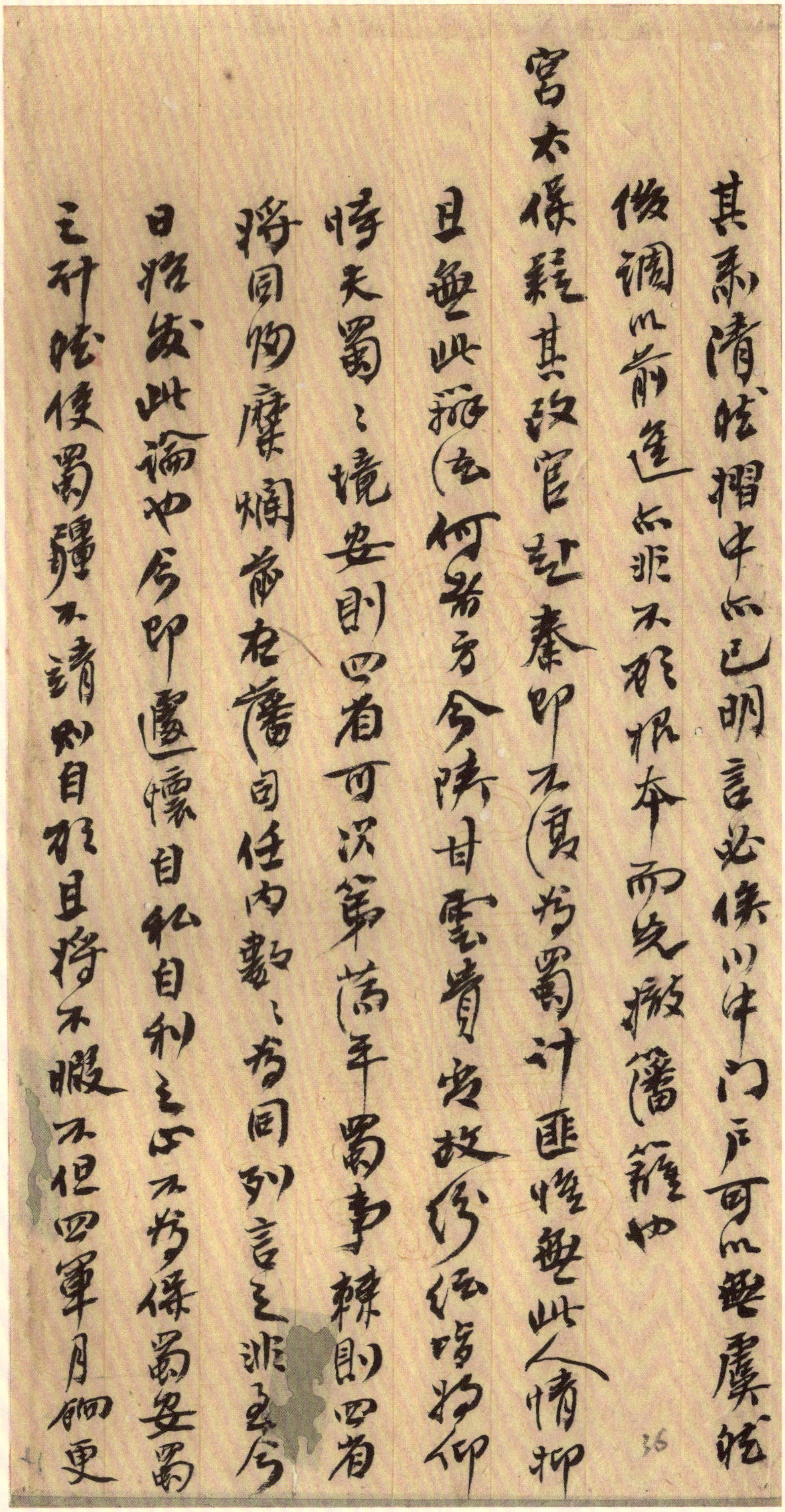

其系清恬，胸中亦已明言，必保川中門戶可以無虞，然
徼倖以前進，亦非不於根本而先撤藩籬也。
宮太保若其改官赴秦，即不盡為蜀計，匪惟無此人情，抑
且無此辦法。何者？方今陝甘雲貴皆設總督，將仰
給於蜀，蜀之境安，則四省可以籌濟；若年蜀事棘，則四省
將同阽危。爛前在藩司任內，數數為同列言之，非至今
日始發此論也。今即處懷自私自利之心，不為保蜀安蜀
之計，陡使蜀疆不靖，則自顧且將不暇，不但四軍月餉更

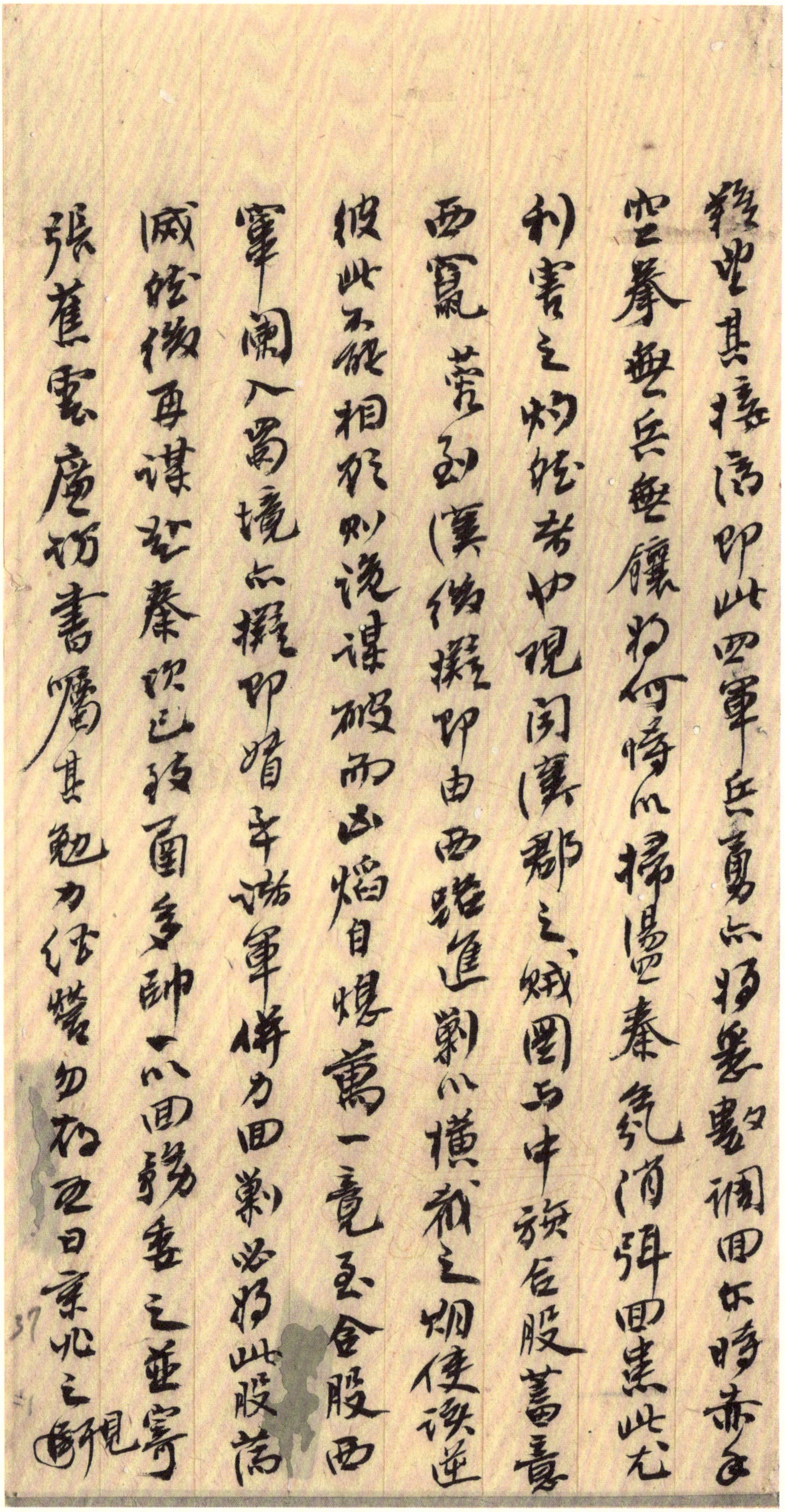
難望其接濟即此四軍兵勇亦將譁變禍因不時赤手
空拳無兵無餉將何以掃蕩巴秦氛消弭回患此尤
利害之灼然者也現聞漢郡之賊圖與中旗合股蓄意
西竄若到漢弟擬即由西路進剿以橫截之俾使該逆
彼此不能相顧則逆謀破而凶焰自熄萬一竟至合股西
竄闌入蜀境亦擬即增率諸軍併力回剿必將此股蕩
滅然後再謀赴秦現已致函多帥以回錫委之並寄
張蔗雲廉訪書囑其勉力經營勿存旦日棄北之

蓋此賊一日不滅，則秦人不得安枕，蜀人不得撤防，今日兩
省之患，亦同之，保秦患即所以保蜀患，而為蜀計，正所
以為秦計，勢均唇齒，誼切輔車，蓋又理勢之所必然，
非獨準之於情與義，而有所不能恝也。伏乞
宮太保因其言以考其實，即其事以窺其心，
擴虛公之雅量，而勿主先入之言，
秉忠誠之素懷，而毋存異視之見，則於前所疑慮，鄙者必
有渙然冰釋之時，而蓉之區區微悃，亦將有不俟表

白而昭然共見者亦非一時之揣墨所能宣也久雨泥
濘士卒疲困就此少憩乘閒奉達即頌
台安諸維
鈞鑒不宣
治晚生劉蓉頓首上
又者頃過中江適當偉堂軍門之封翁來見出
示偉堂五月所寄家書言鳳翔以東賊八月被圍
日久糧支分難守師救援等語則毛舊自日前來
函云云非虛語也併以奉
聞

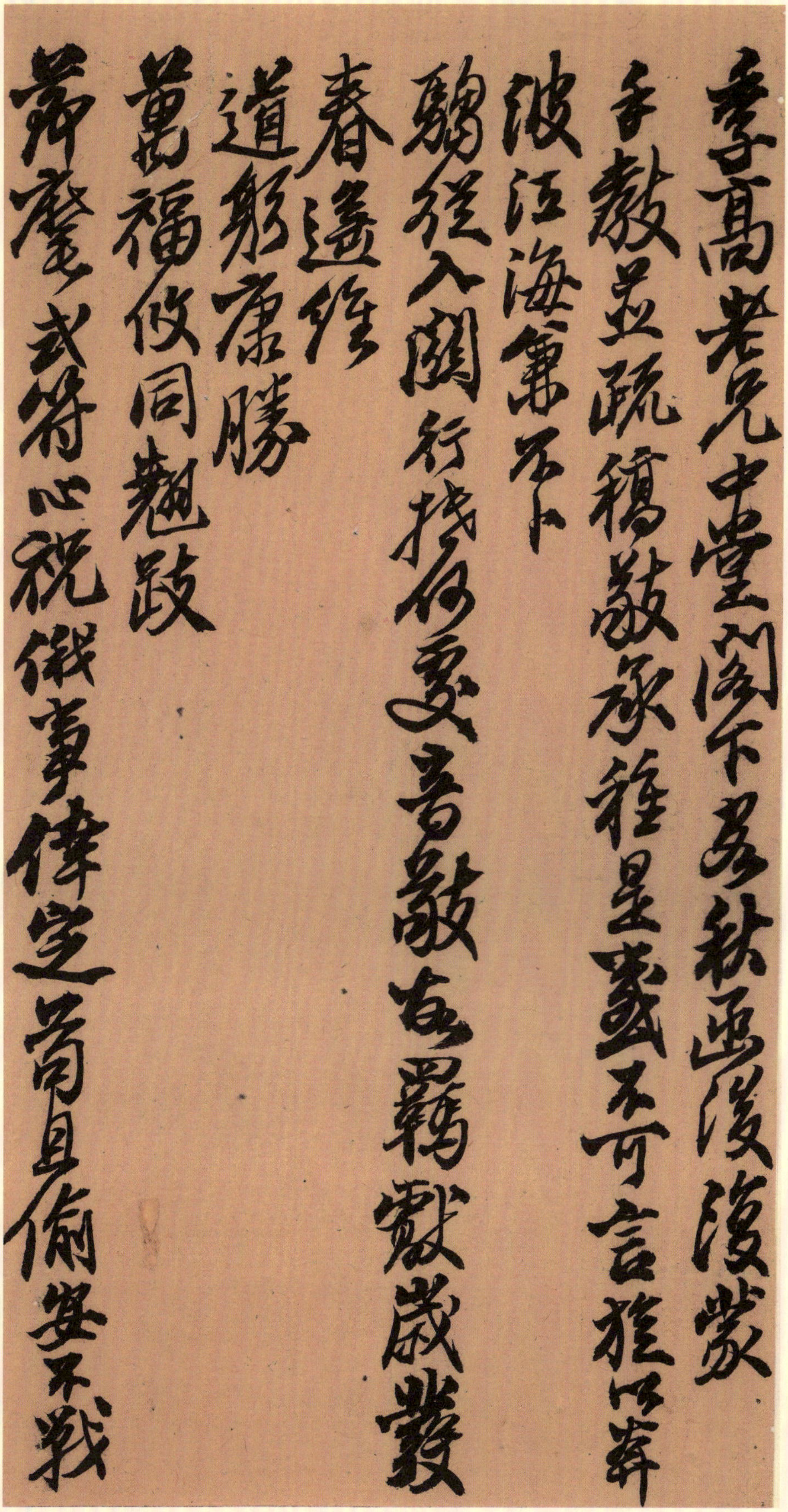
季高老兄中堂閣下：客秋違後，復蒙
手教並疏稿，敬承雅望，盛不可言。雅以奔
波江海，策不下
騶從入閩，行抵何處？吾敬為羈戢歲暮
春遙維
道躬康勝
萬福攸同，翹跂。
弟麾下武將心服，僚事律定，而且備要不戰

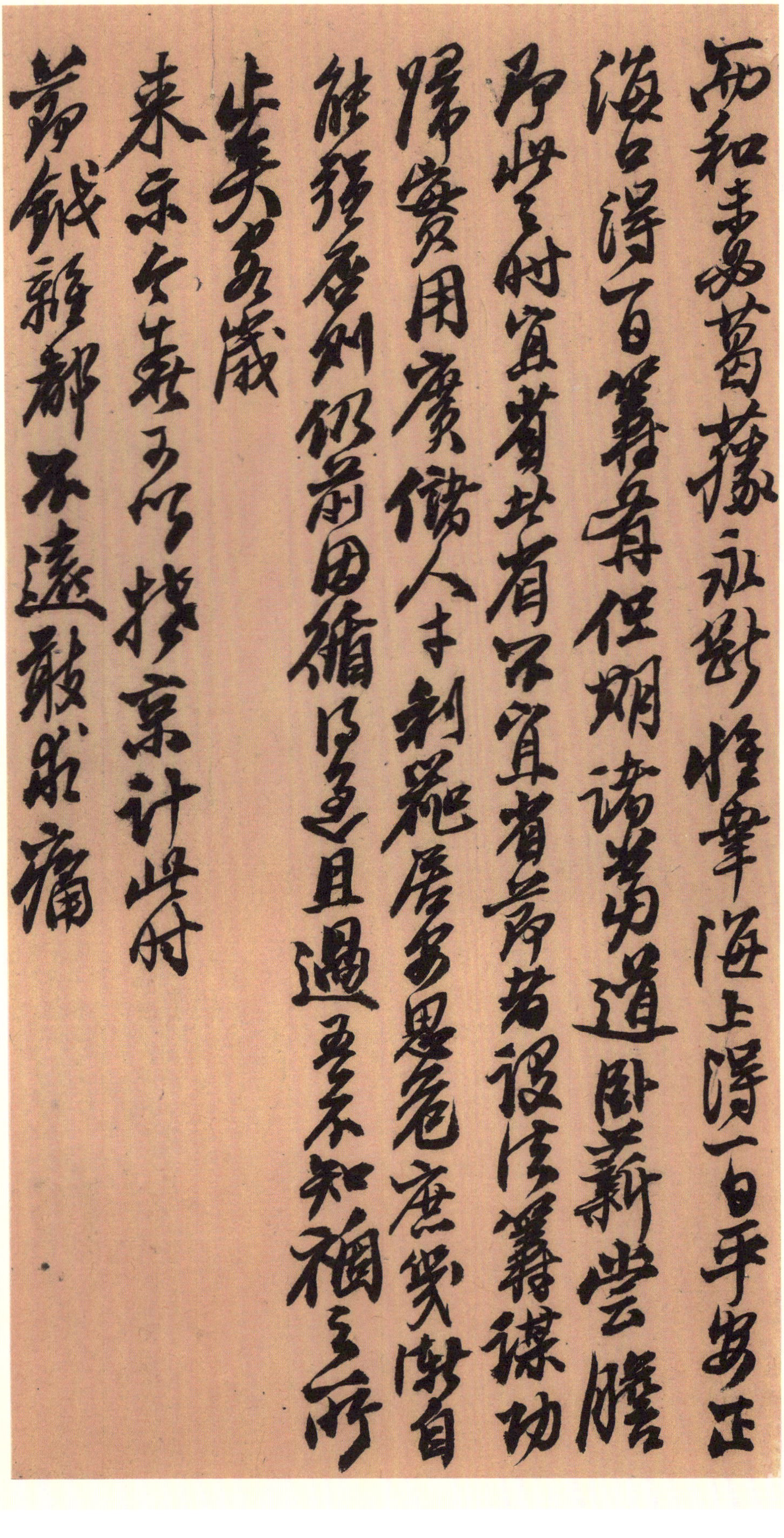
雨和吉安葛藤永斷惟聞海上得一日平安正
海上得有百萬身價但期諸葛道卧薪嘗膽
耶此府宜省此省不宜省若設法籌謀功
歸資用廣儲人才剝羅居安思危庶幾自
能發屋剝繆前因猶以遞遷且過五年不知禍之所
止矣吾歲
來京今春五月擬京計此府
節錢雜郁不遠敢飲痛

陳時弊維持大局
霖雨蒼生以副
朝廷重望天下至望屬
社稷幸甚人民幸也 愚意宜見来之省兵亦不
可撤南北洋海口防務永宜認真籌辦總期
費用而不縻才儲而備用只在實事求是自能
富強不至常省而程富強也吏治軍政宜嚴士
習民風宜整飭

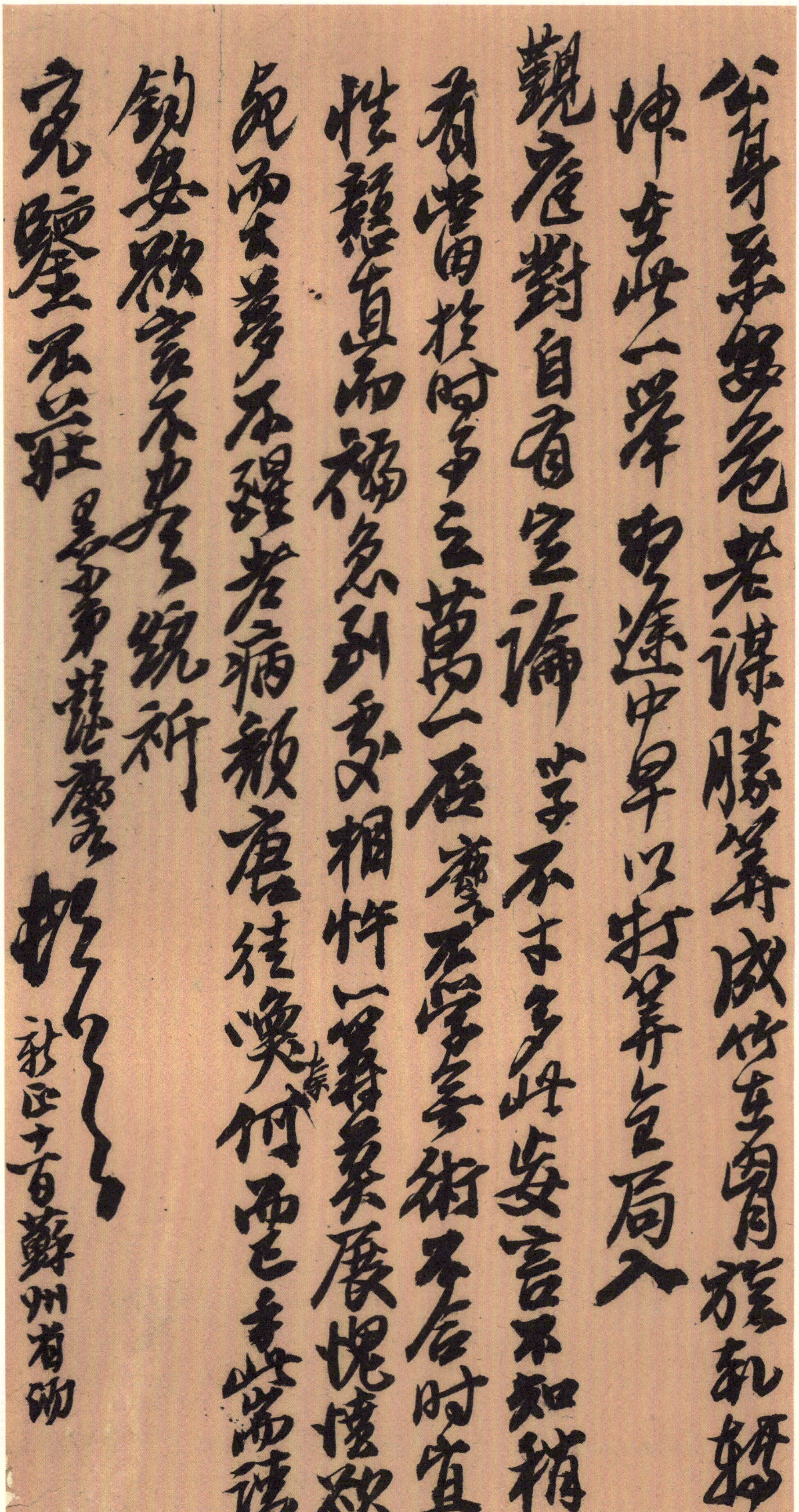

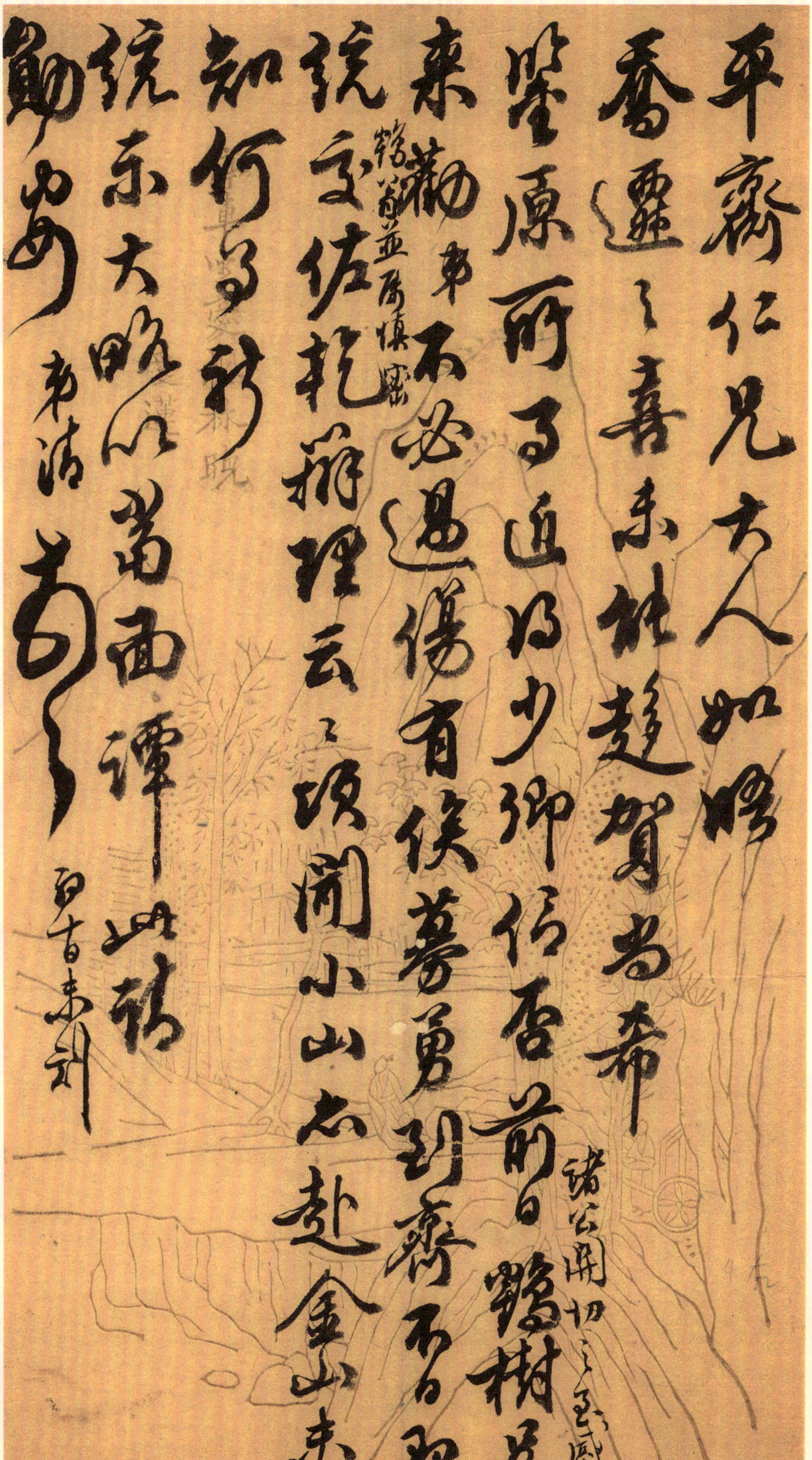

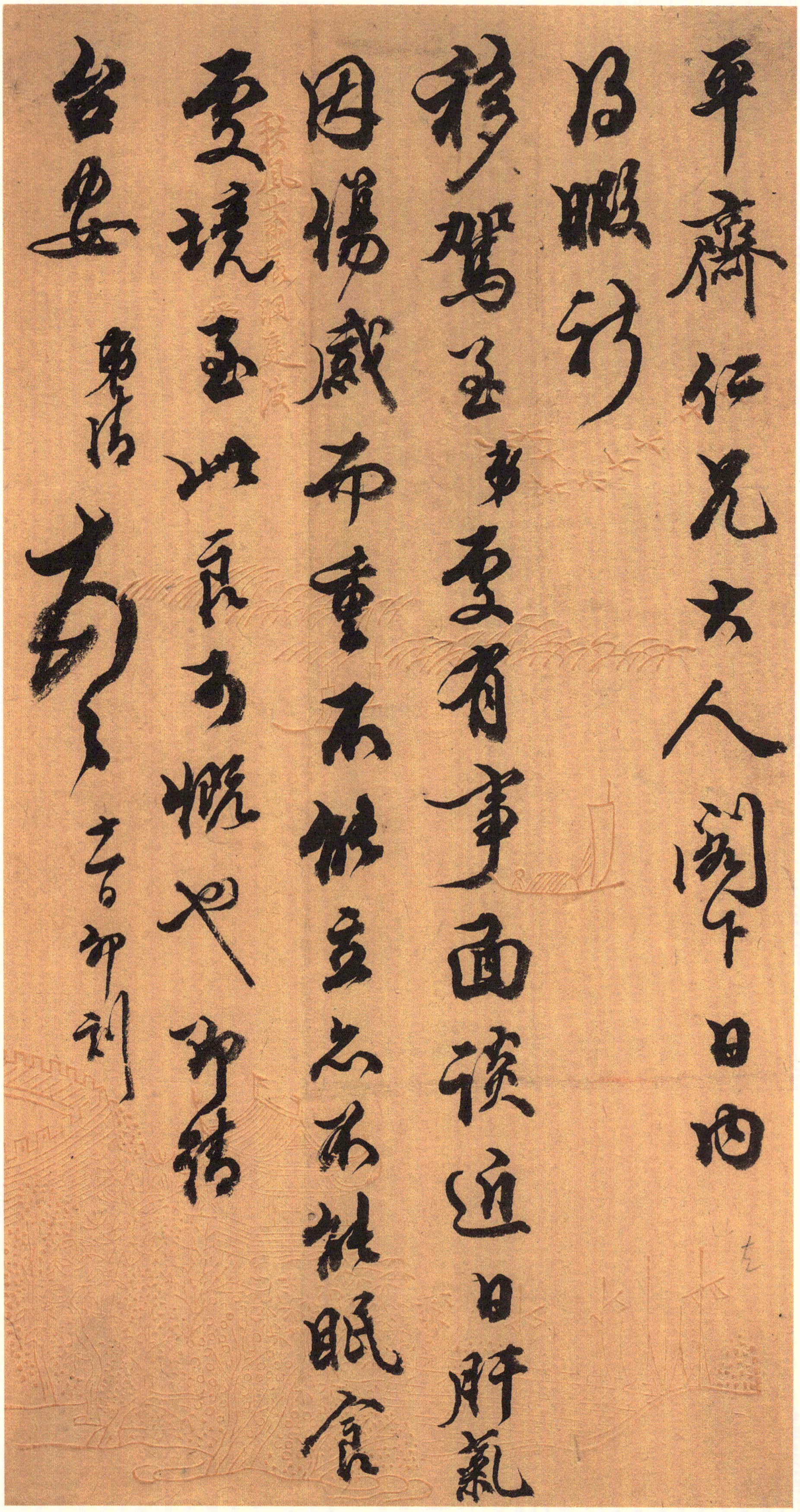
平齋仁兄大人閣下：日內得暇，祈移駕至弟處，有事面談。適日肝氣因傷感而重，不能立，亦不能眠食。處境至此，真可慨也！即請
台安。弟清頓首。吉卯刻

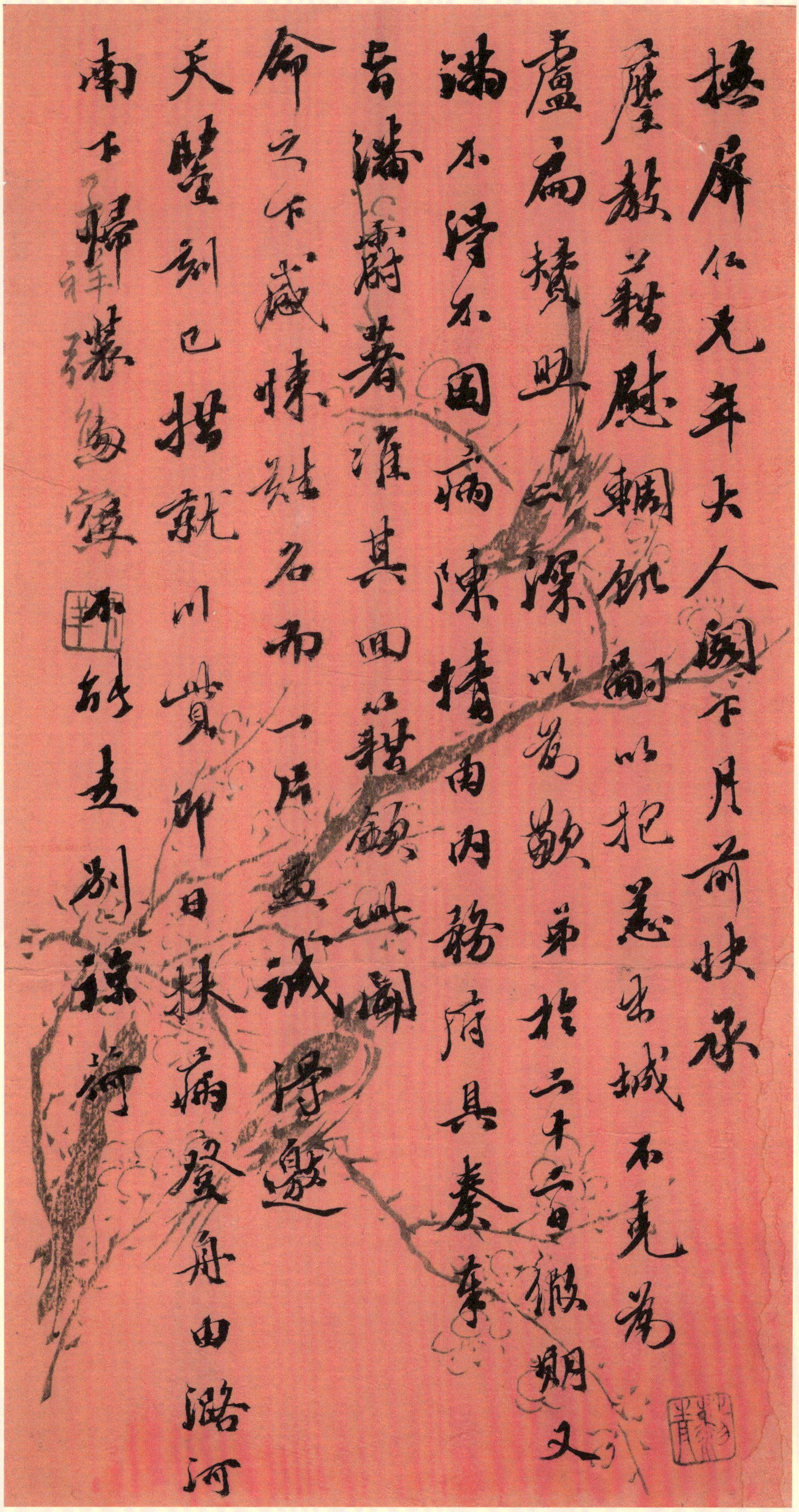
撫屏仁兄年大人閣下：月前快承
塵教，藉慰輖飢。嗣以抱恙出城，不克爲
盧扁贊助之深，以爲歉。弟於二十六日假期又
滿，不得不因病陳情，由內務府具奏，奉
旨：潘霨著准其回籍調理。闔
命之下，感悚難名，而一片愚誠得邀
天鑒。刻已措就川資，即日扶病登舟，由潞河
南下，歸裝匆遽，不能走別，諒祈

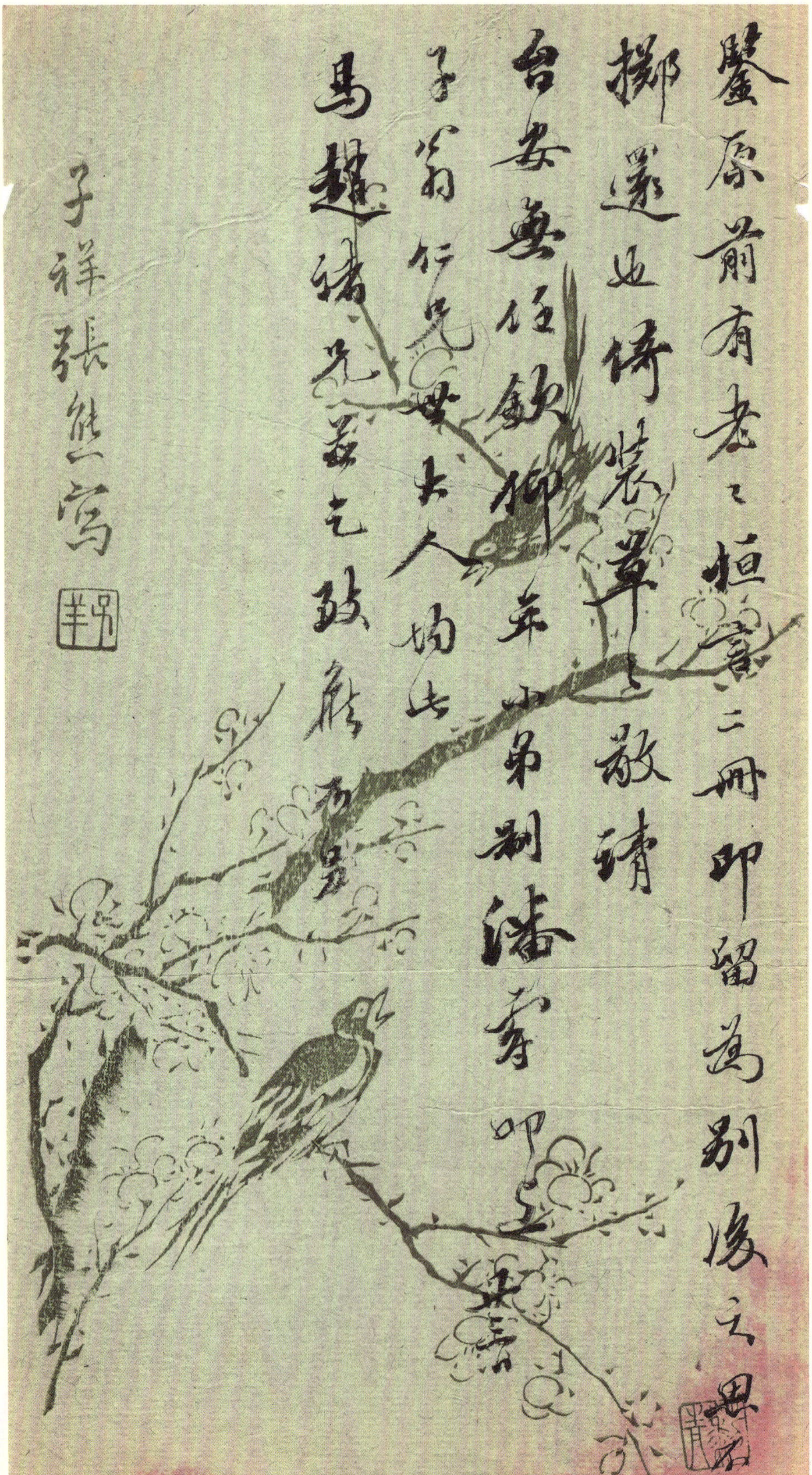

鑒原。前有《老〻恒言》二冊，即留為別後之思，不必擲還也。倚裝草〻，敬請台安，無任欽仰。年小弟制潘霨叩上。冬至

子翁仁兄世大人均此。

馬趯緒兄前乞致候，不另。

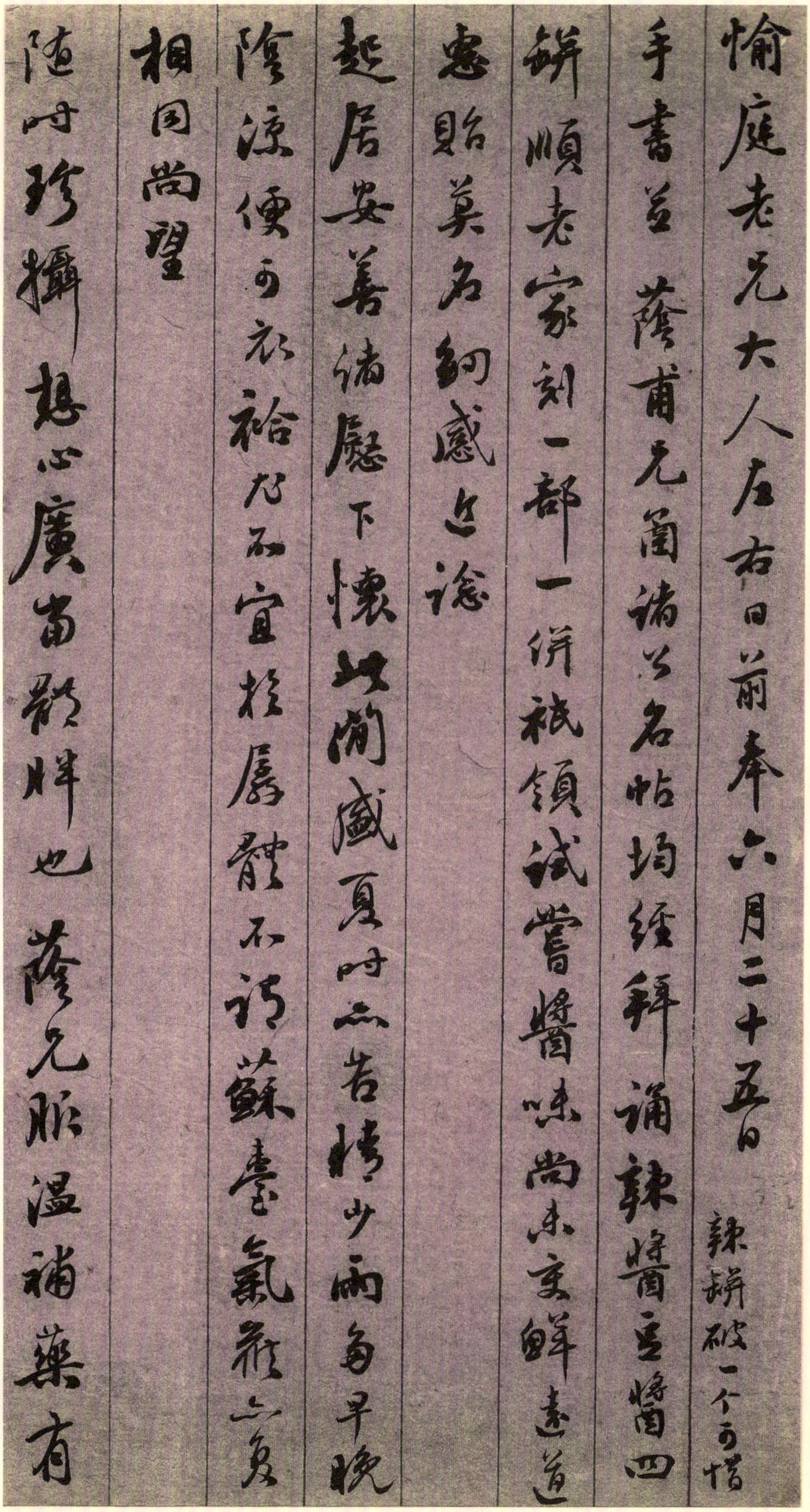
愉庭老兄大人左右日前奉六月二十五日
手書並 蔭甫兄屬請以名帖均經拜誦辣醬豆醬四
餅順老家刻一部一併祗領試嘗醬味尚未變鮮甚道
惠貽莫名銘感近諗
起居安善諸慰 下懷此間盛夏時亦苦燥少雨每早晚
陰涼便可衣袷尤不宜於屬體不許蘇臺氣候亦復
相同尚望
隨時珍攝想必廣當歡眸也 蔭兄服溫補藥有
辣醬破一个可惜

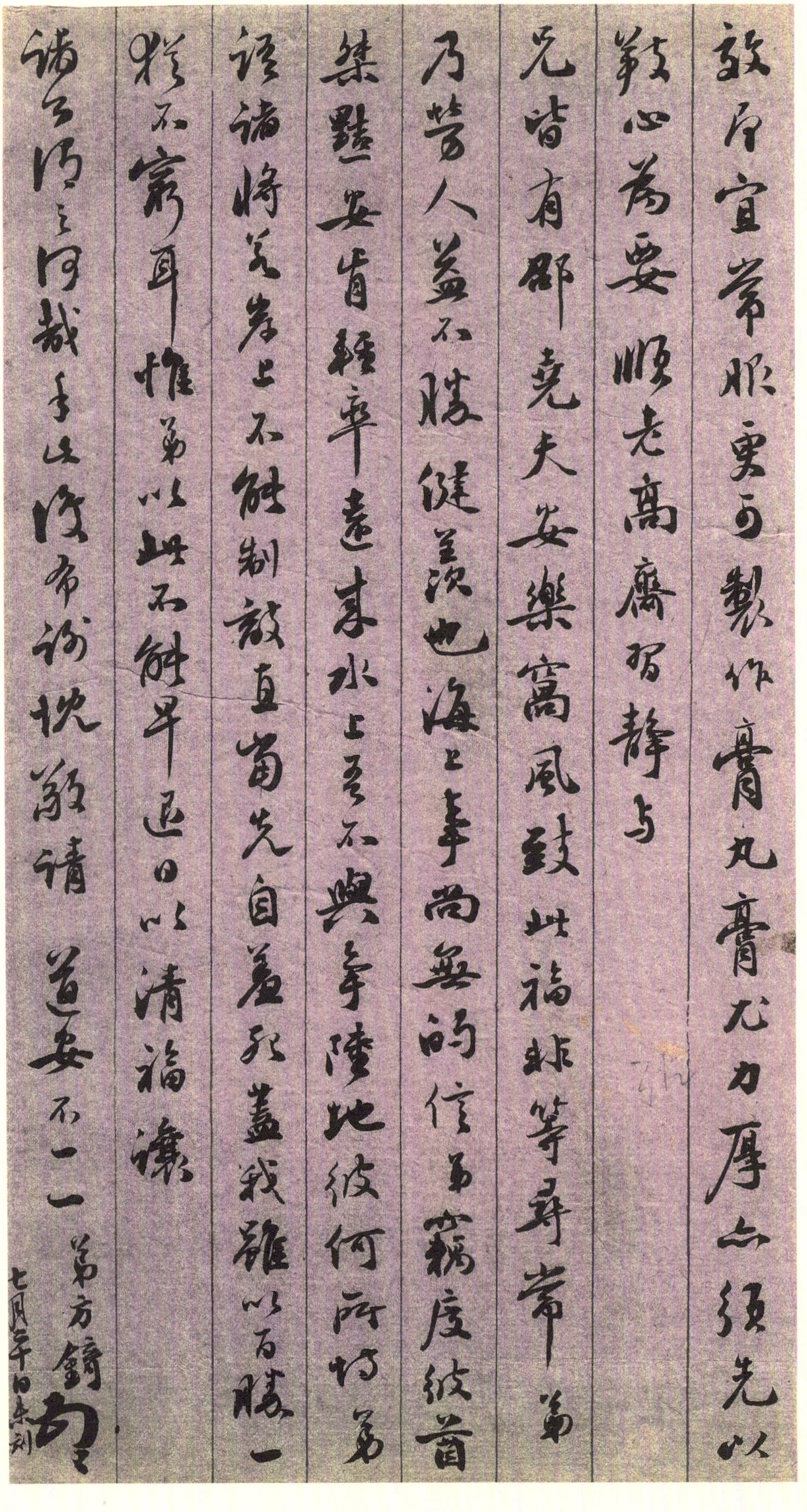
致何宜常服更可製作膏丸膏尤力厚亦須先以
靜心為要順老高齋習靜與
先生有郡竟大安樂窩風致此福非等尋常 弟
乃堂人益不勝健羨也海上年尚無的信 弟竊度彼首
禁壓安肯輕率遠來水上吾不與爭陸地彼何所恃 弟
謹論將義卷上不能制敵直當先自羞死蓋我雖以百勝一
終不窮耳 惟弟以此不能早退日以清福讓
諸公得之何哉手此復布詢挽敬請
道安 不一一 弟方錡頓首
七月廿日未刻

午橋姻世叔大人閣下前奉兩牋諒登
霽照近諗
福綏祠駢
祥叶升恒翹仰
台階定為禱祝逆劉賊正陽一切尚稱平順連日飭
派兵營夾渡楊樓大彭小彭王文兵寨殲斃首匪
甚多地方漸就安謐惟張崗一寨係張鳳林老巢
有捻首戴庭蕭壽向結亳捻竄入其中負嵎抗拒

毛昶熙 致 午橋

現在附近應援業經官軍次第掃蕩亟應督飭
諸軍滚營進紮合力圍攻但該寨牆高濠深得
手不易須得非常利器方可望其成功前曾致函
唐義渠中丞暫借炸礮一用旋接覆函以所存炸礮
三尊經
麾下帶去二尊尚餘一尊留爲攻圩之用等語竊以揆之
愚魯素蒙
格外關垂今當攻剿方殷意欲暫借此項炸礮 尊

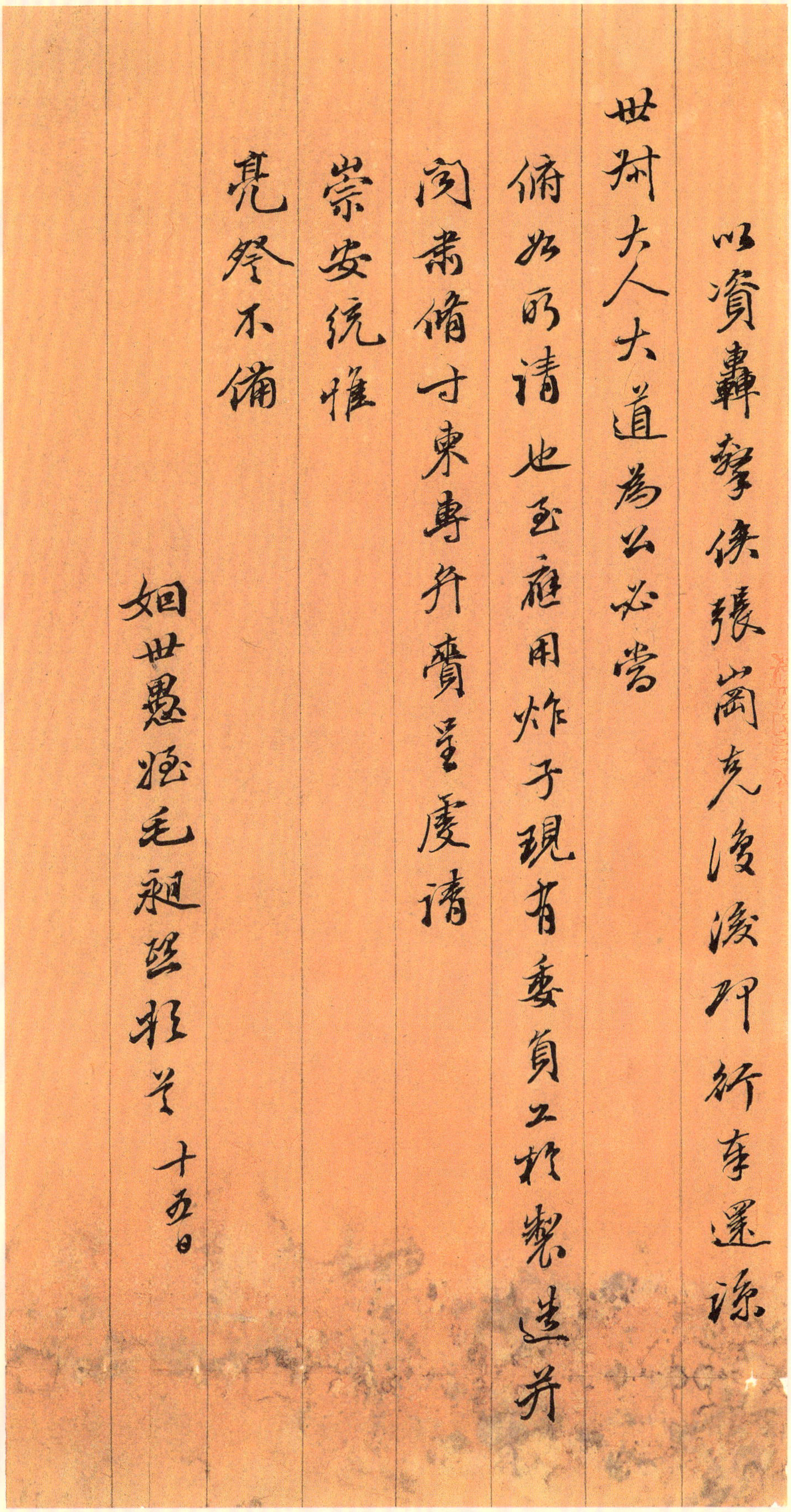

以資轟擊俟張崗克復後理行李還豫
世叔大人大道為公必當
俯如所請也至雇用炸子現有委員工於製造并
聞肅備寸柬專弁賫呈虔請
崇安統惟
亮察不備
姻世愚姪毛昶熙頓首 十五日

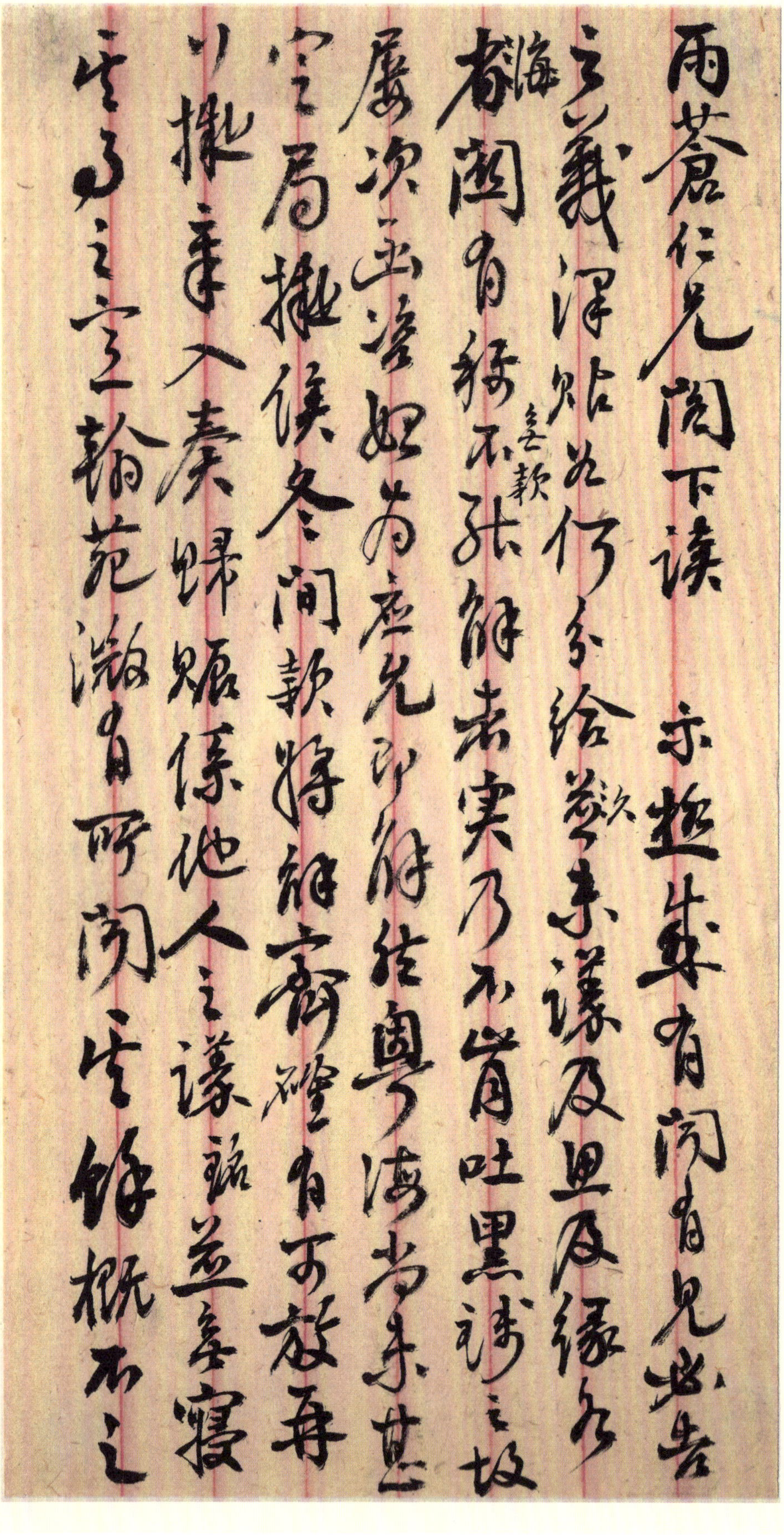

雨蒼仁兄閣下：讀 示並悉。有閣有見出告之義。渾貼尤佳，何分給欵來議及里及緣分。海春閣自發不張（差款）錯，若實乃不肯吐黑誄之故。屢次函屬，如為應兄即解往粵海常未甚。空為撥俟冬間款得解寄證自可發再少撥。年入秦歸賑係他人之議，語並奏寢。生多之言，翰苑激有所聞，生鋒概不之

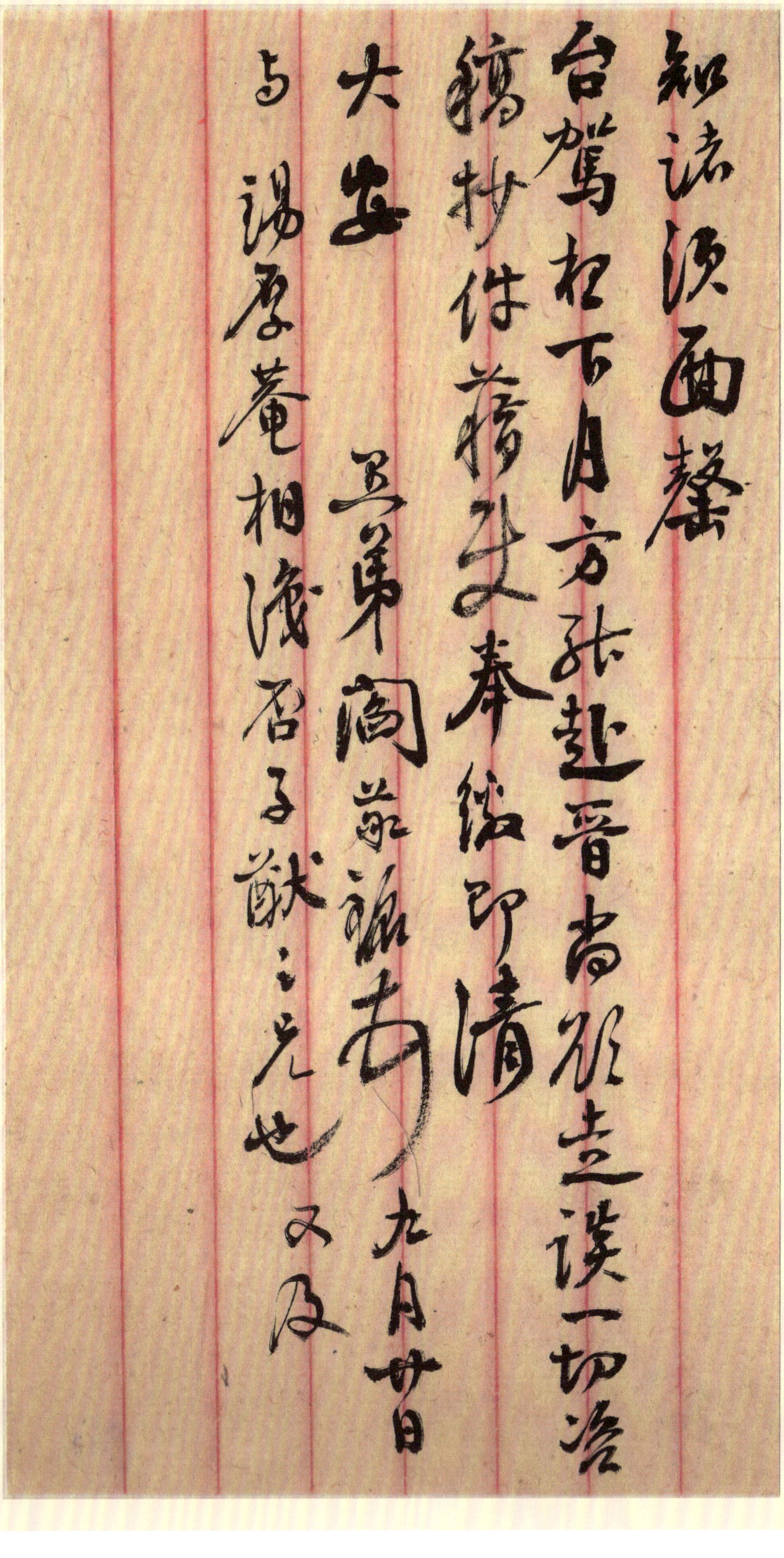
知諗頃函鑒
台駕在下月方能赴晉，尚祈在之謨一切洽
稿抄俟藉手奉繳，即請
大安
弟閻敬頓首 九月廿日
與
湯厚庵相識，君子獻之光也。又及

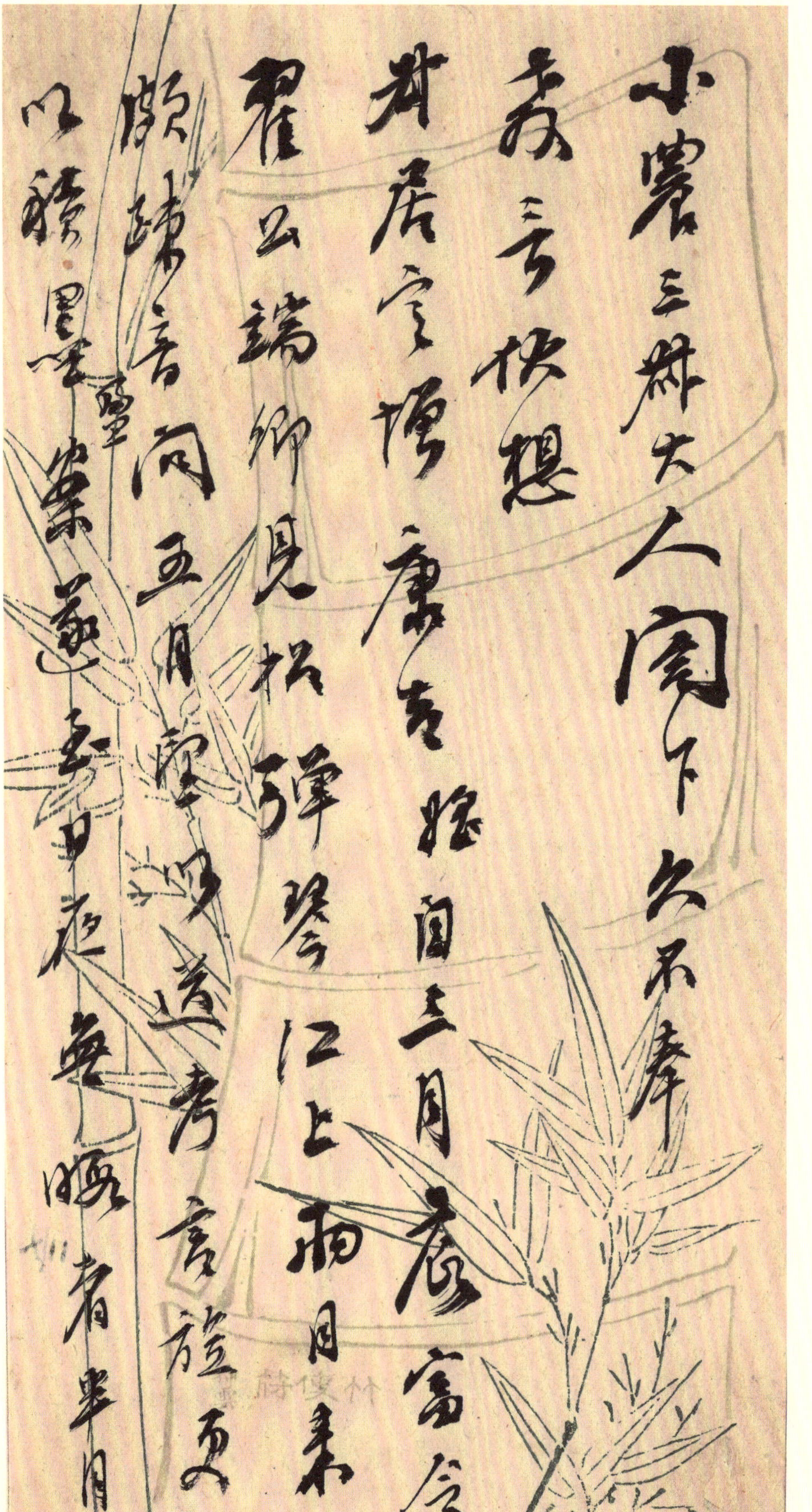

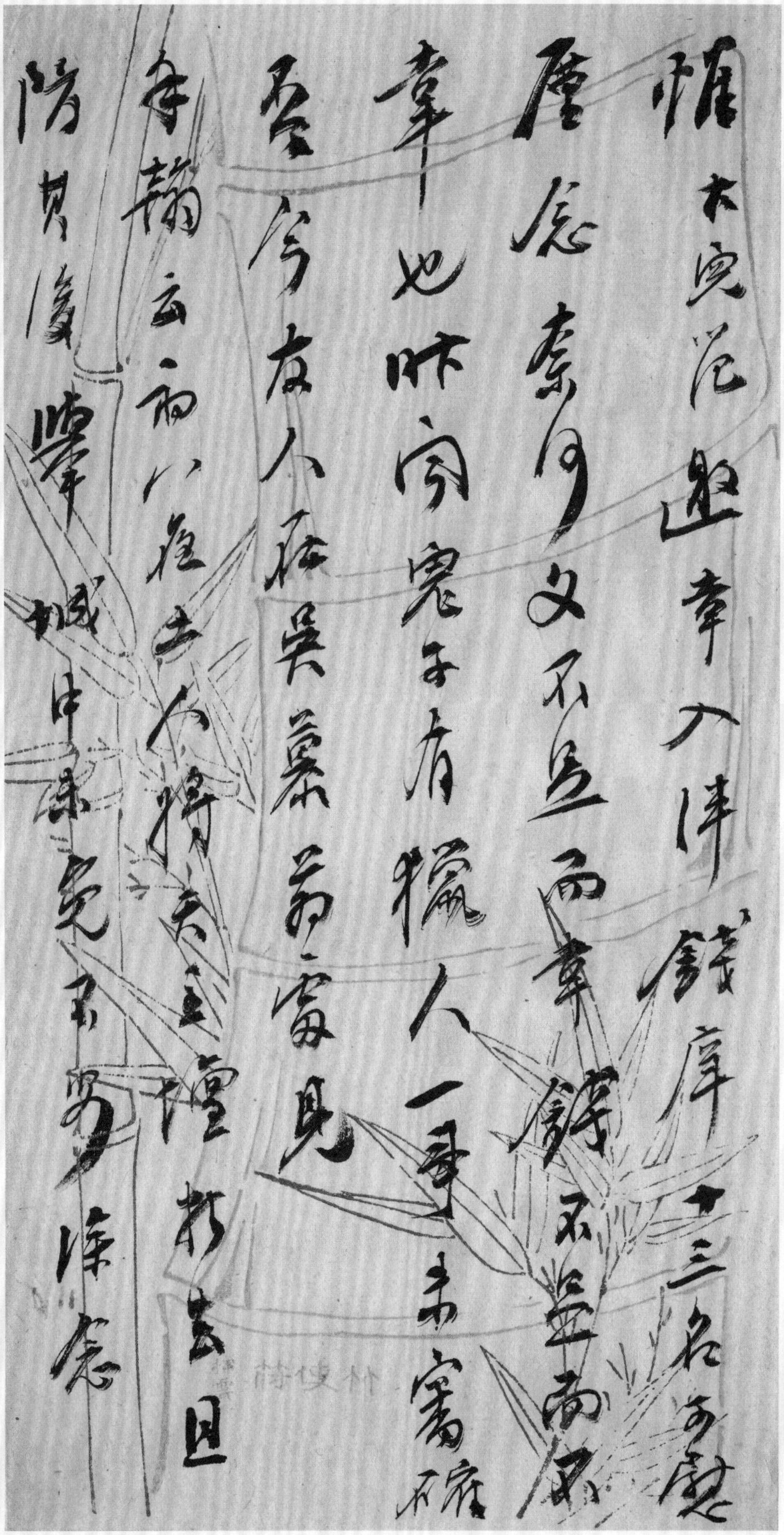

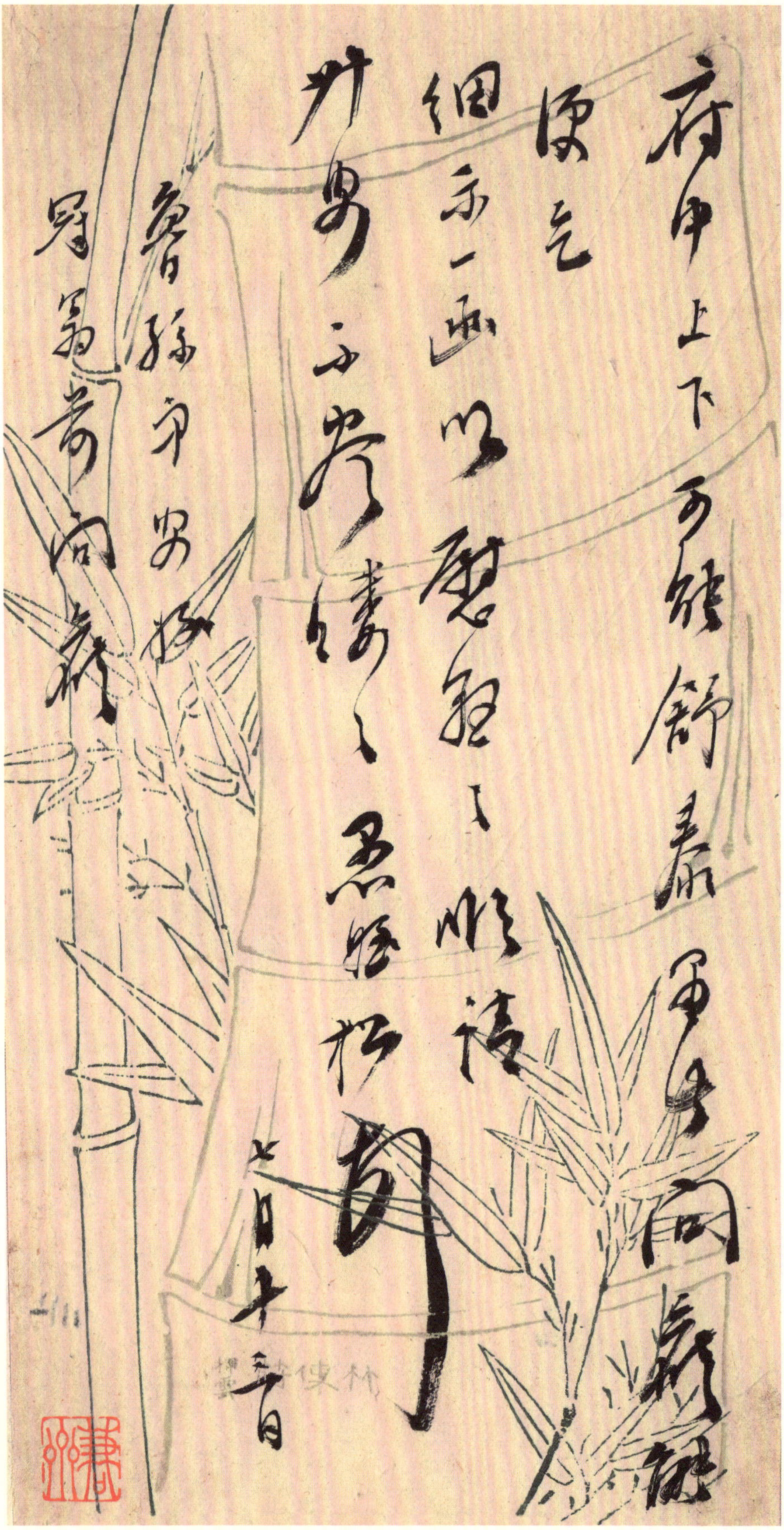

沅甫宮保伯大人閣下 睽中違奉
兩書并
賜示大疏指陳利病反復詳盡尤能規見其大總括
時務之要使讀者神爽意豁感發聽受
公之斯文養元氣固當長存天地間自為不朽開
春伏惟
福躬康裕
仁德大隆吉慶長久禱祝無量 萬壽益偶因訓

27

應至夕迎送出入觸門限傾跌傷額及鼻準
及兩脅委頓十餘日奉
尊書急謀作答一申俗眼之恍而有此厄張筱堂
世兄自江西專足求書正值傷脅又逾歲除力不能
應入春三月知來使仍留省無書張子衡爲人爲
節下所深知無俟鄙言去冬歐陽靜山過省述及子衡
儲積無多料理邑中公事資助親故無所據其家
歲租僅及百石頗難爲生計李次青前稱其子幹堂

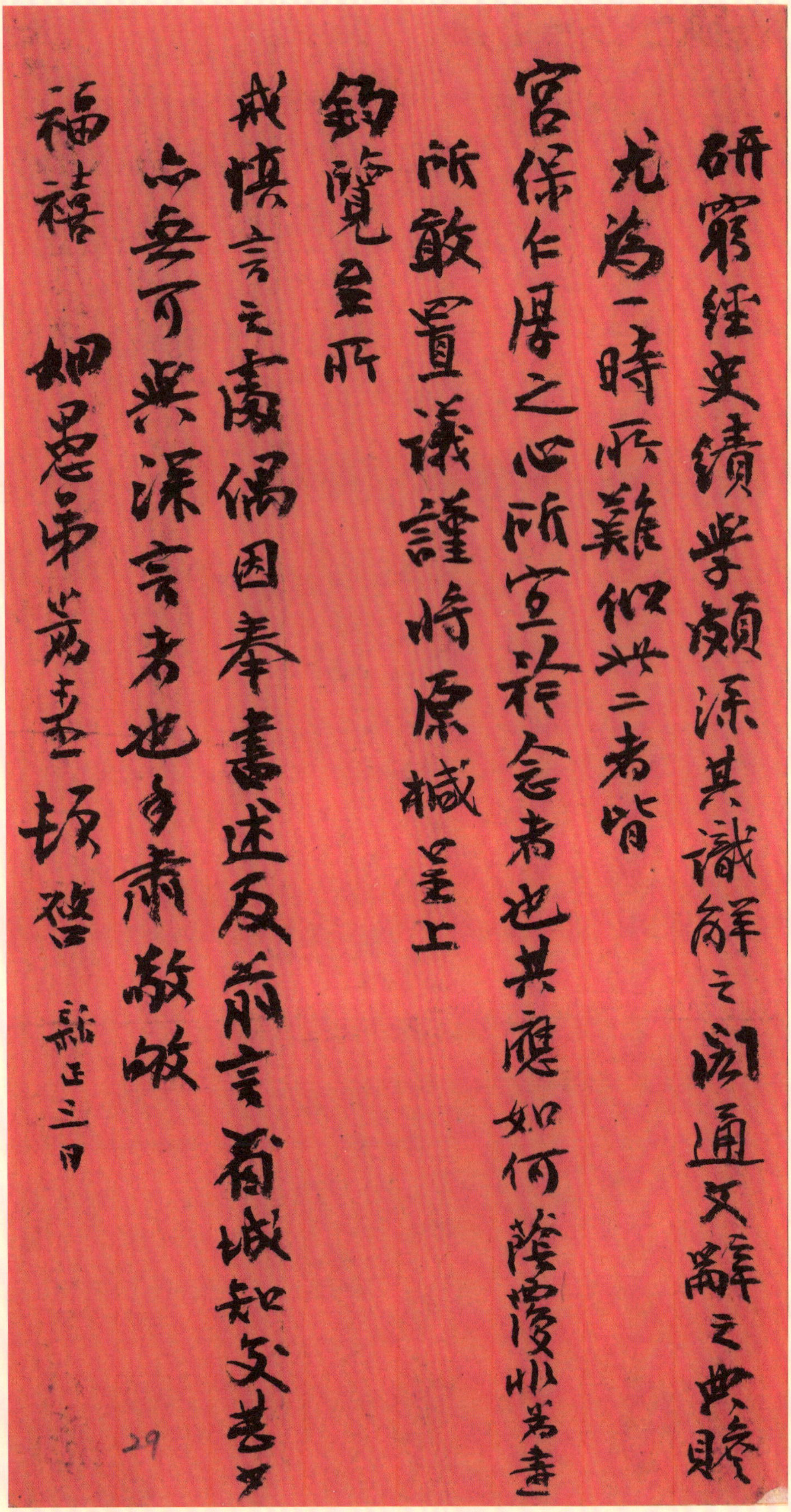
研窮經史績學頗深其識解之閎通文辭之典贍
尤為一時所難似此二者皆
宮保作屠之心所宜眷念者也其應如何陸續小萬書
所敢置議謹將原牘呈上
鈞覽至所
戒慎言之處偶因奉書述及前言尚城如文甚多
亦無可與深言者也手肅敬啟
福禧 姻愚弟嵩燾頓首 啟 端正三日
29

彭祖賢 致 退樓

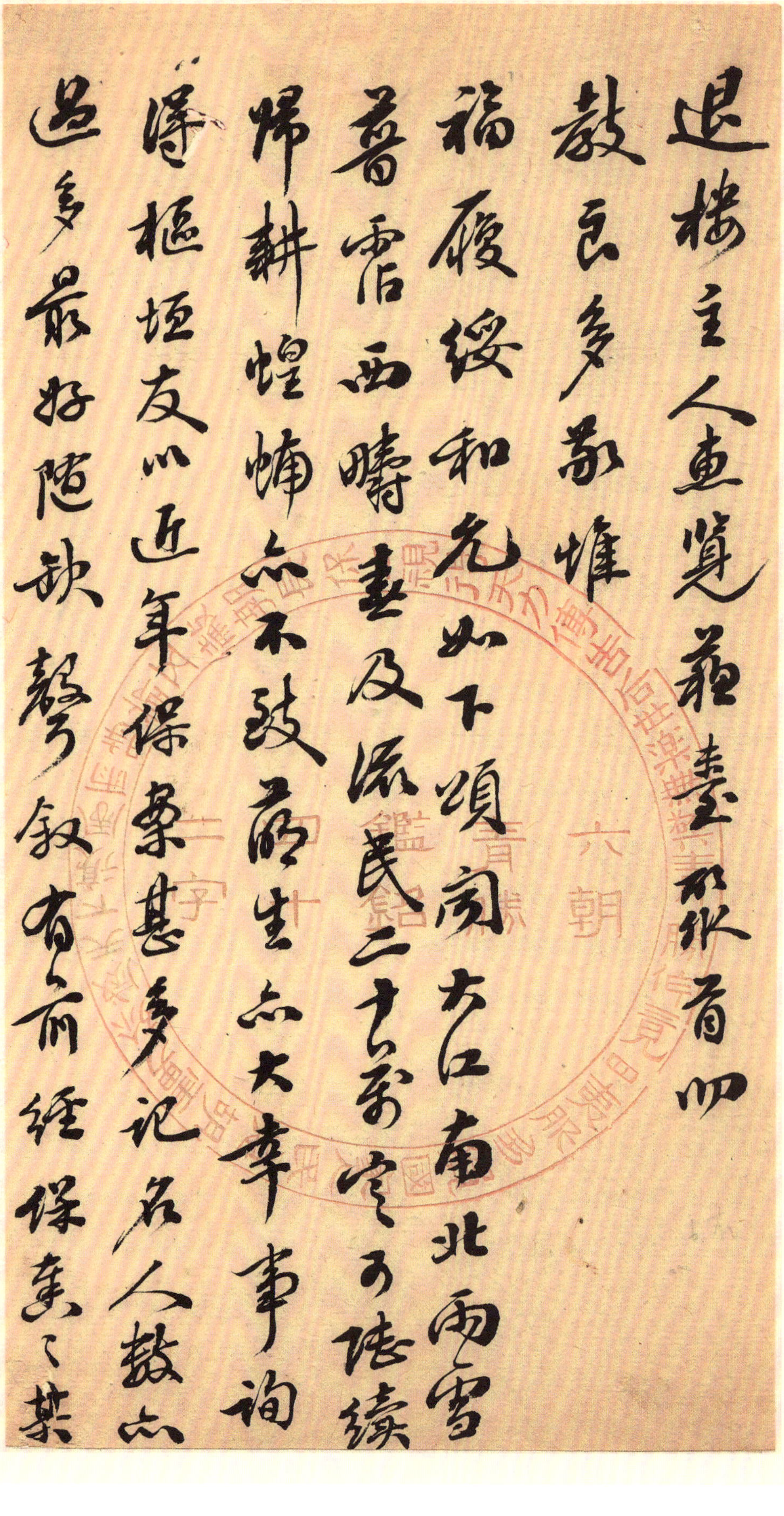
退樓主人直覽：蕤臺承示，首仰教良多，歉惟福履綏和，允如下頌。閣大江南北雨雪普霑，西疇盡及，災民二十萬家庶可繼續歸耕，惶怖亦不致蔓生，亦大幸事。詢得樞垣友，以近年保案甚多，記名人數亦過多，最好隨缺聲敘，有之而經保案之某

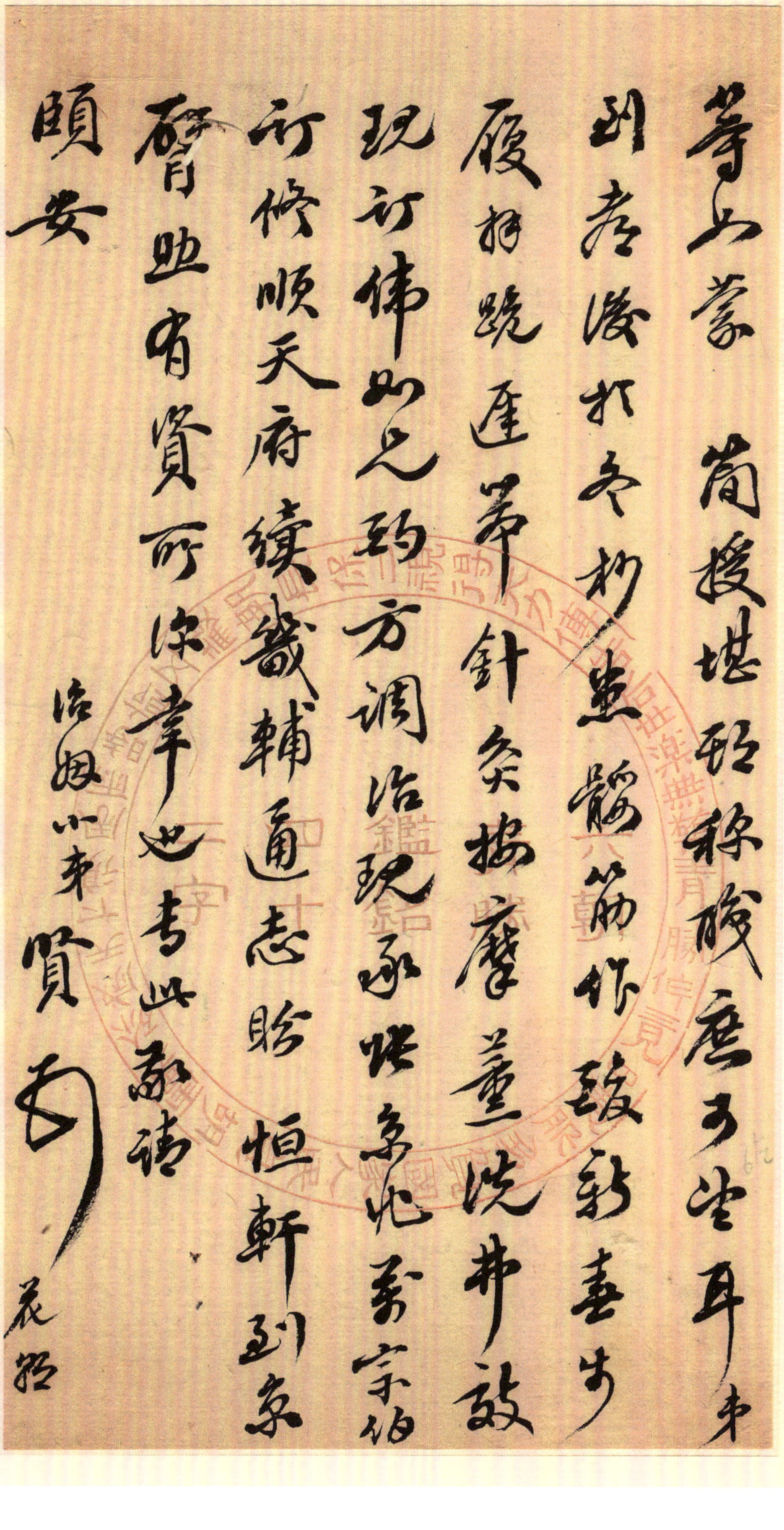
尊上蒙 荷援堪照移腋應手生耳未
到者滋扎冬杪患腕筋作酸春步
履拜跪艱第針灸按摩並洗井敷
現訪佛山之藥方調治現承 漱泉兆蓀宗伯
訪修順天府續纂輔通志 聆恒軒到京
贊助有資所深幸也專此敬請
頤安
治姻小弟 賢頓首
花朝

新年大吉大利，金玉滿堂，書賀 賢婿時[illegible]詢
碑帖三種已熟否？在篤[illegible]況[illegible]不數日補付去，儀廿八日備
晚篤況來此，[illegible]倩地請一年，紅帖大小[illegible]
披[illegible]並件當破[illegible]覽[illegible]一紙云云
婿已閒手無[illegible]觸書竟夕，雅[illegible]覽[illegible]
相信之[illegible]，且挑選[illegible]難，只[illegible]羅[illegible]非言

楊峴
致
婿

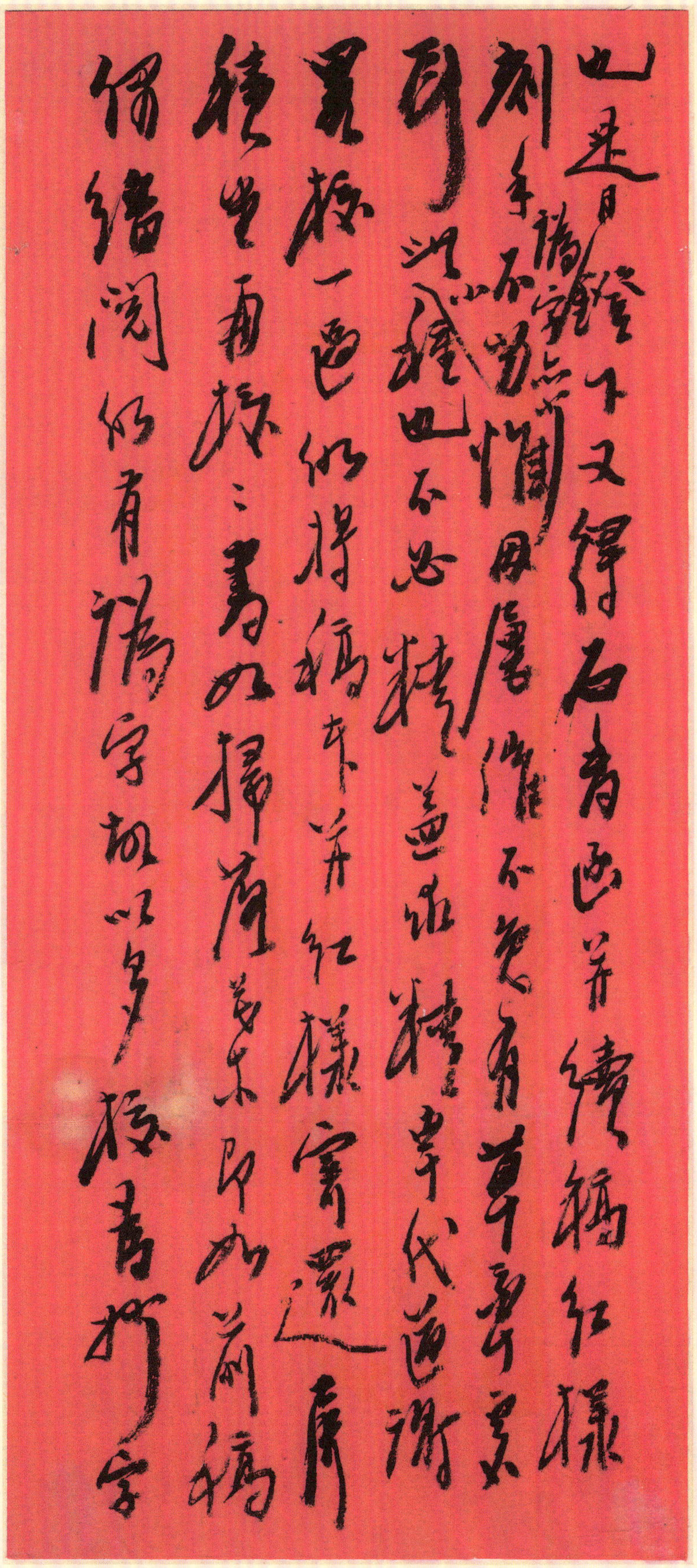

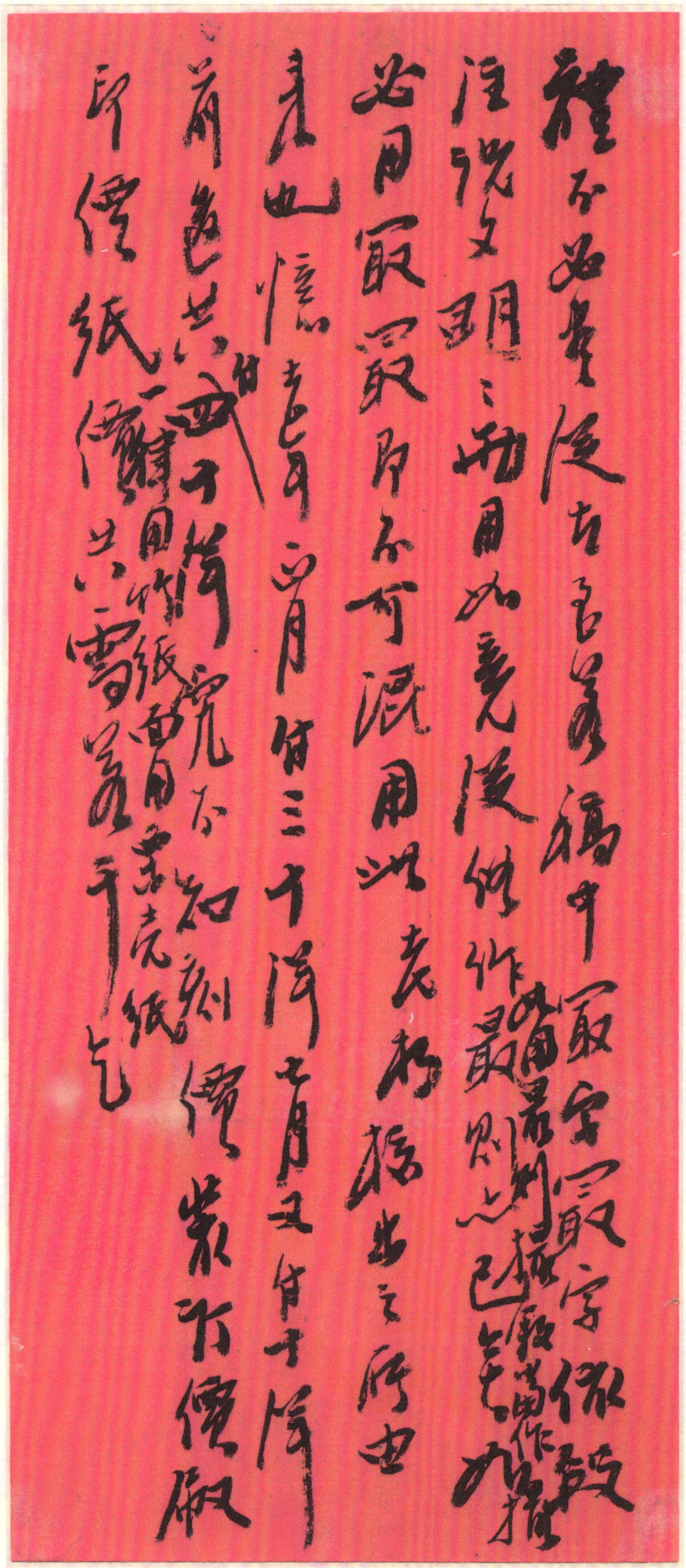

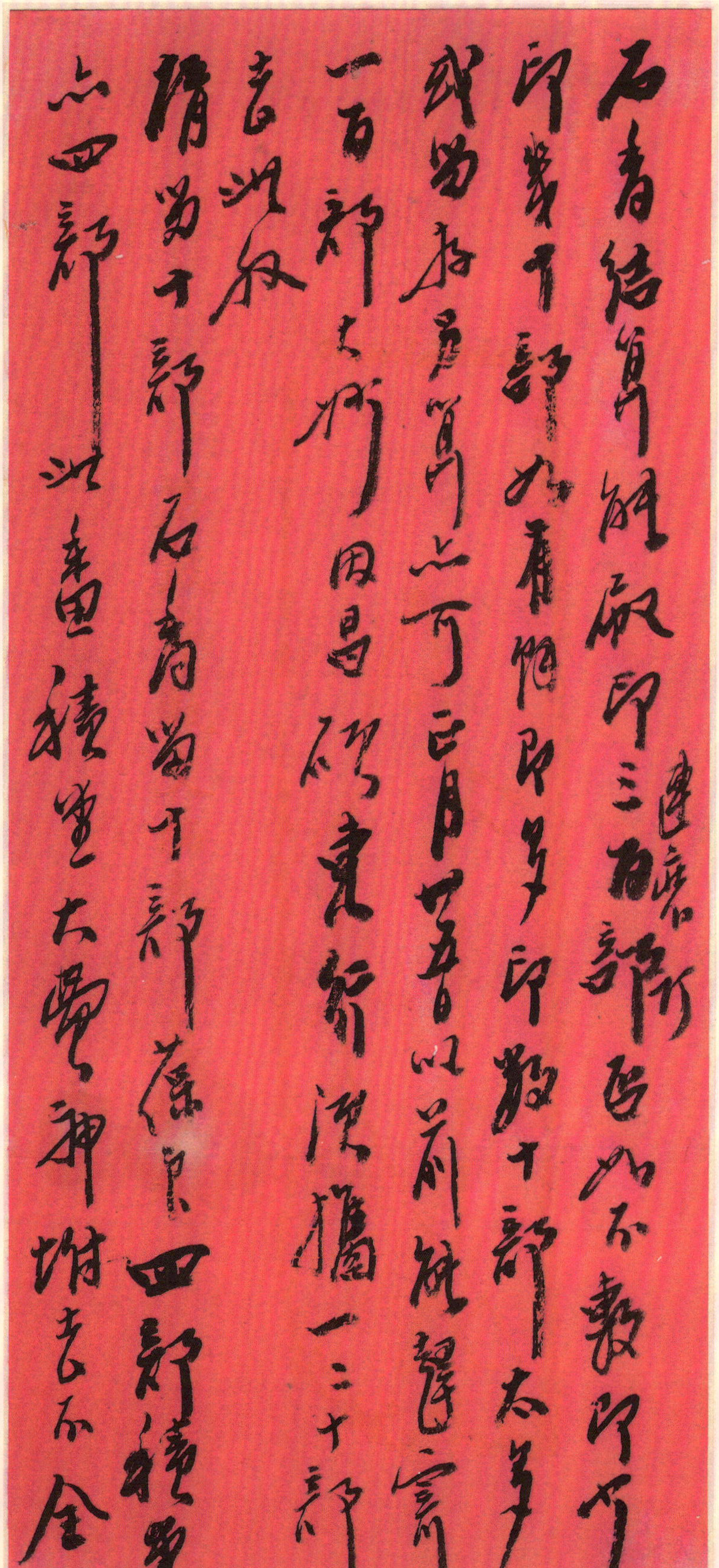

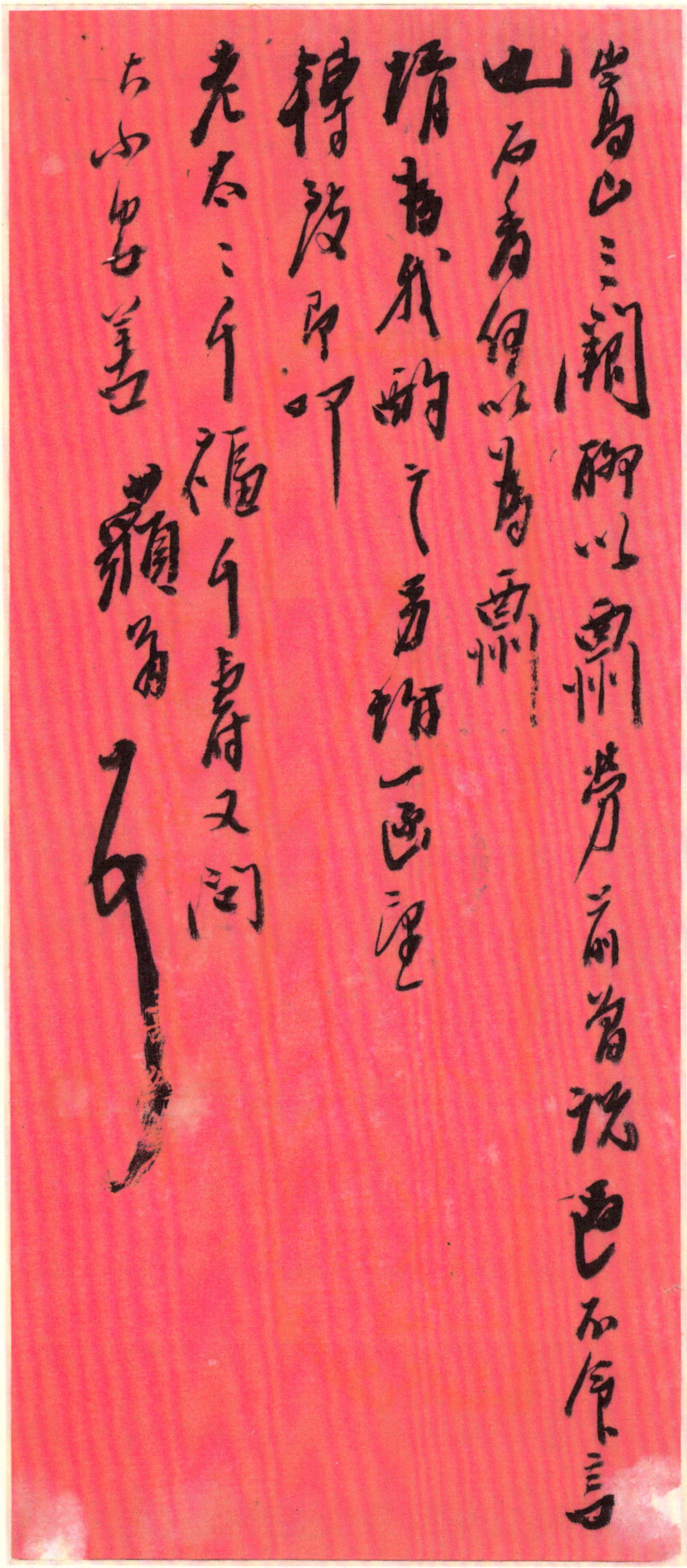

楊峴致婿

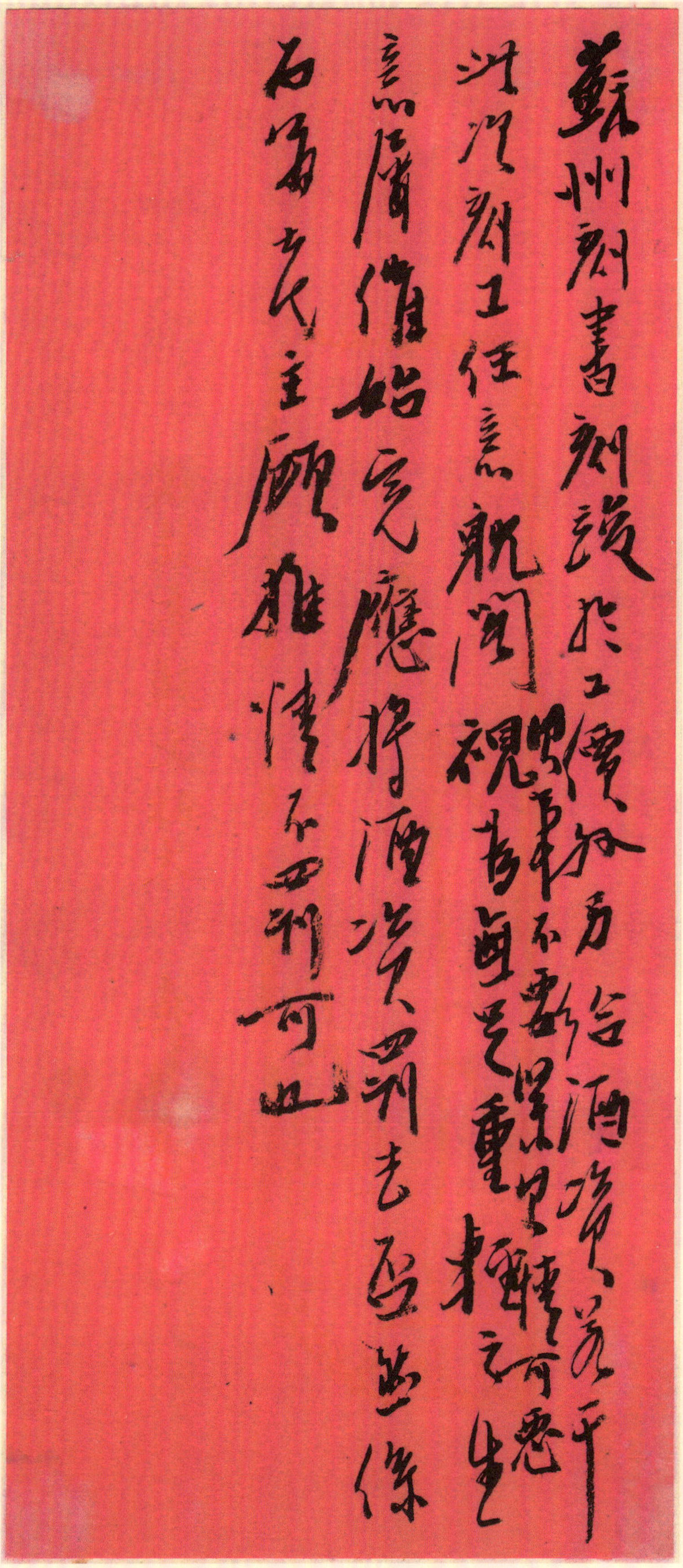

賡堂老前輩大人閣下十九日接奉
賜函適以軍書旁午以致裁答稍稽敬惟
蓋履時熙
勛祺夏大至為忭頌查
尊處奏請運河淤淺另案挑工仍應興辦
一摺晚已於四月初四日奉到

23

廷寄當經咨達
冰案茲承
垂詢似原咨已經驛遞遺失除行查外重將
諭旨鈔咨
尊處即希
查照晚駐師開河督飭諸軍防運十一日賊

24

由戴廟黑夜撲渡該營力戰不支竟被大
股闌入治軍無狀愧憤徒深該逆由泰安
一帶逼近省垣徑即達東駛竄須已完
過壽光晚親督諸軍緊追日行百餘里
前敵諸軍每日距賊一二十里賊避兵亟行
略不停喘追難接仗一挫先鋒至深焦恨

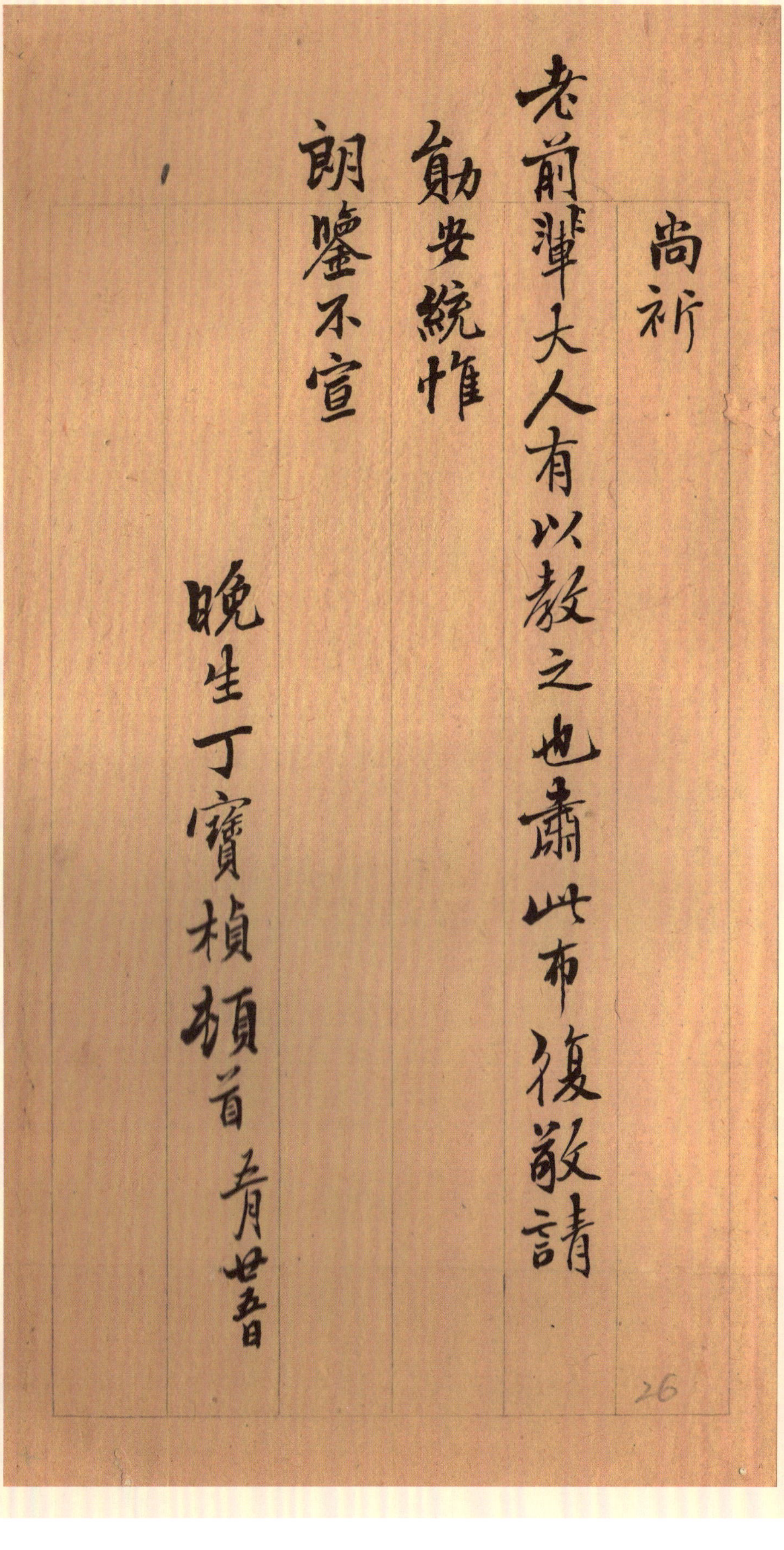

尚祈
老前輩大人有以教之也肅此布復敬請
勛安統惟
朗鑒不宣
晚生丁寶楨頓首 五月廿五日
26

萌芝夫人新禧、客臘廿八日、接臘十二日
來書、具悉一一、汪壻等歷歲書由電告、令交仲
衡全數寄來、查收分存、前所借賬房百
金、已為吳良鄉銷賬、但又常丁孃孃沾光耳、
一笑。貢餘橘紅、交遞仲衡常來、晚間派紅船勇
輪流支更、此法太嫩、鄙意似不必拘拘、冬令閱公館
內用人太多、如紅船出差、亦可派公館內伙役代替、
先生等俱未回家度歲、吾學生們讀書、係第

一要事、三天年後即宜令其上學此间鄧先生頗以此事為重、學規既嚴、四五兒初四日、即上學、不读晚書、上元後照常做工夫也、渠等畏師甚於畏父、其實先生、亦非若張潑、之鵝聲鴨叫終日板子不停手也、四五兩兒文字詩皆有長進、天資過差、故難銳速、然較余十四歲时、四孩似稍過之、鄧先生每賞五孩、謂其读書寫字、神不外散、故易熟、易長、四孩不用心、故長進較難、余但笑而應之

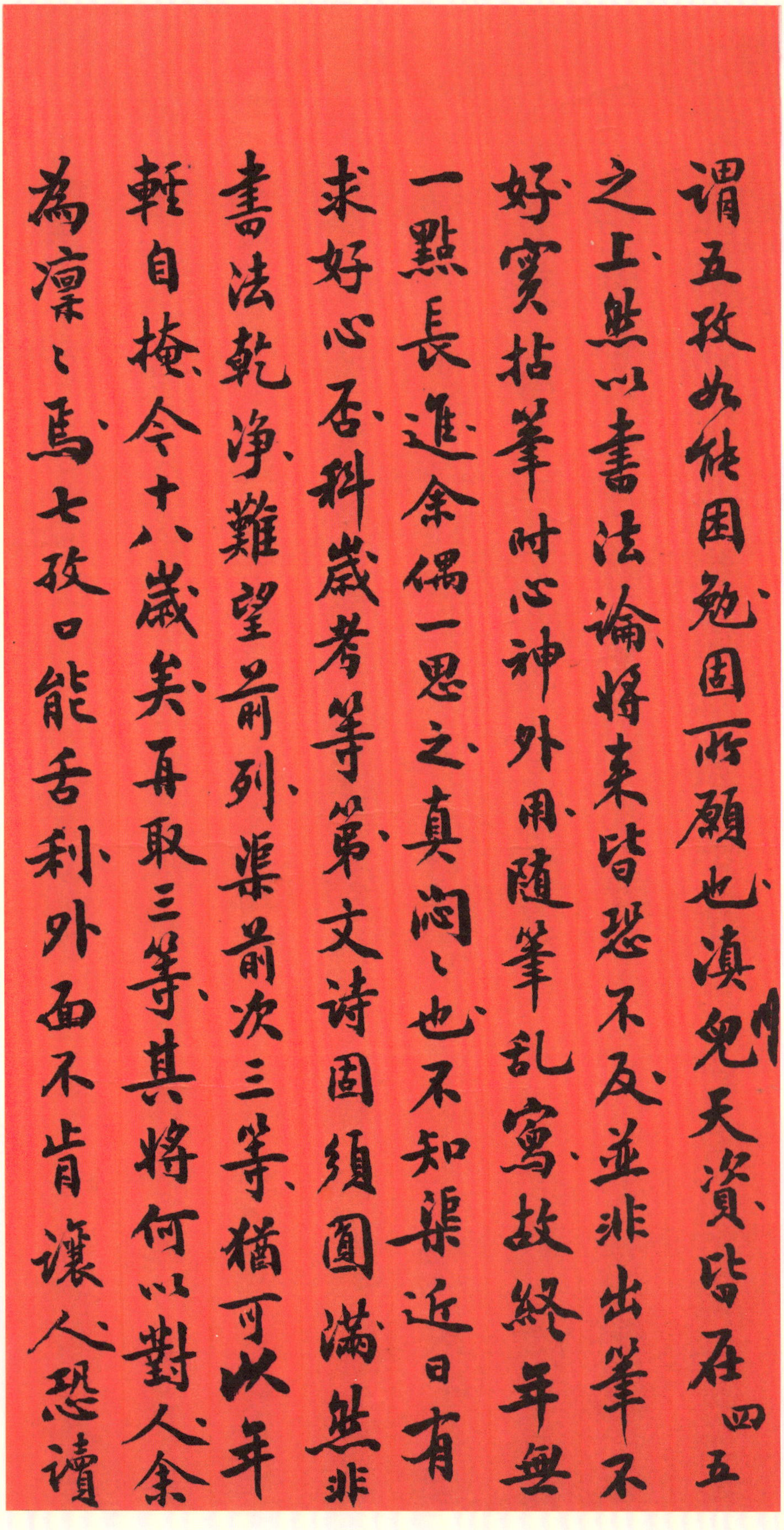

謂五孜如能困勉固所願也湏兒天資皆在四五
之上然以書法論將來皆恐不及並非出筆不
好實枯筆附心神外用隨筆亂寫故終年無
一點長進余偶一思之真悶悶也不知渠近日有
求好心否科歲考等第文詩固須圓滿然非
書法乾淨難望前列渠前次三等猶可以年
輕自掩今十八歲矣再取三等其將何以對人余
爲凛凛焉七孜口能舌利外面不肯讓人恐讀

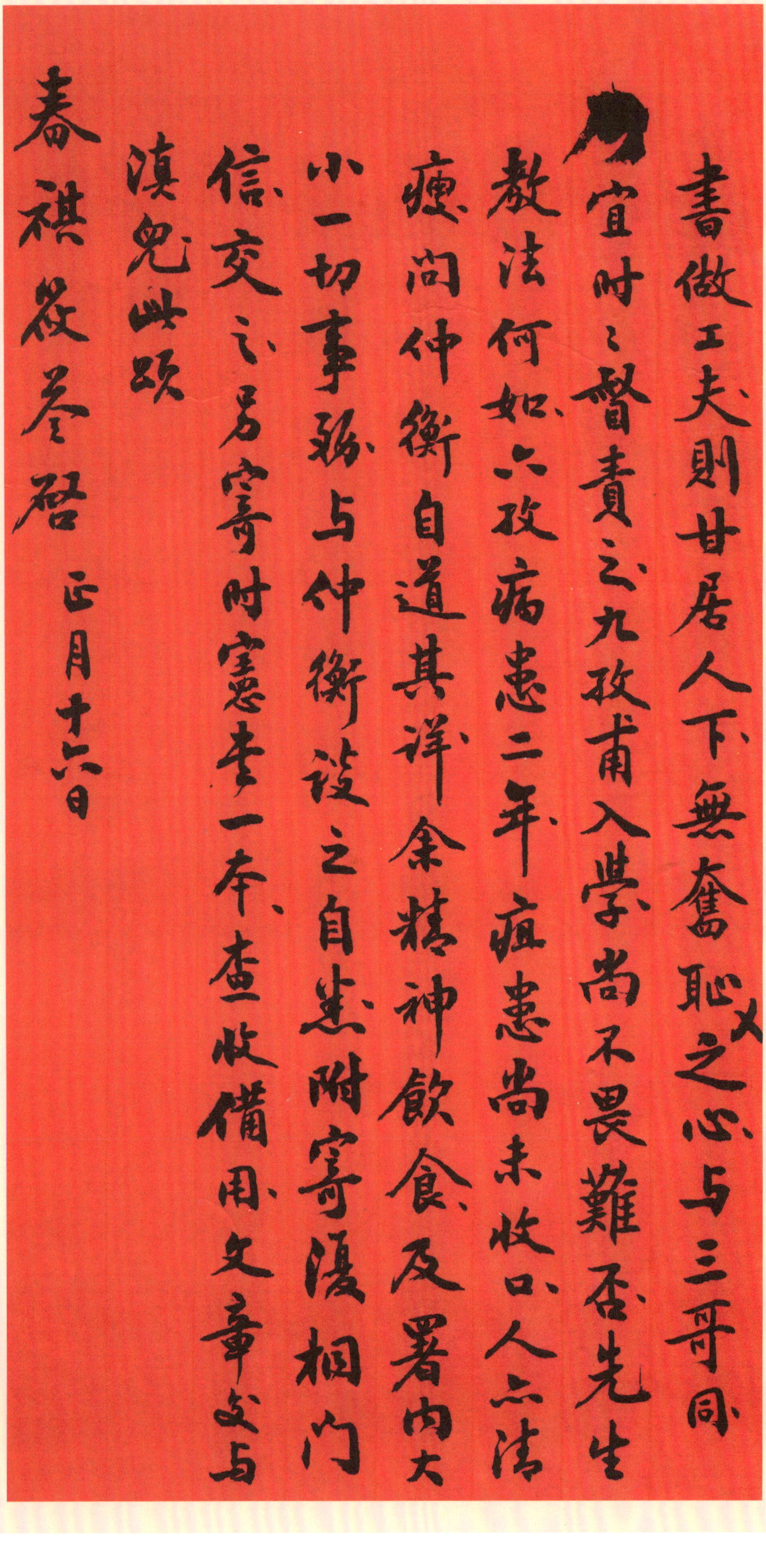
書做工夫則甘居人下無奮恥之心與三哥同
宜時時督責之九孜甫入學尚不畏難否先生
教法何如六孜病患二年疝患尚未收口人亦清
瘦闗仲衡自道其詳余精神飲食及署内大
小一切事務與仲衡談之自悉附寄澂桐門
信交之另寄時憲書一本查收備用文章父與
滇兒此頌
春祺 筱荃啓 正月十六日

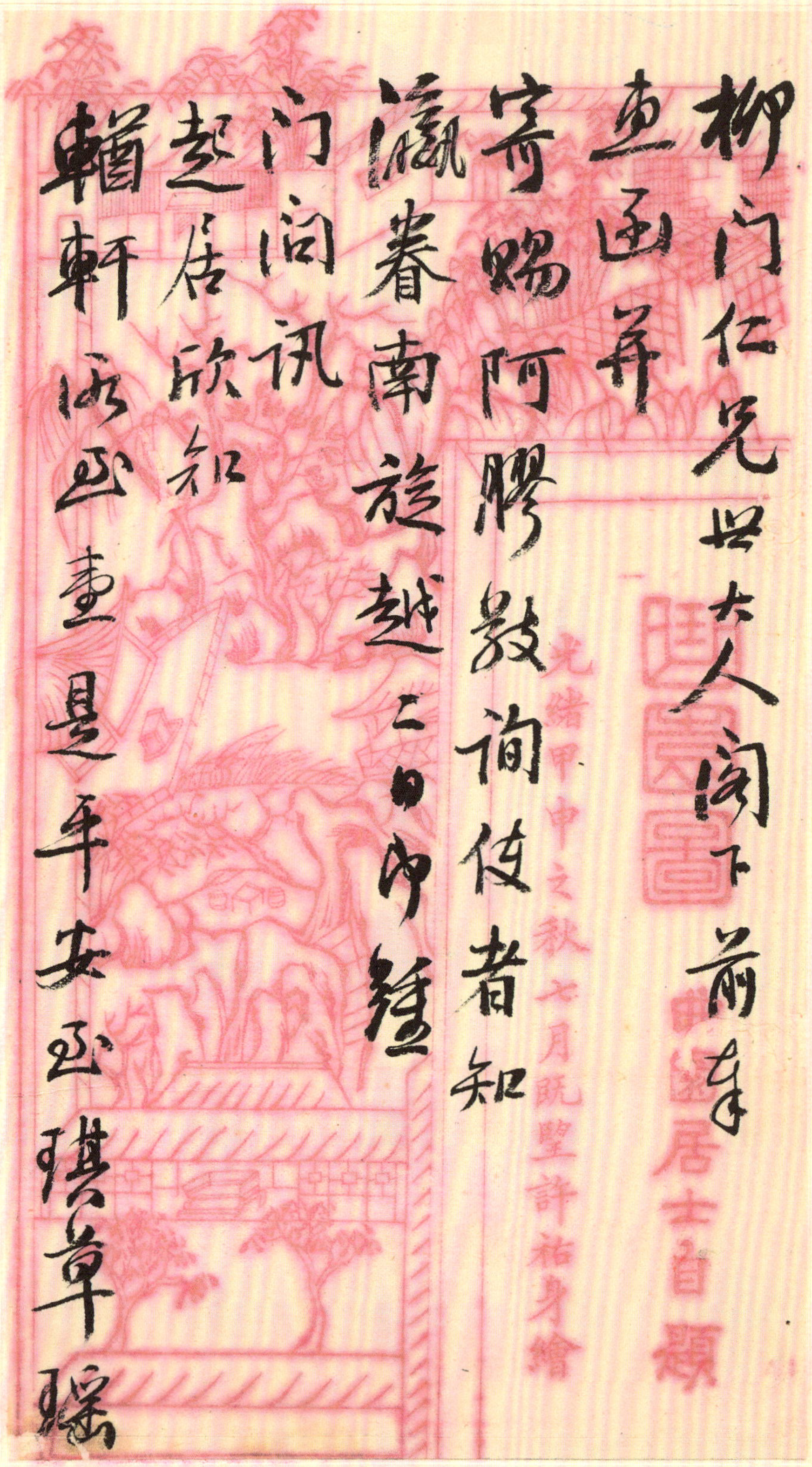

柳門仁兄世大人閣下前年
惠函並
寄賜阿膠數詢使者知
瀛眷南旋越二日即踵
門問訊
起居欣知
輶軒所至盡是平安至琪草瑶

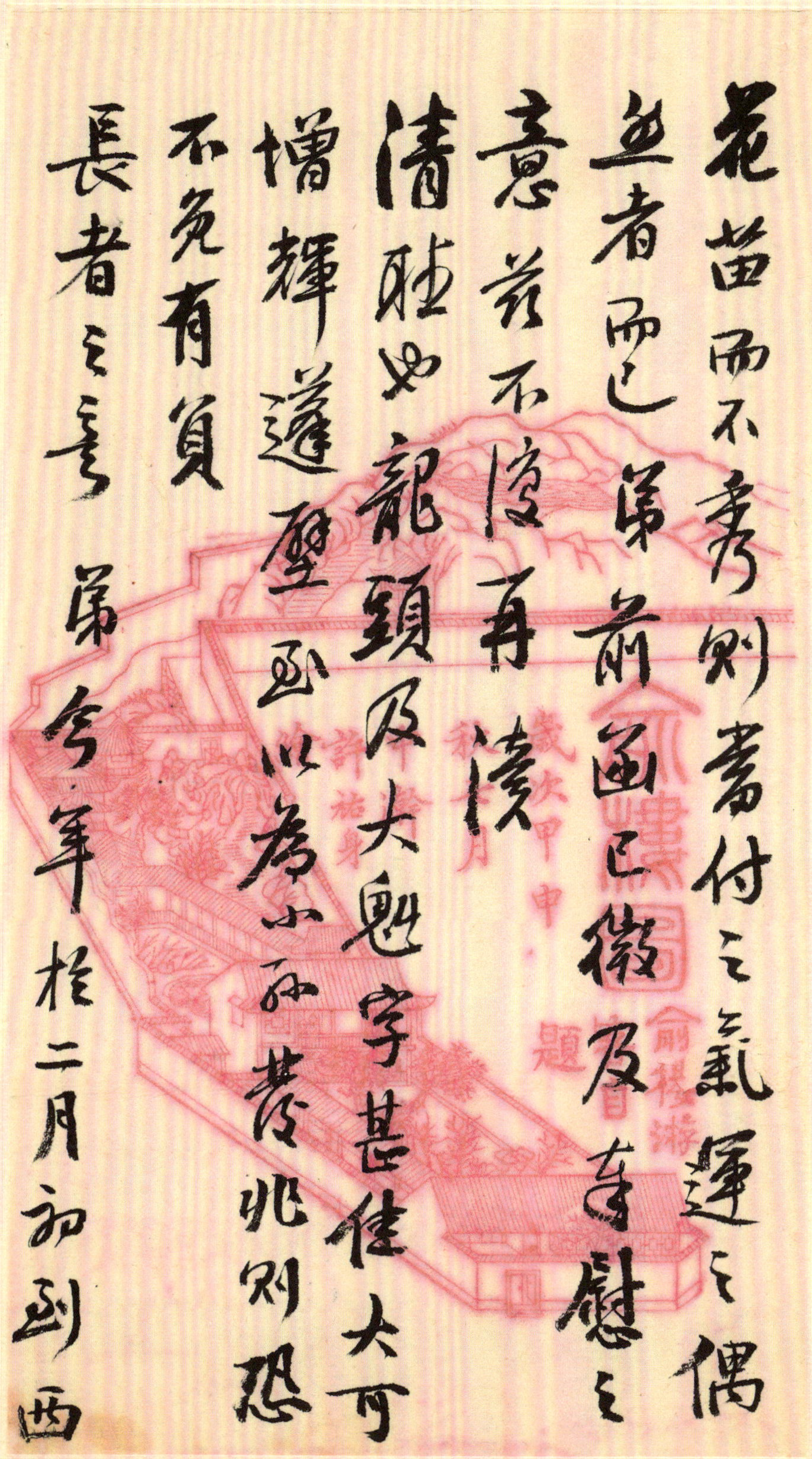

花苗而不秀則書付之氣運之偶無者而已弟前函已徵及拳懇之意並不復再瀆清駐如龍頭及大魁字甚佳大可增輝蓬壁函以為小兒芸兆則恐不免有負長者之意 弟今年於二月初到西

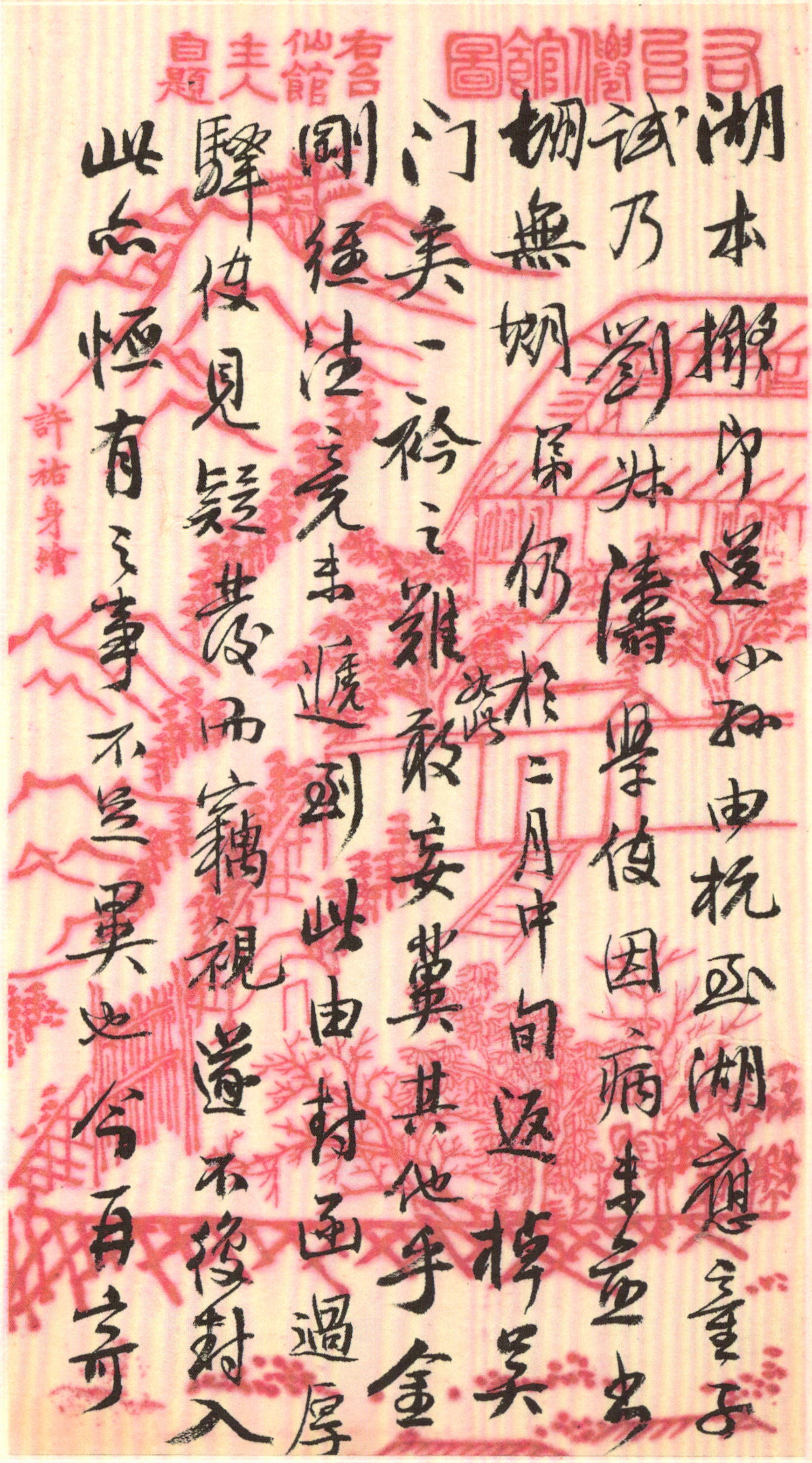

湖本擲印送小和由杭函湖寓想達子
試乃劉姓濤學使因病未畢出
棚無棚係仍於二月中旬返棹吳
門矣一衿之難如此敢妄冀其他手金
剛經法竟未遞到此由封函過厚
驛使見疑發而竊視遂不復封入
此亦恒有之事不足異也今再寄

一本跋由信局或能不致浮沈又附
去拙作櫻花詩十章雖無佳句即
是新題聊發千里
一笑耳此布謝敬請
台安諸惟
愛照不宣

世愚弟俞樾頓首

二月廿八日

光緒甲申之秋七月既望許祐身贈

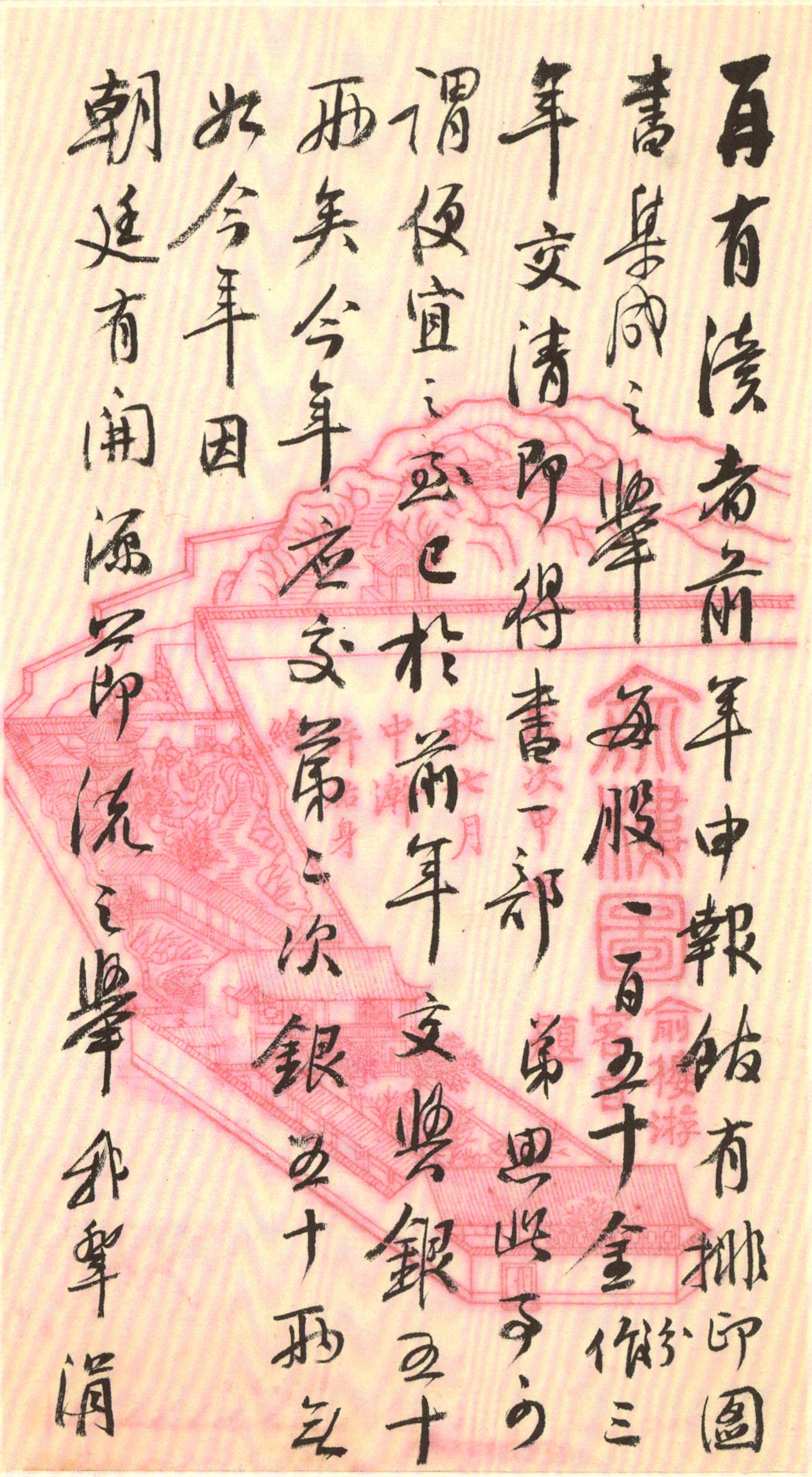

頁有淺者前年申報館有排印圖
書集成之舉每股一百五十金作分三
年交清即得書一部弟思與子之
謂便宜之至已於前年交與銀五十
兩矣今年應交第二次銀五十兩乞
如今年因
朝廷有開源節流之舉飛軍消

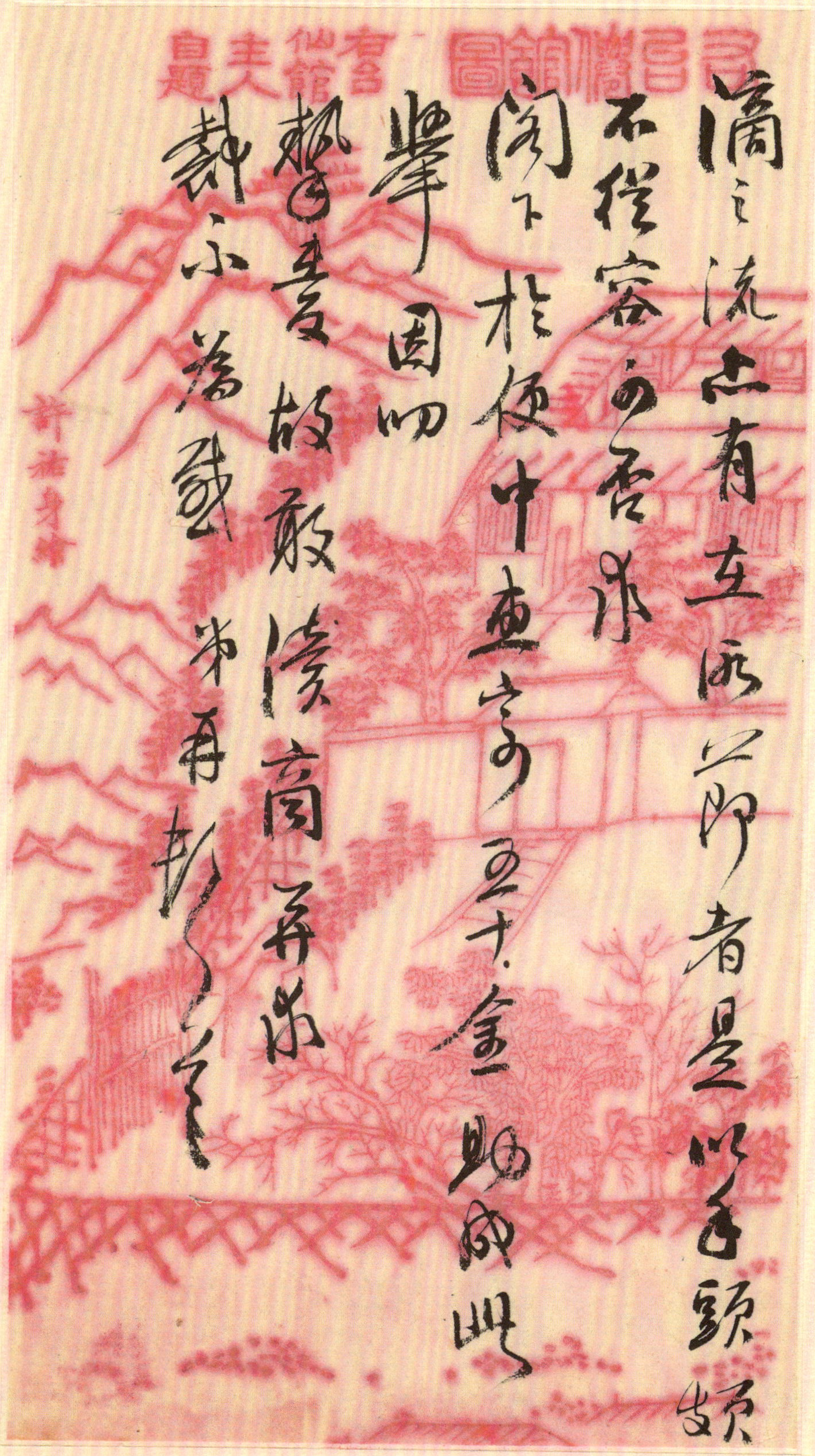

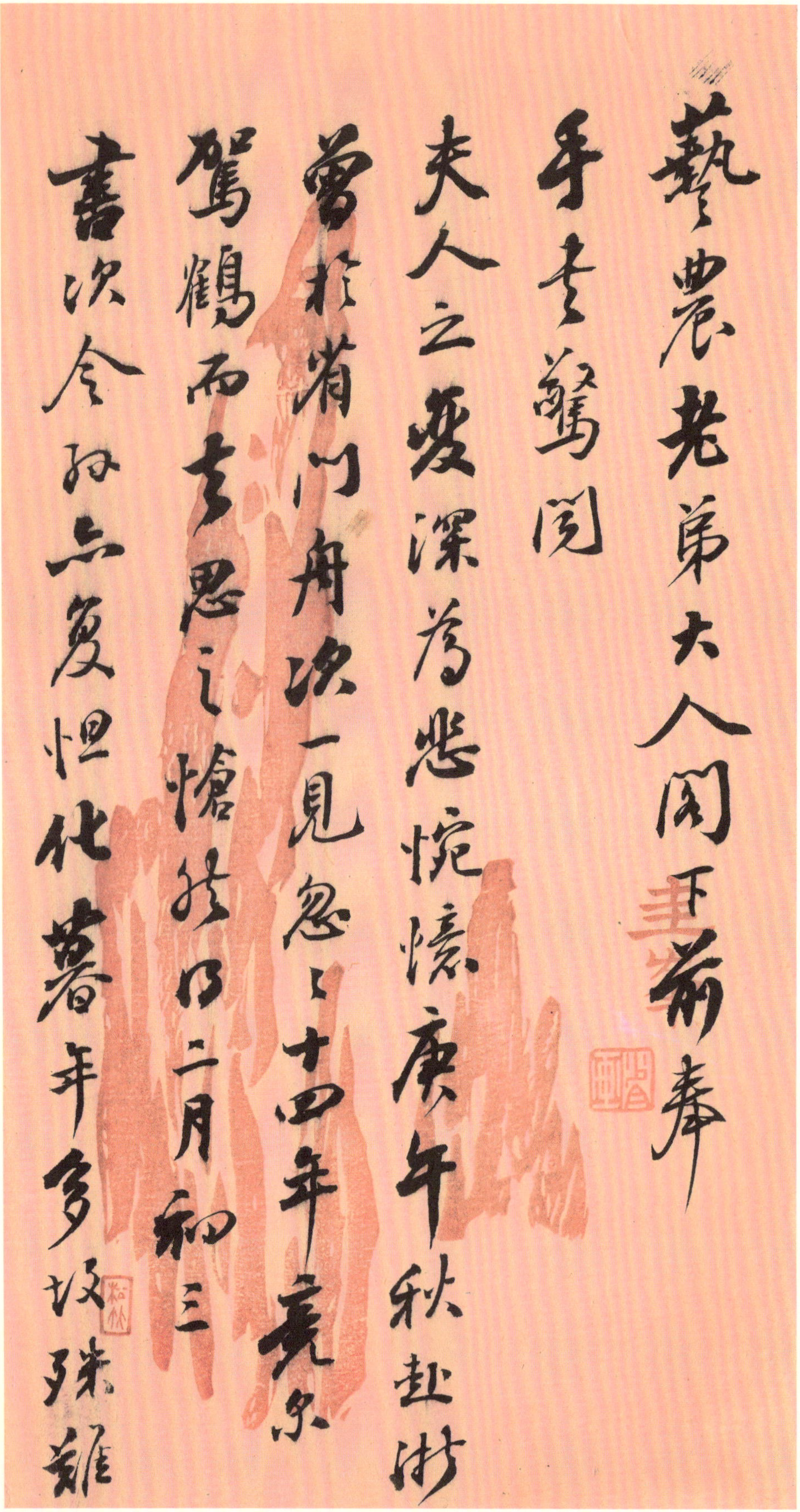
藝農老弟大人閣下：前奉
手書驚悉
夫人之喪，深爲悲惋。憶庚午秋赴浙，
曾於省門舟次一見，忽忽十四年，竟以
駕鶴而去，思之愴然。乃二月初三
書次，令孫亦復怛化，暮年多故，殊難

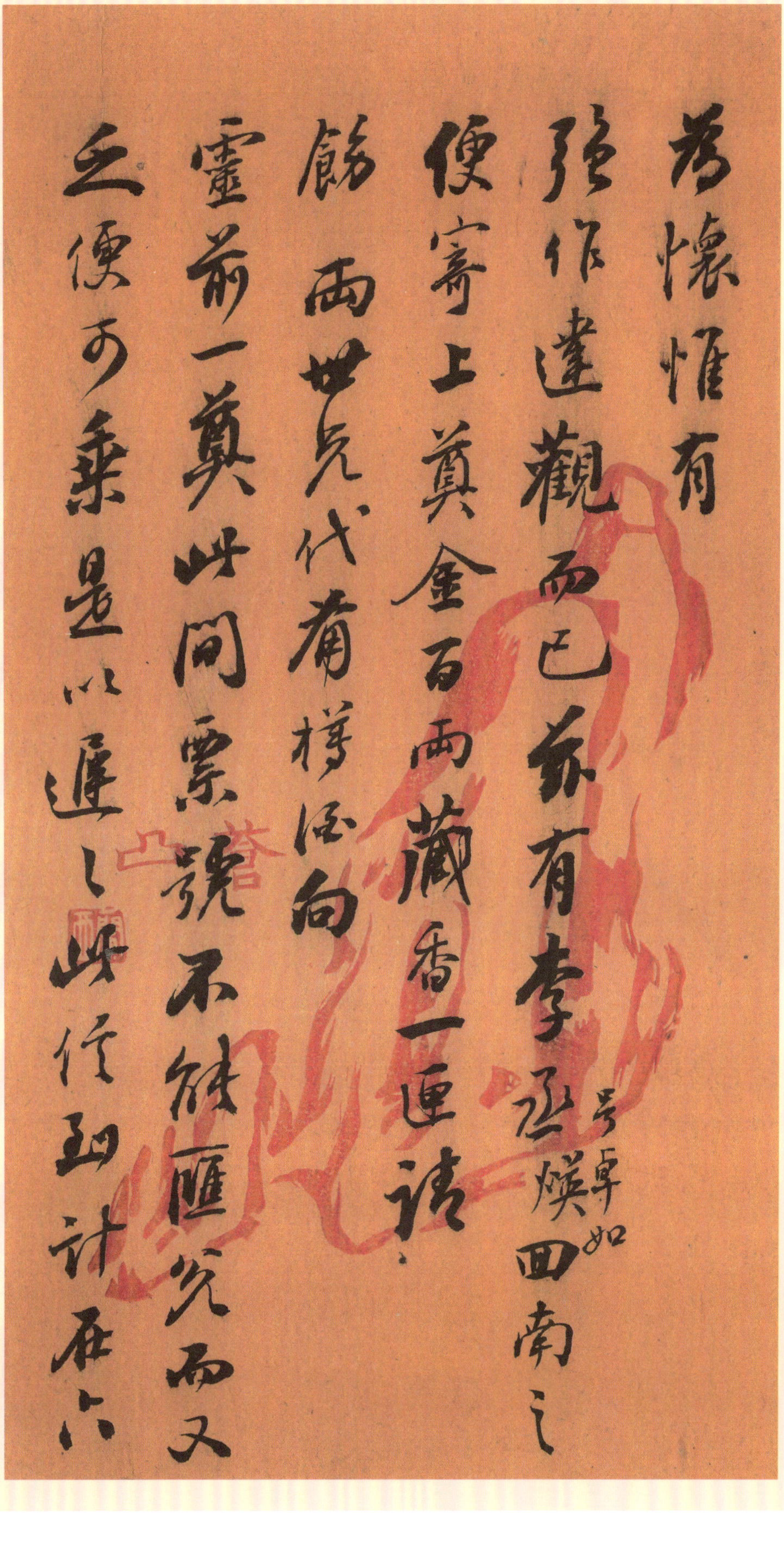
芳懷惟有
強作達觀而已茲有李丞㷆（号卓如）回南之
便寄上奠金百兩藏香一匣請
飭兩世兄代爲撰陳向
靈前一奠此間票號不能匯兌而又
無便可乘是以遲遲此信回計在六

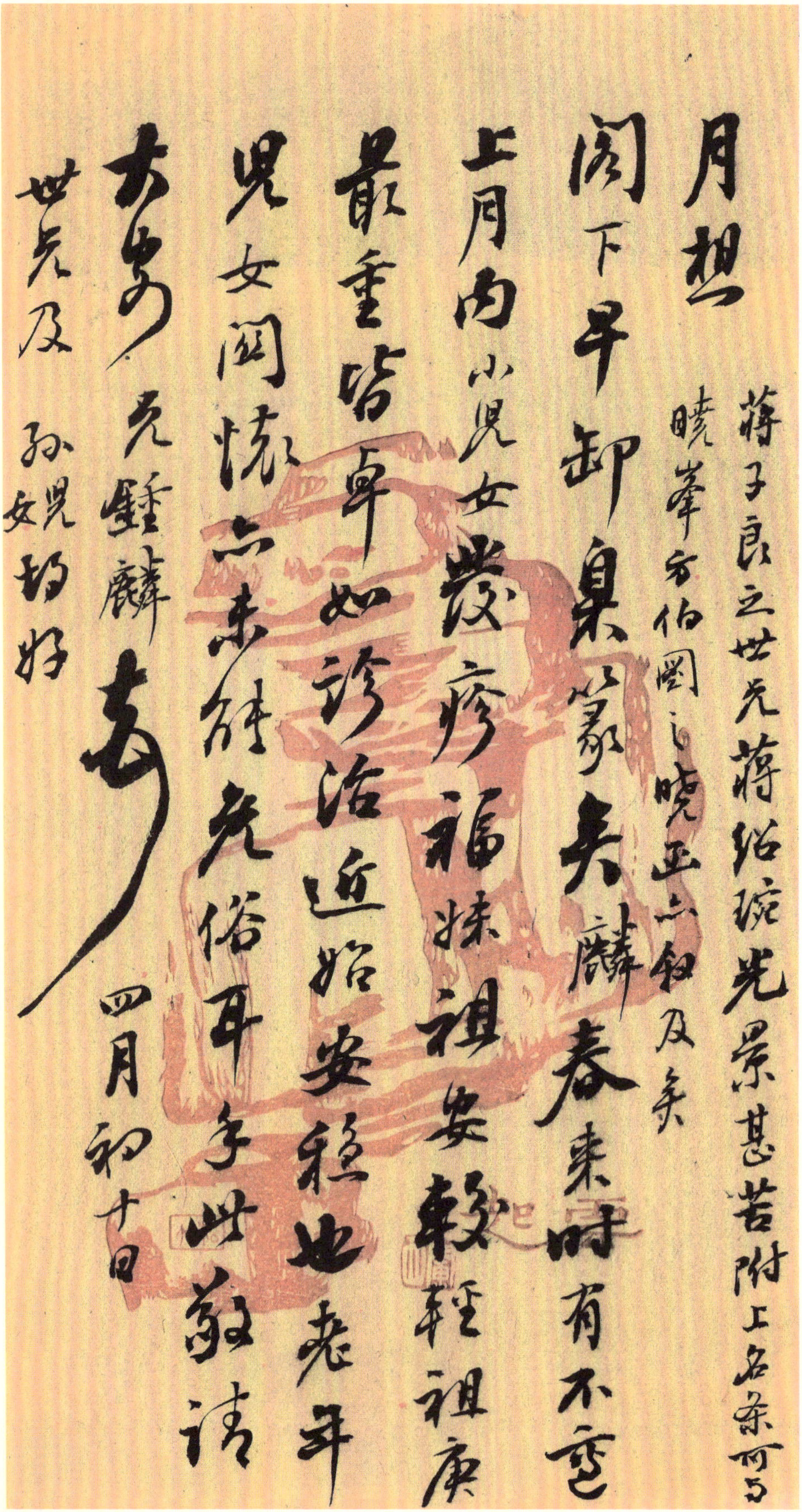
蔣子良之世兄蔣紹琬光景甚苦附上名條可否
曉峯方伯圖之曉正六叔及矣
月想
閣下早卸臬篆矣麟春來時有不適
上月內小兒女發疹福妹祖安較輕祖庚
最重皆卓如診治近始安穩也老年
兒女閱歷亦未能免俗耳手此敬請
大安 兄鍾麟頓首 四月初十日
世兄及 孫兒女均好

敬翁先生大人閣下日來困於吏事不獲
承教見信亦必作一通然寸心固無一刻而忘、
左右也聞
公新建小樓可挹湖光而攬山綠好
美語不置弟亦欲效尤於署後廣圃築也
畫山觀其子來陰陰蒼嶽其日憑欄
西笑耶
公所求叢蓬額有白虎頓首上款一

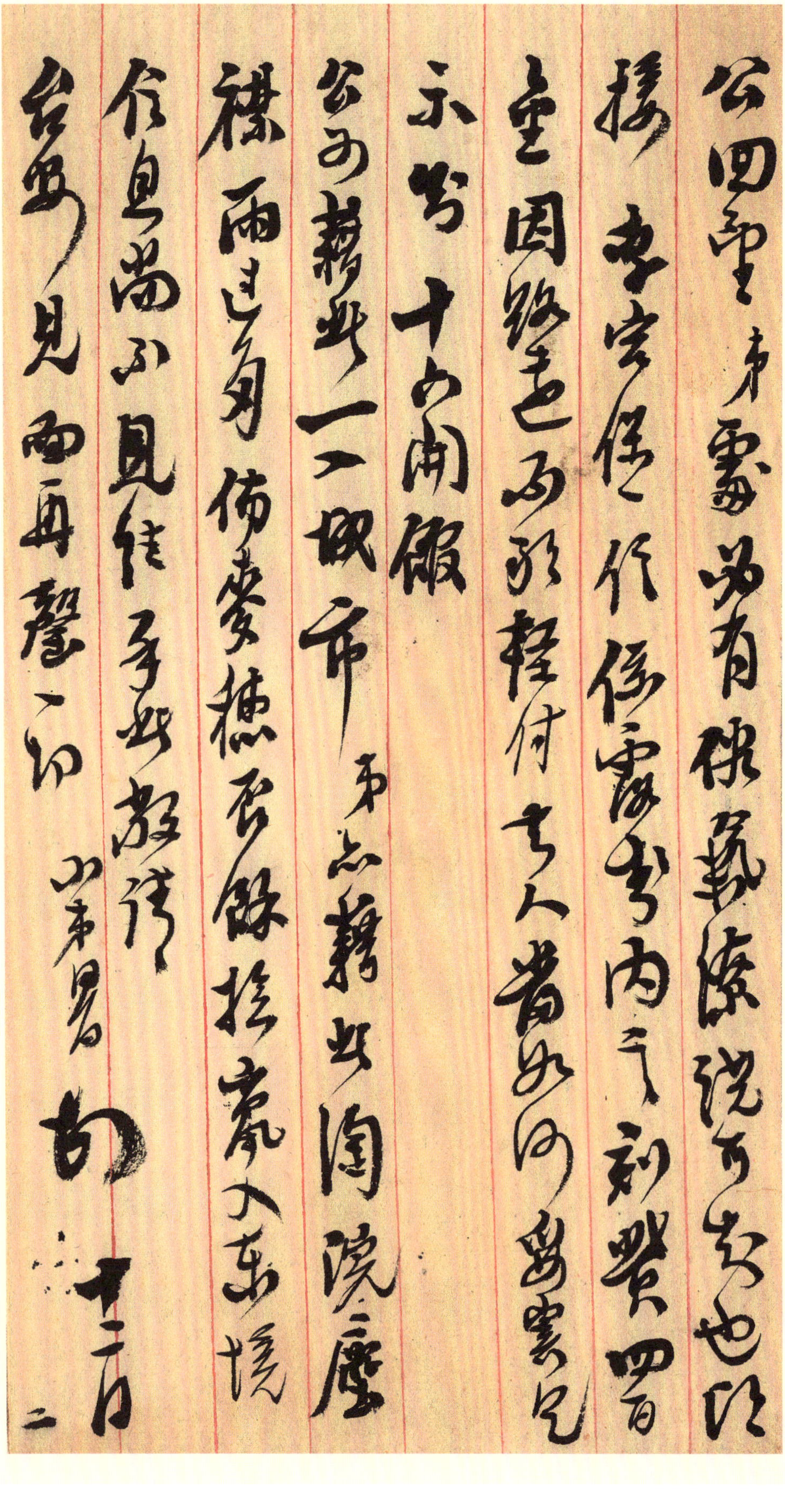

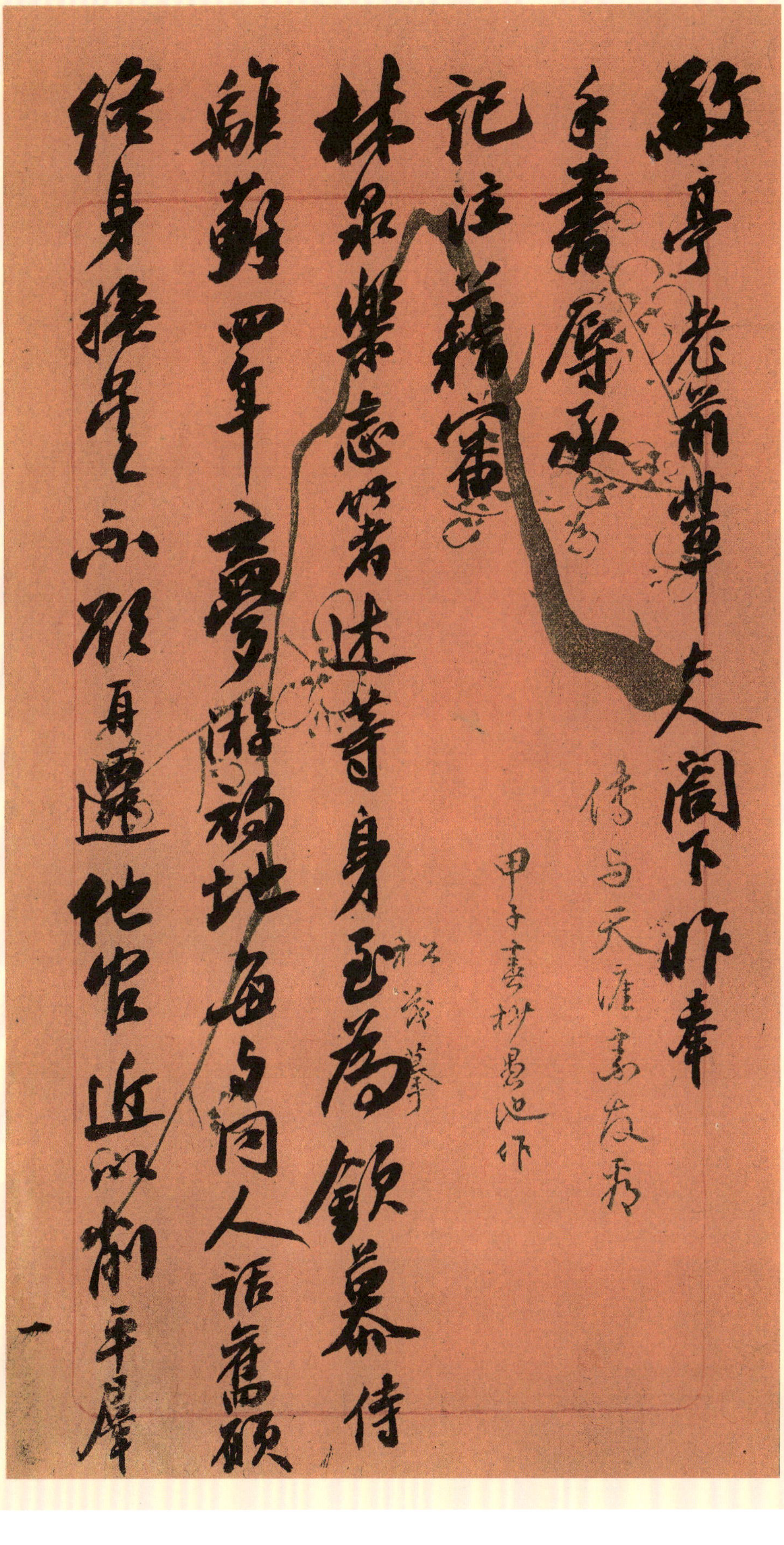
敬亭老前輩大人閣下：昨奉
手書，辱承
記注，藉審
林泉樂志，健若述等，身益為欽慕。侍
離蘇四年，夢游福地，每與同人話舊，頗
終身操兵，不暇有遊，他宦近以荆平肆

傳與天涯嘉友看
甲子嘉樹盈迴作
松陵萃

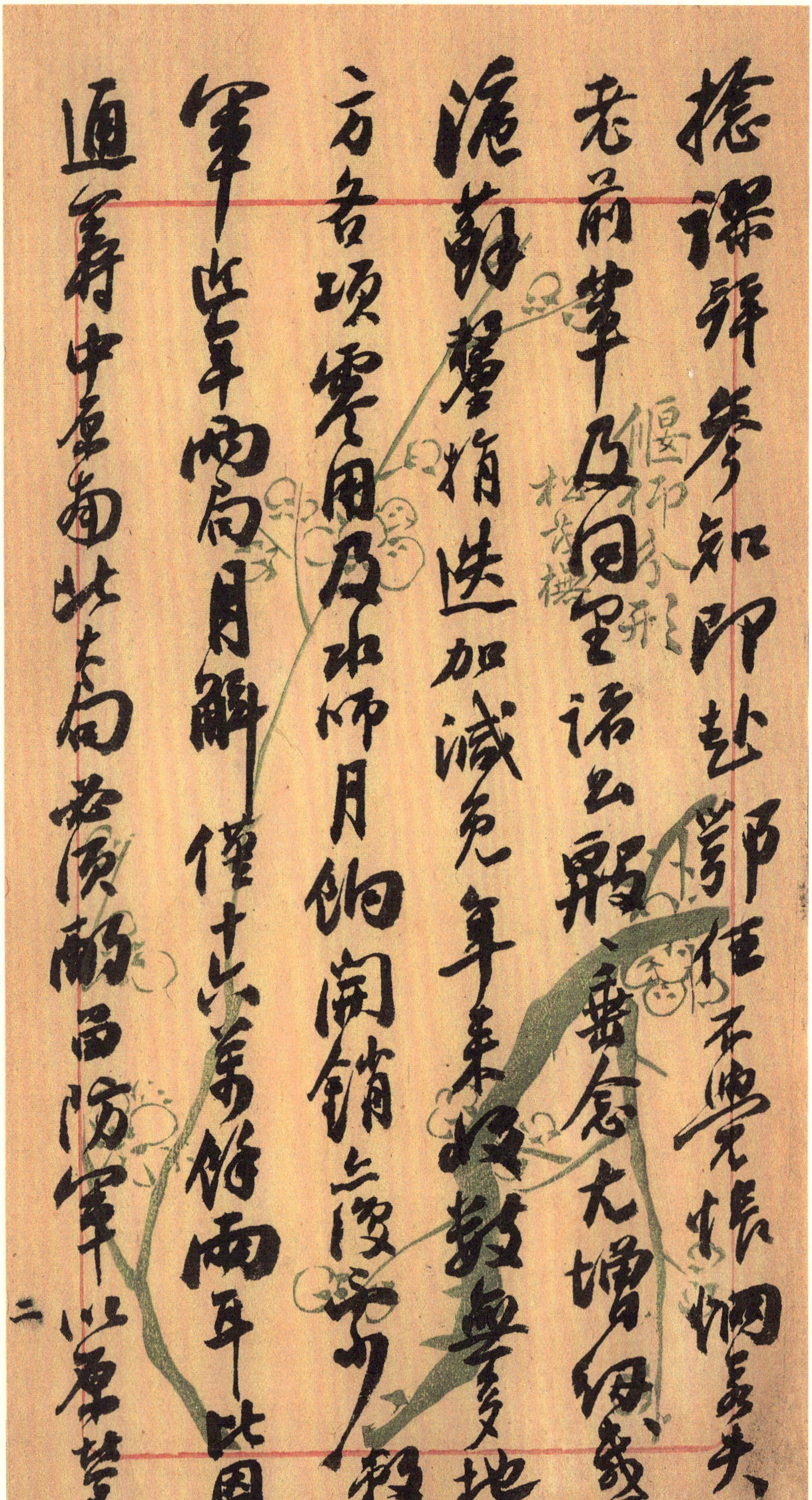
擢[illegible][illegible]參知，即赴鄂任，[illegible]與張姻丈
老前輩及同里諸公[illegible]、垂念尤增[illegible]感。
滬蘇釐捐迭加減免，年來收數無多，地
方各項需用及水師月餉開銷，已覺[illegible]少，較
軍興時兩月解僅十[illegible][illegible]餘兩年。昨因
通籌中原南北大局，無須酌留防軍，以[illegible]望
二

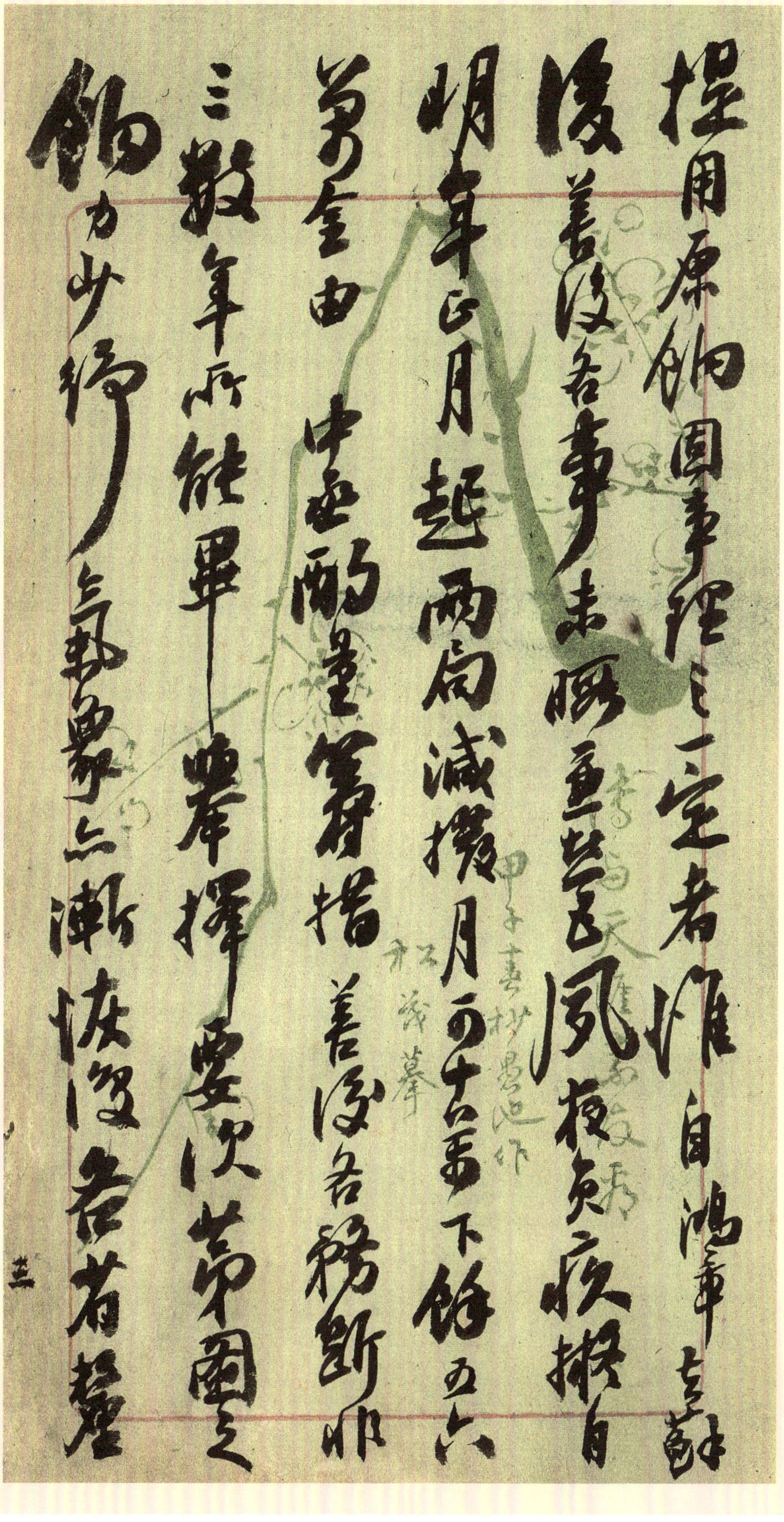

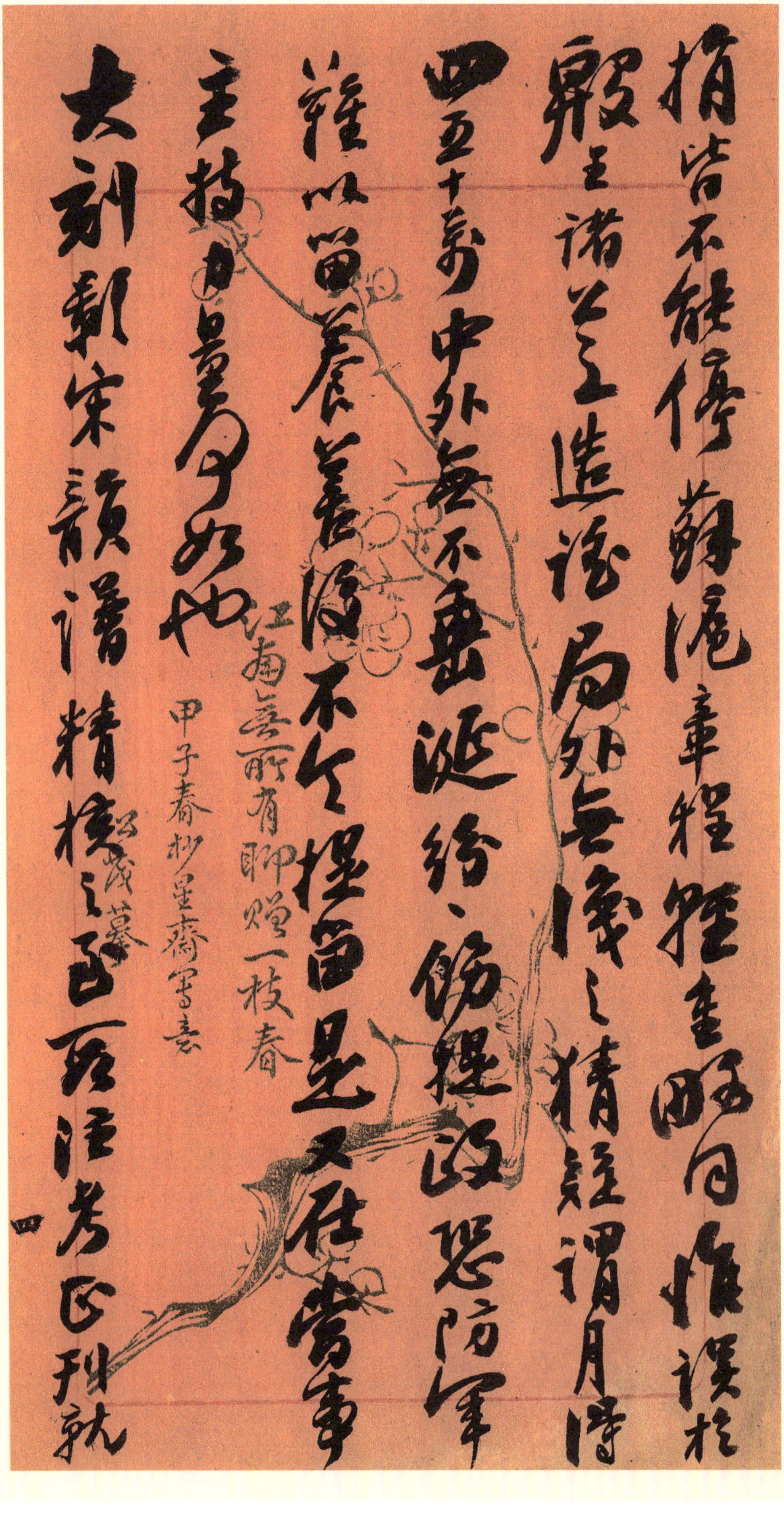
江南無所有，聊贈一枝春
甲子春杪星齋寫意

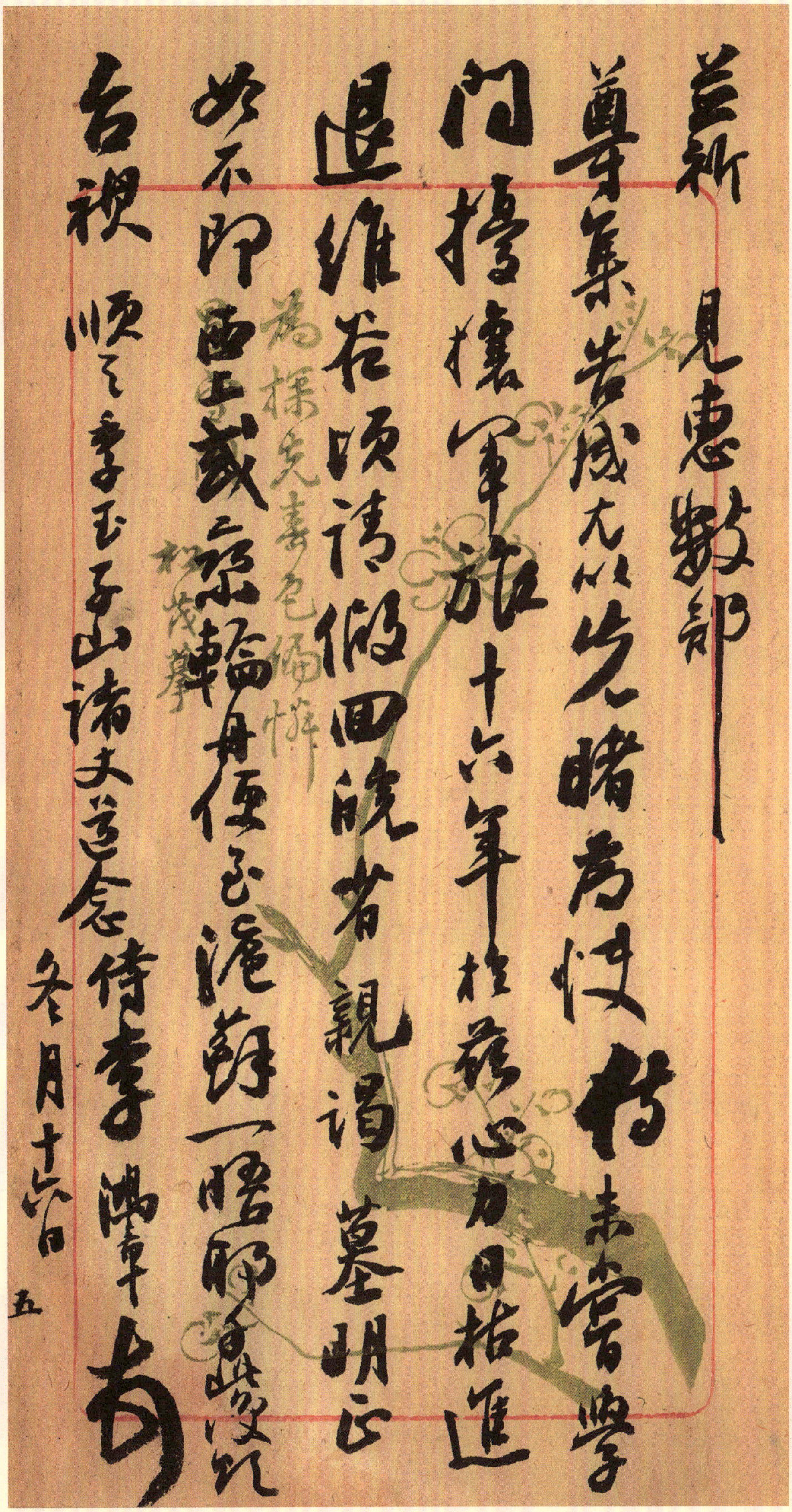

蘭新見惠數部

尊集告成，尤以先睹為快。特未嘗學

問，搶攘軍旅十六年於茲，心力日拙，進

退維谷。頃請假回皖省親，謁墓，明正

如不即西上，或就輪舟便至滬，藉一晤耶。肅此復頌

台祺。順頌季玉、子山諸丈道念。侍李鴻章頓首

冬月十六日

五

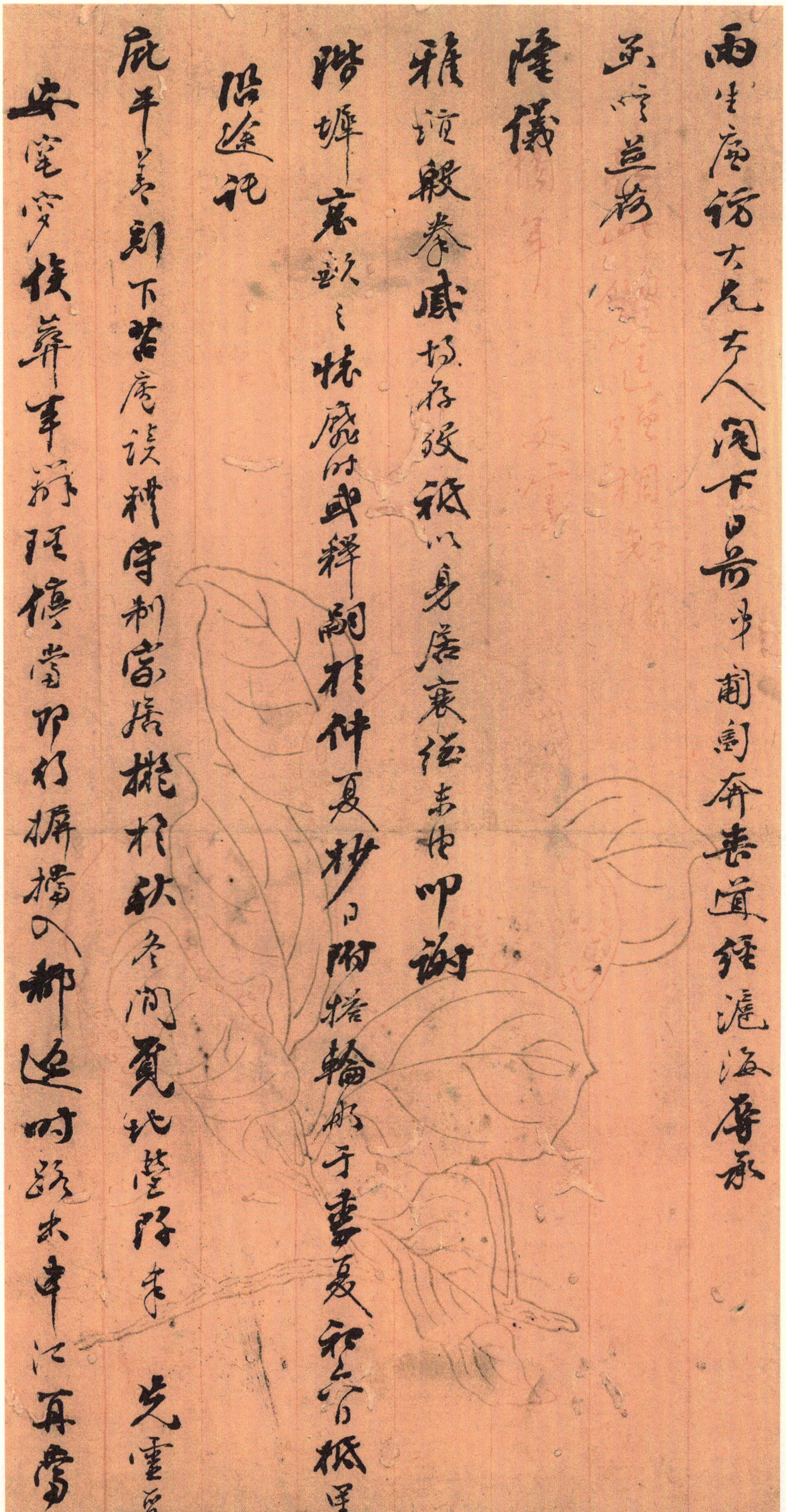
雨生廉訪大兄大人閣下：日前甫聞訃奔喪，道經滬海，辱承
款待，並蒙
隆儀
雅貺，殷拳感切存歿。祇以身居衰絰，未能叩謝
階墀，歉歉之忱，感何可釋。頃於仲夏杪日附搭輪舟，于季夏初旬抵里，
沿途托
庇平善。到即下苫廬讀禮守制，當擬於秋冬間覓地營葬 先靈，為
安窀穸後，再擇期攜眷入都述職，約在來年入春再當

葉衍蘭 致 雨生

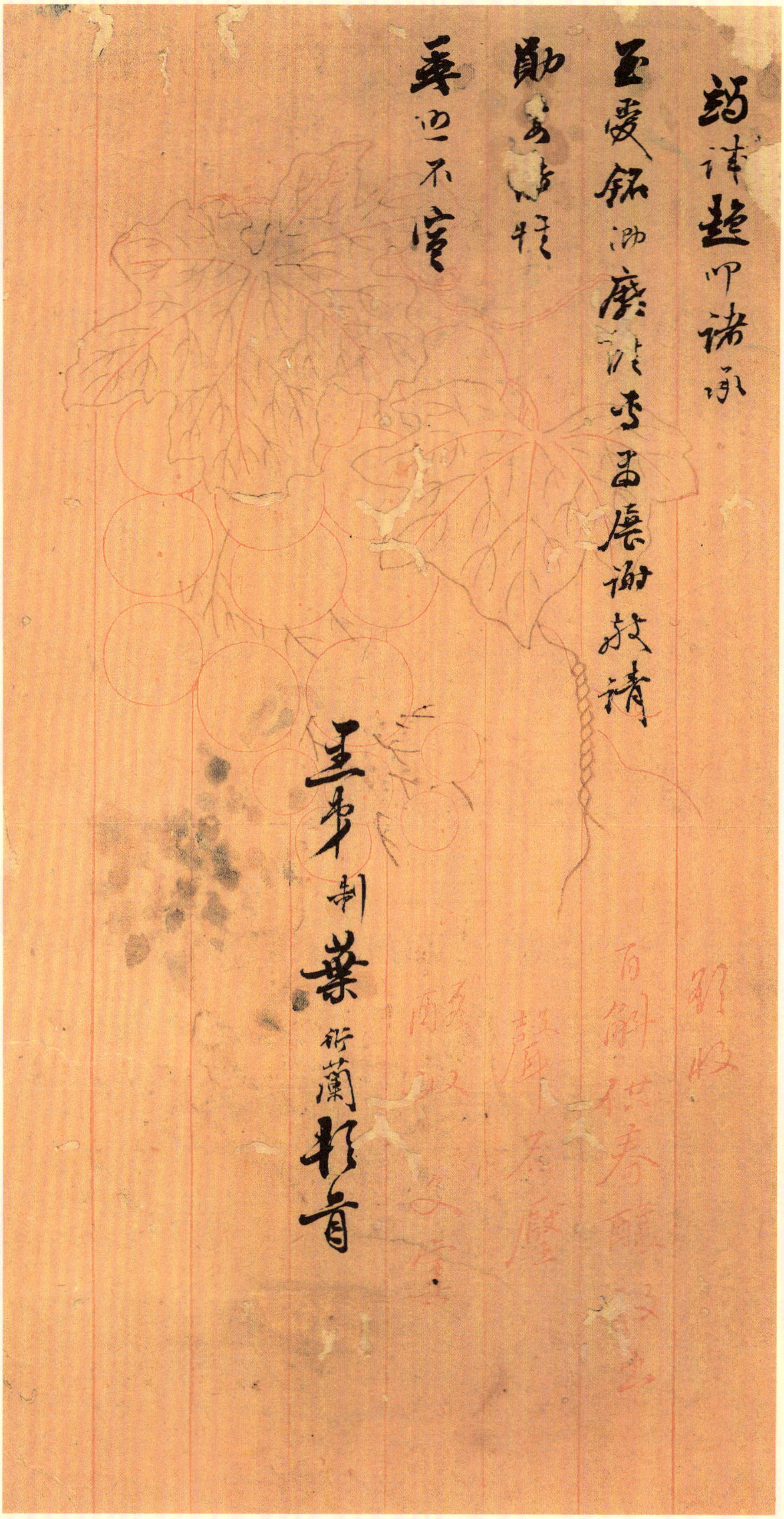

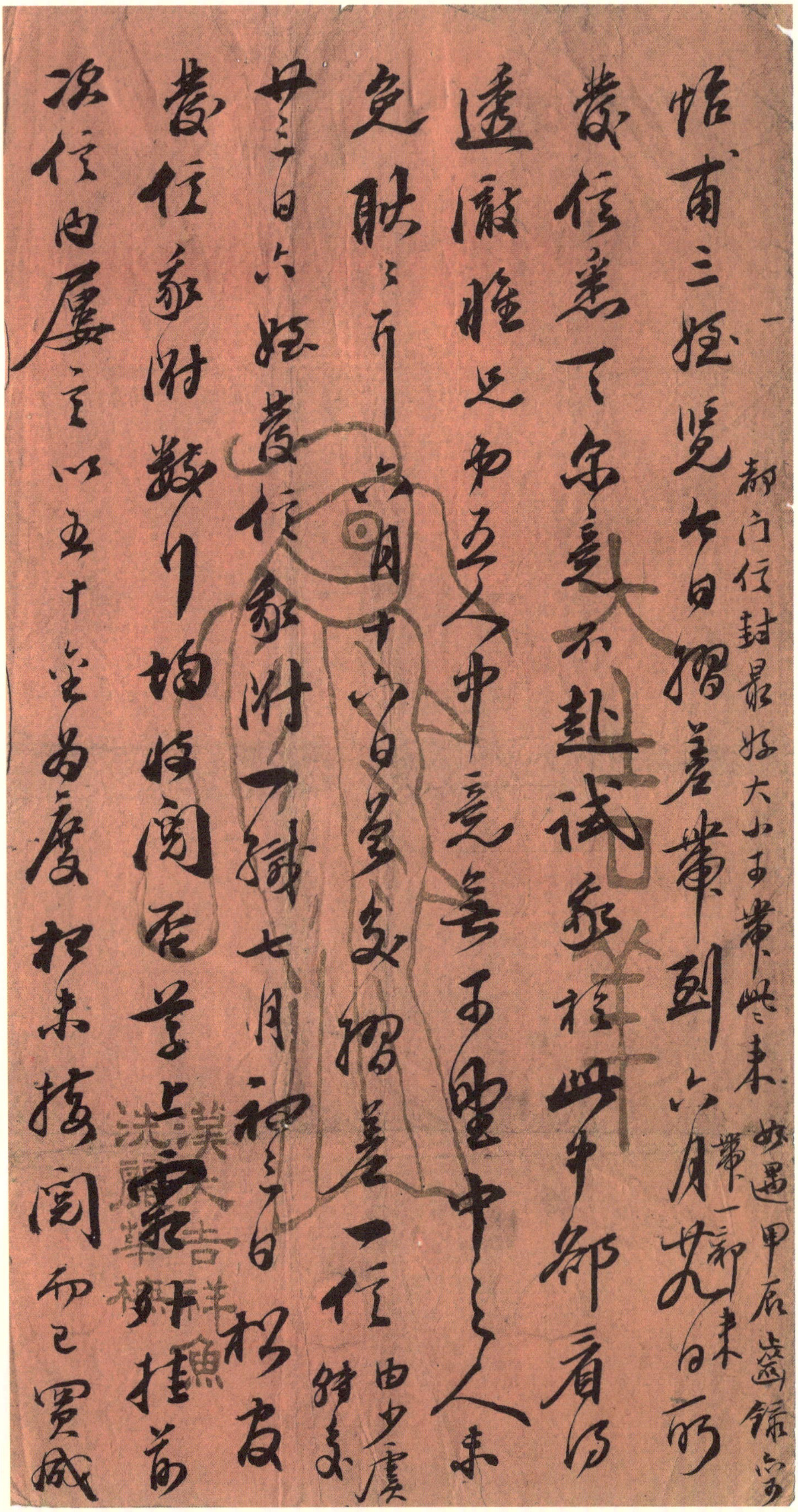

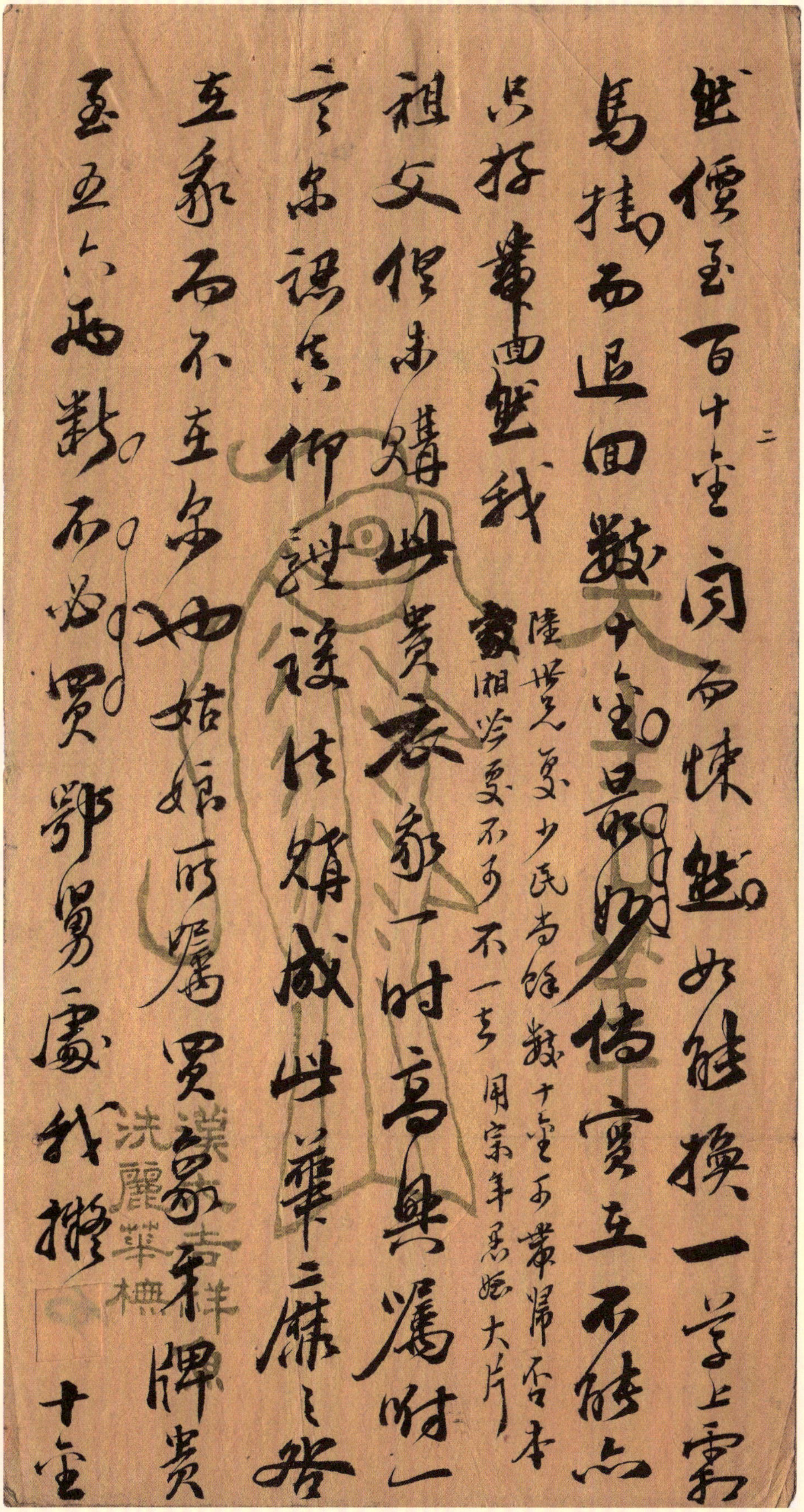

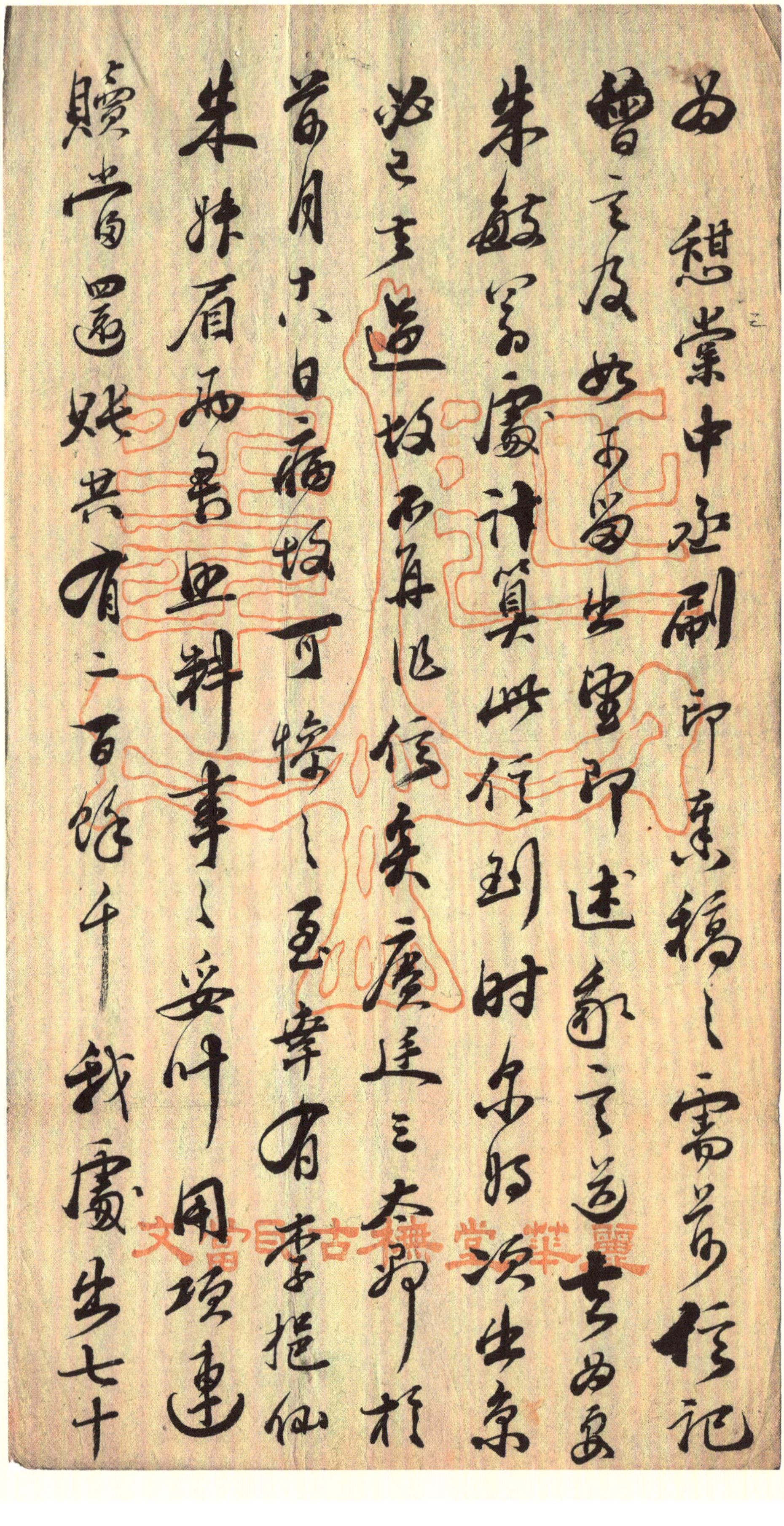

前憩棠中丞刷印東稿，稿需弟作記，
曾言及如弟當出資印述，歟言之道去西安
朱敏齋處計算，此行到時即須出來，
送之去遂，故不再作信矣。廣廷之太守於
前月十六日病故，可惜之至。章有李提似
朱枺眉兩書無料事之要件，用項連
贖當還姓共有二百餘千，錢處出七十

錢應溥 致 怡甫

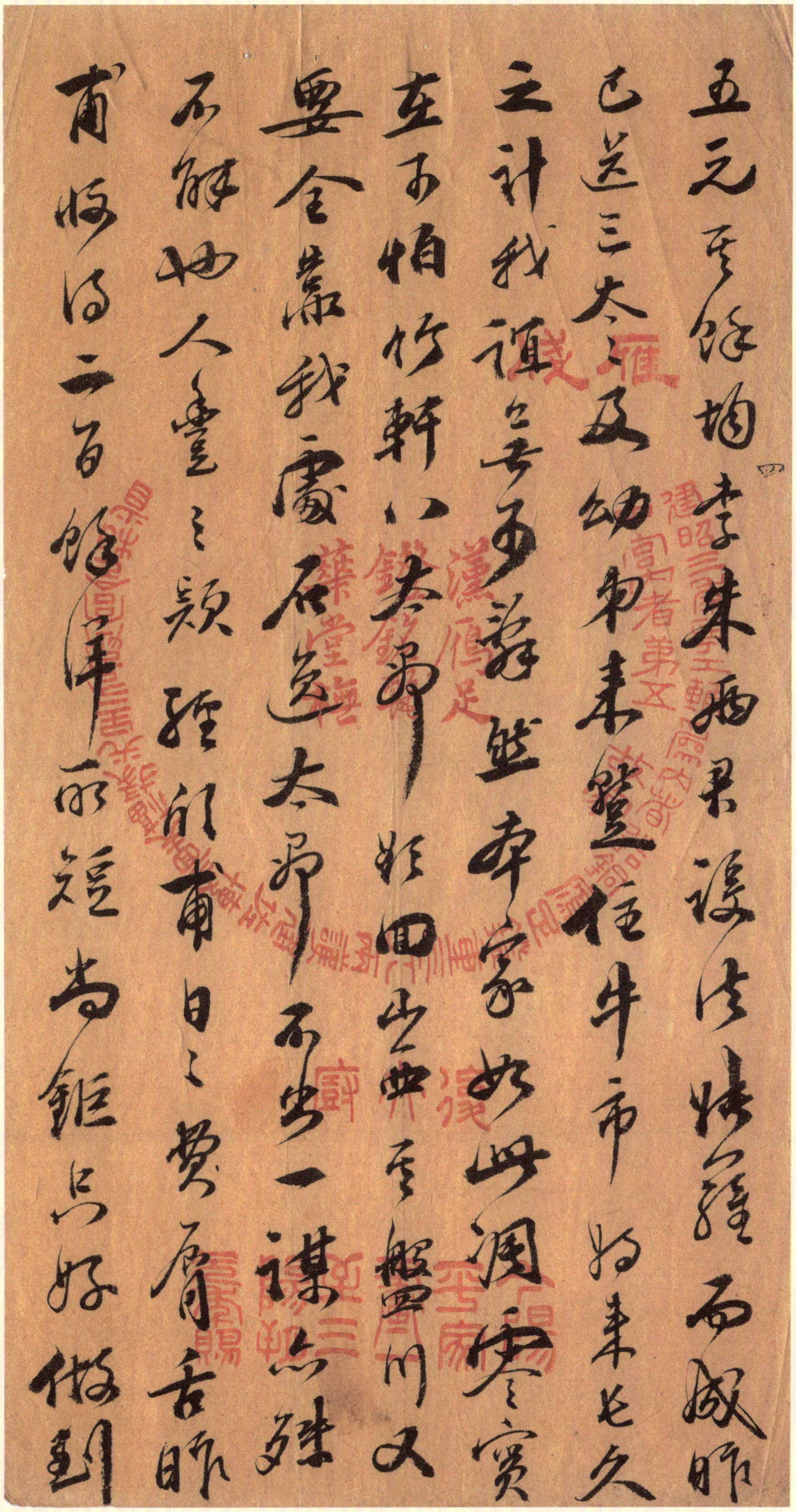

那裏是那裏矣。菩卿之之多能堅忍不移，好極好極。此時苦境之始，竟須豎起眉毛，立定腳根，方可做一番事業。若稍一游移，便墮入惡障。閱來信中所云，不覺色甚難與同事之，則不必以此自負，然益遭忌，亦非處世之道。家中均安好勿念。弟上二姊子亦已睡食矣。七月十六日白 子容手助

母親夏間雖畏熱，尚能支持。許甫華初六日到蘇，如有此行，來日內即十五恐杭城矣，趁甚速，或有何言去乎。

徐樹銘
致
觀生齋主

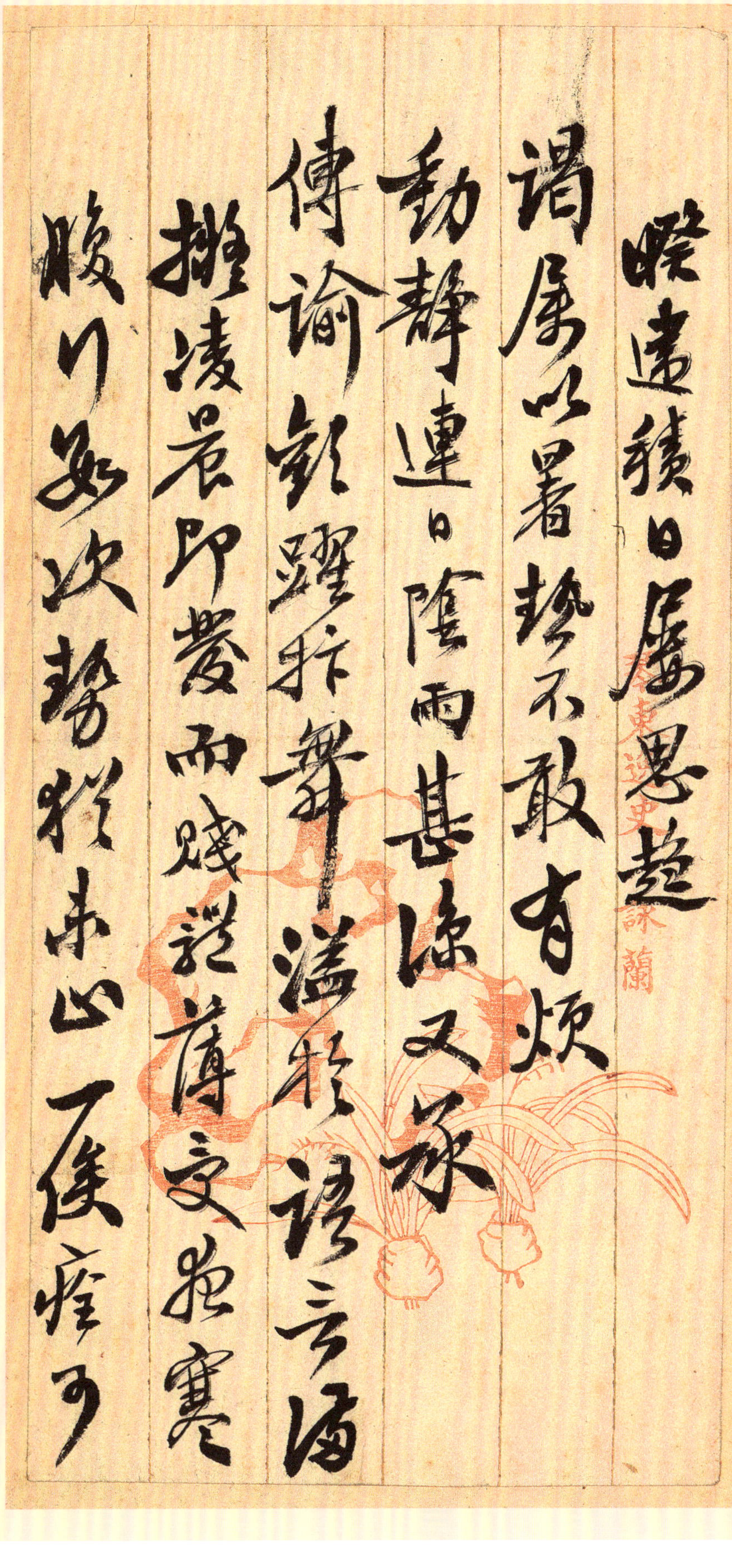
睽違積日屢思趨
謁屢以暑熱不敢有煩
動靜連日陰雨甚涼又承
傳諭欣躍抃舞滿擬詣言宿
擬凌晨即發而賤體薄受微寒
腹川痛次勢殊未必一俟痊可

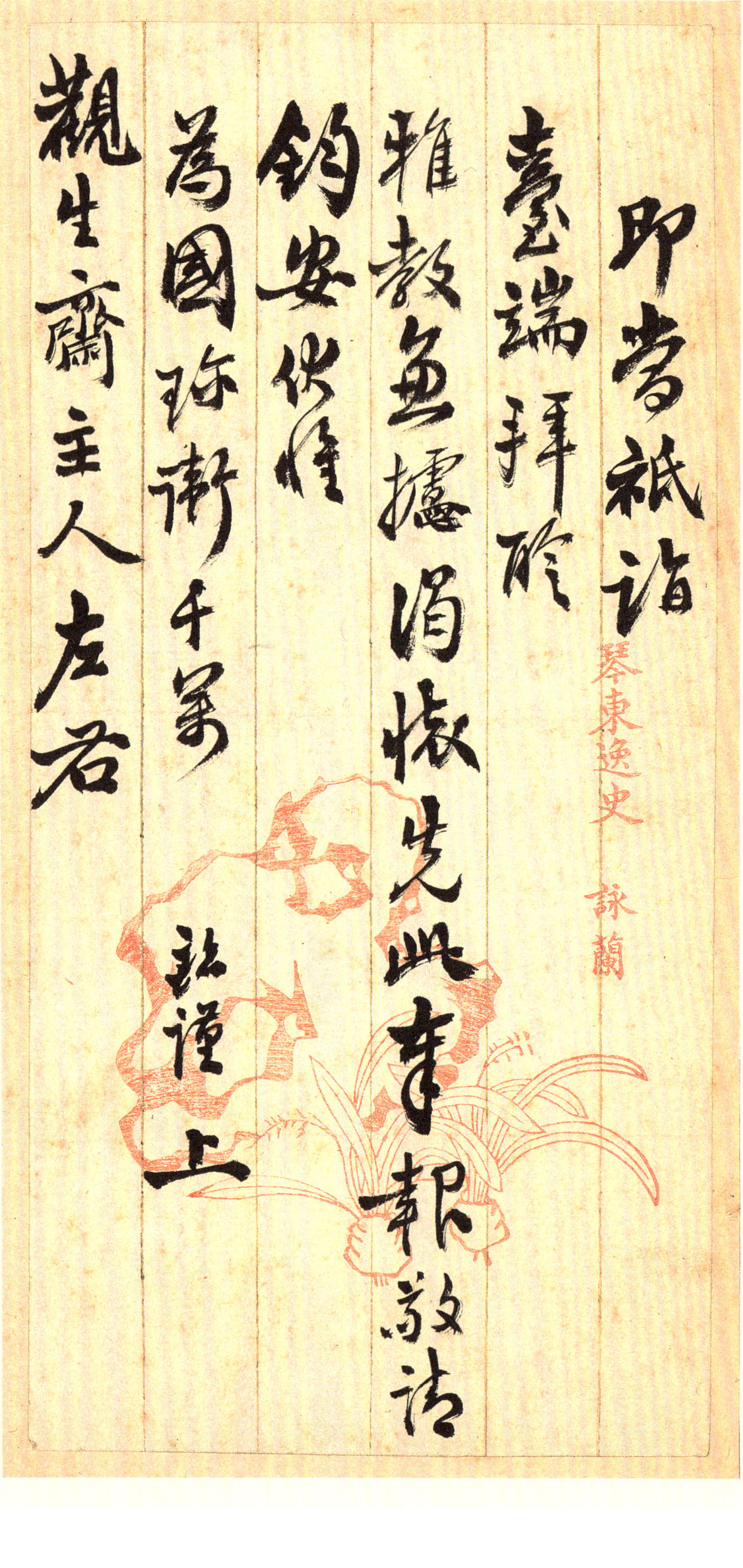

即當祗詣
臺端拜聆
雅教兼攄渭懷先此奉報敬請
鈞安伏惟
爲國珍衛千萬
銘謹上
觀生齋主人左右

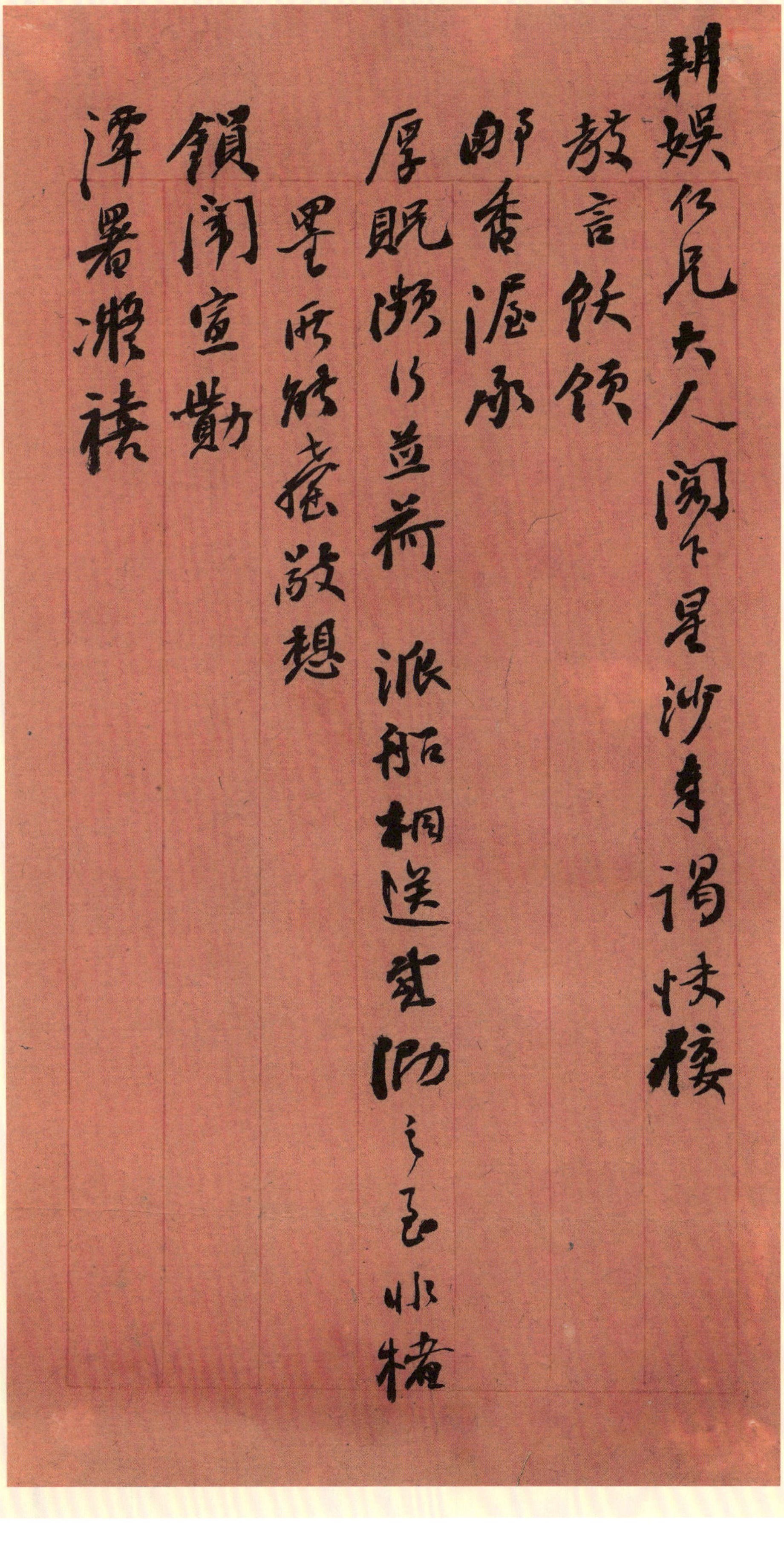

耕娱仁兄大人閣下：星沙手謁，快接
教言，欣領
郇香，渥承
厚貺，瀕行並荷　派船相送，感謝之至。非楮
墨所能罄，敬想
鎖闈宣勤，
潭署滋禧。

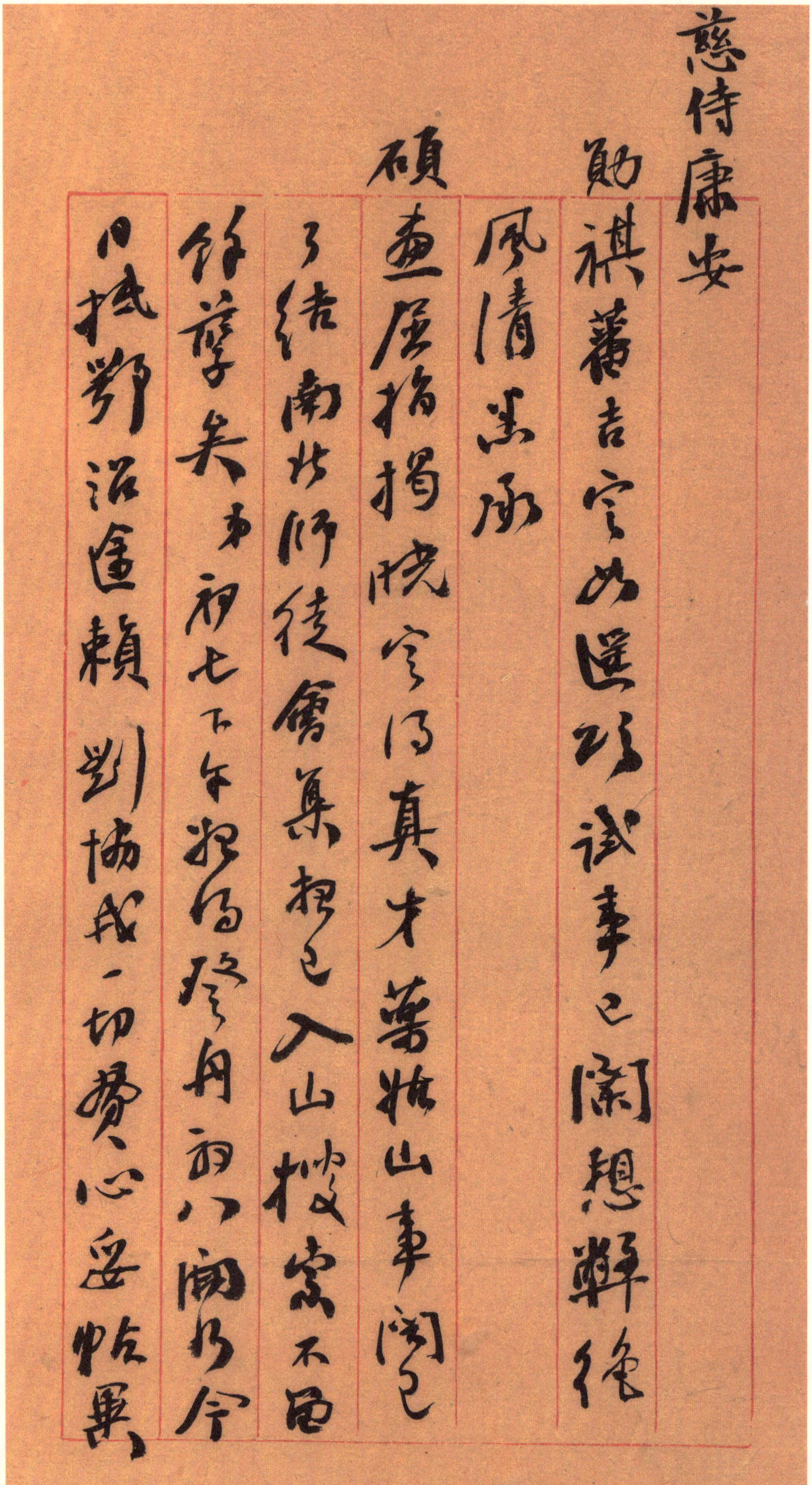

慈侍康安
勛祺蕃吉定如匡頌試事已闌想辭後
風清葉承
碩畫屢揭揭曉定得真才葛嶺山事聞已
了結南北師徒會集想已入山校字不留
節暮矣弟初七下午抵留登舟初八開行今
日抵鄂沿途賴劉協戎一切費心妥帖異

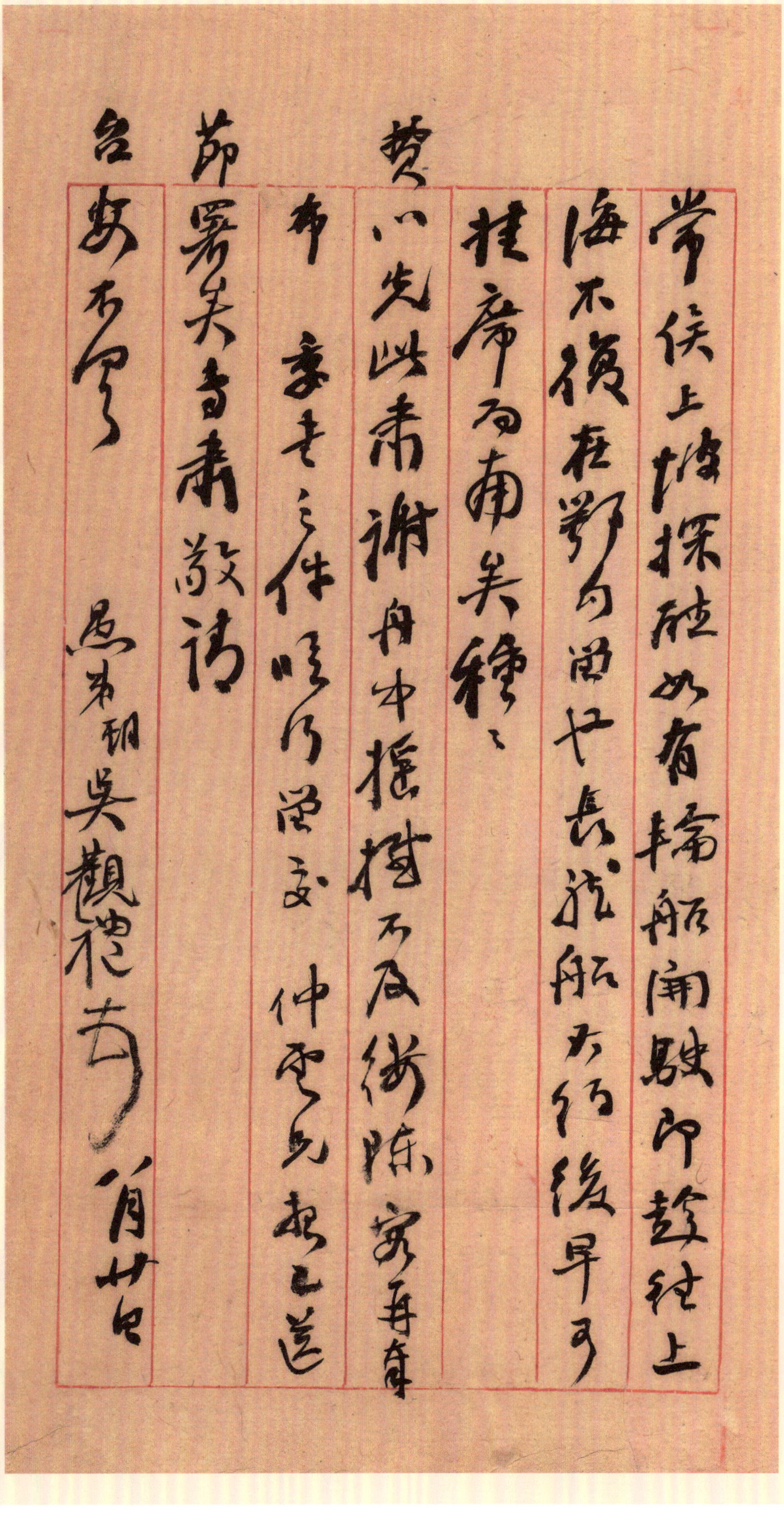

常俟上游探確，如有輪船開駛，即趁往上海，不復在鄂句留。長江輪船大約後日可抵滬，南歸矣。種種費心，先此肅謝。舟中搖擺，不及縷陳，容再奉布。來書之件，暇時留意，仲雲兄處亦已道節署矣。專肅，敬請台安，不具。

愚弟期吳觀禮頓首 八月廿日

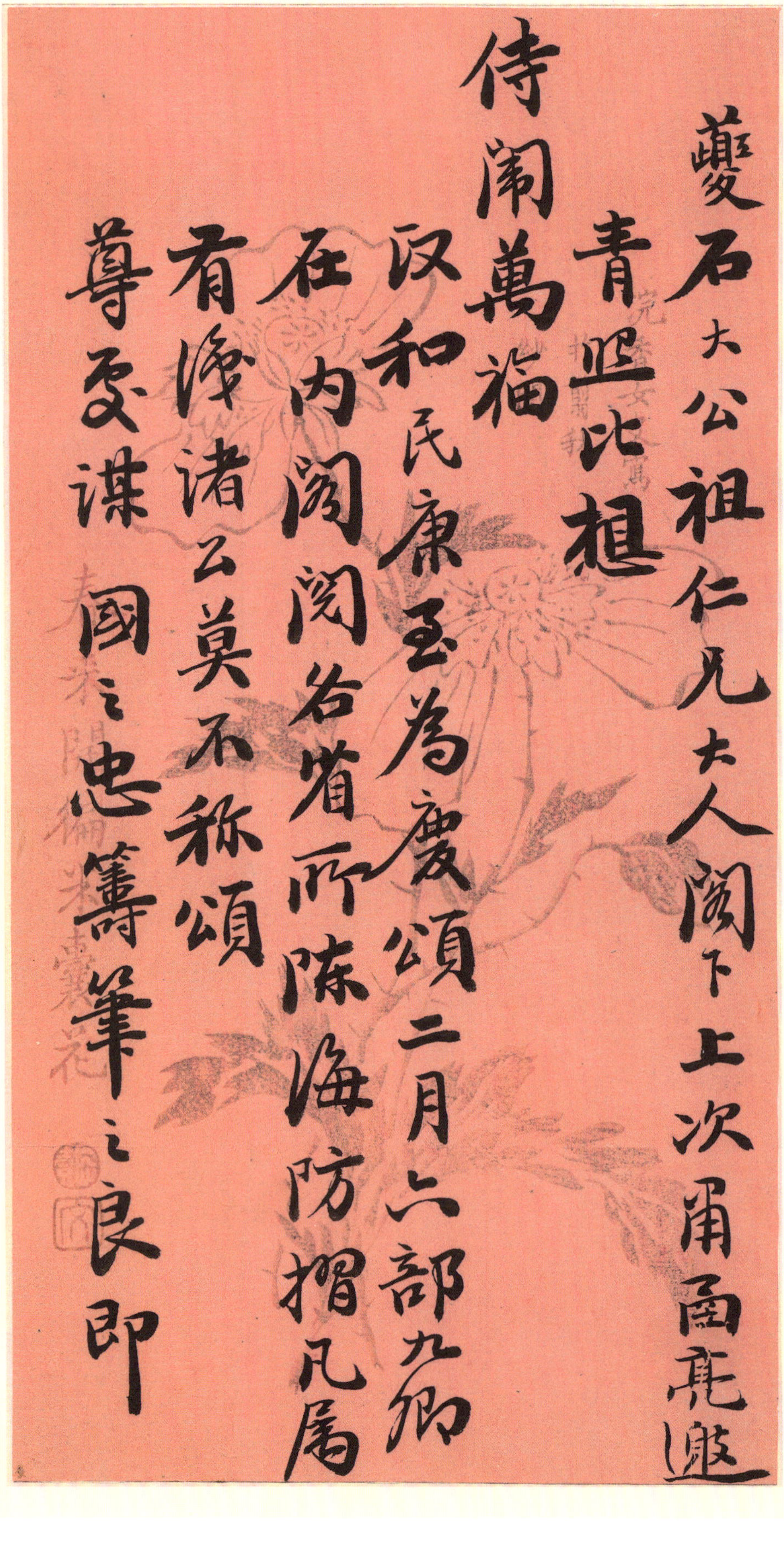

夔石大公祖仁兄大人閣下：上次肅函，諒邀青照。比想
侍閣萬福，政和民康，至為慶頌。二月六部九卿在內閣閱各省所陳海防摺，凡屬有識諸公莫不稱頌
尊處謀國之忠、籌筆之良，即

汉府亦皆服平正通達欽為切實可
行之要道仰見我
公一言出而天下胥堪重焉諸臣復
奏當在三月初二二至於如何辦法仍以
總理衙門為權衡此不易之理也近因
雲南傷斃英人一員威妥瑪聞知頗日與
總署糾纏似未容易說定殊無所聞

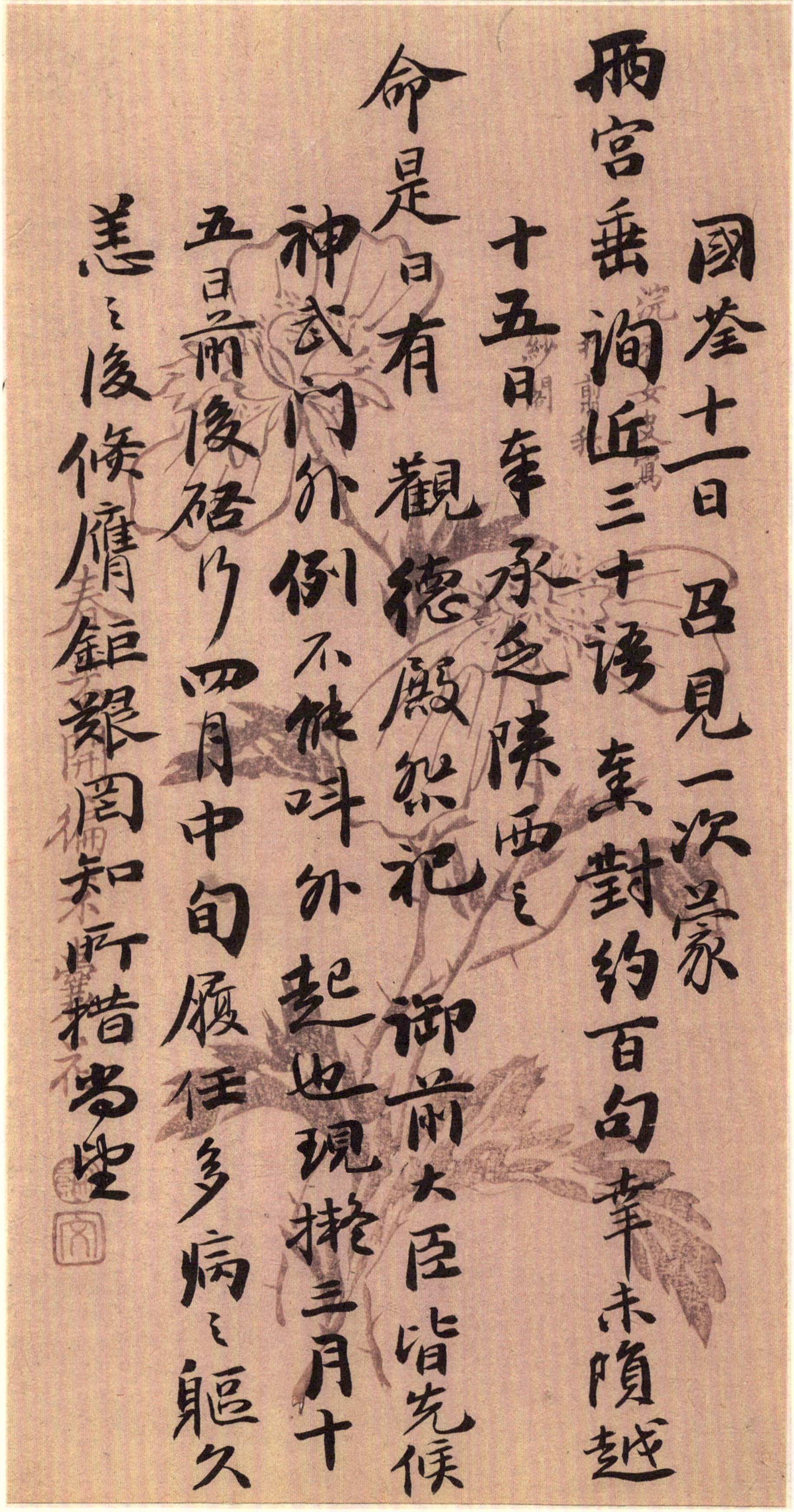
國荃十一日 召見一次 蒙
兩宮垂詢近三十語 奏對約百句 筆未隕越
十五日奉承乏陝西之
命是日有 觀德殿祭祀 御前大臣皆先候
神武門外例不能叫外起也現擬三月十
五日前後啓行四月中旬履任多病之軀久
恙之後倏膺鉅艱罔知所措尚望

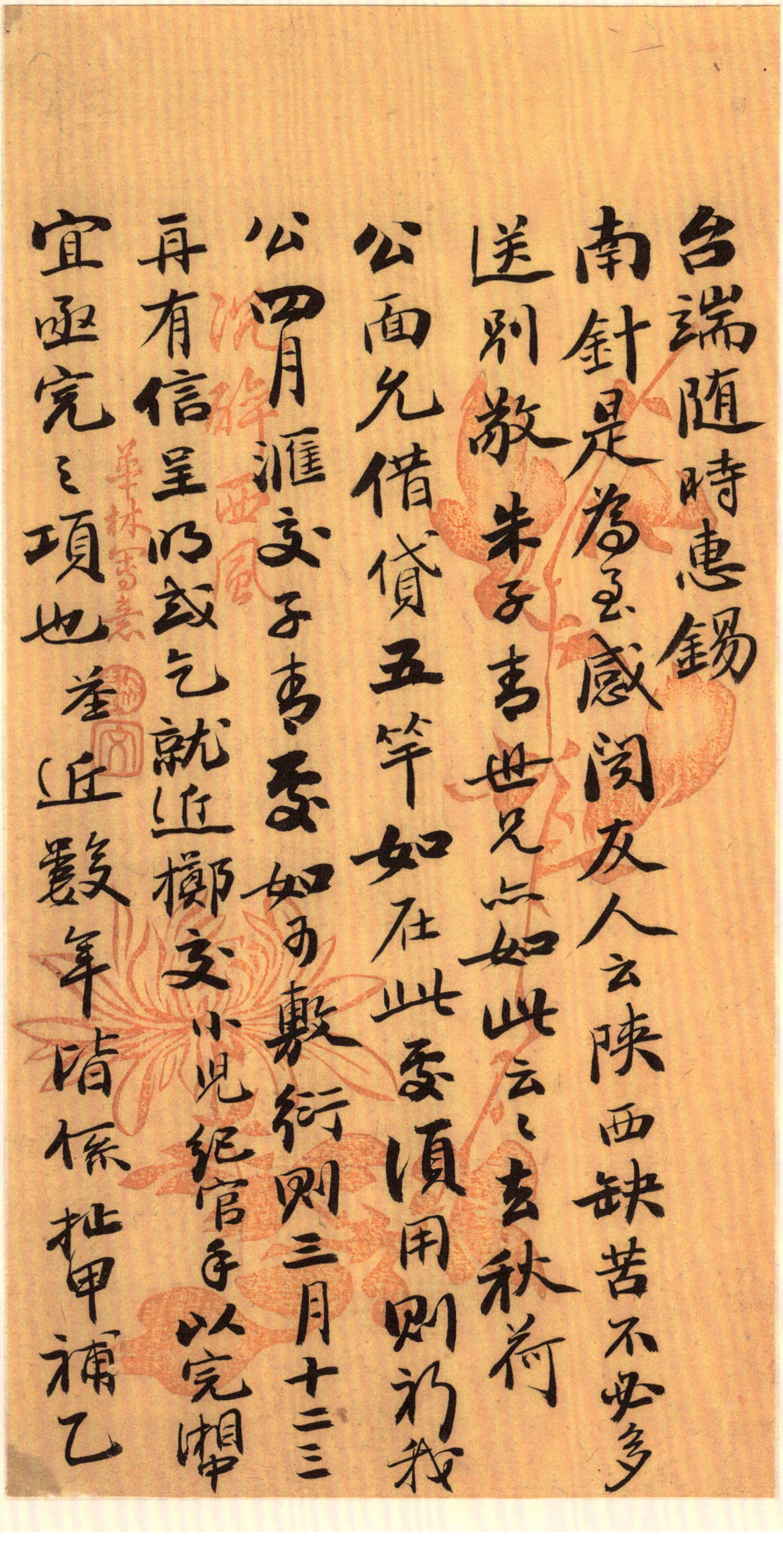

台端隨時惠錫
南針是為至感聞友人云陝西缺苦不必多
送別敬朱子青世兄亦如此云云去秋荷
公面允借貸五竿如在此委須用則祈我
公四月匯交子青委如子數行則三月十三
再有信呈仍或乞就近擲交小兒紀官手以完懸
宜亟完之項也荃近數年清儉拮据補乙

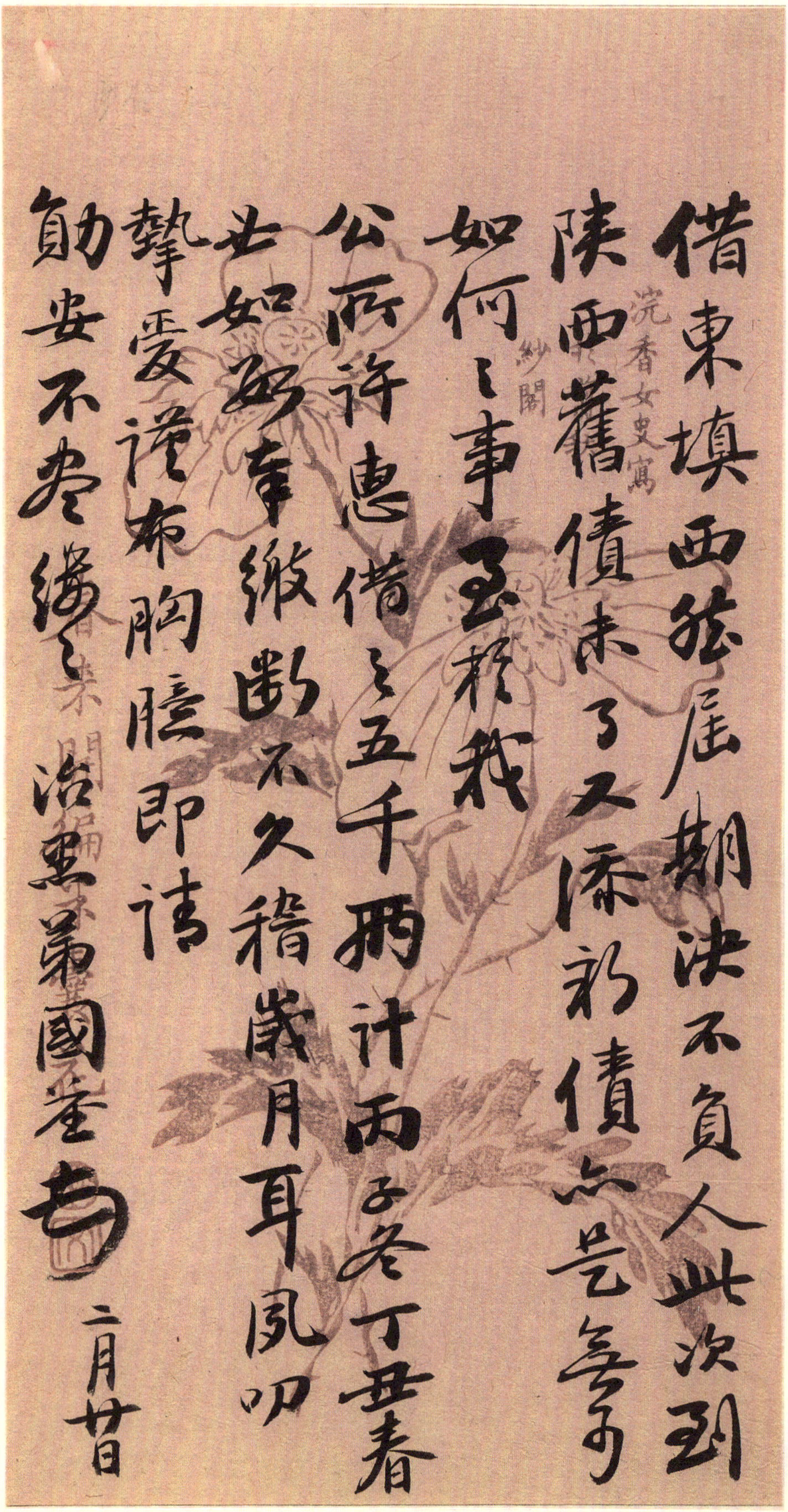

借東填西，茲屆期決不負人。此次到陝西舊債未了，又添新債，亦豈無可如何之事，亟救我。

公所許惠借之五千兩，計丙子冬丁丑春并如數奉繳，斷不久稽歲月耳。夙叨

摯愛，謹布胸臆，即請

勛安，不盡縷縷。治愚弟國荃頓首

二月廿日

前晤

芝範大慰蓬私既承

嘉餚見錫復荷

玉趾枉顧感謝私衷匪言可宣茲維

溥之三兄大人鴻才肆膺

豸任懋昭

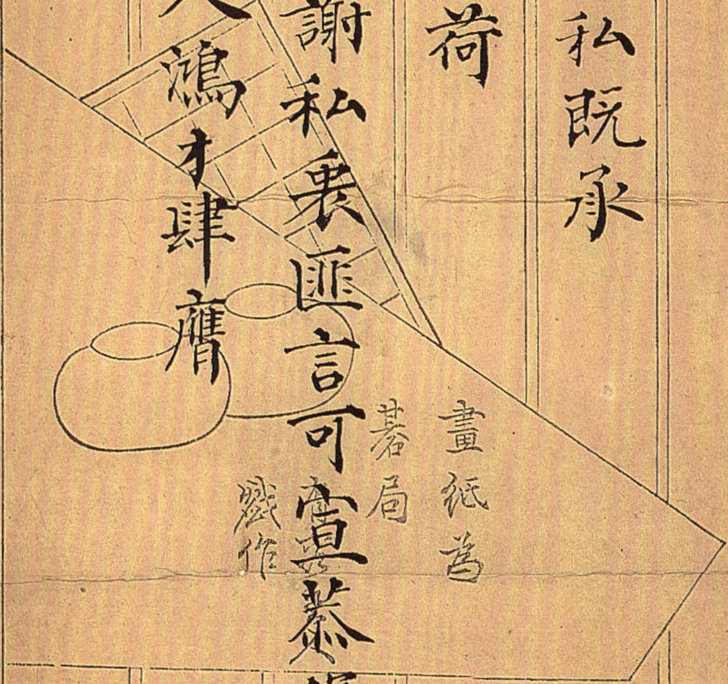

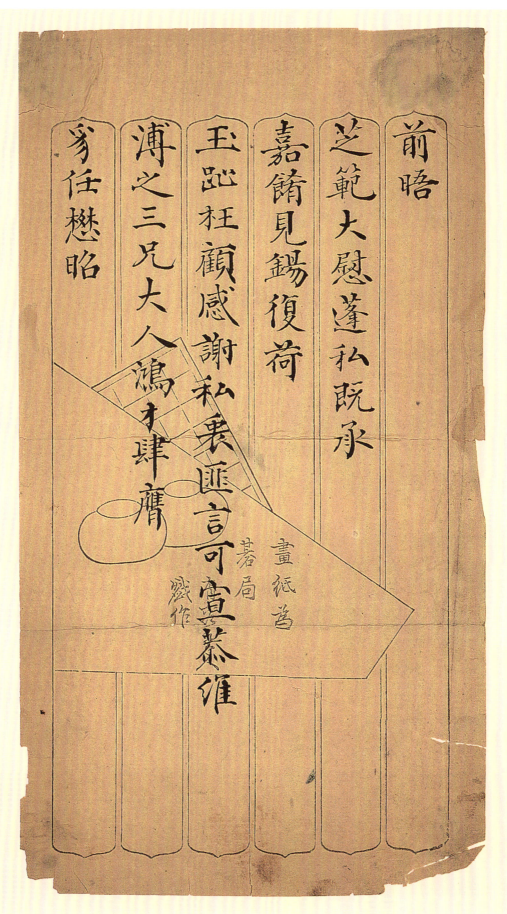

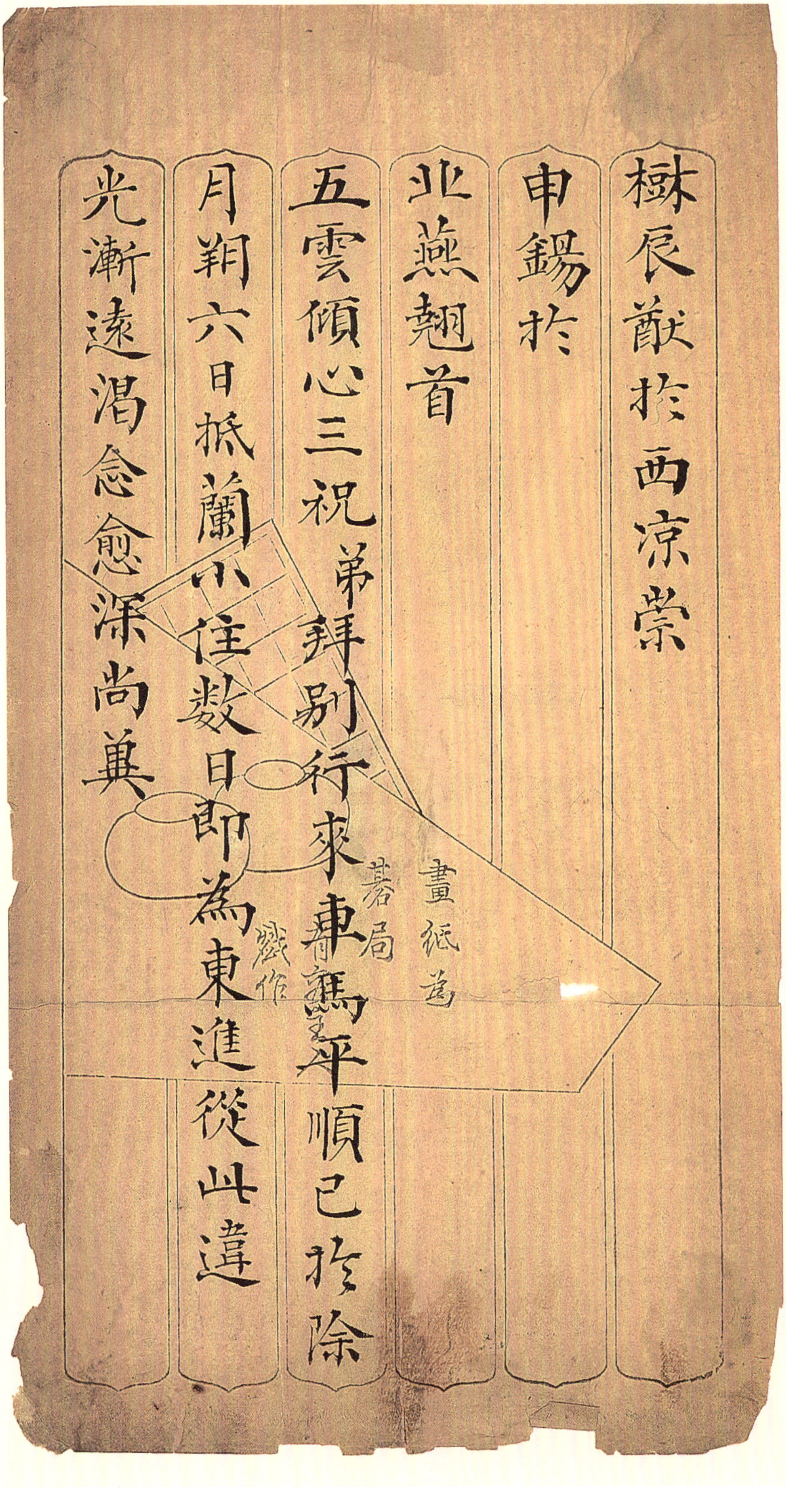
楙良猷於西凉崇
申錫於
北燕翹首
五雲傾心三祝弟拜别行來東馬平順已於除
月朔六日抵蘭小住数日即為東進從此違
光漸遠渴念愈深尚冀

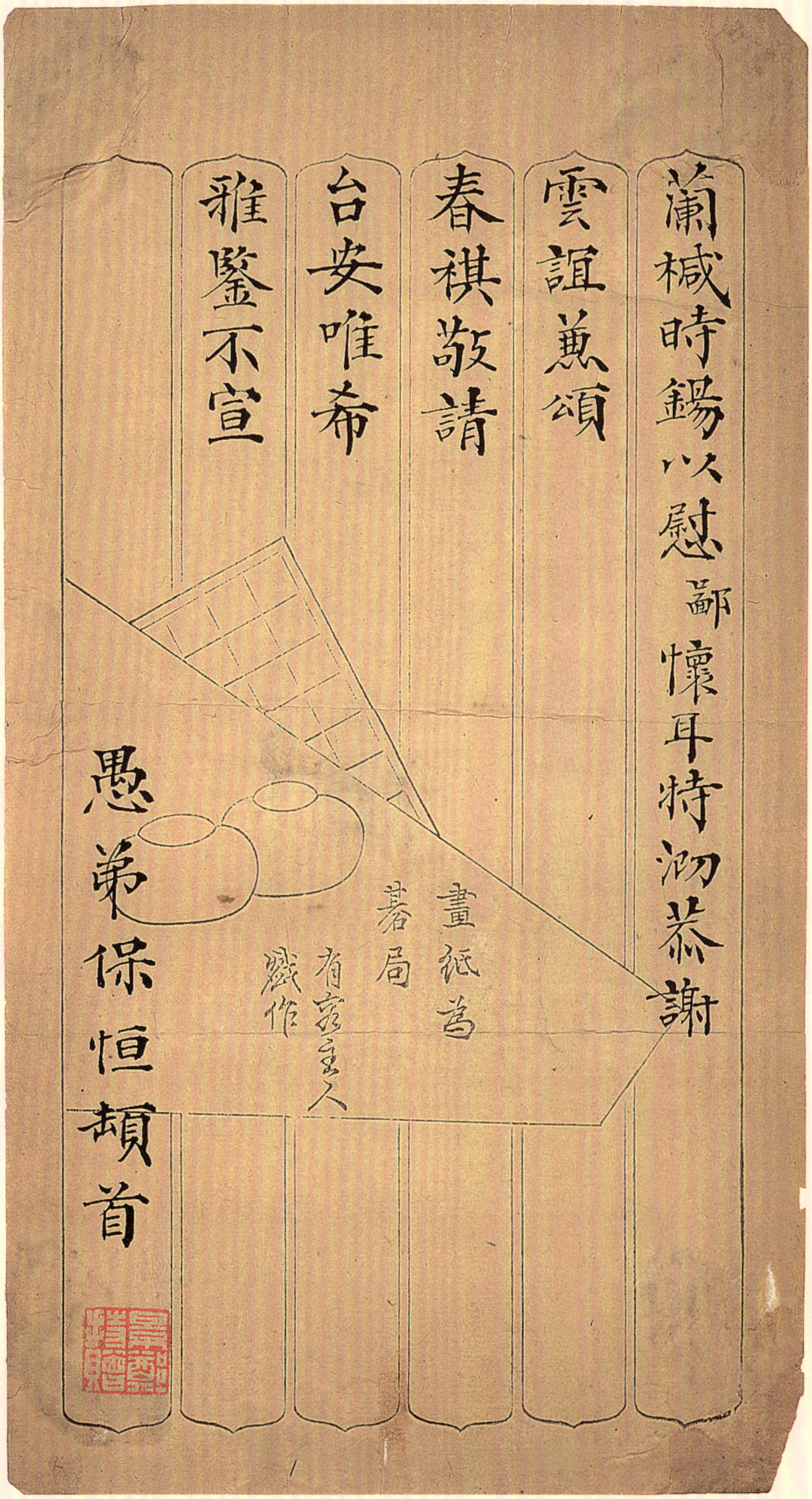
蘭椷時錫以慰鄙懷耳特泐蕪謝
雲誼萬頌
春祺敬請
台安唯希
雅鑒不宣
愚弟保恒頓首

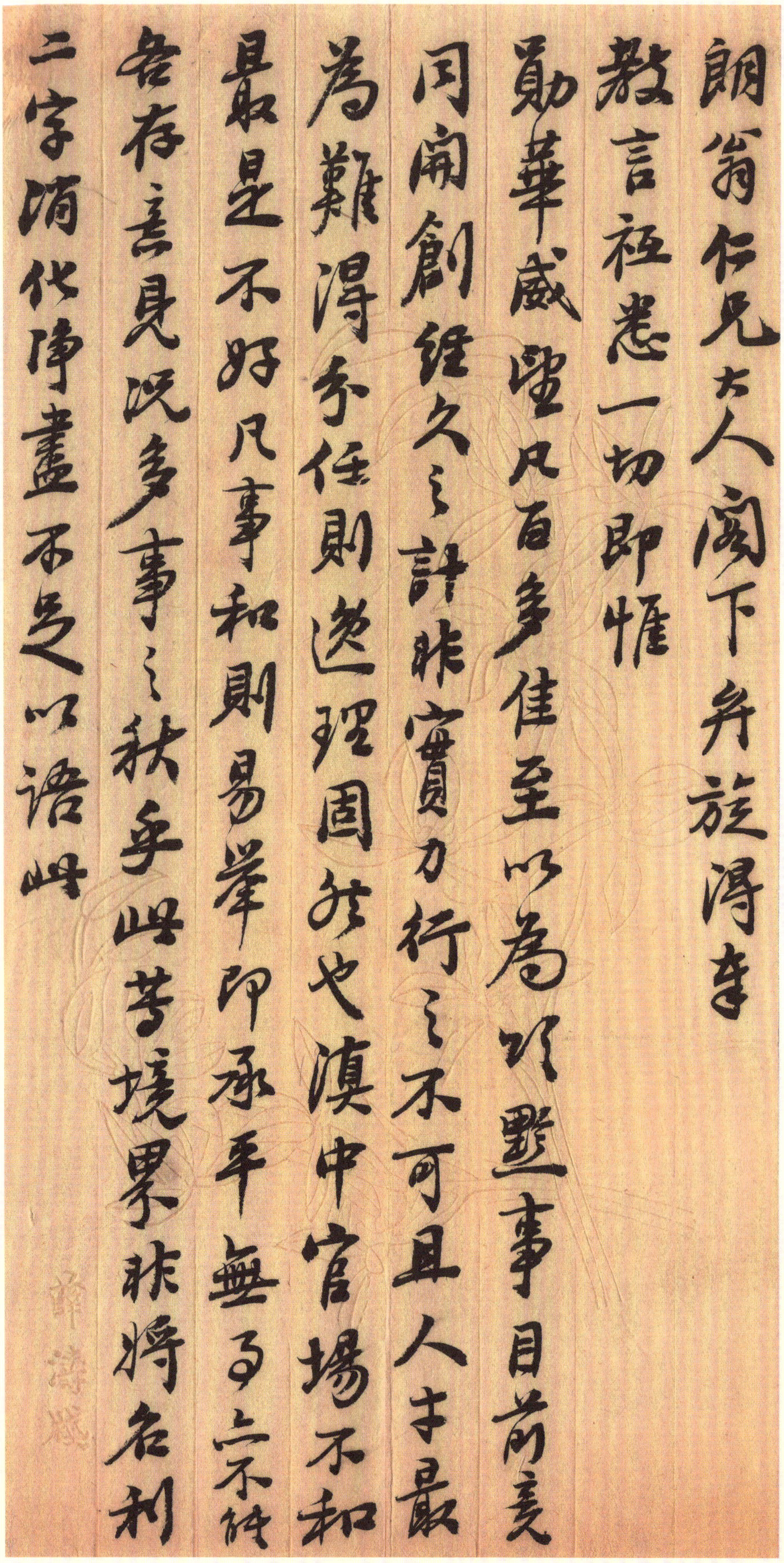
朗翁仁兄大人閣下弁旋得奉
教言祗悉一切即惟
勛華歲暨凡百多佳至以為頌豎事目前羨
閩創經久久許非實力行行不可且人手最
為難得手任則逸理固然也滇中官場不和
最是不好凡事和則易舉即承平無事亦不能
各存意見況多事之秋乎此等境界非將名利
二字滌代淨盡不足以語此

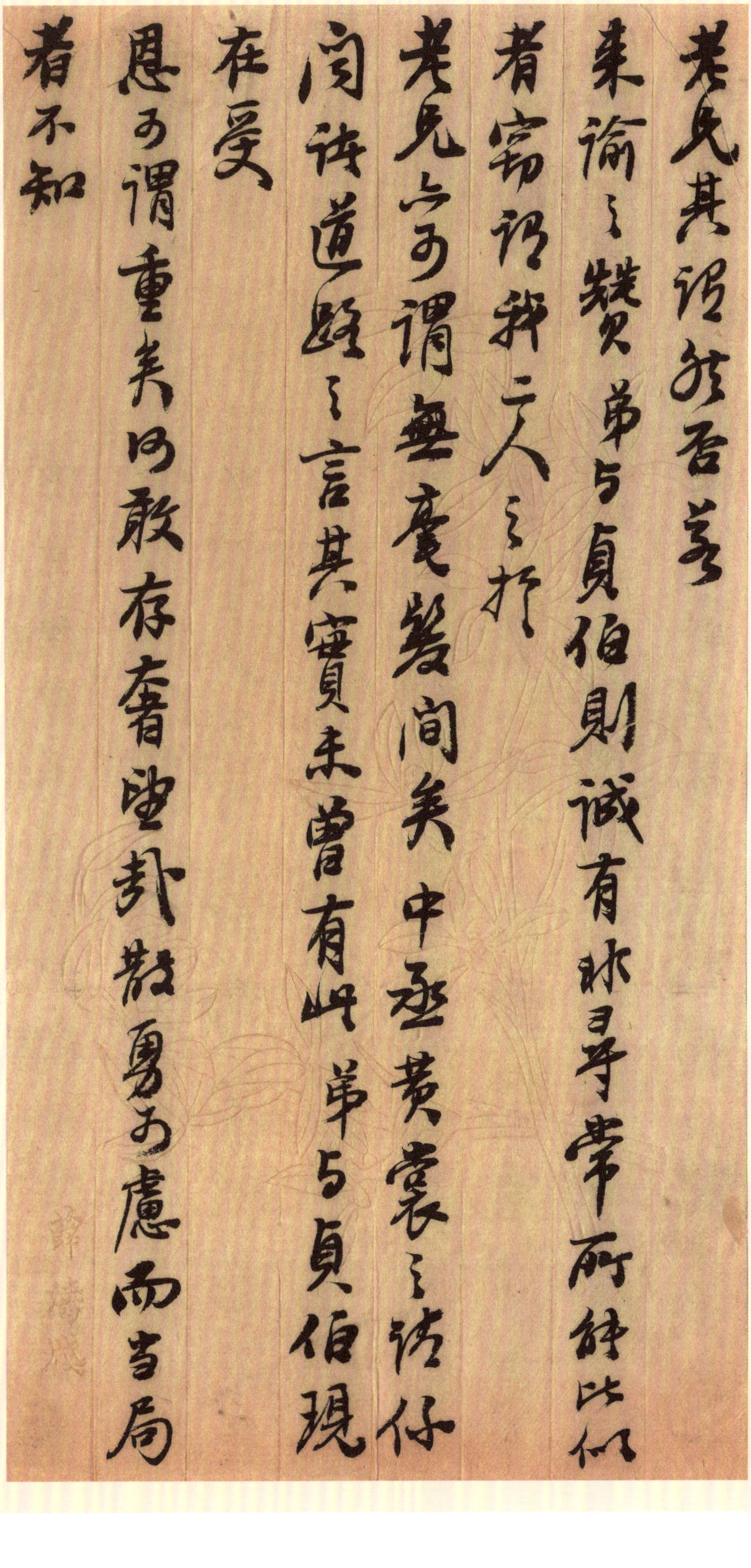

老兄其語然否姜
來諭之贊弟与貞伯則識有殊尋常所能比似
者窃謂我二人之於
老兄亦可謂無毫髮間矣中丞黄裳之語何
聞諸道路之言其實未曾有此弟与貞伯現
在吳
恩可謂重矣何敢存奢望封疆勇於慮而當局
者不知

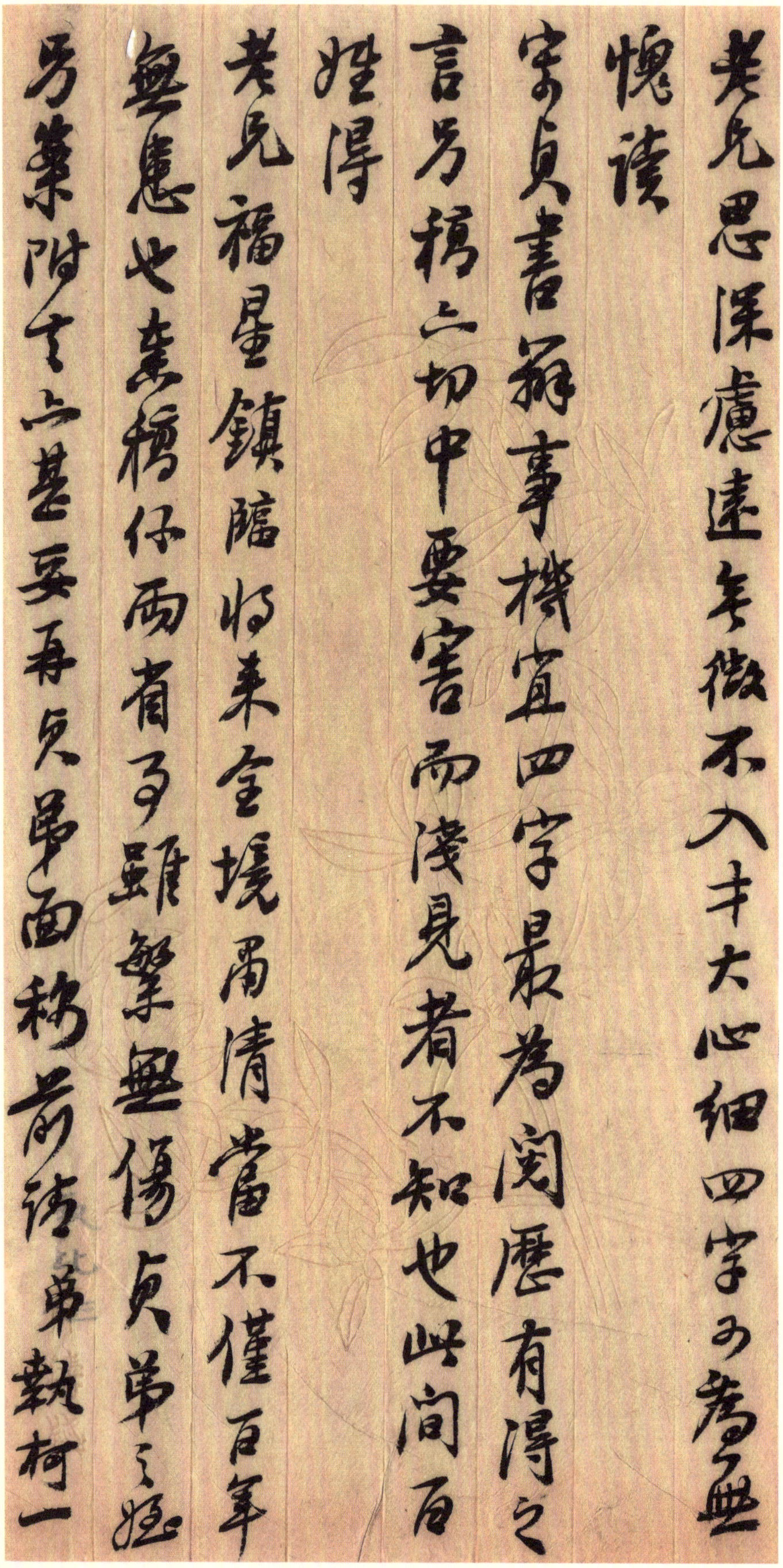

老兄思深慮遠無微不入才大心細四字可為無
愧。讀
寄貞書稱事機宜四字最為閱歷有得之
言。另稿亦切中要害而淺見者不知也。此間百
姓得
老兄福星鎮臨，將來全境肅清，當不僅百年
無患也。來稿仔兩有多，雖繁無傷。貞弟之姪
另案附去，亦甚妥。尋貞弟面稱前請弟執柯一

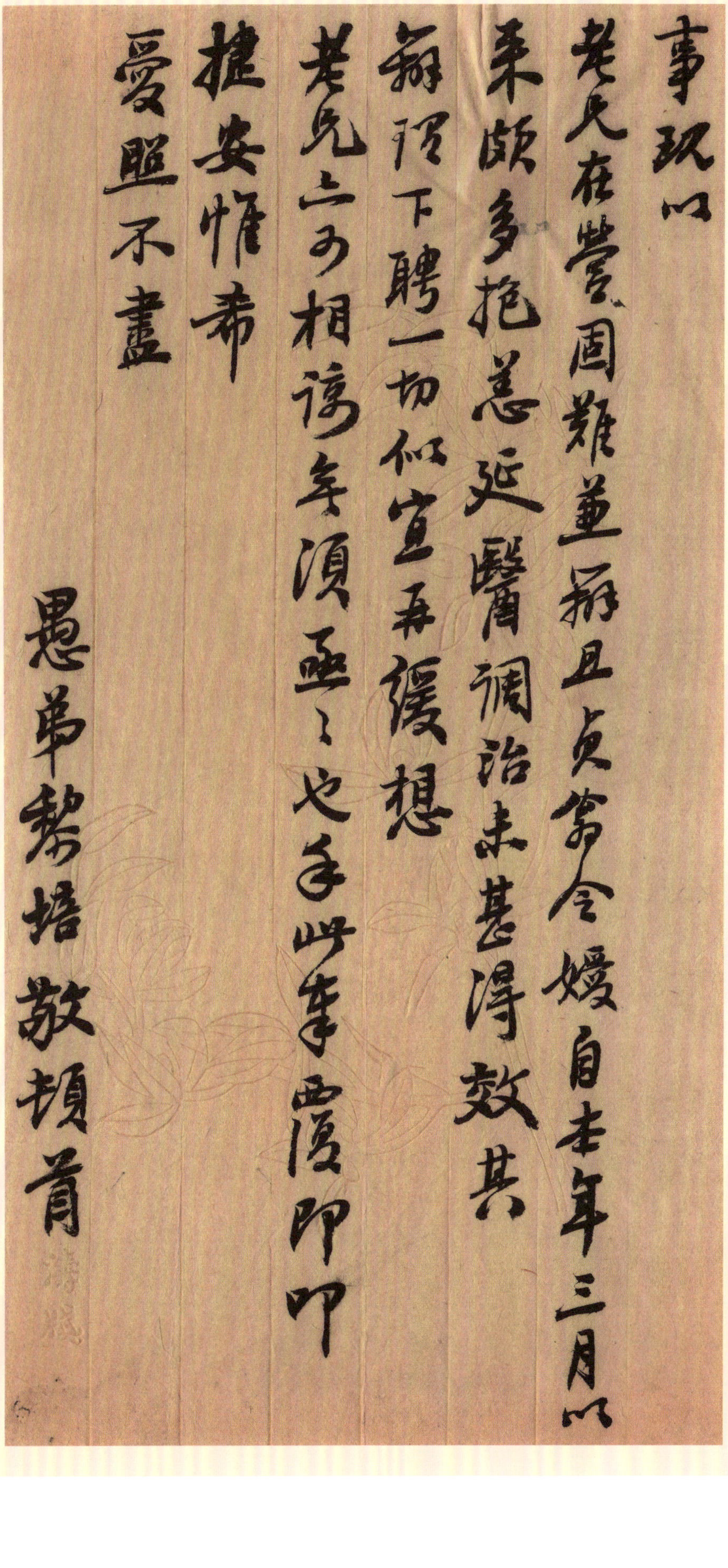
事現以
老兄在營固難兼顧且貴第令嫒自去年三月以
來頗多抱恙延醫調治未甚得效其
顧項下聘一切似宜再緩想
老兄亦可相諒無須亟亟也手此奉覆即叩
捷安惟希
愛照不盡
愚弟黎培敬頓首

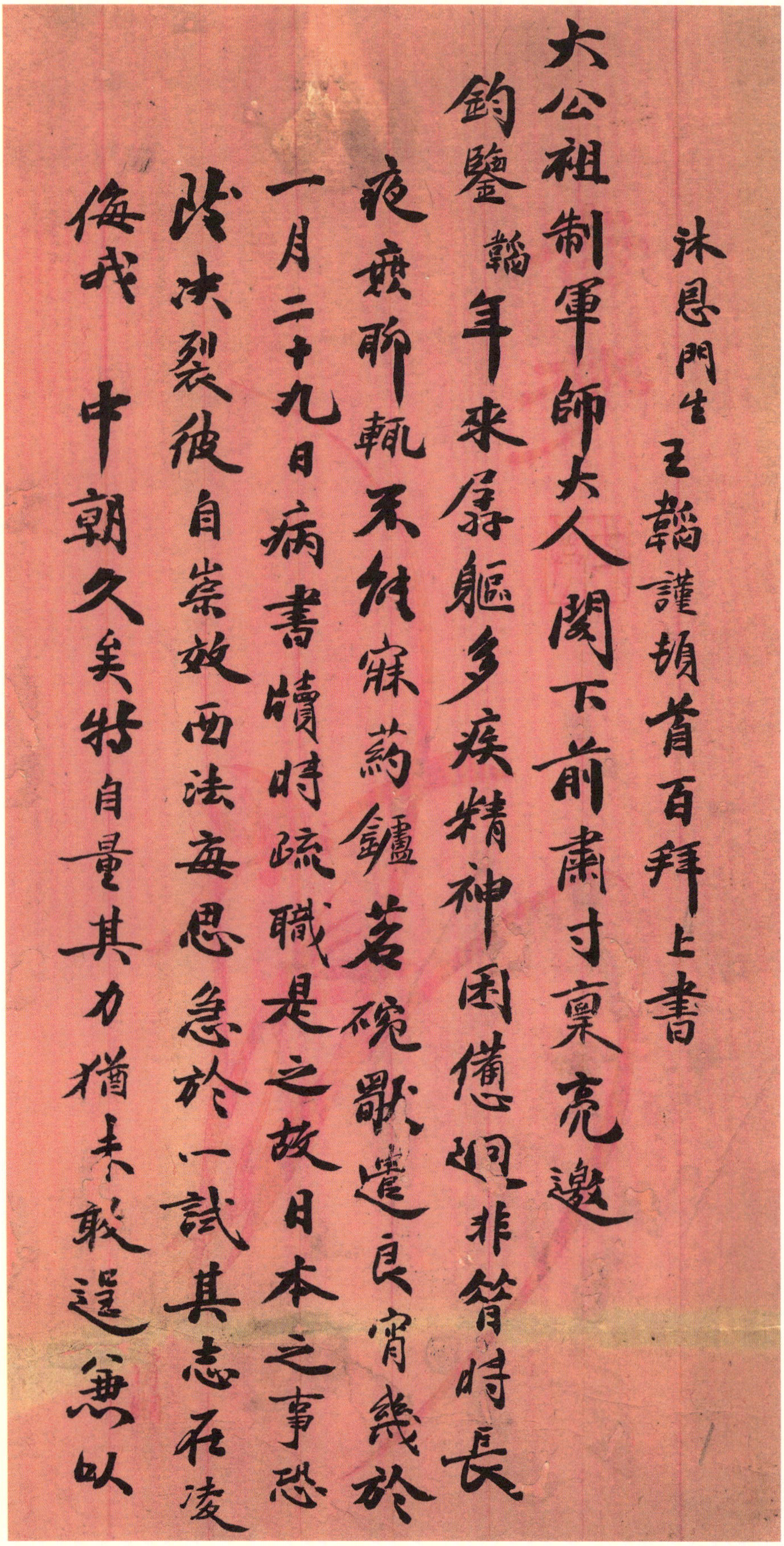

沐恩門生
王韜謹頓首百拜上書
大公祖制軍師大人閣下前肅寸稟亮邀
鈞鑒韜年來孱軀多疾精神困憊迥非昔時長
夜無聊輒不能寐藥鑪茗碗歇遣良宵幾於
一月二十九日病書牘時疏職是之故日本之事恐
將決裂彼自崇效西法每思急於一試其志在凌
侮我　中朝久矣特自量其力猶未敢遽無以

我
中朝大度優涵時雍容乎揖讓文告之間彼為禮意所羈縻未敢爲一着之先耳設我
中朝申之以文告示之以武功明告之以必復琉球乃可相安於無事不然閉關絶使停止通商問罪之師必臨於境上我知日本必如豕突狼奔先發難端以與我從事矣日人近日海防備之亦極周密神戶橫濱兩處尤稱雄固日治兵艦練水師

以期必勝前聞我國移防俄之師轉而備日上
下互相戒懼已遣兵船來滬相探繼知中朝並無
是意乃始釋然是則彼雖狡未嘗不慮我之躡
其後也特我因循遲緩彼遂益形驕肆且皆以多
為之備而虛聲恫喝之故智愈張然則日人之飛
揚跋扈亦在我有以致之耳日人翦滅琉球于今
三年築室道謀迄無成說昔有明當閹寺擅權

之日而平秀吉入高麗之役猶且興師救援已兵熸將殲而罔悔赫赫
皇清威德已隆藐茲日本其敢倚予叛乎琉球屬我恭順風聞為千餘載自立之國為三百年貢獻之邦平日受其共球已今時忍視其不祀忽諸不加撫恤返之寸衷固所未安布之四海亦未免懷慙故此一役也有戰而無和有進而無退問曲直而不問勝

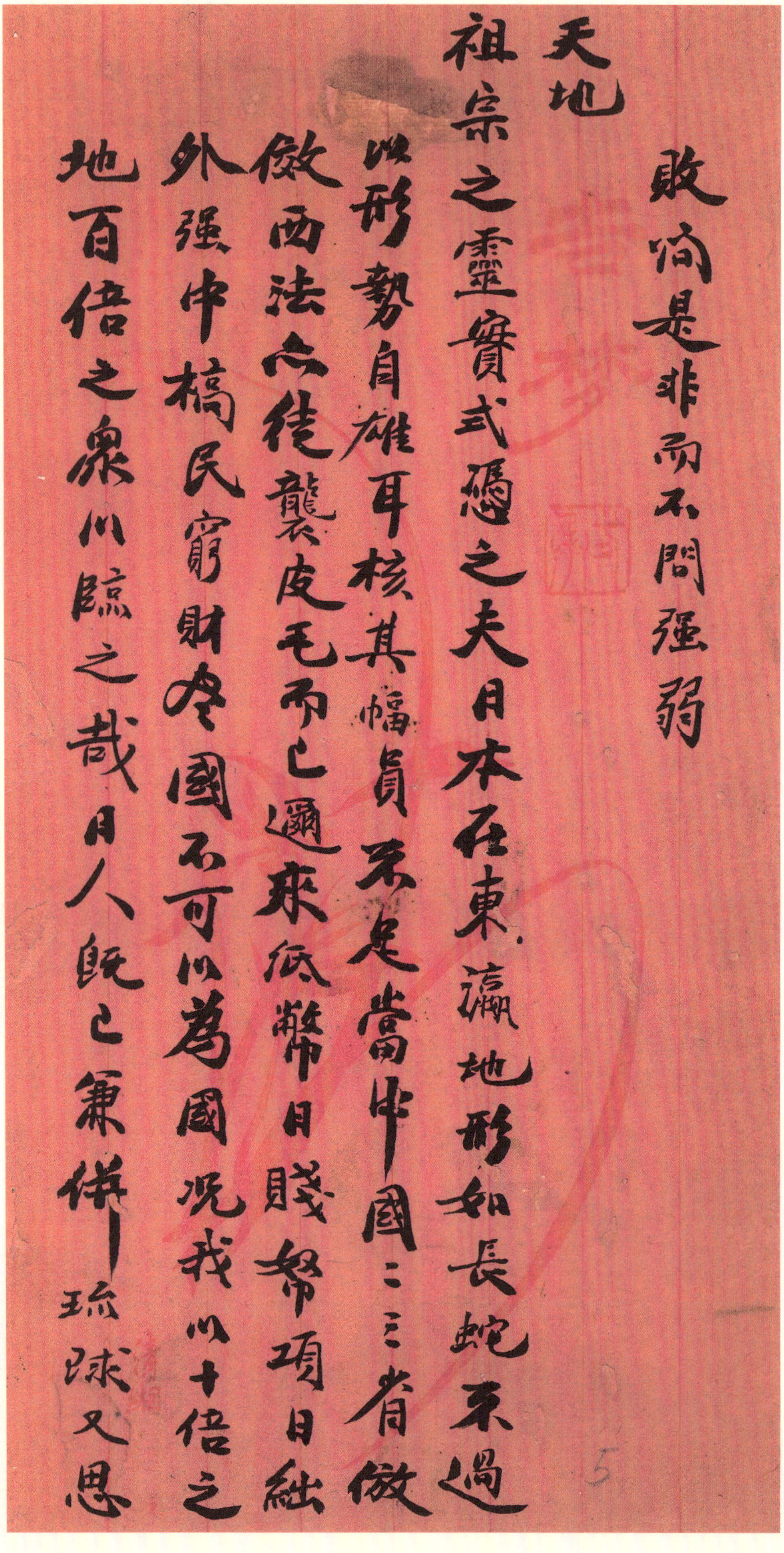

敢倘是非而不問強弱
天地
祖宗之靈實式憑之夫日本在東瀛地形如長蛇不過
以形勢自雄耳核其幅員不足當中國二三省傚
傚西法亦徒襲皮毛而已邇來紙幣日賤帑項日絀
外強中槁民窮財盡國不可以為國況我以十倍之
地百倍之衆以臨之哉日人既已兼併
琉球又思

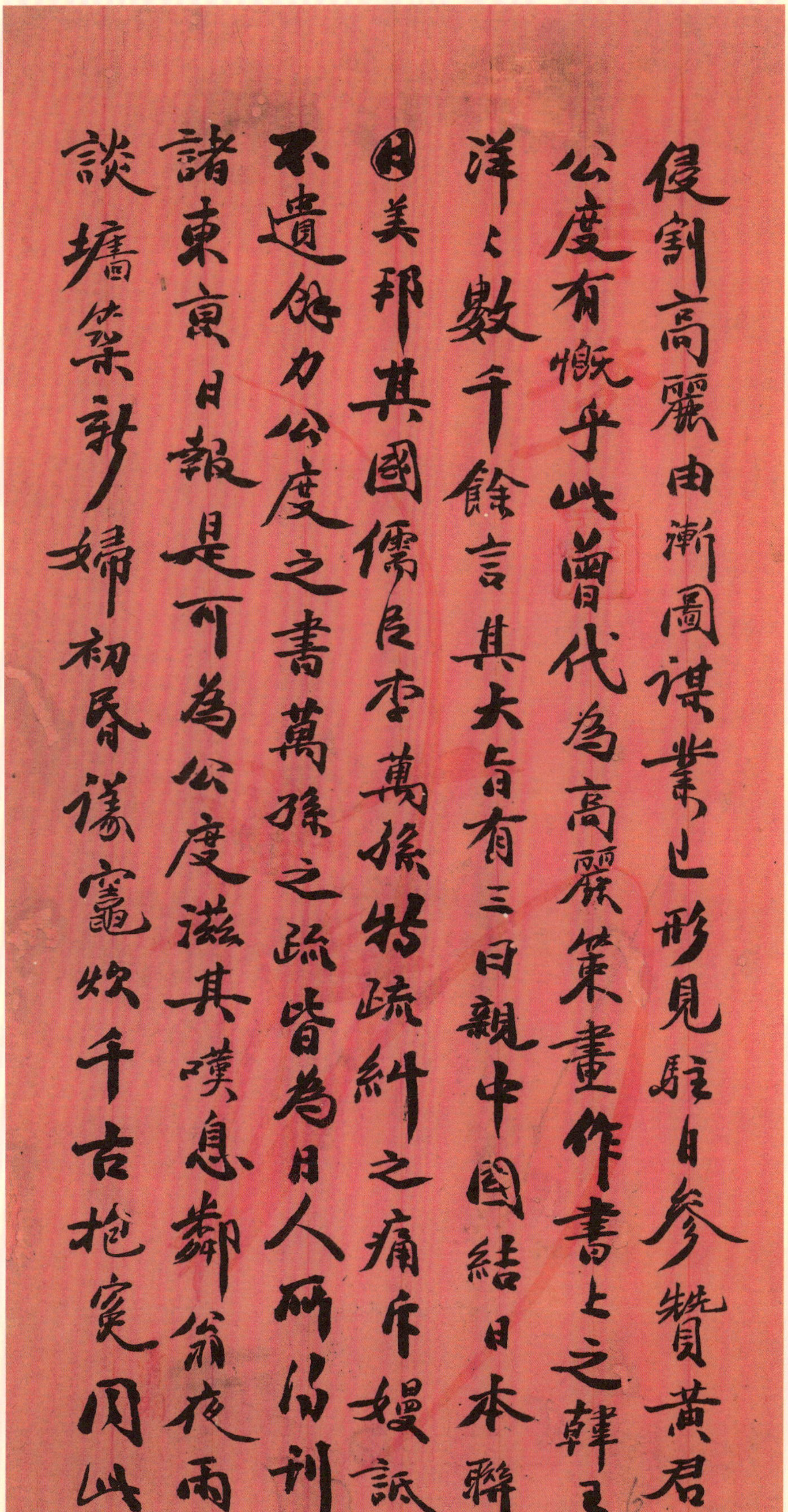
侵削高麗由漸圖謀業已形見駐日參贊黃君
公度有慨乎此曾代為高麗策畫作書上之韓王
洋洋數千餘言其大旨有三曰親中國結日本聯
美邦其國儒臣李萬孫特疏糾之痛斥嫚詆
不遺餘力公度之書萬孫之疏皆為日人所刊
諸東京日報是可為公度滋其嘆息鄰翁夜雨
談墻築新婦初昏議竈炊千古抱冤同此

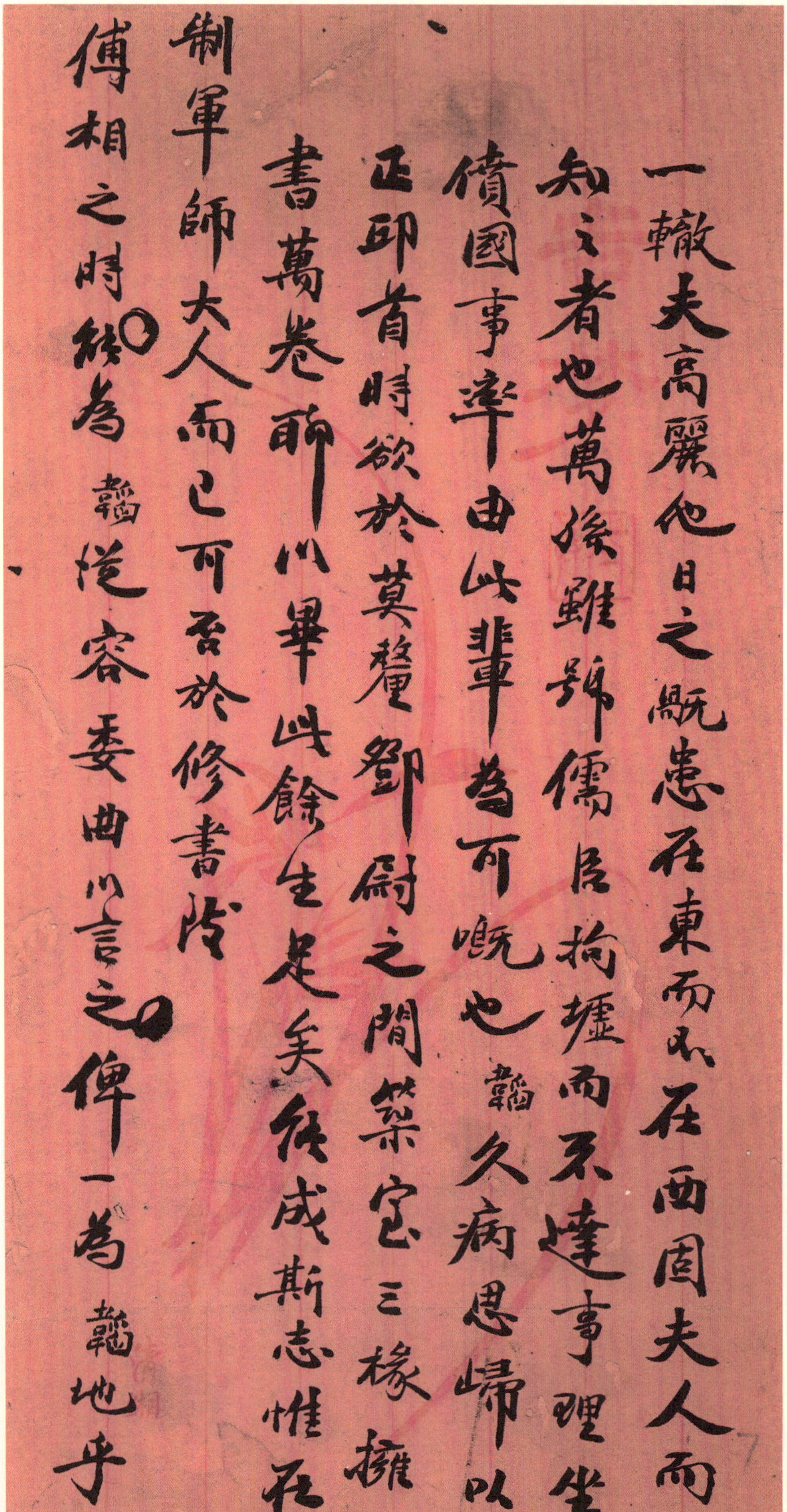

一轍。夫高麗他日之患在東而不在西，固夫人而知之者也。萬孫雖號儒臣，拘墟而不達事理，坐僨國事，率由此輩，為可慨也。韜久病思歸，以正邱首，時欲於莫釐、鄧尉之間築室三椽，擁書萬卷，聊以畢此餘生足矣。能成斯志，惟在制軍師大人而已。可否於修書陳傅相之時，務為韜從容委曲以言之，俾一為韜地乎。

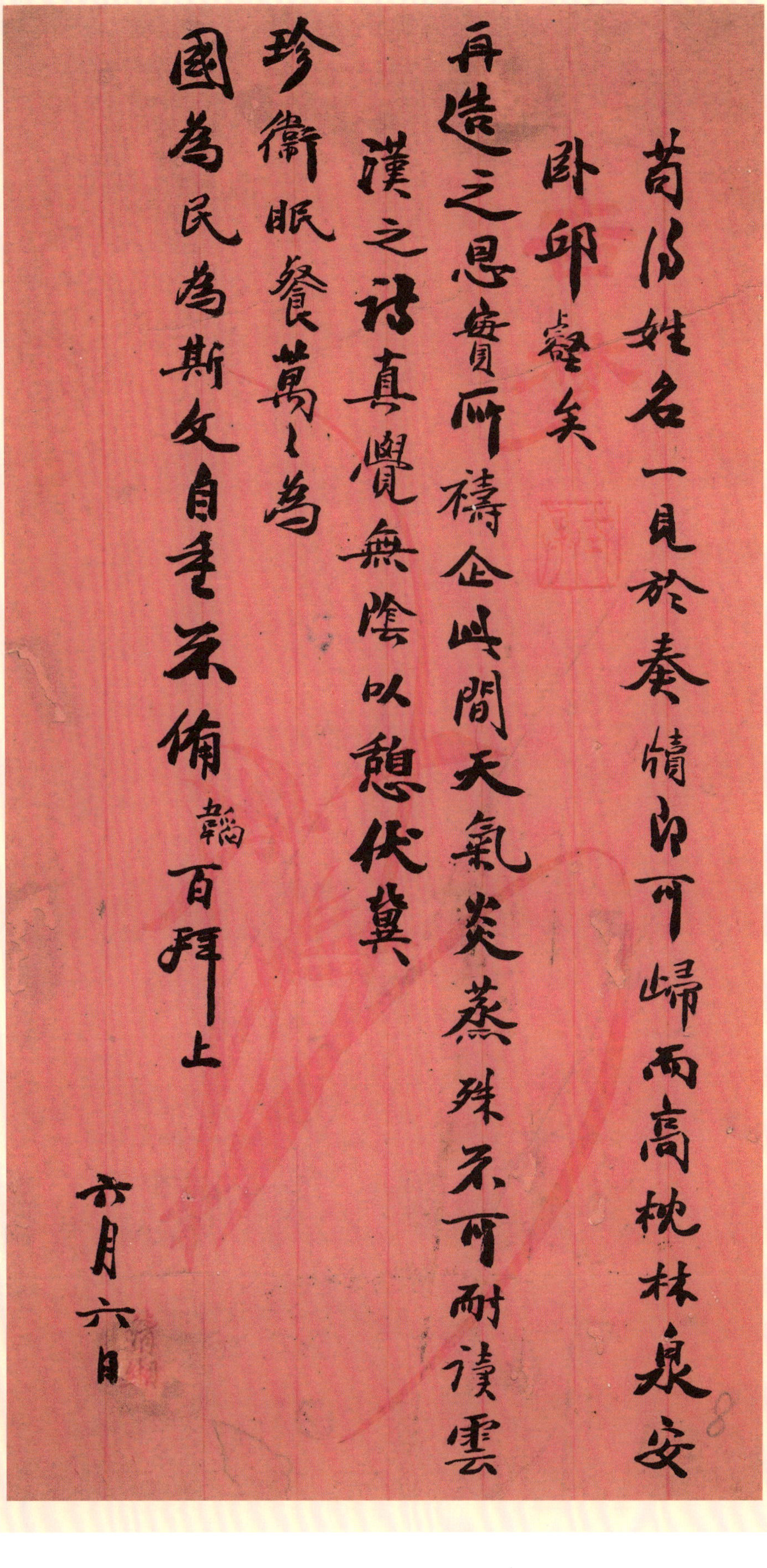

苟得姓名一見於奏牘即可歸而高枕林泉安
臥邱壑矣
再造之恩寔所禱企此間天氣炎蒸殊不可耐讀雲
漢之詩真覺無陰以憩伏冀
珍衛眠餐萬萬為
國為民為斯文自重不備 韜百拜上
六月六日

鮑超 致 雨蒼

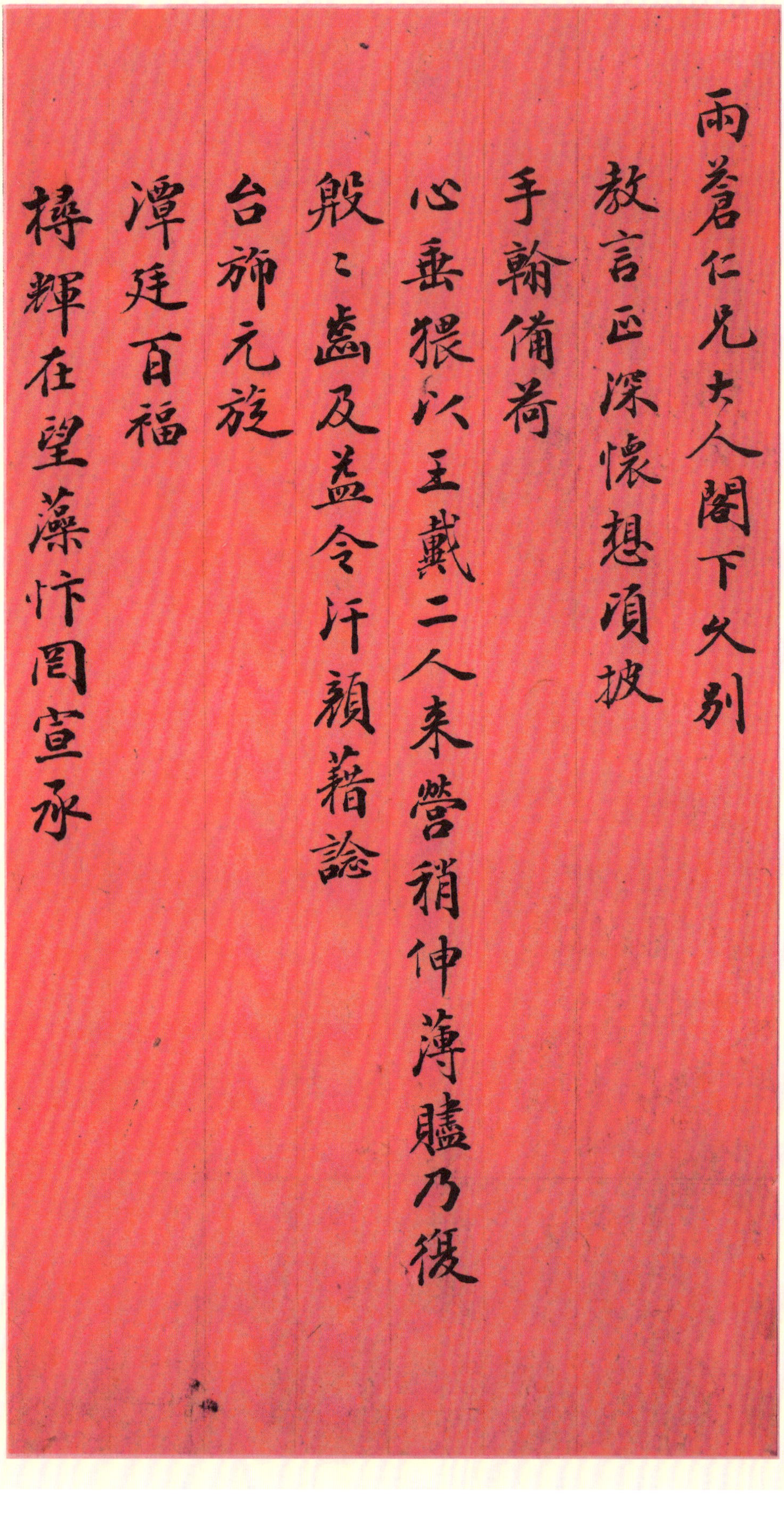

雨蒼仁兄大人閣下久別
教言正深懷想頃披
手翰備荷
心垂猥以王戴二人來營稍伸薄臆乃復
殷殷盛及益令汗顔藉諗
台旆元旋
潭廷百福
棒輝在望藻忭罔宣承

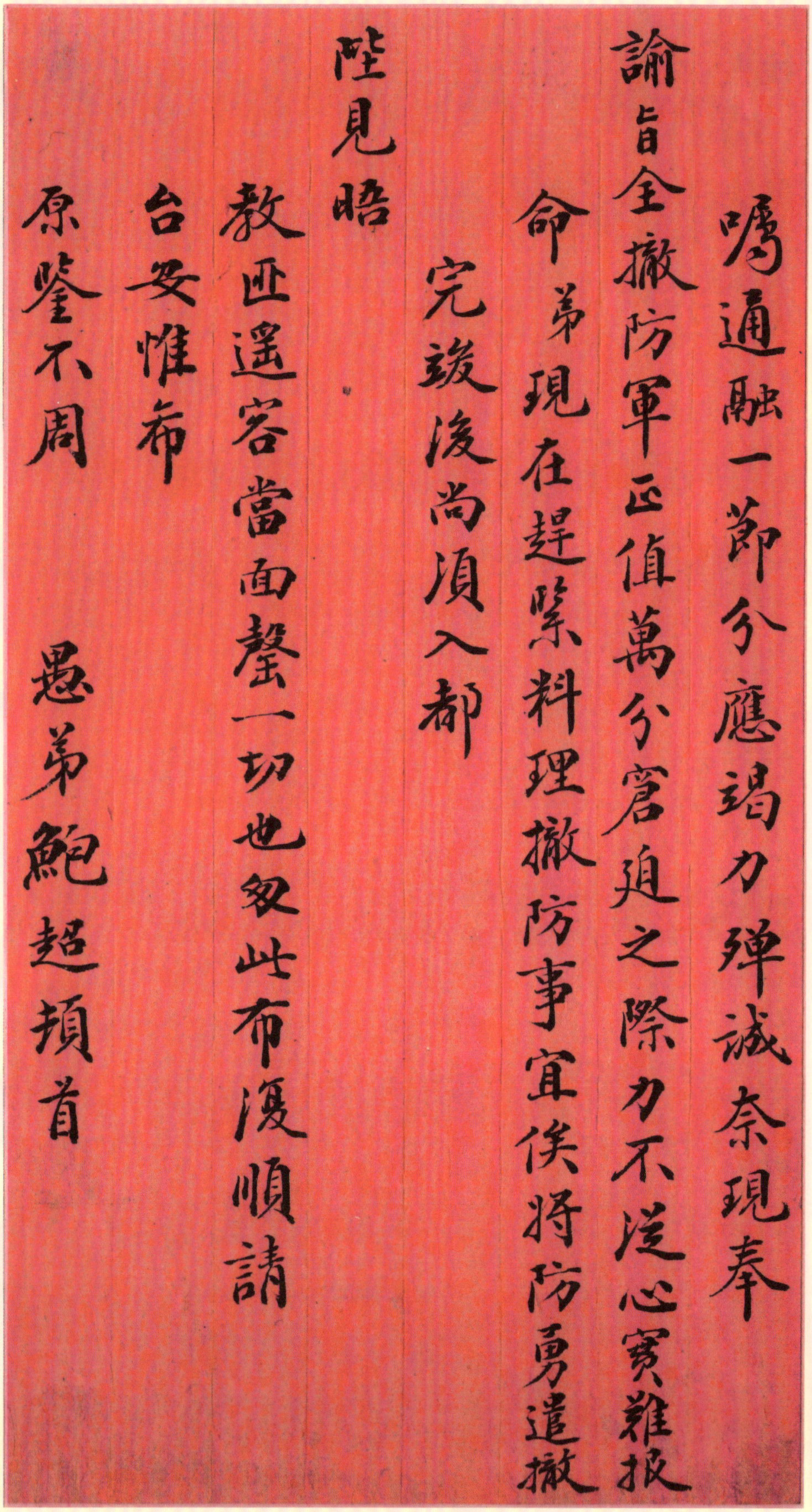

囑通融一節分應竭力殫誠奈現奉
諭旨全撤防軍正值萬分窘迫之際力不從心實難報
命弟現在趕緊料理撤防事宜俟將防勇遣撤
完竣後尚須入都
陛見晤
教匪遥容當面罄一切世叙此布復順請
台安惟希
原鑒不周　愚弟鮑超頓首

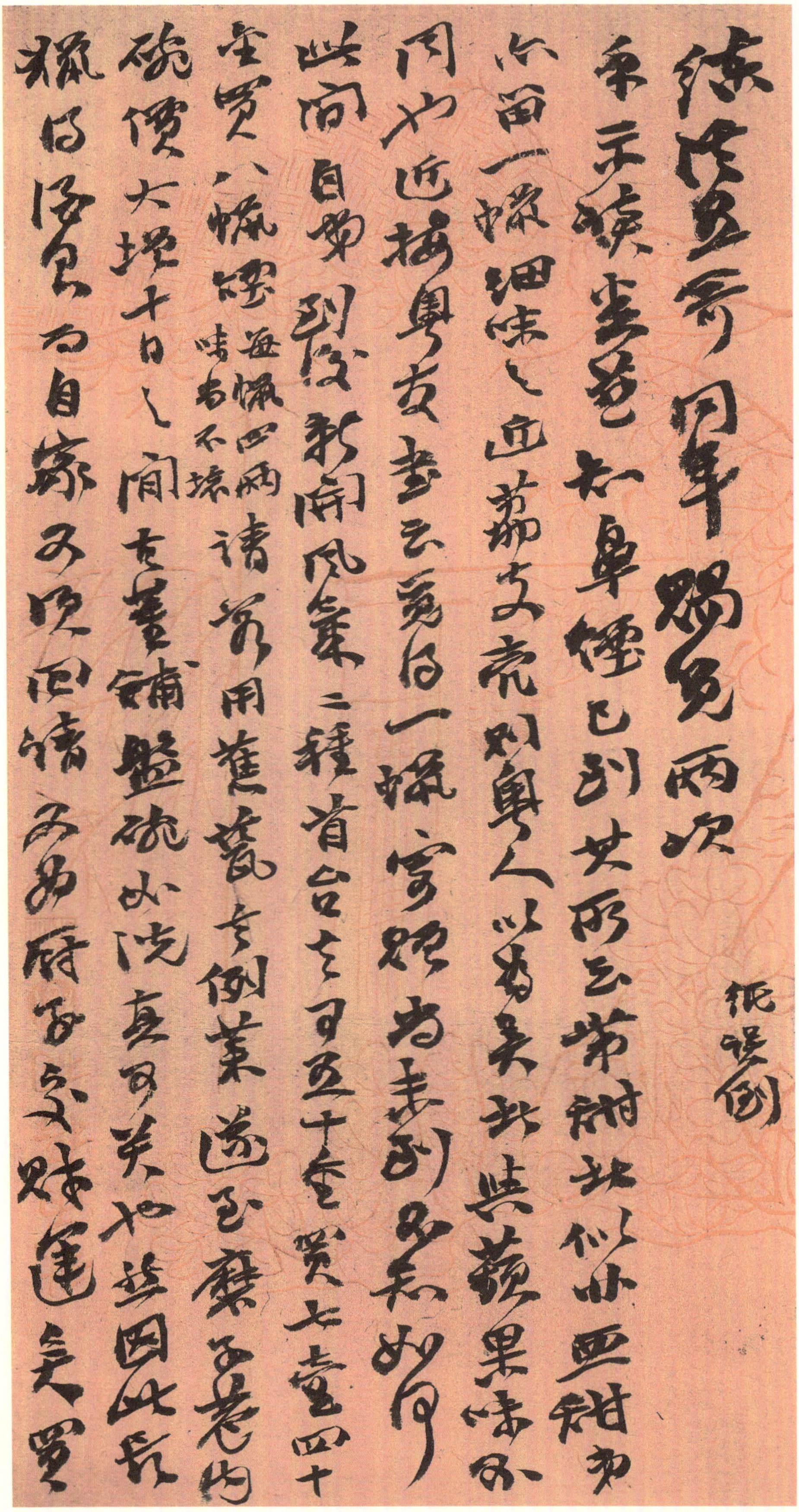

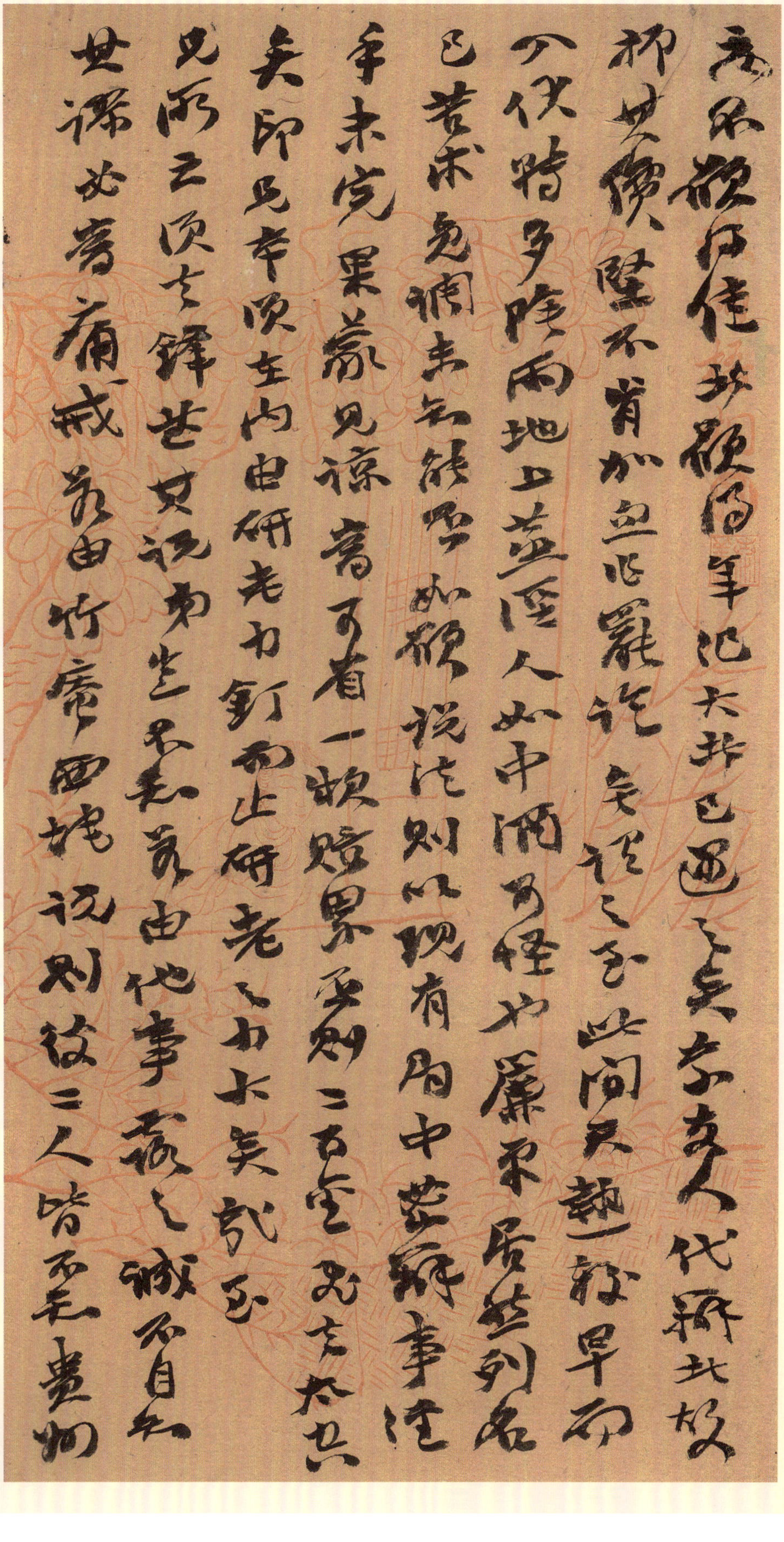

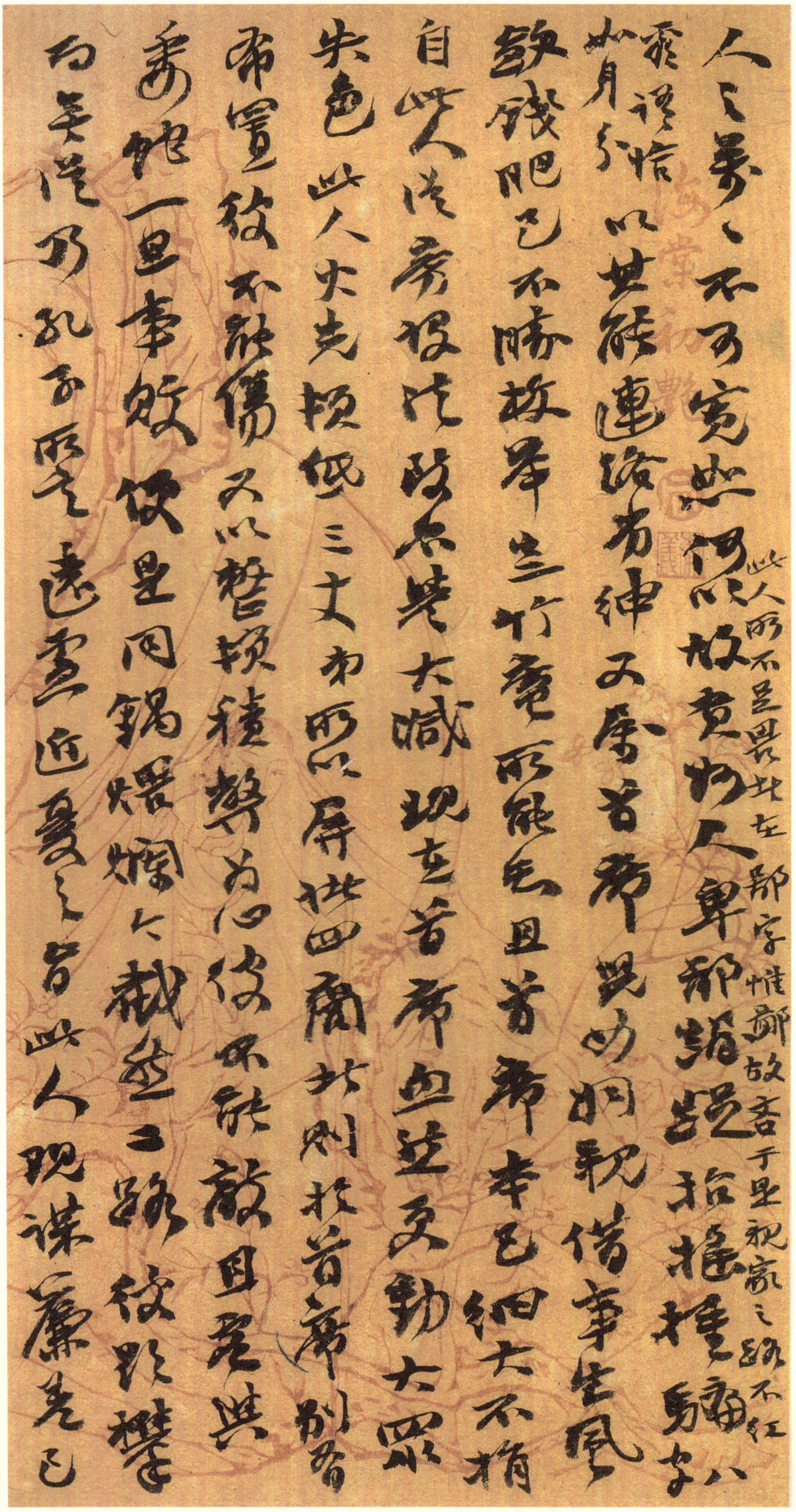

人之兇々不可寬也何以故貴於人卑鄙諂媚指搖撞騙八（此人所不足畏者在鄙字惟鄙故吝于里親族之誼不經）乘機攫拾如月分以世故連絡方伸又屬首事與之相親借事生風斂錢肥己不勝枚舉生竹竟所能爲且首事幸已細大不捐自此人從旁揚波後是大贓現在首事血並受勁大眾失色此人必先頓悟三丈布所以原其四面則於首事別有布置故不能傷又以堅頓種勢爲心後來能敵且爲其乘隙一旦事敗彼且同錫熠燿々截然之路彼此攀而矣從前所說而所云遠甚近事々皆此人現謀廉先已

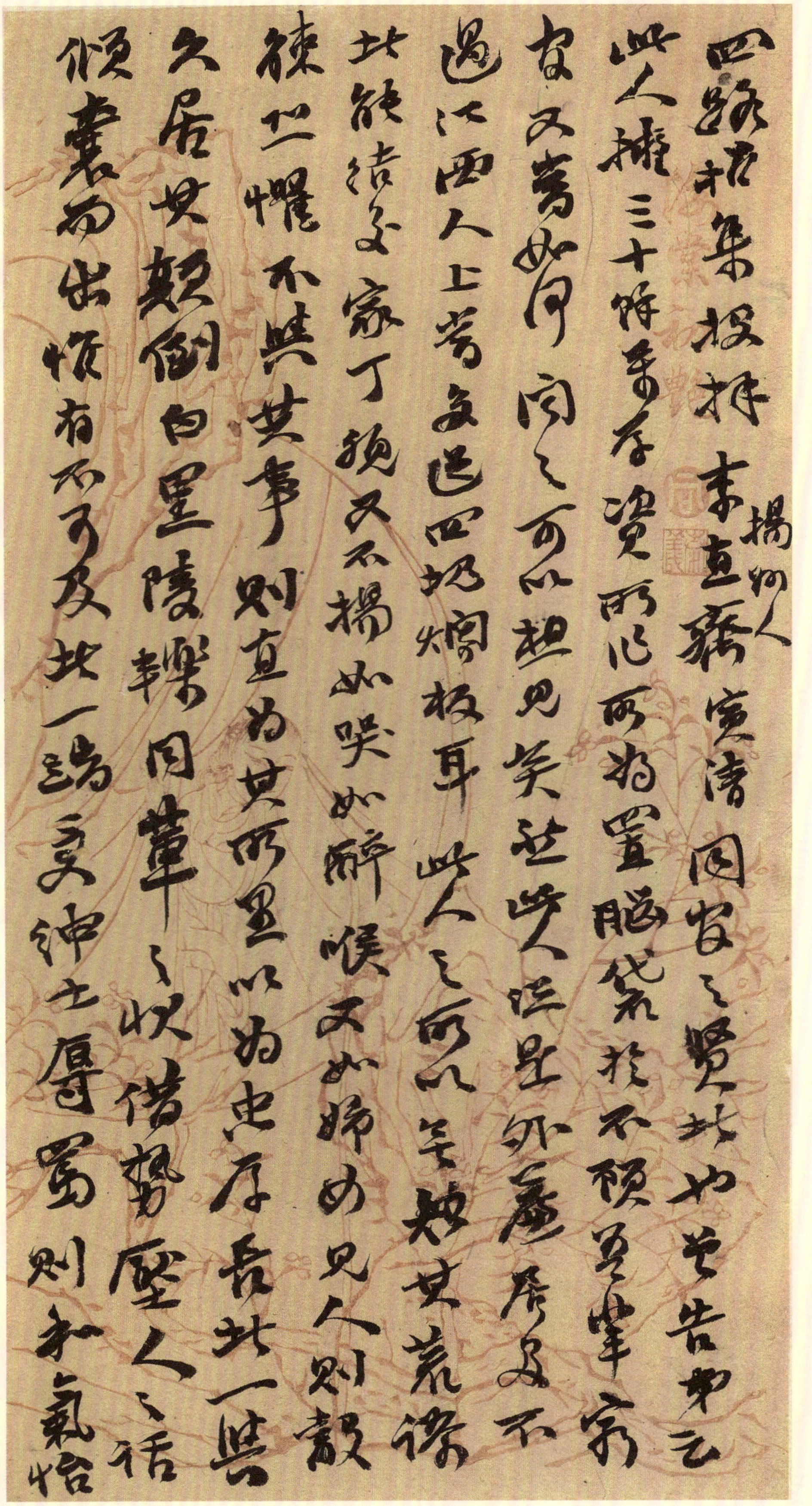

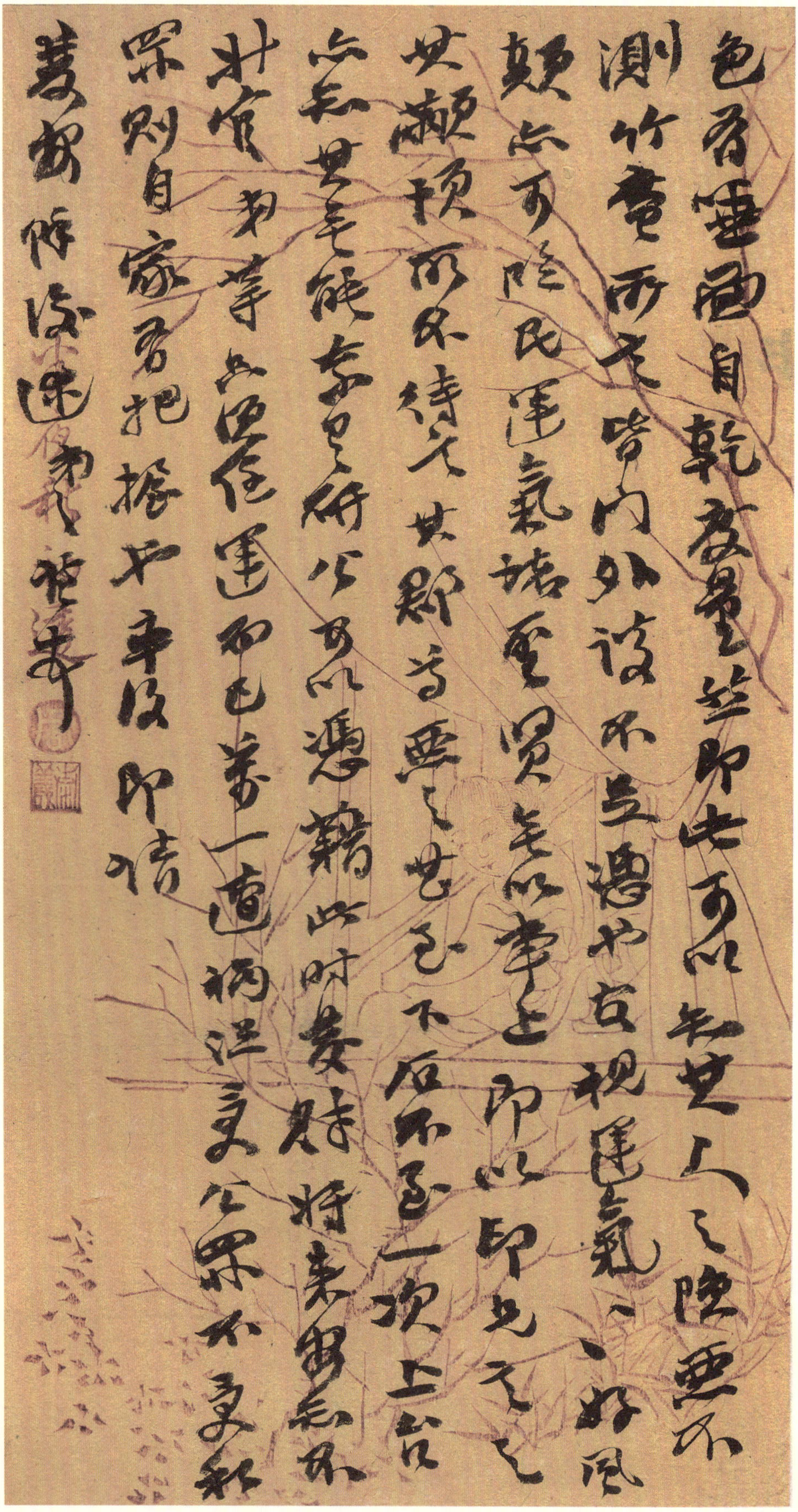

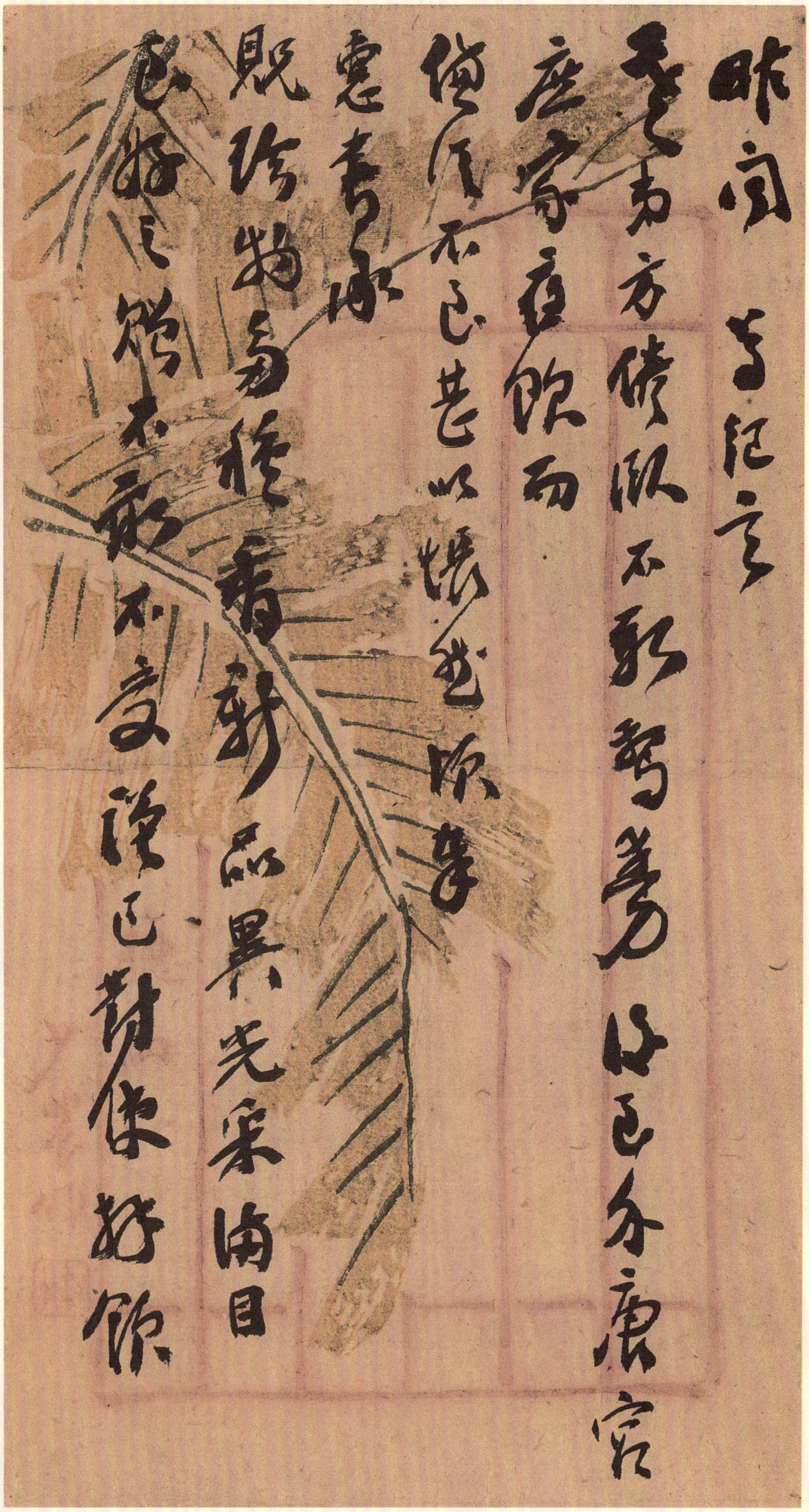

昨閲 手記言
老弟方倦臥不能寫多勞足下分惠官
庖寄(?)痊(?)飫而
饞涎不已甚以悵悵頃奉
惠書承
貺珍物多種香新品異光采滿目
色(?)餅之饞不敢不受謹匠(?)封使拜領

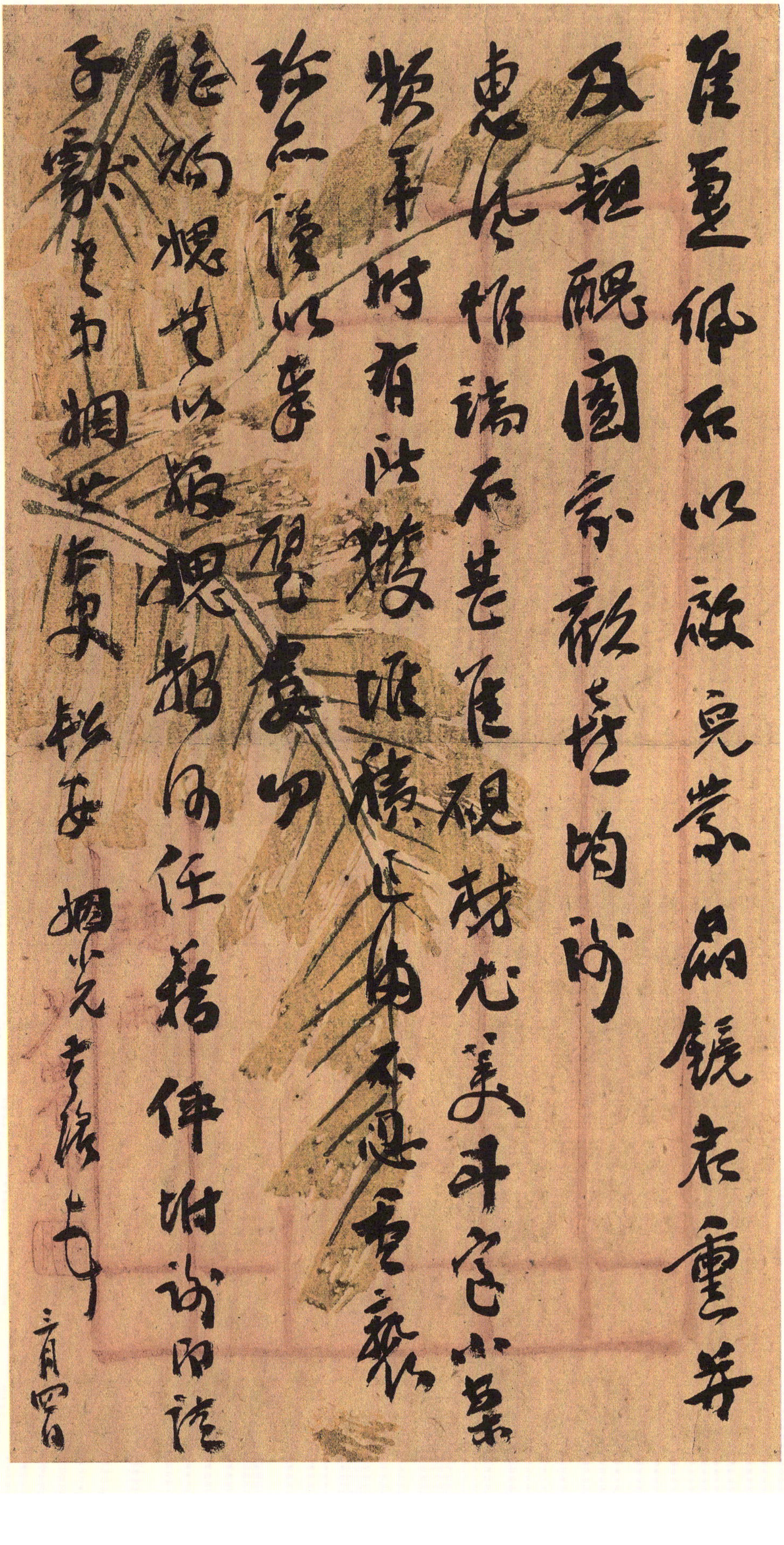

仲怡仁弟大人閣下：前寄復緘，計登
籤掌。頃奉莅閩後
惠翰，欣諗重洋穩渡，
安抵閩中，諏吉受符，
新猷丕煥，福星一路，慰頌良殷。每念四載同官，
具資
忠益，今自
高遯以去，助我無人，私衷棖觸，蓋不斁離緒之

五月十五日到
六月廿二日復

縈懷也
來書念舊敦敦情溢辭表裁緘莊誦感荷弥深
回鑾已有定期欵議亦經就緒氣機漸轉稍釋殷憂
此後果能中外一心力祛積弊當可維持
國運補救時艱凡自顧衰庸深恨無能為役吾
弟才為世出所望
宏此遠謨耳獄訟為民命所關保甲尤安民之
本能使閭閻安堵囹圄無冤則不惟造福斯

民實可深裨大局此既為
台端專政想必能
措置裕如也甯垣靜謐如常昨又透得雨澤秋
成可望并以奉
聞肅復敬頌
節禧並請
勛安諸惟
詧照不儩

愚兄劉坤一頓首

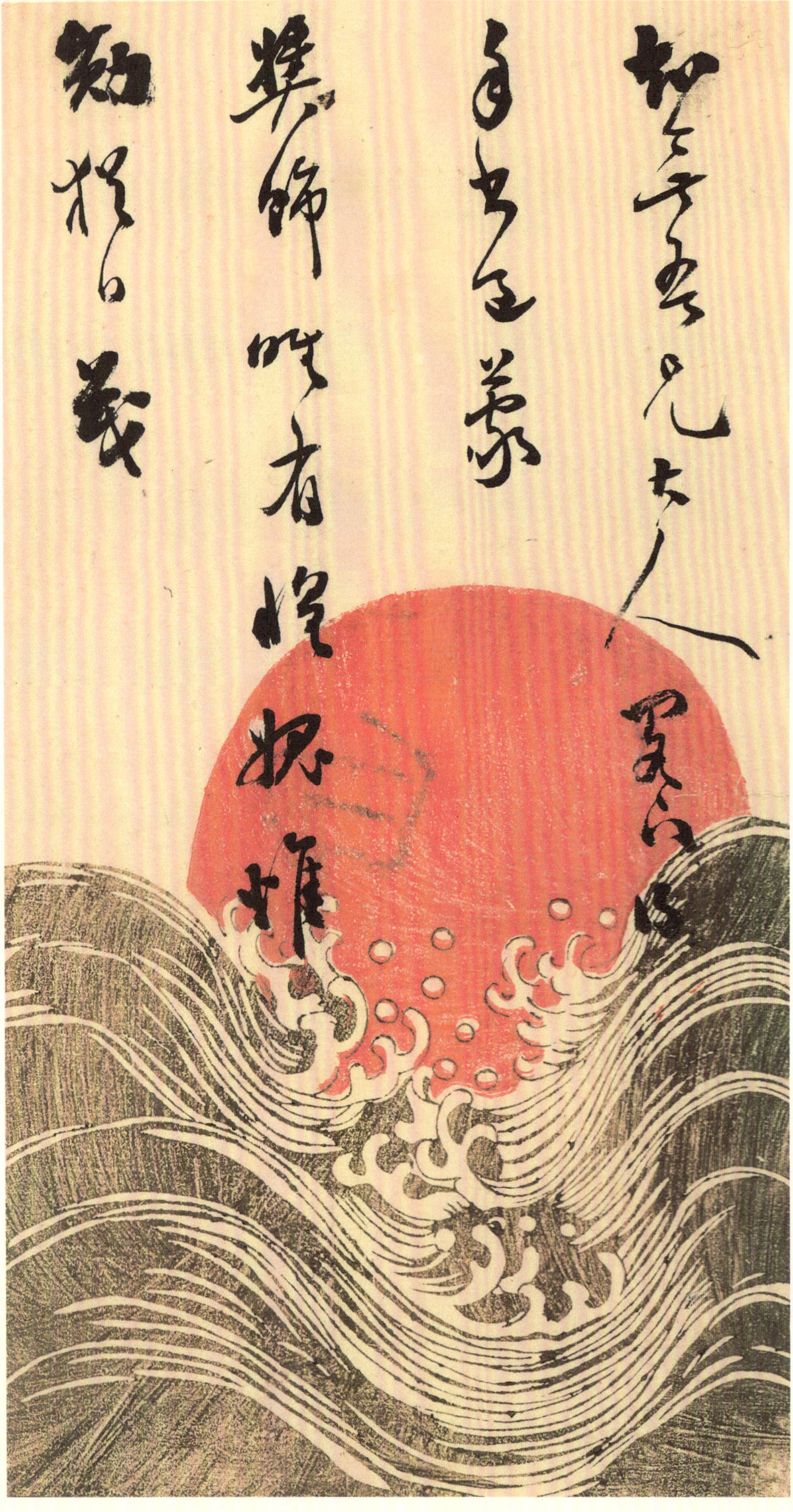

幼梅方伯大人左右前月奉到
賜函伏承
垂注拳拳千里諄言如親
榘訓恭讀
貴體康復從此益加調攝目疾亦可自此脫然葆光近亦病目冬
防方始夜出巡視因風愈甚半月未痊頗覺甚累太清中國着
不得一豪滓穢也
府間如此非盛而春間乃有玉折珠沉之事造化本有缺陷
達人幸不以此攖懷 成大尊去後繼事者鎮靜安輯能協民心惜
手無兵柄各邑剽掠之風又復大起即以黃邑而論西南鄉伏莽
麕發能請兵搜捕而兵來匪散兵去匪聚往往勞而無功江東
貴倨持重無出其右金匪出沒北岸以劫奪為生弋獲尚難致
計葆光孤懸海角不復能計身家性命只有圖保閭閻整頓

接見否其人海運司務熟悉毫不苟為 上游所重所以新老大受以
局此亦近今所罕他日得仗
夫袋之采殺餘下邑其所成就必有可觀又妻弟張碧泉少尹汝瀚
在省就館家貧親老棄書就吏筆墨秀潤書歷一過幼時
親為指授簡潔不支倘有
驅策之處儘可棄筆相從甚懇摯篤實與伯依相等葆光屢荷
青眼知無不言而平日所舉如同知沈維桂縣丞江順詒巡檢楊馥皆
清操不易之士非此即不敢瀆陳於
左右之前今桂峯已沐
提携依
光凡席青雲之附旁觀爭羨葆光與有榮焉
老大人珂里書來起居健適曷任系念謹此恭叩
勛安冬寒
鈞候倍万保衛 黄巖丞楊葆光謹上 十一月十二日

右帥携湘扶掖士類提倡新學戊戌變後遂為朝
議所不容散原世丈因得閉門向學詩文為一代大師
以視一時榮辱不啻天壤殆亦食公愛士之報

文卿先生制帥侍右寶箴蹇劣無似猥辱
手書獎掖詞意勤至伏讀汗悚奚以克承往
時曾與曾忠襄公論及時局頗以湘事為念
謂若遇饑年當不可支寶箴謬謂支柱危局
尤恃湘賢設湘中有事湘人自能了之時
忠襄未深許也不謂昨歲邂逅旱荒寶箴適
承其會而所以潛弭禍萌得所措手者內則

賴
朱禹田翁諸君綢繆補救與瀏陽歐陽
節吾中翰立挽危機得不遽至潰決外則由我
公宏願大力不匱於施消息傳聞歡聲盈路遠邇
傾動相與欣助遂有 北洋鉅款之撥而
峴帥南還又復繼之常與寮屬言此次湘省機
局惟我
公有以張之實局中甘苦之言外人未必盡喻而

往者與 星襄論議，若操左券，蓋亦幸而言中矣。近自四月以來，暘而不雨，新苗勃發，早稻似可望收成，惟青黃不接，災區次貧之戶藏粟既盡，典質已空，又復束手待哺。衡山張令祖良續請萬金，泰此無復顧慮。嗣經禹田翁別有所聞，乃亟派員確 查，該令反謂為不經，未及旬日而危狀已形，多委員沖分振拯救，幸免餓斃，滋

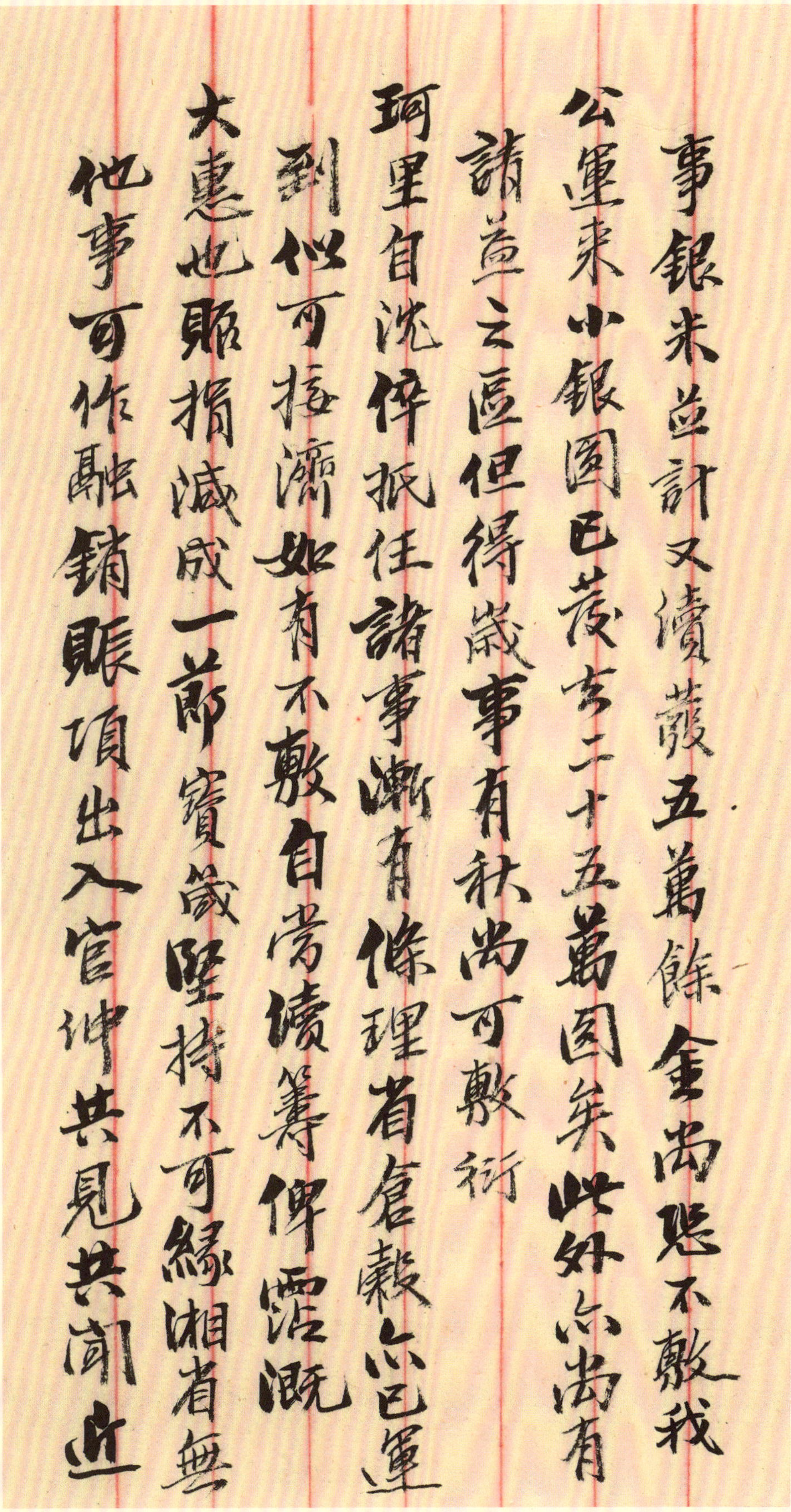

事銀米並計又續發五萬餘金尚懸不敷我
公運來小銀圓已發交二十五萬圓矣此外亦尚有
請蠲之區但得歲事有秋尚可敷衍
珂里自沈倅抵任諸事漸有條理省倉穀亦已運
到似可接濟如有不敷自當續籌俾霑溉
大惠也賑捐減成一節寶箴堅持不可緣湘省無
他事可作融銷賑項出入官紳共見共聞近

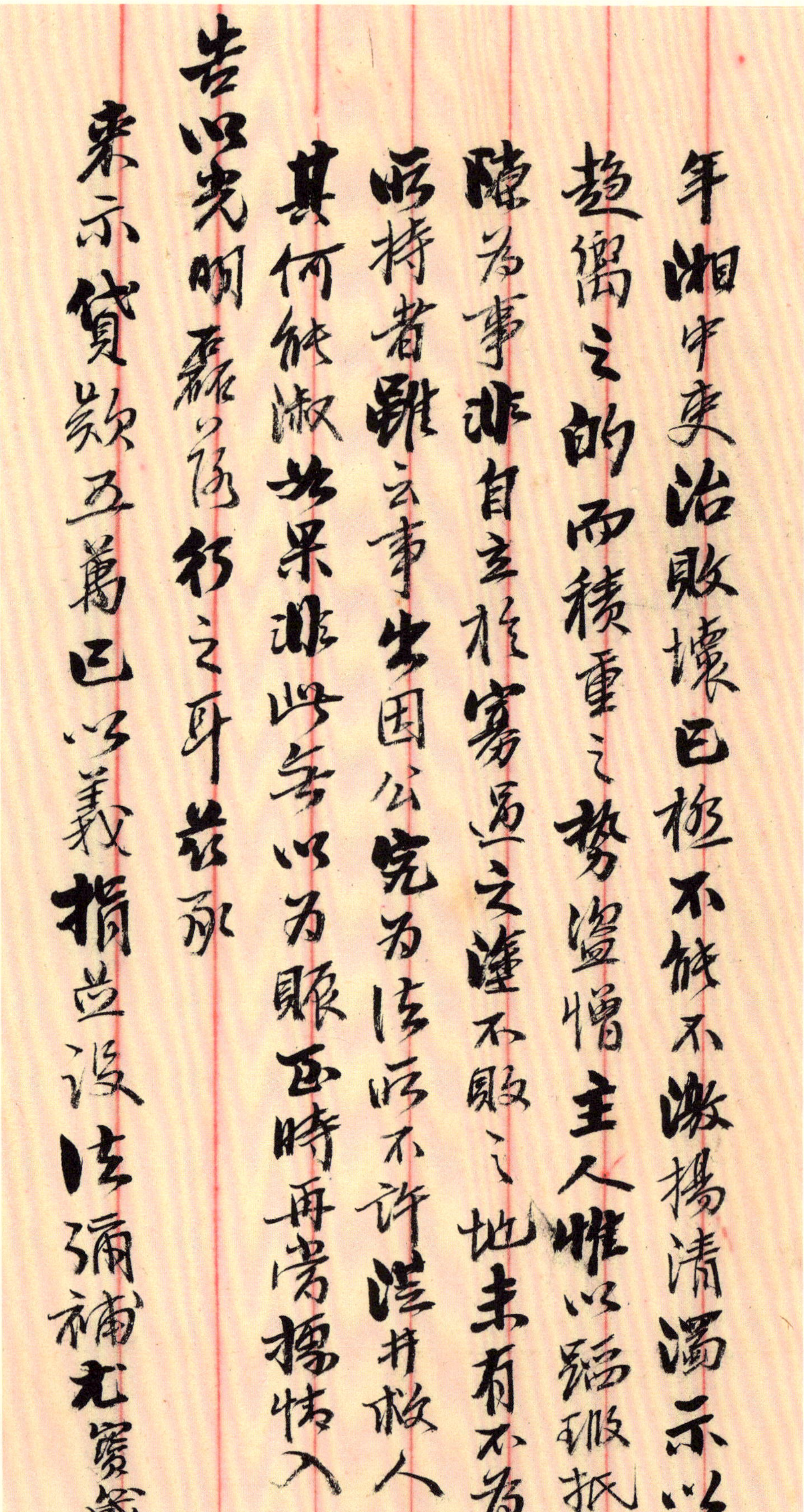

年湘中吏治敗壞已極不能不激揚清濁示以
趨嚮之的而積重之勢盜憎主人惟以謡諑抵
隙爲事非自立於寡過之塗不敗之地未有不爲
所持者雖云事出因公究爲法所不許從井救人
其何能淑若果非此無以爲賑匪時再當據情入
告以光明磊落行之耳茲承
來示貸款五萬已以義捐並設法彌補尤賢哉

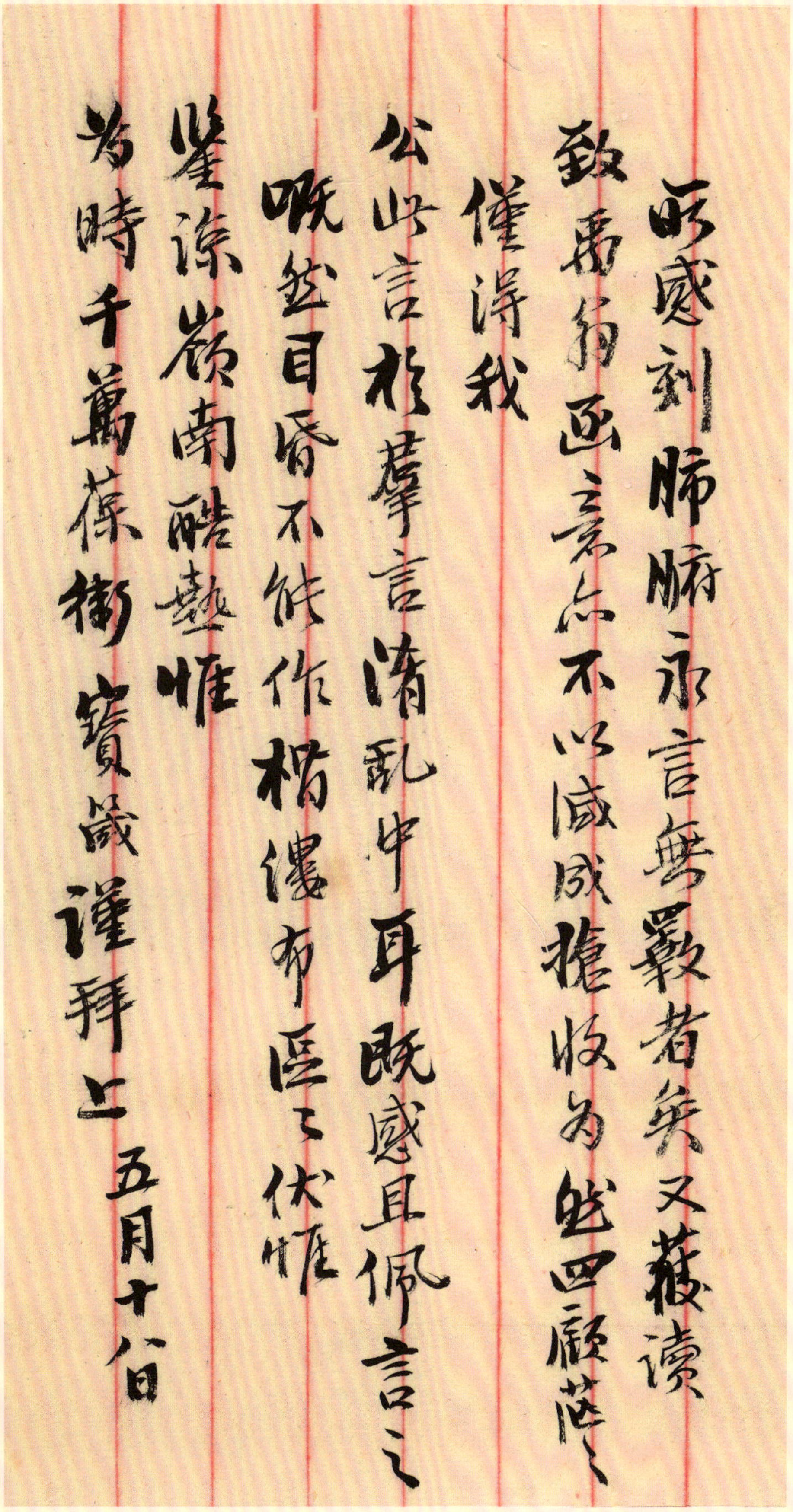

昨感刻肺腑，永言無斁，若矣。又獲讀
致禹翁函，言亦不以鹹成擯收爲然。四顧茫茫，
僅得我
公此言，於群言淆亂中耳。既感且佩，言之
喉然，目昏不能作楷，謹布區區，伏惟
鑒詧。嶺南酷熱，惟
爲時千萬葆衛。寶箴謹拜上　五月十八日

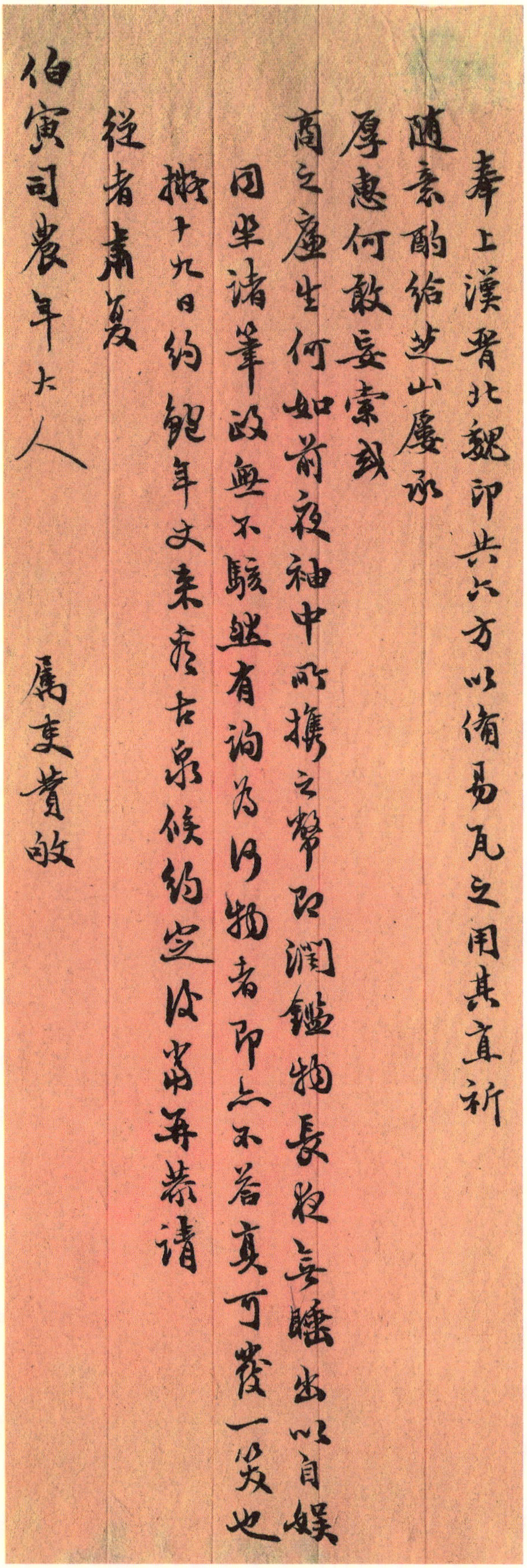

奉上漢晉北魏印共六方以備易瓦之用其直祈
隨意酌給笠山屢承
厚惠何敢妄索致
商之盧生何如前夜袖中所攜之幣已潤鑑物長夜無睡出以自娛
同坐諸筆政無不駭然有詢爲何物者即亦不答真可發一笑也
擬十九日約鮑年丈來看古泉候約定後當再恭請
從者肅復
伯寅司農年大人
屬吏贊敬

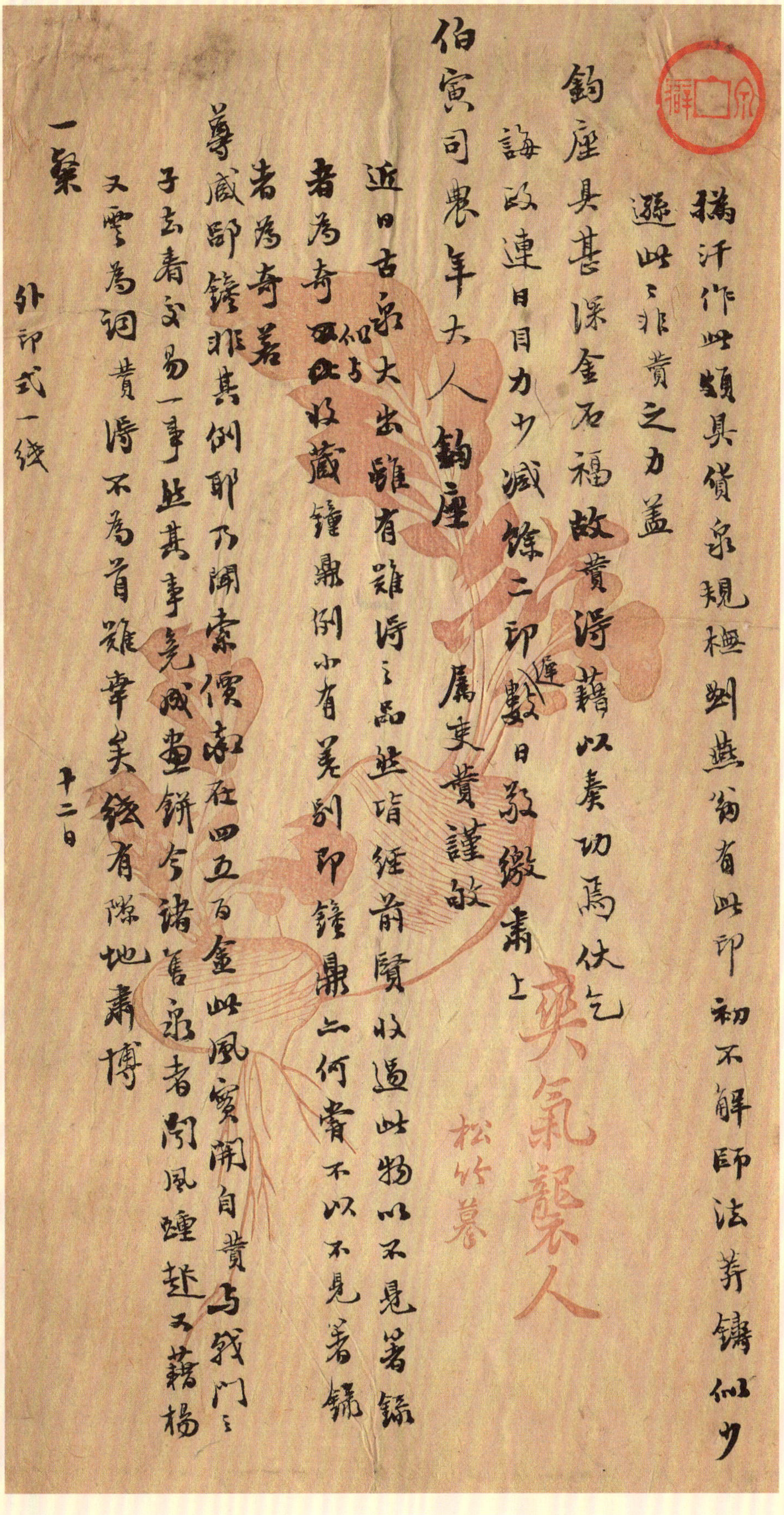

攜汗作此頗具貨泉規模對照舊有此印初不解師法莽鑄似少遜此〻非費之力蓋

鈞座具甚深金石福故費將藉以奏功焉伏乞

誨政連日目力少減餘二印遲數日敬繳肅上

伯寅司農年大人鈞座　屬吏費謹啟

近日古泉大出雖有難得之品然皆經前賢收過此物以不見著錄者為奇如此以藏鐘鼎例小有著則即鐘鼎亦何嘗不以不見著錄者為奇若

尊藏鄧鐘非其例耶乃聞索價竟在四五百金此風實開自費與戕門之子玉春交易一事然其事竟成畫餅今諸舊泉者聞風踵趾又藉楊又雲為詞費將不為首難幸矣錢有際地肅博

一粲

十二日

外印弍一紙

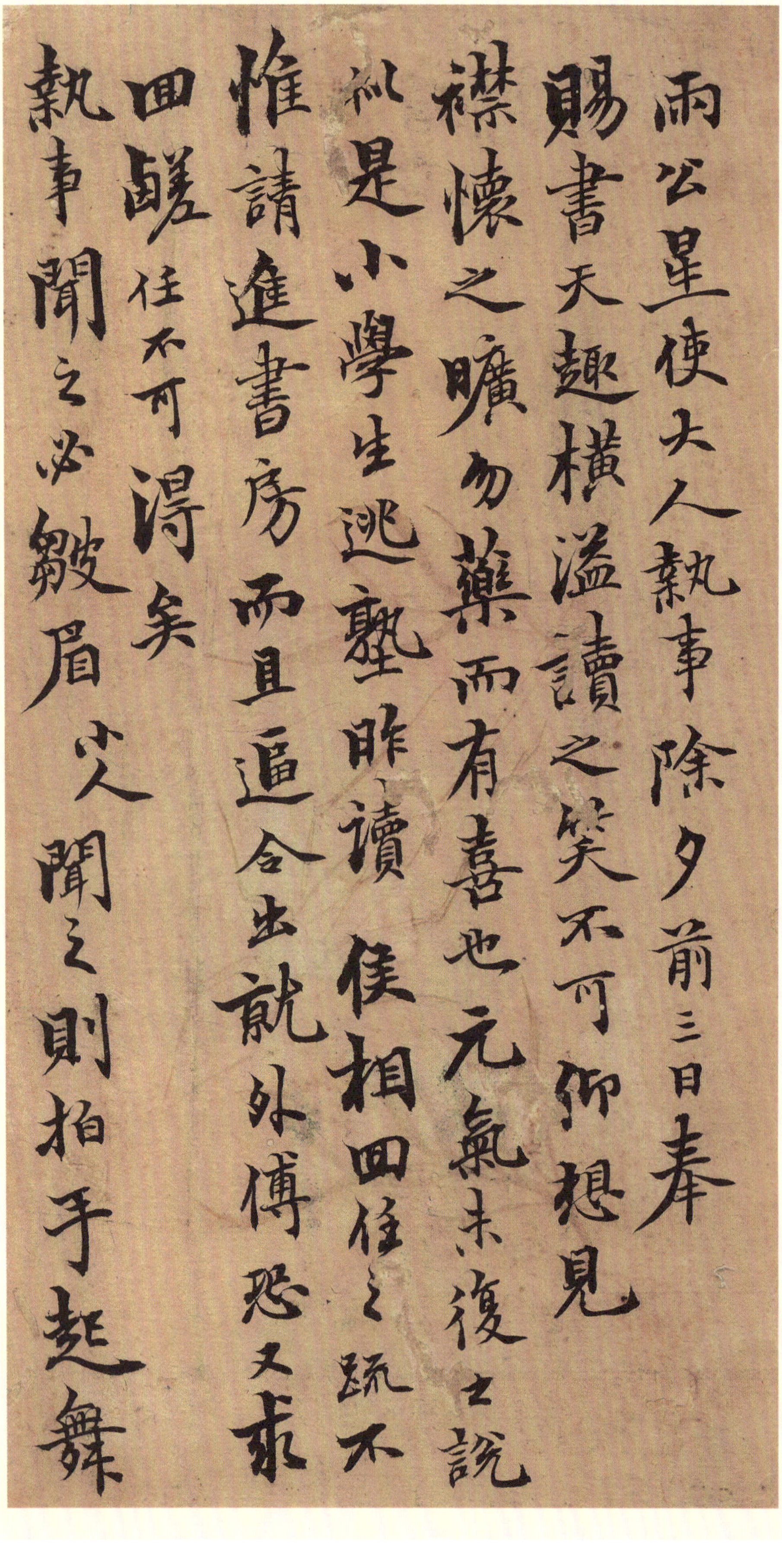
雨公星使大人執事除夕前三日奉
賜書天趣橫溢讀之笑不可仰想見
襟懷之曠勿藥而有喜也元氣未復士說
祇是小學生逃塾昨讀侯相回任之疏不
惟請進書房而且逼令出就外傅恐又求
回鑾任不可得矣
執事聞之必皺眉小人聞之則拍手起舞

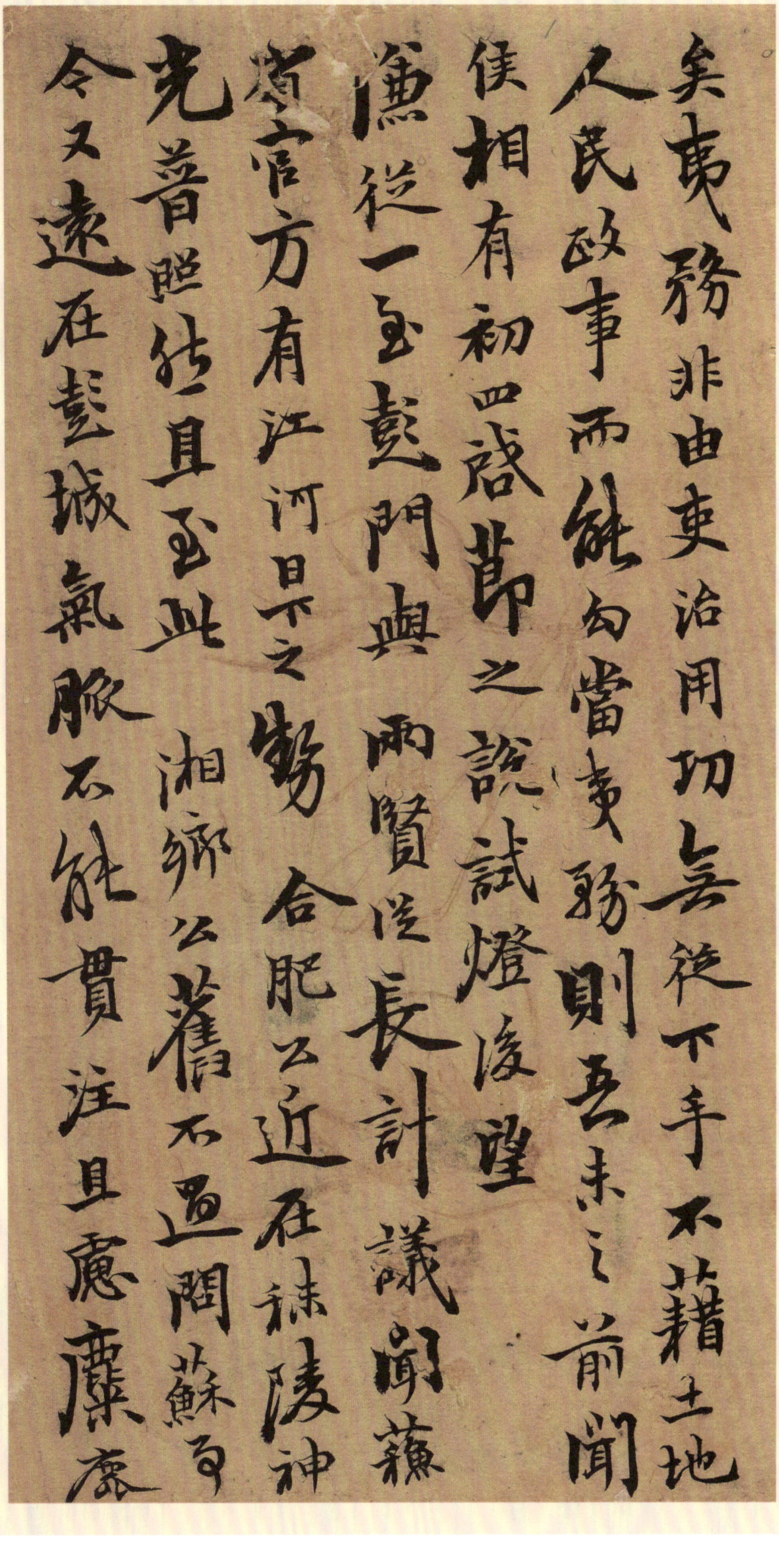
矣夷務非由吏治用功無從下手不藉土地
人民政事而能勾當夷務則吾未之前聞
侯相有初四啟節之說試燈後望
麾從一至彭門與兩賢從長計議聞藕
齋官方有江河日下之勢合肥公近在秣陵神
光普照往且至此　湘鄉公舊不置過問蘇事
令又遠在彭城氣脈不能貫注且慮麇麇

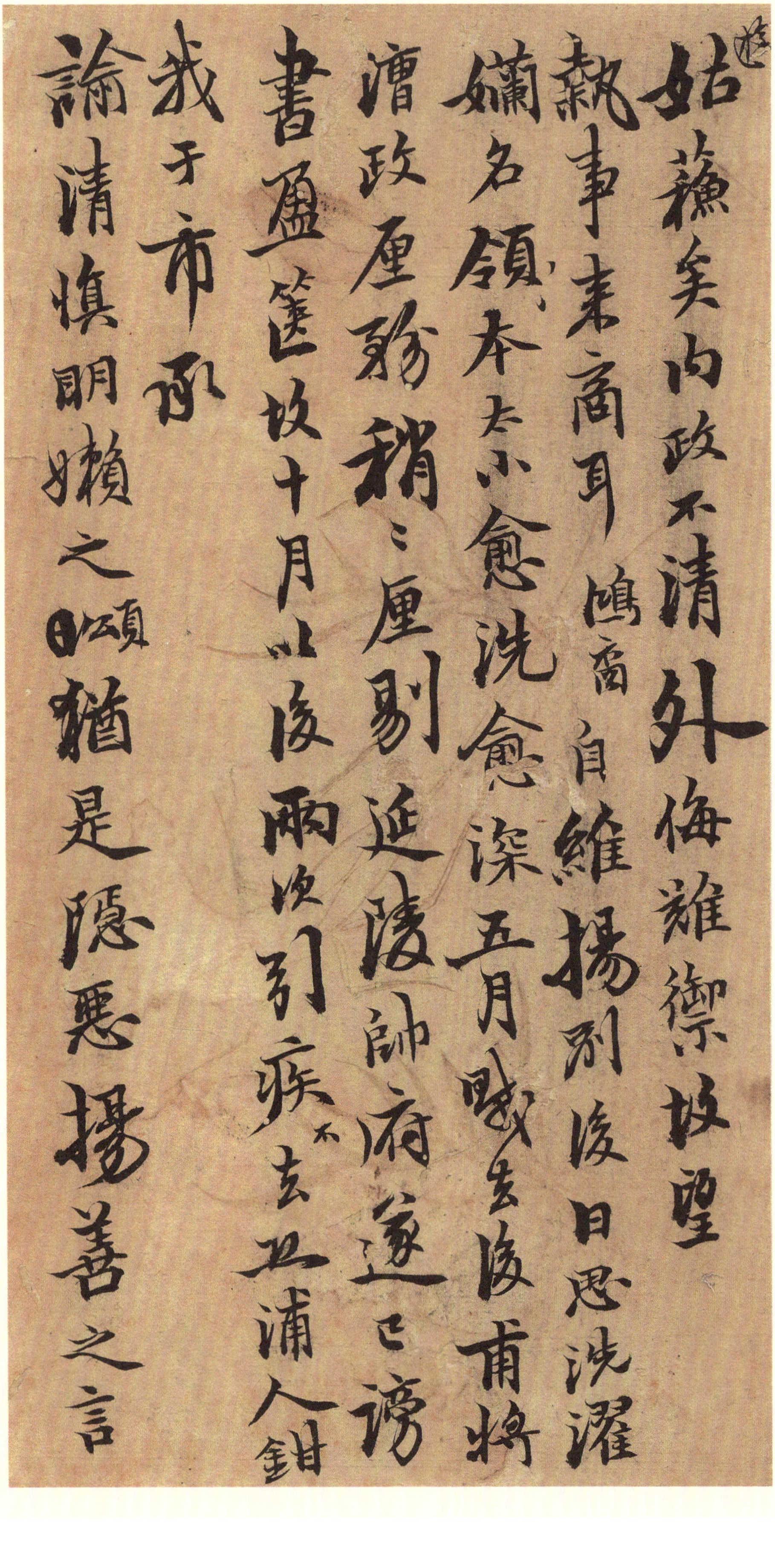
姑蘇吴内政不清外侮雜禦故望
執事來商耳 鴻裔 自維揚別後日思洗濯
孅名領本太小愈洗愈深五月賦去後甫將
漕政釐務稍稍釐剔延陵帥府遂已謗
書盈篋故十月以後兩次引疾不去丑浦人鉗
我于市承
諭清慎明懶之由頃猶是隱惡揚善之言

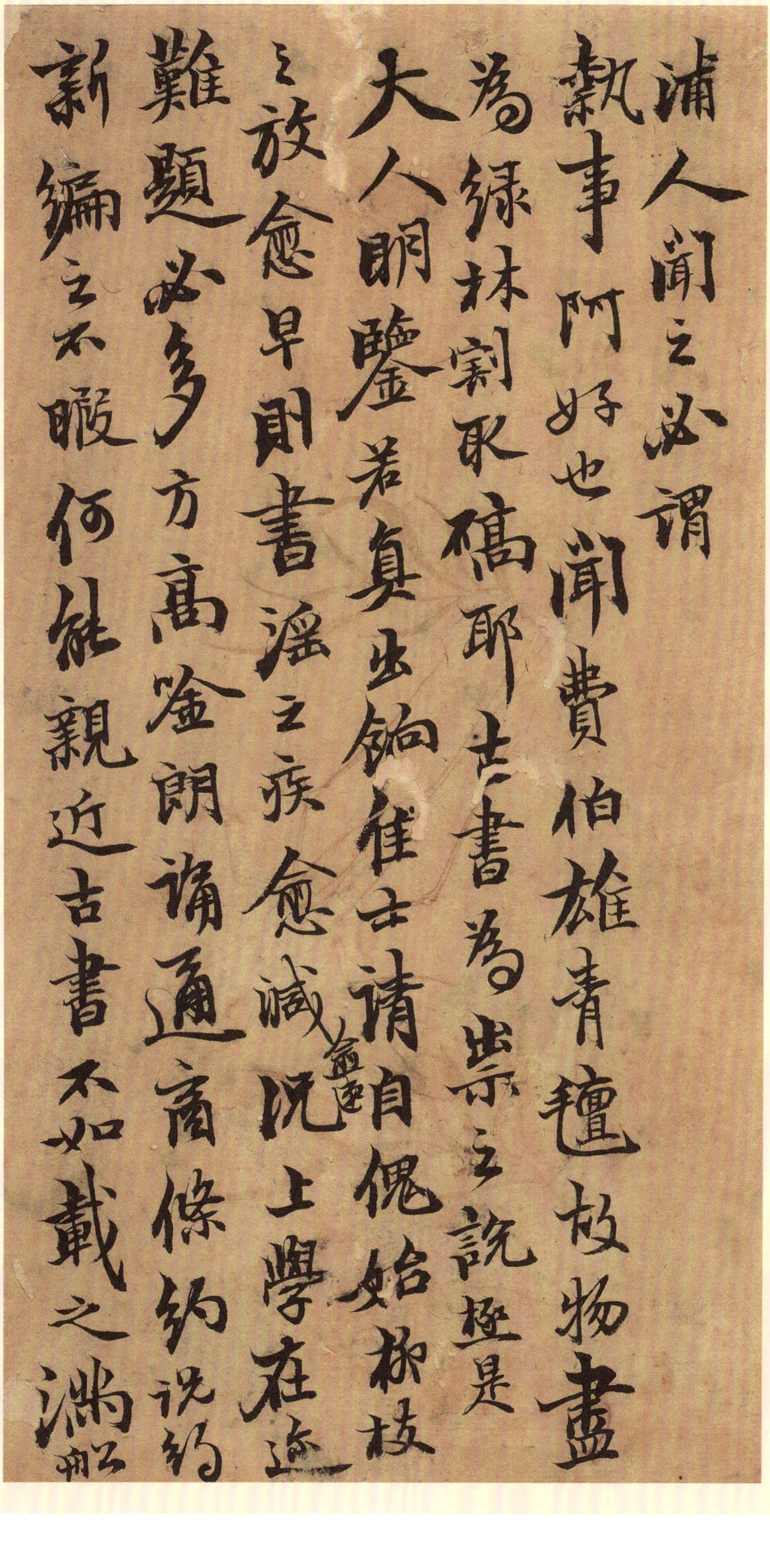

浦人聞之必謂
執事阿好也聞費伯雄青氈故物盡
爲綠林剽取稿耶古書爲祟之說極是
大人明鑒若負出餉催士請自傀始柳枝
之放愈早則書淫之疾愈減益甚況上學在邇
難題必多方高吟朗誦通商條約說約
新編之不暇何能親近古書不如載之淵舩

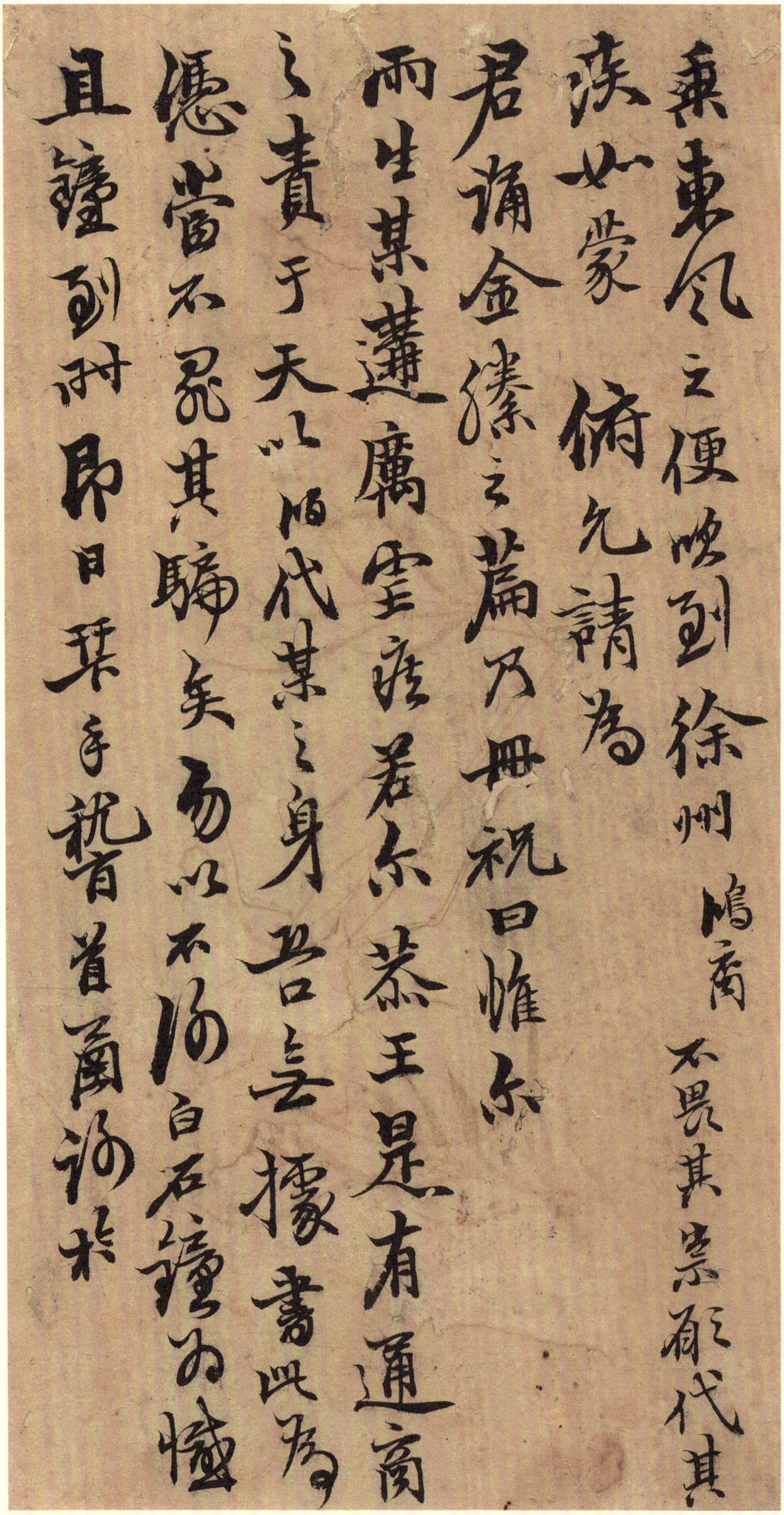
乘東風之便，吹到徐州。鴻裔不畏其祟，願代其疾，如蒙俯允，請為君誦金縢之篇：乃冊祝曰：惟爾元孫某遘厲虐疾，若爾三王是有丕子之責于天，以旦代某之身。吾無據，書此為憑，當不畏其騙矣。而以不得白石鐘為憾，且鐘到，附即日琹手頓首首。雨翁詞丈

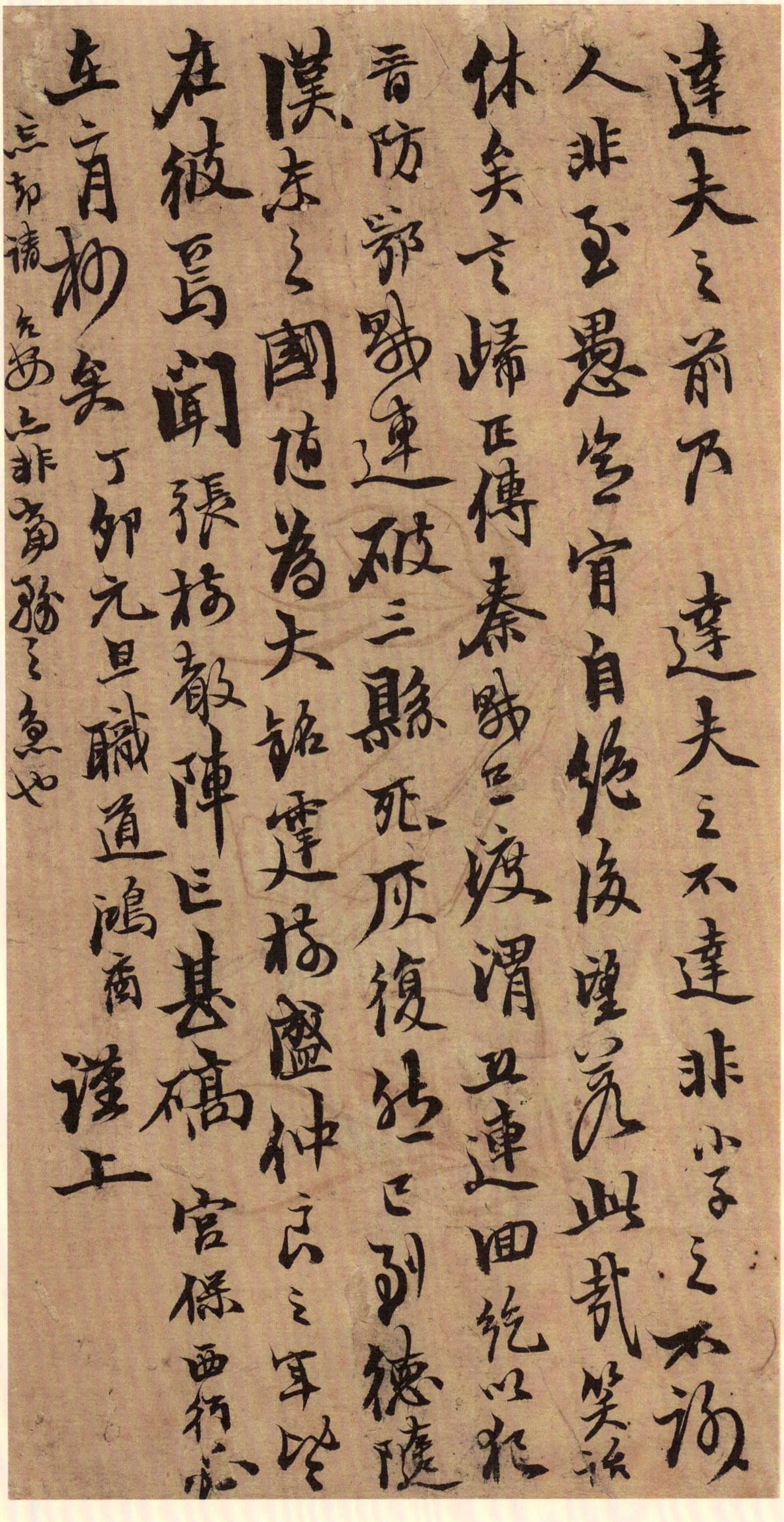

譚尚書鈞啓

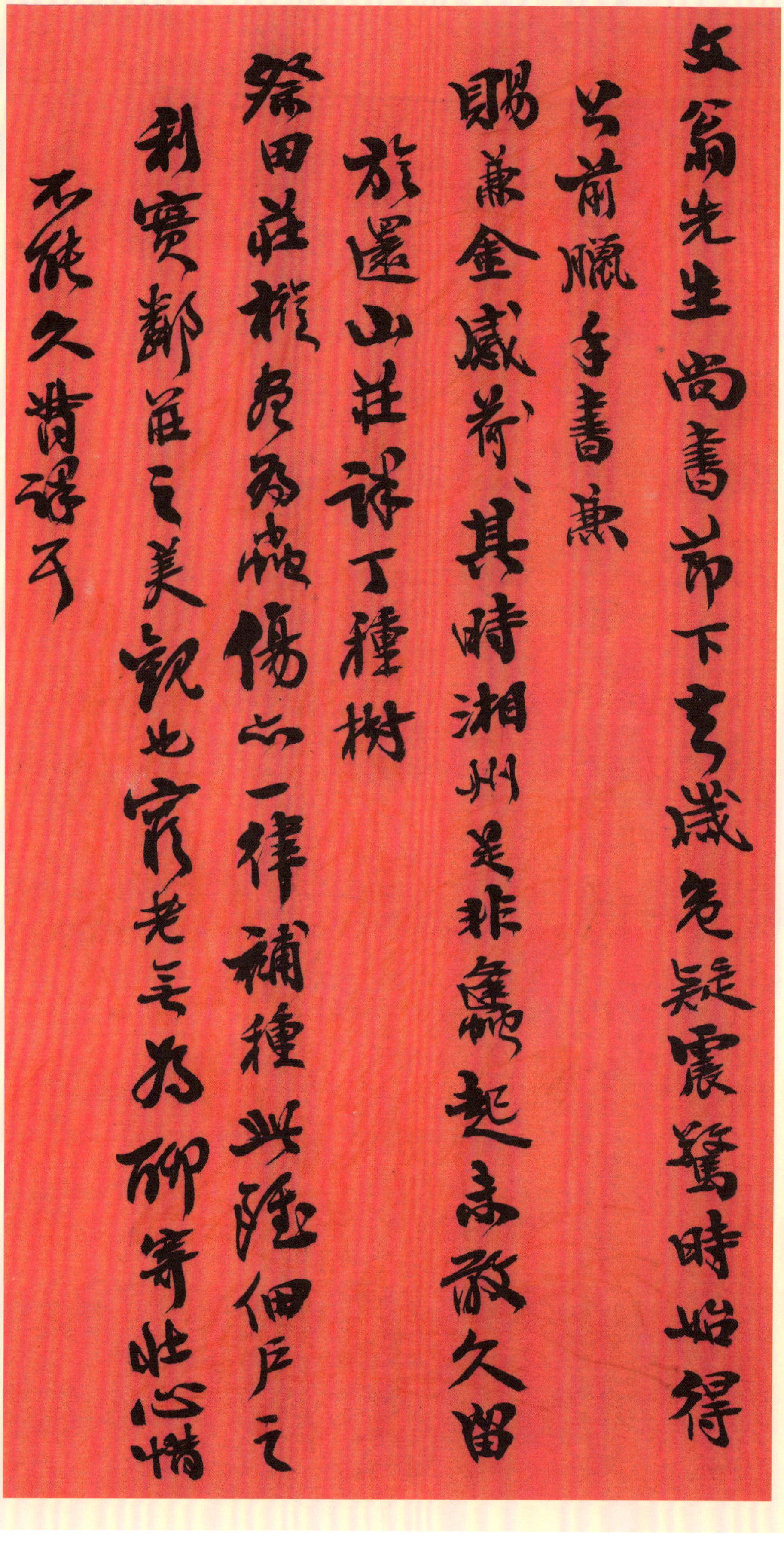

文翁先生尚書節下：去歲危疑震驚時，始得
出，前贶手書，肅
賜兼金，感荷、。其時湘州是非蠭起，未敢久留，
旋還山莊，課丁種樹，
祭田莊樅夜爲燬傷之，一律補種，此疏佃戶之
利，賓鄰莊之美觀也。窮老無爲，聊寄壯心，情
不能久背課乎。

坐鎮海疆，風清南服，遇中外交涉事，能
持大體，而所以尊
主隆民，幸甚幸甚。當文節孫世琨作宰大埔，不幸中瘴，
服歸櫬，過城詢其官況，云有兵米千餘石未繳，
例應追賠，緣價錢不敷采買，無石致賠，四萬以
後撥前，致有此欠。不知後任仍欠耶，抑能賠解也。
官中前事，既非山人所知，但此生係及門弟子，重以姻世

王闓運
致
文翁

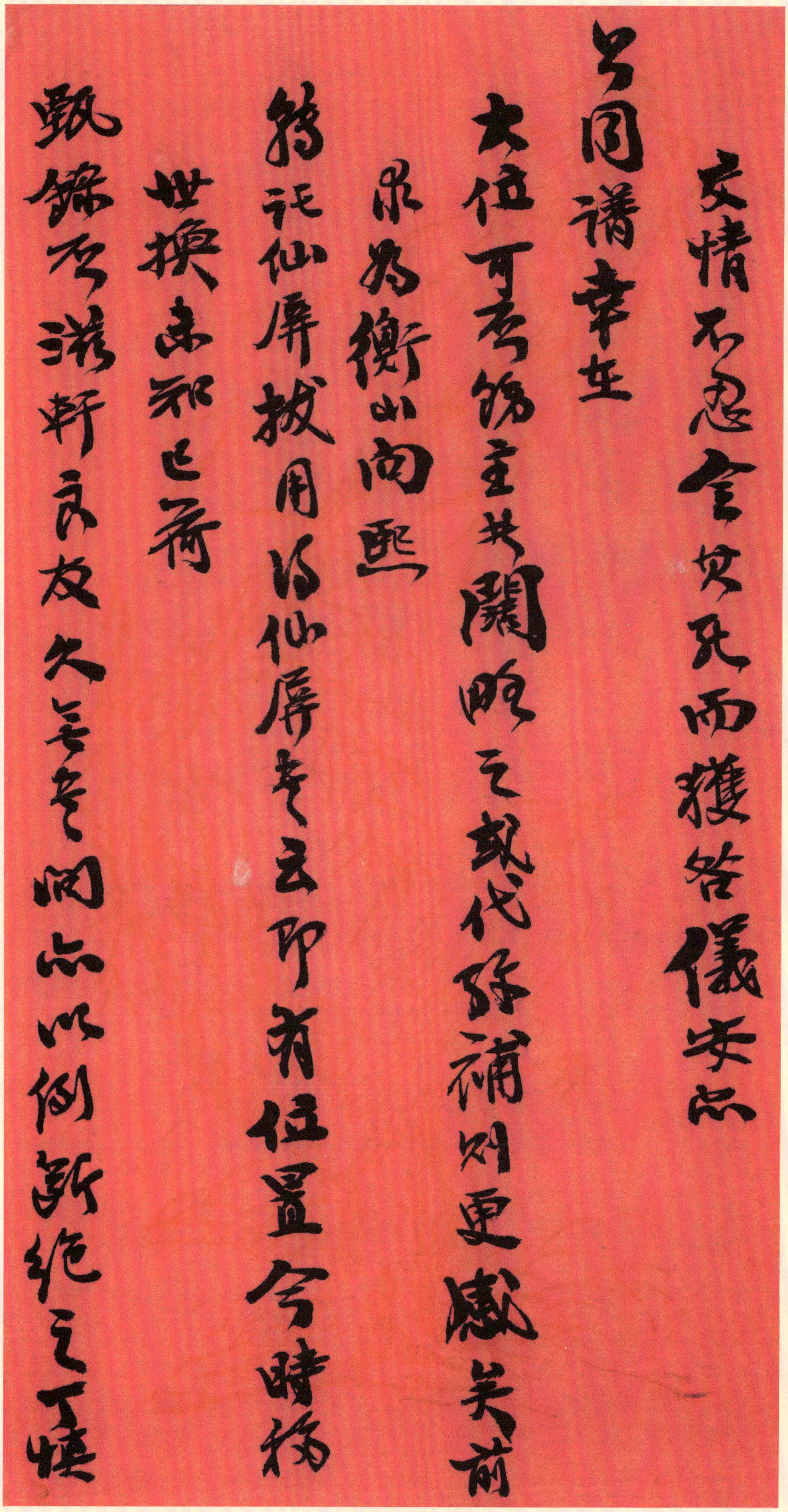
交情不忍舍負兄而獲答儀安忍
只同講章在
大位可考錫主共聞略之或代孫補則更感矣前
承為衡山向熙
籍託仙屏拔用諸仙屏意云即有位置今時務
世換未知已否
甄錄否潞軒良友久無音問亦以側聞斷絕之丁煠

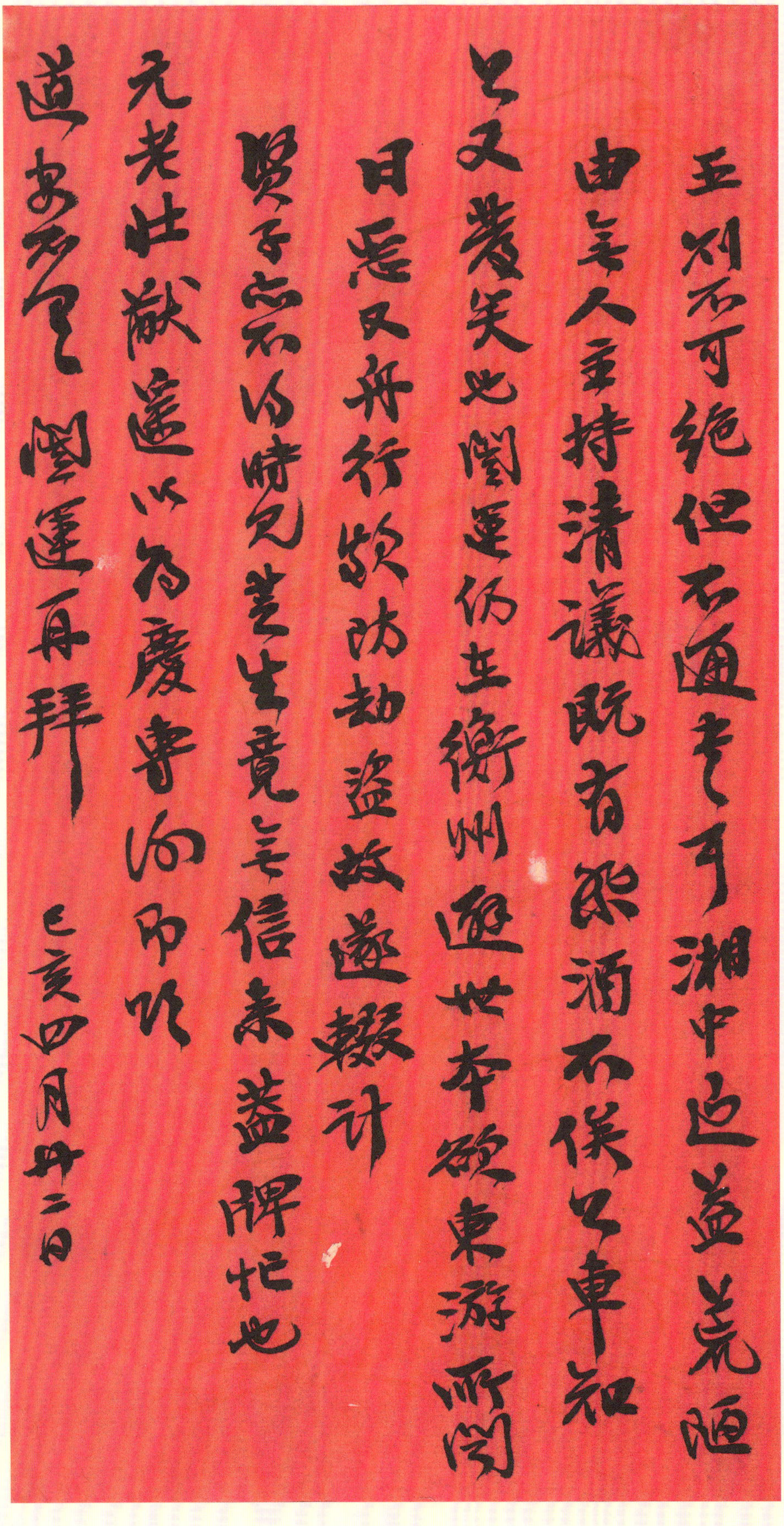
王劉不可絕，但不通氣耳。湘中近益荒陋，
由無人主持清議，既有跟酒不俟之車，知
已又發矣也。闓運仍在衡州，避世本欲東游，所聞
日惡，又舟行須防劫盜，故遂輟計。
賢子宗不得時見，黃生竟無信來，蓋聘忙也。
元老壯猷，遂以為慶，書此即頌
道安不具。闓運再拜
己亥四月廿二日

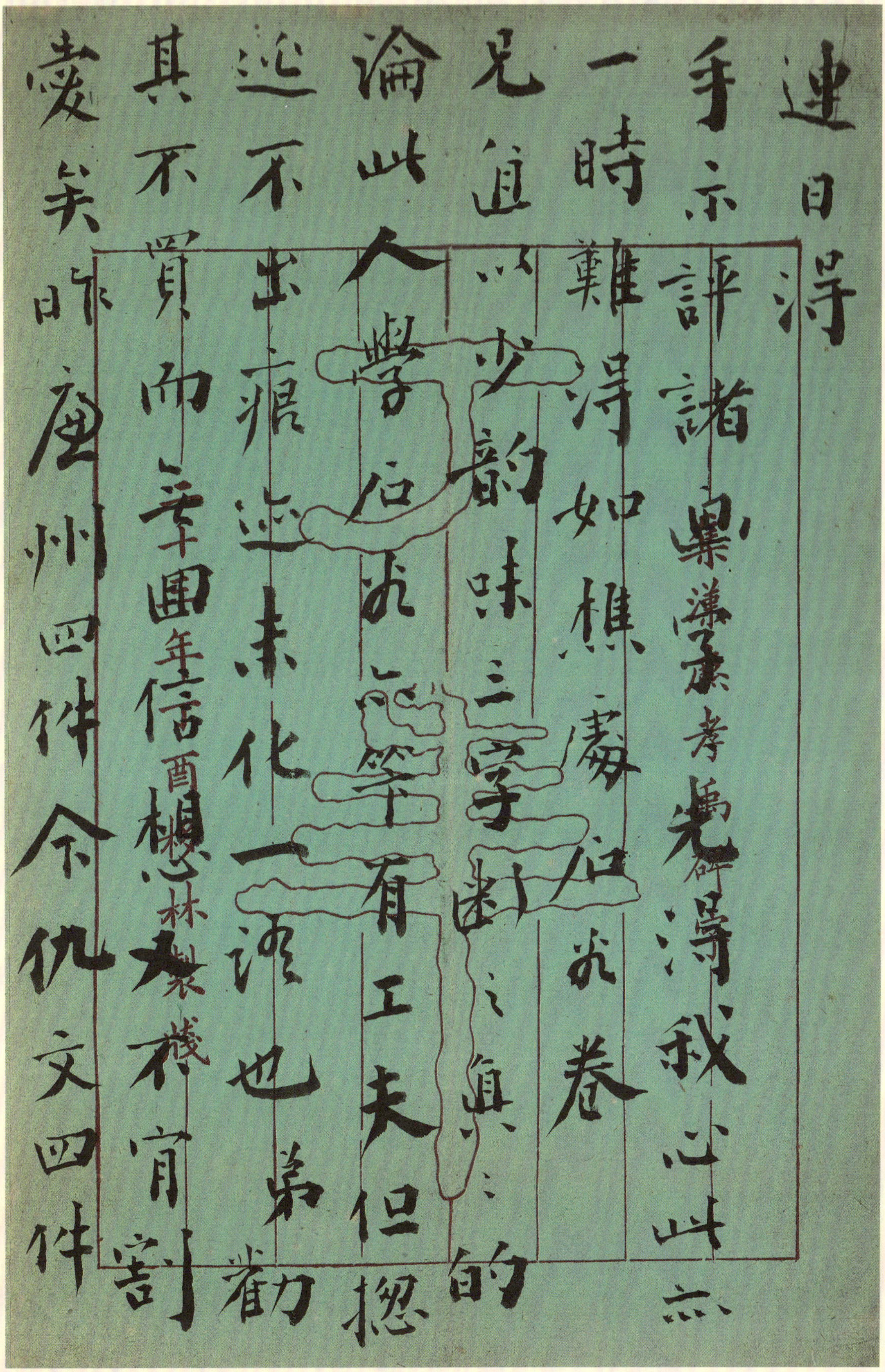
連日得
手示評諸集先得我心此亦
一時難得詩如棋棋處局局卷
兄宜以少韵味三字斷斷真真的
論此人學局武武等有工夫但摠
迹不出痕迹未化一派也弟勸
其不買而畢圖信想太不肯割
愛矣昨廣州四件令仇文四件

孫毓汶
致
芝翁

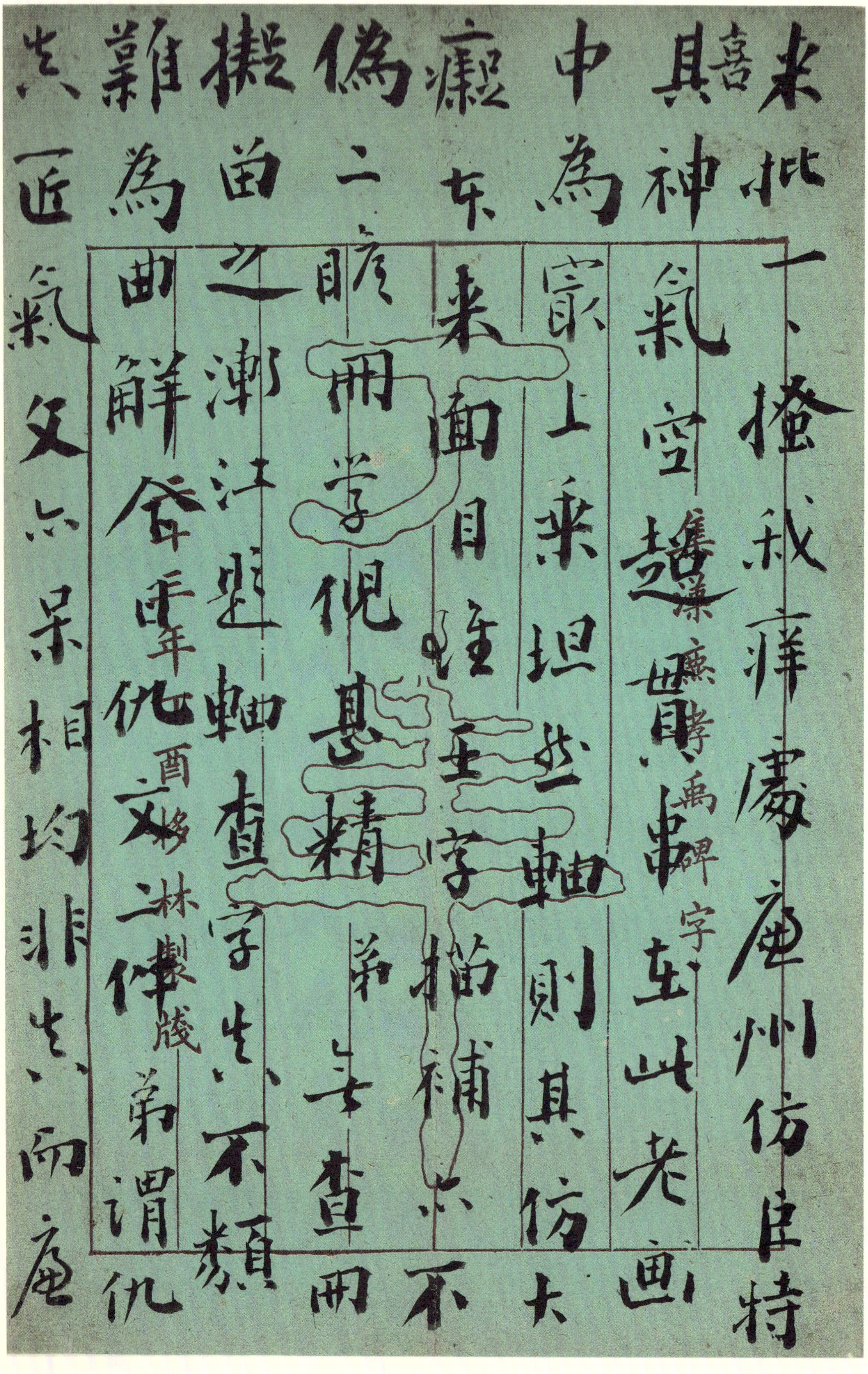
來批一一，撿我詳廣庵州仿良持
喜具神氣空靈，貫串此老畫
中為家上乘，坦然軸則其仿大
癡本來面目，注玉字描補亦不
偽。二瞻冊學倪思精，弟亦查冊
擬留之。漸江趣軸查字生，不類
難為曲解。余仇文之伴，弟謂仇
出匠氣，文亦呆相，均非生，而庵

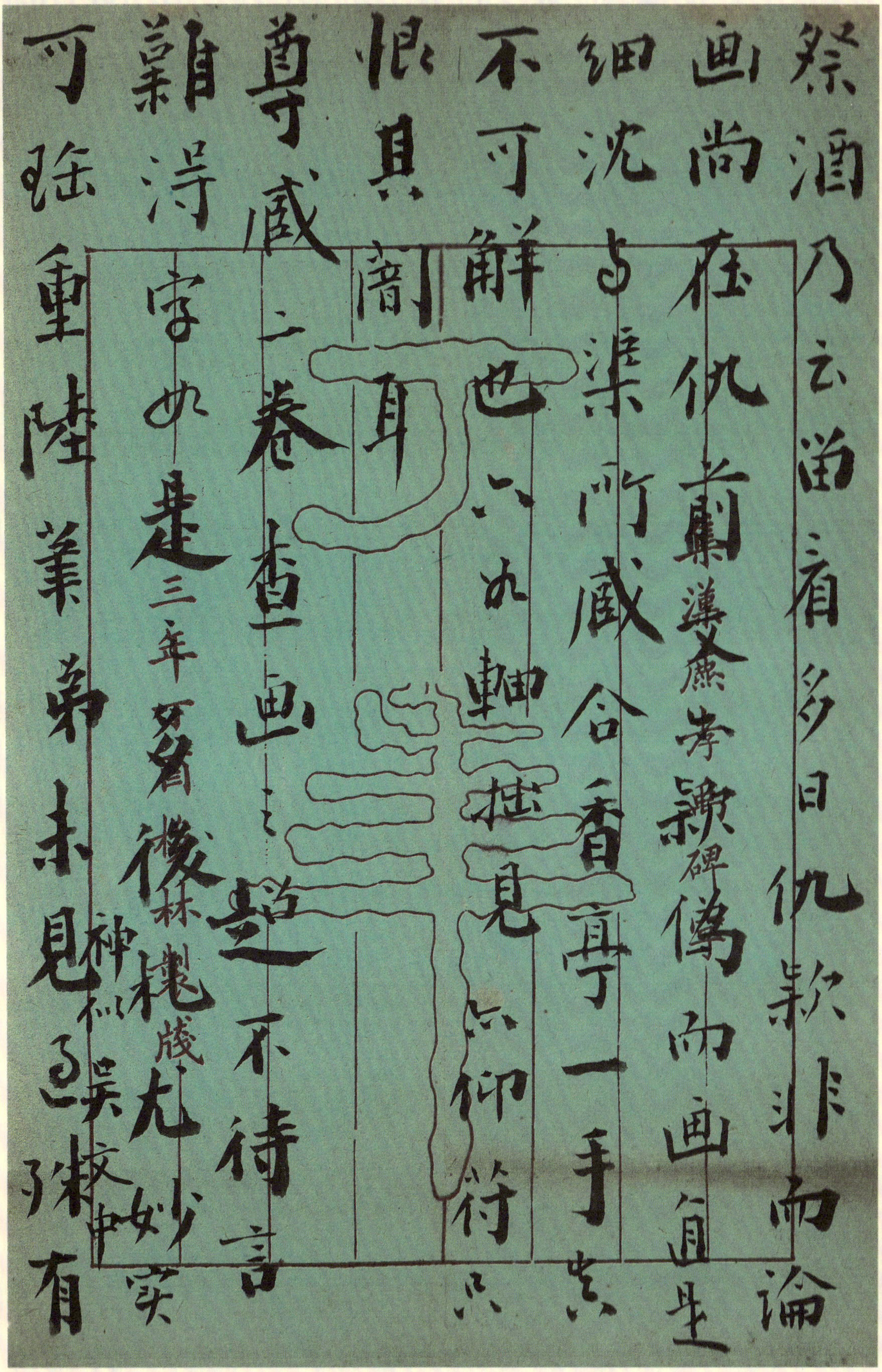
祭酒乃云留有多日仇款非而論
画尚在仇前集漢燕孝廉碑傳而画直是
細沈与渠所藏合香亭一手者
不可解也六丸軸抽見亦仰符只
恨其闇耳
尊藏二卷查画之之趣不待言
難得字如是三年前後積殘尤妙實
神似吴校中
可除重陸兼弟未見過張子有

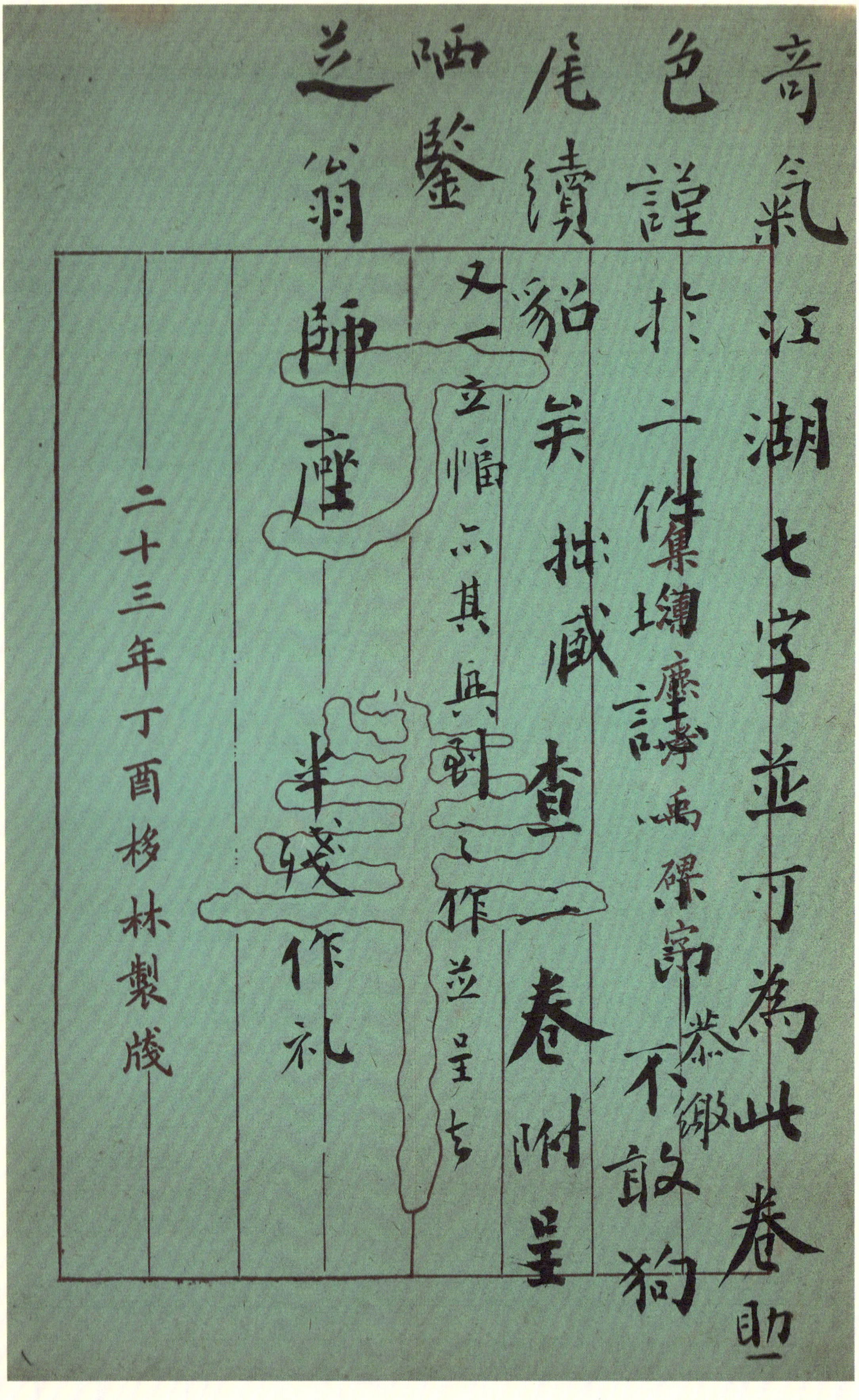
奇氣。江湖七字並可為此卷助
色。謹於二僕集鐫塤廛譸爲碌帘恭綴，不敢狗
尾續貂矣。拙藏畫一卷附呈
西鑒。又一立幅亦其兵對之作並呈去
芝翁師座 半綫作札

二十三年丁酉杉林製箋

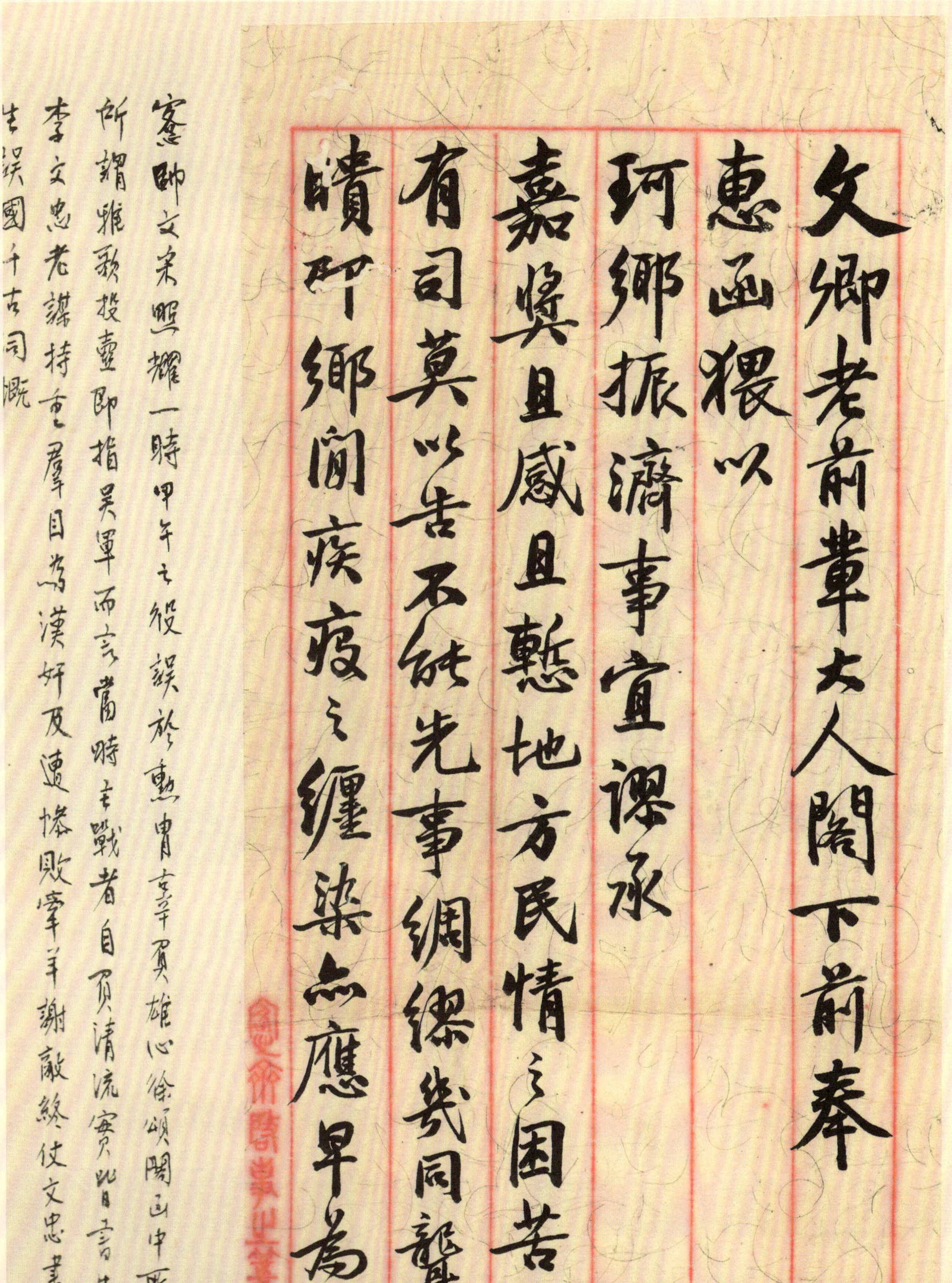

文卿老前輩大人閣下前奉
惠函猥以
珂鄉振濟事宜謬承
嘉獎且感且慙地方民情之困苦
有司莫以告不能先事綢繆幾同聾
瞶即鄉間疾疫之纏染亦應早為

愙師文采照耀一時甲午之役誤於勳胄之輩負雄心徐頌閣函中所
所謂雅歌投壺即指吳軍而言當時主戰者自負清流實皆書生
李文忠老謀持重羣目為漢奸及遼瀋敗牽羊謝敵終使文忠書
生誤國千古同慨

祈禱施以醫藥不致受病如此之深
該牧令等直至催科之術愆誤考
成始以民隱上聞該管道府亦復於
窮黎之身家性命漠不相關迨至運
糧運穀而老弱之轉溝壑者已無再生
之望此皆大澂之德薄才疏上下隔閡

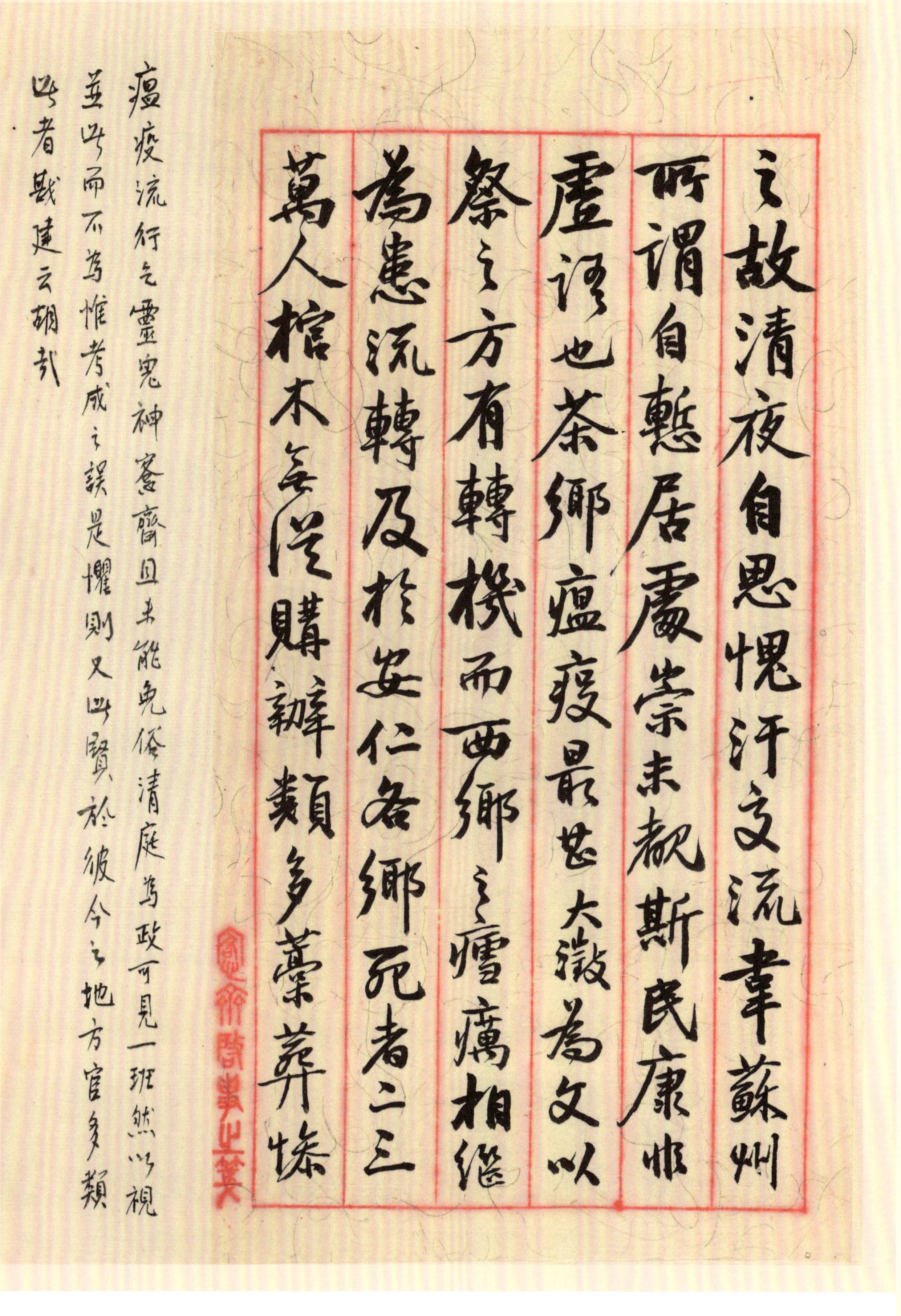

之故清夜自思愧汗交流韋蘇州所謂自慚居處崇未覩斯民康非虛語也茶鄉瘟疫最甚大澂為文以祭之方有轉機而西鄉之癘相繼為患流轉及於安仁各鄉死者二三萬人棺木無從購辦類多藁葬慘

瘟疫流行乞靈鬼神愙齋且未能免俗清庭為政可見一班然以視並此而不為惟考成之謨是攫則又此賢於彼今之地方官多類此者哉建云胡哉

不忍聞續請
恩撥安仁振濟銀一萬兩實已籌給錢二
萬串不過盡心焉而已幸今冬各屬均
得祥霙省城連日大雪積有三四寸
天心仁愛可卜明年收成豐稔貧民
不致乏食堪以告慰

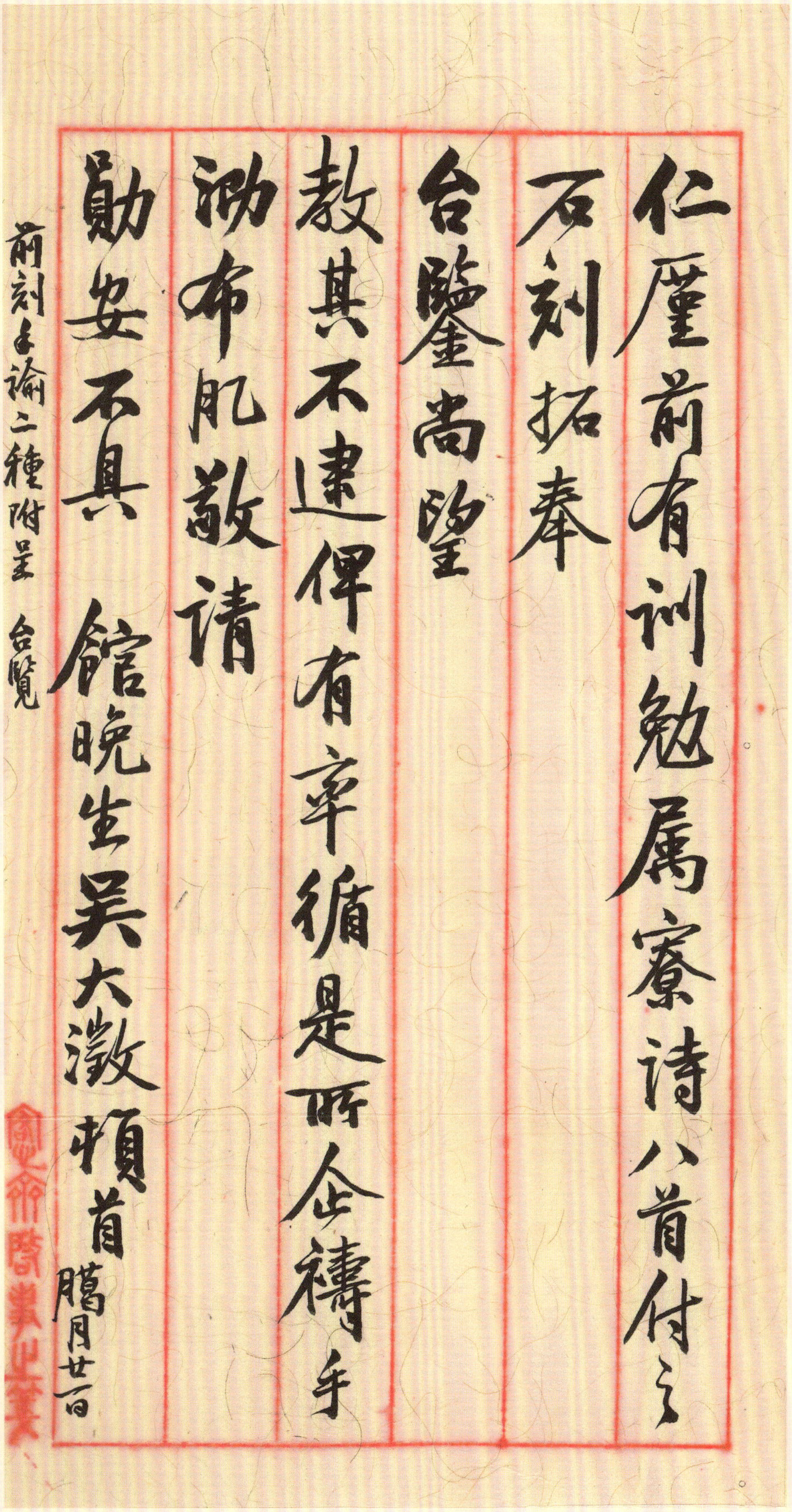

仁厪前有訓勉屬賡詩八首付之

石刻拓奉

台鑒尚望

教其不逮俾有率循是所企禱手

泐布肊敬請

勛安不具　館晚生吳大澂頓首

臘月廿日

前刻手諭二種附呈　台覽

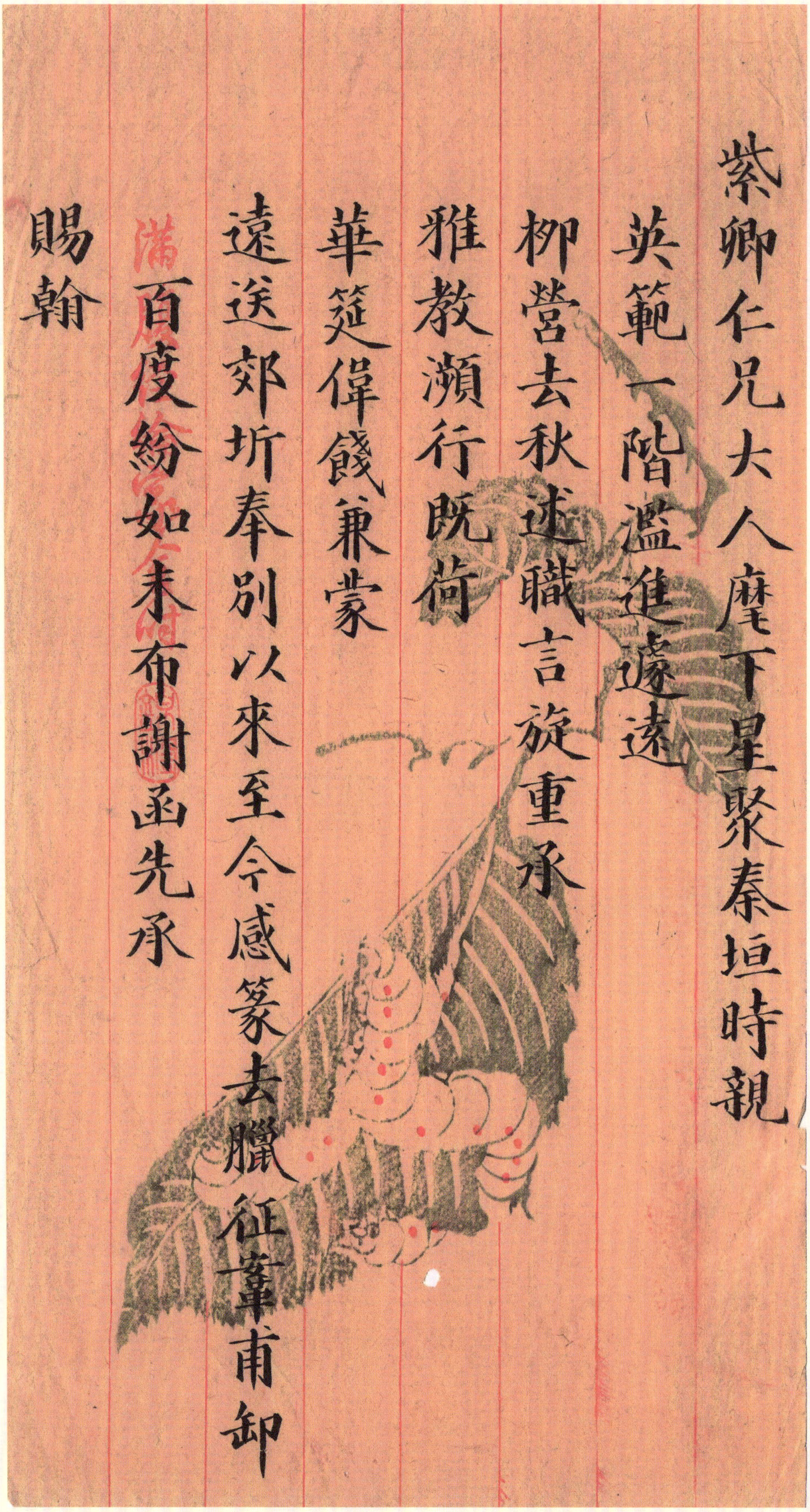

紫卿仁兄大人麾下星聚奉垣時親
英範一階濫進遽遠
柳營去秋述職言旋重承
雅教瀕行既荷
華筵俾餞兼蒙
遠送郊圻奉別以來至今感篆去臘征葦甫卸
百度紛如未布謝函先承
賜翰

隆情關注彌愧私衷敬維
福履延綏
春旂輯瑞
升恆叶吉頌祝輸誠弟按轡西行馳征載賦程
途萬里幸未愆期嘉平初七日抵新初九日
接印視事諸叨
遠庇壹是敉平此間近歲年穀順成民情靜謐
惟以喀什所屬外部坎巨提為英人所逐迯

入我境雖中英向無他嫌不至別生枝節而
沿邊先事之防不得不預為籌畫新省軍器
十年未添前懇
滋憲將新購洋械撥付馬槍千桿以資應用
奉祈
費神代為招呼託解餉委員早為解至蘭州以
便轉運來新則感荷
關垂實無既極矣肅此布覆敬請

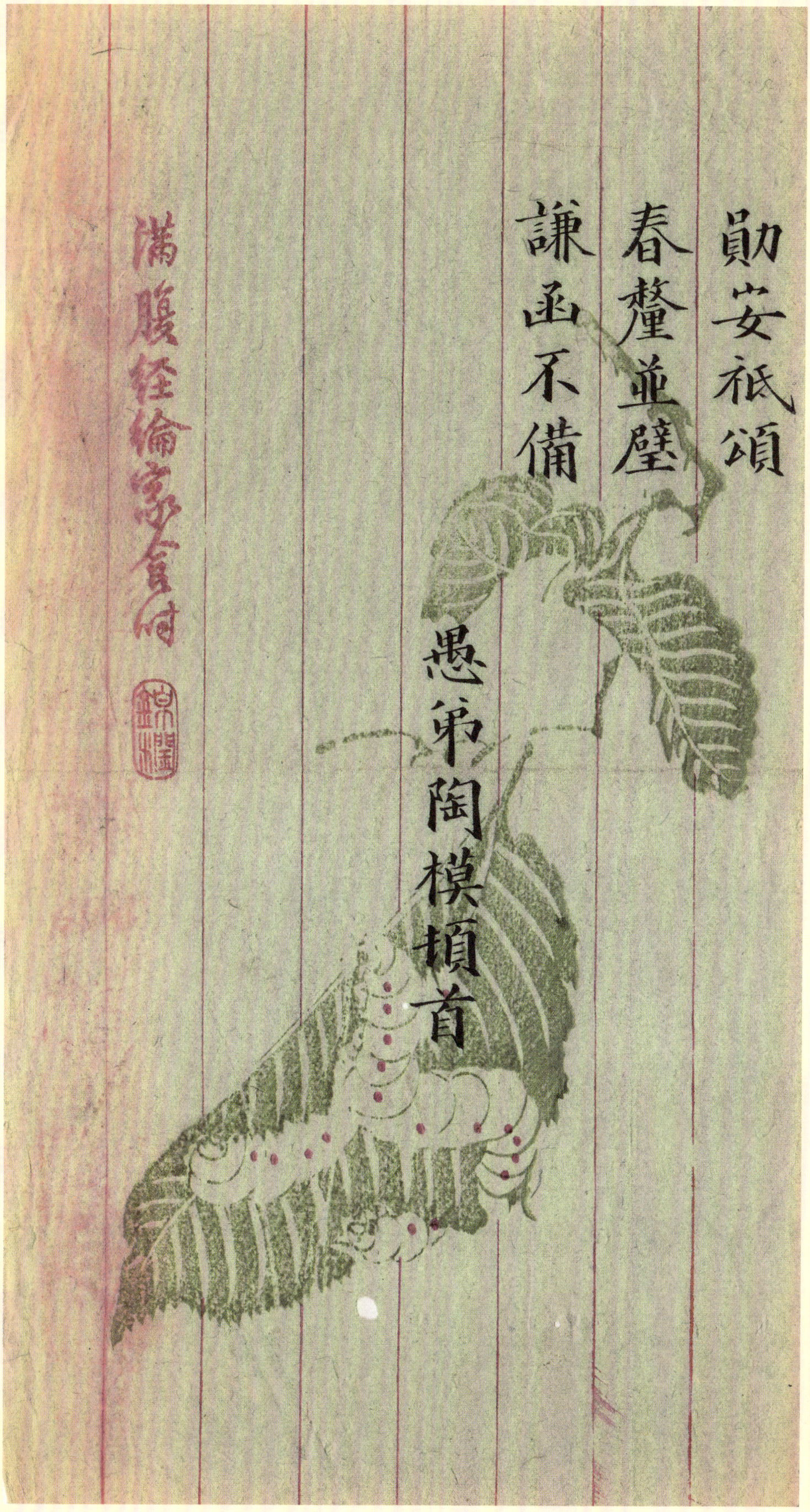

勛安祗頌
春釐並璧
謙函不備
愚弟陶模頓首

滿腹經綸家食付

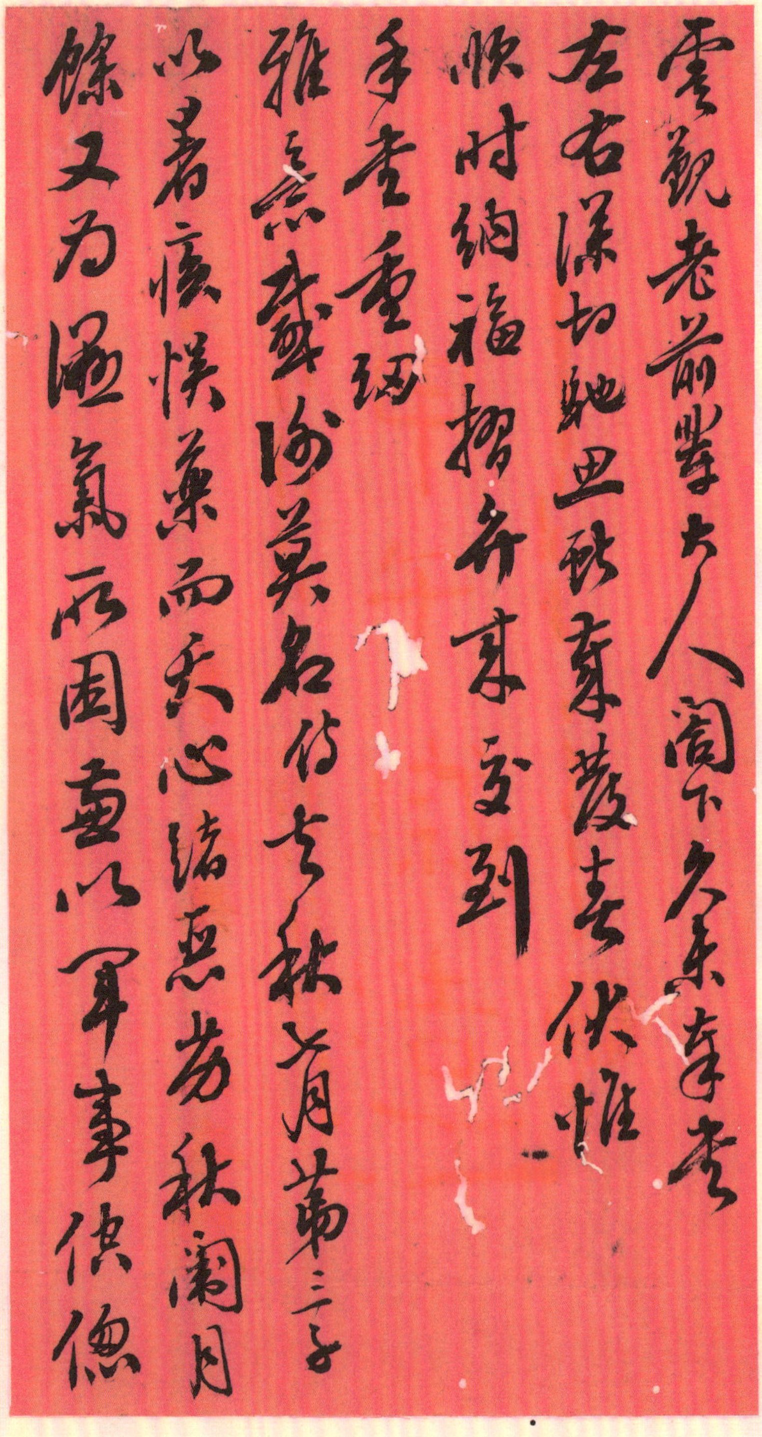

雲覲老前輩大人閣下：久未奉書
左右，深切馳思。敬審蒞吉，伏惟
順時納福。摺弁來京，奉到
手書，重承
雅意，感篆莫名。仲秋下旬，弟三子
以暑痢誤藥而夭，心緒惡劣。秋闈月
餘，又為溼氣所困，重以軍事供億

文勤公壬辰夏督閩浙，甲午冬奉調川督，未赴，調粵。徐公此函正當甲午中日戰後，所言軍事布署，真類兒戲，言之可傷。雅意云云，蓋指年終炭敬。當時疆吏於朝官，視交誼例有餽贈。徐花農侍郎琪為文勤杭郡門人，每年餽贈皆托其經辦。前於故帙中見徐一函，附詳單細數，當時未加保存，今不知何往矣。

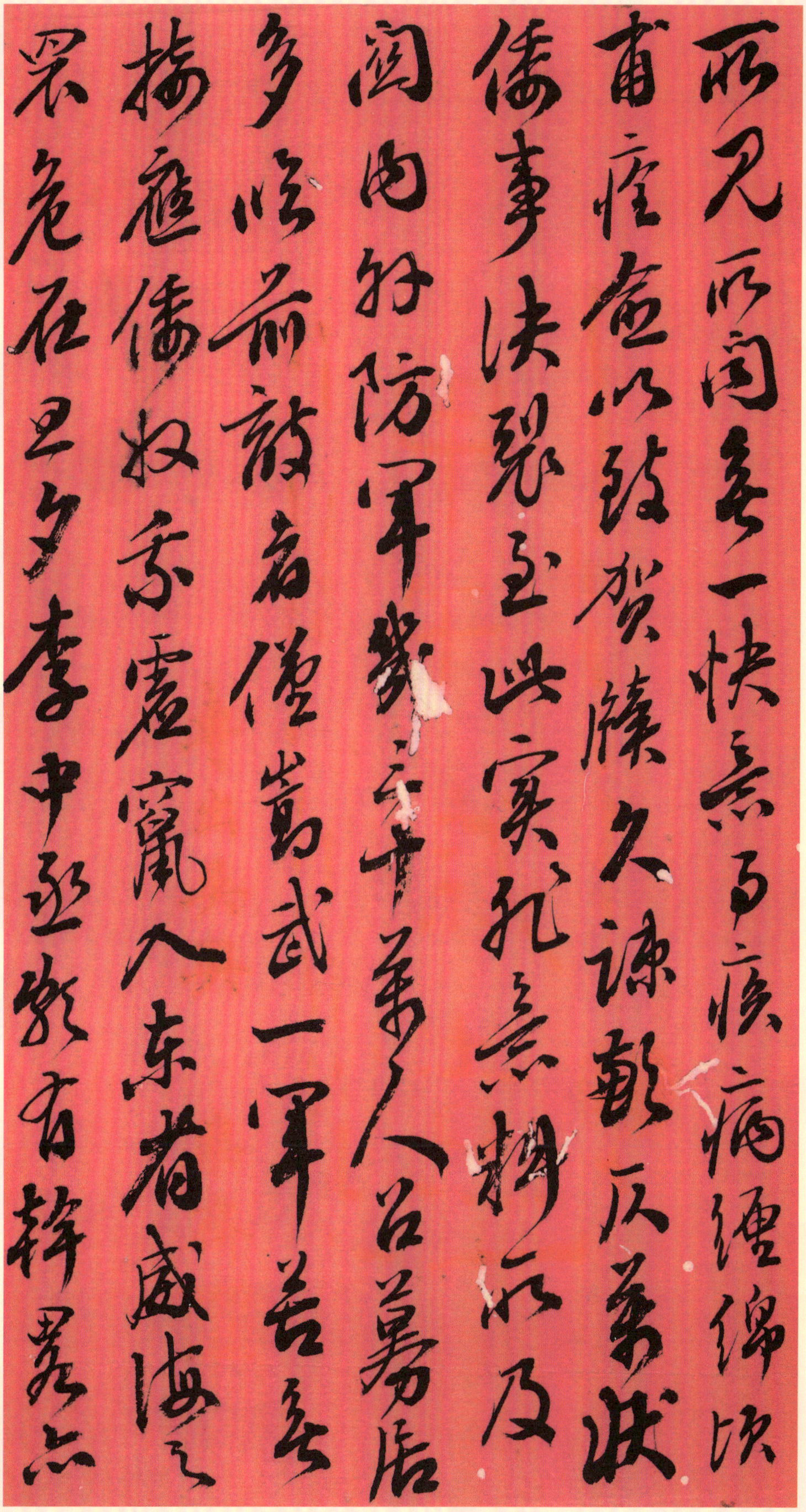

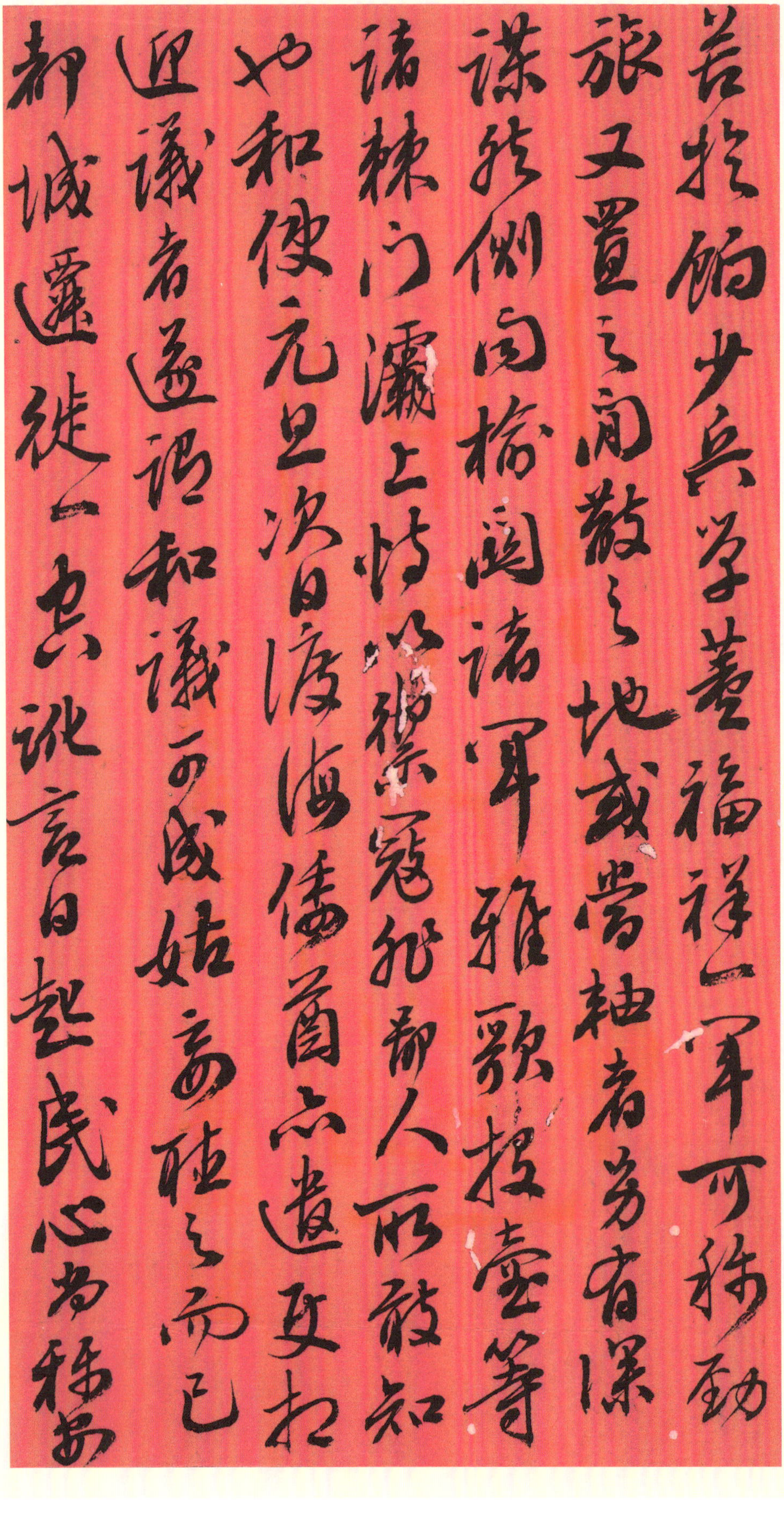
若於餉少兵單薄福祥之軍可稍助
旅又置之閒散之地或當軸者另有深
謀歟側聞榆關諸軍雖號捷壘等
諸棘門灞上特以禦寇御人而彼知
也和使元旦次日渡海倭酋亦遣支和
退議者遂謂和議可成姑為縻之而已
都城遷徙之患訛言日起民心尚稱安

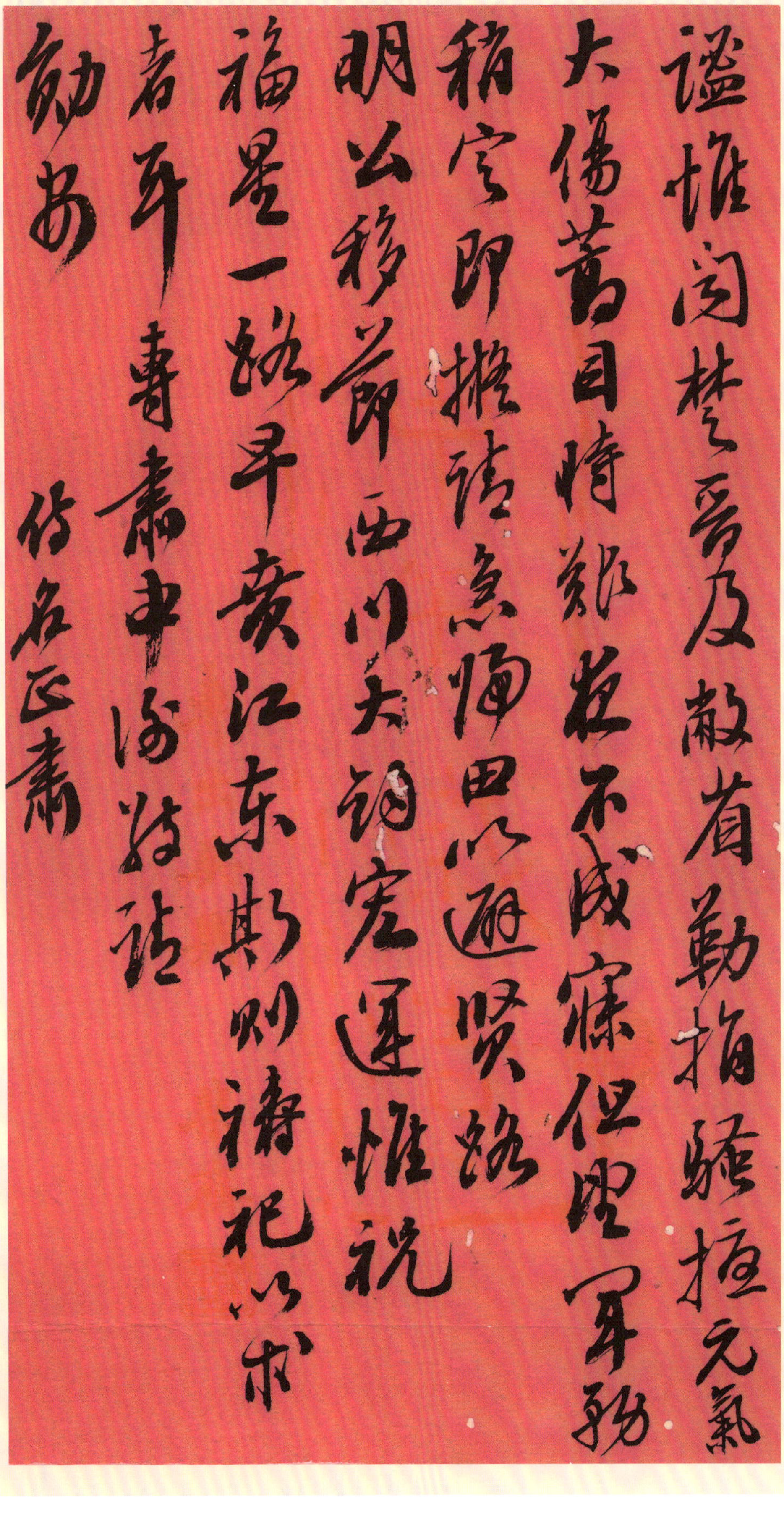
謐惟閣楚晉及敭歷勤指騷植元氣
大傷舊目時發夜不成寐但覺年衰
稍寧即擬請急歸田以避賢路
明公移節西川大諭宏遠惟祝
福星一路早貴江東斯則禱祀以求
者耳專肅申謝敬請
勛安 侍名正肅

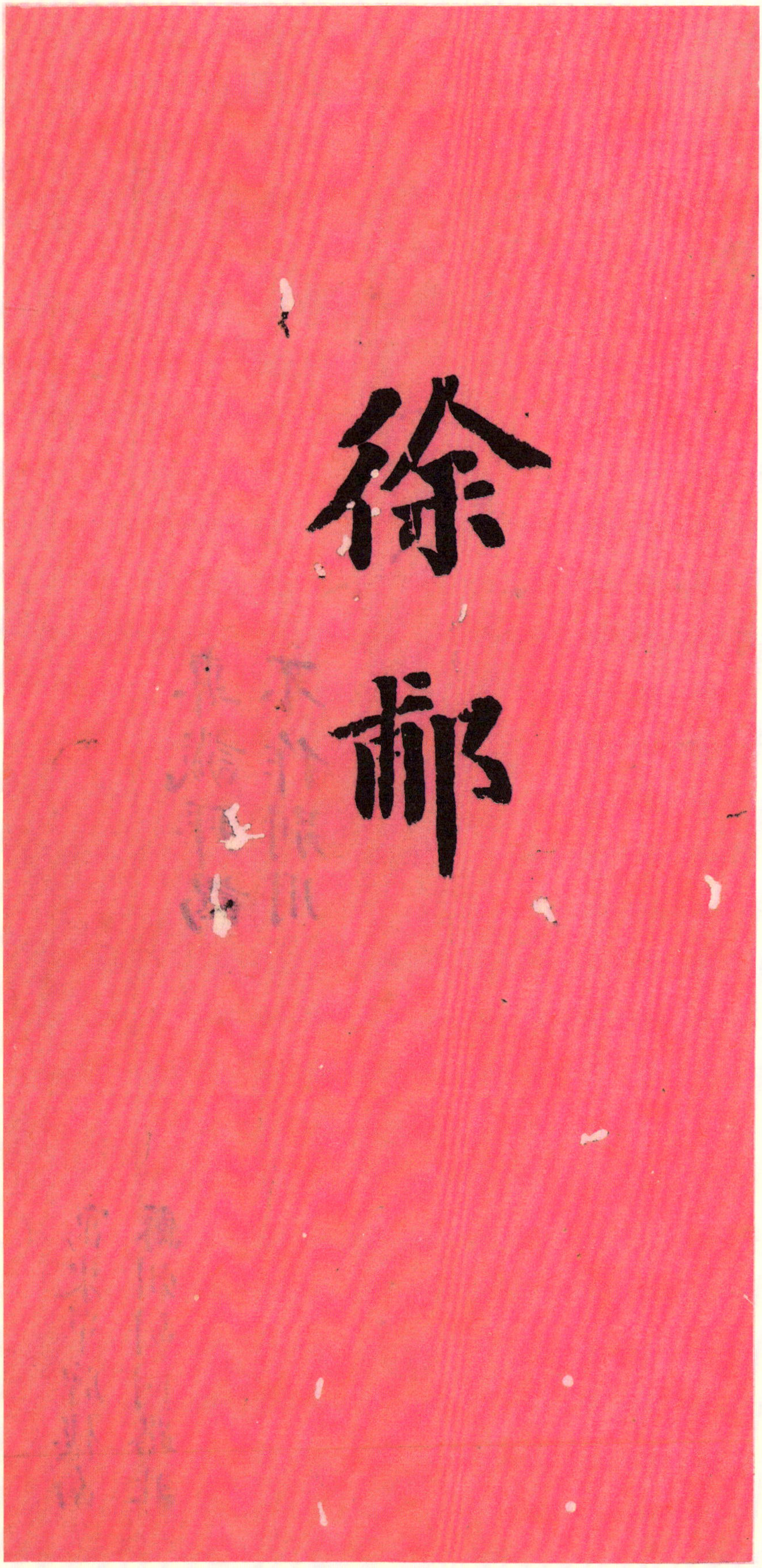
徐郙

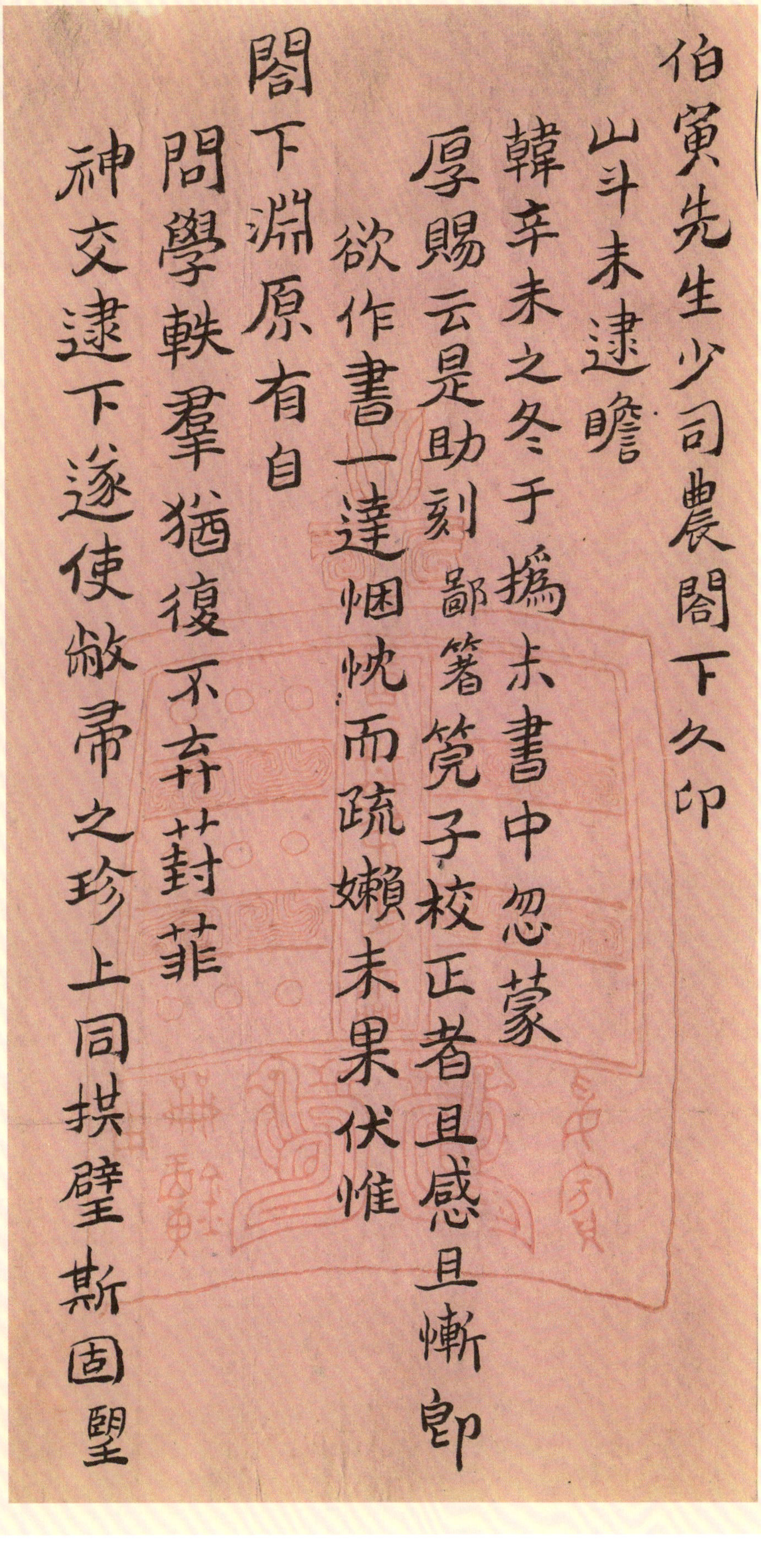
伯寅先生少司農閤下久卬
山斗未逮瞻
韓辛未之冬于攜未書中忽蒙
厚賜云是助刻鄙箸筦子校正者且感且慚卽
欲作書一達悃忱而疏嬾未果伏惟
閤下淵原有自
問學軼羣猶復不弃葑菲
神交逮下遂使敝帚之珍上同拱璧斯固望

之厚幸抑亦古人之大幸也湘鄉文正公杜時
聞
閣下此舉慨然願補其不足幷欲重刻趙本筦子
且推及荀賈董劉楊老莊列淮南諸子均
思得善本讎校付諸梨棗自湘鄉沒此議
遂罷 望亦興致闌珊因而遂病困頓至今
未得霍然所刻校正因病中廢業厪成數
卷謹將已修補者二卷刷成十冊寄呈

大敎并求爲作
元晏以重其書則末學之願也 荄甫云亾故交
日落聞其所校內經
閣下許爲付刊愈令人感
高誼不置也其書刊成先覩爲快乘孫年丈
勤西入 覲之便附布數行恭候
垂鑒 晚學戴望頓首力疾上
癸酉正月九日

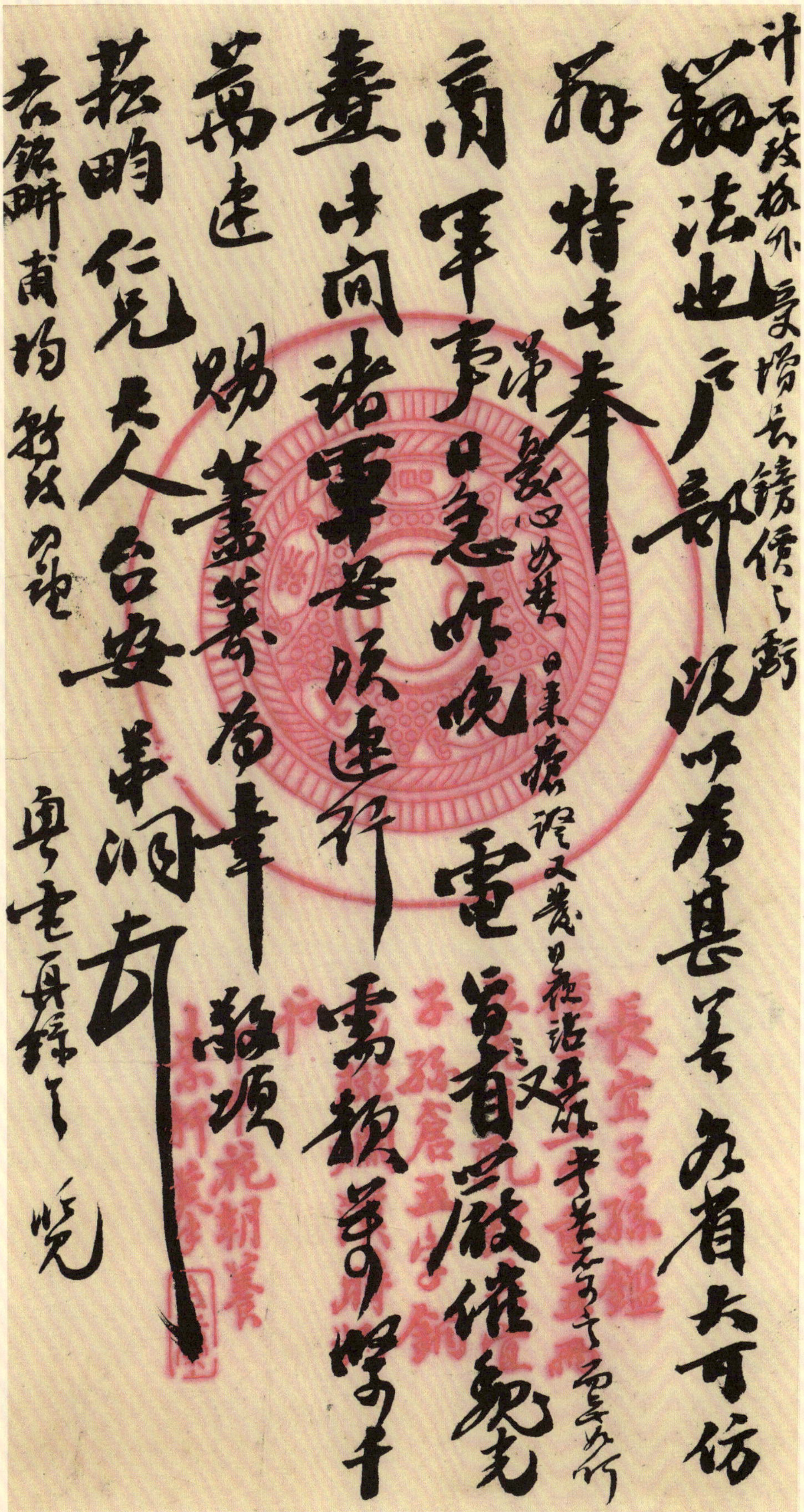
計不致格外，憂增長鑄價之虧
籌法也。户部既以為甚善，各省大可仿
辦。特此奉
弟憂心如焚，日來焦灼，又發日夜諸電，求無一，未卜若何可行
商。軍事日急，昨晚電旨又有嚴催，飭先
盡中國諸軍，均須速行，需款[illegible]
萬急，賜籌為幸。敬頌
菘畇仁兄大人台安。弟洞頓首
香銀餅甫[illegible]
粵電再錄呈覽

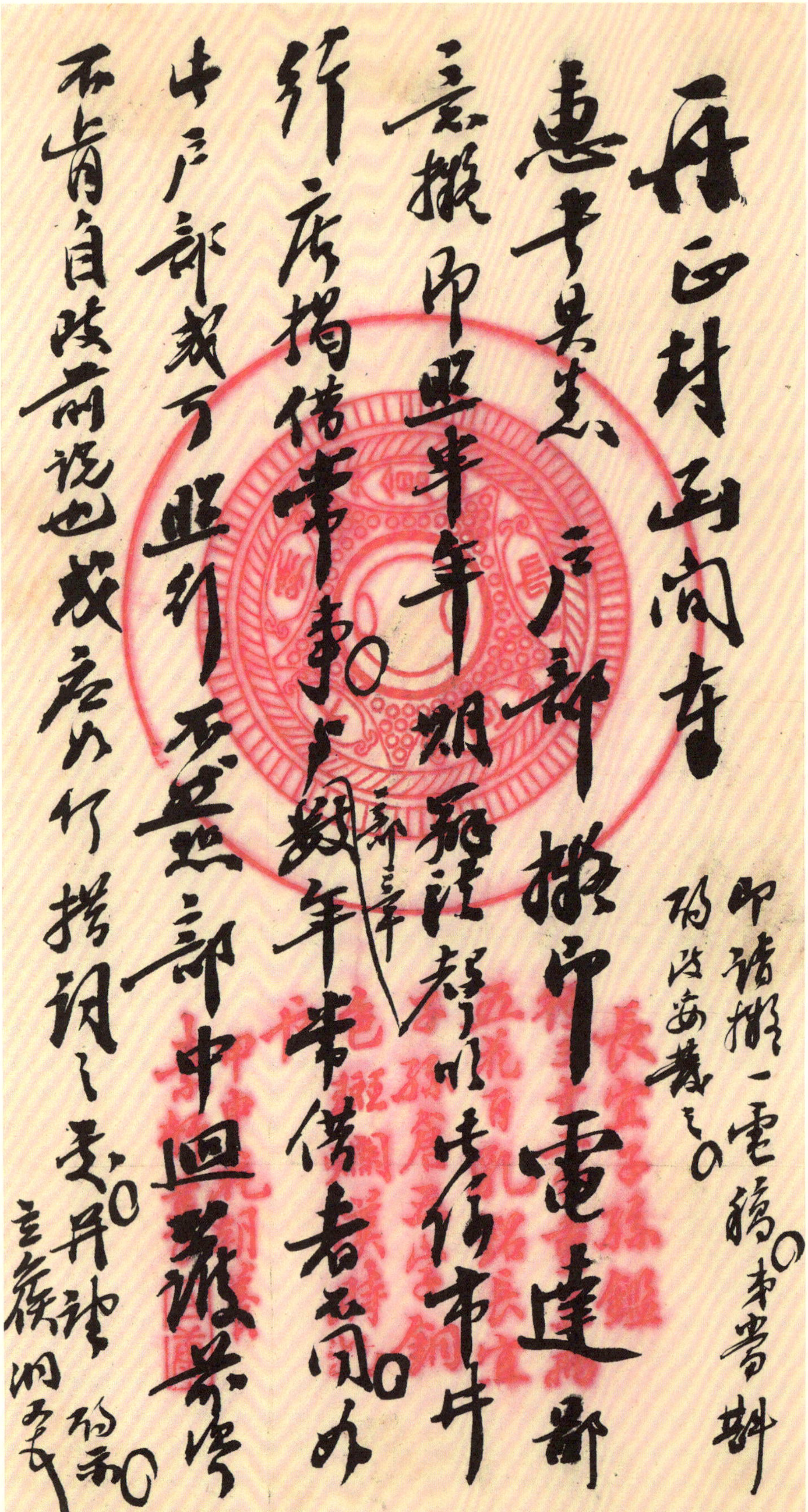

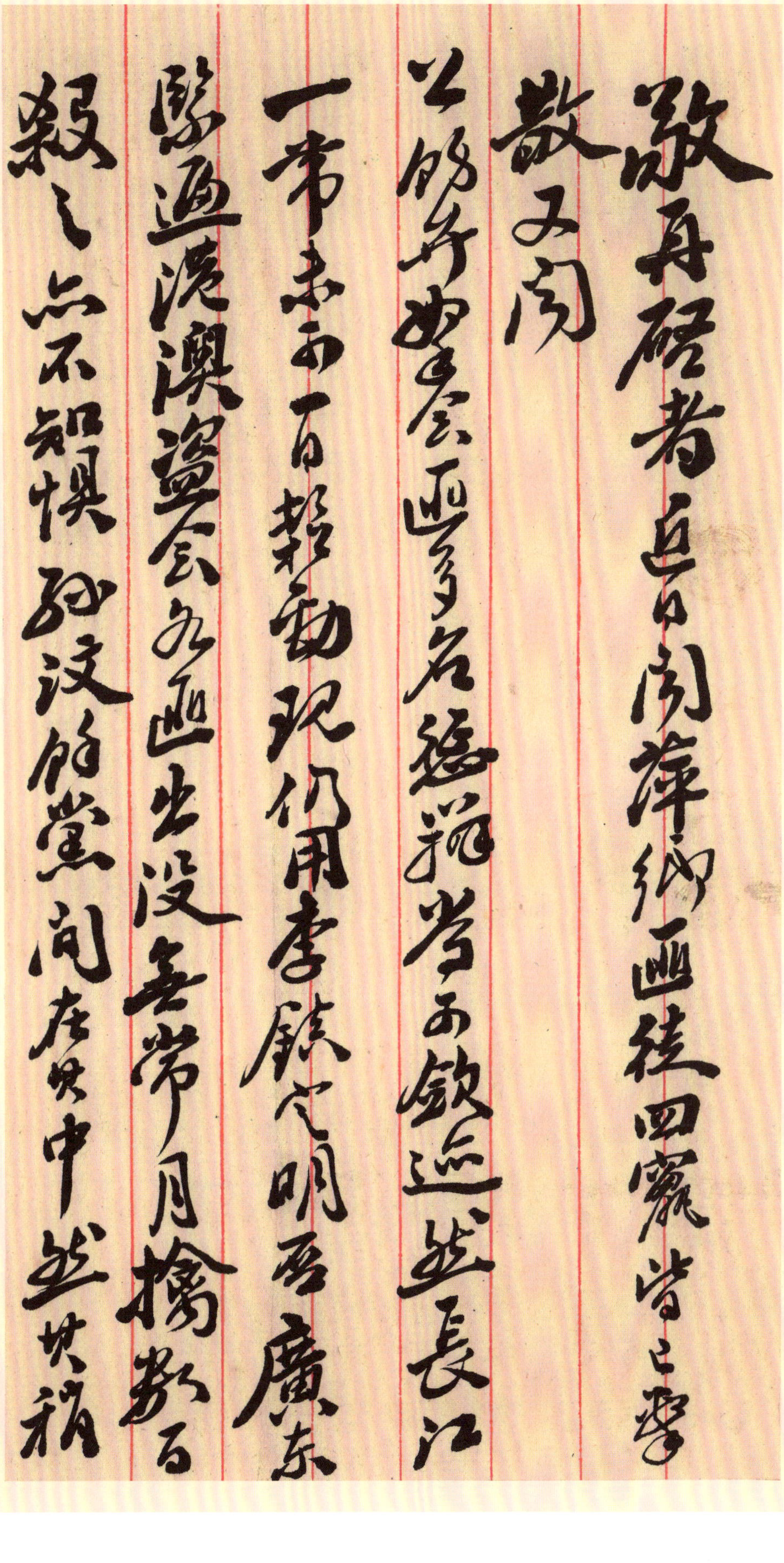

敬再啓者近日聞萍鄉匪徒四竄皆已擊
散矣聞
以[illegible]出會匪號名總統岑[illegible]欽派兵長江
一帶[illegible]百[illegible]勁現仍用李[illegible]明[illegible]廣東
[illegible]過港澳盜會匪出沒無常月擒數百
殺之亦不知懼[illegible]設[illegible]黨聞[illegible]中並[illegible]

獲蹊之後絕不敢竄入省城現奉

旨辦學堂恐同風氣移粗粵之南洋又

為虞矣廣東盜匪多而且悍大都劫財殺從

革命歷來清鄉緝匪皆用粵將奏功（粵將能通言語知山僻路徑）

方耀鄭紹忠其明效也蘇松鎮徐紹楨如

公允交粵委用則可留濟粵東現有一

周馥 致 午帥

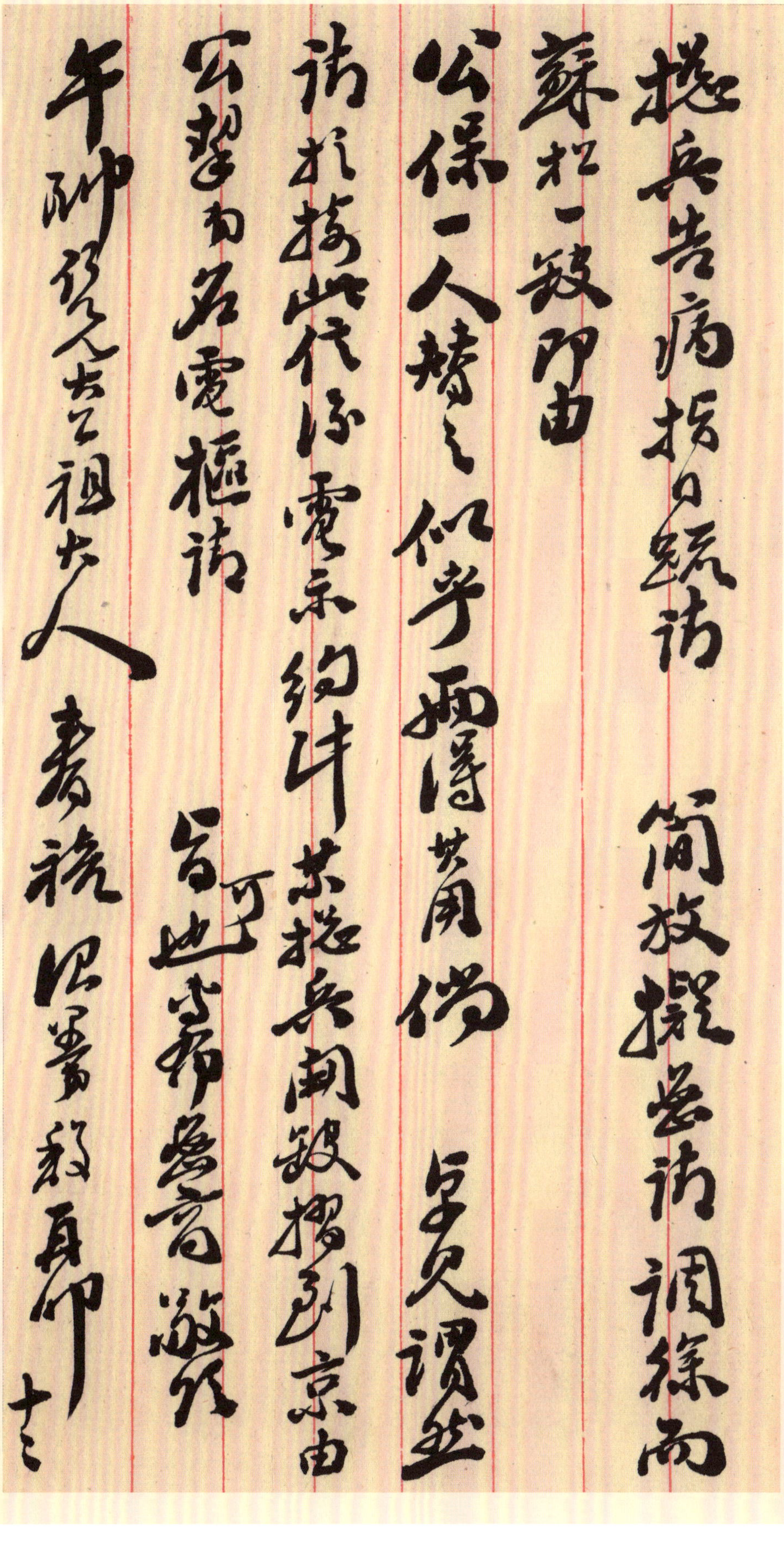

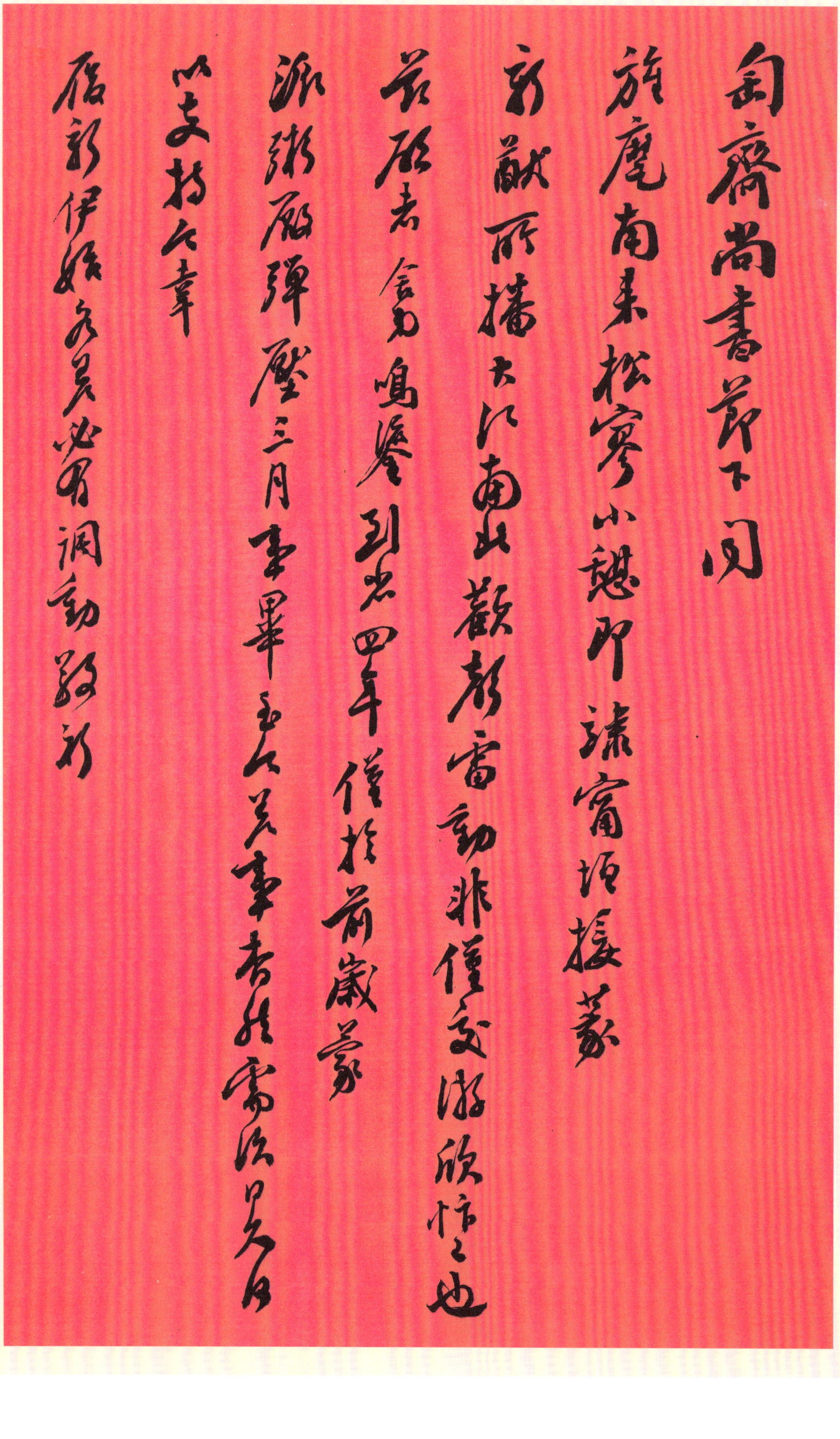

匋齋尚書節下[illegible]

旌麾南來松寥小憩即讌賞頃接蒙

新猷所播大江南北歡聲雷動非僅交游欣忭之也

前啟者舍弟鳴鑾到省四年僅於前歲蒙

派辦廠彈壓三月事畢至今差事未有需次日久自

以文持大章

啟新伊始務懇必蒙調劑務祈

汪鳴鑾 致 匋齋

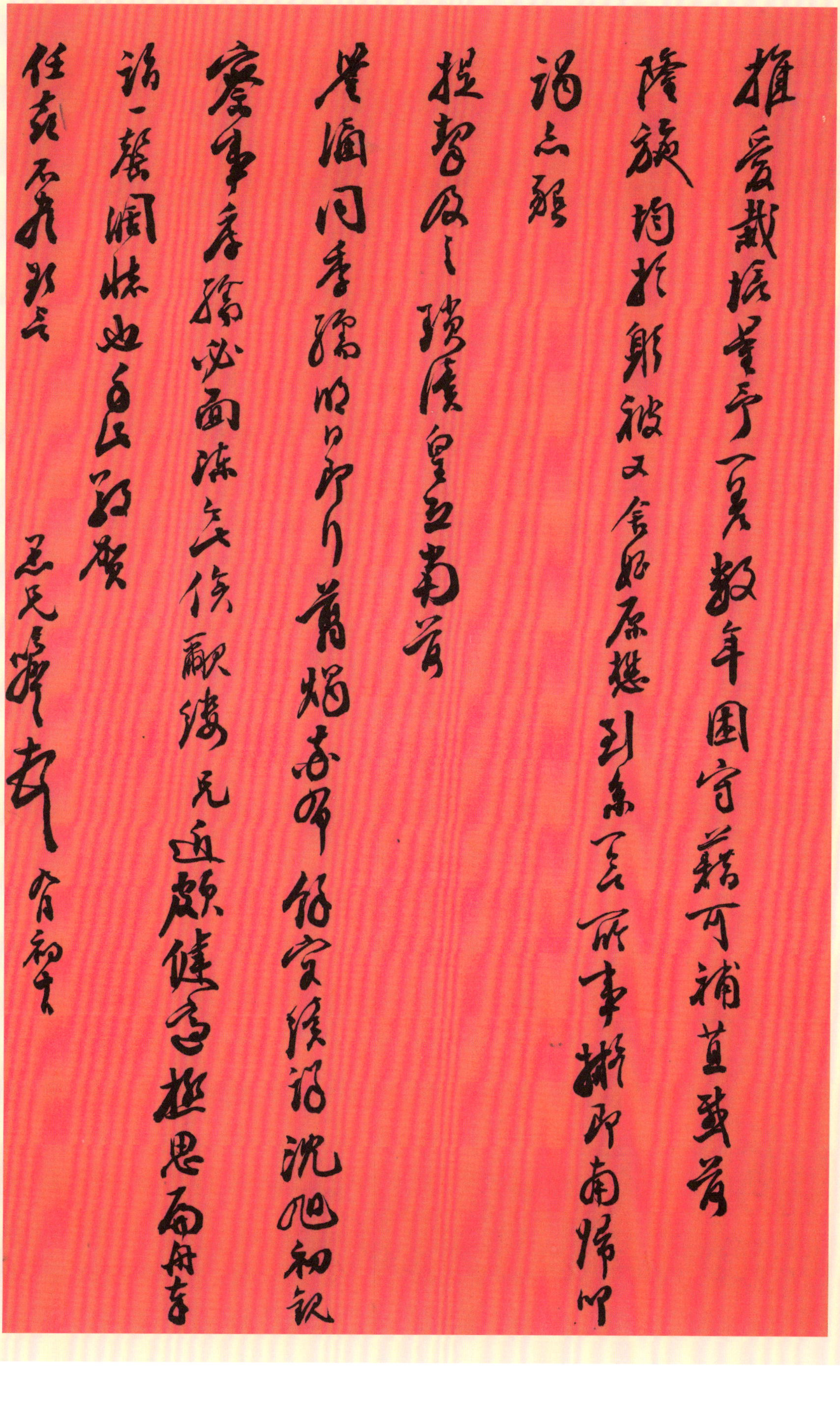

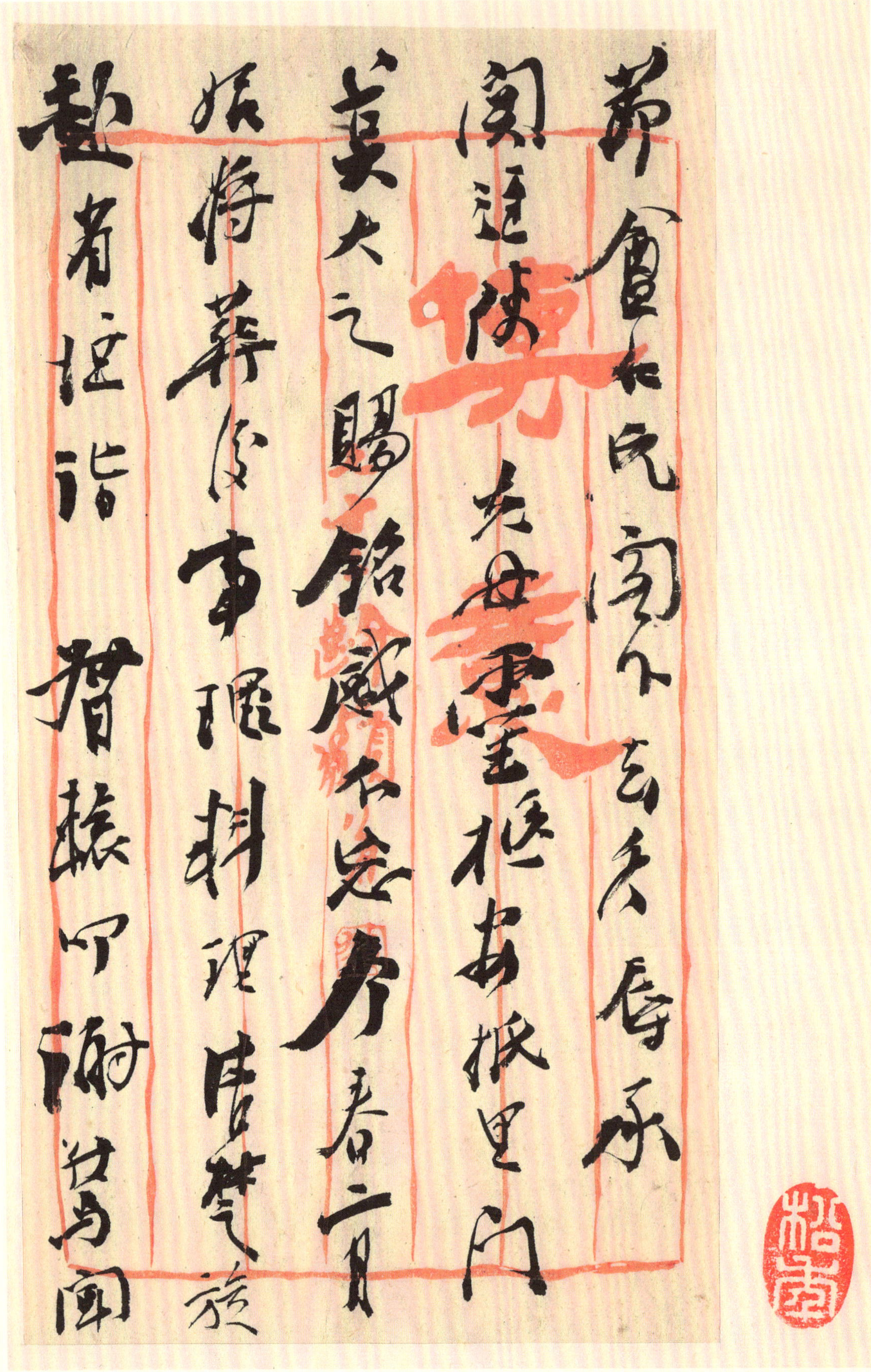

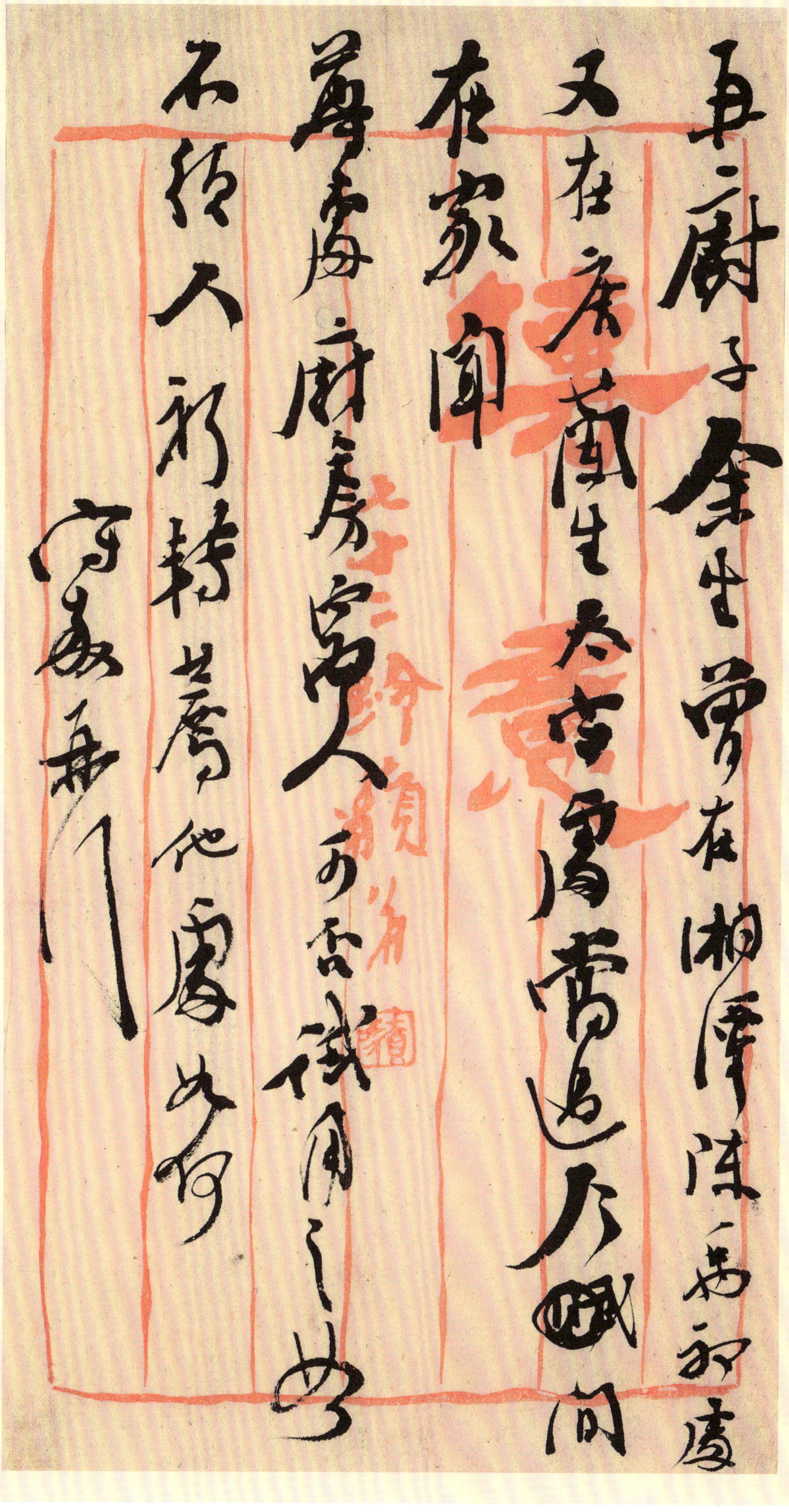
再：廚子余生曾在湘潭陳ㄟ和處
又在唐蔭生太守署中當過廚，頃聞
在家閒，
尊府廚房需人，可否試用之也。
不須人引薦，他處如何。
守敬再叩

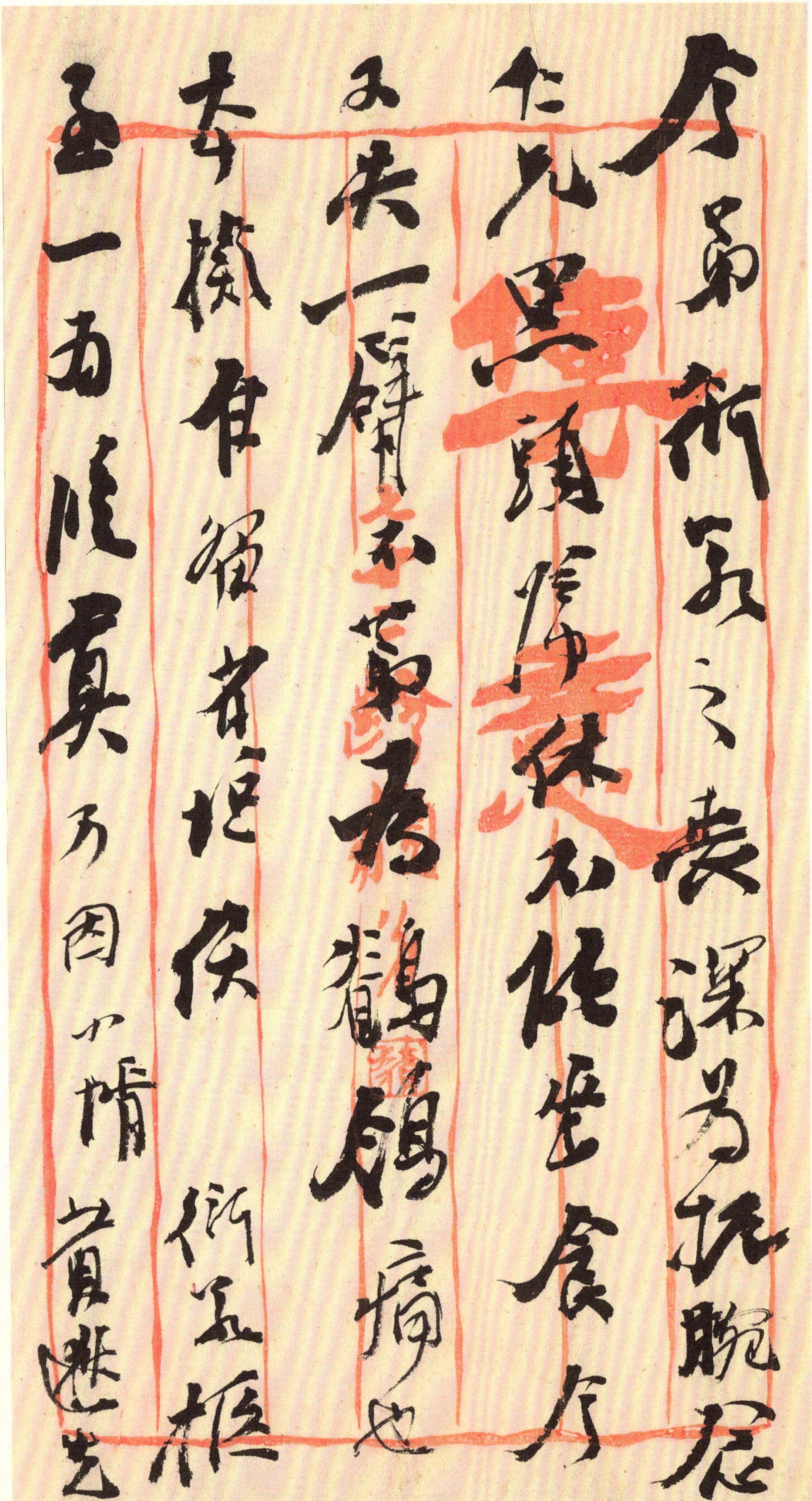
今弟新來之袁課爲抵腕屈
作凡異頭條條不能坐食今
又失一館不啻爲饑鶴鳴鴉摘也
乞擬有猶右垣依 衙五桓
至一函促真乃因小情 首邀先

楊守敬 致 節庵

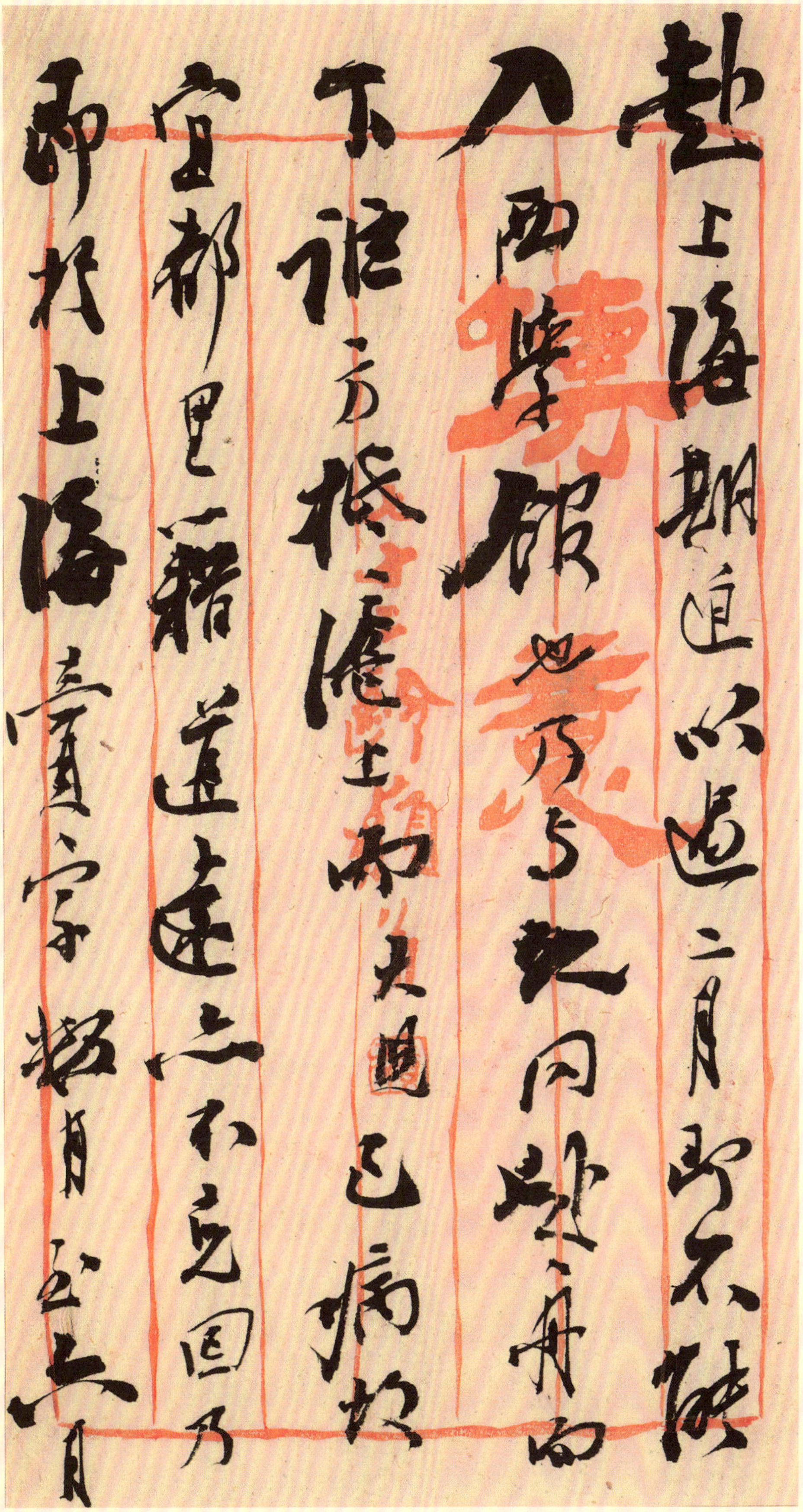

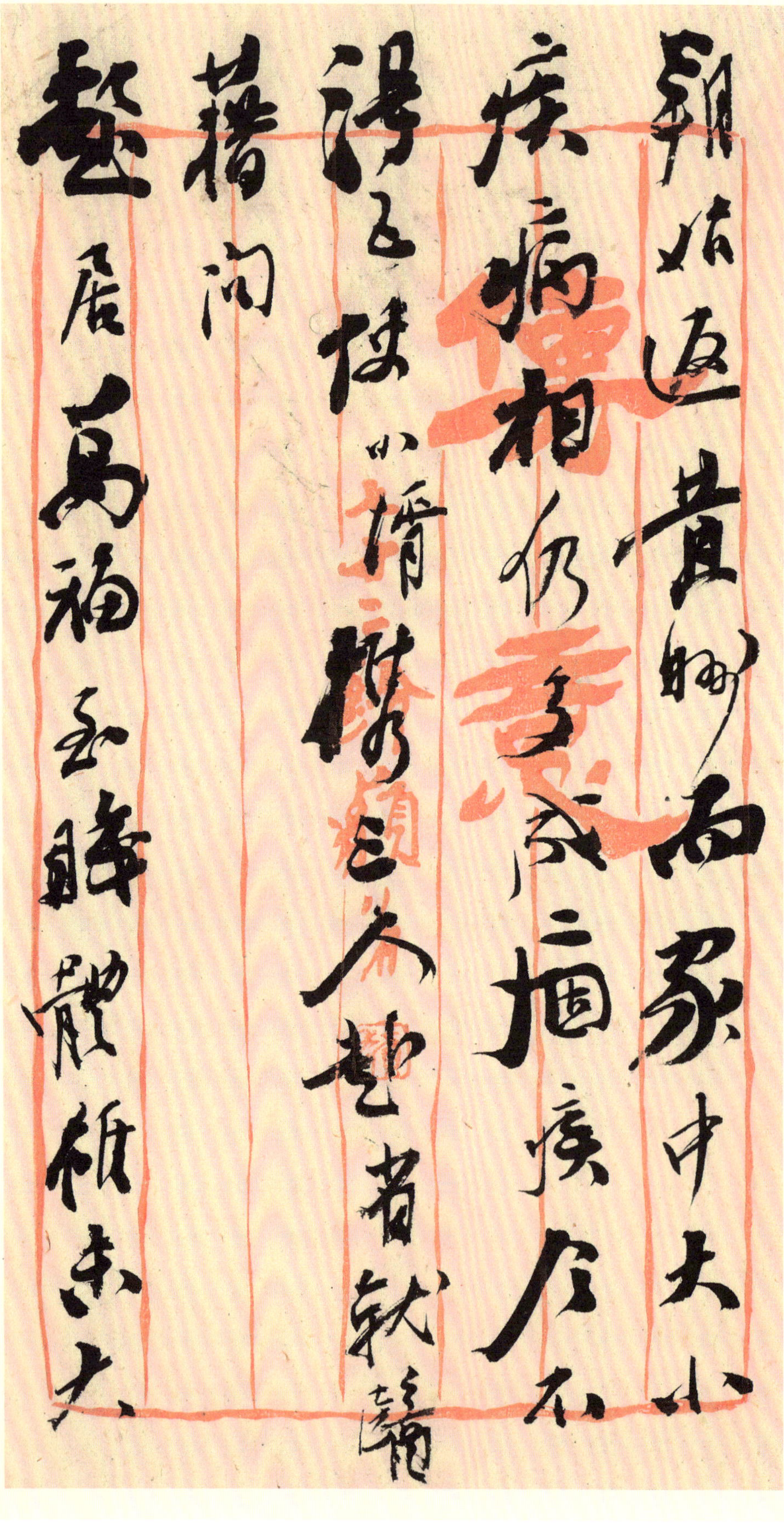

頃始返，貴州而家中大小
疾病相仍
播聞
萬福

楊守敬 致 節庵

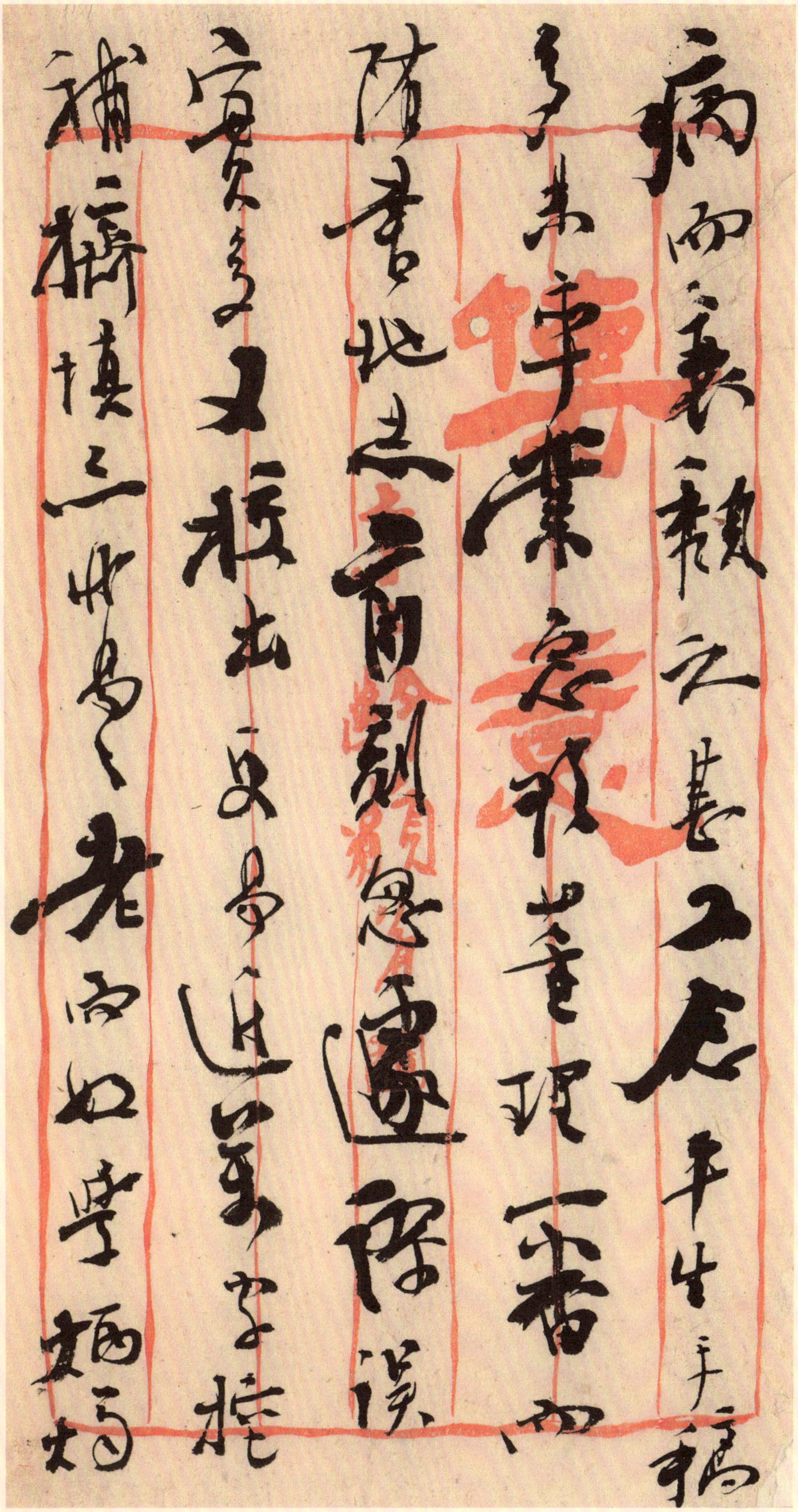

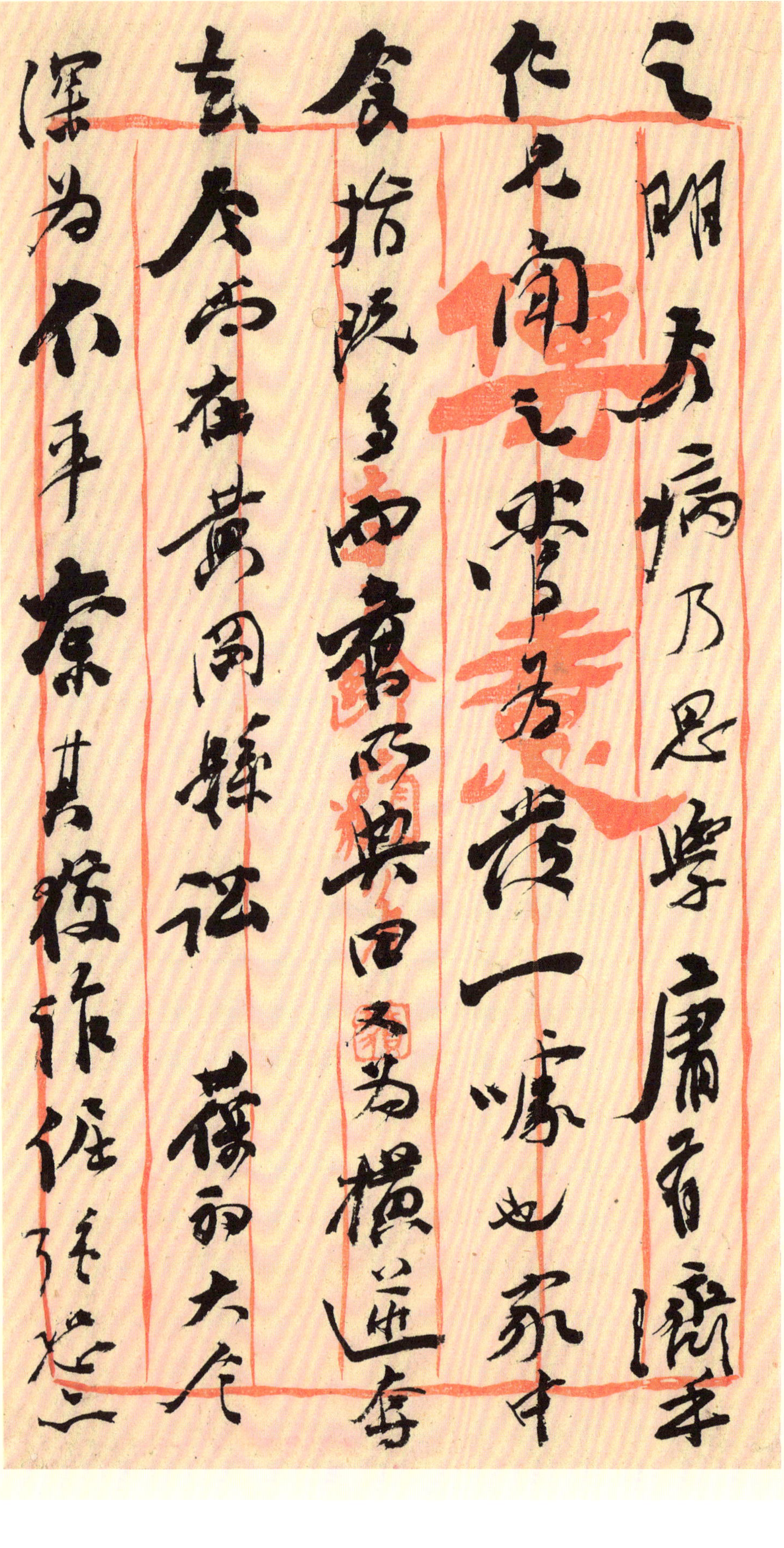
之明大病乃思學庸首[illegible]
作先聞之常爲後一嘆也家中
食指既多而書法無日不爲[illegible]
去歲而在黄岡縣任[illegible]而大人
深爲不平索其[illegible]

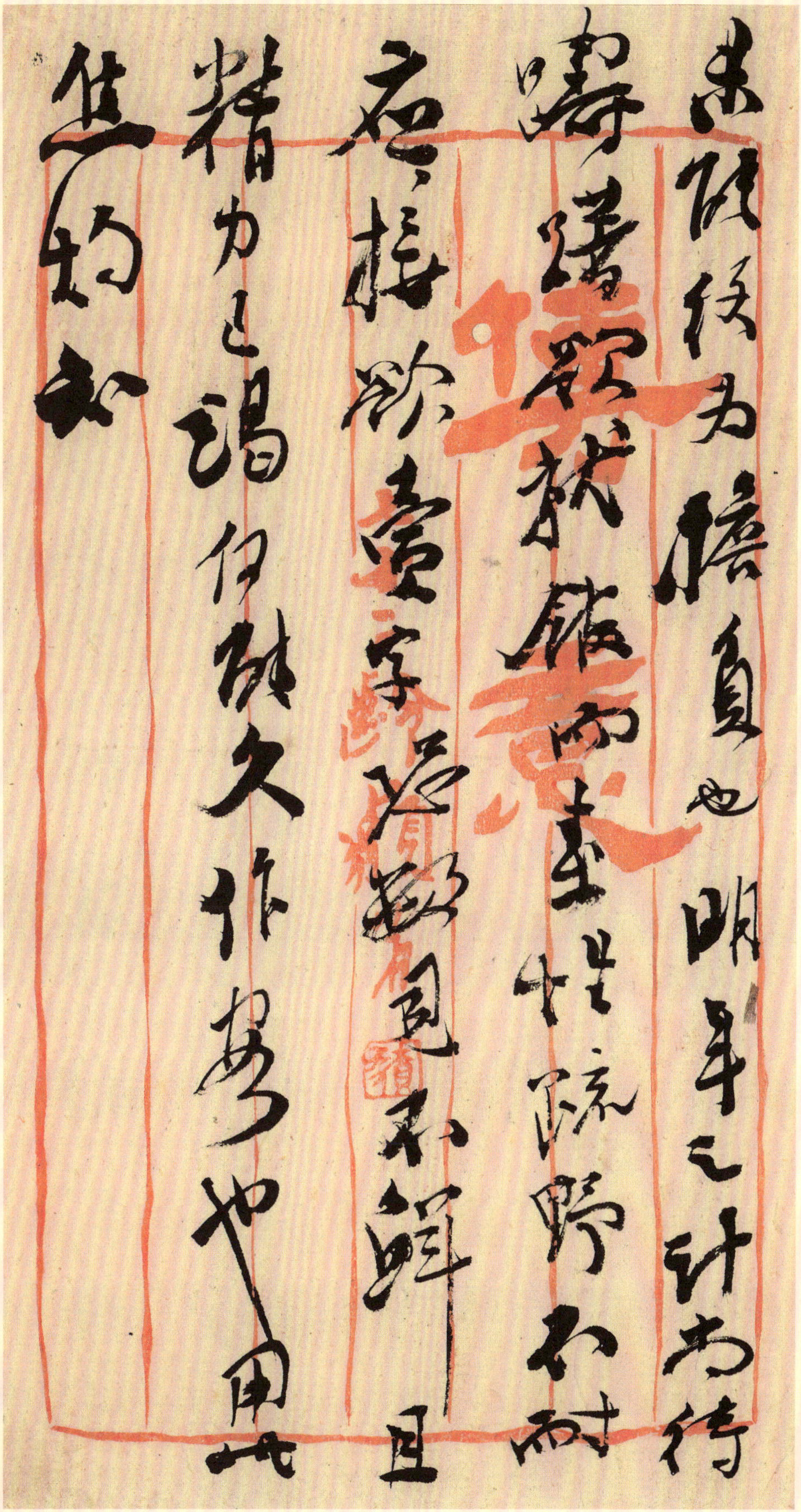

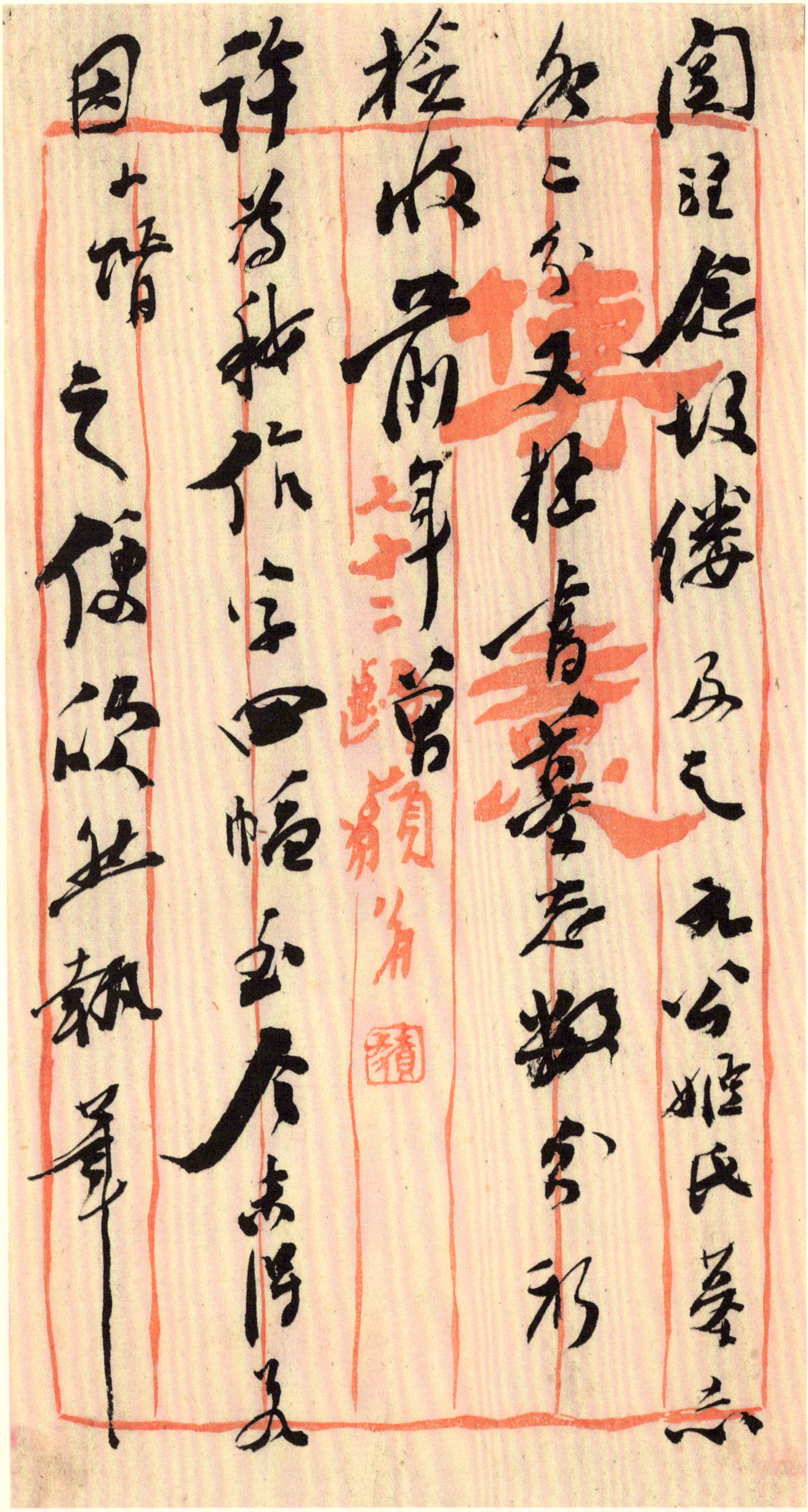

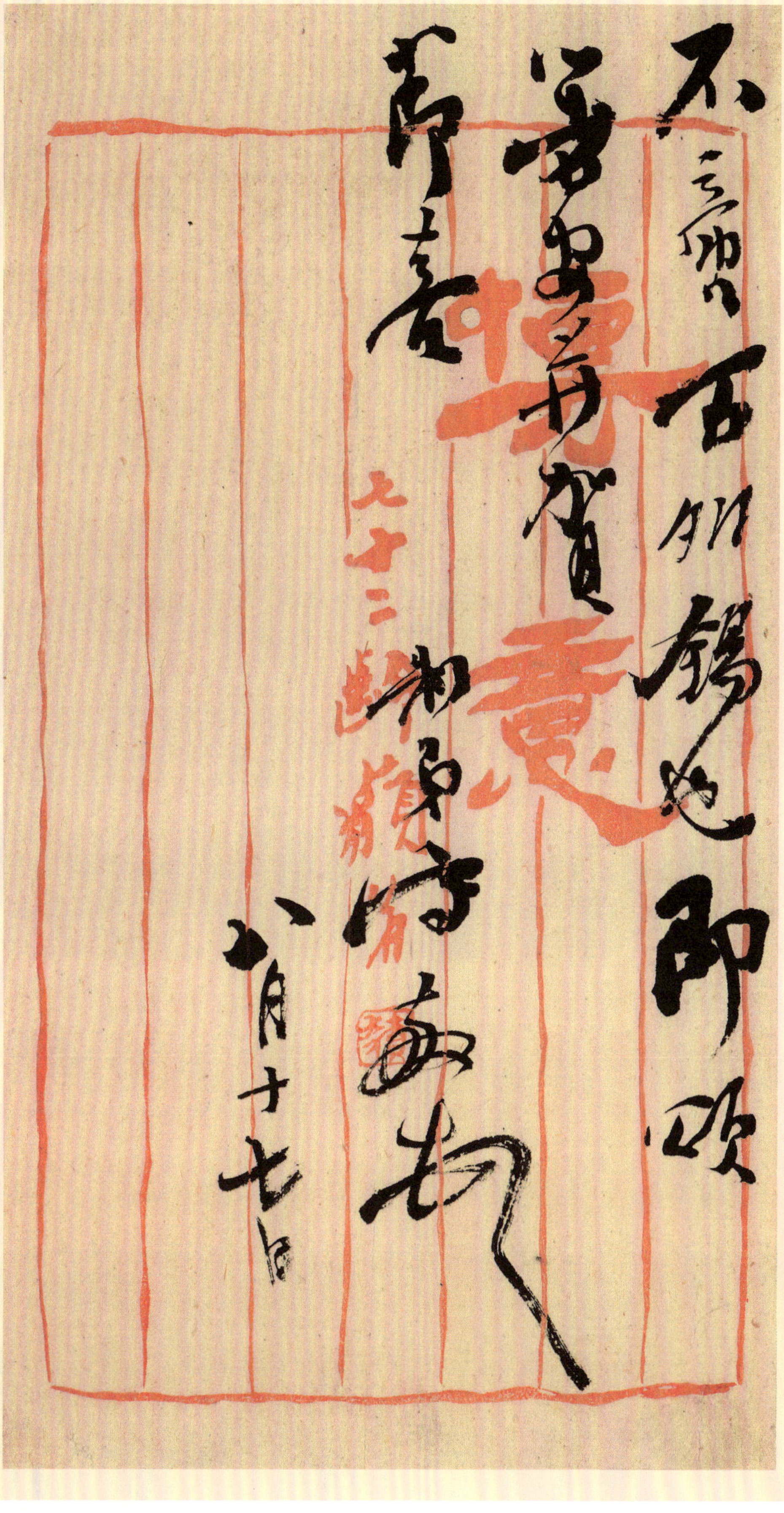

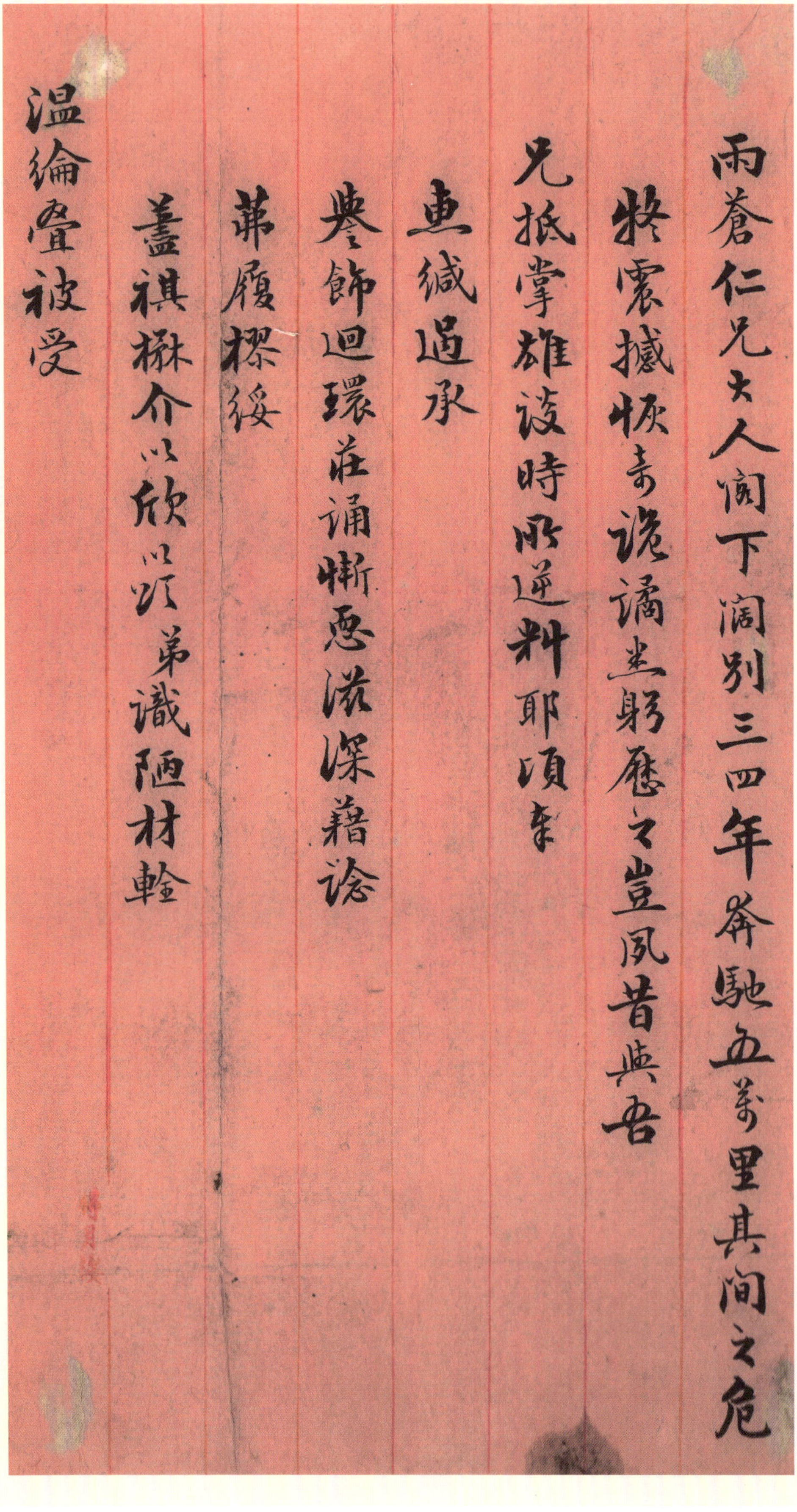

雨蒼仁兄大人閣下闊別三四年奔馳五萬里其間之危
險震撼恢奇詭譎之境歷之豈夙昔與吾
兄抵掌雄談時所逆料耶頃奉
惠緘過承
譽飾迴環莊誦慚悚滋深藉諗
華履穆綏
蓋祺楙介以欣以頌弟識陋材輇
温綸疊被受

恩愈重則國報愈難不敢以為喜祗滋懼耳與俄國新訂約
章已於七月廿五日遵
旨互換旋閱俄都新報痛詆其外部尚書吉尔斯或謂伊犁
取之叛回不應還之中華或謂以要隘之區僅博得五
百萬金太不合算或追究前駐華公使倭良嘎里之豫
許還我伊犁而追譽前駐華公使伊格納帖甫之能闢
土地佔利益也伊公者俄今嗣君之倚任即奪我黑龍
江外積方數十萬里者也條約已換俄人議論雖喧無

如我何但願交收大臣勿因小事別生枝節則幸甚耳
台端現居敝宅極所快慰一切荷蒙
照拂銘感尤深堪輿家言夙所未解者
兄雄豪超邁近亦頗復講求此術耶往是宅無論休咎云
何當時修葺所費既已不資終以門不旋車諸多未便
將來回京亦未必仍居原宅故刻下不願重加修改倘
執事居之欲有所變更以利起居自可隨意經營不必
更向主人也弟於前月廿一日由俄回法於路繞閱克

雱伯礉局義受風雨邪沴，大病數日，近日始離床枕，稍
痊，仍當赴英倫一行。三國奔馳，飄如蓬轉，自念弟淪沒
萬念俱灰，猶冀稚弱教養成人，皆弟一身之責，無可諉
諉海天遼遠，有翼難飛，思之思之，輒用耿耿。頃接家書，思臣
從弟復於六月廿三日謝世，距符卿從弟之喪纔一期耳。
骨肉凋謝至於此極，家九叔老年遭此，更何以堪。陝甘之
命業已具疏籲請開缺，未審得邀俞允否。肅此敬請
台安

星弟期功曾紀澤頓首　八月初六

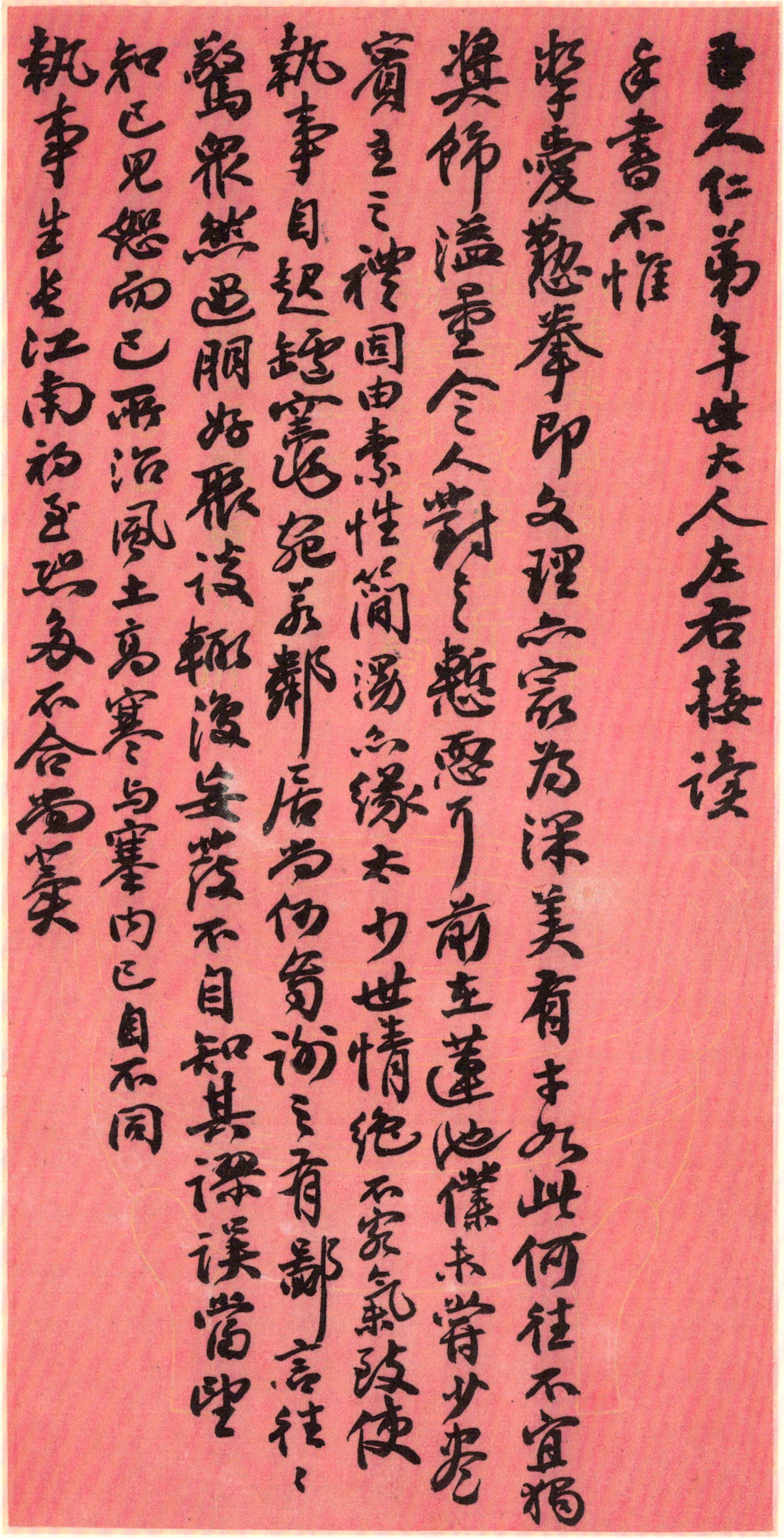
子久仁弟年世大人左右：接讀
手書，不惟
學業懃懇，奉即文理亦最為深美，有志如此，何往不宜？獨
獎飾溢量，令人對之慙懼。前在蓮池，僕亦嘗少究
賓主之禮，固由素性簡澀，亦緣太少世情，絕不客氣，致使
執事自起趑趄窘苦，鄙居為何謝之有？鄙言往往
驚衆，然遇朋好服讀，輒復妄發，不自知其謬誤，當望
知己見恕而已。所治風土高寒，與塞內已自不同，
執事生長江南，初至恐多不合，尚冀

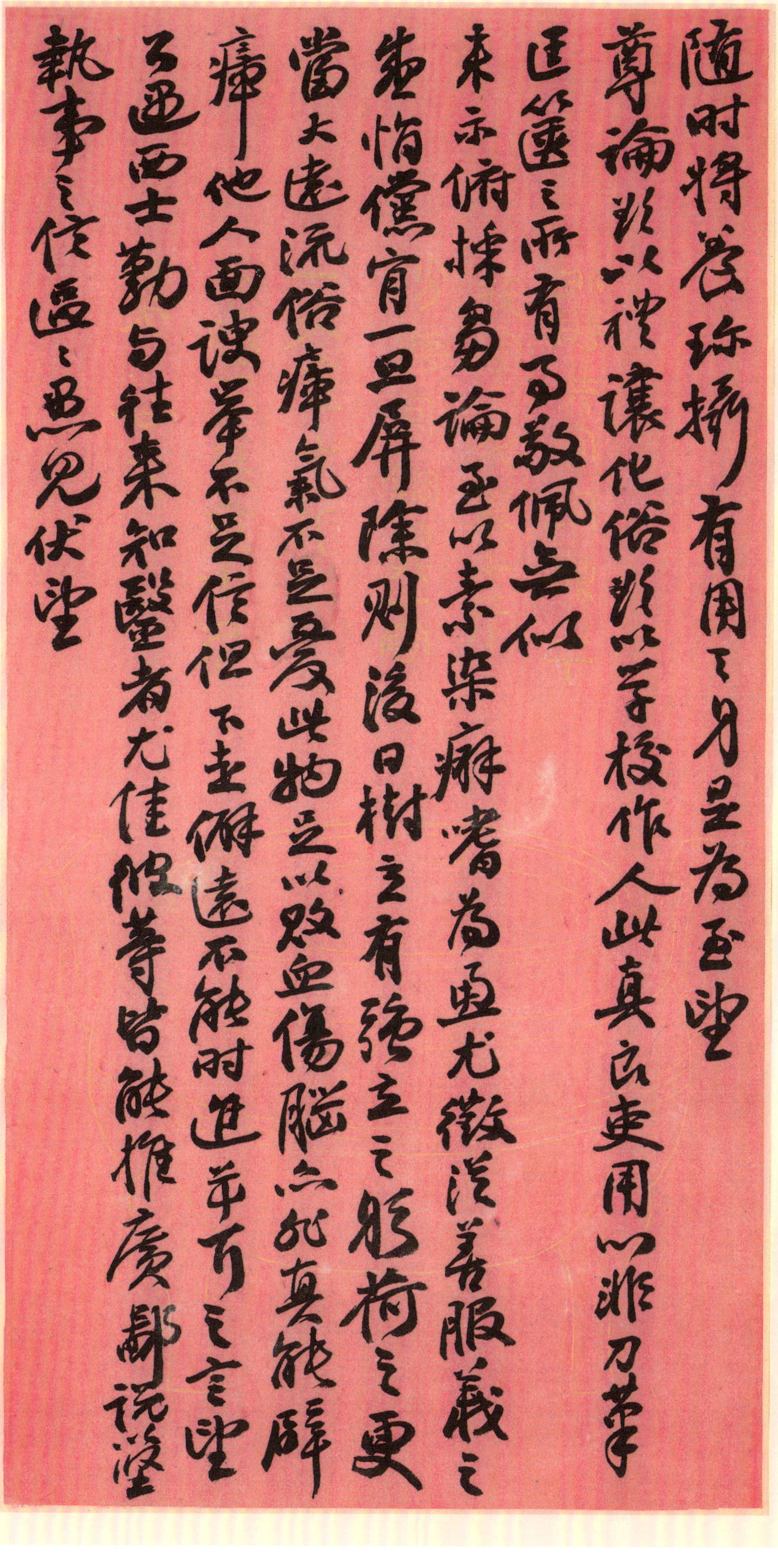
隨時將養琢揚有用之才是為至望
尊論欲以禮讓化俗欲以學校作人此真良吏用心非刀筆
筐篋之所有可敬佩無似
來示俯採芻論至以素染癖嗜為蟲尤徵謙善服義之
盛情儻有一旦屏除則後日樹立有強立之能荷之更
當大遠流俗癖氣不足為憂此物足以致血傷腦亦非真能辟
癖他人西讀筆不足信但下走僻遠不能時進華可之言望
不通西士勤與往來知醫者尤佳恨等皆能推廣鄙説望
執事之信過之無見伏望

吳汝綸 致 子久

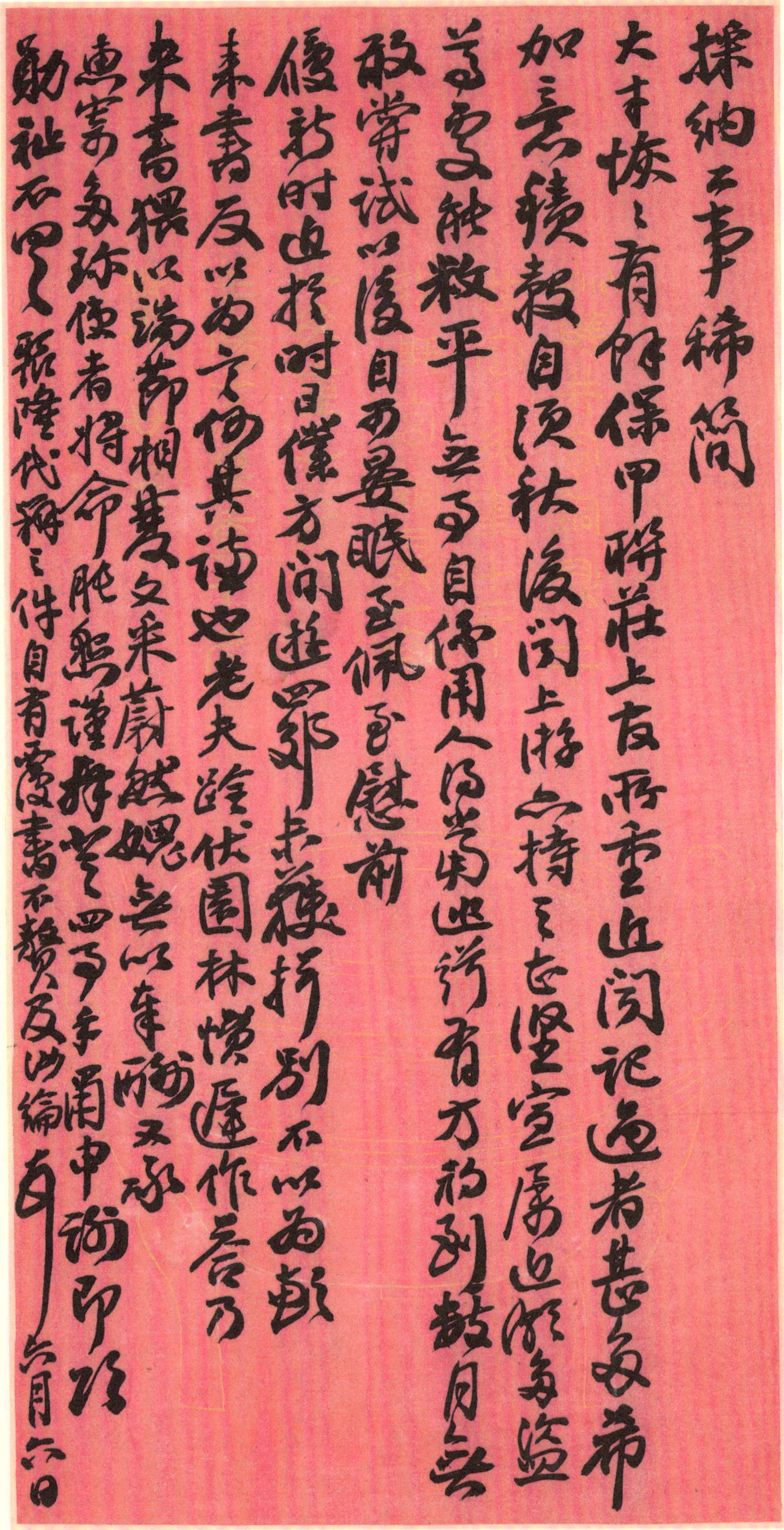

採納之事稀簡
大才恢恢有餘保甲聯莊上夜爲重近聞託迹者甚多第
加意稽查自須秋後聞上游亦將之甚堅宣房近頗多盜
篤叟又能敉平無事自係用人得當巡緝有方新到數月無
敢嘗試以後自可晏眠至佩至慰前
便於時返於時日僕方閒遊邸未獲拜別不以爲歉
來書反以爲言何其謙也老夫諳伏園林懶慢作答乃
來書猥以端節相慶又采蔚然媿無以奉酬又承
惠寄多珍使者將命肥鵝謹拜嘉四弟手罨中謝即頌
勛祉不宣孫隆代稱之件自有覆書不贅又汝綸頓首 六月六日

吳汝綸 致 子久

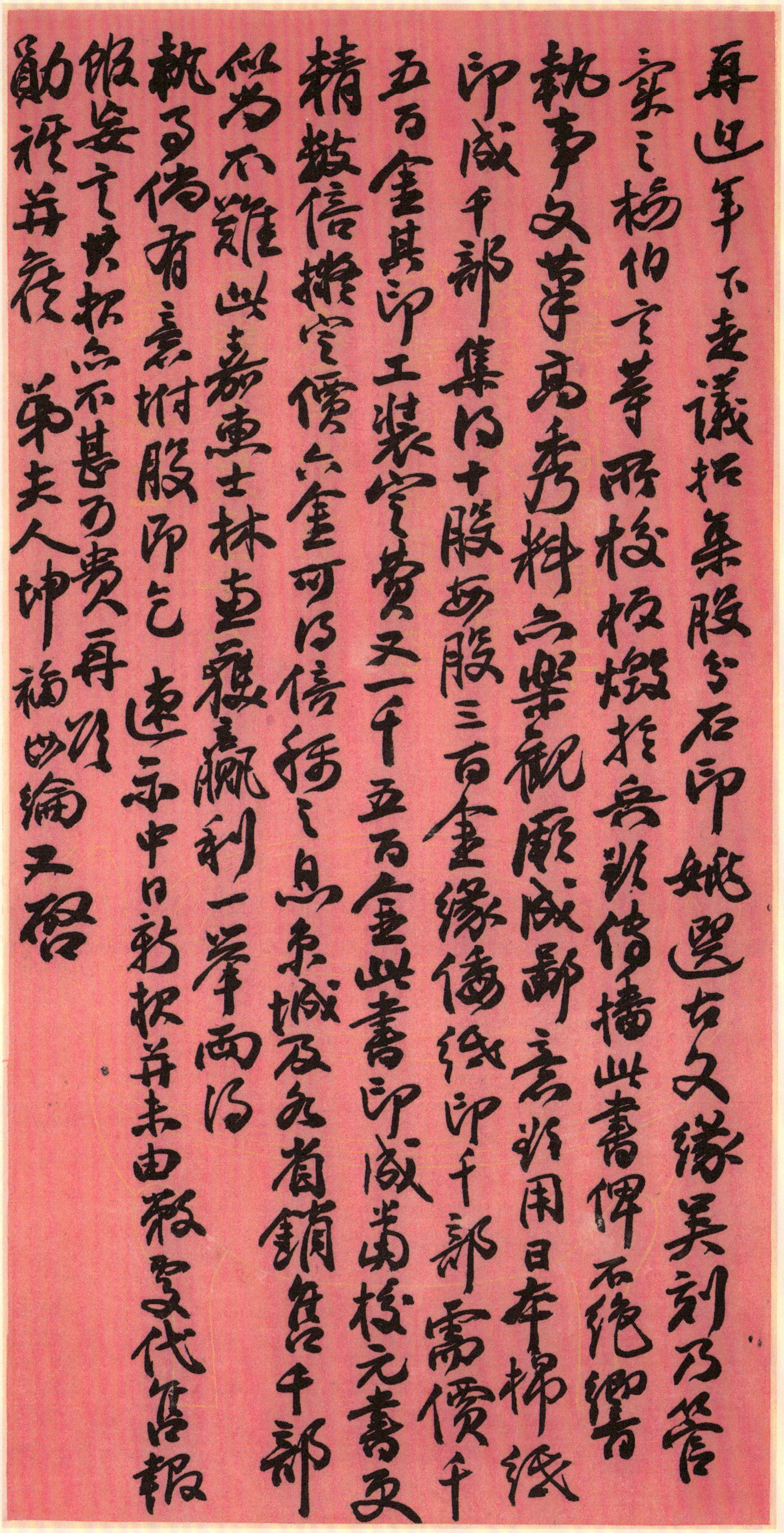
再，近年下走議招集股分，石印姚選古文辭，吳刻乃管
異之、楊伯言等所校，板燬於兵，欲借播此書，俾不絕響。
執事文章高秀，料亦樂觀厥成。鄙意欲用日本棉紙
印成千部，集以十股，每股三百金，緣儀紙印千部需價千
五百金，其印工裝訂費又一千五百金，此書印成，當校元書更
精核，信擬定價六金，可以倍獲之息，京城及各省銷售千部
似為不難，此舉惠士林，兼獲贏利，一舉兩得。
執事倘有意附股，即乞速示。中日新報並未由敝處代售，報
館去之，其權亦不甚可貴。再頌
勛祺，並候
弟夫人坤福。汝綸又啓

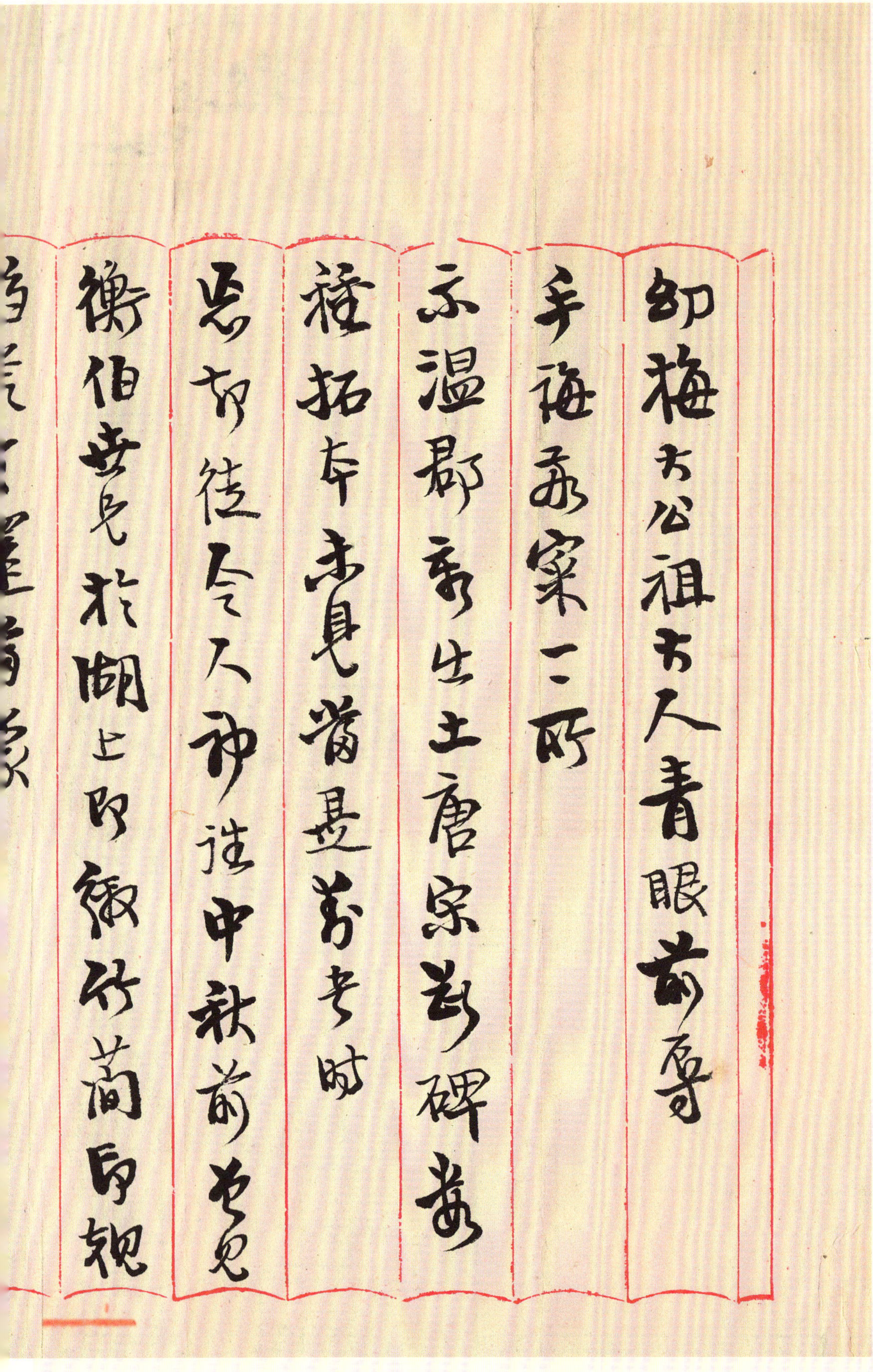
幼梅大公祖大人青眼前寄
手誨承索二所
示溫郡齋生主唐宗斷碑並
種拓本未見當是前者時
忌郎從今人神往中秋前也見
衡伯世兄於湖上即緘行簡奉覩
當[illegible]

雅意可喻。園翁云我
公只可謝樂聲，替以編，此外自以時
相觀習頭歷無量怪
亦能與我好音，殊相聆如來印
非禪諸弟
雲鑒不備 鑊頓首 重九日

晚翠亭長通緯

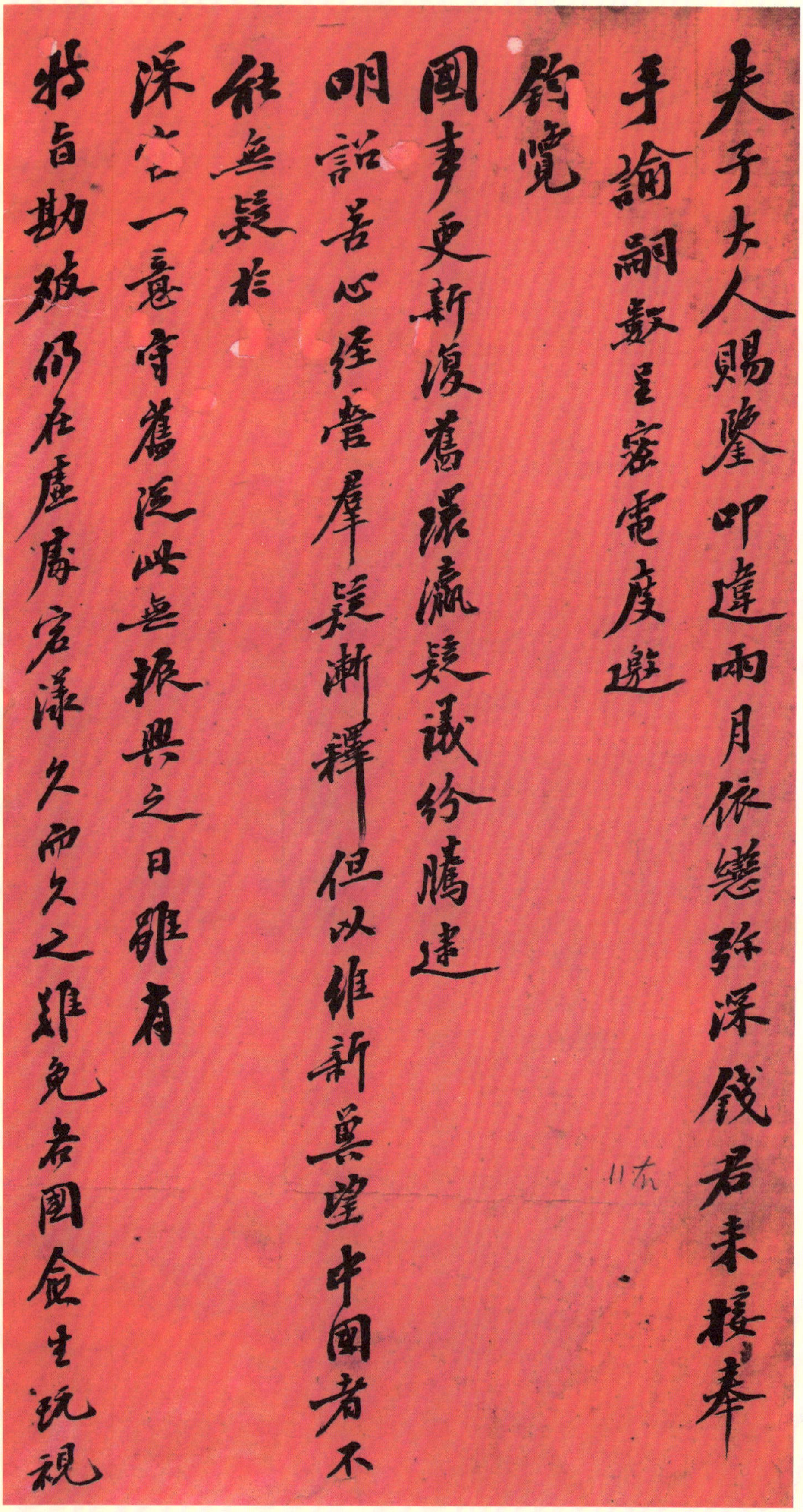

夫子大人賜鑒：叩違兩月，依戀彌深。錢君來接奉
手諭，嗣數呈密電，度邀
鈞覽。
國事更新復舊，環瀛疑議紛騰，逮
明詔善心經營，羣疑漸釋，但以維新冀望中國者不
能無疑於
深宫一意守舊，從此無振興之日，雖有
特旨勘破，所在虛廢，宮淥久而久之，雖免君國僉生玩視

之心倘能將實在應辦之事如用人練兵理財數大端
議定規模參酌中西畧向分別年限次第籌辦所謂
謀定後動辦一件是一件不操切亦不因循竊料
詔告一下天下萬國莫不欽佩而四海人心皆知所適從
也此次
訓政宜爲長治久安之計目前或有所激能否徐徐持此
意以
敷陳實屬安危關繫之便中

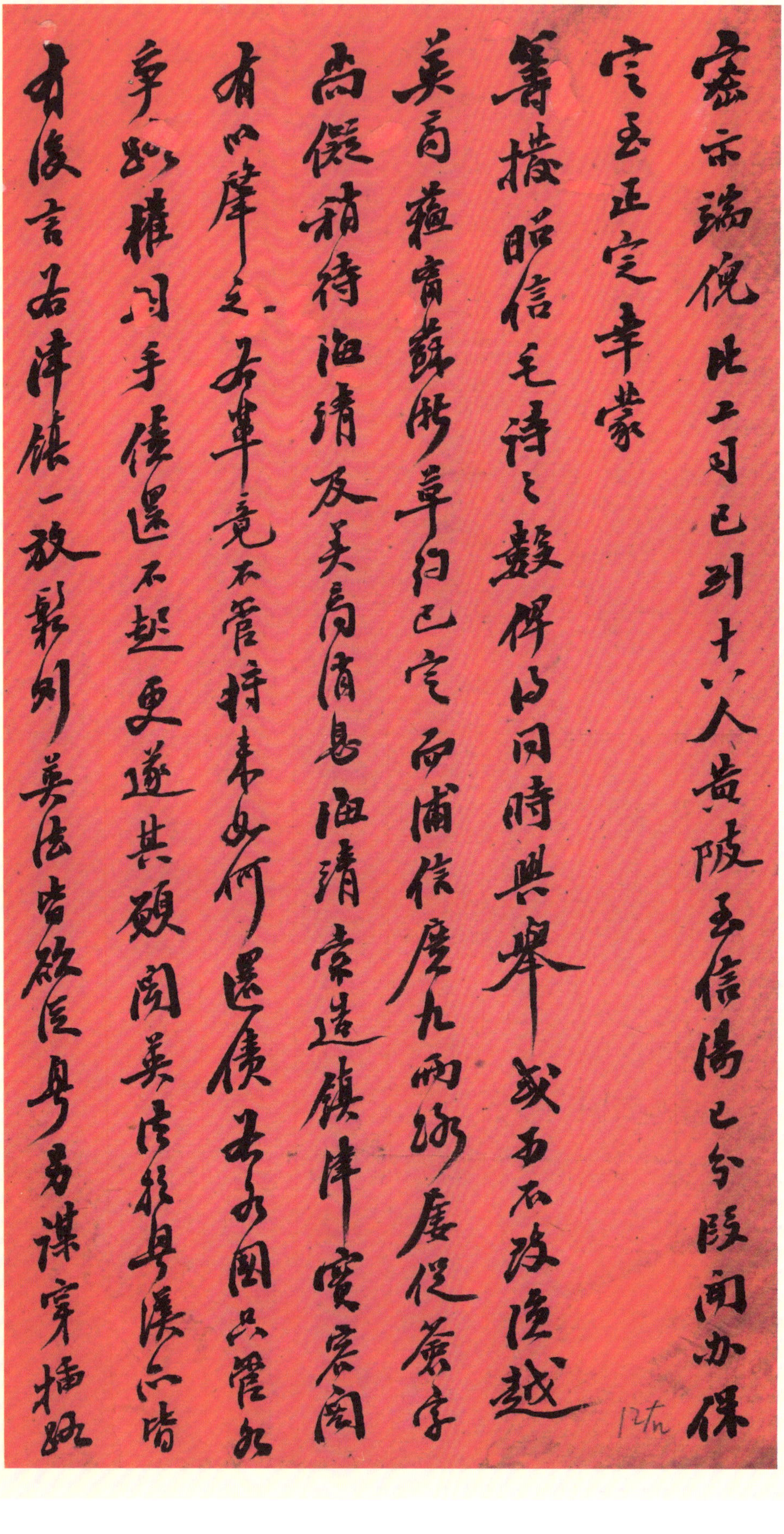
密示端倪 此二日已到十八人黃陂王信湯已分段開辦保
定至正定幸蒙
籌撥賑信毛詩之數俾得同時興舉 武西石孜從越
英商麵粉草均已定而浦信廣九兩路屢促簽字
尚擬稍待洶清及英商消息洶清索造鎮津實窒閩
有以摩之否則竟不管持來如何還債若要閩只得如
爭執推門手續不越更遂其願閩英法接其後亦皆
有後言若津鎮一款影射英法皆欲得其好謀穿插把持

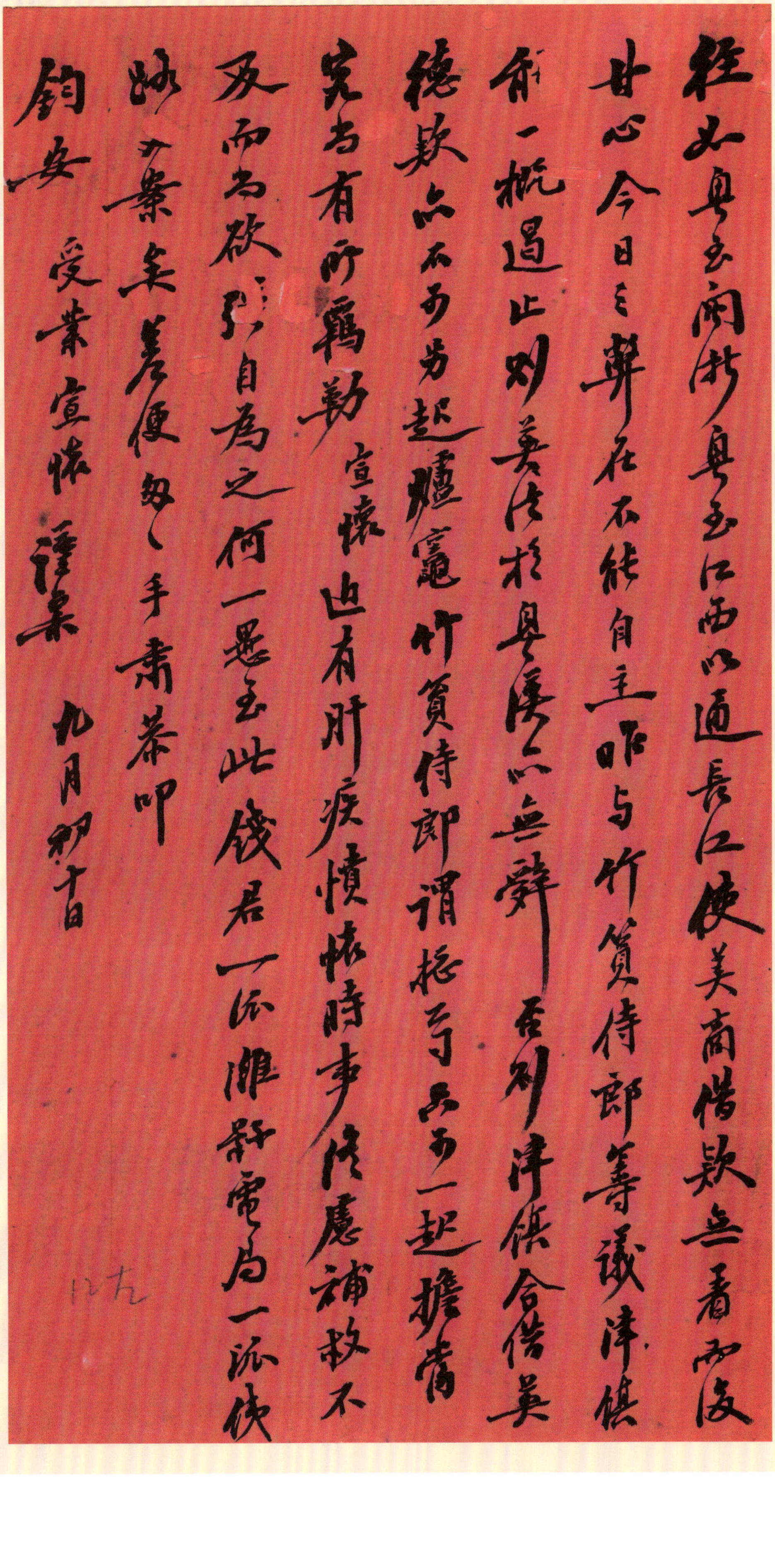
經如英去兩湖，英去江西以通長江，使美商借款無着而後甘心。今日之舉，在不能自主。昨與竹篔侍郎籌議津鎮前一概遏止，對美使於英使以無辭。至於津鎮合借英德款亦不可另起爐竈。竹篔侍郎謂總可亦可一起擔肩，實為有所觀勸。宣懷也有肝疾，憤懣時事，後慮補救不及，而為欲罷自為之何。一思至此，俄君一派，雅斯電局一派俠將大棄矣。是便，匆匆手肅，恭叩鈞安。受業宣懷謹稟 九月初十日

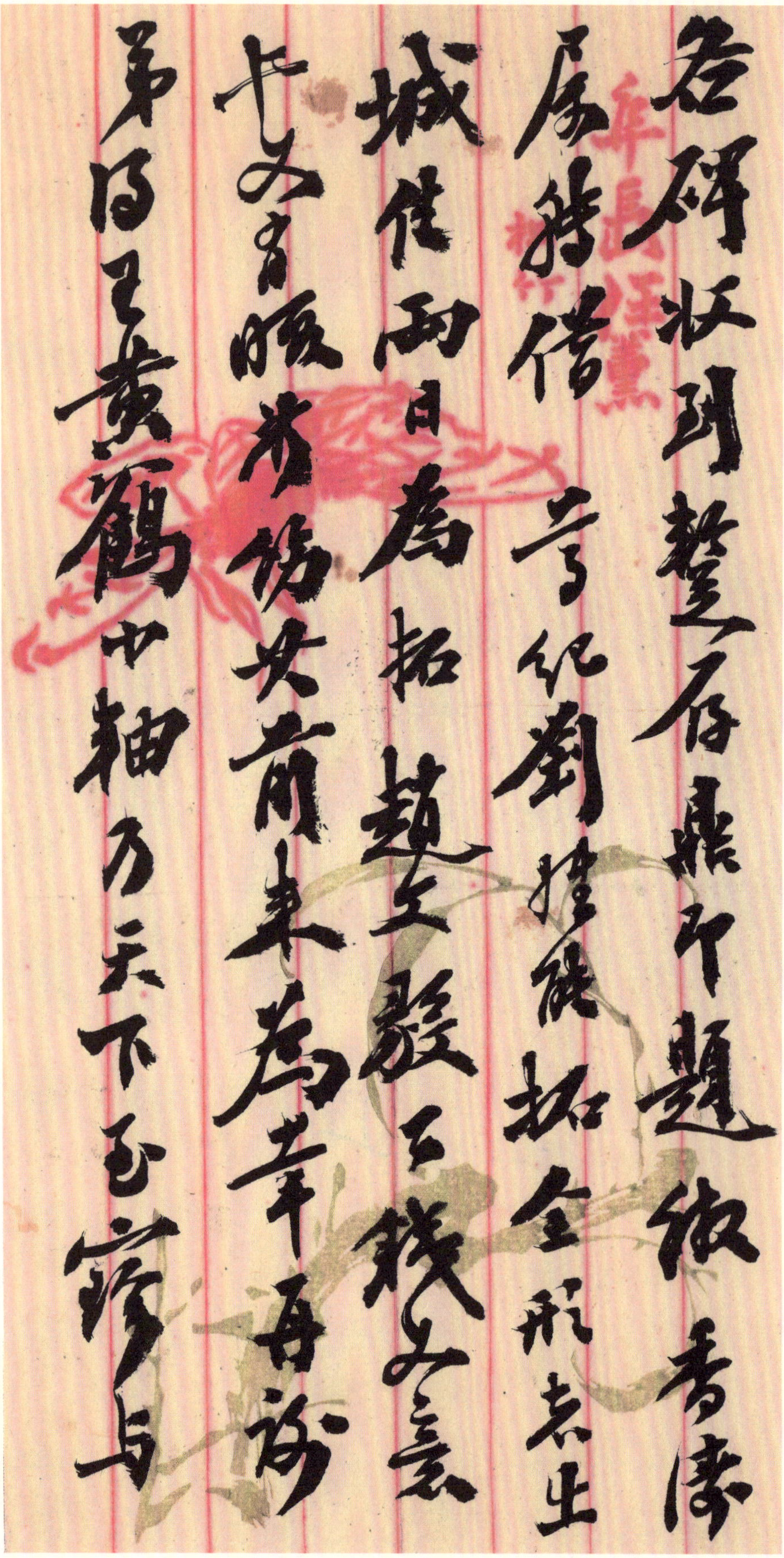

王懿榮 致 煦堂

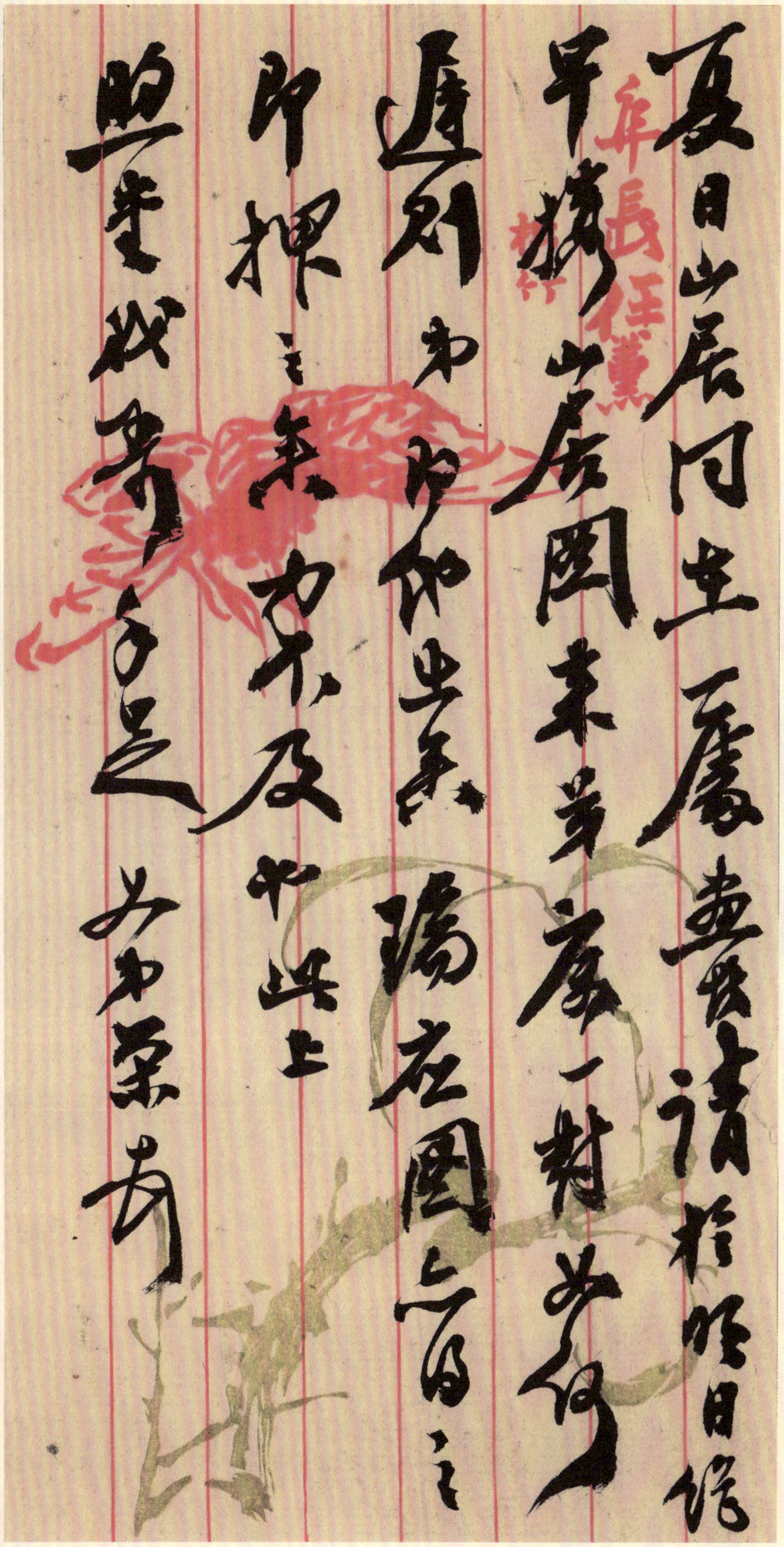

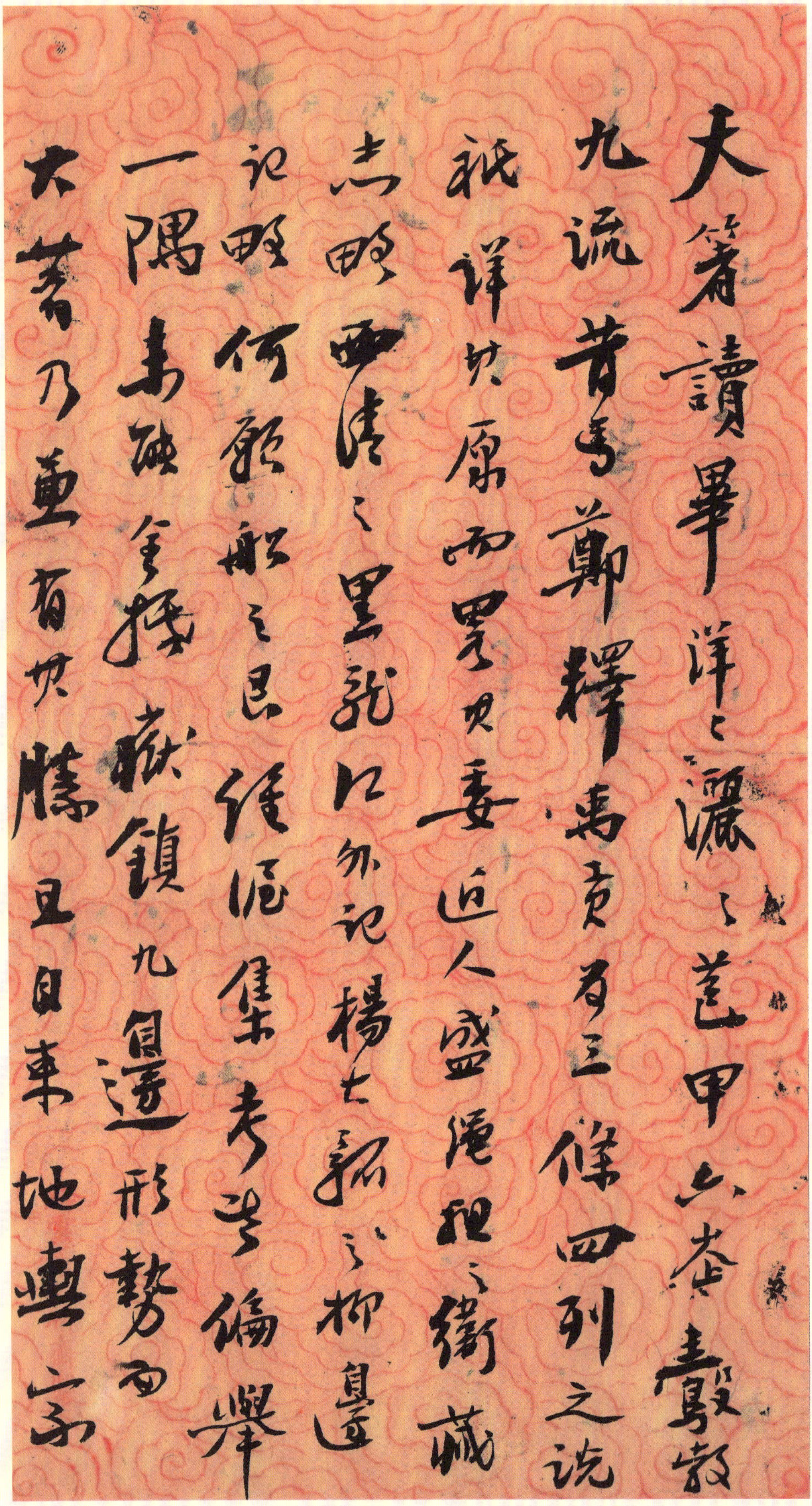
大箸讀畢，洋洋灑灑，蓋甲乙叢轂九流。昔焉鄭樵焉貢有三傑四列之說，祇詳其原而畢其委。近人盛繩祖之衛藏志略、西清之黑龍江外記、楊大瓢之柳邊紀略、何願船之昆維偃集，考其偏舉一隅，未睹全據。嶽鎮九邊形勢，而大著乃重首其勝，且自東地輿家

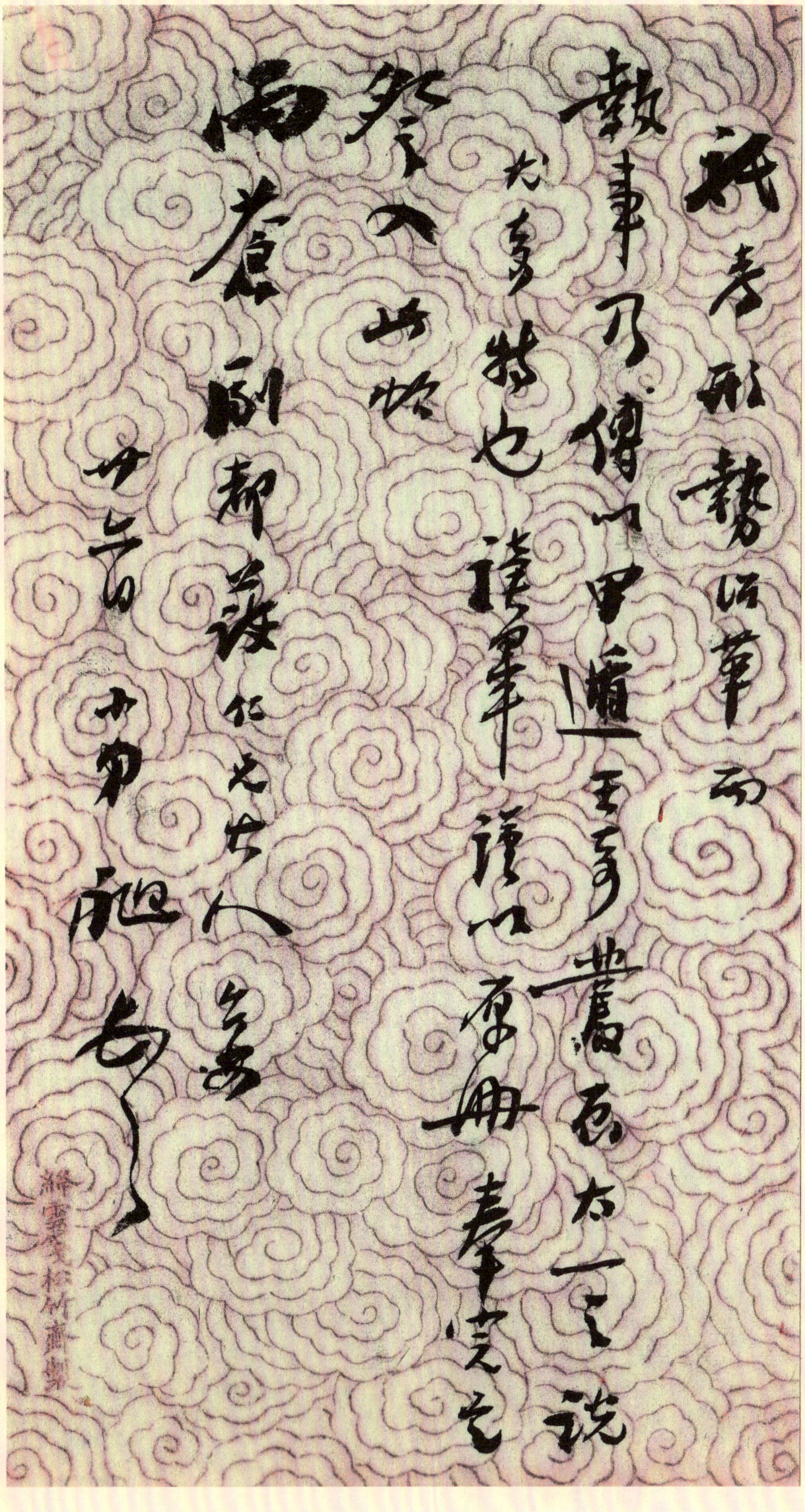

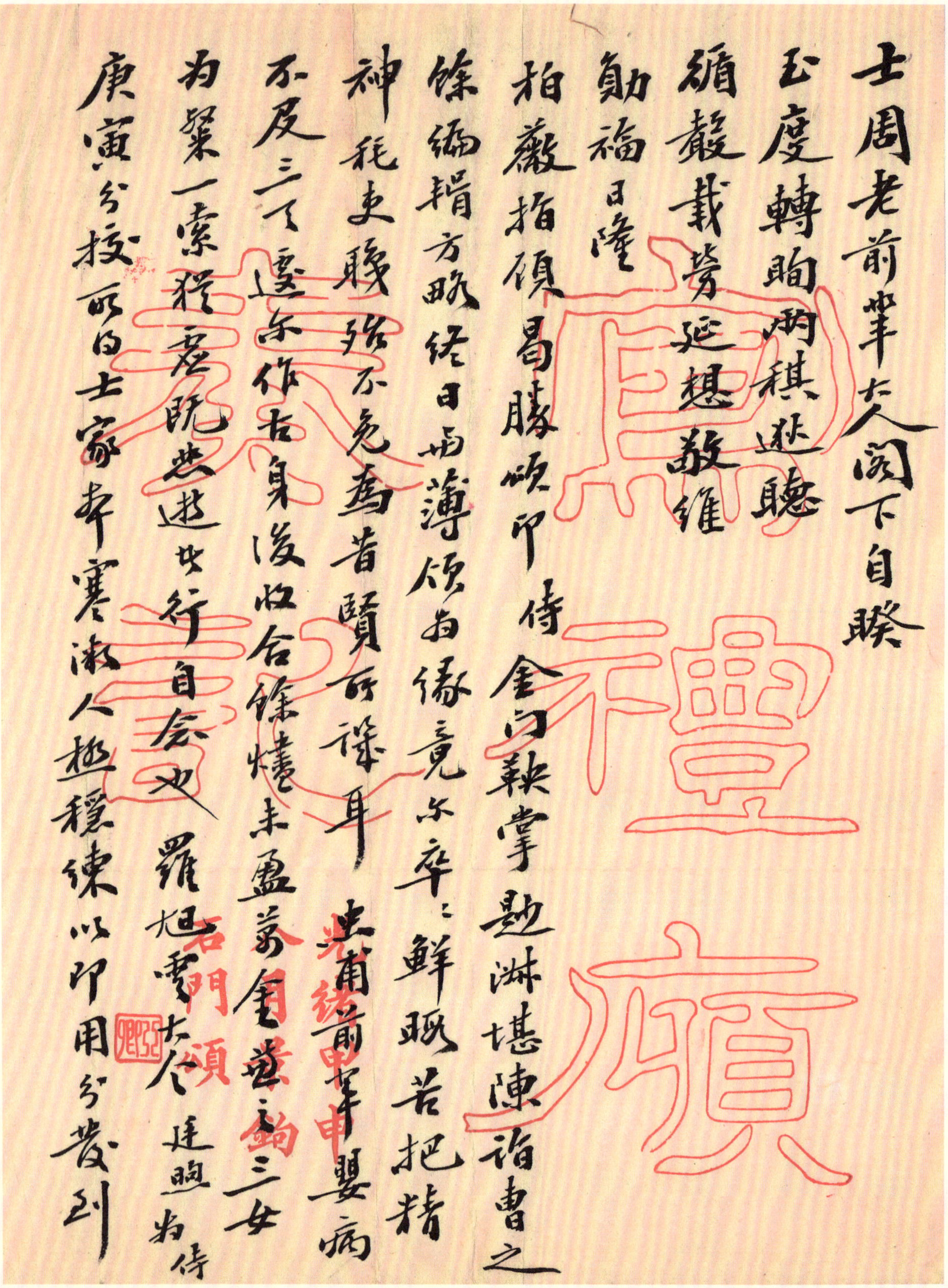
士周老前輩大人閣下：自睽
玉度，轉瞬兩稘，遥聽
循聲，載勞延想。敬維
勛福日隆，
柏薇指頌，昌騰頌叩。侍金門，秉掌翰淵，堪陳詒書之
餘緒。揖方歎終日兩薄，傾為緣竟不卒卒，鮮暇若把精
神耗史牘，殆不免為著贖所梏耳。忠甫前年嬰病
不及三年遽爾作古，身後收合餘燼，未盡蕩金三女
為栗一棗，稍慰既逝，出行自念也。羅姪雲大人廷煦為侍
庚寅分校所得士，家本寒微，人極穩練，以印用分發到

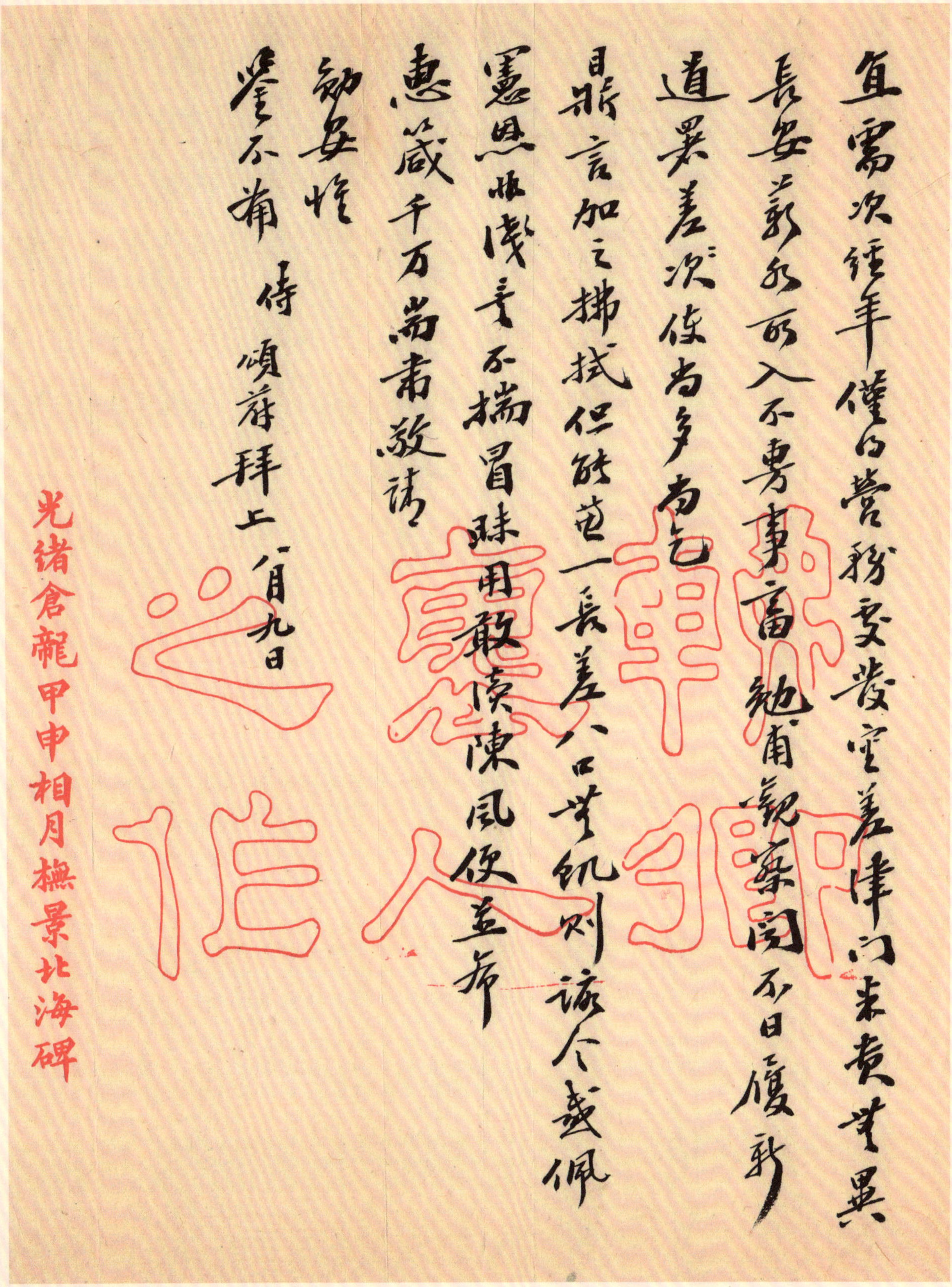

宜需次經年，僅得營務要發實差，津門米貴異

長安，薪水所入不敷事畜，想有觀察闕，不日履新，

道畀差次候者多尚也。

睹言加之拂拭，俾能苞一長差，八口無飢，則諒今感佩

憲恩收懷，亦不揣冒昧，用敢瀆陳，風便並希

惠蔵，千万。耑肅敬請

勛安，惟

鑒不備。侍頌蔚拜上 八月九日

光緒倉龍甲申相月橅景北海碑

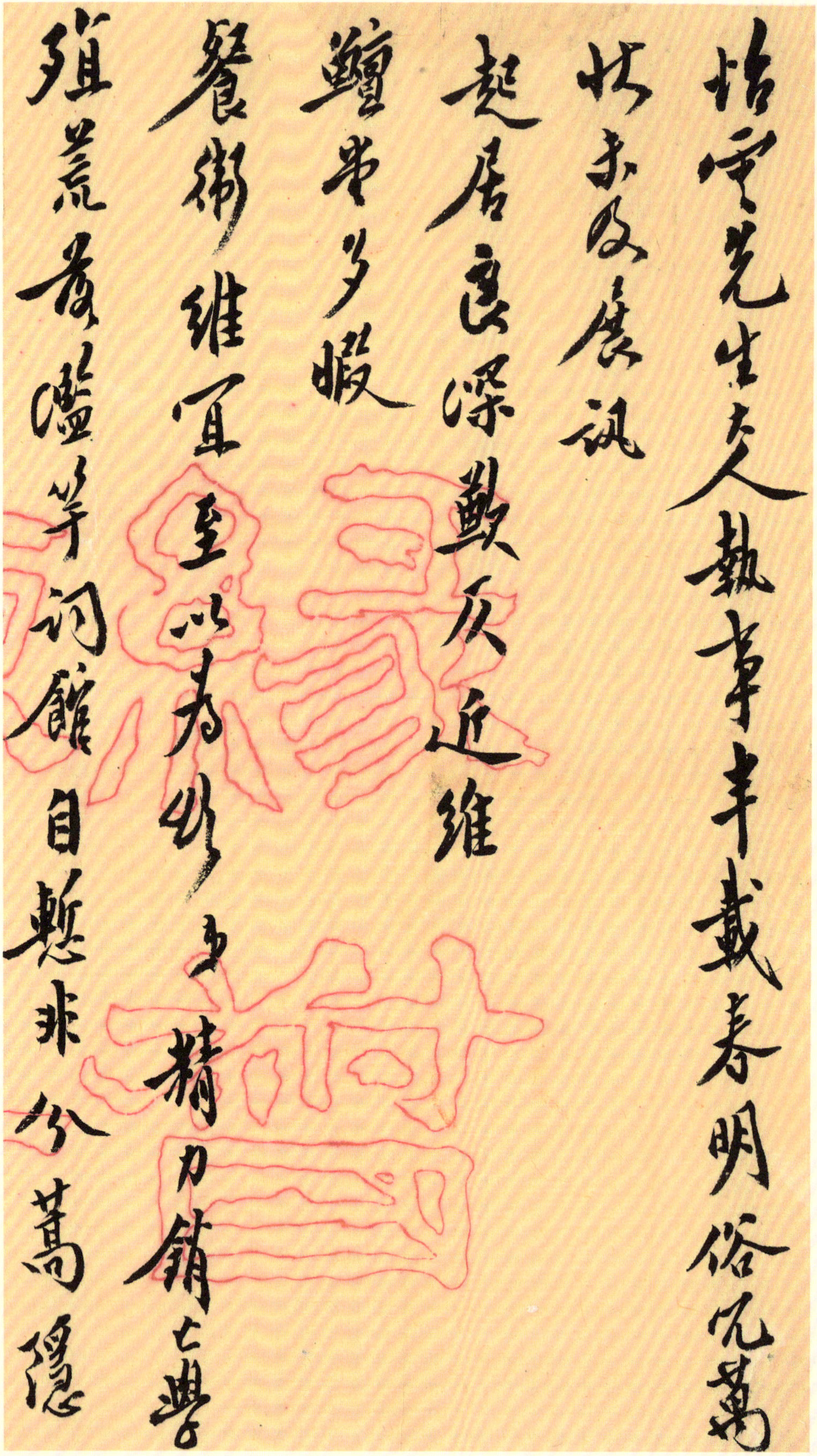
怡雲先生大人執事半載奉明俗冗萬
狀未及展訊
起居良深馳系近維
蹭帶多暇
餐衛維宜至以為頌多精力銷七學
殖叢蔑鑑等詞館目懸非分萬隱

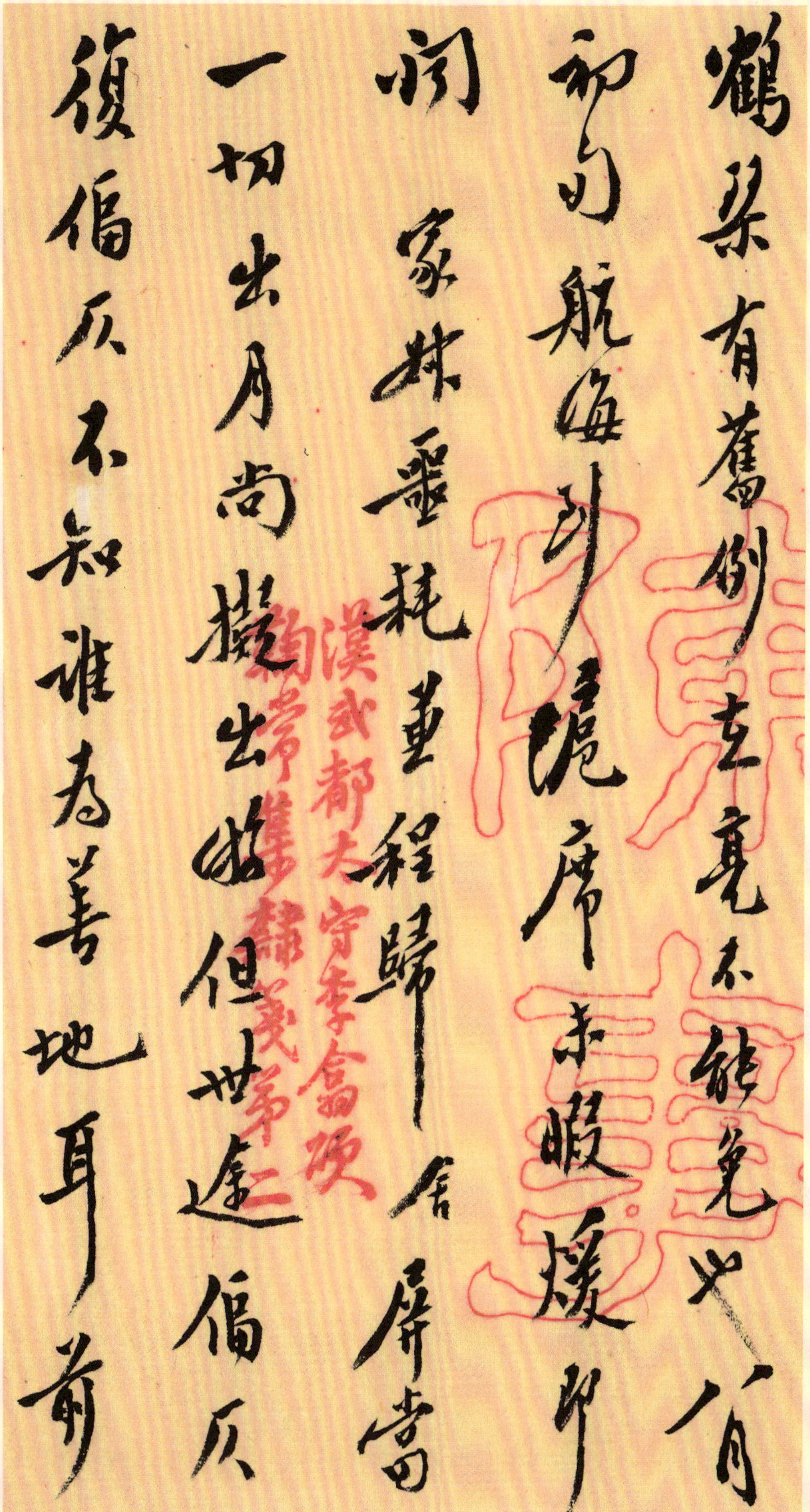

鶴槎有舊例，去冬竟不能免，以八月初旬航海北渡，席未暇煖，即聞家姊噩耗，兼程歸里。舍屏當一切，出月尚擬出遊，但世途偪仄復偪仄，不知誰為善地耳。前

葉昌熾 致 怡雲

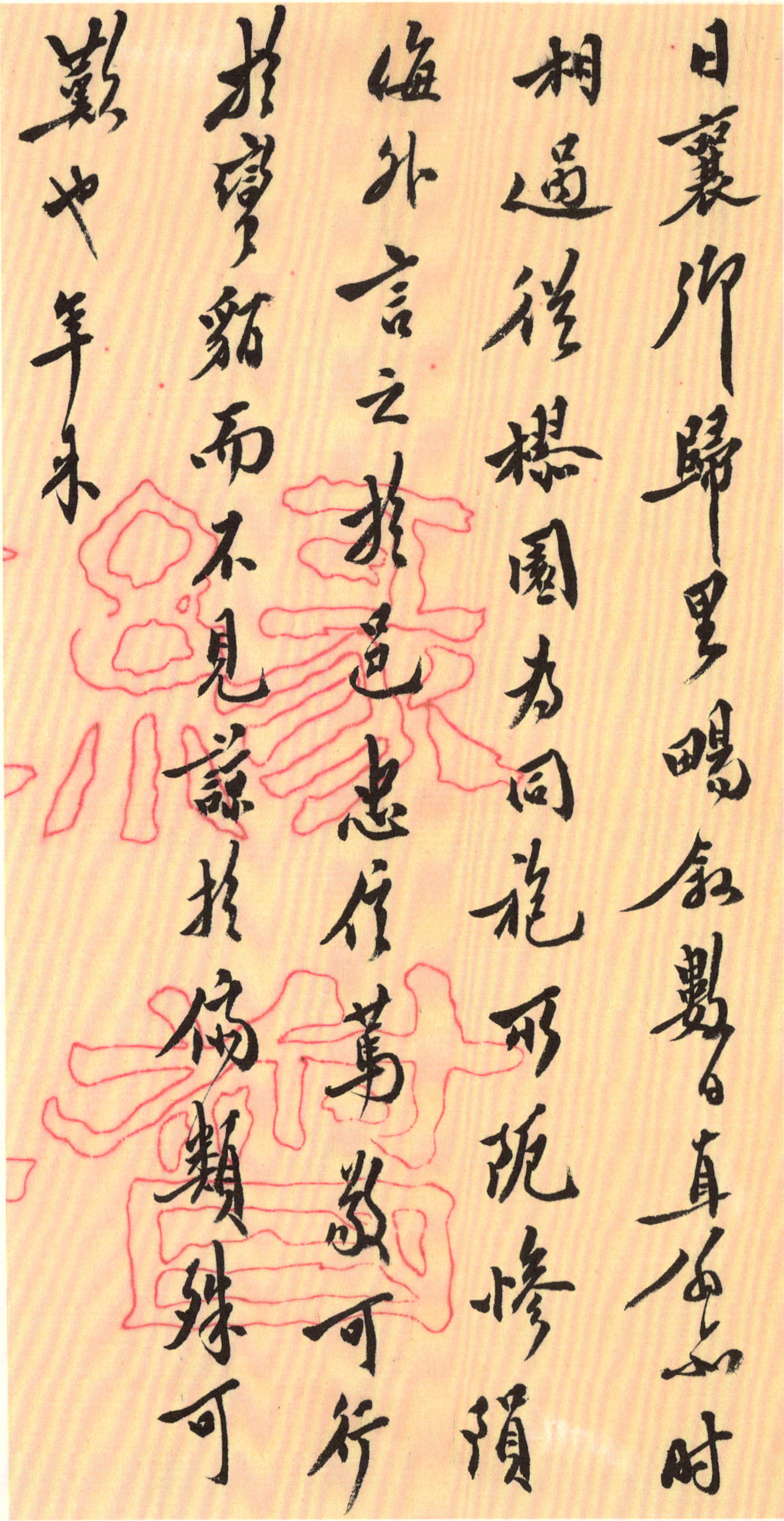
日襄卿歸里暇敘數日真爲忘時
相過從樓園爲同社所阮修禊
海外言之於邑忠信篤敬可行
於蠻貊而不見諒於倫類殊可
歎也年來

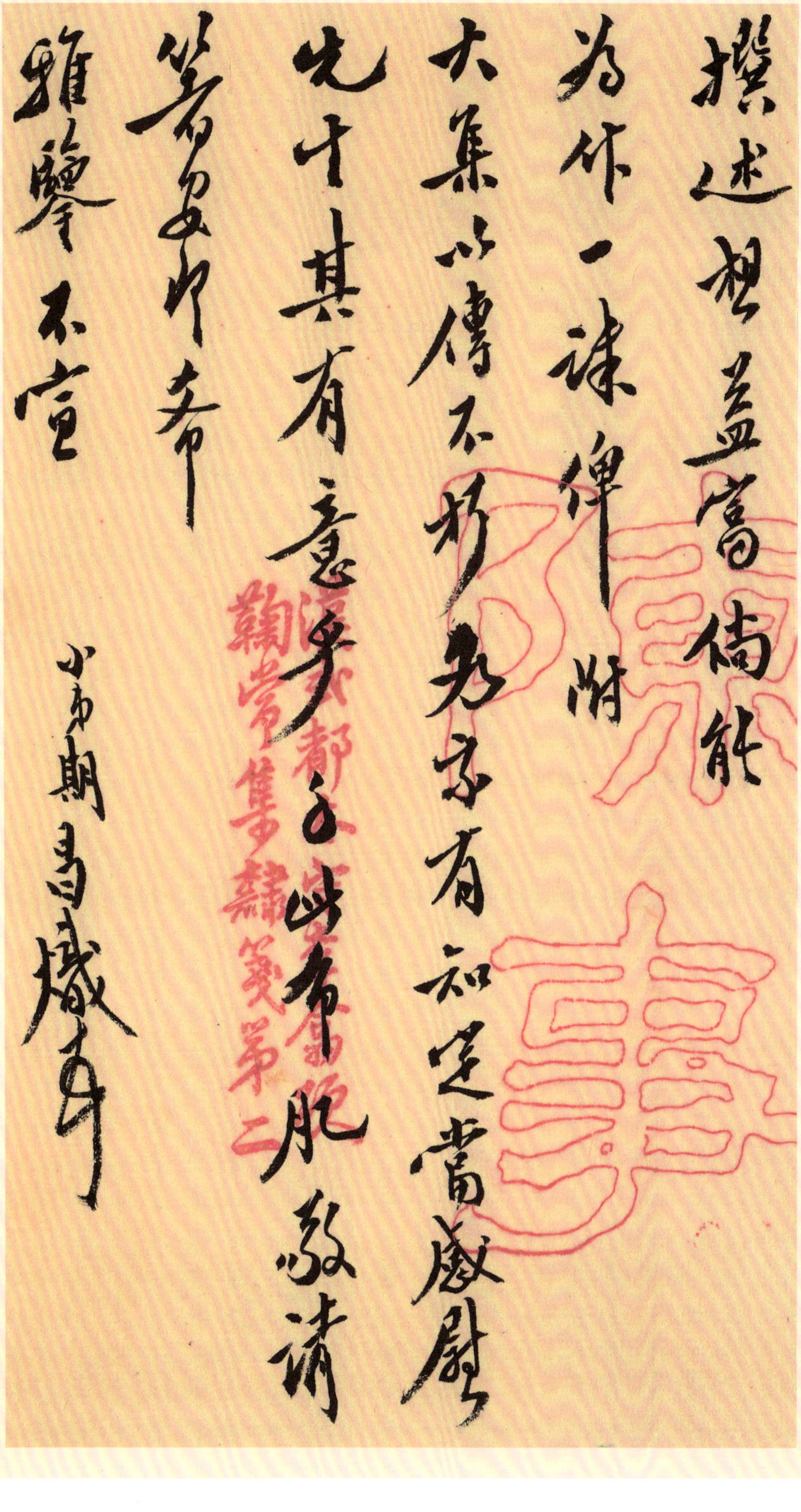
撰述想益富備能
為作一誄俾附
大集以傳不朽九京有知定當感戢
先生其有意乎手此布臆敬請
著安即希
雅鑒不宣
小弟期昌熾頓首

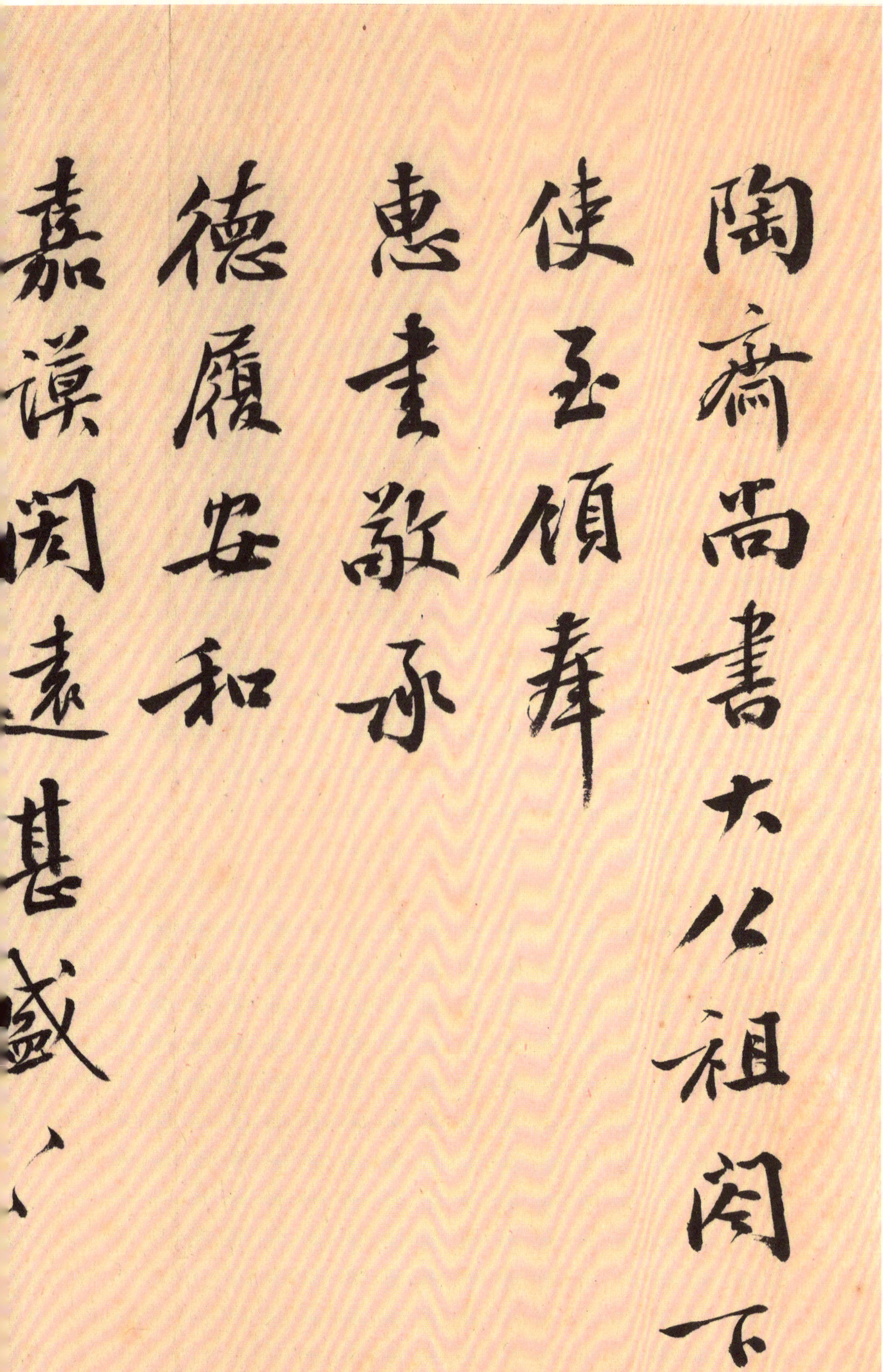
陶齋尚書大公祖閣下
使至頃奉
惠書敬承
德履安和
嘉謨閎遠甚盛〻

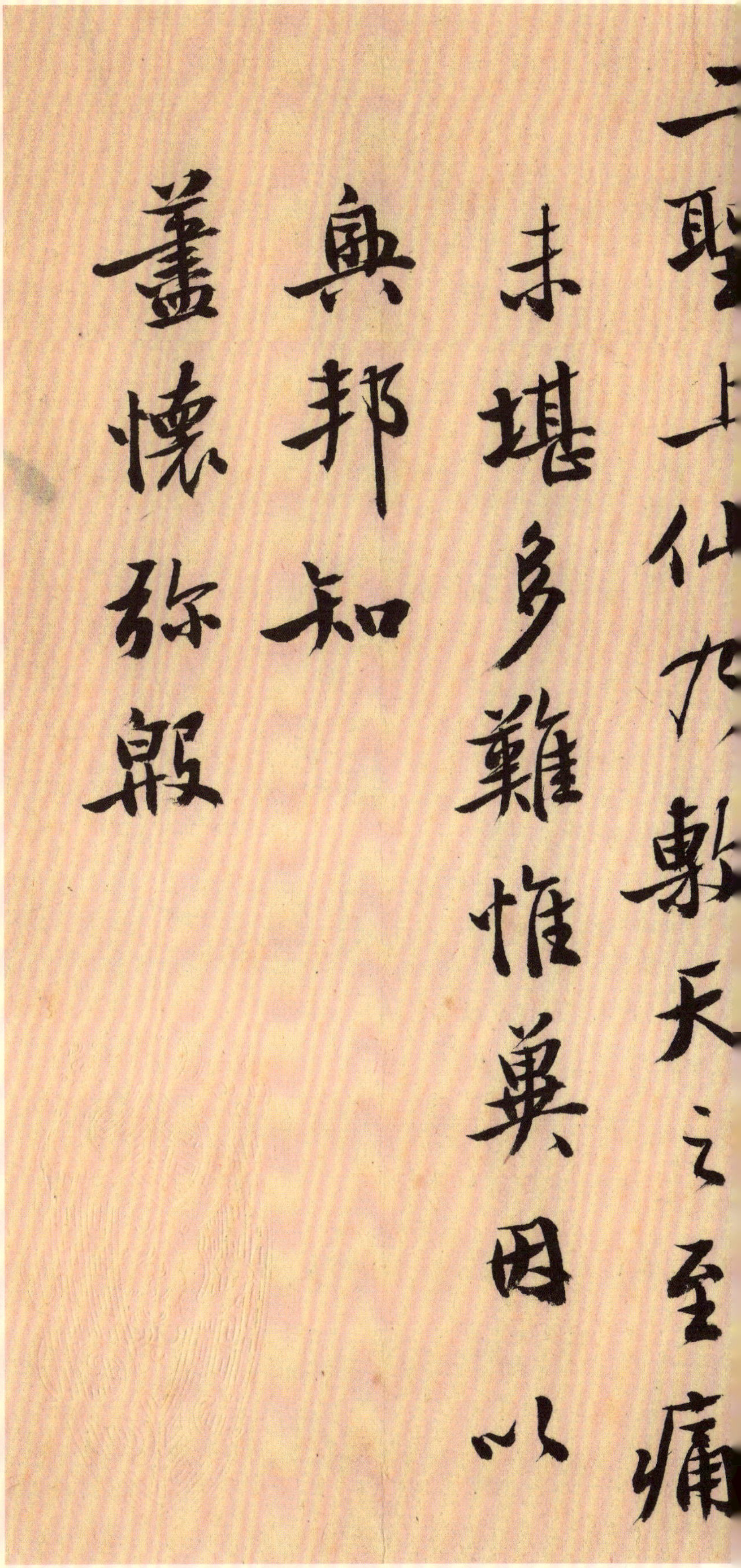
二聖上仙凡敷天之至痛
未堪多難惟冀因以
興邦知
藎懷弥殷

瞿鴻禨 致 陶齋

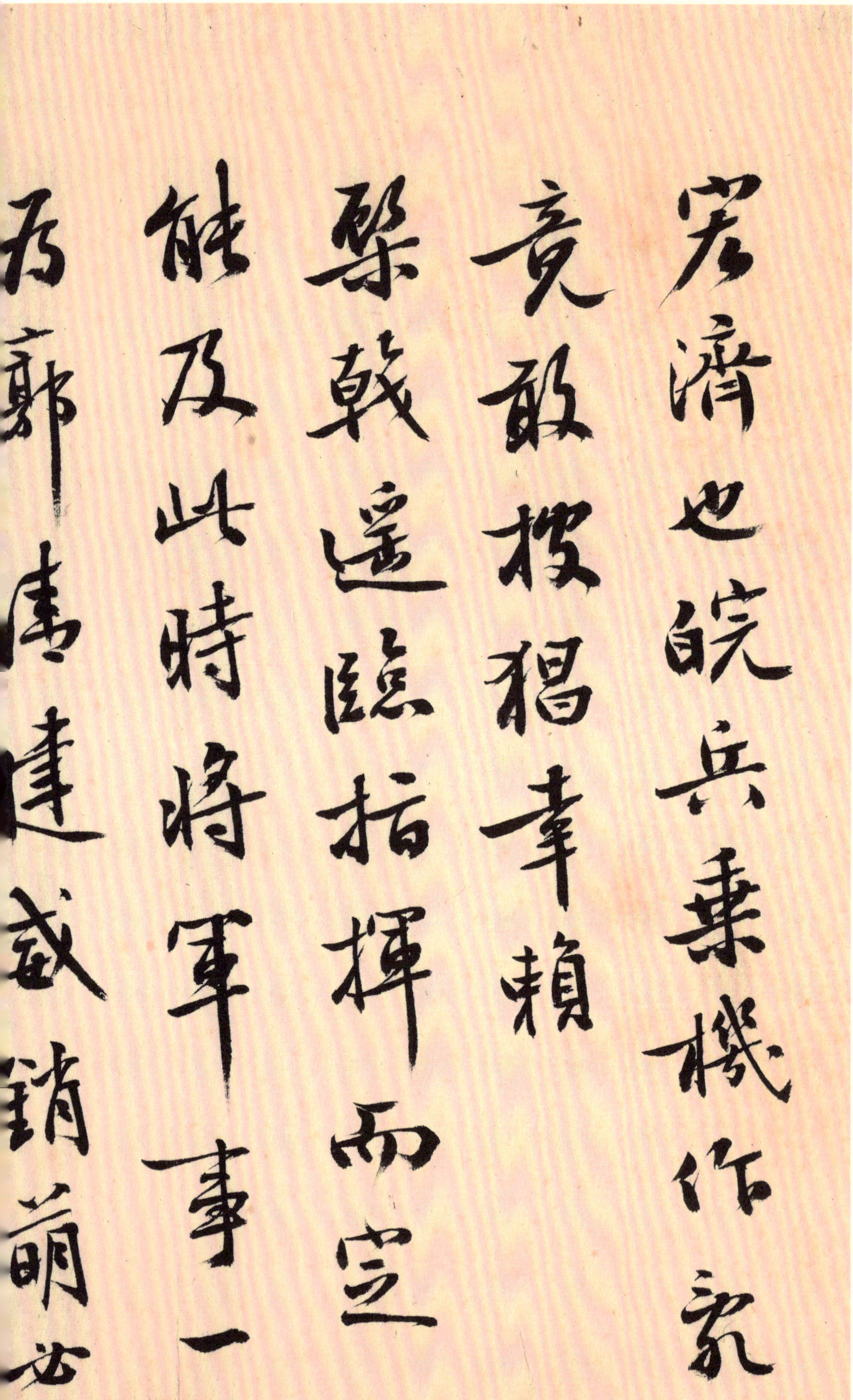
宏濟也。皖兵兼機作氣，竟敢披猖，幸賴棨戟遙臨，指揮而定，能及此。時將軍事一為廓清，建威銷萌也

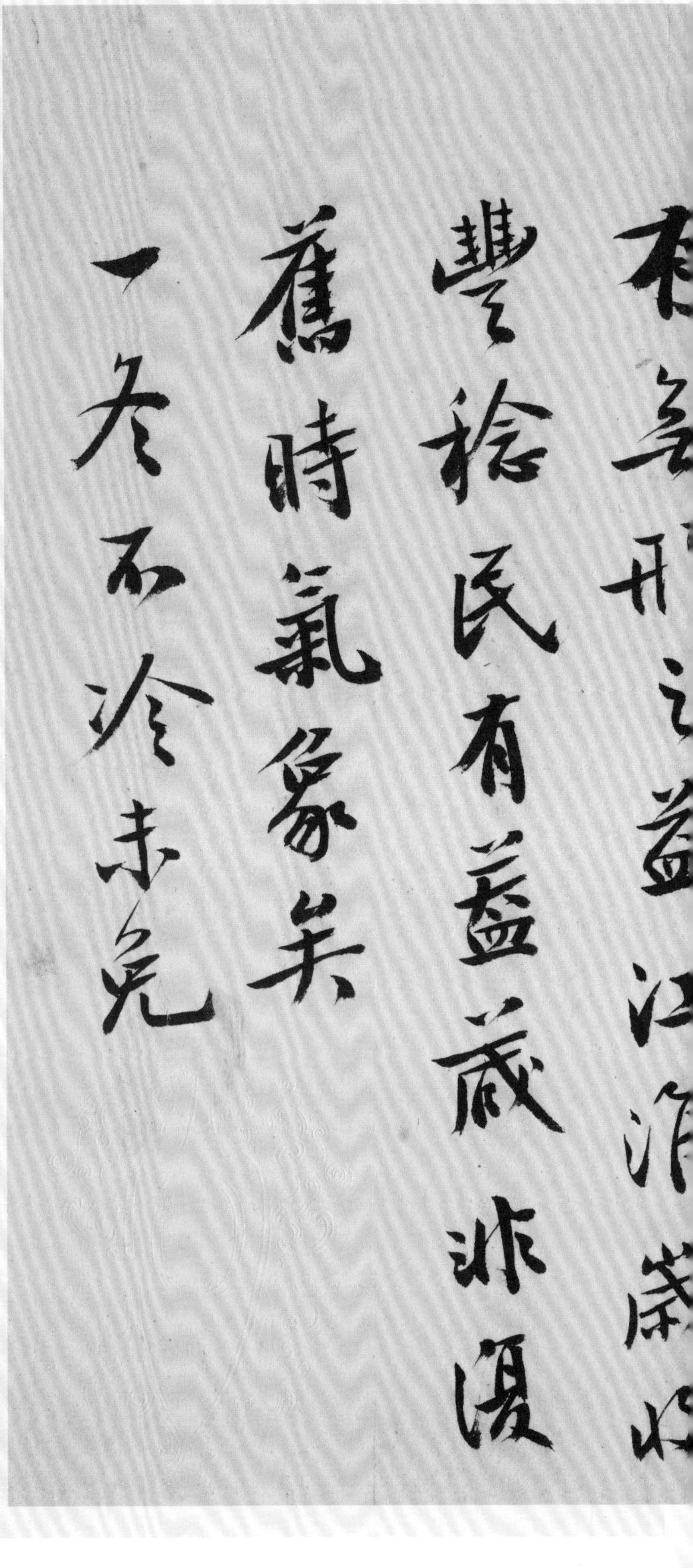
豐稔民有蓋藏非復
舊時氣象矣
一冬不冷未免

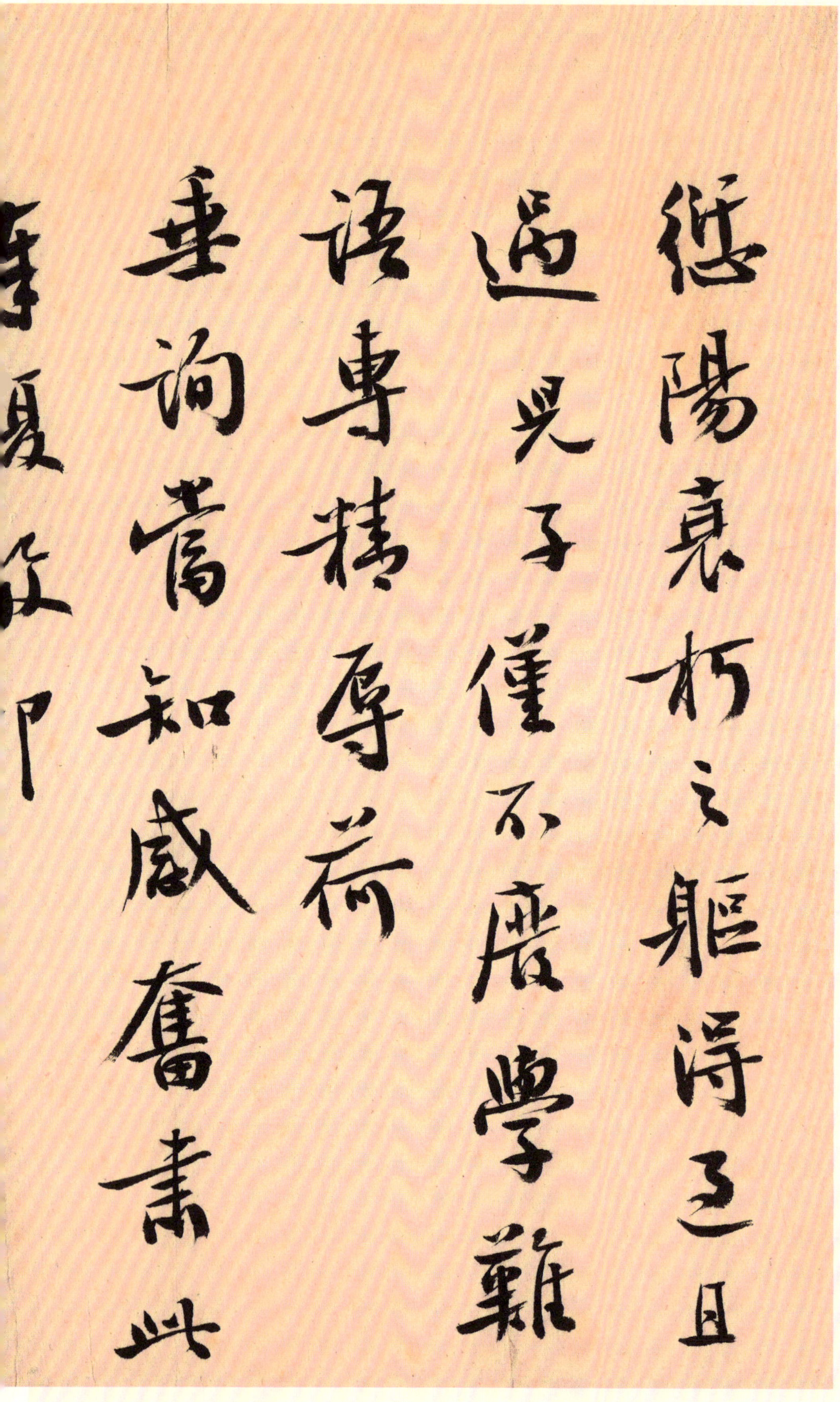
德陽衰朽之軀得遂且
過晃子僅不廢學難
語專精厚荷
垂詢舊知感奮書此
季夏役門

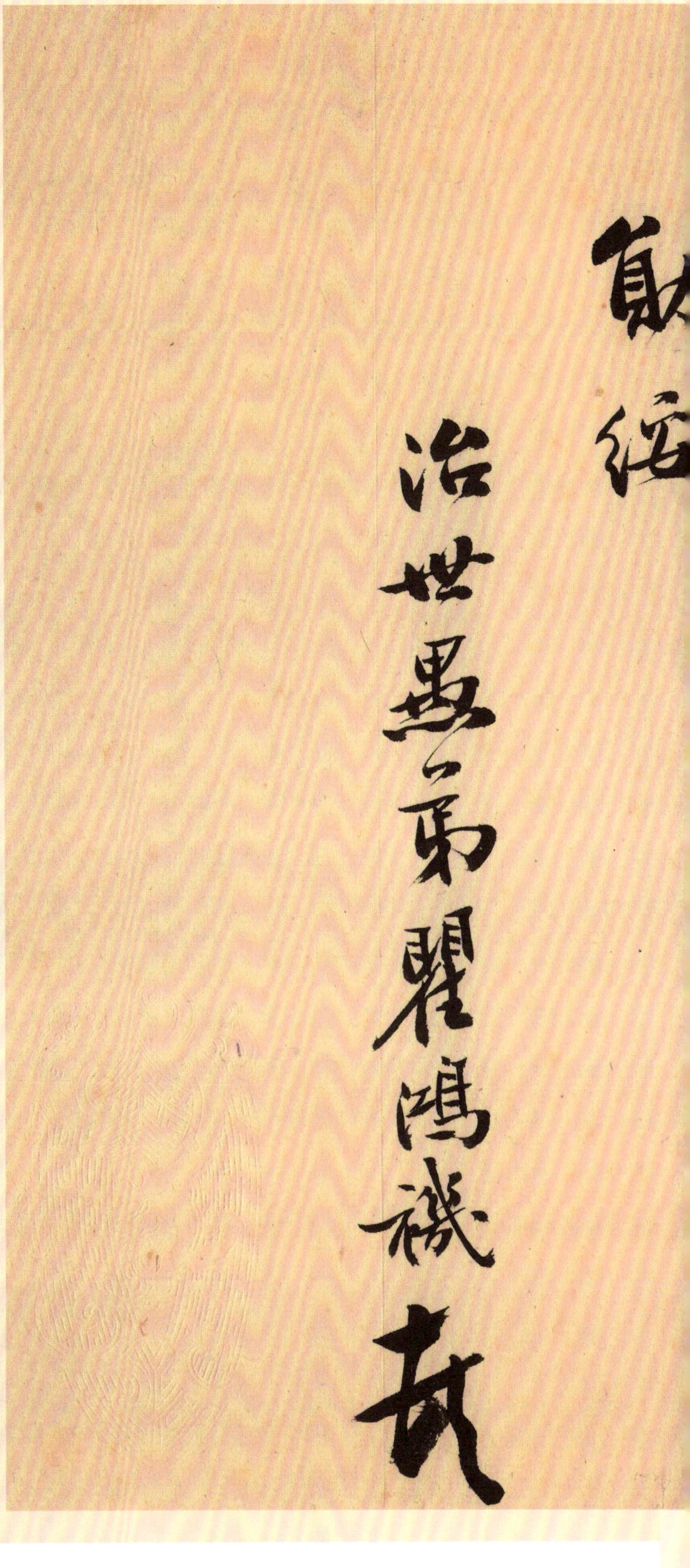
治世愚弟瞿鴻禨

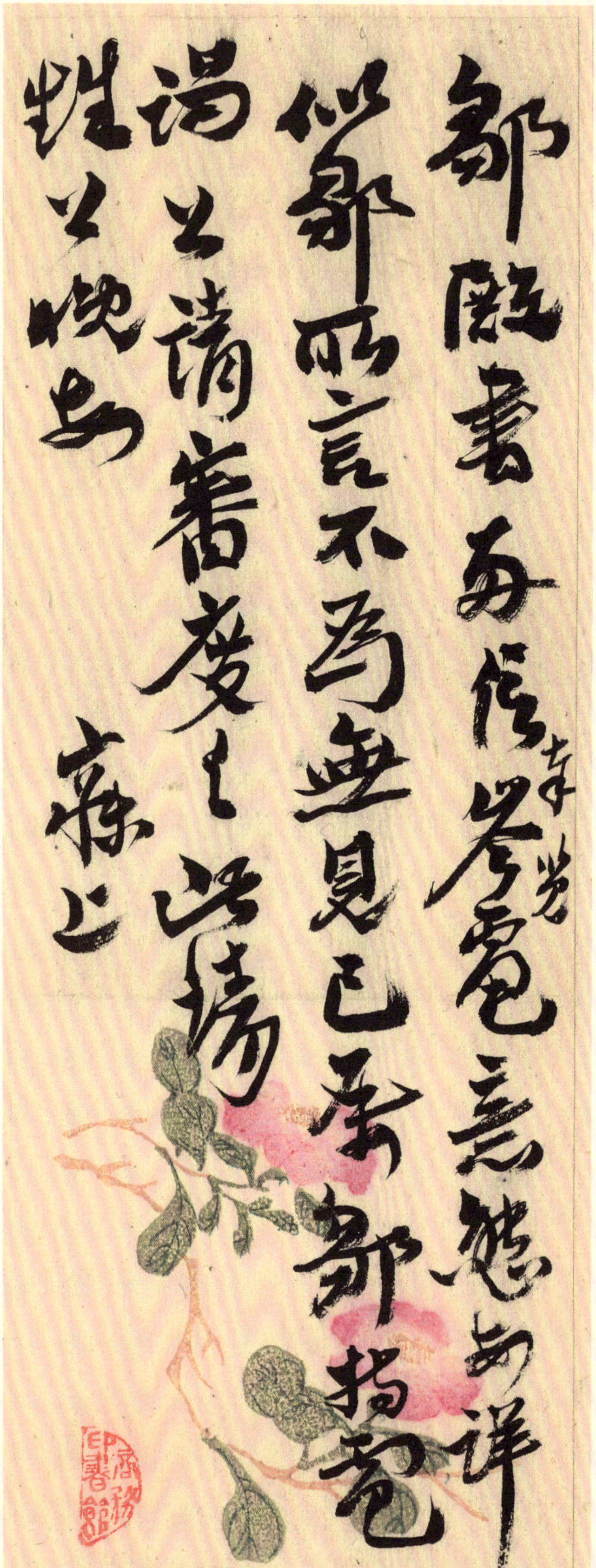

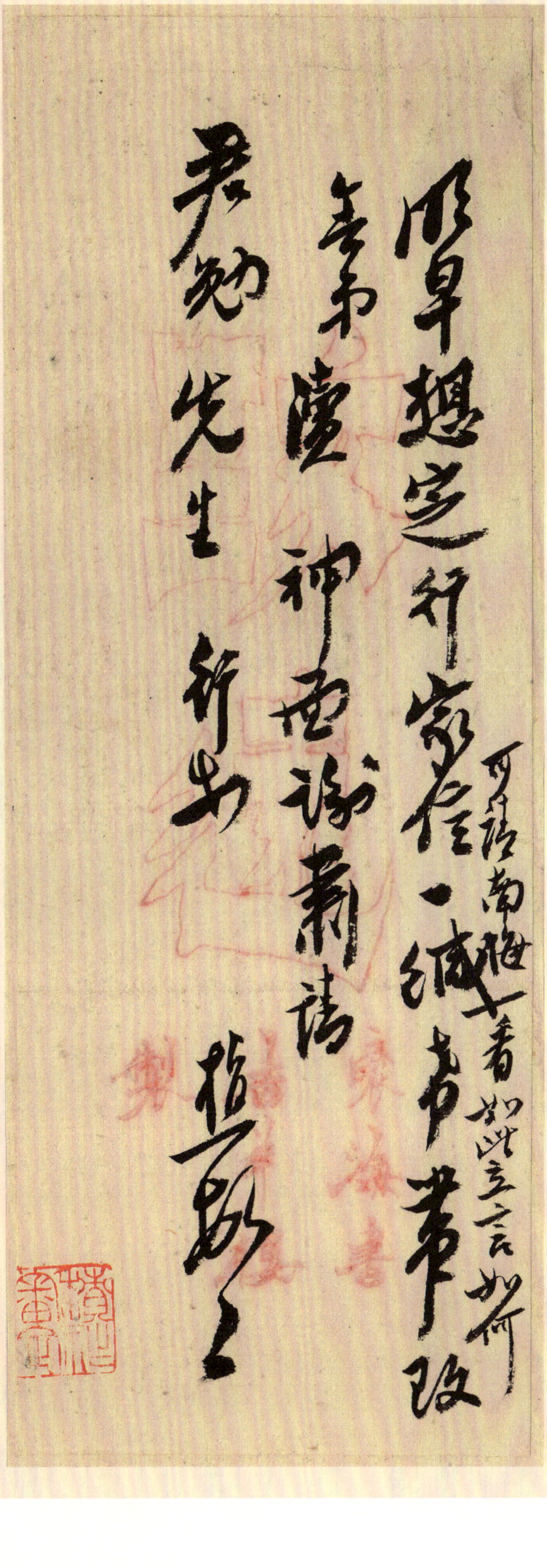

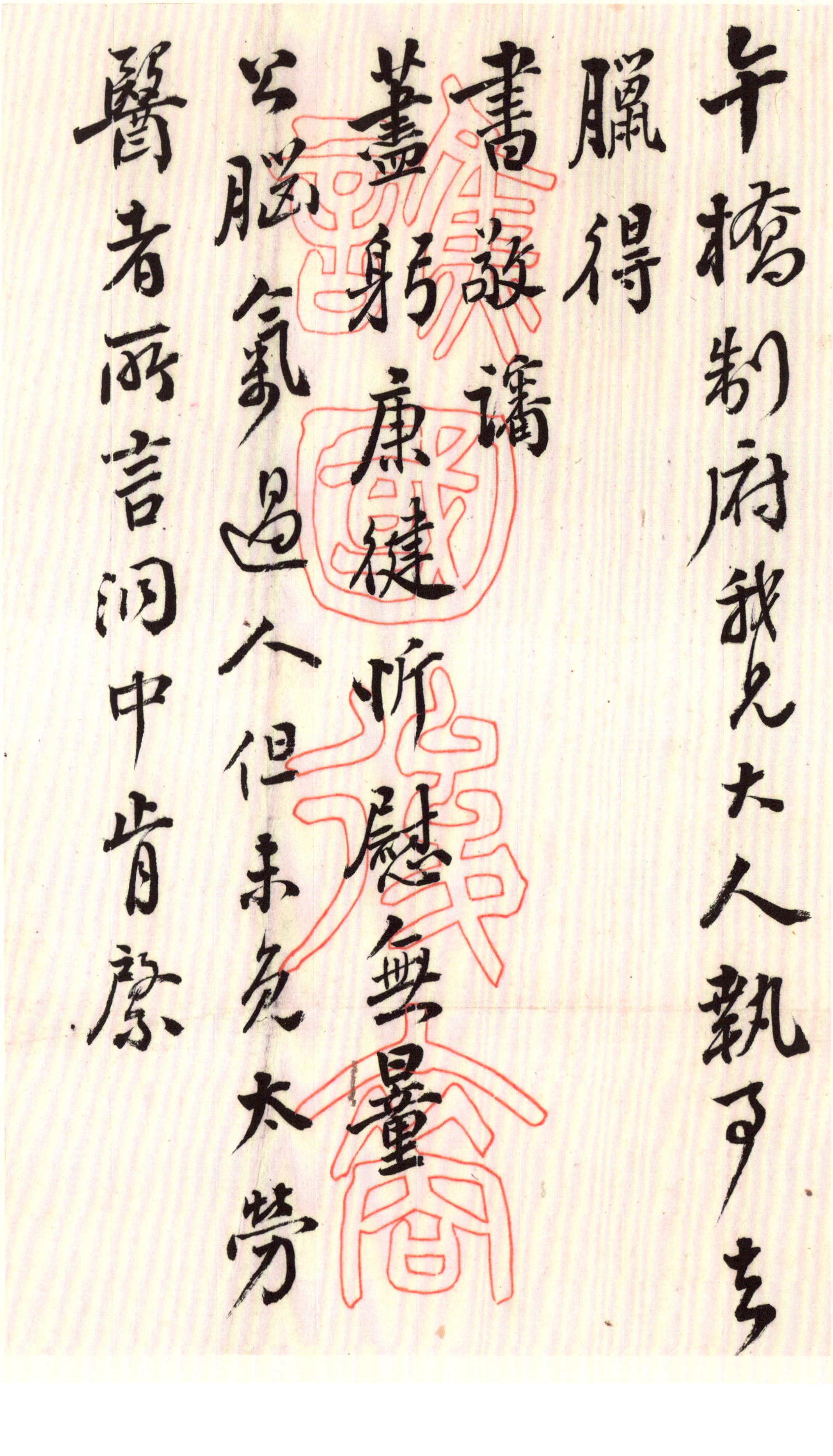
午橋制府我兄大人執事
臘得
書敬讀
藎躬康健忻慰無量
公腦氣過人但未免太勞
醫者所言洞中肯綮

政務雖賾何必以時
頤養為
國自玉江南賴
公保障
朝廷倚用甚殷不可不自保
衛 賤軀漸臻強固惟血脈似

未盡和，一俟春融，當可痊癒。自維庸劣，無補時艱，亦未敢遽萌退志。項城退後，朝局如常。日前聞郵部尚書有李辭之件，未知確否耳。——王眉山在浙頗

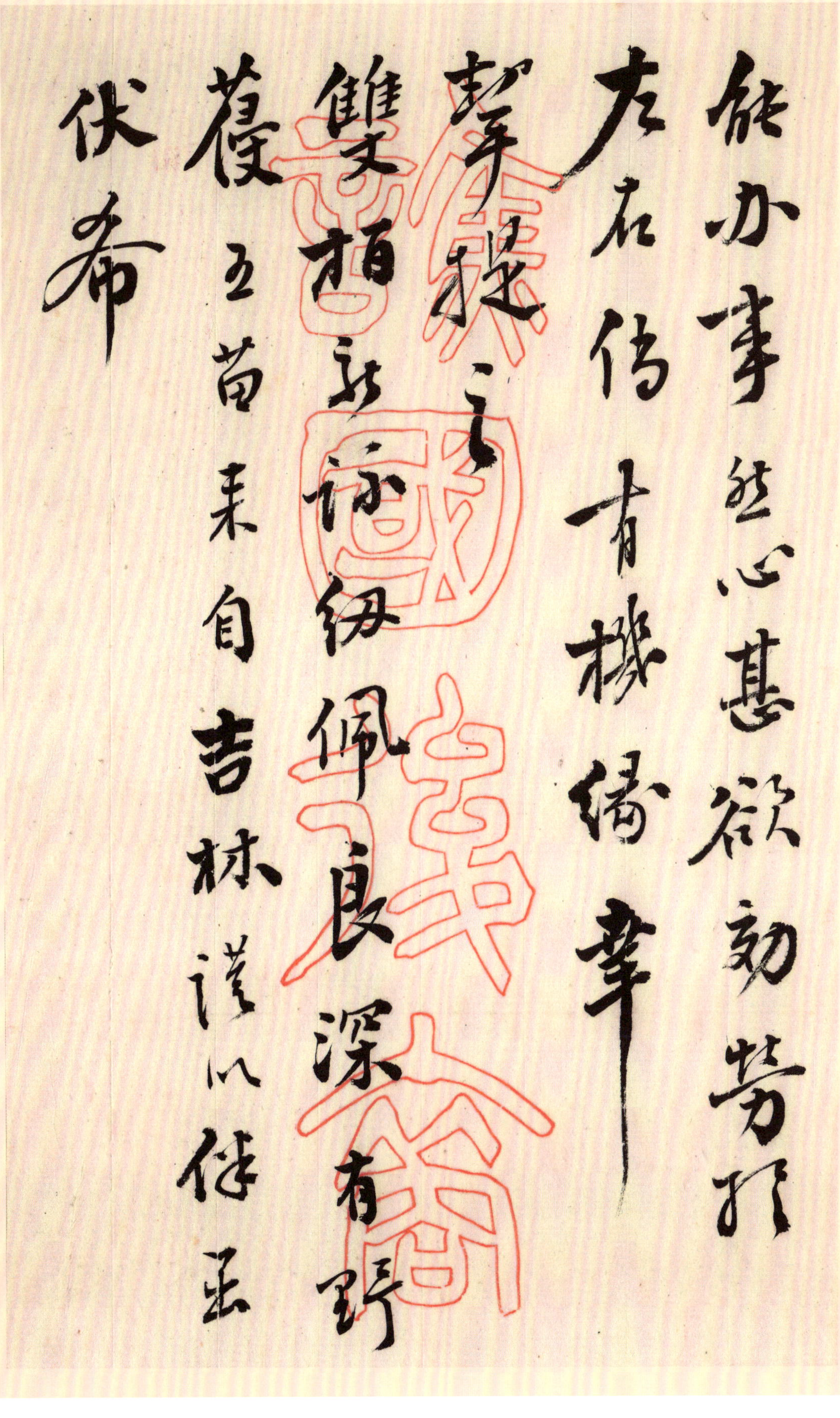
能辦事，熱心甚欲効勞於
左右，倘有樓緒牽
掣。提提
雙栢新詠，伊佩良深。有暇
覆。玉苗來自
吉林，謹以俟丞
伏希

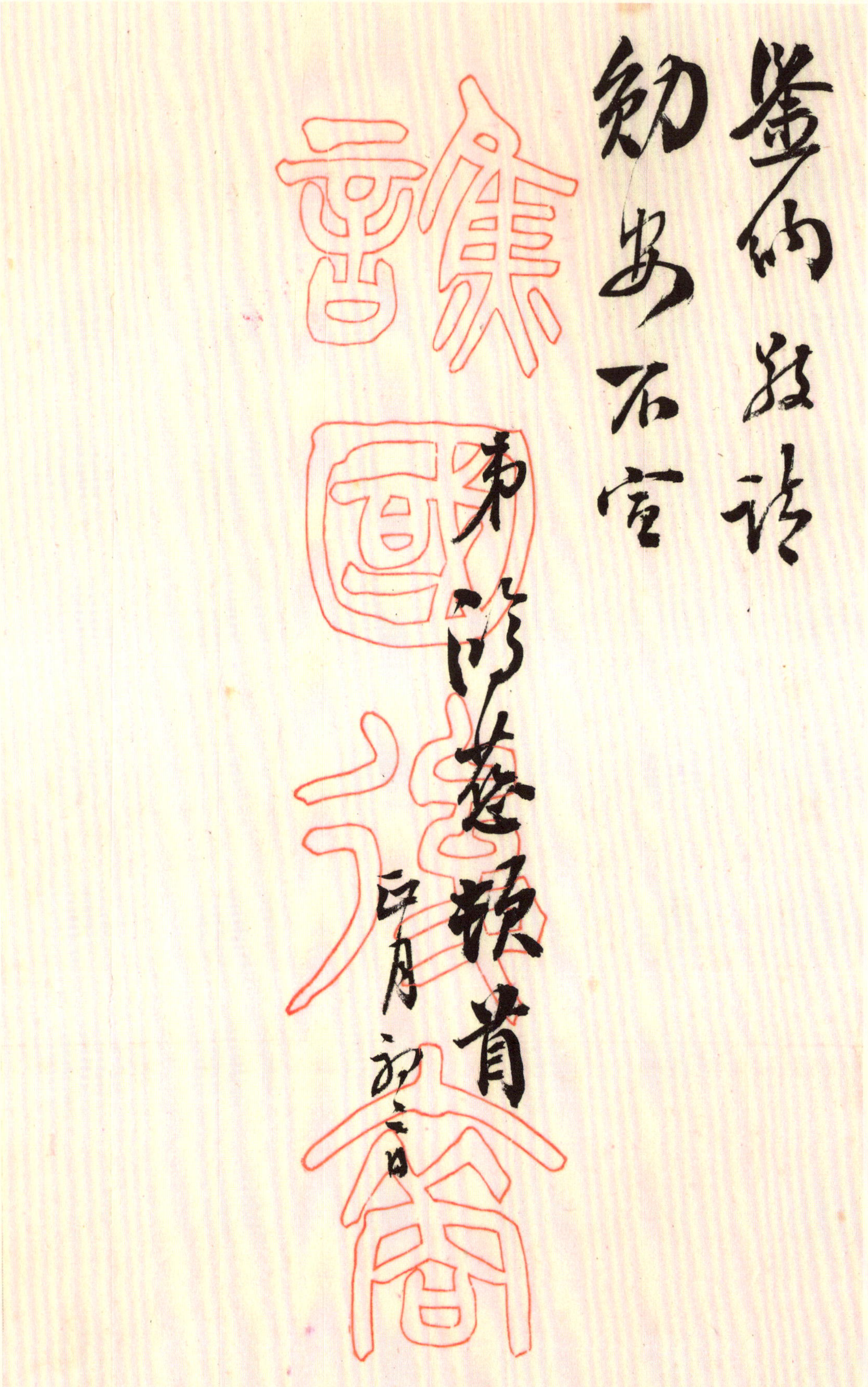

鑒納敬請
勛安不宣
弟鴻慈頓首
正月初二日

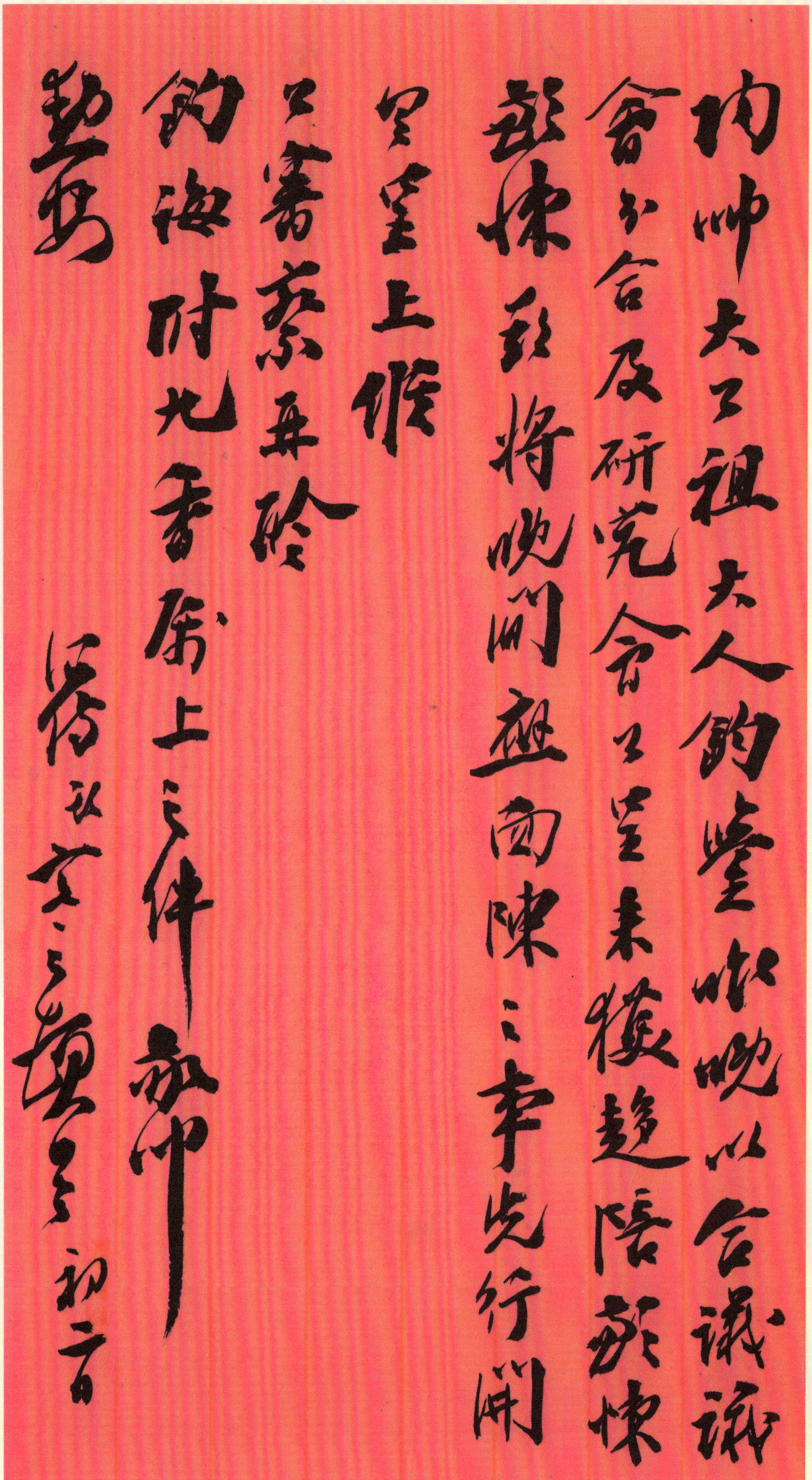

陶帥大人鈞鑒：昨晚以合議議會分合及研究合同呈來，獲趨陪教，悚歉悚歉。頃將昨晚開議兩陳之章先行開單呈上，備
審察，再酌於
鈞誨。時此奉布，上之件，敬叩
勛安

江蘇議[illegible][illegible][illegible]頓首　初二日

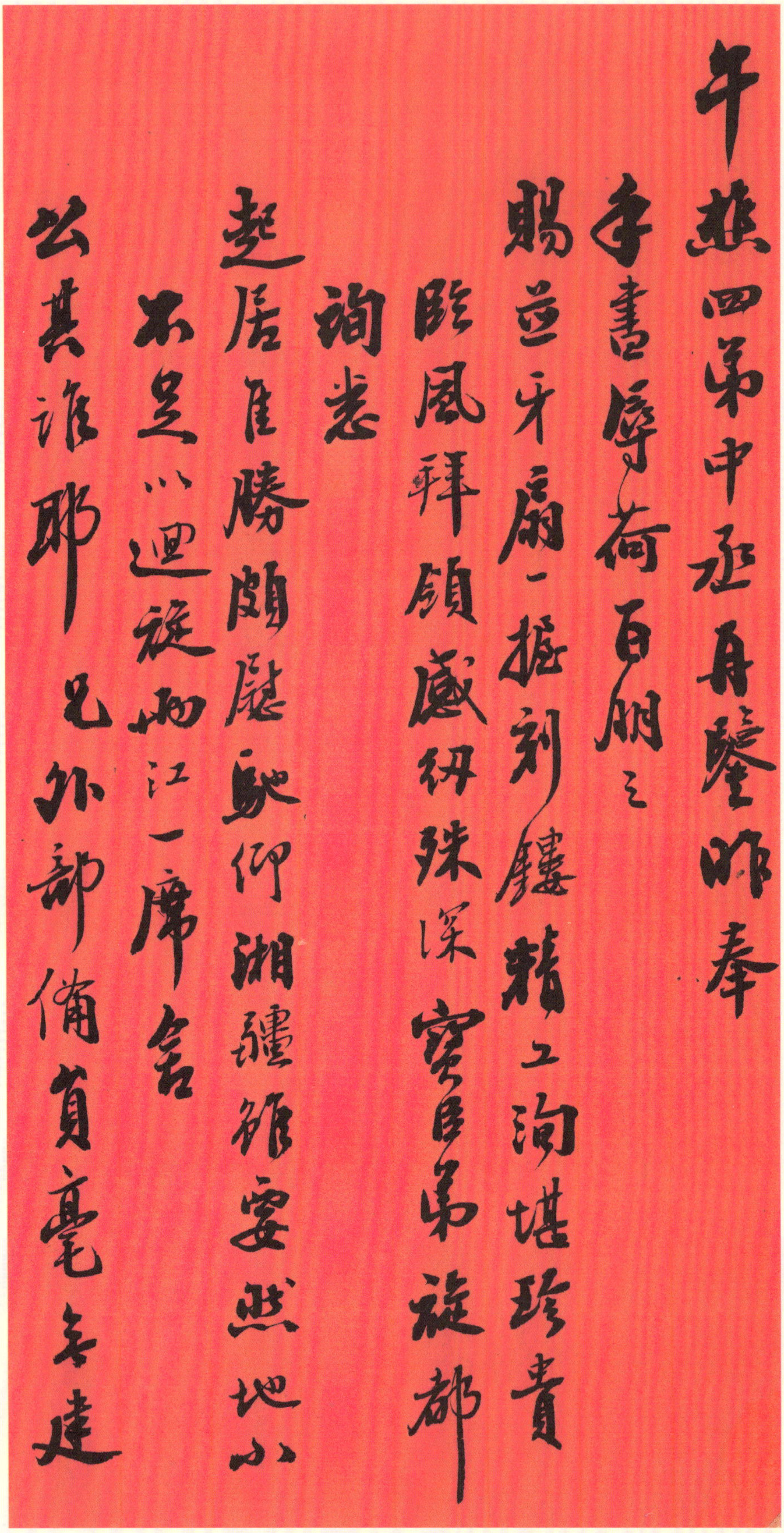
午樵四弟中丞青鑒昨奉
手書辱荷百朋之
賜并牙扇一握刻鏤精工洵堪珍貴
臨風拜領感紉殊深寶臣弟旋都
詢悉
起居佳勝頗慰馳仰湘疆雖安然地小
不足以迴旋兩江一席舍
公其誰耶兄外部備員毫無建

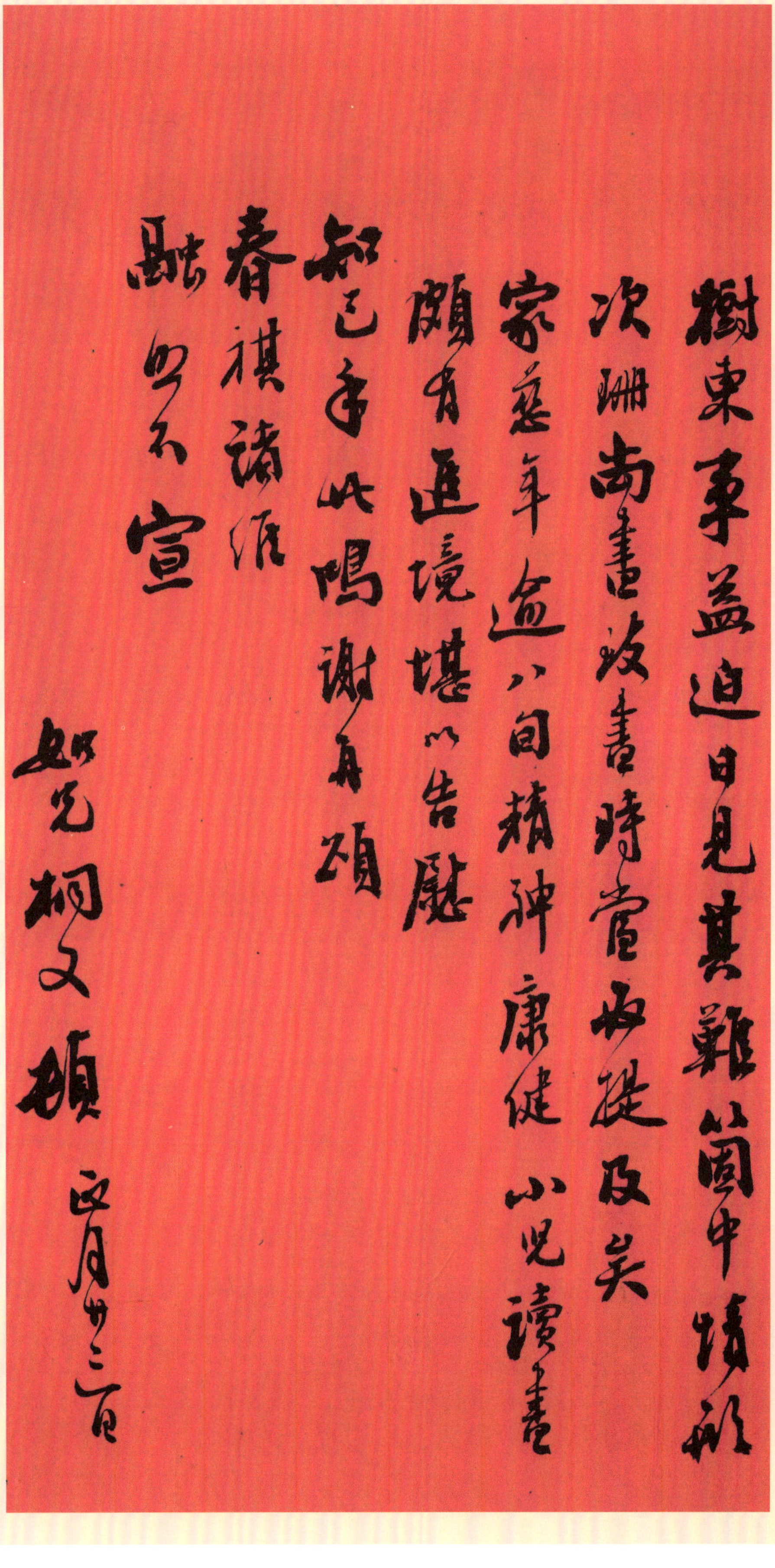
樹東事益迫日見其難以箇中情形
次珊尚書政書時當必提及矣
家慈年逾八旬精神康健 小兒讀書
頗有進境堪以告慰
知己耳此鳴謝并頌
春祺諸維
融照不宣
姻兄桐文頓
正月廿二日

芍孚存補兄難屢雨故人來之日乃之歲帽
不資所檢行勝得家藏北魏周哲志石拓墨寧題奉
賞因封題中不能褰入談　尊使取壺來時當埘上何如
三年手摩瞻古迹相羊於壺天以窮老不得芋長防
之憶頗以壺中日月祝
公長生　茂林巨製尤亟希觀試攬陳貞慧秋園雜佩載
其名在大彬上在當時已罕有見者況二百餘年東南兵火頻
歷劫灰真不翅中流一壺千金也近今好事者但知寶鳴

素芳先生陳之所製不過雕飾巧麗求如明代四大名匋之樸雅
古致殆有未逮鄙人踩閱有年故無老為刻大壺一印吾
賢具正法眼藏華無文臂夫之笑沈耦園老友藏大彬仲芳
諸名家茶具精拓索題獨以未獲茂林遠者為憾屢欲以名抱
相易效東坡晉卿以韓幹畫馬易仇池石故事卒之未許
公今與壺之長有前緣是非厚幸但未宜獨取其大而遺小
者且無以遂之等圓文彬茽見之匋史而康熙元歸一具益奇可
補墓賢著錄章　加意寫　朱昇陽嘗謂名蹟不可

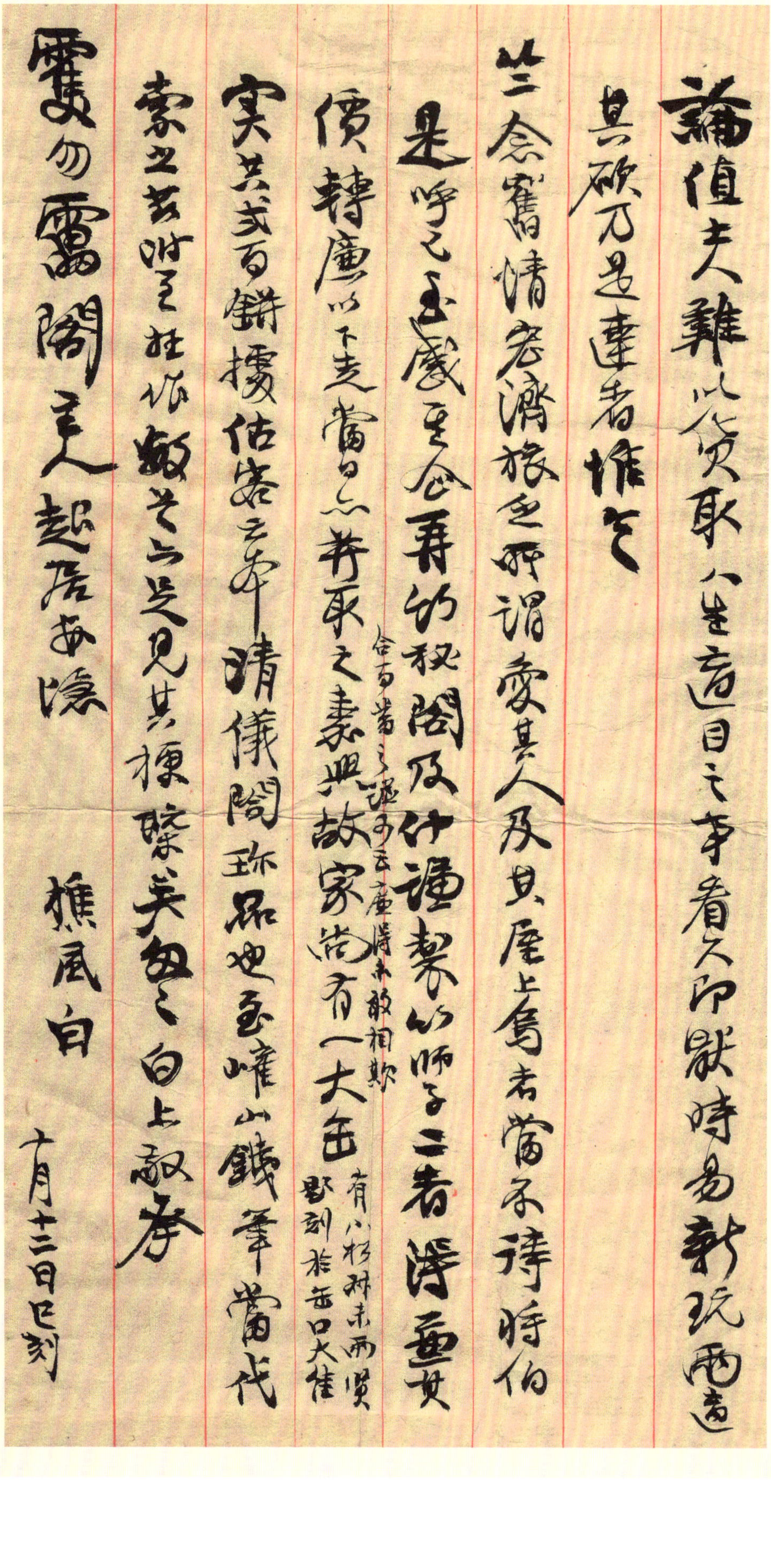
論值夫人難以貨取八先生意過目之事看久即厭時易新玩兩適
其殊乃是達者懷之
並念舊情慈濟族黨所謂愛其人及其屋上烏者當不詩將伯
是呼之玉感至今再以秘閣及什襲以師子二者博無其
價轉廣以下去當日之并取之素與故家皆有一大缶 合而當之誑予云唐得未敢相欺 有八枚秘未兩鎮款刻於缶口大佳
實其式百餅擾估客之甕清儀閣珎品也至嵯山錢筆當代
豪之甚此之在彼數也亦足見其標緻矣匆匆白上敬希
雙忽雷閣主人起居安隱
樵風白
十月十二日巳刻

連日未暇趨叩想
道履勝常至念　議長因患腮
腫乞假竟浼西醫拔去槽
牙左右各一痛苦異常旁
觀戰栗而議長尚能打球
至雨夜真神勇哉座間有

佳客持書望禧話從來者
云原石出信識長不在言物
尚為之動心甚畫象嘗為
北碑之冠書法則刀遒雅
誠魏之流亞也可信袂驅
一物色之刺源趣從广之

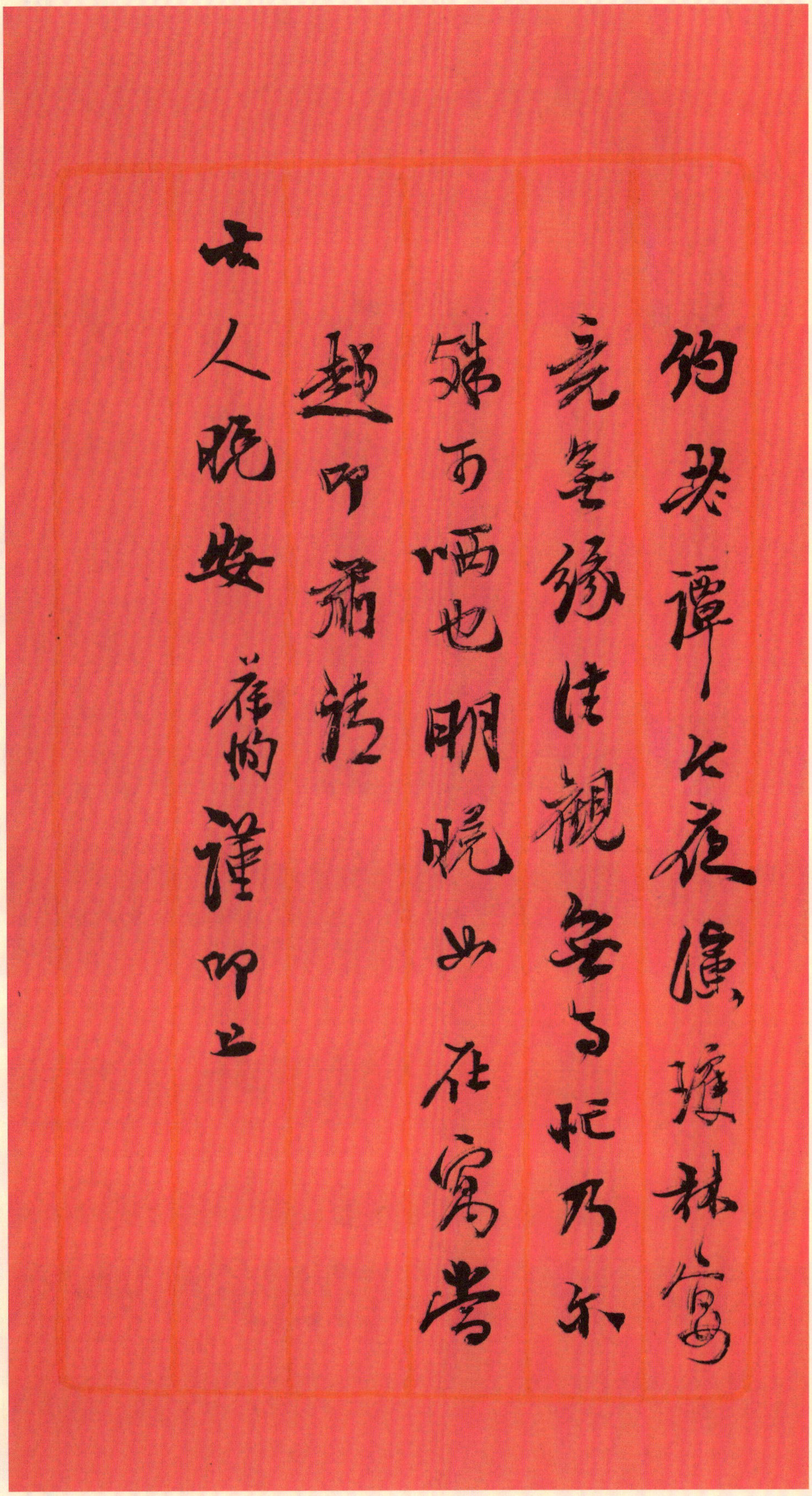
約叔譚七夜讌擴林寓
竟無緣佳觀無可託乃不
能下酒也明晚如在寓當
趨叩面請
大人晚安　葆恂謹叩上

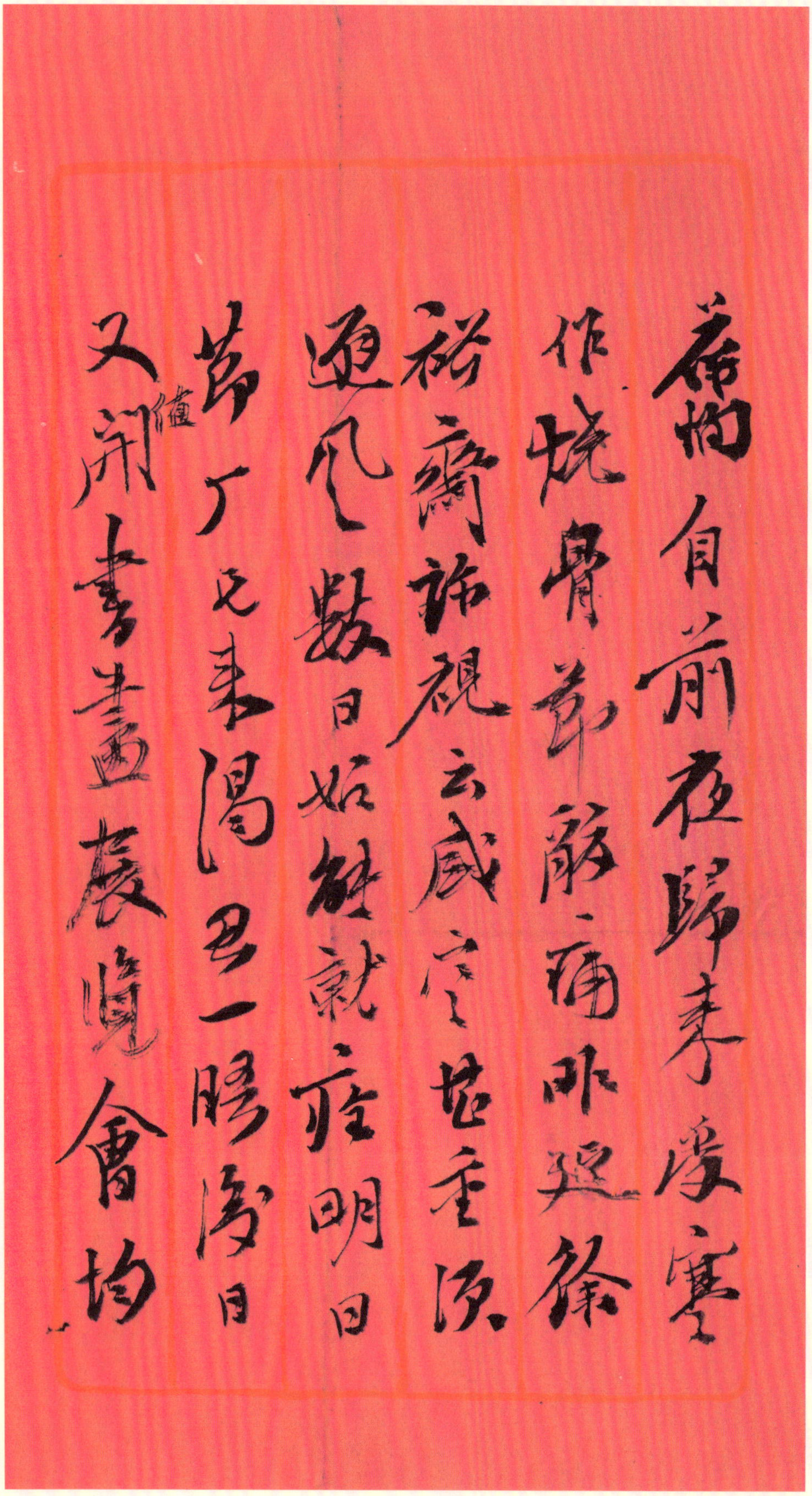

葆恂自前夜歸，著受寒，作燒，骨節酸痛非遥，徐稚齋診視，云感冒甚重，須避風數日，始能就痊。明日節丁兄來，渴已一勝，宿日又聞（借）書畫展覽會均

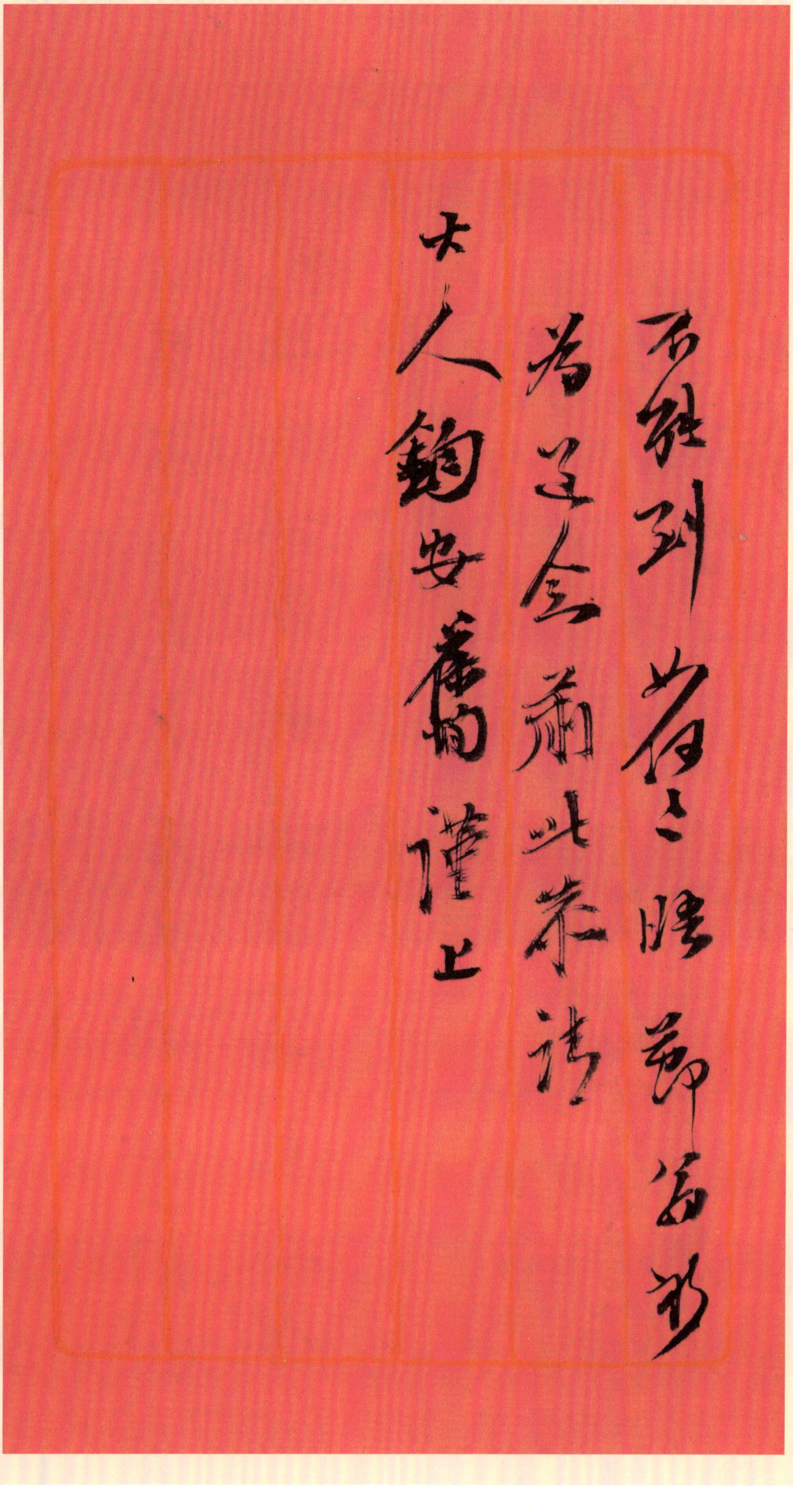

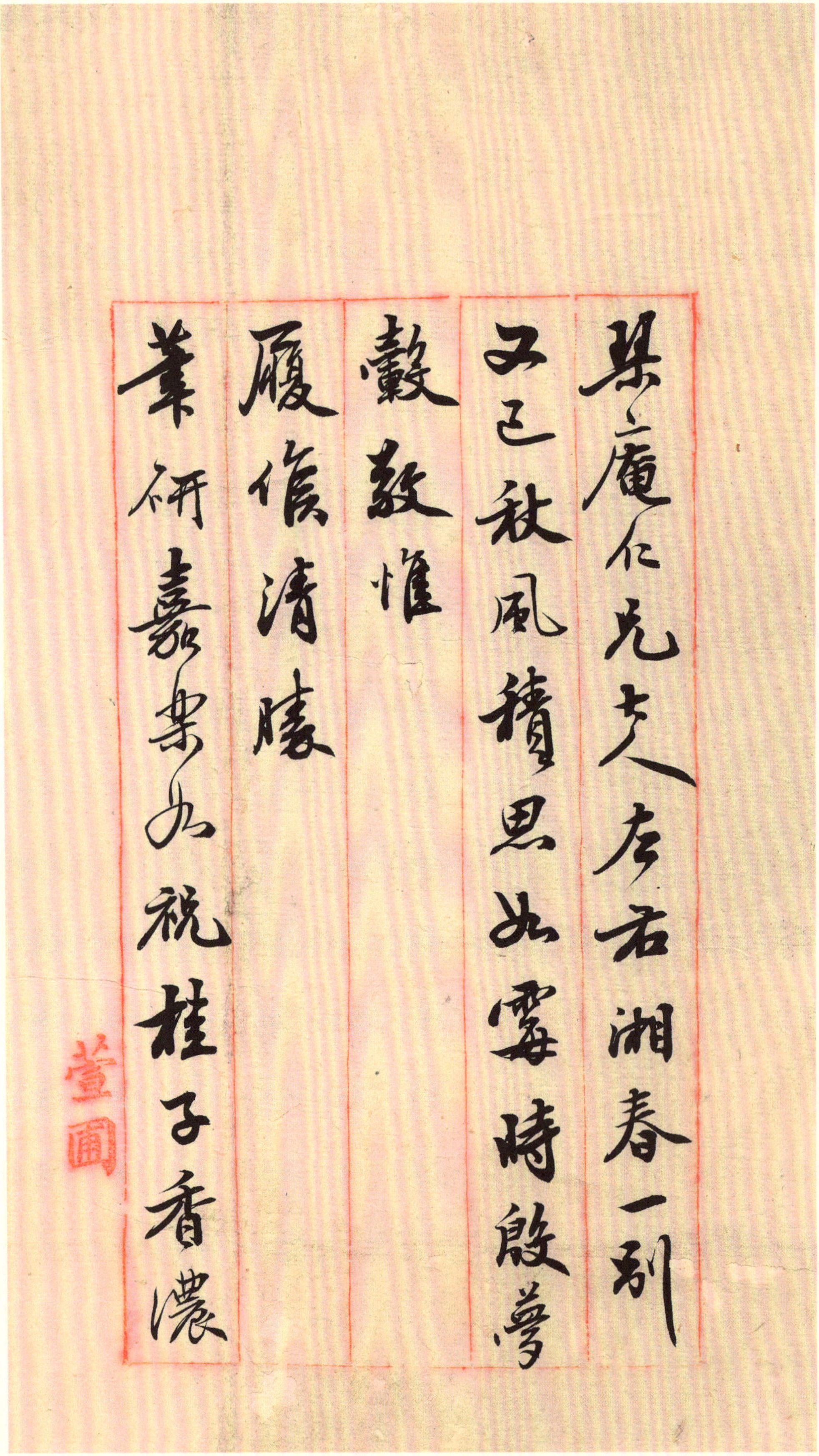

琴庵仁兄大人左右：湘春一别，又已秋風，積思如霧，時殷夢轂。敬惟履候清勝，業研嘉禾，如視桂子香濃

萱圃

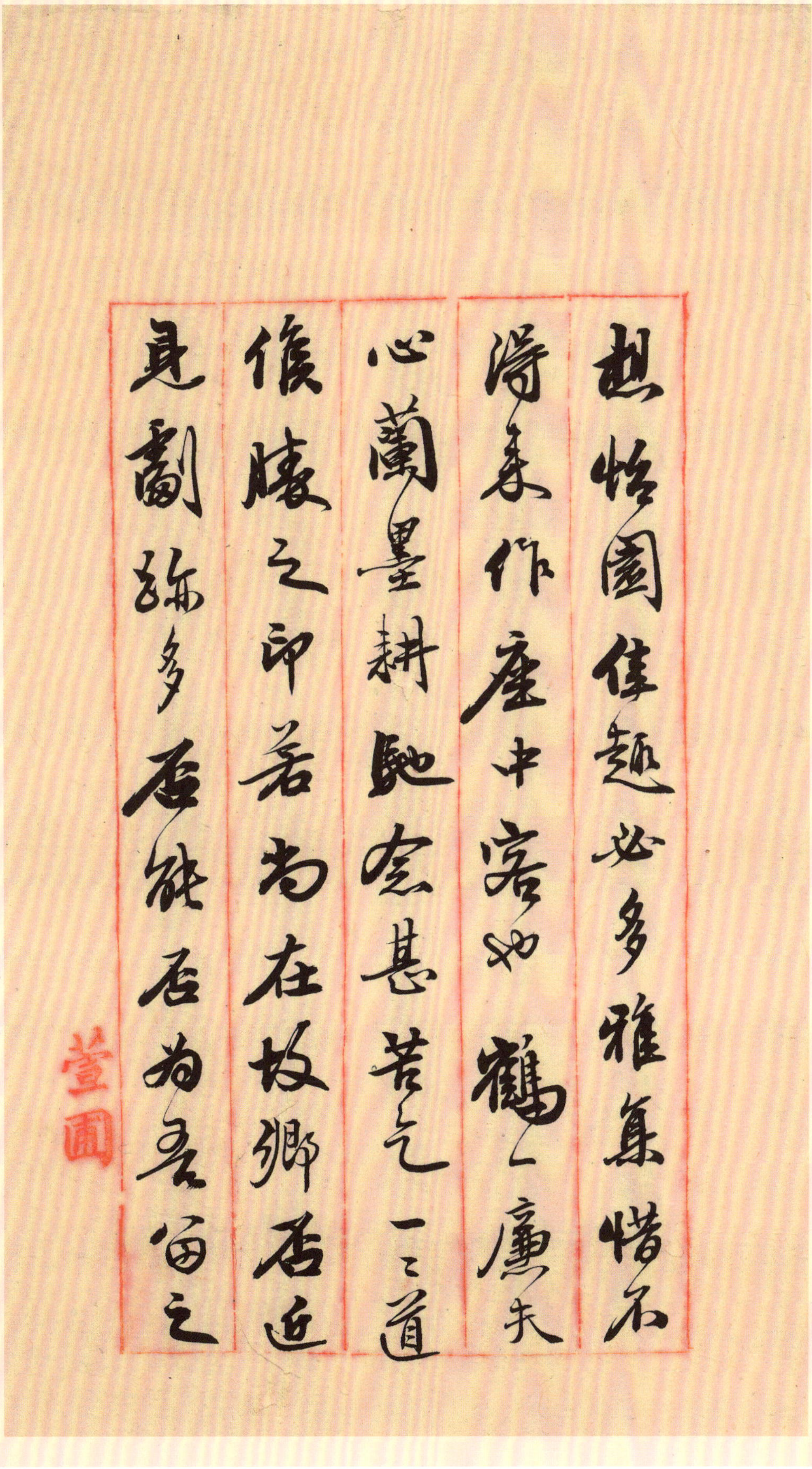
想怡園佳趣必多雅集惜不
得參作座中客也鶴廬夫
心蘭墨耕馳念甚苦乞一一道
候臆之印若為在故鄉居近
見劇孫多居能居為吾留之
萱圃

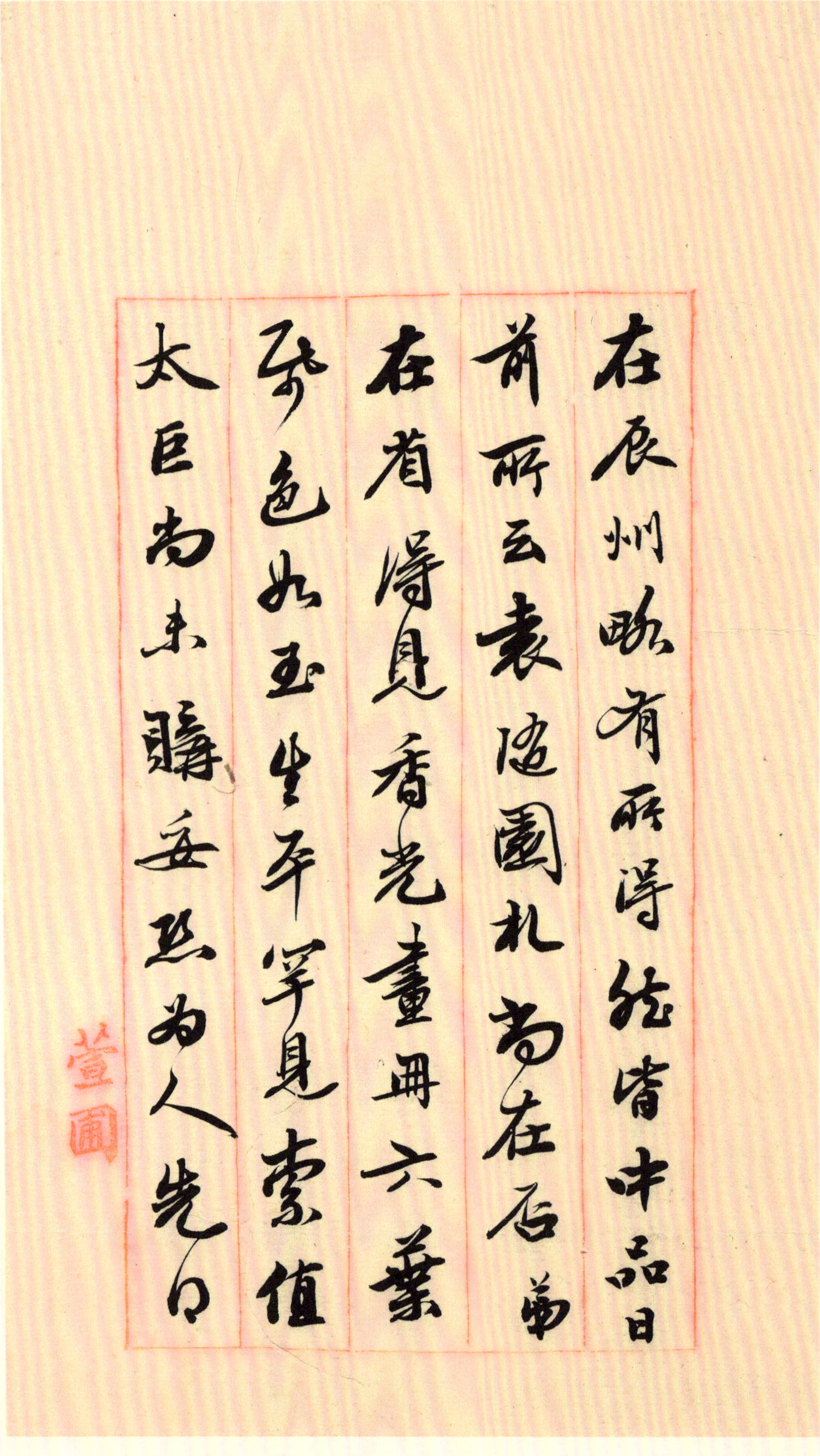
在辰州略有所得然皆中品日
前所云袁隨園札為在右弟
在省得見香光畫冊六葉
紙色如玉生平罕見索值
太巨尚未籌妥恐為人先得

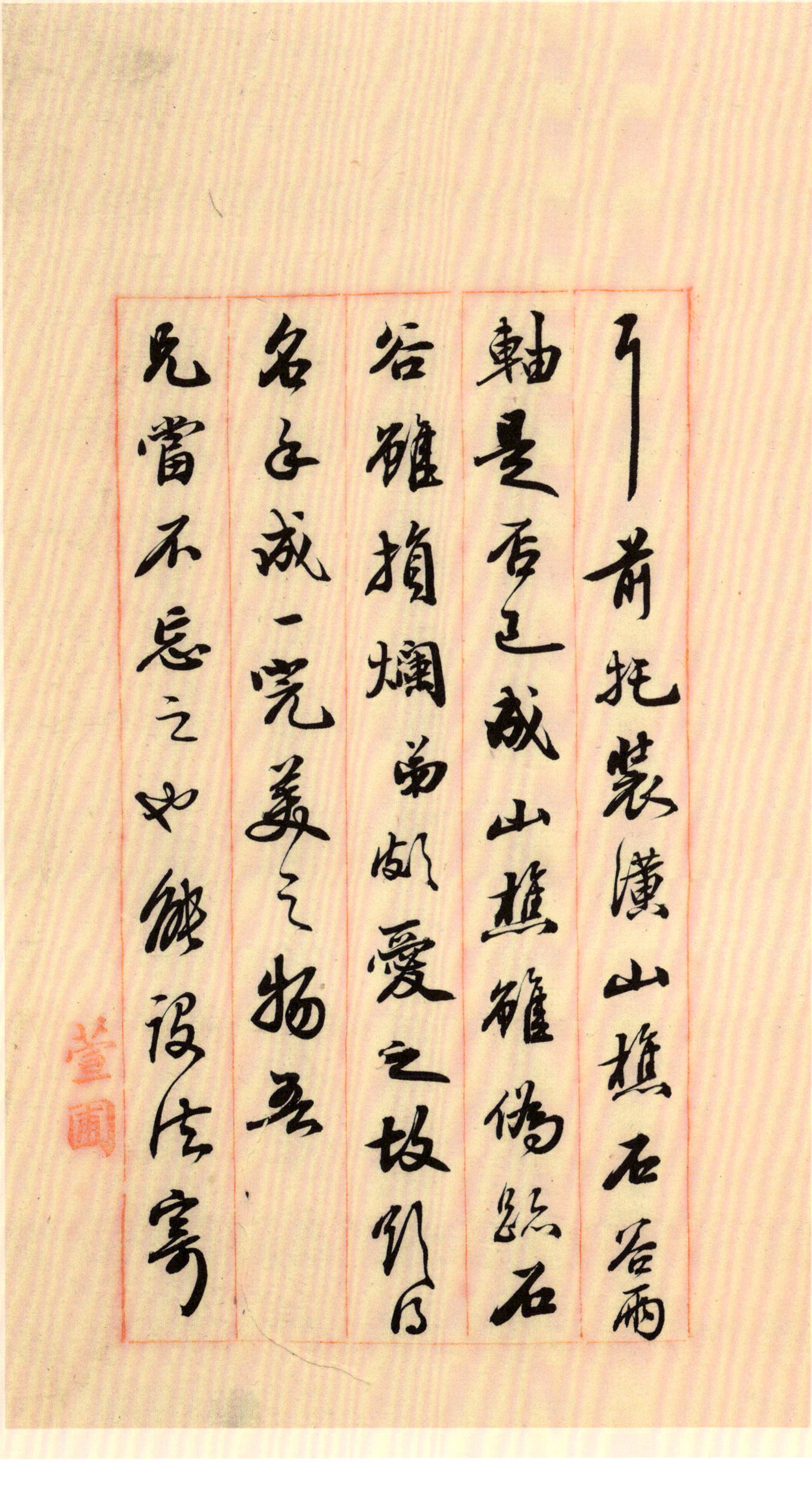

行前托裝潢山樵石谷兩
軸是否已成山樵雖偽然石
谷雖損爛尚可愛之故欲得
名手成一完美之物焉
兄當不忘之也能設法寄

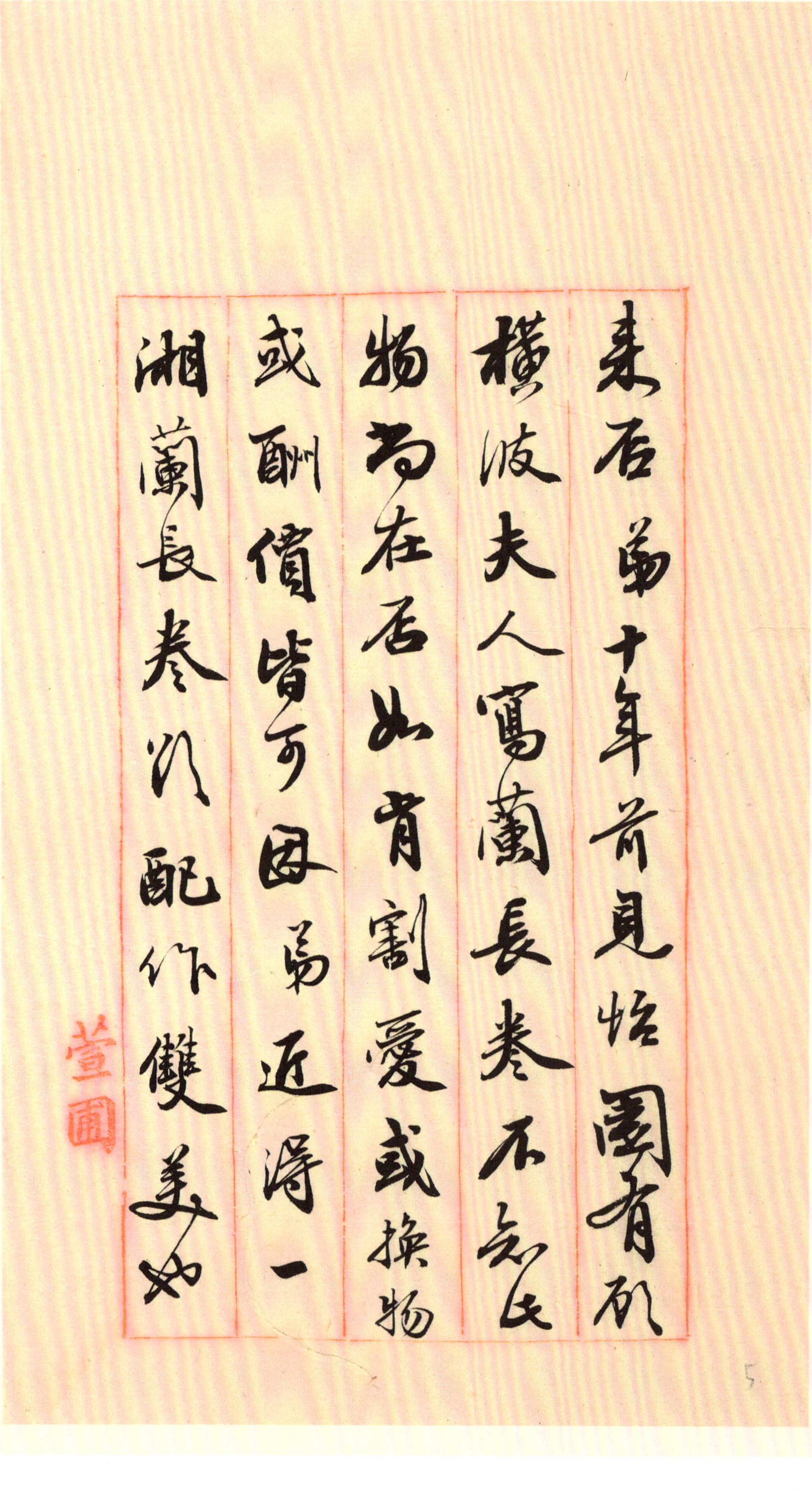
來居弟十年前見怡園有所
橫波夫人寫蘭長卷不知
物尚在居如肯割愛或換物
或酬價皆可因弟近得一
湘蘭長卷以配作雙美也

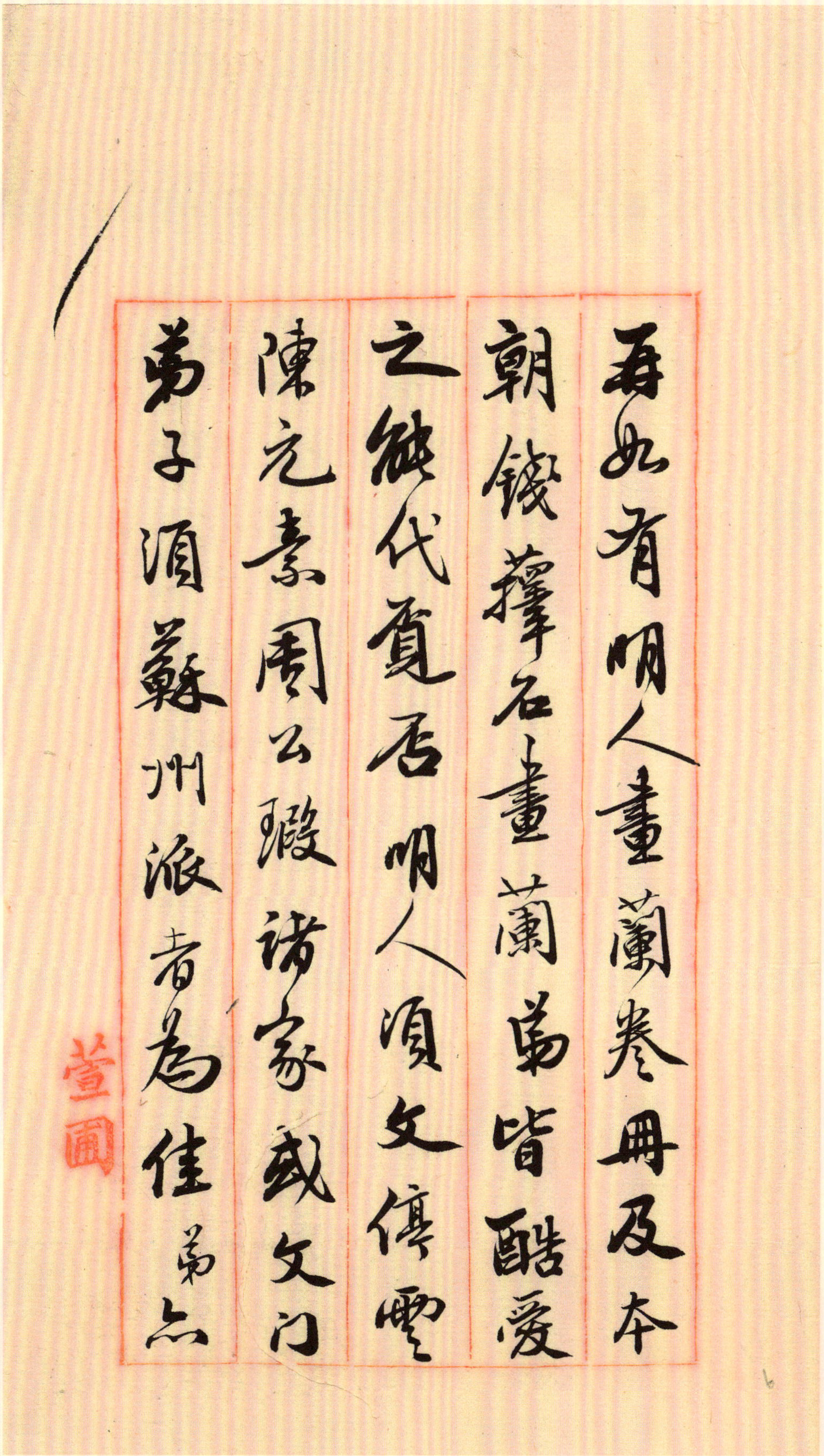

再如有明人畫蘭卷册及本
朝錢籜石畫蘭弟皆酷愛
之能代覓否明人須文停雲
陳元素周公瑕諸家或文门
弟子須蘇州派者為佳弟亦

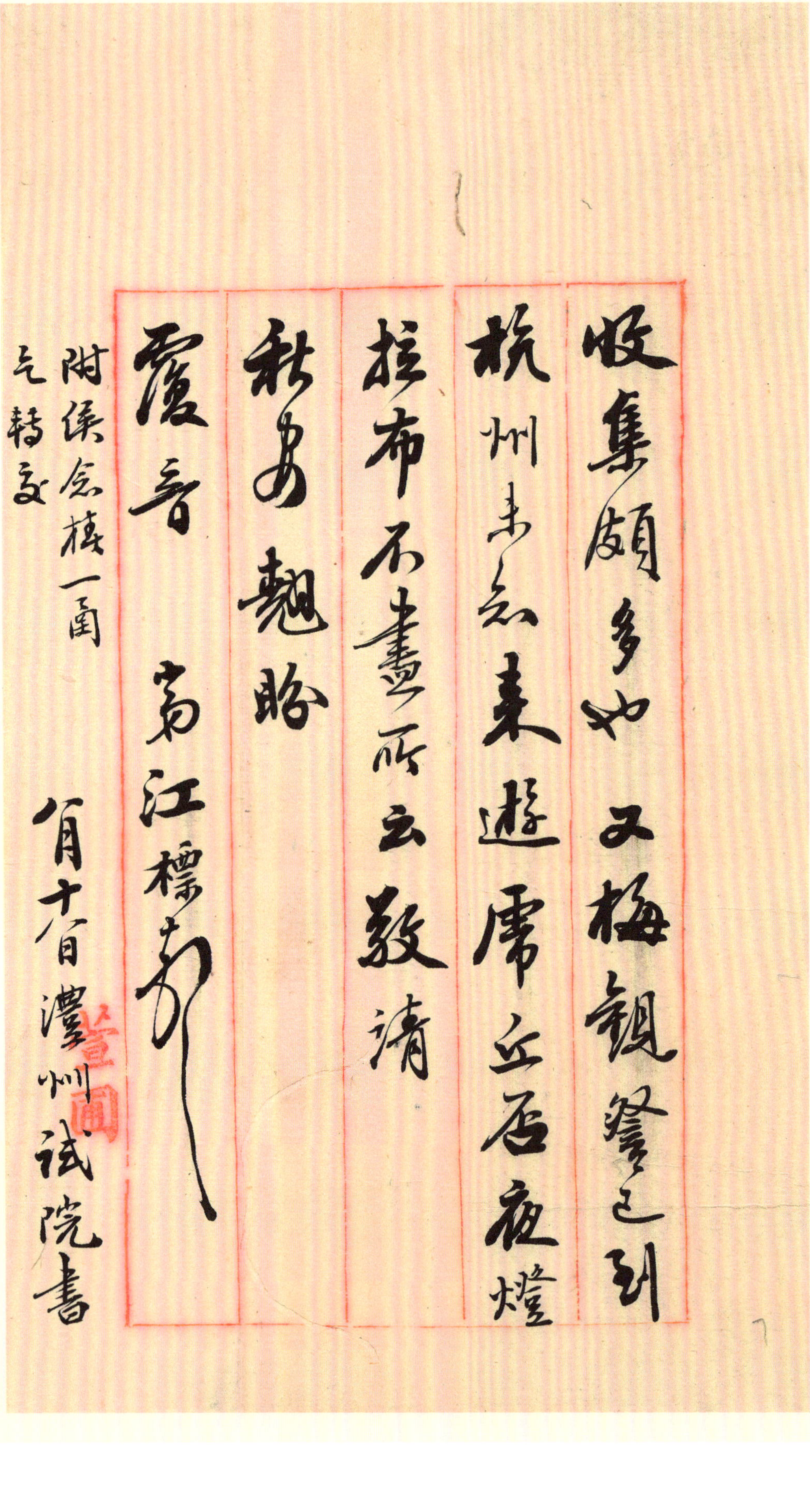

收集頗多也 又梅觀察已到杭州未知來遊虎丘否夜燈拄布不盡所云 敬請秋安 翹盼覆音 弟江標頓首

附候念樓一函 乞轉交

月十八日灃州試院書

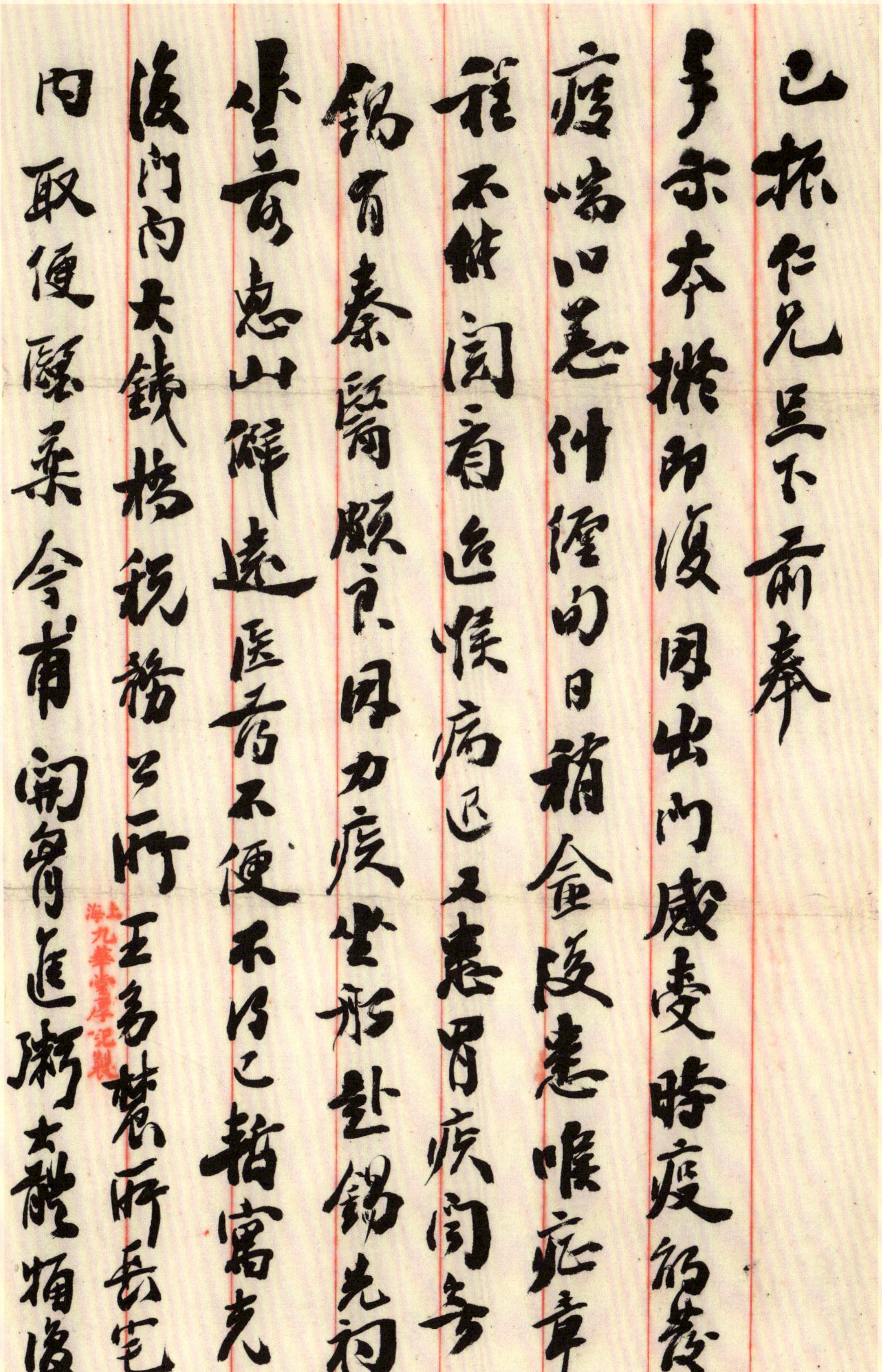
已振仁兄足下：前奉
手示，本擬即復，因出門感受時疫，頓發
瘧嗝以甚，計經兩日，稍愈，復患喉症，章
程不能閱看。近日喉病甫退，又患胃疾，聞無
錫有秦醫頗良，因力疾坐船赴錫，先祠
在惠山，離遠，醫者不便，不得已暫寓光
復門內大錢橋稅務公所王易慧所長宅
內，取便醫藥，今甫開胃進粥，大體猶復

上海九華堂厚記製

而病人精氣大傷且非旬日不能健全也
兼奉為料理之春歸掃及先祠修葺工程
經照方及游觀乃蓮臺至午出門即病矣
喬李於撥冗日內估勘祠工俾能趕速辦
妥思歸念切即當早旋瀧寓揚州之行但
可商從緩議後欲另期前往隨同弁兵書記
思力復為病所困以致章程不能細閱遲遲
未及答復實情如此當為同人所曲諒於樣衷

上海九華堂厚記製

已承咸雖易矣起草諸君所擬會章體
大思精備於一白閣國會模形識歸重於法
律非言易行難或迷立法執行兩部猶因
閒抑為世抵觸將來不免詐議茫然乃放言理
事難於應付大會勢難常開不開不能議
決開則合集不易且有時迫不及待執行責之
政事理事反無及時機決之權權猶無規模
宏憲大窮學殊多或有一識難行一電難發

上海九華堂厚記製

之過慮似宜再加考量亦於創辦之始簡便
易行就僚個人意見評議部同屬議事機
關似可稍作爲諮詢性質遇有大事開會之
本部所建議又備諮詢雖不作爲立法機關兩部皆有伸
議決議後能行者經事照行有掣礙者交復
俾得地義取其衷平權庶無窒礙衝突
議復議仍執原議由評議經事開聯席會議
討論經事有執中擇決之處置亦甚便利行
事不失機宜再遇有緊急之事全體經事
認爲必要有利無害時機又迫不及待得由

上海九華堂厚記製

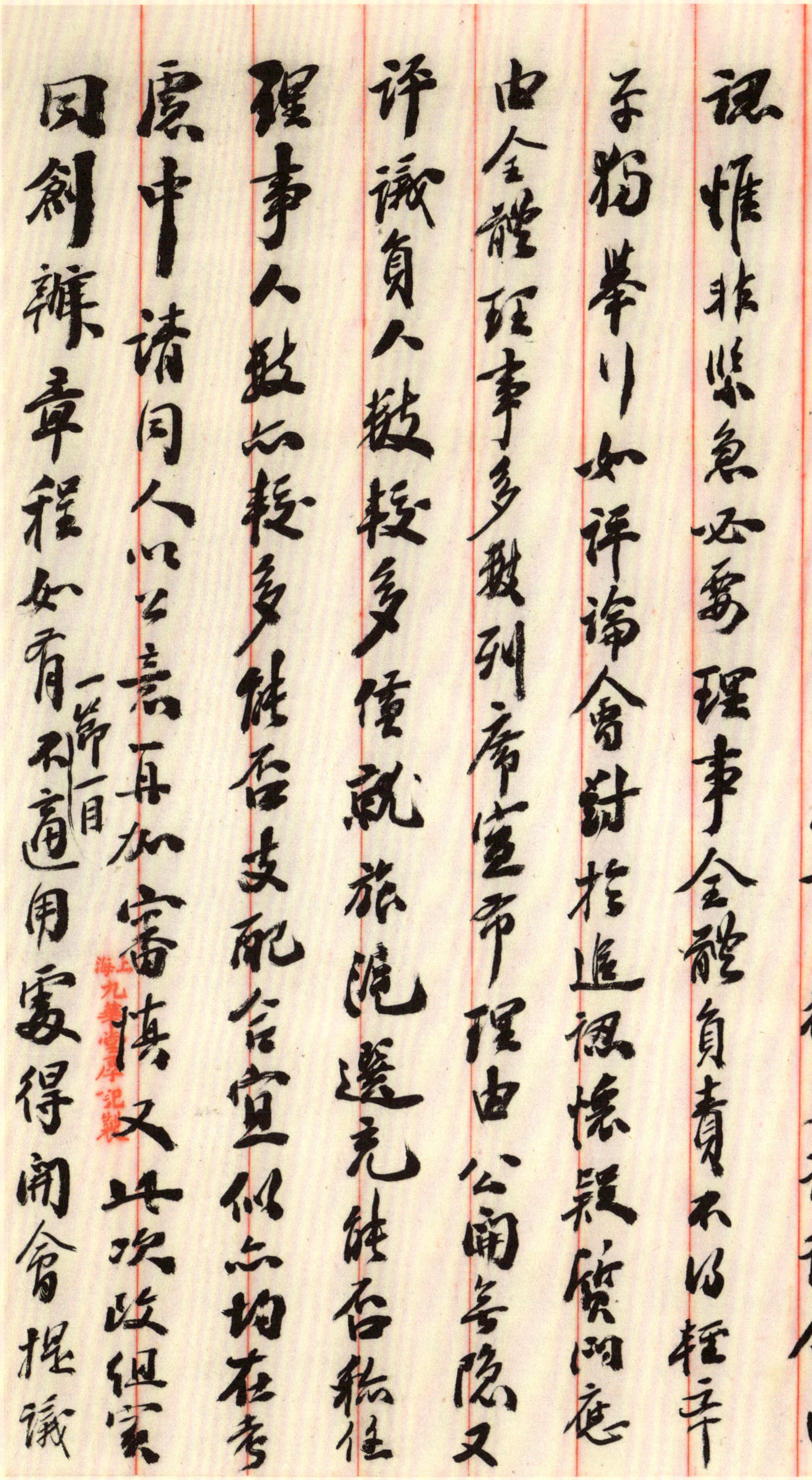
全體理事負責俟宜行事補交評議會追
認惟非緊急必要理事全體負責不得輕率
予獨舉如評論會對於追認懷疑質問應
由全體理事多數列席宣布理由公開答覆又
評議員人數較多應就旅滬選充能否勝任
理事人數亦較多能否支配合宜似亦均在考
慮中請同人以公意再加審慎又此次改組宗
同創辦章程如有一節一目不適用處得開會提議

上海九華堂厚記製

循正 以上數條乃個人意見病後思慮不周僅
據管窺之愚擬供大衆參酌至理事應負
籌款之責一層理事因不能辭責於心不
能獨負理事且籌款必議有方法非可
共同負擔應從再求公同周備之處亦須
覆加參酌期於互助有濟振之同鄉會非團
家議政機關可比對於有政僅有建議言
責爭求在我同人允行與否在有政府法律

上海九華堂學記製

上而各鹽督實權許讞者但管發言理事
則多負擔怨實操權力何在院不能作弊亦
無經濟利與北京內閣相去天淵至於興舉
本會在滬利益之事非錢不行亦非得人多
助不辦必至氣力積充作用明著乃有實效
空言高論無非先樹虛聲為許議但出私
題理事雖受責備事事徇衆議而甘勞怨
亦奉答諮而所謂立法監行之許議部並無

上海九華堂厚記製

後盾實力徒有高調責難積久將斷
生內訌易起許議多所指摘理事每人肯
當此中情隔當為籌慮似未可純取時
府橫飛標榜議政法律而於鄉會聯合
感情趨重事實兩屬尚未能接合際復
利施行則雖有美議宏規何益騰辭適用
甫非弥大難漬特為熱心憾事耶在昔
甚於渙散閉塞今反其弊而改革則又

上海九華堂宣記製

處在張大抑之字不易圓融收束鄙人對於
更新毫無成見惟期簡便易行初基穩立
無條文之駁論有大體之推研來書擬議
各條均屬贊同而聯席會議一條尤佩甚悉
斡旋而仍顧進求明了往不敢有所膠執
但為先事審處倘能素而無礙使鄙言慎
派於葸竟能以於理不則圖懸褒所深願也
力疾奉復祈為協商 弟經羲拜啓 二月廿日

上海九華堂厚記製

再鄙人敬佩
足下新舊畫通洞悉情事凡有意見大略相
同僕因不出門又因不留濟久缺會席殊深
內疚以後再有開會鄙人敬請
台端代表列席如有大端必須匡正者務
代表本會發舒意見設遇疑難非專函勛
諭不可即乞希詳為密告協同諍論以維大局中中
在夏曆四月初五日以前弟不在非錫
病已漸痊簡到立即趕從不匡如前遲滯也
函示寄先後門內大鐵橋稅務局王訪農特交弟李經羲又啓

端方
致
五弟

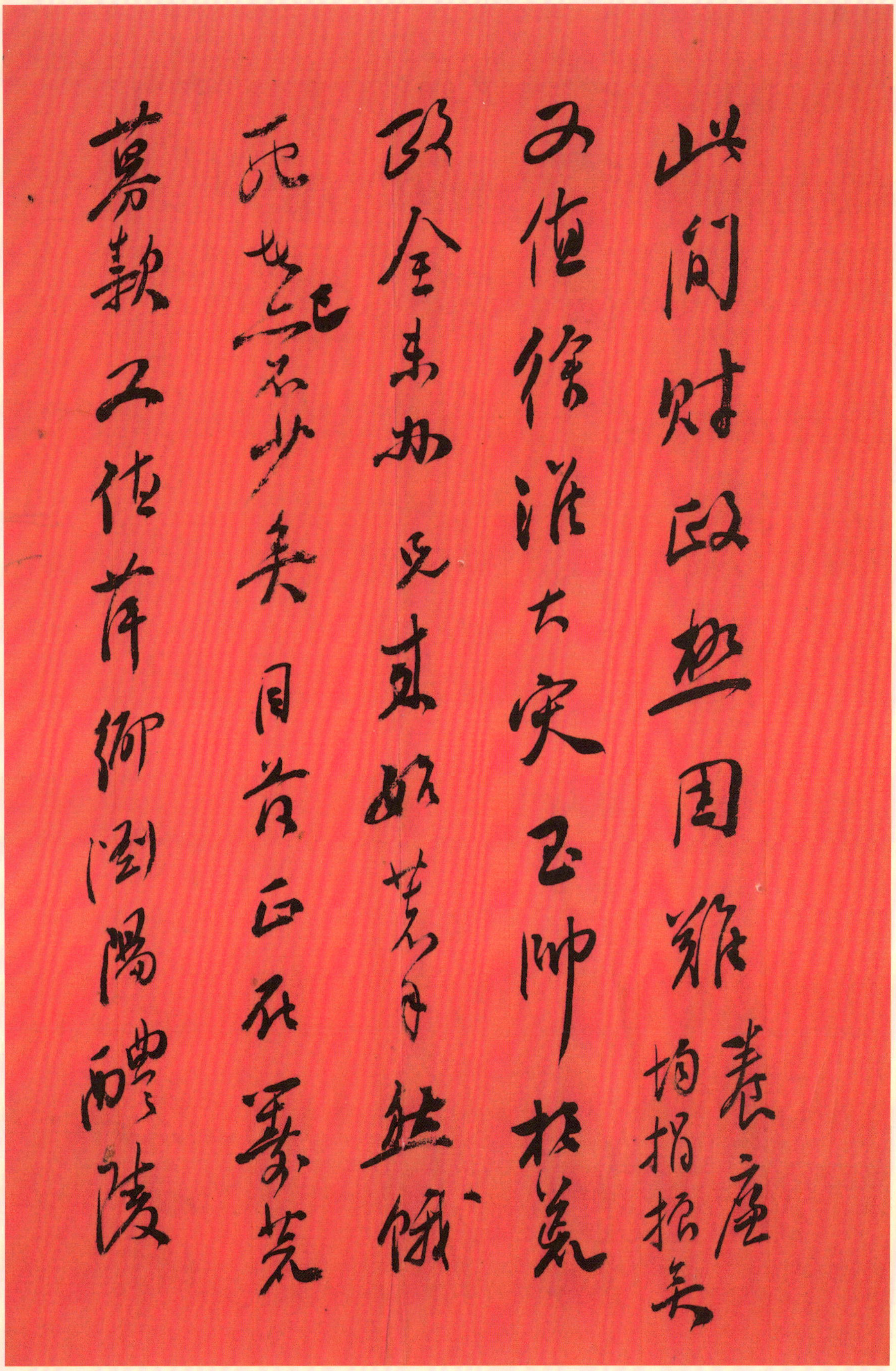
此間財政極困難，養庵均捐振矣，又值徐淮大災，玉帥極亂，政全未來辦，足直如葉子生餓死者不少矣。月前已寄萬募款，又值萍鄉、瀏陽、醴陵

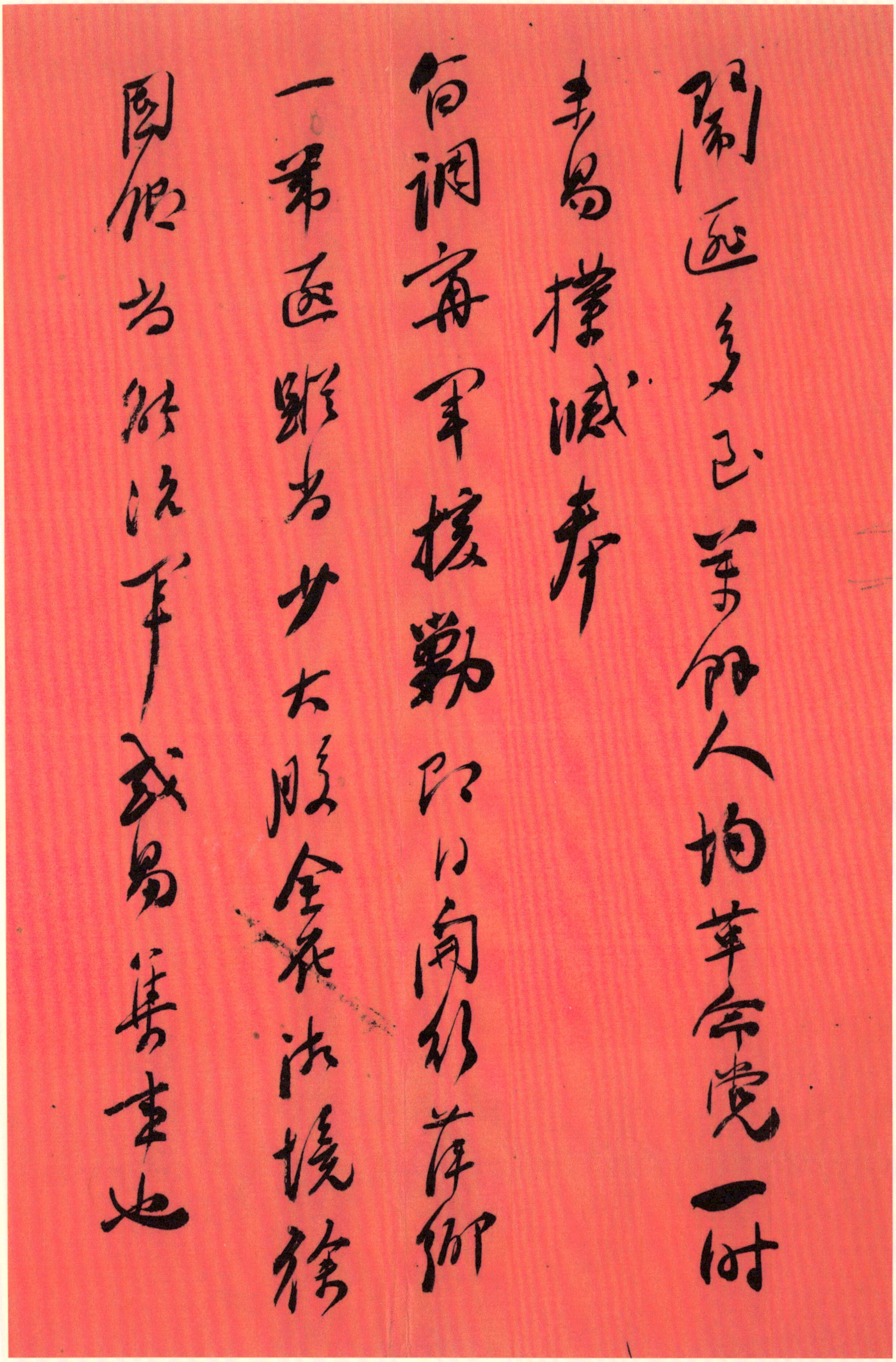

端方
致
五弟

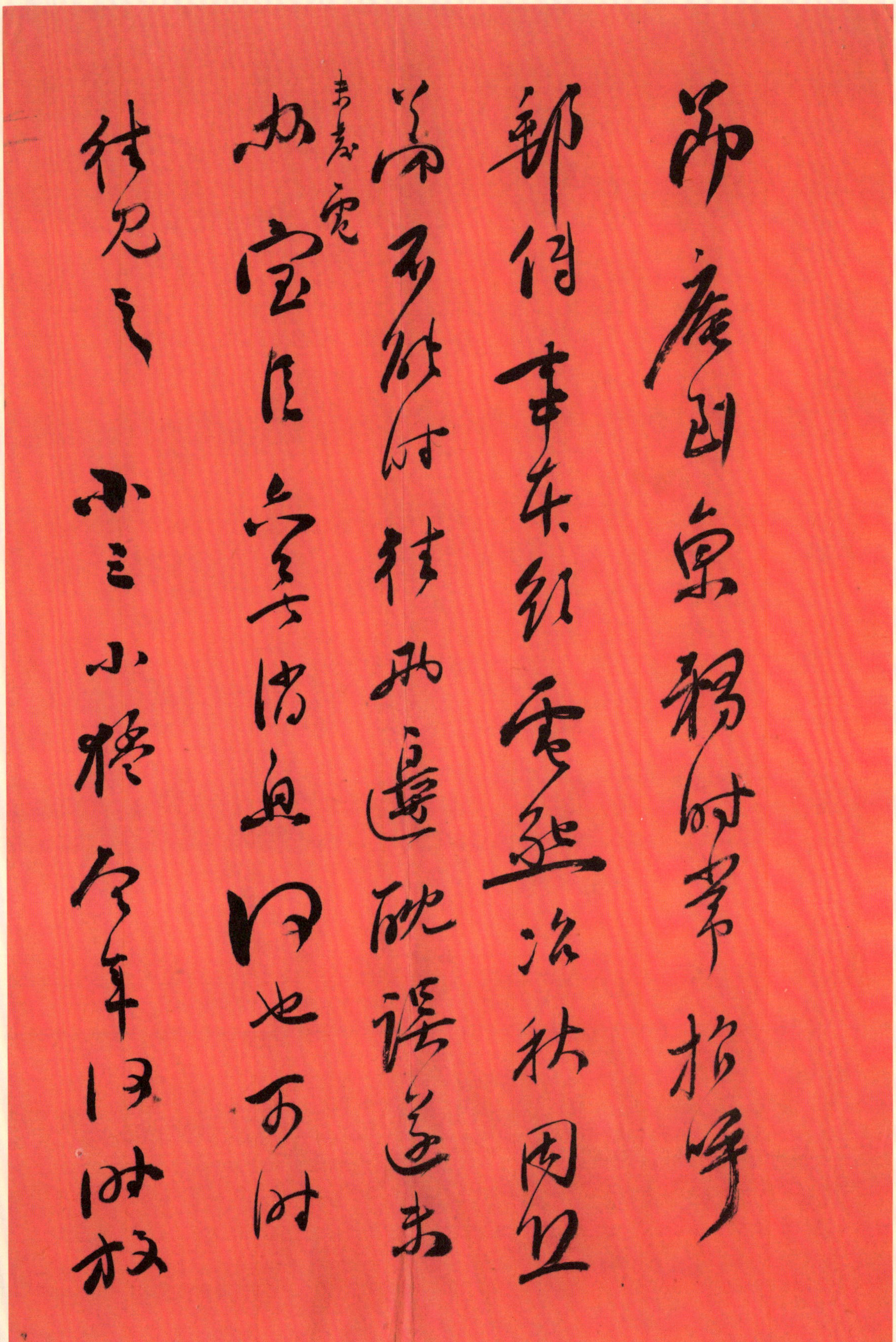

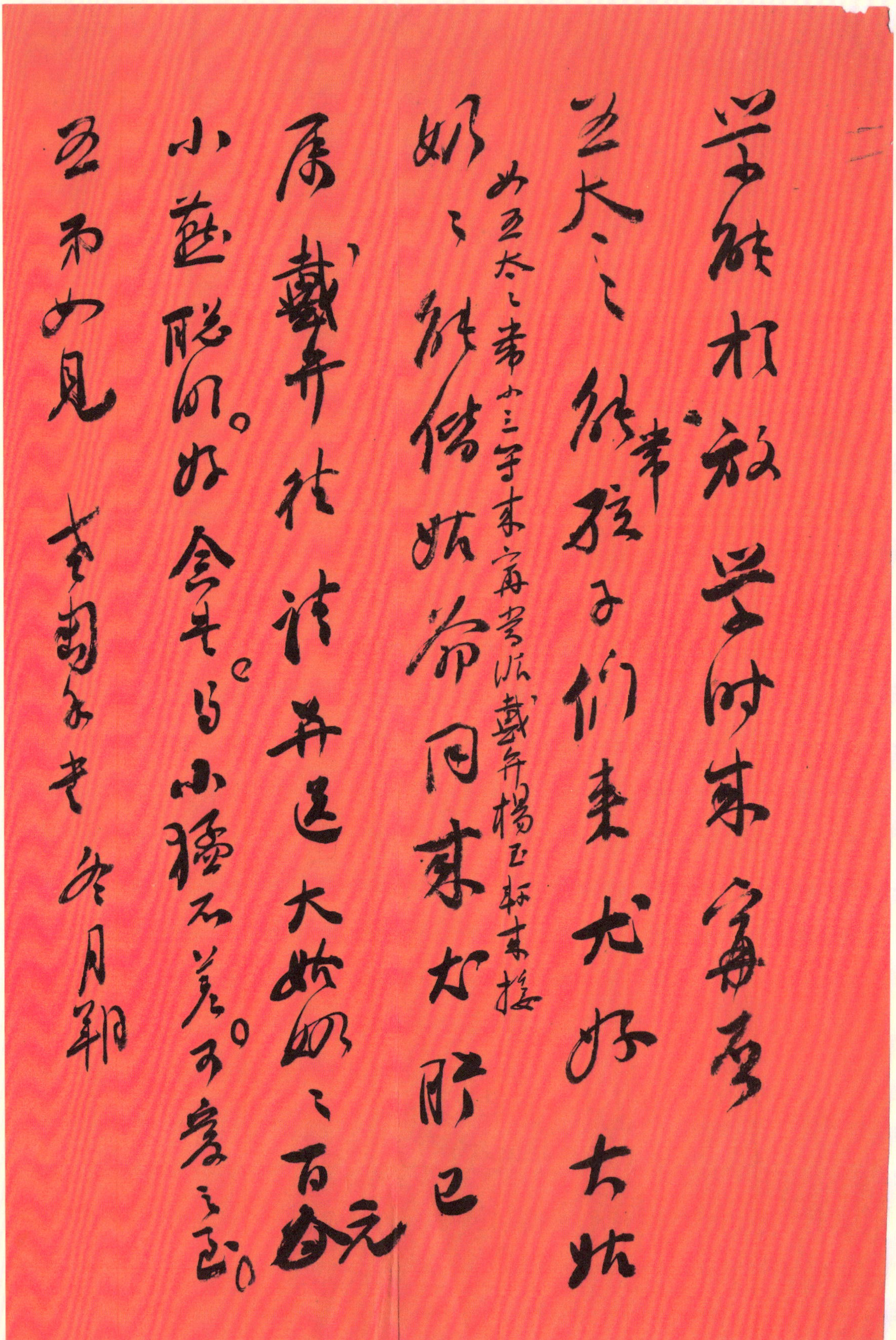

端方 致 五弟

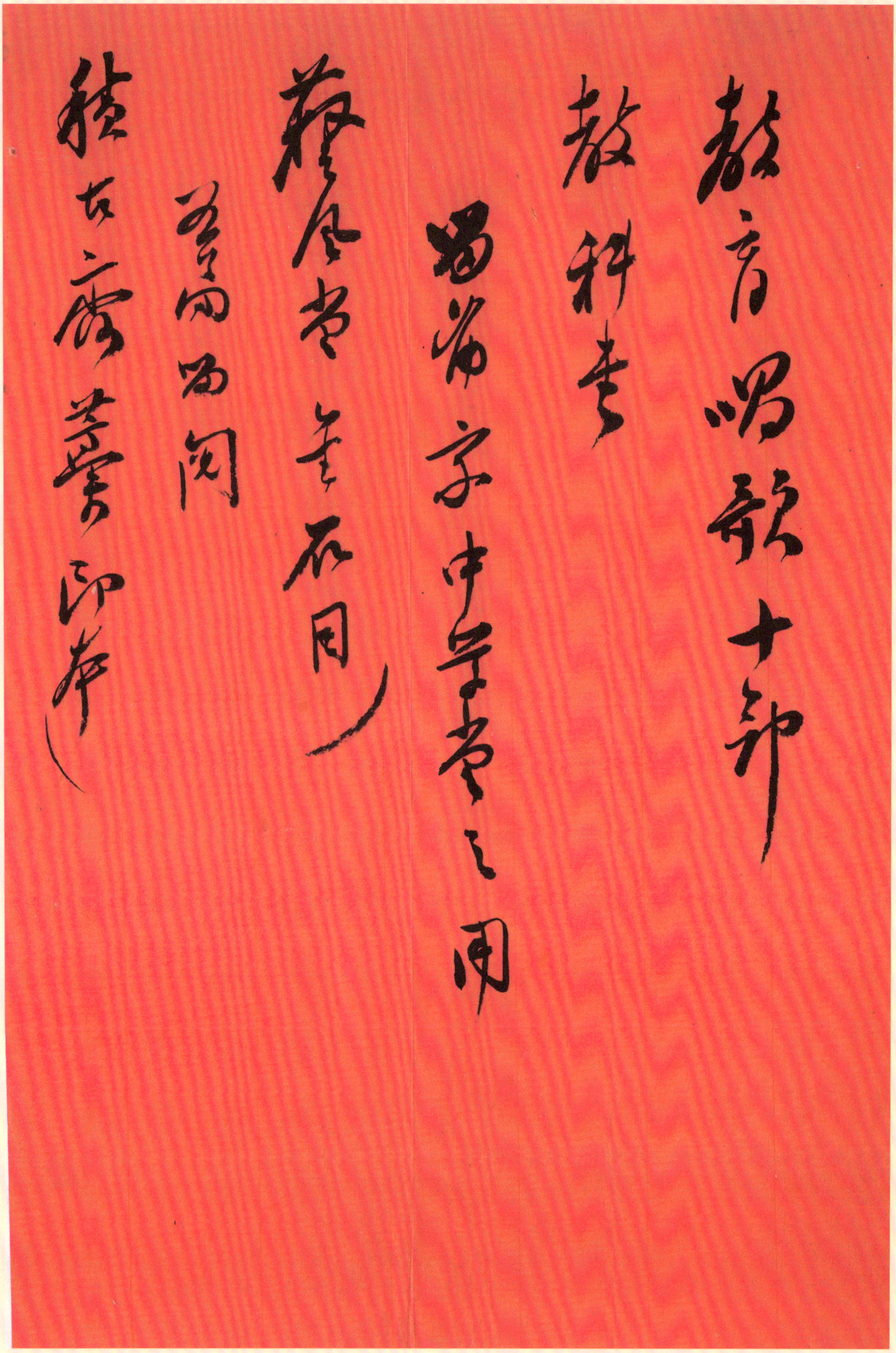

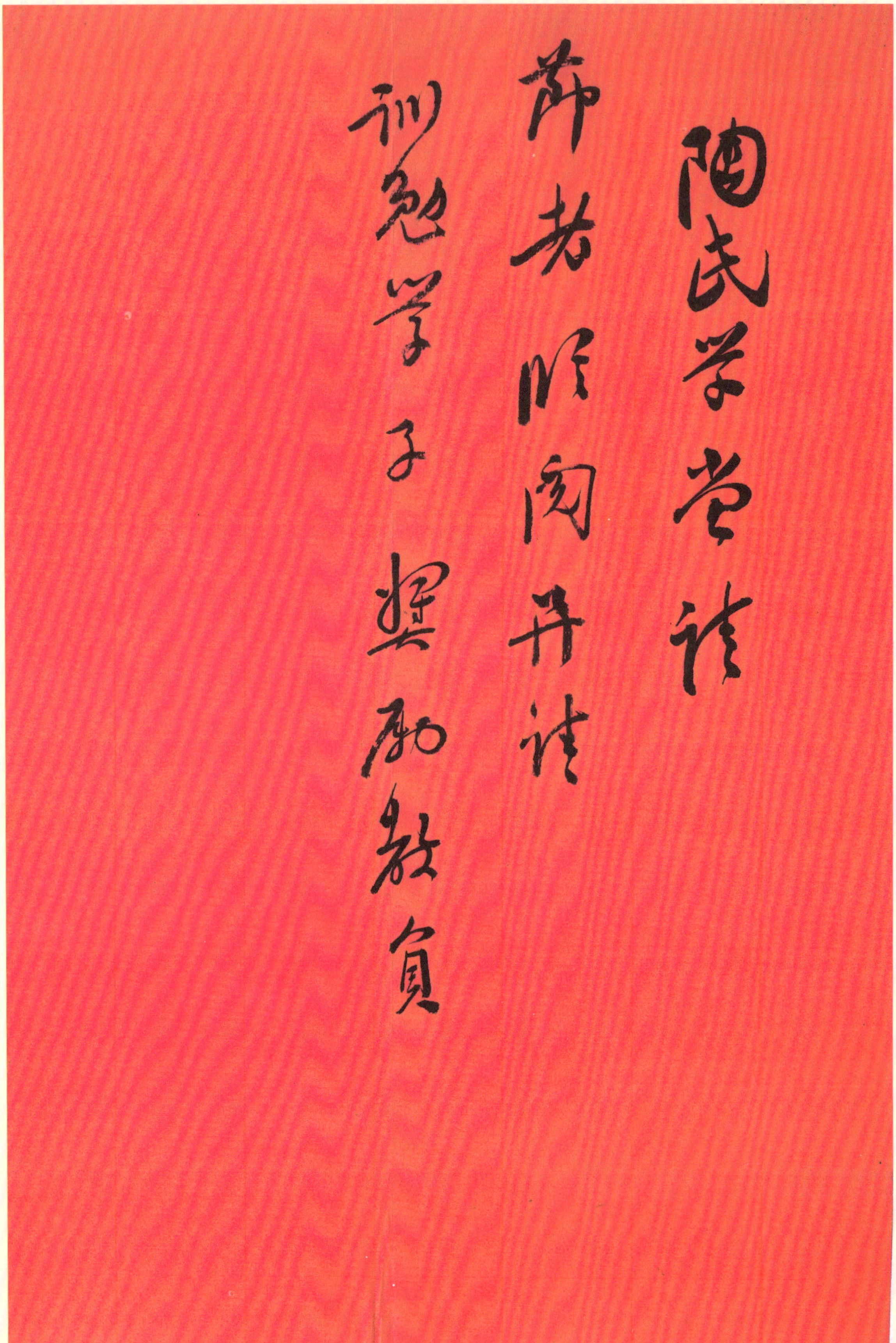

陶氏學堂請
茀老照閱并請
訓勉學子 獎勵教員

人物小傳

查士標（一六一五—一六九八），字二瞻，號梅壑散人、懶老。安徽新安人，流寓揚州。清初著名畫家、書法家和詩人。『新安四家』之一。

湯斌（一六二七—一六八七），字孔伯，號荆峴，晚號潛庵。河南睢州人。清初政治家、理學家暨書法家。官至工部尚書，卒謚文正。有《湯子遺書》十卷。

何焯（一六六一—一七二二），字屺瞻，號義門、茶仙，江蘇長洲人，世稱義門先生。學者、書法家。撰有《困學紀聞箋》《義門先生集》等。

姚鼐（一七三二—一八一五），字姬傳，室名惜抱軒，世稱惜抱先生。安徽桐城人。清代桐城派散文之集大成者。撰有《惜抱軒文集》《古文辭類纂》等。

黄易（一七四四—一八〇二），字大易，號小松、秋盦，又號秋影庵主。浙江錢塘人。詩人、書畫家、金石家，『西泠八家』之一。撰有《小蓬萊閣金石文字》。

武億（一七四五—一七九九），字虚谷，號半石山人。河南偃師人。經學家、金石學家。撰有《授堂文鈔》《偃師金石記》等。

洪範（生卒年待考），字石農。安徽休寧人。書畫家。

吴錫麒（一七四六—一八一八），字聖徵，號穀人。浙江錢塘人。清中期詩人和駢體文作家。撰有《有正味齋詩集》《有正味齋賦稿》等。

王芑孫（一七五五—一八一七），字念豐，號惕甫、鐵夫、楞伽山人。江蘇長洲人。清中期著名學者、書法家。撰有《碑版文廣例》《淵雅堂全集》等。

錢泳（一七五九—一八四四），字立群，號梅溪。江蘇金匱人。工詩詞、善書畫。撰有《履園叢話》《履園譚詩》等。

錢楷（一七六〇—一八一二），字宗範，一字裴山。浙江嘉興人。乾隆進士，官至安徽巡撫。善書畫，兼工篆隸。有《綠天書舍存草》。

郭麐（一七六七—一八三一），字祥伯，號頻伽，又號白眉生、蘧庵居士。江蘇吴江人。文學家、書畫家。撰有《靈芬館詩集》《蘅夢詞》等。

陳鴻壽（一七六八—一八二二），字子恭，號曼生。浙江錢塘人。工詩文書畫，尤擅篆刻，爲『西泠八家』之一。撰有《種榆仙館詩鈔》《桑連理館印存》。

潘世恩（一七六九—一八五四），字槐堂，一作槐庭，號芝軒，晚號思補老人。江蘇長洲人。清朝名臣，有『四朝元老』之稱。撰有《恩補齋詩集》。

吴榮光（一七七三—一八四三），字伯榮，號荷屋，晚號石雲山人。廣東南海人。官至湖廣總督。詩人、書法家、鑒藏家。撰有《筠清館金石文字》《辛丑銷夏記》《石雲山人文集》等。

陶澍（一七七九—一八三九），字子霖，號雲汀。湖南安化人。清經世派代表人物、道光重臣。謚號『文毅』。撰有《印心石屋詩鈔》《蜀輶日記》《陶文毅公全集》等。

林則徐（一七八五—一八五〇），字少穆，號俟村老人。福建侯官人。清朝政治家、思想家和詩人。官至總督，卒謚『文忠』。主張禁煙，有『民族英雄』之譽。撰有《雲左山房文鈔》《雲左山房詩鈔》《滇軺紀程》等。

裕泰（一七九三—一八四一），原名裕謙，字魯山，號舒亭。滿洲正紅旗人。官兩江總督，因守衛定海殉國，謚『靖節』。撰有《勉益齋偶存稿》《裕靖節公遺書》等。

徐繼畬（一七九五—一八七三），字松龕，别號牧田。山西五臺人。晚清名臣、學者、地理學家，近代中國思想先驅之一。撰有《瀛環志略》《退密齋時文》等。

趙光（一七九七—一八六五），字蓉舫。雲南昆明人。嘉慶進士，歷署諸部尚書，卒謚『文恪』。工詩文，書法獨擅一時。

許乃釗（一七九九—一八七八），字信臣，號貞恒，晚號遂翁。浙江錢塘人。道光進士，歷官江蘇巡撫、光禄寺卿等職。撰有《武備輯要》等。

王柏心（一七九九—一八七三），字子壽，湖北監利人。晚清學者。進士出身，主持荆南書院二十多年，講學立著。撰有《導江三議》《百柱堂全集》《螺洲文集》等。

崇恩（一八〇三—一八七〇），覺羅氏，字仰之、敔舲，别號香南居士。滿洲正紅旗人，清皇室。道、咸重臣。書法家、收藏家、金石學家、詩人。撰有《香南居士集》《香南精舍金石契》等。

林鴻年（一八〇四—一八八六），字勿村。福建侯官人。官至雲南巡撫。返鄉，主持正誼書院。撰有《松風山館詩鈔》。

潘曾瑩（一八〇八—一八七八），字申甫，號星齋。江蘇吴縣人。道光進士，官至侍郎。長於史學，尤擅書畫。撰有《小鷗波館詩鈔》。

潘遵祁（一八〇八—一八九二），字覺夫，一字順之，號西圃。江蘇吴縣人。詩人、書畫家。撰有《西圃集》。

馮桂芬（一八〇九—一八七四），字林一，號景亭。江蘇吴縣人。思想家、散文家。改良主義先驅，最早闡述了洋務運動『中體西用』的指導思想。撰有《校邠廬抗議》《顯志堂集》等。

潘曾綬（一八一〇—一八八三），字紱庭。江蘇吴縣人。官内閣侍讀等。工詩詞文賦。撰有《陔蘭書屋詩集》。

王有齡（一八一〇—一八六一），字雪軒。福建侯官人。官浙江巡撫，據守杭州，以身殉節，謚『壯愍』。

賀壽慈（一八一〇—一八九一），字雲甫，晚號贅叟，又號楚天漁叟。湖北蒲圻人。道光進士，官至工部尚書。善詩文，書法名重一時。

吴雲（一八一一—一八八三），字少甫，號平齋，又號退樓。浙江歸安人。官蘇州知府。富收藏，精鑒别考據，齋號兩罍軒、二百蘭亭齋。工書法，亦能畫。撰有《兩罍軒彝器圖釋》《二百蘭亭齋金石記》等。

鮑源深（一八一一—一八八四），字華潭，號穆堂、澹庵。安徽和州人。道光探花，官至山西巡撫。善書法，工詩文。撰有《補竹軒詩文集》等。

曾國藩（一八一一—一八七二），原名子城，字伯涵，號滌生。湖南湘鄉人。道光進士，歷官兩江總督、直隸總督等，晚清重臣，湘軍創立者，謚『文正』。經學家。撰有《曾文正公全集》。

毛鴻賓（一八一一—一八六七），字寅庵，號寄雲。山東歷城人。道光進士，官至兩廣總督。撰有《毛尚書奏稿》《澹慮齋詩集》。

左宗棠（一八一二—一八八五），字季高。湖南湘陰人。晚清重臣，官至總督，謚『文襄』。軍事家。有《左文襄公全集》。

胡林翼（一八一二—一八六一），字貺生，號潤芝。湖南益陽人。道光進士，官至湖北巡撫。晚清重臣，湘軍首領，與曾國藩並稱『曾胡』，謚『文忠』。有《胡文忠公遺集》存世。

楊沂孫（一八一三—一八八一）字子與，號詠春，晚號濠叟。江蘇常熟人。官至鳳陽知府。清代書法家，工鐘鼎、石鼓，開一代書風。

喬松年（一八一五—一八七五），字健侯，號鶴儕。山西徐溝人。晚清文學家、書法家、藏書家。謚號『勤恪』。撰有《蘿藦亭遺詩》《論語淺解》《喬勤恪公奏議》等。

劉蓉（一八一六—一八七三），字孟容，號霞仙。湖南湘鄉人。湘軍將領，官至陝西巡撫。桐城派古文家。撰有《養晦堂文集》等。

彭玉麟（一八一六—一八九〇），字雪琴，號吟香外史。湖南衡陽人。創建湘軍水師，官至兩江總督兼南洋通商大臣，謚『剛直』。政治家、軍事家、書畫家。撰有《彭剛直公詩集》八卷。

何桂清（一八一六—一八六二），字叢山，號根雲。雲南昆明人。道光進士，官至兩江總督。因兵敗棄城出逃，成爲清朝唯一被處斬的總督。

潘霨（一八一六—一八九四），字偉如，號韡園居士。江蘇吴縣人。晚清名醫，官至貴州巡撫。輯有《韡園醫學六種》。

勒方琦（一八一六—一八八〇），字怡九，號少仲。江西新建人。道光翰林。入曾國藩幕，纍官至福建巡撫。清代詞人、書法家。撰有《榑州詞二卷》。

毛昶熙（一八一七—一八八二），字旭初。河南武涉人。道光進士，歷官四朝，纍官至兵部尚書。卒謚『文達』。

閻敬銘（一八一七—一八九二），字丹初。陝西朝邑人。道光進士，官至軍機大臣。以善理財著稱。卒謚『文介』。

錢松（一八一八—一八六〇），字叔蓋，號耐青，晚號西郊外史。浙江錢塘人。工書善畫，嗜金石文字，猶擅篆刻，爲『西泠八家』之一。撰有《未虛室印賞》。

郭嵩燾（一八一八—一八九一），字筠仙，號玉池老人。湖南湘陰人。道光進士，助曾國藩創建湘軍，纍官至廣東巡撫。中國首位駐外使節，近代洋務思想家。撰有《使西紀程》《養知書屋文集》《郭嵩燾日記》等。

彭祖賢（一八一九—一八八五），字商耆，號芍亭。江蘇長洲人。歷官順天府尹、湖北巡撫。輯刻《長洲彭氏家集》。

楊峴（一八一九—一八九六），字見山，晚號藐翁、遲鴻殘叟。浙江歸安人。書法家、金石學家、詩人。撰有《遲鴻軒詩文集》等。

丁寶楨（一八二〇—一八八六），字稚璜。貴州平遠人。咸豐進士，歷官山東巡撫、四川總督。創設山東、四川機器局，改革鹽法，發展洋務運動，卒謚『文誠』。撰有《丁文誠公家信》。

李瀚章（一八二一—一八九九），字筱泉、筱荃。合肥東鄉人。以拔貢出曾國藩門下，助曾綜理糧秣。官至兩廣總督，卒謚『勤恪』。撰有《合肥李勤恪公政書》。

俞樾（一八二一—一九〇七），字蔭甫，自號曲園居士。浙江德清人。清末文學家、古文字學家、書法家。所撰凡五百餘卷，合爲《春在堂全書》。

譚鍾麟（一八二二—一九〇五），字文卿。湖南茶陵人。咸豐進士，官至總督，謚『文勤』。撰有《譚文勤公奏稿》。

丁日昌（一八二三—一八八二），字禹生，又作雨生。廣東豐順人。官至船政大臣兼理各國事務大臣。近代洋務運動重要人物。撰有《丁禹生政書》《撫吴公牘》。

李鴻章（一八二三—一九〇一），字少荃。安徽合肥人。道光進士，官至總督、文華殿大學士。淮軍創建者，洋務運動代表人物。晚清政治家、外交家。撰有《李文忠公全集》。

葉衍蘭（一八二三—一八九七），字南雪，號蘭臺。廣東番禺人。咸豐進士。請疾歸里，主講越華書院。清代詞壇『粵東三家』之一。撰有《秋夢庵詞鈔》《海嶽樓詩集》。

錢應溥（一八二四—一九〇二），字子密，號葆真老人。浙江嘉興人。由拔貢入直軍機，官至尚書，卒謚『恭勤』。撰有《警石府君年譜》。

徐樹銘（一八二四—一八九九），字壽蘅，號澄園。湖南長沙人。道光進士，官至工部尚書。學者、藏書家。撰有《桑政邇言》《澄園詩集》等。

吴觀禮（？—一八七八），字子儁，號圭盦。浙江仁和人。由左宗棠幕而官至布政使。潛心書史。撰有《圭盦文集》《使蜀日記》《讀鑑隨録》等。

曾國荃（一八二四—一八九〇），字沅甫，曾國藩九弟。湖南湘鄉人。湘軍主要將領，官至兩江總督。卒謚『忠襄』。

袁保恒（一八二六—一八七八），字小午，袁世凱叔父。河南項城人。道光進士，官至刑部侍郎，卒謚『文誠』。有詩名。

黎培敬（一八二六—一八八二），字開周，號簡堂。湖南湘鄉人。官漕運總督，以清正廉潔著稱，謚『文肅』。撰有《黎文肅公奏議》《求補拙齋詩略》等。

王韜（一八二八—一八九七），字紫詮，號仲弢、天南遯叟、弢園老民、蘅華館主。江蘇長洲人。思想家、政論家。撰有《淞隱漫録》《扶桑遊記》等。

鮑超（一八二八—一八八六），字春霆。夔州安坪人。行伍出身，官至提督，湘軍名將，卒謚『忠壯』。

趙之謙（一八二九—一八八四），字撝叔，號悲庵、無悶等。浙江會稽人。清代書畫家、篆刻家。撰有《悲庵居士文存》《二金蝶堂印存》。

李慈銘（一八三〇—一八九四），字愛伯，號莼客，室名越縵堂。浙江紹興人。晚清官員、文史學家。撰有《越縵堂日記》。

楊葆光（一八三〇—一九一二），字古醞，號蘇盦，別號紅豆詞人。江蘇婁縣人。學問淹博，書畫名重一時。撰有《蘇盦集》。

潘祖蔭（一八三〇—一八九〇），字伯寅，號鄭盦。江蘇蘇州人。清代官員、書法家、金石家、收藏家。撰有《攀古樓彝器款識》《滂喜齋叢書》《功順堂叢書》等。

劉坤一（一八三〇—一九〇二），字峴莊。湖南新寧人。湘軍宿將，官至兩江總督。晚清軍事家、政治家，後期洋務運動的主導者。撰有《劉坤一集》。

陳寶箴（一八三一—一九〇〇），字右銘。江西義寧人。官湖南巡撫。清末著名維新派骨幹，支持創辦《湘學報》和南學會，後因變法失敗遭罷黜。

胡義贊（一八三一—一九〇二），字叔襄，號石槎，晚號煙視翁。河南光山人。官海寧知州。長金石考證之學，書畫清潤淹雅，收藏甚富。

李鴻裔（一八三一—一八八五），字眉生，號香巖、蘇鄰。四川中江人。官至江蘇按察使。精書法，工詩文。撰有《蘇鄰遺詩》等。

王闓運（一八三三—一九一六），字壬秋，號湘綺。湖南湘潭人。曾入曾國藩幕。主持尊經書院、船山書院等，辛亥後任清史館館長。晚清經學家、文學家。撰有《湘綺樓詩集、文集、日記》等。

孫毓汶（一八三四—一八九九），字萊山。山東濟寧人。入直軍機，兼總理各國事務大臣，卒謚『文恪』。書畫收藏家。

吴大澂（一八三五—一九〇二），字清卿，號愙齋。江蘇吴縣人。同治進士，官至湖南巡撫。金石學家、書畫家和收藏家。撰有《説文古籀補》等。

陶模（一八三五—一九〇二），字方之，一字子方。浙江秀水人。同治進士，官至兩廣總督，卒謚『勤肅』。撰有《陶勤肅公奏議遺稿》。

徐郙（一八三六—一九〇七），字壽蘅，號頌閣。江蘇嘉定人。同治狀元，官至協辦大學士。工詩詞，精書畫。收藏金石拓片、珍本名畫甚富。

戴望（一八三七—一八七三），字子高。浙江德清人。諸生。經學家。輯《顔氏學記》。撰有《戴氏論語注》《管子校正》《謫麐堂遺集》等。

張之洞（一八三七—一九〇九），字孝達，號香濤。直隸南皮人。同治進士，官至湖廣總督、軍機大臣，謚『文襄』。晚清洋務派代表人物。撰有《張文襄公全集》。

周馥（一八三七—一九二一），字玉山，號蘭溪。安徽至德人。清末官僚，協助李鴻章辦洋務三十餘載，是淮系集團中有建樹和影響的人物。謚『慤慎』。撰有《玉山詩集》《周慤慎公全集》等。

汪鳴鑾（一八三九—一九〇七），字柳門，號郎亭。浙江錢塘人，僑寓吴門。官至總理各國事務衙門大臣，罷歸後主講杭州詁經精舍等。清末藏書家。撰有《能自彊齋文稿》。

楊守敬（一八三九—一九一五），字惺吾，號鄰蘇老人。湖北宜都人。集輿地、金石、書法、藏書以及碑版目録學之大成於一身的大學者，被譽爲『晚清民初學者第一人』。撰有《水經注疏》《日本訪書志》《湖北金石志》等。

曾紀澤（一八三九—一八九〇），字劼剛，號夢瞻，曾國藩次子。湖南湘鄉人。清末外交家，學貫中西，工詩文書畫。撰有《佩文韻來古編》《説文重文本部考》《群經臆説》等。

吴汝綸（一八四〇—一九〇三），字摯甫，一字摯父。安徽桐城人。同治進士，官知州，主講蓮池書院，晚年爲京師大學堂總教習。撰有《吴摯甫文集、詩集》等。

胡钁（一八四〇—一九一〇），字菊鄰，號晚翠亭長。浙江石門人。善書畫篆刻，工詩詞。撰有《晚翠亭詩稿》《晚翠亭印存》等。

盛宣懷（一八四四—一九一六），字杏蓀，別署愚齋，晚號止叟。江蘇武進人。清末政治家、企業家和慈善家，洋務派代表人物，影響巨大，垂及後世。

王懿榮（一八四五—一九〇〇），字正孺，號蓮生、廉生。山東福山人。光緒進士，官至國子監祭酒。庚子殉難，謚『文敏』。書法家、金石學家，被譽爲甲骨文之父。撰有《漢石存目》《福山金石志》等。

袁昶（一八四六—一九〇〇），字爽秋，號漸西村人。浙江桐廬人。光緒進士，官至太常寺卿。庚子之變因諫處斬，後謚『忠節』。清末學者、詩人。撰有《漸西村人日記》等。

王頌蔚（一八四八—一八九五），字芾卿，號蒿隱。江蘇長洲人。光緒進士，官軍機章京。學者，長於金石考據。撰有《寫禮廎遺著》《寫禮廎讀碑記》《古書經眼録》《明史考證攟逸》等。

葉昌熾（一八四九—一九一七），字蘭裳，自署歇後翁，晚號緣督廬主人。江蘇長洲人。金石學家、文獻學家、收藏家。撰有《語石》《藏書紀事詩》《緣督廬日記》等。

瞿鴻禨（一八五〇—一九一八），字子玖，號止庵。湖南善化人。同治進士，官至軍機大臣。

沈曾植（一八五〇—一九二二），字子培，别號乙盦，晚號寐叟。浙江嘉興人。學者、詩人、書法家，博古通今，學貫中西，有『碩學通儒』之稱。撰有《元秘史箋注》《蒙古源流箋證》等。

戴鴻慈（一八五三—一九一〇），字光孺，號少懷，晚號毅庵。廣東南海人。官至軍機大臣等，是清末出國考察五大臣之一，倡言並參與新政。

張謇（一八五三—一九二六），字季直，號嗇庵。江蘇南通人。清末狀元，中國近代實業家、政治家、教育家，主張『實業救國』。爲中國近代民族工業的興起、教育事業的發展作出了巨大貢獻。

那桐（一八五六—一九二五），字琴軒，葉赫那拉氏。滿洲鑲黄旗人。官至軍機大臣、内閣協理大臣。撰有《那桐日記》。

鄭文焯（一八五六—一九一八），字叔問，號大鶴山人、冷紅詞客。奉天鐵嶺人，旅居蘇州。擅書畫，精醫道，長於金石古器之鑒，而以詞名著稱於世。撰有《大鶴山房全集》。

李葆恂（一八五九—一九一五），字寶卿，號文石、紅螺山人。奉天義州人。工詩善書，自成一家。尤精鑒賞。撰有《紅螺山館詩鈔》《舊學庵筆記》等。

江標（一八六〇—一八九九），字建霞，號師鄦、萱圃。江蘇元和人。光緒進士，因參與維新變法被革職。博學，工詩文。撰有《黃蕘圃年譜》《沅湘通藝録》等。

李經羲（一八六〇—一九二五），字仲山，號悔庵、蜕叟，李鴻章之侄。安徽合肥人。以優貢纍官至雲貴總督。辛亥後曾任國務總理，不足一周即去職，史稱『短命總理』。

端方（一八六一—一九一一），字午橋，號匋齋，托忒克氏。滿洲正白旗人。官至直隸總督、北洋大臣，入川鎮壓保路運動被殺，謚『忠敏』。金石學家。撰有《匋齋吉金録》《端忠敏公奏稿》等。